D1848751

Dämon

Matthew Delaney

DÄMON

Thriller

Aus dem Amerikanischen von
Axel Merz

Weltbild

Die amerikanische Originalausgabe erschien 2003
unter dem Titel Jinn.

Besuchen Sie uns im Internet:
www.weltbild.de

Genehmigte Lizenzausgabe für Verlagsgruppe Weltbild GmbH,
Steinerne Furt, 86167 Augsburg
Copyright der Originalausgabe © 2003 by Matthew B. J. Delaney
Copyright der deutschen Ausgabe © 2005 by Verlagsgruppe Lübbe
GmbH & Co. KG, Bergisch Gladbach
Übersetzung: Axel Merz
Umschlaggestaltung: Johannes Frick, Augsburg
Umschlagmotiv: Ute Klaphake und Slim Smith (Hintergrund) /
Johannes Frick (Symbol)
Gesamtherstellung: Freiburger Graphische Betriebe
GmbH & Co. KG, Bebelstraße 11, 79108 Freiburg
Printed in Germany
ISBN 3-8289-7761-8

2008 2007 2006 2005
Die letzte Jahreszahl gibt die aktuelle Lizenzausgabe an.

Gütiger Gott, unser Krieg ist vorüber.
Wir alle sind tot
– und das Königreich ist am Ende.

DER GRAF VON TRIPOLIS
NACH DER SCHLACHT VON HATTIN, A. D. 1187

Ich habe nicht die Hälfte von dem erzählt,
was ich gesehen habe,
weil keiner mir geglaubt hätte.

MARCO POLO
AUF DEM STERBEBETT

Bougainville, Nördliche Salomoninseln
Pazifischer Kriegsschauplatz,
11. November 1943, Morgendämmerung

Die acht Landefahrzeuge bildeten auf dem aufgewühlten Pazifik eine unregelmäßige Linie aus grauem Schiffsstahl. Die kleinen Boote hoben und senkten sich mit dem Wellengang, und die leuchtend grüne Phosphoreszenz der See schlug gegen die eisernen Schiffswände, bevor sie zu Nebel zerstob, der über die behelmten Köpfe der F-Kompanie gischtete. Private Eric Davis stand eingezwängt zwischen anderen Marines mit nassen, dunklen Kampfanzügen und Helmen, von denen Salzwasser troff. Er zog die Schultern ein, als das Landefahrzeug über den Kamm einer weiteren Welle tanzte und mit Übelkeit erregendem Schwung in die Tiefe schoss, während unablässig Wasser über die Männer gischtete.

Zwei Monate zuvor war Davis noch in Boston gewesen. Dann war die Einberufung gekommen. Einen Monat Ausbildung in Mississippi, anschließend die Stationierung im Pazifik – der Rest war eine verschwommene Abfolge schlafloser Nächte an Bord schwankender Schiffe, in Segeltuchpritschen, eine über der anderen, während Davis den gelegentlichen Fliegeralarmen lauschte, sobald japanische Zero-Kampfmaschinen über ihnen auftauchten und sie umkreisten wie hungrige Geier ihre Beute.

Das Landungsboot stürzte in ein weiteres Wellental und zwang Eric, die Beine noch breiter zu spreizen, während wieder

Wasser auf ihn herabgischtete. Sie umkreisten die Insel seit zehn Minuten, während die Sonne heiß auf ihre Helme brannte und das Salz auf ihrer Haut trocknete, bis sie spannte. Über die Süllwände des Landungsboots hinweg starrten die Männer auf die dichte Vegetation hinter dem Strand, wo der Boden von Granaten umgepflügt wurde.

Plötzlich änderte das Boot den Kurs und lief in Richtung Ufer. Ein Torpedobomber der Marine Air Group flog mit tiefem Brummen über sie hinweg und überflog ein letztes Mal den vorgesehenen Landeplatz.

Rings um Davis würgten Männer und übergaben sich. Einige beugten die Köpfe über die Süllwände des Landungsboots und erbrachen sich ins Meer, andere hielten sich die kleinen Papiertüten vor den Mund, die man ihnen vor dem Borden ausgehändigt hatte. Davis beobachtete den Mann direkt neben sich, der vornübergebeugt stand und vergeblich mit der Hand vor dem Mund das Erbrochene festzuhalten versuchte, das ihm zwischen den Fingern hindurchquoll.

An diesem Morgen waren die Soldaten um drei Uhr geweckt worden. Die Jungs in der Messe der USS *Pennsylvania* hatten frisch gebügelte weiße Jacken getragen und Berge von Rührei mit Speck serviert, während aus den Bordlautsprechern Jazzmusik erklungen war. Wenn es beim Militär eine gute Mahlzeit gab, bedeutete dies üblicherweise, dass die Japse den Männern an dem betreffenden Tag mächtig einheizen würden. Erics Schiffskamerad Alabama pflegte zu sagen, dass eine anständige Mahlzeit immer nah bei einer letzten lag, ähnlich wie bei einem zum Tode verurteilten Gefangenen, der seine Henkersmahlzeit bekam, bevor er zum Galgen geführt wurde.

Ein Stück abseits auf See hielt die USS *Galla* Kurs, ein Truppentransporter aus Neuguinea. Sie hatte neun Leichen in Säcken dabei, die nach Hause verschifft und dort beigesetzt werden sollten. Jemand hatte vergessen, die Säcke weit genug hinten zu verstauen, sodass die Männer an Bord die Verwesung bis in ihre Quartiere riechen konnten.

Die meisten Marines hatten ihr Frühstück an den Metalltischen der Messe unter den nackten Glühbirnen schweigend eingenommen, während sie dem Dröhnen der Maschinen und dem dumpfen Geräusch der Wellen gelauscht hatten, die gegen den Rumpf schlugen. Nacht für Nacht lag Eric Davis in seiner Koje, die Arme hinter dem Kopf verschränkt, während der Gedanke an den Tod auf irgendeiner gottverlassenen Insel fern der Heimat stärker in ihm geworden war. Eric, der an Bord der *Galla* gewesen war, bevor er auf die *Pennsylvania* gewechselt hatte, konnte den Tod schon wieder riechen. Er schien aus den Frühstückseiern aufzusteigen.

Eric dachte an zu Hause, und seine Gedanken wanderten zu Jessica. Am Kopfende seiner Koje hingen die drei Briefe, die er von ihr bekommen hatte, eng zusammengerollt in einer seiner Bandolieren. Er empfand ihre Handschrift als etwas Tröstliches, nicht so sehr wegen dem, was sie schrieb, sondern wegen ihrer Weiblichkeit, wegen der Form der Wörter selbst. Der vertrauten Art und Weise, wie jeder Buchstabe mit dem nächsten verbunden war.

Früher, vor dem Geruch der Toten, hatte er scheinbar nie bemerkt, wenn eine Trennung drohte. Heute jedoch war es ihr Gesicht, das in der Dunkelheit hinter seinen geschlossenen Lidern zu ihm kam. Vielleicht gefiel ihm einfach die Vorstellung, dass ein hübsches Mädchen sich etwas aus ihm machte – doch aus welchem Grund auch immer, Eric musste oft an sie denken. Ganz besonders an den Geruch ihres Haares. Er hatte sein Gesicht in ihr Haar gedrückt, hatte es tief zwischen den glänzenden Locken vergraben. Dieser süße Duft. *Gott, wie habe ich den geliebt.*

Eine ohrenbetäubende Explosion riss ihn aus seinen Gedanken. Der Helm vibrierte gegen seinen Schädel. Der Kinnriemen, der locker herabbaumelte, peitschte ihm kalt und nass ins Gesicht. Der Helm rutschte ihm über die Augen nach vorn und versperrte ihm für einen Moment die Sicht. Er schob ihn gerade rechtzeitig zurück, um zu sehen, wie voraus ein Abschnitt des Strandes in einer roten Wolke aus Sand und zerfetztem Gehölz verschwand. Die Granaten von der *Missouri* schlugen zwischen den hohen Palmen ein, die den Strand säumten, und wirbelten zersplittertes Holz in die Luft, das aufspritzend in der rollenden Brandung landete.

Eric wandte den Kopf und sah zur Seite, blickte auf das Meer hinaus. Hinter ihnen, in sicherer Entfernung vom Ufer, feuerten die USS *Missouri* und die *Nebraska* ihre letzten Sperrfeuersalven ab. Fern am Horizont, in der endlosen Weite des Ozeans, wirkten die Kanonen der Schlachtschiffe beinahe harmlos, und der Rauch aus den Geschützrohren sah aus wie Sporenwölkchen, die aus geplatzten Pilzköpfen stoben.

Der Vergleich wurde rasch relativiert angesichts der Geschosse von der Größe eines Automobils, die mit wütendem Kreischen über ihren Köpfen vorbeirauschten, bevor sie in den Strand vor ihnen einschlugen.

Das Landungsboot setzte seinen Weg fort und näherte sich stetig dem Chaos aus brennendem Dschungel und schäumendem Sand. Es sackte erneut in ein Wellental. Wasser spritzte gegen die Seiten und schoss in weißen Fontänen empor. Hinter Eric röhrten die Schiffsdiesel unablässig weiter, ein pulsierendes, metallisches Geräusch, das in Höhe und Lautstärke mit den Wogen des Ozeans stieg und fiel. Manchmal höher, manchmal tiefer, doch stets das gleiche monotone Dröhnen. Der Steuermann stand über dem Motor, das Gesicht unter dem Helm angespannt und nass von Seewasser, der Körper geschützt von einer Metallwand, die bis zu seiner Brust reichte.

Eric spürte, wie jemand an seinem Ärmel zupfte.

»Zigarette?« Jimmy Scotti hielt ihm ein dünnes weißes Stäbchen hin, während eine zweite, nicht angezündete Zigarette im Mundwinkel klebte. Seine Stimme klang verzerrt, und seine Lippen waren schmal.

»Nein, danke.« Eric schüttelte den Kopf.

Scotti zuckte die Schultern und steckte die Zigarette vorsichtig in seine Brusttasche zurück, wo sie vor der Nässe einigermaßen sicher war.

»Das ist vielleicht eine Sauerei, was?«, sagte er unvermittelt, und seine Stimme klang nervös.

»Was meinst du?«, fragte Eric.

»Das hier«, antwortete Scotti einsilbig. »Diese ganze beschissene Operation. Hier draußen auf den Wellen, unterwegs zu einer mit Japsen verseuchten Insel am Arsch der Welt.«

Eric nickte nachdenklich. Nach einem Augenblick sagte er: »Weißt du, ich hab in meinem ganzen Leben noch keinen Japs gesehen.«

»Was?«

»Ich hab noch nie einen Japaner zu Gesicht gekriegt.«

»Du willst mich verarschen.«

»Nein.« Eric schüttelte den Kopf. »Ich schwör's. In unserer Straße wohnte ein Typ, von dem ich dachte, er wäre ein Japs, aber dann hat sich rausgestellt, dass er aus China war.«

Scotti drehte sich überrascht um und hob den Kopf. »He, Leonard!«, brüllte er zu jemandem weiter vorn im Landungsboot.

»Was denn?«, kam die gedämpfte Antwort durch das Rauschen des Ozeans und das Dröhnen der Motoren von einem der behelmten Köpfe.

»Davis hat noch nie einen Japs gesehen.«

Einige Helme drehten sich neugierig nach ihnen um.

»Wirklich? Na, dann hat er jetzt Gelegenheit – da vorn wartet eine ganze verdammte Bande Japse auf uns.«

Scotti nickte zu Leonards Antwort. »Noch nie 'nen Japs gesehen, tsss … verdammte Japse!«, flüsterte er staunend zu sich selbst und schüttelte den Kopf, die Zigarette noch immer im Mundwinkel. Scotti rückte sie zurecht und zog ein silbernes Feuerzeug hervor, um sie anzustecken.

Eric beobachtete ihn bei seinen Bemühungen. Die Flamme tanzte um das Ende des Glimmstängels, doch das Boot schaukelte zu sehr und seine Hand war zu unruhig, um das Feuerzeug an die richtige Stelle zu führen. »Ich krieg das beschissene Ding nicht an!«, schimpfte er ärgerlich. »Ist verdammt nass hier draußen!« Mürrisch warf er die Zigarette über Bord, wo sie augenblicklich von einer Welle überrollt wurde.

Eric blickte nach vorn, wo sich das Ufer unaufhaltsam näherte. Sie waren inzwischen nahe genug, dass er die einzelnen Bäume unterscheiden konnte, die den Strand säumten, majestätisch geschwungene Palmen, die sich erhoben wie Wächter, die den Eingang zum Dschungel bewachten, der sich dahinter ausbreitete.

Vom Strand her ertönte ein dumpfer Schlag, gefolgt von einem pfeifenden Geräusch, als hätte jemand einen Wasserkessel zu lange auf dem Herd stehen lassen. Rings um ihn her duckten sich die Männer und zogen die behelmten Köpfe ein wie Schildkröten. Eric folgte ihrem Beispiel und packte sein Gewehr fester.

Das Pfeifen wurde lauter und wuchs zu einem regelrechten Kreischen an. Dann eine kurze Pause, und das Wasser neben ihnen explodierte in einer weißen Wolke, als die japanische 75-Millimeter-Granate dicht neben dem Boot einschlug. Die Männer vergaßen das näher kommende Ufer und duckten sich tief an den voll gekotzten Boden des Landungsboots.

»Drei Minuten!«, rief der Steuermann, der über ihnen in dem stahlgepanzerten Ruderhaus kauerte.

»Bereitmachen!«, befahl der Captain über den Lärm der schweren See hinweg. Er war ein Mann von vielleicht fünfunddreißig Jahren mit blassem Gesicht, das von Stoppeln und Aknenarben übersät war. Ringsum explodierten nun die Granaten im Wasser und sandten weiße Fontänen in die Luft. Alle hielten die Köpfe tief gesenkt.

»Zieht die Helmriemen straff!«, befahl der Captain. »Und haltet die Waffen trocken!«

Eric zog den losen Riemen unterm Kinn fest, bis der Helm gegen seinen Kopf drückte. Ringsum taten andere Männer es ihm gleich.

»Sobald wir am Ufer sind, bleibt in Bewegung. Niemals anhalten.« Der Captain hielt sich gegen die wogende See an der Süllwand des Landungsboots fest.

Die Männer murmelten und nickten. Der Captain rückte seinen Helm zurecht. »Wenn euch schlecht ist, dann kotzt jetzt und schafft den Mist aus dem Weg.« Er sah seine Leute an. »Wer euch erzählt, dass er keine Scheiß-Angst hat, ist verrückt. Glaubt den Schwachsinn nicht.«

Eine weitere Explosion wirbelte das Wasser vor ihnen auf und besprühte die Männer mit Gischt. Eric rümpfte die Nase – es roch, als hätte sich jemand bereits in die Hosen gemacht. Der Gestank kam von irgendwo weiter vorn im Boot.

»Ich hab keinen Schiss!«, murmelte Scotti vor sich hin, während er vor und zurück schaukelte. »Verdammt, mir passiert schon nichts …« Er wiederholte die Worte wieder und wieder, dass es wie ein Sprechgesang klang. Er strich sich mit der Hand übers Gesicht, rieb sich die feuchten Augen und fummelte nervös am Helmriemen. »Dieses beschissene Ding sitzt zu eng! Ich kann überhaupt nicht atmen!«

»Sechzig Meter!«, rief der Steuermann von hinten und hob einen Finger.

Eric bekreuzigte sich. Neben ihm wickelte ein Typ, der gerade erst zu der Einheit versetzt worden war, einen Kaugummi aus. Er steckte sich den Streifen in den Mund und begann nervös zu kauen, während er das Papier zerknitterte und in die Tasche steckte.

Plötzlich überkam Eric das dringende Bedürfnis, Wasser zu lassen. Er überkreuzte seine Beine und versuchte das Gefühl zu verdrängen. Der Himmel war inzwischen bewölkt, und dünner Regen rieselte in grauen Schleiern aufs Meer.

Der Strand war grau-schwarz und erstreckte sich auf einer Tiefe von vielleicht siebzig Metern, bevor der unglaublich dichte Dschungel begann. Über dem Blätterdach erhob sich ein steiler Bergrücken, eingehüllt in Nebelschwaden. Die Brandung rollte in langen weißen Wellen auf den Sand. Aus dem Mount Bagana, einem großen, von Dschungel umgebenen Vulkan, stieg ein dünner Rauchfaden in den Himmel. Die *Missouri* und die *Nebraska* draußen auf dem Meer hatten das Sperrfeuer eingestellt, und die Landeboote rückten in unheimlicher Stille vor. Die Gespräche der Männer waren verstummt. Jeder starrte in nervöser Erwartung nach vorn, während der Regen Hunderte winziger Kreise auf dem grauen Wasser ringsum malte.

Durch den dünnen Wasserschleier bemerkte Eric plötzlich einen roten Blitz am Ufer. Dann einen zweiten, und einen dritten. Einen Augenblick lang herrschte Stille – ein letzter Augenblick der Ruhe, bevor japanische Kugeln auf die Stahlseiten des Landungsboots prasselten. *Pa-ching, pling, pling.* Dann ein neues Geräusch, anders als das harte Klingeln von Metall auf Metall. Es war weicher, wie von einem Besenstiel, der auf ein federgefülltes Kissen geschlagen wurde. Im Augenblick des Geräuschs wurde ein Soldat nach hinten gerissen. Er stieß einen kurzen Schrei aus, bevor er zusammenbrach und auf dem Boden des Landungsboots aufschlug.

»Es geht los, Männer!«, rief der Captain. »Haltet euch bereit!«

Ringsum prasselten Kugeln in unglaublicher Schussfolge gegen die Wände des Landungsboots. Im Dschungel flackerten Hunderte roter Mündungsblitze auf, wie Leuchtkäfer in einem dunklen Wald. Eric duckte sich unter den Rand des Bootes, so tief er konnte, während er auf das Prasseln lauschte. Plötzlich war er froh, hinten im Boot zu stehen, zehn Reihen Männer vor sich, die einen schützenden Wall bildeten.

Ein schwerer Donnerschlag ertönte, und sengende Hitze strich über Erics Gesicht. Das Landungsboot direkt neben ihnen hatte einen Volltreffer von einer japanischen Granate abgekriegt. Flammen schossen aus dem Heck, und Eric hörte die Schreie der Männer, die in der glühenden Hitze verbrannten. Das Wrack fuhr blind weiter dem grau-schwarzen Strand entgegen, wobei es dichte Rauchwolken wie kleine Zyklone hinter sich herzog.

»Allmächtiger«, murmelte Scotti.

Ein plötzlicher Ruck ging durch das Landungsboot und ließ den Rumpf erzittern. Die Motoren heulten protestierend auf.

»Ein Riff!«, rief der Steuermann von hinten.

»Scheiße, wir sollten doch während der verdammten Flut landen!«

Das Boot erzitterte noch einmal und kippte gefährlich nach rechts. Einen Augenblick drohte es in der rauen See zu kentern. Sie waren noch immer zehn Meter vom Ufer entfernt. Falls sie kenterten, mussten sie die restliche Strecke schwimmen. Einer der Männer neben Eric ließ den Minensucher fallen, den er getragen hatte, hielt sich den Leib und brach zusammen. Ein anderer Mann betete in leisem Singsang immer wieder das Ave-Maria.

Der Private neben Eric spuckte seinen Kaugummi aus. Hinter Eric murmelte Scotti irgendetwas vor sich hin. Eric packte seinen Karabiner fester und rief sich ins Gedächtnis, die Waffe über dem Kopf zu halten, falls er durchs Wasser ans Ufer waten musste.

Dann war der Strand plötzlich vor ihnen, und das Landungsboot erzitterte von neuem. Die Maschinen brüllten auf und schoben das schwere Boot weiter.

Rings um Eric zerfetzte das Zischen von Kugeln die Luft. Er hörte, wie sie auf ihn zu- und an ihm vorbeipfiffen, um fast im gleichen Augenblick laut gegen Stahl zu prasseln oder manchmal mit einem widerlichen leisen Schlag menschliches Fleisch zu durchbohren.

Das Landungsboot kam ein zweites Mal zum Halten, als es über den sandigen Untergrund streifte. Die Männer wurden nach vorn geworfen. Ein Teil der Soldaten stieß ein Furcht erfülltes, zorniges Brüllen aus, während sie sich in den letzten Augenblicken, bevor die Klappe fiel, innerlich auf den Kampf vorbereiteten. Eric schloss für einen Moment die Augen und atmete tief durch. Immer noch kämpfte er dagegen an, sich in die Hose zu machen.

Dann ertönte das Rasseln von Eisenketten, die über Rollen liefen. Die schwere Klappe fiel spritzend ins Wasser und gab den Weg zum Strand frei.

Es hatte angefangen.

Jemand brüllte: »Los, los, los!«, und ein hektisches Drängen nach vorn setzte ein.

Im gleichen Augenblick fielen mit betäubender Geschwindigkeit die ersten Männer, durchlöchert, zerrissen und blutig, während andere wild und panisch vom Landungsboot das Ufer hinaufrannten. Vor ihnen erstreckte sich der graue Strand, von tiefen Einschlaglöchern mit schwarzen Rändern übersät, die vom schweren Beschuss der Navy stammten. X-förmige Panzersperren aus Stahl ragten aus dem Boden, umspült von der Flut, die bis an den Rand des Dschungels brandete. Aus dem Unterholz zischten vielfarbige Leuchtspurgeschosse und griffen nach den heranstürmenden Soldaten und ihren Landungsbooten.

Überall am Strand rannten nun Landungsboote auf Grund, und Männer strömten in geducktem Laufschritt heraus. Eric scharrte mit den Füßen, während er zwischen den anderen Soldaten wartete. Ein schriller Schrei ertönte, und plötzlich war die Luft voll mit Federn. Es war surreal, fast wie in einem Traum;

die Schreie von Männern, die herabschwebenden Federn, das Hämmern von Gewehrschüssen, alles gleichzeitig.

Einer der Soldaten war von einer Kugel getroffen worden. Sie hatte die Rettungsweste zerfetzt, die alle Soldaten trugen. Eric stürzte durch den Vorhang aus Federn nach vorn, und einige blieben in feuchten Klumpen an seinem Gesicht und seiner Kleidung hängen.

Als er die herabgesenkte Landungsklappe erreichte, trat er auf jemanden, der am Boden des Bootes lag, verlor das Gleichgewicht und fiel aufs Gesicht. Er stieß sich ab und sprang von der Rampe, um sogleich bis zu den Knöcheln im nassen Sand zu versinken. Das Wasser war kalt. Erics Hose saugte sich augenblicklich voll und zog ihn nach unten. Er stampfte vorwärts, erfüllt von nervöser Erwartung, während er auf den zerschmetternden, brennenden Einschlag von Metall in seinen Körper wartete. Wie würde es sich anfühlen? Wo würde die Kugel ihn treffen? Im Gesicht? In den Beinen? Oder in der Brust?

Seine Stiefel sanken tief in die Nässe, die an ihm saugte wie Treibsand. Albträume kamen ihm in den Sinn, Szenen, in denen er gejagt wurde, während er sich immer schwerer gefühlt hatte, seine Bewegungen langsamer und langsamer geworden waren und Kälte das Rückgrat hochgekrochen war.

Überall ringsum brachen Männer ohne Vorwarnung von Kugeln getroffen zusammen, und ihre Leiber bildeten dunkle, nasse Klumpen auf dem Sand. Eine Welle brandete von hinten heran. Eric verlor das Gleichgewicht und stolperte ein paar Schritte vor, während er verzweifelt bemüht war, die Stiefel aus dem Sand zu ziehen und unter den Körper zu bringen. Es gelang ihm nicht, und er fiel mit dem Gesicht voran in den nassen Sand. Dort lag er, und Wasser rauschte an ihm vorbei, salzig, warm und blutig rot gefärbt.

Für einen Augenblick erstarrte er, vergrub das Gesicht im Sand und lauschte den Schreien und Schüssen ringsum. Etwas

Schweres fiel auf seine Beine, und als er sich umwandte, sah er Rafuse, der ihn mit entsetzlich verzerrtem Gesicht anstarrte, während er einen dumpfen Seufzer ausstieß und Eric am Bein gepackt hielt.

Erics Blick fiel auf Rafuses Leib und verharrte dort, wo der Magen gewesen war; jetzt war dort bloß noch eine Masse aus Blut und hervorquellendem Rot zu sehen.

Rafuse streckte die Hand nach Erics Gesicht aus. Entsetzt befreite Eric sich vom Gewicht auf seinen Beinen und kroch rückwärts den Strand hinauf wie eine Krabbe. Er stieß gegen etwas Weiches. Als er sich umblickte, sah er das Bein eines toten Kameraden.

Im nächsten Augenblick war er auf und rannte los, so schnell er konnte, weg von den roten Schlangen, die aus seinem Freund quollen. Voraus lag ein umgestürzter Baum, gefällt vom Sperrfeuer der Schiffe draußen auf dem Meer. Mit rhythmisch stampfenden Schritten im feuchten Sand rannte er darauf zu.

Beinahe erstaunt, dass es ihn nicht erwischt hatte, erreichte er den schützenden Stamm und warf sich dahinter in Deckung. Er presste sich dicht gegen das Holz und starrte auf die abgeschälten Rindenstücke und Steinsplitter, die unter ihm lagen. Hinter ihm krochen verwundete Männer über den Strand oder lagen hilflos auf dem Rücken, während sie stöhnend Namen riefen, die nur ihnen allein bekannt waren.

Das schwere Abwehrfeuer aus dem Dschungel ließ keine Sekunde nach. Leuchtspurgeschosse fegten kreuz und quer über den Strand und verbreiteten unsichtbaren Tod. Nach und nach kamen weitere Männer zu ihm und warfen sich hinter dem umgestürzten Baum in Deckung. Sie lagen auf dem Sand, Fassungslosigkeit auf den Gesichtern, dass sie noch immer am Leben waren.

Der umgestürzte Baum schützte Eric und die anderen Männer vor den wütenden Geschossen, die in das splitternde Holz schlugen und versuchten, sich einen Weg zu den Männern zu fressen, die dahinter lagen.

Die Soldaten rings um Eric lösten ihre Spaten aus den Gürteln und gruben flache Schutzlöcher in den Sand. Eric blickte zurück über den Strand. Der glatte Sand war übersät von menschlichen Gestalten, die es nicht bis zum Baum geschafft hatten. Ihre Leiber schwankten in den Wogen der anrollenden Wellen. Ein Landungsboot ritt mit dröhnenden Motoren auf einer der Wellen heran. Es glitt auf den Strand, und die Klappe fiel herab. Sanitäter mit roten Kreuzen auf den Helmen und Taschen voller Verbandsmaterial strömten heraus.

Eine japanische Granate schlug auf dem Strand unmittelbar hinter dem Drahtverhau ein. Sie zischte einen Augenblick lang im Sand vor sich hin, dann explodierte sie und sandte heißes Schrapnell in die Leiber der Verwundeten und Toten. Ein Sanitäter wurde getroffen und stürzte wie vom Blitz gefällt zu Boden, die Hände vor der breiig roten Masse, die einmal sein Gesicht gewesen war.

Eric riskierte einen Blick über den Stamm hinweg zum Rand des Dschungels. Im dunklen Schatten unter den Bäumen konnte er zwei Unterstände ausmachen, massive Konstruktionen aus Kokosstämmen und Erde und durch eine Reihe von Gräben untereinander mit Gewehrnestern verbunden. Er duckte sich wieder und zerrte eine Handgranate aus dem Gürtel. Er zog den Stift, wartete eine Sekunde und schleuderte das Metallei in Richtung eines Unterstands. Andere Marines um ihn herum folgten seinem Beispiel, und in rascher Folge segelten Granaten durch die Luft.

Eine Reihe von Explosionen, die sich wie zerplatzende Papiertüten anhörten, rollte über den Strand, und das feindliche Gewehrfeuer wurde schwächer. »Los, schnappen wir sie!«, rief jemand. Keiner bewegte sich. Eric blickte zur Seite und sah, dass die Stimme einem unbekannten Soldaten mit Captainsstreifen auf dem Helm gehörte.

Rings um ihn herum streiften die Männer Ausrüstungsteile ab, um sich beweglicher zu machen. Eric zerrte sich die sperrige Schwimmweste herunter, zwei aufblasbare Schläuche, die um seine Brust geschnallt waren.

»Reißt euch zusammen, Männer!«, rief ein anderer Captain zusammenhanglos und mit hervortretenden Adern an den Schläfen.

Rings um Eric herum lagen Marines flach an den Boden oder in kleine Vertiefungen gepresst und hoben gelegentlich die Köpfe, um in den Dschungel zu feuern. Ihre Gewehre bockten vom Rückstoß, und Patronenhülsen segelten in den Sand, glänzendes Messing im schwarzen Dreck.

Das schwere Abwehrfeuer ließ nicht nach. Überall schlugen Geschosse ein und wirbelten Sand und Schmutz in die Luft. Regen fiel in schrägen Bahnen und durchweichte die Ausrüstung der Soldaten. Wasser tropfte in kleinen Bächen von Erics Helm.

Dann schwärmten die ersten Männer über den Baum hinweg und rannten gebeugt auf den Rand des Dschungels zu, in Richtung der gegnerischen Unterstände aus Holz und Erde. Eric stützte sein Gewehr auf den umgestürzten Stamm und nahm die japanischen Stellungen unter Feuer. Die letzte Patrone wurde ausgeworfen, und er riss das Magazin aus der Waffe und tastete an seinem Gürtel nach dem nächsten. Er rammte es ins Gewehr und pumpte blind Kugeln in den Dschungel. Die Garand gab Geräusche von sich wie ein Luftgewehr an einem Jahrmarktstand.

Als auch das zweite Magazin leer war, stand Eric auf und wollte über den Stamm springen, doch er verfing sich mit dem Fuß in der gefurchten Rinde und landete bäuchlings vor dem Baum im Dreck. Er rappelte sich auf und wollte weiterstürmen, doch plötzlich fuhr sengende Hitze über seinen Arm, und wieder stürzte er. Erics Schulter blutete durch einen Riss in der Kampfjacke. Der Anblick seines eigenen Blutes verwirrte ihn. Irgendetwas in ihm wollte, dass er in Bewegung blieb, und ohne weiter nachzudenken, stürzte er vorwärts. Eric nahm die anderen Männer kaum wahr, die in der gleichen geduckten Haltung wie er über den Strand huschten.

Plötzlich sah er eine Gestalt durch den Dschungel in Richtung eines Unterstands flitzen, hob das Gewehr und schoss auf den ersten Japaner, den er in seinem Leben zu Gesicht bekam. Ein Ruck ging durch den Körper des feindlichen Soldaten, er wurde herumgewirbelt und stürzte zu Boden.

Jetzt kamen weitere Japaner aus ihren Unterständen. Ihre Kampfschreie hallten durch den Dschungel, als sie sich den vorrückenden Amerikanern entgegenwarfen. Unvermittelt erschien ein Mann mit dünnem Bart und dunklen Augen vor Eric. Der riss das Gewehr hoch und drückte ab. Der Mann fiel rücklings in den Dreck und verschwand außer Sicht. Eric rückte vor, ohne einen weiteren Gedanken an den gefallenen Gegner zu verschwenden.

Die Männer waren inzwischen so nah am Feind, dass es zu Handgemengen kam. Das Blut der Sterbenden bespritzte die Lebenden. Amerikanische Soldaten hatten die Unterstände eingekreist und schwärmten umher wie Ameisen.

»Räucher sie aus!«, brüllte jemand, als sich ein Marine mit einem langen, silberfarbenen Treibstoffkanister auf dem Rücken vor dem Eingang eines der Unterstände postierte. Ein Flammenstrom schoss aus der Waffe des Soldaten und füllte den gesamten Unterstand mit Feuer.

»Steck ihn an!«, drängte ein zweiter Mann neben ihm.

Ein japanischer Soldat ohne Hemd und Jacke und mit dreckverschmierter Brust sprang aus einem der Laufgräben und rannte verwirrt auf die amerikanischen Soldaten zu. Ein Marine versetzte ihm mit dem Kolben seines Gewehrs einen Schlag ins Gesicht, und der Mann brach bewusstlos und mit heftig blutender Nase zusammen.

Ohne ein Wort schlug der Marine weiter mit dem Kolben der schweren Waffe auf den Bewusstlosen ein und zertrümmerte ihm dem Schädel. Anschließend richtete er sich auf und streckte sich, während er sich mit dem Jackenärmel über die Stirn wischte, als hätte er eine schwere Arbeit verrichtet.

Die schlimmsten Kämpfe waren vorüber, doch im Dschungel ringsum verbargen sich immer noch einzelne Japaner. Die Marines bewegten sich vorsichtig durch das Unterholz, sandten Flammenstöße zwischen die Bäume und warfen Granaten in Fuchsbauten.

Eric ließ sich erschöpft in den Sand fallen; zugleich berauschte das Adrenalin ihn wie eine Droge. Er beugte sich vor und erbrach sein Frühstück. Als er fertig war, spie er ein letztes Mal aus, wischte sich den Mund ab und stützte sich auf den Lauf seines Gewehrs.

Einer der Kameraden hatte eine herrenlose japanische Flagge gefunden. Er schwenkte sie triumphierend und rief: »Seht her, eine aufgehende Sonne!«

Eric drehte den Kopf nach dem Rufer um und sah, dass es Scotti war. Er stand auf einem der Bunker und schwenkte die Fahne über dem Kopf. »He, ich bin ein verdammter Japs!«, rief er den Männern zu und lachte schrill.

Irgendwo im Unterholz krachte ein Gewehrschuss. Scotti ließ die Flagge fallen und hielt sich den Hals. Sein Gesicht lief rot an, als hätte er sich verschluckt, dann sanken seine Hände herab, und Eric sah ein dollargroßes Loch an der Stelle, wo sein Adamsapfel gewesen war. Scotti brach zusammen.

Nach und nach verebbte das Gewehrfeuer, bis nur noch vereinzelt Schüsse erklangen, die mit der Zeit ebenfalls verstummten. Eric lag auf dem Rücken und hatte die Augen geschlossen. Er hörte die Wellen den Strand hinaufrollen und das Knistern der brennenden japanischen Unterstände. Gelegentlich stöhnte ein Verwundeter. Eric öffnete die Augen und blickte zum Himmel, als ein Schwarm bunter Sittiche in perfekter Formation über ihn hinwegstrich.

Er ließ den Blick über die Toten schweifen, die vielen Männer, die so sinnlos gestorben waren. Japanische und amerikanische Soldaten lagen in wildem Durcheinander auf dem Dschungelboden, einige in seltsamen Umarmungen verfangen, während das Blut aus ihren Wunden sich vermischte. Der Regen hatte inzwischen mit Macht eingesetzt und prasselte auf das Blätterdach über ihnen. Der gesamte Dschungel glitzerte wie mit nasser Farbe überzogen.

Am Boden neben Eric lag etwas, das einmal ein Mensch gewesen war. Der Soldat war so stark verbrannt, dass Eric nicht zu sagen vermochte, ob er ein Japaner oder ein Amerikaner war. Seine Augen waren klaffende Höhlen, seine Lippen schwarz verkohlt, und die Zähne leuchteten weiß durch das verbrannte Fleisch. Wassertropfen von den Blättern fielen in sein Gesicht und verdampften zischend von der Hitze, die noch immer in dem Leichnam schwelte.

Zwei Stunden später saß Eric mit dem Rücken an einen Baumstamm gelehnt im Sand. Einer der Sanitäter bandagierte seine Armwunde. Eric starrte hinaus aufs Meer, das in sanften Wogen auf den Strand rollte. Das Ufer war übersät mit stumpfgrünen Ausrüstungsgegenständen. Große Landungsboote hatten die ersten leichten Panzer und Halbkettenfahrzeuge abgesetzt, die nun am Rand des Dschungels patrouillierten und Dieselgestank verbreiteten. Die Honeys – M3A1-Panzer, bewaffnet mit 37-mm-Kanonen – rumpelten und ratterten auf ihren Ketten durch den feinen Sand und stießen schwarze Abgaswolken aus.

Zwischen zwei Palmen war eine Zeltplane gespannt, und die meisten Verwundeten und Sterbenden waren unter das dunkelgrüne Gewebe getragen worden. Die Luft unter dem Sonnensegel war erstickend. Eric schwitzte lieber draußen in der Sonne am Strand, als mit all den Verwundeten und vor Schmerzen halb Wahnsinnigen unter dem behelfsmäßigen Dach zu bleiben.

Die Toten waren inzwischen fast ausnahmslos geborgen. Sie lagen in einer langen Reihe am Rand des Dschungels, wo sie der schweren Ausrüstung nicht im Weg waren. Später würde man sie nach persönlichen Briefen durchsuchen, die anschließend mit der Feldpost an ihre Adressaten versandt wurden. Dann würden die Leichen in Säcke gepackt und mit dem nächsten Schiff in die Heimat geschickt werden.

Das erste Feldlager wurde etwa einen halben Kilometer vom Strand entfernt aufgeschlagen. Die Bäume, nach dem schweren Beschuss durch die Navy nur noch verkohlte, zersplitterte Stümpfe, wurden ausgerissen, der Boden eingeebnet und Zelte errichtet. Männer mit nackten Oberkörpern und in der Sonne glitzernden Erkennungsmarken mühten sich mit dem dichten Unterholz ab.

»War wohl ziemlich rau, was?«, fragte der Sanitäter, der Eric Davis' Arm versorgte.

»Ja, ziemlich«, entgegnete Eric.

»Verdammt, es ist immer das Gleiche mit diesen Japsen, wohin wir auch kommen«, schimpfte der Sanitäter, beendete seine Arbeit und erhob sich, um sich zu strecken und den Rücken durchzubiegen.

»Sie kommen wieder in Ordnung. Holen Sie sich ein Verwundetenabzeichen ab, bringen Sie's nach Hause und zeigen Sie's Ihrem Mädchen.«

»Danke«, erwiderte Eric und stand ebenfalls auf.

Der Sanitäter nickte und schlurfte zum Sanitätszelt. Unter der Plane schrie ein Verwundeter und strampelte wild, während zwei Sanitäter ihn festhielten, damit ein dritter ihm eine lange Nadel in den Arm schieben konnte.

Eric wandte sich ab und schlenderte über den Strand davon. Sein Arm fühlte sich taub an. Drei der Kameraden, die er von Bord der *Pennsylvania* kannte, lungerten im Schatten einer Kokospalme, rauchten Zigaretten und beobachteten die Halbkettenfahrzeuge, die rasselnd und klirrend über den Strand fuhren.

Eric ging zu den Männern, lehnte sich gegen die raue Rinde der Palme und glitt daran zu Boden.

»Was denn, willst du mich vielleicht auf den Arm nehmen?«, sagte Jersey Walker, ein vierundzwanzig Jahre alter Bursche, zu einem anderen Marine. »Scheiße, ich wäre hundertmal lieber drüben in Europa als hier im Pazifik! Besseres Klima, keine Wanzen, besseres Essen.«

»Und die Nazis sind nicht so verrückt wie die Japse. Hast du schon mal gesehen, dass sich ein Japse ergeben hätte?«, stimmte Kelly Keaveney aus New York ihm zu. Keaveney besaß scheinbar unerschöpfliche Energien, die ihn den ganzen Tag antrieben. Seine Bewegungen waren flink, sein Lachen explosiv und von noch schnelleren Bewegungen untermalt, und selbst sein Haar, das hellrot und lockig vom Kopf abstand, schien energetisch geladen zu sein.

»Nicht zu vergessen die französischen Frauen«, erwiderte Jersey. »Wir hingegen, wie oft sehen wir eine Frau? Einmal im Monat? Und das auch nur, wenn wir einen Hafen anlaufen.«

»Das seht ihr alles ganz richtig«, sagte ein anderer Mann namens J. J. Mulry, der seinem Heimatstaat entsprechend den Spitznamen »Alabama« trug. Alabama war ein hagerer Bursche mit eingefallenen Wangen und tief liegenden Augen. Er erinnerte Eric an Bilder von halb verhungerten Soldaten der Konföderiertenarmee, die er im Geschichtsunterricht gesehen hatte. Alabama besaß etwas Phlegmatisches, beinahe Schwerfälliges in seinen Bewegungen; bei ihm schien alles wie in Zeitlupe abzulaufen.

»Ich weiß nicht mal, um was wir überhaupt kämpfen. Meinetwegen können die Japse diese verdammten Inseln haben. Ich brauch sie nicht, nichts auf der Welt könnte mir gleichgültiger sein. Sollen sie den ganzen beschissenen Pazifik behalten. Ich bin aus New York, und ich will verdammt sein, wenn mich was anderes interessiert«, sagte Keaveney.

»Amen«, pflichtete Alabama ihm bei. »Und diese Hitze! Mann, bei so einer Hitze sollte man eisgekühlte Drinks auf einer schattigen Veranda nehmen. Sobald ich …«

Keaveney beugte sich zur Seite und unterbrach ihn mit einem hastigen Schlag auf die Schulter, bevor er zum Strand deutete. Durch den Sand kam Alexander Seals herangestapft, ihr Staff Sergeant.

»Ach du Scheiße, da haben wir den Salat«, murmelte Alabama, nahm sein Gewehr zur Hand und tat, als inspiziere er die Waffe.

»Seht euch das an!«, witzelte Seals, als er näher kam. »Sie müssen das sauberste Gewehr der gesamten amerikanischen Streitkräfte haben, Private!«

Er blieb stehen und musterte Mulry von oben bis unten. »Ich könnte schwören, dass Sie jedes Mal, wenn ich vorbeikomme, dieses verdammte Ding in die Hand nehmen und so tun, als würden Sie's reinigen.«

»Das tue ich wirklich«, sagte Alabama leise.

»Ja.«

»He, Sir!«, sagte Keaveney. »Wir haben uns unterhalten, und wir haben gedacht, wir würden lieber gegen die Deutschen kämpfen als gegen die Japse. Wir haben abgestimmt, wissen Sie, wie bei 'ner Versammlung vom Stadtrat.«

»Ach ja?«

»Ja.«

»Und was glauben Sie, was das hier ist? Ein beschissenes Reisebüro?«, fragte Seals. »Das nächste Mal, wenn wir in den Krieg ziehen, kann ich Sie ja irgendwohin schicken, wo es Ihnen gefällt.«

»Ich war noch nie in Europa«, sagte Keaveney.

»Und? Ich war noch nie in Atlantic City«, antwortete Seals.

»Sollen wir vielleicht New Jersey den Krieg erklären, damit ich mal hinkomme?«

Alabama kicherte.

»Also schön, ihr Esel, hört zu!«, wandte Seals sich an die Gruppe. »Vor zwölf Tagen ist die B-Kompanie auf der nördlichen Nachbarinsel gelandet. Sie hat ihr Lager etwa zehn Kilometer oberhalb unserer Position. Eine Gruppe von vierzig Mann der B-Kompanie ist nach Südwesten in den Dschungel marschiert, aber seit einer Woche hat niemand mehr ein Wort von ihnen gehört.«

»Und?«, fragte Keaveney.

»Und da wir ihnen am nächsten sind, möchte der General, dass wir einen kleinen Aufklärungstrupp losschicken, um nach ihnen zu suchen.«

»Kommen Sie, Sarge!«, maulte Alabama. »Hier kriechen überall verdammte Japse rum wie die Ameisen! Wenn wir in den Dschungel marschieren, stehen unsere Chancen auch nicht gerade gut, dass wir wiederkommen!«

»Ich nehme Ihre Beschwerde zu den Akten«, sagte Seals. »Zusammen mit Keaveneys Bitte um Versetzung nach Europa. In die Rundablage.«

»Und keiner weiß, was aus den vierzig Mann geworden ist?«, fragte Eric.

Seals schüttelte den Kopf, während er ein Stück Papier aus der Brusttasche zog. »Die letzte Nachricht von ihnen ist ungefähr eine Woche alt. War eine fremde Stimme. Niemand kannte sie.«

»Was besagt sie?«

Seals las vom Papier ab. *»Mea est ultio.«*

»Was soll das denn heißen?«, fragte Alabama.

Seals musterte ihn sekundenlang, dann blickte er hinaus aufs Meer.

»Es ist Latein«, sagte er schließlich. *»Mein ist die Rache.«*

Sie verließen den Strand am Nachmittag, und als die Abenddämmerung hereinbrach, hatte der sechzehn Mann starke Trupp sich fast fünf Kilometer tief in den Dschungel vorgearbeitet. Es waren die härtesten fünf Kilometer, die Eric Davis je marschiert war. Alles im Dschungel schien ihn zu hassen. Entweder biss es nach ihm, zerkratzte ihn oder troff auf ihn herab. Hüfthoher Schlamm, in dem sich fünf Zentimeter lange, widerliche Egel wanden, Wespen von der Größe eines Kinderfingers, Riesenschlangen, die sich an den Ästen über ihren Köpfen entlangbewegten – alles war lebendig, und alles war feindselig. Sie waren durch Mangrovensümpfe gewatet, durch schier undurchdringliches Unterholz und durch Wälder, in denen riesige Bäume voller Ranken und Lianen wuchsen. Als die Sonne unterging, hatten sie noch keinen anderen lebenden Menschen gesehen.

Auf einer kleinen Lichtung befahl Seals, das Nachtlager aufzuschlagen. Die Marines sanken zu Boden, wo sie gerade standen. Eric saß auf seinem Rucksack, während die Dunkelheit hereinbrach. Rings um ihn her errichteten erschöpfte Männer ihre Schlafzelte. Eric teilte ein Zelt mit Alabama, Keaveney und Jersey Walker. Jerseys echter Name lautete Joe, doch er war vor dem Krieg Boxer gewesen und unter dem Namen Jersey Joe Walker aufgetreten, genau wie Jersey Joe Walcott, der zurzeit für Furore sorgte. Walkers Körper war muskelbepackt, und sein dicker Hals war so kurz, dass der Kopf fast auf den breiten Schultern aufzusitzen schien. In den Staaten war er für seine Gewaltausbrüche berüchtigt gewesen; immer wieder hatte er wegen der Frauen anderer Kneipenschlägereien angezettelt. Es hieß, er habe sich nur deswegen bei den Marines gemeldet, um nicht ins Gefängnis zu müssen.

Alabama befand sich bereits im Zelt. Er hatte die Stiefel ausgezogen und spielte mit den nackten Zehen. »Das war kein Spaziergang heute«, sagte er und rieb sich die schmerzenden Stellen. »Es kam mir vor, als wären wir durch ein Treibhaus voller nasser grüner Blätter gelaufen.«

Keaveney hob den Wassergraben rings um das Zelt aus. Der Graben war noch keine fünfzehn Zentimeter tief, als er den Spaten erschöpft zur Seite warf.

»Das war wirklich kein Spaziergang«, meinte auch Eric, während er sich in die Höhe stemmte und seinen Rucksack aufnahm. »Hast du heute Nacht Wache?«

»Nein«, antwortete Alabama und legte sich nach hinten ins Zelt. »Du?«

»Ja. Die Zwei-Uhr-Schicht. Bis vier in der Frühe.«

Keaveney und drei andere Männer richteten die Nahverteidigung des Lagers ein. Eric beobachtete, wie sie Schützenlöcher aushoben und die beiden Maschinengewehre in Stellung brachten. Sie hatten einen Hund dabei, einen Dobermann-Mischling namens Pete, der versteckte japanische Soldaten aufspüren sollte. Der Hund schnüffelte beiläufig am Boden und wühlte im feuchten Laub, bevor er winselte, sich einmal um die eigene Achse drehte und zum Schlafen zusammenrollte.

Das Grün des Dschungels wurde schwärzer, je mehr das Licht schwand, und die riesigen Blätter wurden zu dunklen Schatten vor dem grauen Himmel. Am Tag hatte es fast ununterbrochen genieselt. Die Feuchtigkeit hatte das dichte Blätterdach überwunden und nach und nach die Monturen der Männer durchnässt, bis nahezu jedes Körperteil nass zu sein schien und Eric sich kaum mehr daran erinnern konnte, jemals trocken gewesen zu sein.

Mit Einbruch der Nacht wurde es allmählich kühler, und der Regen hörte auf. Nur noch vereinzelte Schauer fielen. In der Ferne vernahmen die Männer das rumpelnde Geräusch von schwerem Mörserfeuer. Eric hatte gehört, dass die Streitkräfte auf einem der Bergrücken zehn Kilometer entfernt auf massiven Widerstand gestoßen waren. Er schloss die Augen und lauschte.

Das Rumpeln wirkte beruhigend, beinahe so, als würde man einem fernen Gewitter lauschen.

Irgendjemand räusperte sich, ein feuchtes, abgehacktes Geräusch, gefolgt von Ausspucken. Ein anderer Marine spannte ein Seil zwischen zwei Bäumen, um Wäsche daran aufzuhängen.

Die Unterhaltungen waren gedämpft, so erschöpft waren die Männer.

Alabama lag bereits schlafend im Zelt, die nackten Füße draußen im Eingang. Keaveney wischte sich die Hände ab, legte sein Gewehr auf den Boden und kroch neben Alabama ins Innere.

»Kommst du auch?«, rief er Eric zu.

»Ja.« Eric streifte seine Ausrüstung ab und ging vor den Klappen in die Hocke. Die Männer im Innern lagen dicht gedrängt, fast aufeinander. Das Stoffgewebe des Zelts war feucht und roch nach Schimmel, was die Luft noch stickiger machte.

»Meine Güte, stinkt das hier drin!«, sagte Eric, als er sich ins Zelt quetschte und neben Keaveney auf den Rücken legte.

»Nasse Socken und Fürze«, erwiderte Keaveney und lachte auf.

»Das liegt an den Fruchtriegeln aus den Rationen«, sagte Jersey. »Sie bilden Gase in meinem Darm.«

Eric stützte den Kopf auf die Hand und starrte durch den dreieckigen Zelteingang hinaus in den nächtlichen Himmel. Ringsum im Dschungel leuchteten rote Punkte: Die glühenden Spitzen von Zigaretten, die einige Männer draußen rauchten. Die Punkte schienen in der Luft zu schweben und sich von einer Stelle zur anderen zu bewegen, wenn ihre unsichtbaren Besitzer durchs Lager gingen. Eric legte sich wieder zurück und fühlte sich überraschend behaglich.

»Sarge?«, flüsterte eine Stimme irgendwo draußen vor dem Zelt.

»Was ist?«

»Ich muss auf den Lokus.«

»Wer spricht?«

»Anderson, Sir.«

»In Ordnung, Anderson, aber nehmen Sie jemanden mit.«

»Jawohl, Sir.« Andersons Stimme wurde ein wenig lauter, als er in die Runde fragte: »Wer will mitkommen?«

»Ich komme.« Ein weiteres gedämpftes Flüstern zur Linken von Eric. Dann flüsterten ringsum Stimmen, ohne dass Eric sie in der Dunkelheit ihren Besitzern hätte zuordnen können.

Er hörte ein Rascheln, als jemand in seinem Rucksack kramte. »Scheiße, kann mir jemand Toilettenpapier borgen? Meins ist klatschnass vom Regen«, flüsterte Anderson, an die Gruppe gewandt.

Eric lachte leise auf. Ringsum kicherten Männer, und die roten Punkte von Zigarettenspitzen tanzten auf und ab.

»Nimm einfach Blätter«, empfahl jemand. »Irgendwo da drüben hab ich ziemlich große gesehen. Die sind wie ’ne riesige Windel.«

»Sehr witzig. Was hältst du davon, wenn ich dir auf den Kopf scheiße?«

Erneutes Kichern.

»Also schön, ich hab eine trockene Rolle hier. Wenn du sie auf den Boden fallen lässt und sie nass wird, Anderson, benutze ich beim nächsten Mal dein Hemd, um mir den Arsch abzuwischen.«

Eric hörte, wie jemand über feuchtes Laub ging, als Anderson das Toilettenpapier abholte.

»He?«

»Ja?«

»Fertig? Gehen wir?«

»Jepp.«

Die beiden Marines entfernten sich von der Lichtung und drangen ein Stück weit in den Dschungel vor. Eric legte sich zurück und blickte einmal mehr zu den Sternen hinauf. Er erinnerte sich an die Nacht zu Hause, bevor er ins Ausbildungslager gefahren war … seine Freundin Jessica, das hastige Fummeln unter den Tribünen des leeren, dunklen Football-Stadions. Der Geschmack der Cola, die sie getrunken hatten, das Gefühl des harten Grases auf der nackten Haut, und wie er hinterher auf dem Rücken gelegen und zu den Sternen des nächtlichen Sommerhimmels hinaufgesehen hatte. Er hatte nach den gleichen Sternen gesucht, als sie auf den Philippinen angekommen waren, doch er hatte sie nicht finden können. Nun suchte er erneut, während er auf dem Rücken lag und durch die Zeltklappe blickte. Der Himmel sah anders aus als zu Hause, die Sternbilder waren nicht die gleichen.

Alles war fremdartig hier im Südpazifik, sogar die Sterne. Irgendwo, unsichtbar von seiner Position aus, leuchtete der Vollmond und erhellte den Himmel, eine dunkle, wenngleich nicht vollkommen schwarze Palette für die Sterne.

Über ihm wogten die Zweige hoher Palmen in der sanften Brise; ihre Umrisse hoben sich schwarz vor dem Nachthimmel ab. Irgendwo tief im Dschungel kreischte ein Affe. Eine kurze Pause, dann ertönte ein Antwortschrei, als die beiden Tiere sich in der Dunkelheit verständigten. Eric starrte weiter zum Nachthimmel empor und lauschte dem Wind, der in den Zweigen rauschte. Ringsum tanzten Insekten in der Luft, dass es klang, als würden tausend Bögen über die Saiten von Violinen gezogen.

Er schloss die Augen. Sekunden später war er eingeschlafen. Irgendwo in der Dunkelheit des Dschungels ertönte ein lautes Knacken, und Holz splitterte. Eric war schlagartig wach und starrte auf einen großen dunklen Schemen, der dicht vor seinem Gesicht vorbeihuschte. Eine riesige Fledermaus auf der Jagd zwischen den Bäumen.

Es dauerte einen Augenblick, bis Eric seine Schlaftrunkenheit abgeschüttelt und festgestellt hatte, dass es keine Fledermaus, sondern die Zeltklappe war, die sich im Wind bewegte. Müde schloss er die Augen und lauschte dem schweren Atmen von Keaveney, Jersey und Alabama, die neben ihm im Zelt schliefen, während er sich fragte, was ihn geweckt hatte. Er erinnerte sich vage an das Geräusch von irgendetwas, das sich lautstark jenseits des Perimeters durch das Unterholz des Dschungels bewegt hatte.

Er vernahm ein Geräusch und riss erneut die Augen auf. Es war ein schweres, rasselndes Atmen, das von irgendwo draußen vor dem Zelt kam. Ein gehetztes Flüstern folgte, dann ein leises Lachen aus dem Dschungel.

»He!« Er schüttelte Keaveney.

»Was ist?« Keaveney rollte herum.

»Wach auf!«, drängte Eric und schüttelte ihn fester. »Ich hab was gehört!«

»Was denn?«

Beide lagen schweigend im Zelt und lauschten. Draußen ging ein leichter Wind und raschelte in den Zweigen. Die nächtlichen Insekten summten und zirpten immer noch ohne Pause.

»Ich hör nur die Blätter im Wind. Du hast es dir wahrscheinlich bloß …«

»Nein, ich habe es mir nicht eingebildet!«, zischte Eric.

Das Flüstern hatte erneut eingesetzt, gefolgt von einem Kichern. Es klang, als stünden zwei, drei Männer vor dem Zelt, ungefähr zwanzig Meter entfernt im Dschungel. Eric beugte sich vor und spähte durch die Zeltklappe nach draußen. Mitten im Lager erhob sich eine Gestalt. Sie gab ein dumpfes Knurren von sich und streckte sich. Es war Pete, der Dobermann-Mischling, der mit gespitzten Ohren und gebleckten Zähnen dastand und in den Dschungel lauschte.

Das seltsame, leise Kichern hielt an. Eric versuchte sich auf die Worte zu konzentrieren, doch das Flüstern war so undeutlich, dass er nichts verstand.

»Meinst du, es sind Japse?«, flüsterte Keaveney, der schlagartig hellwach geworden war.

Eric schüttelte den Kopf. »Hört sich nicht nach Japsen an.«

»Wer soll sich sonst um diese Zeit da draußen rumtreiben?«

»Vielleicht ein paar von unseren Jungs.«

»Sollen wir nachsehen?«

»Bist du verrückt? Ich gehe nicht aus dem Zelt!«, sagte Eric.

»Wer hat denn jetzt Wache?«

»Sadlon und Hartmere.«

Das Flüstern wurde lauter, bis es sich anhörte, als würde jeden Augenblick ein Streit losbrechen. Die Stimmen erhoben sich zu einem hektischen, zischenden Geräusch, und die Worte wurden noch unverständlicher. Dann weiteres Kichern, gefolgt von einem Kreischen.

»Meine Güte, das ist vielleicht unheimlich!«, flüsterte Keaveney und bemühte sich, unbekümmert zu klingen, doch er hatte Recht. Die Geräusche waren entnervend.

Eric setzte sich auf, schlug die Zeltklappe zurück und starrte angestrengt in die Dunkelheit, doch er sah nichts weiter als die dunklen Umrisse von Zweigen, die sich leicht im Wind wiegten. Auf der Lichtung standen die Zelte der anderen Männer. Alles lag still. Niemand außer ihnen schien wach zu sein.

Er starrte zum Rand der Lichtung, wo er die Wachtposten vermutete, doch in der Dunkelheit waren die Maschinengewehrstellungen nicht zu erkennen. Erneut vernahm er die unterdrückten Stimmen.

»Hallo?«, rief er laut in den Dschungel.

Augenblicklich verstummte das Flüstern. Stattdessen hörte er nun Blätterrascheln, als würde sich jemand durchs Unterholz bewegen. Irgendjemand war dort draußen, kein Zweifel. Er lauschte dem sich entfernenden Geräusch, bis es verklang. Dann setzte das Flüstern wieder ein, diesmal weiter entfernt. Was immer es war – es schien sich vom Lager wegzubewegen.

Eric drehte sich um. »Es entfernt sich von uns«, sagte er ins Zelt hinein.

»Na bitte«, erwiderte Keaveney zuversichtlich. »Dann leg ich mich jetzt wieder schlafen.«

»Meinst du nicht, wir sollten nachsehen?«

»Willst du etwa nachsehen? Also, ich gehe ganz bestimmt nicht raus. So neugierig bin ich nicht. Wir haben schließlich Leute auf Wache, die sich darum kümmern müssen.« Keaveney drehte sich auf die Seite. »Ich tu einfach so, als hätte ich nichts gehört.«

»Meinst du das im Ernst?«

»Hör mal, falls es Japse waren, dann gehe ich ganz bestimmt nicht raus und leg mich mit denen an.«

»Und wenn es keine waren? Ich glaub nicht, dass sie Japanisch geredet haben.«

»Ist mir gleich. Ich hab nicht die geringste Lust, in der Nacht durch den Dschungel zu laufen. Es ist am Tag schon schlimm genug, wenn man sehen kann, was rings um einen ist.«

Eric blickte auf seine Uhr. Kurz vor eins in der Frühe. Er hatte noch eine Stunde, bevor er selbst mit der Wache an der Reihe war. Eine plötzliche Woge der Müdigkeit überschwemmte ihn. *Ich schlafe noch ein bisschen,* sagte er sich, *bis ich um zwei geweckt werde.*

Eric legte sich ins Zelt zurück. Es dauerte nicht lange, bis er eingeschlafen war.

Erneut riss er die Augen auf. Das Flüstern war wieder da, unmittelbar draußen vor dem dünnen Stoff des Zelts ... viel näher diesmal. Was immer es war, es war zu ihnen zurückgekehrt und schien sich nun mitten im Lager aufzuhalten. Eric war auf der Stelle hellwach und lauschte. Die Geräusche waren eine seltsame Mischung aus Flüstern und hohem Lachen; es klang, als würde eine Gruppe von Menschen sich in einer unbekannten Sprache unterhalten.

Ein eisiger Schauer lief Eric über den Rücken. Sie waren kilometerweit in den Dschungel vorgedrungen. *Wer also kann das da draußen sein?* Eric drehte den Kopf, starrte durch die dreieckige Öffnung des Zelts. Die Nacht war klar. Der Mond stand tief über den Bäumen; das Licht fiel durchs Blätterdach und tauchte die Lichtung in bleiche Helligkeit. Eric suchte nach vertrauten Umrissen, nach einem anderen Zelt, einem Baumstumpf, nach irgendetwas, das er wiedererkannte.

Ein Schemen huschte durch sein Sichtfeld. Es war kaum mehr als ein Eindruck von etwas Hellem, das sich auf zwei Beinen bewegte, aber gebeugt, tief am Boden. Es war so groß wie ein Mann, doch sein Körper war eigenartig gekrümmt oder entstellt. Eric erschauerte unwillkürlich.

Wie spät war es überhaupt? Er spähte auf seine Uhr und bemühte sich, die Zeiger in der Dunkelheit zu lesen. Scheiße.

Es war kurz nach halb drei morgens.

Sadlon und Hartmere hätten ihn schon vor einer halben Stunde zum Beginn seiner Wache wecken sollen. Mit zusammengebissenen Zähnen dachte er nach. Er war mit der Wache an der Reihe. Falls er nicht nach draußen ging, würde Seals ihm am Morgen Feuer unterm Hintern machen. Auf der anderen Seite verspürte er keine Lust, die behagliche Wärme des Zelts zu verlassen und von sich aus nach draußen zu gehen. Neben ihm schliefen Alabama und Keaveney geräuschvoll.

Langsam schlich Eric aus dem Zelt und griff nach seinen Stiefeln. Er schüttelte sie aus, um sie von Insekten zu befreien, die vielleicht hineingekrochen waren. Dann saß er im Eingang und schnürte die Stiefel zu, während seine Blicke immer wieder über das Lager schweiften.

Alles war ruhig, bis auf das ständige Brummen und Zirpen der Insekten. Die flüsternden Stimmen waren verstummt. Die fünf Zelte standen willkürlich verstreut auf der Lichtung; die Stoffseiten bewegten sich leicht im Wind. Eine weitere Bö wehte heran und brachte den Geruch des fünf Kilometer entfernten Meeres mit sich. Eric drehte den Kopf in den Wind, um den salzigen Duft einzuatmen.

Als er die Stiefel geschnürt hatte, nahm er seine Garand und bewegte sich langsam durchs Lager zum Maschinengewehrnest. Er konnte sehen, wo der Stacheldraht gespannt war und ein behelfsmäßiges Hindernis bildete. Unmittelbar davor befanden sich zwei dunkle Flecken am Boden, rechteckig im Umriss, jeder so groß wie ein Mann, in die Erde gegraben. Es waren Schützenlöcher, doch im Mondlicht erinnerten sie eher an Gräber.

Beide waren leer.

Neben einem der Löcher lag etwas Dunkles. Eric stieß es mit dem Fuß an. Es war weich und gab unter der Berührung nach, doch Eric konnte in der Dunkelheit lediglich einen unförmigen Umriss erkennen. Er beugte sich vor, nahm sein Feuerzeug heraus, schlug es an und hielt die Flamme über den Boden.

Übelkeit stieg in ihm auf, und er hatte Mühe, sich nicht zu übergeben. Es war der Hund Pete. Der Dobermann-Mischling lag mit gebrochenem Genick und schlaff heraushängender Zunge neben dem Schützenloch.

»O Gott«, flüsterte Eric, über den toten Hund gebeugt. Die Schatten der kleinen Flamme tanzten über das matte schwarze Fell.

Plötzlich wurde ihm die Dunkelheit ringsum bewusst, und hastig schlug er das Feuerzeug zu. Bleiche Farben tanzten in seinem Sichtfeld, während seine Augen sich mühsam wieder an die Dunkelheit gewöhnten. Das leichte Maschinengewehr stand auf einer Lafette direkt vor dem Schützenloch. In der Dunkelheit besaß es ein merkwürdiges Aussehen, wie die Silhouette eines sitzenden Mannes.

Jenseits des Maschinengewehrs herrschte die ungewisse Schwärze des Dschungels, wo Zweige sich in heranstürmende feindliche Soldaten zu verwandeln schienen und umgestürzte

Stämme in kauernde Japse. Insekten veranstalteten einen infernalischen Lärm. Wasser fiel in dicken Tropfen vom Blätterdach und platschte auf Erics Helm. Und ständig gab es raschelnde Geräusche, wie von einem Lebewesen, das sich einen Weg durch dichtes Gehölz bahnte.

Eric hatte gehört, dass sich die Japaner, wenn sie in der Nacht angriffen, mit Hörnern verständigten und laute Kriegsrufe ausstießen, um die Amerikaner abzulenken. Ein knackender Ast in einiger Entfernung ließ Eric erschrocken zusammenzucken. Irgendetwas war dort draußen im Dschungel. Langsam hob er seinen Karabiner und duckte sich tiefer an den Boden. Sein Knie berührte etwas Warmes, und er wich entsetzt zurück, als ihm bewusst wurde, dass er fast auf dem toten Hund kauerte.

Er hörte ein neuerliches Geräusch, merkwürdig unpassend, und spitzte die Ohren, bis er es erkannte.

Ein Lachen.

Langsam schob er sich vorwärts, bis er sich unmittelbar hinter dem Maschinengewehr befand. Im Dreck neben ihm lag eine silberne Metallkiste. Er klappte den Deckel auf und nahm eine schwere Leuchtpistole hervor, öffnete den Knicklauf und schob eine Leuchtpatrone in die Kammer.

Das Lachen vor ihm war verklungen und einem verstohlenen Flüstern gewichen, wie zwei Menschen, die miteinander stritten. Eric lauschte angestrengt, versuchte, einzelne Worte zu verstehen, doch es war eine fremde Sprache, und die Laute flossen ineinander wie bei einem Sprechgesang. Er hob die Leuchtpistole und legte den Finger an den Abzug. Aus dem Dschungel vor ihm drangen weitere Geräusche. Das Knacken von morschen Ästen am Boden, die unter schweren Schritten brachen, zischendes Flüstern, gefolgt von einem Ruf, der ähnlich klang wie der Schrei einer Eule.

Eric hielt die Leuchtpistole nach oben und betätigte den Abzug.

Ein Geräusch erklang, als hätte man den Korken aus einer Flasche gezogen, und die leuchtende Kugel jagte in die Höhe. Augenblicke später war der Dschungel ringsum in rotes Licht getaucht; Schatten tanzten über den Boden, als die brennende Kugel langsam wieder zu Boden sank. Die dunklen Schemen vor den Bäumen lösten sich auf, und die Zwischenräume füllten sich mit Licht. Endlich sah Eric, was sich vor ihm befand.

Ein Mann stand dort im Dschungel, zwanzig Meter jenseits der Lichtung, hinter dichtem Blätterwerk. Er war an einen Baum gefesselt, die Arme ausgebreitet, die Beine zusammengebunden. Sein Kopf lag abgetrennt vom Rumpf zu seinen Füßen. Der Mund war weit aufgerissen und voll gestopft mit Erde, Blättern und nassen Zweigen zwischen blauen Lippen. Auf den Schultern des Mannes, wo sein Kopf gewesen war, befand sich nun der Kopf eines Affen, der irgendwie am Rumpf des Toten befestigt war. Es war ein Schimpansenkopf. Die Augen des Tieres waren glasig und leer.

Eric erkannte den Toten. Es war James Sadlon, einer der beiden Marines, die vor ihm Wache gehabt hatten.

»O Gott!«, rief Eric laut.

Die Leuchtkugel sank zwischen die Bäume, und die Helligkeit verblasste. Rasch kehrten die Schatten unter die Bäume zurück. Dann war die Kugel ausgebrannt, und der Dschungel war erneut in Dunkelheit getaucht.

Hinter sich hörte Eric das wilde, panische Rascheln von Zeltstoff, als Männer hervorstürzten und nach ihren Waffen griffen. Ein Schuss fiel, ein orangefarbener Mündungsblitz zuckte, und draußen im Dschungel ertönte ein schriller Schrei. Eric hob verwirrt den eigenen Karabiner und feuerte blindlings eine Salve ins Dickicht. Der Rückstoß der Waffe schüttelte ihm heftig die Schulter durch.

Irgendetwas Dunkles schoss aus der nächtlichen Schwärze heran und traf Eric schwer an der Stirn, unmittelbar unter dem

Rand des Helms. Er stöhnte schmerzerfüllt auf und fiel rücklings zu Boden, während die Lichtung hinter ihm schlagartig von Schüssen und dem Geräusch schwerer Schritte erfüllt war.

Eric lag im Bett, hatte die Augen geöffnet und sah durch die offene Zeltklappe hinaus in die morgendliche Dämmerung. Nebelschwaden zogen dicht über den Boden und hüllten alles ein, Pflanzen und Männer, ohne Unterschied. Eric hörte, wie das Lager langsam zum Leben erwachte. Männer krochen aus den Zelten, streckten sich und rieben sich den Schlaf aus den Augen. Eric hörte jemanden dumpf husten und nass ausspucken.

Er rollte sich auf die Seite, zog seine Feldflasche aus dem Marschgepäck, schraubte den Deckel ab, setzte die Flasche an die Lippen und bemühte sich, das metallisch schmeckende warme Wasser ohne Würgen herunterzuschlucken. Der Metallbehälter war feucht beschlagen. Er wischte mit den Händen darüber, um ihn von einem Teil des Drecks zu befreien, der sich darauf angesammelt hatte.

Sein Verstand kam nur langsam und träge in Gang. Sein Schädel schmerzte, und auf seiner Stirn hatte sich ein dicker blauer Fleck gebildet, wo er in der Nacht zuvor getroffen worden war. Er tastete mit den Fingern über die empfindliche Haut. Keaveney drehte sich zu ihm um, stützte sich auf einen Ellbogen und stieß einen leisen Pfiff aus, als er die Beule bemerkte.

»Du hast ein ganz schönes Ding verpasst bekommen.«

»Ja, tut scheußlich weh«, antwortete Eric.

Keaveney bedachte die Schwellung noch einmal mit einem anerkennenden Blick, bevor er sich umwandte. Eric rieb sich den Schlaf aus den Augen. Neben ihm lag Alabama auf seinem Schlafsack. Er war bereits wach und aß einen Fruchtriegel aus der Provianttasche, die jeder Marine mit sich trug. Er wirkte angespannt, schlang jeden Bissen schnell und gierig herunter und schien über irgendetwas nachzudenken. Schließlich sprach er Eric an.

»Meinst du, das waren Japse gestern Nacht, die du gesehen hast?«

»Ich nehm's an.«

Alabama schwieg und dachte nach.

»Ich weiß nicht«, sagte er schließlich und schüttelte den Kopf. »Irgendwie kommt mir das alles spanisch vor. Wie haben sie zwei von unseren Jungs erwischen können, ohne dass ein einziger Schuss gefallen ist?«

»Sie haben die Jungs fast lautlos beseitigt.«

»Kein Mensch kann so leise sein.«

»Du glaubst, es war etwas anderes?«, fragte Eric.

»Nein, das hab ich nicht gesagt«, erwiderte Alabama. »Ich weiß nicht genau, was das letzte Nacht war. Ich hab es selbst nicht gesehen, deshalb kann ich's auch nicht sagen. Ich weiß nur, dass ich die ganze Zeit ein ungutes Gefühl hatte, dass irgendetwas Übles in der Luft liegt. Irgendwas stimmt nicht mit diesem Dschungel. Irgendwas Böses hat es auf uns abgesehen. Ich kann es spüren. Und es wird nicht mehr lange dauern, bevor wir es finden.«

Er drehte sich wieder auf den Rücken und starrte auf die Zeltklappe. »Es wird nicht mehr lange dauern.«

Seals, der Staff Sergeant, war bereits auf und marschierte durchs Lager. Eric hörte ihn brüllen.

»Schaff deinen Arsch aus dem beschissenen Zelt, Keaveney, bevor ich's über deinem hässlichen Schädel einreiße!«

Keaveney murmelte eine undeutliche Antwort.

»Was haben Sie gesagt?«, brüllte Seals.

Eric Davis trocknete sich die Hände an der Hose ab, setzte sich auf und streckte die Arme über den Kopf. Ringsum war alles in graues Weiß getaucht, eingehüllt in einen Schleier aus Dunst.

»Los, wir brechen das Lager ab. Wir müssen heute ein gutes

Stück schaffen!« Seals marschierte von einem Zelt zum anderen und trat nach den Männern, die noch schliefen. Die Soldaten öffneten die Augen nur zögerlich und ließen ihre Träume von warmen Betten und Freundinnen zurück, um sich einer Realität aus Dreck und Tod zu stellen.

»Los, alles aus den Federn! Ihr habt zwei Minuten, bevor ihr meinen Stiefel ins Kreuz kriegt! Hoch mit euch!«

Hastig sammelte Eric seine Ausrüstung zusammen. Alles war feucht: sein Rucksack, seine Kleidung, selbst sein Gewehr fühlte sich kalt und feucht an. Seals zugewandt, nahmen die Männer in einer unordentlichen Reihe vor den Zelten Aufstellung – dreizehn Marines. Die meisten Männer wirkten erschöpft und unsicher und hatten dunkle Ringe unter den Augen wie verlaufene Schminke.

Alabama hielt seinen Helm in der Hand und kratzte sich am Kopf. Keaveney kaute auf einem Kaugummi; die weiße Masse leuchtete immer wieder zwischen seinen Zähnen auf. Leichter Regen hatte eingesetzt, sammelte sich auf den Blättern, fiel in großen Tropfen wie durch ein Sieb auf die Männer und tauchte sie in kühle Nässe.

Eric wischte sich den Regen aus den Augen und wartete darauf, dass Seals begann.

»Wie ihr wisst, Männer, hatten wir letzte Nacht eine Begegnung mit dem Feind. Zwei Kameraden werden vermisst. Aber wir sind ja auch nicht hergekommen, um mit den Japanern Freundschaft zu schließen. Oder hier eine Art Pfadfinderlager aufzuschlagen. Oder Geschichten am Lagerfeuer zu erzählen und Steaks mit Bohnen zu essen, ohne dass die Gefahr besteht, jemand könnte dran glauben müssen.« Seals verstummte für einen Augenblick und sah die Männer der Reihe nach an. »Schlagt euch diese Vorstellung jetzt besser aus dem Kopf.«

Er atmete laut aus. Auf seiner Oberlippe hatten sich Schweißperlen gebildet, und er rieb sich mit der Hand den Nacken.

»Sehen wir zu, dass wir herausfinden, was sich letzte Nacht ereignet hat. Zweiergruppen bilden, und zusammenbleiben. Sucht nach Leichen, aber achtet auf Fallen – ich will heute Morgen keine weitere böse Überraschung erleben.«

Sie setzten sich in Bewegung, mit schussbereiten Waffen, während sie nervös nach rechts und links blickten und sich tiefer in den Dschungel vorarbeiteten. Der Regen tropfte kalt von oben herab. Dunstschwaden zogen über den Boden und hüllten alles in Weiß. Große dunkle Blätter ragten aus dem Nebel und schienen die Männer einhüllen zu wollen. Eric schob Äste und Lianen mit dem Gewehrlauf aus dem Weg und schlich in geduckter Haltung voran, voller innerer Anspannung.

Alabama war neben ihm, schwer atmend. Keaveney befand sich auf der anderen Seite. Eric blickte sich nach den anderen um und sah, dass der Rest der Kompanie sich mit der gleichen misstrauischen Vorsicht durchs Unterholz bewegte. Der Dunst am Boden war dicht genug, dass ein Mann sich darin verstecken konnte, wenn er sich hinlegte. Einen Augenblick lang wünschte sich Eric einen hübschen trockenen Fleck, wo er sich verkriechen und das Ende dieser Sache abwarten konnte.

Dann entdeckte er Sadlons Leiche.

Der Soldat war noch immer an den mächtigen Stamm eines Towanbaums gefesselt, mit durchgebogenem, gekrümmtem Rücken. In seiner Brust klafften tiefe Schnitte, und Eric sah weiße Knochen durch die Wunden schimmern. Ein Schnitt ging quer über Sadlons Bauch, und Eingeweide quollen daraus hervor. Fliegen hatten sich auf dem Leichnam versammelt und bildeten wimmelnde schwarze Klumpen auf den tiefen Wunden.

Der Schimpansenkopf war nach vorn gesunken, und die Augen starrten blicklos zu Boden.

Alabama entdeckte den Toten eine Sekunde später und stieß einen dumpfen Laut des Entsetzens aus. Dann wandte er den Kopf zur Seite.

»Wir haben ihn gefunden!«, rief Eric. »Er ist hier drüben!«

Im ersten Augenblick hätte man glauben können, Sadlon sei von einem wilden Tier angefallen worden war, einer Dschungelkatze oder etwas Ähnlichem. Die Wunden sahen aus, als wären sie von scharfen Krallen verursacht worden.

»Das kann nicht sein!«, stieß Alabama hervor und starrte auf den Toten.

Die anderen Männer näherten sich aus sämtlichen Richtungen. Eric hörte, wie sie durch den Dunst kamen. Langsam schälten sie sich aus dem milchigen Weiß, bis sie mit schockierten Gesichtern vor dem Toten standen.

»Gütiger Gott!«, sagte Jersey, als er vor Sadlons sterblichen Überresten stand. Eric sah, wie Jerseys Kehlkopf arbeitete, als er gegen den Drang ankämpfte, sich zu übergeben. Andere Marines kamen hinzu und bildeten einen Kreis um den Baum mit dem Toten. Irgendjemand verlor die Kontrolle über seinen Magen und kotzte die Morgenration geräuschvoll auf den Dschungelboden.

»Herr im Himmel!«, ächzte Seals mit einem Blick auf den verstümmelten Leichnam.

Er schwieg ein paar Sekunden, dann befahl er: »Schneidet ihn runter. Und nehmt ihm diesen verdammten Affenkopf ab! Mein Gott!«

Eric und Alabama traten vor, zückten ihre Messer und durchschnitten die dicken Lianen, mit denen Sadlons Arme hinter den Baum gefesselt waren. Der Leichnam kippte vornüber zu Boden. Eric und Alabama wechselten Blicke.

»Ich pack das Ding nicht an«, sagte Alabama schließlich mit einem Nicken in Richtung des Affenkopfes.

Seals trat hinzu und starrte mit ausdruckslosem Gesicht in die Bäume hinauf. Dann ging er in die Hocke, beugte sich über den Toten und nahm dessen Briefe aus der Brusttasche. Er schob sie in seine eigene Jacke, nahm seinen Helm ab und wischte sich mit dem Handrücken über die Stirn. Schließlich zog er sein Messer und durchtrennte die Kordeln, die den Schimpansenkopf auf dem Hals des Toten hielten. Sekunden später rollte der Kopf zu Boden und kam auf verrotteten Blättern zum Liegen.

»Ich lasse keinen meiner Männer so zurück!«, sagte Seals, packte den Affenkopf und schleuderte ihn in den Dschungel.

»Wer hat das getan?«, fragte Alabama leise.

»Was denken Sie?«, entgegnete Seals. »Die Japse sind eine Bande von verdammten Tieren!«

Alabama nickte, doch Eric bemerkte, dass er wenig überzeugt schien.

Die Männer starrten betreten zu Boden. »Jemand soll ein Gebet für ihn sprechen«, forderte Seals sie auf.

Die Männer sahen sich an, dann blickten sie zu Jersey, der eine katholische Highschool besucht hatte.

»Was … was soll ich denn sagen?«, fragte Jersey.

»Irgendein Gebet, Mann. Sagen Sie irgendein Gebet für ihn«, entgegnete Seals in scharfem Tonfall.

»Der Mann ist tot«, sagte Alabama. »Ich glaub nicht, dass er wählerisch ist.«

Jersey nickte und murmelte ein leises Gebet. Die Männer bekreuzigten sich. Sadlons Augen starrten leer und glasig in den Himmel wie die Augen eines toten Fisches. Seals drückte sie zu.

Er setzte seinen Helm wieder auf und erhob sich. »Begraben wir ihn. Ich will nicht, dass die Japse wiederkommen und irgendwelche Souvenirs finden.«

Er ging ein paar Schritte von dem Toten weg, bevor er stehen blieb und sich zu den Männern umdrehte. »Im Krieg gibt's nun mal Tote«, sagte er. »Der Sinn der Sache ist, mehr Menschen zu töten als der Gegner, dann hat man eine ziemlich gute Chance, den Krieg zu gewinnen. Ihr werdet noch eine ganze Menge mehr Leichen sehen, bevor das alles vorbei ist. Am besten, ihr gewöhnt euch jetzt schon daran.«

»Ich hab so was noch nie gesehen«, sagte Keaveney und starrte auf den aufgeschlitzten Leichnam seines Kameraden, der verkrümmt am Boden lag, »und ich werd mich nie daran gewöhnen.«

»Was haben Sie gesagt?«, fragte Seals scharf.

»Nichts, Sarge.«

»Also gut. In Ordnung, Männer!« Seals klatschte in die Hände. »An die Arbeit. Bringen wir es hinter uns, bevor es zu heiß wird.«

Drei Soldaten gruben eine halbe Stunde lang, bis sie ein Loch im nassen Boden geschaufelt hatten, das tief genug für den Toten war. Eric Davis und die anderen suchten nach dem zweiten vermissten Marine, fanden aber keine Spur von ihm. Es war, als hätte der Dschungel ihn verschluckt.

Eine Stunde später hatten sie Sadlons Grab hinter sich gelassen, einen rechteckigen Hügel frisch ausgehobener Erde inmitten des grünen Dschungels. Gewehr und Helm des Toten ersetzten den Grabstein. Die Männer folgten in einer lang gezogenen Reihe einem schmalen Pfad, der immer tiefer in den Urwald führte. Vierzehn Marines, Zigaretten in den Mundwinkeln, die Waffen in der einen Hand, die andere zur Seite ausgestreckt, um in dem sumpfigen Gelände das Gleichgewicht zu wahren.

Die Luft war erstickend, und bald fühlten sich die Männer, als wäre ihre Haut mit einer klebrigen Schicht öliger Lumpen bedeckt. Blutegel wimmelten im Wasser und saugten sich windend an Stiefeln und Hosenbeinen fest. Bienen, so groß wie Halbdollarstücke, landeten auf ungeschützter Haut, angezogen vom Salz menschlichen Schweißes. Die Bienen waren harmlos, solange sie nicht provoziert wurden; sie saugten lediglich den Schweiß auf und flogen wieder davon. Eric schauderte jedes Mal, wenn eines der Insekten auf seinem ungeschützten Gesicht landete, darauf herumkroch und sich in Richtung seiner Augen oder seines Mundes bewegte. Oder in sein Ohr eindrang. Skorpione flüchteten mit hoch erhobenem Stachelschwanz, wenn die Soldaten sich näherten.

Schließlich legten sie eine Rast ein, und dankbar nahm Eric seine Feldflasche hervor, um ein paar Schluck warmes Wasser zu trinken.

Ringsum wurden Rufe laut: »Ich hab nichts mehr!«, und Männer drehten ihre leeren Feldflaschen um.

Eric spürte irgendetwas an seinem Bein. Er blickte nach unten: Seine Hosenbeine sahen aus, als wären sie lebendig geworden. Der Stoff war in zuckende, krabbelnde Bewegung geraten.

Ameisen.

»Verdammte Scheiße!«, fluchte er. So schnell er konnte, knöpfte er die Hose auf und trat sich die vom Schlamm und Dreck schweren Stiefel von den Füßen. Er riss sich Hose und Socken herunter, bis er in Unterwäsche dastand und seine übrige Montur vor ihm lag – ein zuckender, wogender Haufen erregter Ameisen.

»Was soll das denn werden?«, fragte Alabama, hob einen von Erics Socken auf und inspizierte ihn aus der Nähe, dann warf er ihn hastig auf den Boden zurück, bevor die Ameisen Gelegenheit hatten, auf seine Hand zu krabbeln. »Von diesen Mistviechern gebissen zu werden, brennt sicher schlimmer als Louisiana Hot Sauce.«

»Ja.«

»Du bist wohl in ein Nest getreten.«

Eric blickte sich um und sah einen kleinen losen Haufen neben dem Pfad. In der Mitte befand sich ein Stiefelabdruck. Er war tatsächlich in ein Nest getreten.

Vorsichtig klopfte er seine Kleidung mit einem Stock aus, den er vom Boden aufgehoben hatte. Die Ameisen krabbelten davon und zu ihrem Nest zurück.

Eric zog seine Montur wieder an, wobei er jeden Augenblick

mit schmerzhaften Bissen von Ameisen rechnete, die er übersehen hatte. Doch er hatte Glück.

Zehn Minuten später arbeiteten die Männer sich erneut durch den Dschungel und über den ausgetretenen Pfad voran. Sie erreichten einen Kokoswald. Die braunen Palmenstämme mit der ringförmig gefurchten Rinde standen weiter auseinander, sodass die Marines hier leichter vorankamen. Der Boden war übersät mit Kokosnüssen, die sie im Vorbeigehen aufsammelten, um die harten Schalen an Stämmen aufzuschlagen und die wässrige weiße Milch zu trinken.

Unvermittelt hob Seals den Arm und gab den Männern das Zeichen zum Halten. Eine Sekunde später kam das Zeichen, in Deckung zu gehen. Eric ließ die Kokosnuss fallen, die er gerade bearbeitet hatte, drückte sich flach auf den Boden, hob den Karabiner und brachte die Waffe in Anschlag. Die Kokosnuss lag, wo er sie hatte fallen lassen. Aus dem Riss in der Schale tropfte langsam die weiße Milch.

Ringsum schien sich nichts zu rühren, mit Ausnahme eines Faultiers, das sich über ihnen langsam von Ast zu Ast hangelte. Seals bedeutete seinen Männern, zu warten, während er sich langsam vorwärts arbeitete und sich zwischen den Bäumen hindurchbewegte. Eric hielt den Kopf tief am Boden und atmete den Geruch des Dschungels, während er dem Rauschen der großen Palmwedel in der sanften Brise lauschte. Es war heiß, doch im Schatten der Kokospalmen war es auszuhalten.

Er blickte zu Seals und bemerkte, dass der Staff Sergeant nach vorn starrte, zu einem Hügelkamm im Gelände vor ihnen. Eric blickte zu der Stelle, sah aber nichts. Seals verharrte einen Augenblick, bevor er zu dem ersten Marine hinter ihm kroch und dem Mann etwas zuflüsterte, wobei er zum Kamm hinter sich deutete. Der Private drehte sich um und gab die Worte flüsternd an den Mann hinter sich weiter, und so wanderte die Botschaft durch die Reihen. Eric rechnete beinahe damit, dass sie verstümmelt bei ihm ankommen würde, doch er hatte sich geirrt.

»Ein Bunker der Japse – da oben, zwischen den Bäumen auf dem Kamm«, zischte Alabama Eric zu. »Seals will drei Mann mitnehmen.«

Eric nickte und gab die Meldung nach hinten weiter. Entlang der Reihe hoben Marines die Hand und meldeten sich freiwillig. Eric war dabei, hoffte aber, Seals würde ihn nicht auswählen.

Er wurde ausgewählt.

Er nickte, als der Sergeant auf ihn zeigte und ihn zu sich winkte, erhob sich in eine geduckte Haltung und bewegte sich vorsichtig nach vorn. Die anderen Marines nickten ihm zu und wünschten ihm mit Gesten Glück.

Seals hielt einen Stock zwischen den Fingern und stocherte damit im Boden. Die drei Freiwilligen fanden sich bei ihm ein – Alabama, Davis und ein Texaner namens Martinez.

»Sieht aus, als hätten wir da oben eine Stellung der Japse.« Seals deutete mit dem Stock auf den Kamm im Gelände. Eric sah genau hin und entdeckte eine Konstruktion aus Palmstämmen und Erde, die in den Hügel eingelassen war. Sie schien verlassen.

»Wahrscheinlich irgendwas Kleineres«, sagte Seals und fuhr mit dem Stock durch den Dreck. »Könnte alles Mögliche sein.«

»Dreißiger?«, fragte Martinez.

»Wahrscheinlich«, antwortete Seals. »Kaliber dreißig wäre gut möglich. Das Gleiche wie am Strand, nur dass wir hier mehr Deckung haben.«

Seals zerbrach den Stock in zwei Teile. »Davis, Sie und Alabama nehmen die linke Seite. Martinez und ich gehen nach rechts. Bleiben Sie in Deckung, bis Sie freies Schussfeld haben. Diese Dreißiger haben eine verfluchte Feuerkraft, und wir wollen nicht von ihnen voll gehagelt werden, verdammt noch mal.«

Alabama und Eric nickten, entledigten sich ihrer Rucksäcke

und legten die überflüssige Ausrüstung zu Boden. Martinez und Seals setzten sich in Bewegung und schoben sich durch das dichte Blattwerk. Kurz darauf standen sie am Rand einer Lichtung. Vor ihnen war ein leichter Anstieg, mit hohem, sich im Wind wiegenden Kunai-Gras bewachsen. Auf dem Kamm befand sich der Bunker.

Alabama tippte Eric auf die Schulter, und sie schlichen vorsichtig am Rand der Lichtung entlang. Die Luft war erfüllt von den krächzenden Rufen von Sittichen und dem Kreischen von Affen. Der Lärm war groß genug, um das leise, saugende Geräusch ihrer Schritte auf dem morastigen Untergrund zu übertönen. Nach den ersten paar Schritten in den Dschungel fühlte sich Eric, als wäre er unter eine kalte Dusche getreten. Sein Haar war durchnässt, und seine Kleidung klebte feucht am Körper.

Alabama benutzte den Kolben seiner Waffe, um die nassen Blätter aus dem Weg zu schieben. Hin und wieder peitschten sie mit alarmierender Geschwindigkeit zurück und klatschten Eric ins Gesicht.

»He, pass gefälligst auf!«, zischte Eric.

»Entschuldige.«

Sie waren vielleicht dreißig Meter weit gekommen, als sie einen Felsvorsprung erreichten. Eric ging in die Hocke und drückte sich gegen die warmen, trockenen Steine. Sie waren inzwischen so dicht vor dem Bunker, dass Eric die Schlitze in den Stämmen sehen konnte und die Spuren, die Äxte hinterlassen hatten. Die Konstruktion bestand aus dicken Kokosstämmen und darüber aufgehäufter Erde und fügte sich fast unsichtbar in die Umgebung ein. Die Männer hätten sich dem Bunker auf zehn Meter nähern können und ihn doch nicht bemerkt. Die Szenerie war friedlich und erinnerte Eric an das Blockhaus seiner Familie daheim in New Hampshire.

Die Ähnlichkeit endete jedoch spätestens mit dem Lauf eines

Maschinengewehrs Kaliber dreißig, der aus einem schmalen Schlitz zwischen den Stämmen ragte.

»Sieht ziemlich ruhig aus«, flüsterte Alabama.

»Ja.«

»Jedenfalls ist nichts zu sehen. Der Bunker sieht verlassen aus. Als wären die Vögel einfach ausgeflogen.«

»Vielleicht.«

Eric atmete schwer. Er hatte die Fäuste um den Karabiner gekrallt. Überrascht bemerkte er, dass sein Zeigefinger um den Abzugshebel lag und ihn langsam durchdrücken wollte. Er zwang sich zu kontrolliertem Atmen und nahm den Finger vom Abzug.

Im japanischen Bunker rührte sich nichts. Eine leichte Brise wehte über die Lichtung und wiegte die Grasbüschel, die aus den Ritzen des Bunkers wuchsen.

»Sieht aus, als wäre keiner zu Hause«, meinte Alabama.

»Willst du hingehen und anklopfen?«

»Scheiße, nein!«

»Also, was machen wir?«

»Warum feuern wir nicht ein paar Salven hinein? Vielleicht rütteln wir sie ja wach?«

Über den Felsvorsprung hinweg sahen sie Seals und Martinez, die sich lautlos von der anderen Seite über die Lichtung hinweg und den Hang hinauf zum Bunker vorarbeiteten. Sie bewegten sich fast auf den Knien, so tief geduckt rückten sie voran. Seals hielt für einen Augenblick inne und sah zu Eric und Alabama herüber.

Alabama bemerkte den Blick des Staff Sergeants, deutete zum Bunker und schüttelte den Kopf in einer Bewegung, die besagen sollte, dass der Bunker leer zu sein schien. Seals nickte und schlich vorsichtig weiter. Martinez blieb hinter ihm zurück und kauerte sich in die Deckung des dichten grünen Unterholzes.

»Der hat Nerven«, murmelte Alabama bewundernd, während er beobachtete, wie Seals zum Bunker schlich.

»Ich weiß nicht recht«, entgegnete Eric. »Vielleicht ist er bloß ein Verrückter.«

Seals rückte weiter vor. Das Kunai-Gras der Lichtung reichte ihm beim Gehen bis über die Knie. Er hielt sich tief geduckt und hatte das Gewehr an der Hüfte im Anschlag. Das Gras legte sich unter seinen Schritten, und er zog eine deutliche Spur hinter sich her.

Er verschwand hinter dem japanischen Bunker.

»Wo ist er hin?«, fragte Alabama.

Eric öffnete den Mund zu einer Antwort, als eine Explosion vom Bunker herüberdröhnte. Dreck und Gras wurden hinter dem Unterstand in die Luft gewirbelt. Vereinzelte Gewehrschüsse peitschten.

Alabama sprang auf und stürmte vor, wobei er mit einer Hand den Helm festhielt. Eric blickte ihm überrascht hinterher, während er sich in Deckung der Felsen hielt. Als Alabama plötzlich stehen blieb, sprang Eric auf und rannte seinerseits los.

»Alles in Ordnung!«, rief jemand.

Seals kam hinter dem Bunker hervor.

»Der Schuppen ist leer«, sagte er.

»Jesses!«, stieß Alabama hervor und verdrehte die Augen. »Sie haben mir eine Höllenangst eingejagt, Sarge!«

Eric kam herbei. »Was war los?«, fragte er.

»Niemand drinnen«, wiederholte Seals.

»Ernsthaft?«

»Ja. Der Laden ist leer.«

Eric ließ den Blick über die Lichtung schweifen. Sie befanden sich auf einem Kamm, der einen weiten Blick über den Dschungel erlaubte. Hinter dem Bunker befand sich ein kleines japanisches Biwak. Ein paar Zelte standen zerstreut im hohen Kunai-Gras. Die Dächer hingen in der Mitte durch, und einige Zelte waren bereits zusammengefallen und lagen in unordentlichen Haufen auf dem Boden, zusammen mit metallenen Munitionsbehältern, deren Inhalt willkürlich verstreut lag. Das Gras war übersät mit leeren Feldflaschen und weggeworfenen Verpflegungspaketen, Gewehrmagazinen und tausend anderen militärischen Ausrüstungsteilen – doch nirgendwo waren Soldaten zu sehen.

»Wo sind sie nur?«, fragte Eric und sah sich um.

Seals zuckte die Schultern. »Keine Ahnung.«

»Vielleicht haben sie aufgegeben«, sagte Alabama und trat mit dem Fuß gegen eine Bandoliere. »Vielleicht haben sie die erste Fähre zurück nach Tokio genommen.«

Die Lichtung ringsum war übersät mit messingfarbenen Patronenhülsen. Es waren buchstäblich Tausende der kleinen Zylinder, die überall im Gras lagen.

Eric bückte sich, hob eine Hülse auf und befingerte sie nachdenklich. »Sie haben auf irgendetwas hier oben geschossen.«

Alabama nickte. »Jedenfalls haben sie genügend Munition verbraucht, um halb Chicago zu erledigen. Ich hätte nicht gedacht, dass unsere Jungs bis hierher gekommen sind.«

»Sind sie auch nicht«, bestätigte Seals. »Jedenfalls nicht nach Plan.«

»Auf was, zur Hölle, haben sie dann geschossen?«, fragte Eric.

Alabama zuckte die Schultern. »Keine Ahnung.« Er sah sich auf der Lichtung um. »Sieht aus, als wären sie von allen Seiten gleichzeitig angegriffen worden. Überall liegen Patronenhülsen.«

»Seht nur.« Alabama bückte sich und untersuchte die Seite eines eingefallenen Zeltes. Der dunkelgrüne Stoff war mit eingetrockneten schwärzlichen Flecken bedeckt.

»Das ist Blut!«, sagte Eric.

»Sieht so aus«, erwiderte Alabama. Er stand auf und sah sich um.

Eric ging zum anderen Ende der Lichtung. Das Gras war platt getreten, und Stiefelabdrücke bedeckten den weichen Boden. Die Luft war feucht. Eric fuchtelte mit der Hand, um die winzigen Insekten zu vertreiben, die vor seinem Gesicht schwebten.

Der Hügel senkte sich dem Rand des Dschungels entgegen, und irgendwo nahe den ersten Bäumen flatterte etwas im Wind. Eric neigte den Kopf und starrte auf den Gegenstand. Es war ein Stück Kleidung, das an einer langen Stange hing, die im Boden steckte.

Eric entdeckte weitere Stangen, die in einer geraden Reihe am Rand der Lichtung aufgestellt waren. Plötzlich erkannte er, was er dort sah.

»O Gott!«, flüsterte er, dann drehte er sich zu den anderen Männern um. »Ihr müsst euch das hier ansehen! Los, kommt schnell her!«

Alabama und Seals rannten herbei. Die Feldflaschen an ihren Gürteln tanzten.

»Was gibt's denn?«, fragte Alabama atemlos und starrte Eric fragend an.

Eric antwortete nicht, sondern nickte in Richtung der Pfähle am Rand der Lichtung.

Langsam wandte Alabama den Kopf zu der von Eric angedeuteten Stelle.

Dort stand eine Reihe hoher Pfähle, die in die Erde gerammt waren. An jedem hing aufgespießt ein japanischer Soldat, drei Meter über dem Boden, schlaff wie eine welke Blüte. Die Kleidung der Toten war größtenteils abgerissen, und durch die Schlitze war nacktes Fleisch zu sehen. Stofffetzen wiegten sich im Wind.

Insekten hatten sich auf den Leichen versammelt, riesige geflügelte Kreaturen, die durch die Luft summten und hin und her schossen. Die Pfähle standen in gleichmäßigem Abstand, ungefähr zwei Meter, und schienen tief im Boden versenkt zu sein, denn sie zeigten keinerlei Anzeichen, sich in die eine oder andere Richtung zu neigen, trotz des Gewichts der am Bauch aufgespießten Männer.

Eric spürte eine merkwürdige Ruhe in sich, als er die Szene

betrachtete, ein beinahe sprachloses Staunen angesichts dieser Ungeheuerlichkeit.

»Was ist hier passiert?«, fragte Alabama leise.

»Ich weiß es nicht«, erwiderte Seals.

»Waren das unsere Leute?«

Seals schüttelte den Kopf. »Keine Ahnung.«

»Nun …«, begann Alabama langsam. »Und was machen wir jetzt?«

Seals bückte sich und pflückte ein paar Grashalme. Er drehte sie zwischen den Fingern. Nach einigen Augenblicken sagte er: »Nichts. Wir erwähnen den anderen gegenüber kein Wort. Und wir unternehmen nichts.«

Er wandte sich von den Pfählen mit den Leichen ab. »Gehen wir wieder nach oben.«

Schweigend wanderten sie zum Kamm hinauf, wo der japanische Bunker stand. Nachdem der Schock allmählich verklang, breitete sich Übelkeit in Erics Magen aus. Die Männer erreichten den Bunker und hörten ein leises Klirren aus dem Dschungel. Eric blickte auf und sah Martinez, der mit zwei großen Metallkanistern auf dem Rücken über die Lichtung gerannt kam. Die Kanister für den Flammenwerfer erzeugten beim Laufen das metallische Klirren.

»Meine Güte!«, sagte Alabama. »Ich begreife nicht, wie du es schaffst, mit diesen Dingern auf dem Rücken auch noch zu rennen. Das ist ja so, als hättest du einen kompletten Grill auf dem Buckel.«

Martinez zuckte schweigend die Schultern, grinste und steckte sich eine Zigarette an.

»Das ist richtig schlau«, sagte Alabama. »Zehn Liter Kerosin auf dem Rücken und sich dann eine Kippe anstecken. Mach nur so weiter, du Trottel.«

»He!«, erklang plötzlich die Stimme des Sergeants. »Ich hab was gefunden!«

Seals stand im Eingang des Bunkers und starrte vor sich auf den Boden aus Erdreich. Die drei anderen Männer liefen zu ihm und folgten seinem Blick. Mitten im Boden befand sich eine kleine Falltür aus Holz. Seals beugte sich vor und zog an einer Ecke, und die Tür klappte widerstandslos hoch. Darunter war ein rechteckiges Loch in den Boden gegraben, mit Wänden aus nacktem Erdreich, das in völliger Dunkelheit verschwand.

»Sie haben Tunnel«, sagte Seals. »Martinez?«

»Sir?«

»Ausbrennen.«

Martinez trat vor und hob den Flammenwerfer. Er stand im Eingang des Bunkers, regelte den Druck an seinen Kanistern und richtete den langen Stab der Waffe auf das Loch im Boden. Es gab ein gurgelndes Geräusch, und ein Flammenstrahl schoss aus dem Ende des Rohrs in Martinez' Händen.

Er lenkte die Flammen in das Loch hinunter, und der Strahl spritzte in die Tiefe und versengte den Boden zu den Seiten. Eric stand daneben und spürte die Hitze. Aus dem Loch kam ein knisterndes Geräusch.

Martinez ließ den Abzug los und trat zurück. Das Innere des Bunkers qualmte, und die Holzstämme trugen schwarze Spuren. Rings um das Loch im Boden war alles voller Ruß.

»Also schön«, entschied Seals. »Steigen wir runter und sehen nach.«

»Was?«, fragte Alabama entgeistert.

»Sie haben richtig verstanden.«

»Sarge, da unten ist alles tot. Warum sollten wir noch runtersteigen?«

»Ich wusste nicht, dass Krieg eine demokratische Veranstaltung ist, Alabama. Seit wann muss ich Ihnen erklären, warum Sie einen Befehl ausführen sollen?«

Alabama ließ den Kopf hängen. »Jawohl, Sir.«

Seals trat vor und ging vor dem Loch in die Hocke. Es war

rechteckig und maß vielleicht sechzig mal neunzig Zentimeter. Dünne Rauchschwaden stiegen träge daraus in die Höhe wie von einer eben ausgepusteten Kerze. Seals stützte rechts und links die Hände auf und steckte die Beine in das Loch.

Er sprang hinunter und verschwand.

»Der Sarge ist verrückt«, murmelte Alabama.

»Ja, ist er«, antwortete Eric und bewegte sich ebenfalls auf das Loch zu.

Er hängte sich den Karabiner quer über den Rücken, stemmte die Hände rechts und links auf die Erde und schwang die Beine über das Loch. Unter sich sah er nichts als Dunkelheit. Die Flammen hatten den Boden so stark erwärmt, dass er sich fast heiß anfühlte, wie ein Sandstrand an einem strahlenden Sommertag. Eric ließ sich in das Loch hinab, und die Wärme ringsum entspannte ihn augenblicklich. Es war fast, als würde er eine Sauna betreten.

Eric fiel anderthalb Meter, bevor seine Stiefel den Boden berührten.

»Kannst du was sehen?«, rief Alabama von oben.

»Ein Tunnel!«, rief er nach oben. »Ungefähr anderthalb Meter hoch!«

Seals war vor ihm. Er hielt eine Taschenlampe und leuchtete damit den Tunnel ab. Die dunklen, irdenen Wände schienen das Licht förmlich aufzusaugen. Über Eric fiel ein rechteckiger Schaft aus Licht herab und erhellte einen fahlen Ausschnitt am Boden.

Seals bewegte sich rasch voran, als gäbe es in der Dunkelheit vor ihm keine unbekannte Gefahr. Mit der einen Hand leuchtete er nach rechts und links, während er mit der anderen sein Gewehr gepackt hielt. Eric folgte ihm nervös mit schussbereiter Waffe. Der Tunnel war eng, und er streifte mit den Schultern an den Wänden entlang. Immer wieder lösten sich kleine Dreckklumpen.

Ein Stück voraus schien der Tunnel sich zu einem kleinen Raum zu weiten, der in ein merkwürdig flackerndes, rotes Licht getaucht war. Das Licht warf lange, tanzende Schatten auf die Tunnelwände.

Die Schatten bewegten sich, als würde jemand vor einem Feuer tanzen.

Hinter Eric mühte Alabama sich durch das Loch, gefolgt von Martinez.

»Was siehst du?«, rief Alabama mit gedämpfter Stimme.

»Bis jetzt nichts«, antwortete Eric über die Schulter. »Irgendein Licht. Sieht unheimlich aus, wenn du mich fragst.«

Der Tunnel erstreckte sich zehn Meter in die Tiefe, bevor er in einen aus dem Boden gegrabenen Raum mündete. Seals ging voran. Er betrat den Raum und verschwand, als er sich auf das rötliche Flackern zubewegte.

Eric folgte ihm langsam und kämpfte gegen den Impuls an, nach dem verschwundenen Sergeant zu rufen.

Der Tunnel endete, und Eric betrat den Raum dahinter. Er war tatsächlich in den Boden gegraben; mehrere Kokosstämme, die als Stütz- und Querbalken dienten, hielten die Decke. Die Grundfläche betrug etwa fünf mal sechs Meter. In einer Ecke befand sich ein behelfsmäßiges Lager aus getrocknetem Kunai-Gras, daneben eine kleine Schilfmatte und ein niedriger Tisch. Auf dem Tisch befanden sich ein Teegeschirr und einige persönliche Dinge, die offensichtlich aus Japan stammten. An einer Wand war ein winziges Bücherregal mit vier pedantisch ausgerichteten Büchern, ausnahmslos auf Japanisch. Zwischen den Stützbalken war ein großes weißes Laken gespannt, das mit einer großen aufgehenden Sonne und japanischen Schriftzeichen bedeckt war.

Der Raum war behaglich, beinahe schon komfortabel eingerichtet und sah fast aus wie eine Kinderhöhle. Nur dass es keine war.

Alles stand in Flammen.

Das Grasbett brannte, und dünne Flammenzungen leckten über den aufgespannten weißen Stoff und tanzten über das Bücherregal. Die Stützbalken brannten ebenfalls. Sie standen in einem Raum voller Flammen. Das Feuer hatte sich entzündet, als Martinez den Flammenwerfer in den Tunnel hielt.

Eine dichte Rauchwolke bildete sich. Das Feuer saugte frische Luft aus dem Tunnel an, und eine Brise zupfte an Erics Haaren und Kleidung und ließ den aufgespannten Stoff flattern. Die Schatten an den gegenüberliegenden Wänden bewegten sich im Gleichklang mit dem weißen Tuch.

An der Rückwand des Raums hing ein menschlicher Körper, ein japanischer Soldat in Uniform. Er trug nur eine schmutzige Hose, hochgekrempelt bis zu den Knien, und weder Schuhe noch Socken. Er hing mit ausgestreckten Armen an einem der Stützbalken, die Füße übereinander. Jemand hatte große Nägel durch seine Hände und Füße getrieben und ihn am Holz gekreuzigt. Die schmutzige Haut hing lose vom Leib und sah aus, als könne sie jeden Augenblick zu Boden rutschen, sodass nur noch das Skelett an der Wand zurückblieb. Der Leichnam war von einem scharfen Gegenstand zerschlitzt worden. Tiefe Wunden zogen sich über Brust und Bauch.

»Mein Gott!«, ächzte Eric. »Was ist denn mit dem passiert?«

»Sieht aus, als wäre er aufgeschnitten und ausgeweidet worden, und als hätte man ihn anschließend gedörrt wie ein Stück Fleisch«, sagte Alabama. »Wer hat das getan? Meint ihr, dass unsere Jungs dahinter stecken? Haben sie ihn so zugerichtet?«

»Wir haben keine Leute im Umkreis von fünfzehn Kilometern«, widersprach Seals und starrte unverwandt auf den Leichnam.

»Was ist mit der vermissten Aufklärungseinheit?«, fragte Alabama. »Die Männer, nach denen wir suchen sollen? Vielleicht sind sie hier durchgekommen und für diese Sauerei verantwortlich.«

»Und was ist mit den Männern auf den Pfählen?«, fragte Eric.

»Halten Sie die Klappe, Davis!«, fuhr Seals ihm ärgerlich über den Mund.

»Was für Männer?«, fragte Martinez. »Was für Pfähle?«

»Nichts«, antwortete Eric.

»Irgendwas stört mich an dieser ganzen Geschichte«, sagte Martinez nachdenklich. »Wenn sie jeden umgebracht haben, wie kommt es dann, dass wir keine Leichen gefunden haben?«

»Vielleicht haben sie die Leichen mitgeschleppt«, antwortete Alabama.

»Durch den Dschungel? Das schaffe ich kaum mit nichts weiter als meiner Ausrüstung! Wie, zur Hölle, sollen sie da ein ganzes Platoon toter Soldaten mitschleppen?«

»Ja. Und kein amerikanischer Soldat würde so etwas tun.« Alabama deutete mit dem Kopf auf den verstümmelten Leichnam. »Ganz bestimmt nicht.«

»Oder sonst eine der verfluchten Grausamkeiten, die wir gesehen haben«, pflichtete Eric ihm bei, als er an die Toten auf den Holzpfählen dachte.

»Im Krieg geschehen seltsame Dinge mit den Menschen«, sagte Seals langsam. »Ein Mann weiß nicht, wozu er imstande ist, bis er hierher kommt, wo das Töten zum Alltag gehört.«

»Wollen Sie damit sagen, dass vielleicht doch unsere Jungs dahinter stecken?«, fragte Eric.

Alabama schüttelte den Kopf und spuckte aus. Der Rauch im Raum wurde allmählich dichter, während die Flammen an den Stützbalken und über das Bücherregal leckten. Der Leichnam des Japaners hatte bisher kein Feuer gefangen und hing unverändert an der Wand. Der Kopf des Toten ruhte auf der Brust.

»Wir müssen verschwinden«, sagte Seals.

»Wir lassen ihn einfach hier zurück?«, fragte Alabama.

»Wir sind nicht für ihn verantwortlich, und es ist nicht unsere Aufgabe, gegnerische Soldaten zu begraben.«

»Vielleicht. Trotzdem, es kommt mir irgendwie verkehrt vor, einen Mann zurückzulassen, der an die Wand genagelt wurde wie Jesus Christus.«

Erics Augen tränten bereits vom Rauch, und in seinem Mund breitete sich ein beißender Geschmack aus. Er wollte nur noch aus diesem unterirdischen Bau heraus. Plötzlich hörte er ein Krachen. Zuerst meinte er, einer der Stützbalken wäre gebrochen, doch Martinez stöhnte auf und krümmte sich nach vorn, die Hände auf den Leib gepresst.

»Alles in Ordnung?«, fragte Alabama und beobachtete überrascht, wie Martinez auf die Knie sank.

Eric bemerkte, dass zwischen Martinez' Fingern hindurch Blut strömte. »Was ist?«, stieß er hervor, als ein weiteres Krachen ertönte. Eric spürte einen brennend heißen Schmerz an der Schulter, als hätte jemand eine Zigarette auf seiner nackten Haut ausgedrückt.

»Verdammte Scheiße!«, brüllte er, als ihm bewusst wurde, was das Krachen zu bedeuten hatte.

Jemand schoss auf sie.

Er ließ sich fallen und riss sein Gewehr in Anschlag. Der Raum war nun fast vollständig mit dichtem schwarzem Rauch gefüllt, doch Eric bemerkte durch den Qualm hindurch, dass der Tunnel auf der gegenüberliegenden Seite weiterführte. Und er sah einen Mann mit nacktem Oberkörper, der hinter einem Erdhügel geduckt sein Gewehr nachlud.

Eric hob die Waffe und feuerte ein paar Schüsse auf den feindlichen Soldaten ab. Alabama stand noch immer begriffsstutzig in der Gegend und beobachtete Eric aus weit aufgerissenen Augen.

»Jemand feuert auf uns!«, rief Eric. »Los, schaff Martinez nach draußen!«

Alabama schüttelte benommen den Kopf, bückte sich, packte Martinez bei der Schulter und zerrte ihn hinter sich her durch den Tunnel in Richtung Ausgang. Eric spähte durch den beißenden Qualm und feuerte erneut, ohne ein Ziel zu erkennen. Ein Antwortschuss erfolgte. Eric hörte, wie das Projektil hinter seinem Kopf in die Wand schlug. Er konnte kaum noch etwas sehen, so dicht waren Feuer und Qualm nun geworden. Alabama hatte Martinez inzwischen zum Ausgang gezogen und bemühte sich, ihn nach oben zu schieben. Martinez war noch immer bei Bewusstsein. Er fluchte ununterbrochen und drückte die Hände auf seine Schusswunde im Bauch. Er hatte seinen Helm verloren, und seine Haare klebten ihm schweißdurchtränkt am Kopf.

»Ich brauch deine Hilfe, Davis!«, rief Alabama. »Ich kann ihn nicht allein nach draußen heben!«

Eric kehrte durch den Tunnel zurück und kletterte nach draußen. Oben angekommen, atmete er erleichtert die frische Luft, die wie eine lindernde Salbe auf seine verätzten Lungen wirkte. Er beugte sich über das Loch und packte Martinez unter den Achseln. Mit Alabamas Hilfe, der von unten schob, wuchteten sie den verletzten Kameraden aus dem Loch.

Eric trug ihn aus dem Bunker und legte ihn ins dichte Kunai-Gras draußen auf der Lichtung. Ihm war schwindlig vom Sauerstoffmangel, und er stolperte unter der schweren Last.

Alabama und Seals folgten ihm schwer atmend. Alabama krümmte sich plötzlich zusammen, und Eric glaubte schon, er wäre ebenfalls angeschossen worden, bis er den Mund öffnete und sich heftig erbrach. Die anderen Männer des Suchtrupps brachen unten aus dem Dschungel, angezogen vom Lärm der Schüsse. Sie rannten durch das hohe Gras auf Eric zu. Martinez stöhnte laut und drückte die Hände auf den Leib.

Ein rasches, scharrendes Geräusch drang aus dem Tunnel, wie von losem Dreck oder kleinen Steinchen. Alabama kehrte vorsichtig zum Loch im Boden zurück und sah hinunter, zuckte aber sofort zurück.

»Was ist?«, fragte Eric.

»Ein Japs!«, antwortete Alabama. »Wahrscheinlich der Bursche, der Martinez angeschossen hat.«

»Knallst du ihn ab?«

Alabama beugte sich erneut vor und sah hinunter in das Loch.

»Er hat keine Waffe«, sagte er langsam. »Was soll ich jetzt tun?«

»Was willst du damit sagen, er hat keine Waffe?«

»Er ist unbewaffnet. Und es sieht aus, als wäre er ebenfalls verwundet.«

Eric ließ Martinez für einen Augenblick allein und kehrte zum Eingang des Tunnels zurück, um selbst nach unten zu sehen. Zweieinhalb Meter tiefer lag direkt unter dem Loch ein japanischer Soldat. Sein Kopf ruhte an der Wand des Tunnels. Unter seiner linken Schulter war ein dunkler feuchter Blutfleck zu erkennen. Es war der Soldat, der Eric unter Beschuss genommen hatte.

Er war hager, und seine Rippen zeichneten sich deutlich unter der Haut ab. Mit glasigen Augen blickte er zu Eric und Alabama hinauf und murmelte etwas auf Japanisch. Der Tunnel füllte sich schnell mit dichtem schwarzem Rauch, der aus dem Einstieg quoll wie aus einem Schornstein.

Der Verwundete presste sich einen Stofflappen, den er sich aus dem Hemd gerissen hatte, auf den Mund, wurde aber trotzdem von heftigen Hustenanfällen geschüttelt.

»Was machen wir mit ihm?«, fragte Alabama.

Eric zuckte die Schultern. »Wir lassen ihn zurück.«

»Wenn wir ihm nicht helfen, krepiert er da unten«, entgegnete Alabama langsam.

Er hatte Recht. Der verwundete gegnerische Soldat besaß nicht mehr genügend Kraft, um sich allein aus dem Loch zu befreien. Er würde entweder verbrennen, verbluten oder an Rauchvergiftung sterben. Keine viel versprechende Auswahl.

»Martinez stirbt ebenfalls«, sagte Eric. »Und das da unten ist der Kerl, der auf ihn geschossen hat.«

»Ja. Schätze, du hast Recht.«

Eric wandte sich ab und kehrte zu Martinez zurück. Der hatte den Mund aufgerissen und atmete angestrengt. Seine Zähne waren blutig. Hinter sich hörte Eric ein angestrengtes Grunzen. Er drehte sich um und sah, wie Alabama den japanischen Soldaten aus dem Loch zerrte.

»Meine Güte, was machst du denn da?«, rief Eric. »Das ist doch verrückt! Hast du den Verstand verloren?«

»Wir können ihn nicht einfach liegen lassen. Das wäre nicht richtig. Er wird so oder so sterben, warum also nicht in Frieden und mit vollem Magen?«

»Ach, du willst ihm auch noch Essen geben? Wir schleppen unsere verdammten Rationen durch diesen elenden Dschungel, damit du sie an die Japse verfütterst, oder was?«

Der Japaner lag zusammengekrümmt am Boden. Er packte Alabamas Stiefel, hielt ihn fest und blickte flehend zu ihm auf. Dann sagte er etwas auf Japanisch, das wahrscheinlich ein Dankeschön sein sollte.

Sekunden später waren die restlichen Männer des Trupps heran und drängten sich um Martinez und den japanischen Soldaten. »Wo kommt der denn her?«, fragte Kelly Keaveney überrascht.

»Aus dem Tunnel«, antwortete Alabama und deutete auf das Loch.

Der Soldat sagte etwas auf Japanisch. Seine Augen weiteten sich, als er redete, und seine Finger krallten sich in Alabamas Hosenbein.

»Was will der Bursche?«, fragte Jersey.

Alabama zuckte die Schultern. »He, Reder!«, rief er einen seiner Kameraden herbei. Martin Reder war in San Francisco aufgewachsen und sprach einigermaßen Japanisch. Er war der einzige Mann im gesamten Trupp, der überhaupt Japanisch konnte.

Reder war ein junger, gescheiter Bursche mit kurz geschorenem Haar und breitem, freundlichem Gesicht. Er stand bei Martinez und starrte auf den Verwundeten, doch als er seinen Namen rufen hörte, trottete er zu Alabama herüber.

»Ja? Was gibt's?«

»Kannst du verstehen, was er sagt?«

Reder lauschte aufmerksam dem gemurmelten Japanisch. Der verwundete Soldat wirkte äußerst aufgeregt. Seine Augen waren weit aufgerissen und drohten aus den Höhlen zu quellen, und sie zuckten zwischen den umstehenden Amerikanern hin und her.

Nach einem Augenblick zuckte Reder die Schultern. »Zum Teil.«

»Und? Was sagt er?«, fragte Alabama.

Reder sprach den Verwundeten an. Als der japanische Soldat seine Muttersprache hörte, drehte er sich zu Reder um und sprach mit deutlicherer Stimme weiter. Seine Wunde schmerzte ihn offensichtlich, und alle paar Sekunden hielt er inne, um mühsam durchzuatmen. Sein Gesicht wurde ständig blasser, als würde das Blut buchstäblich durch das kleine Kugelloch aus seinem Körper fließen.

»Er stirbt«, flüsterte Eric.

»Was sagt er?«, fragte Alabama ungeduldig mit einem Nicken in Richtung des Japaners.

Reder schüttelte den Kopf und zog die Augenbrauen hoch.

»Ich bin nicht sicher«, antwortete er. »Irgendwas von Geistern oder Gespenstern, die aus dem Dschungel gekommen sind. Ich kann das Wort nicht genau übersetzen.«

»Gespenster?«, fragte Alabama zweifelnd.

»Ja«, antwortete Reder. »Gespenster, Geister, Dämonen … irgendetwas Böses.«

»Das ist Blödsinn«, entschied Alabama. »Frag ihn noch mal.«

Reder wandte sich erneut dem Soldaten zu und stellte eine Frage auf Japanisch. Der Soldat schüttelte den Kopf und murmelte ein paar Worte zur Antwort.

Reder nickte und blickte auf. Er zog seinen Helm ab, bevor er in den Dreck spuckte. »Es waren keine Gespenster, sagt er, sondern etwas Festes, Stoffliches, wie ein Mensch, aber es waren keine Menschen. Sie kamen aus dem Dschungel.«

Der Bunker stand in Flammen. Lange, lodernde Zungen aus orangenem Feuer erhoben sich über das Blätterdach des Dschungels. Keaveney hatte den Flammenwerfer auf die Stämme gerichtet, aus denen die Bunkerwände gebaut waren, und sie mit brennendem Kerosin getränkt. Eine dichte Rauchwolke stieg zum Himmel. Eric wurde ein wenig nervös. Jetzt wusste jeder Japaner in fünf Kilometern Umkreis genau, wo sie steckten. In den Bäumen kreischten verängstigte Affen und aufgeregte Papageien, während sie den Brand beobachteten. Seals hatte die Männer Bambus schneiden und in Bündeln aus langen Stangen zusammenschnüren lassen, zwischen die Zeltstoff gespannt war. Die Konstruktion bildete eine improvisierte Trage für Martinez. Sie drehten den Verwundeten auf die Seite, und ein Schwall Blut strömte aus dem Loch in seinem Bauch. Dann schoben sie die Trage hinter Martinez und rollten ihn darauf.

Der japanische Soldat lag am Boden und drückte die Hand auf die Wunde in seiner Brust.

»Was ist mit ihm?«, fragte Alabama und nickte in seine Richtung.

»Ich würde sagen, wir lassen ihn liegen«, antwortete Jersey. »Wir können ihn nicht mitnehmen. Wir haben nicht genug Männer, um eine zweite Bahre zu tragen.«

»Das geht doch nicht!«, protestierte Alabama aufgebracht. »Wir können ihn doch nicht einfach hier liegen lassen!«

»Wir können nichts für ihn tun.«

»Wir könnten wenigstens versuchen, ihn zu tragen.«

»Und wohin?«, fragte Jersey.

Zwischen beiden Männern entbrannte ein lautstarker Streit.

»Scheiße, ich weiß es nicht!«, brüllte Alabama.

Der Japaner lag hilflos am Boden und verfolgte die Auseinandersetzung. Er schien zu begreifen, worum es ging. »Mann Gottes!«, sagte Jersey und schüttelte den Kopf. »Hör dir doch nur mal einen Augenblick selbst zu! Du willst, dass wir den Japs durch den Dschungel schleppen? Er ist der Feind! Wir dürfen ihm nicht helfen!«

»Aber wir können ihn nicht einfach liegen lassen!«

»Sei nicht so ein verdammter Schwachkopf!«

»Was?«, schäumte Alabama. »Was hast du gerade gesagt?«

»Nichts«, kniff Jersey und schüttelte verärgert den Kopf.

Alabama sprang mit erhobener Faust vor. Jersey wich geschickt zurück und konterte den Angriff mit einem schnellen Haken an Alabamas Unterkiefer. Alabamas Kopf wurde nach hinten gerissen, und sein Helm fiel herab, doch er erholte sich rasch und griff Jersey erneut an. Die anderen Soldaten machten Anstalten, die beiden Männer zu packen und zu trennen. Seals jedoch stand gelassen daneben und beobachtete das Geschehen.

»Wollen Sie denn nicht einschreiten?«, brüllte Eric den Staff Sergeant an.

»Sie wollen kämpfen«, erwiderte Seals. »Sollen Sie. Wut ist gut.«

Jersey hatte inzwischen Reder mit einem Ellbogenstoß ins Gesicht getroffen, und Reder wich mit blutender Nase zurück. Seals beobachtete das Geschehen weiterhin ungerührt, und auf seinem Gesicht erschien ein leichtes Grinsen. Wortlos zog er seine Pistole aus dem Halfter, trat zu dem verwundeten Japaner und setzte ihm die Mündung der Waffe an den Kopf.

»Du verdammter Hundesohn …!«, brüllte Alabama und holte zum Schlag aus.

Der Schuss peitschte laut über die Lichtung, und etwas Dunkles spritzte auf Alabamas Hemd. Er ließ den Arm sinken, und alle Anspannung wich aus seiner Haltung und seinem Gesicht, als er benommen an sich herunter auf die Flecken starrte. Die Blicke der Männer richteten sich auf den Staff Sergeant. Seals stand aufrecht da und senkte die Pistole langsam. Quer über sein Gesicht zog sich ein roter Spritzer. Zu seinen Füßen lag der tote japanische Soldat, ein kleines schwarzes Loch in der Schläfe.

»Problem gelöst«, sagte Seals ungerührt. »Wenn ihr kämpfen wollt – so wird es gemacht. Ihr tötet. Keine Gewissensbisse, keine Schuldgefühle.«

Seals atmete tief durch. Er wirkte entspannt und weniger müde als noch kurz zuvor. Eric lief ein Schauer über den Rücken. Seals schien irgendwie … lebendiger. Sein Gesicht wirkte gesünder, seine Augen blickten lebhafter.

»Wenn du einem Mann das Leben nimmst«, sagte Seals, »wirst du selbst entsprechend stärker, so, als würdest du seine Kraft in dich aufnehmen.«

Seals wandte sich um, wischte den Lauf seiner Waffe ab und schlenderte davon.

Schweigend setzten sie ihre Patrouille durch den Dschungel fort. Sie entfernten sich von der Lichtung. Noch immer saß ihnen der Schock in den Knochen. Zu viel Grauenhaftes hatten sie gesehen. Eric drehte sich ein letztes Mal nach dem Hügelkamm um, gerade rechtzeitig, um beobachten zu können, wie die vom Feuer geschwächte Konstruktion des Bunkers in sich zusammenfiel und alles unter sich begrub, was noch darin gewesen war. Alabama und Jersey trugen die Bahre mit dem verwundeten Martinez. Er lag auf dem Rücken, stöhnte und fluchte hin und wieder auf Spanisch.

»Das ist alles nicht richtig«, sagte Reder und drückte noch immer ein Stück Stoff auf seine verletzte Nase. »Wir sollten den Einsatz abbrechen und umkehren.«

»Ja.« Eric nickte.

»Ich hab die Toten gesehen. Die Männer auf den Pfählen, meine ich.«

Eric sah ihn an.

»Als die anderen damit beschäftigt waren, eine Trage für Martinez zu bauen, ist Seals über den Kamm davonspaziert. Ich bin ihm gefolgt und habe die toten Japaner gesehen, die auf den Pfählen steckten.«

Eric nickte. »Ich hab sie auch gesehen, genau wie Alabama.«

»Was hat das zu bedeuten?«

»Ich weiß es nicht. Irgendetwas geht vor. Etwas Schlimmes.«

»Seals schienen die Toten nichts auszumachen. Willst du wissen, was er getan hat?«

»Was?«

»Ich hab ihn beobachtet. Er ist zu den Pfählen gegangen und hat die Toten angestarrt, mit einem ganz merkwürdigen Ausdruck. Als würde er nach etwas zu Essen suchen. Dann strich er mit der Hand über einen der Pfähle, und ich sah, dass er sie nass vor Blut wieder zurückzog. Er stand einfach nur da und hat auf seine Hand gestarrt.«

»Und dann?«

»Dann ist er einen der Pfähle raufgeklettert. Er zog sein Messer und schnitt dem Toten auf dem Pfahl etwas aus dem Gesicht. Ich konnte es nicht genau sehen, aber ich weiß, dass er es in seine Tasche gesteckt hat.«

»Blödsinn.«

»Kein Blödsinn.« Reder schüttelte den Kopf. »Ich hab es gesehen. Er hat dem Mann etwas aus dem verdammten Gesicht geschnitten und es eingesteckt.«

Eric schwieg, und so fuhr Reder fort: »Die verschwundenen

Männer sind mir egal. Ich will weiter nichts, als wieder nach Hause. Ich will nicht hier sein.«

Eric nickte zustimmend. Auch er wäre lieber überall gewesen, nur nicht hier.

Unter den Männern hatte sich die Ruhr ausgebreitet. Eric hatte das Gefühl, als würde es ihm den Darm zerreißen. Ungefähr jede Stunde mussten sie Halt machen, damit die Männer ins Gebüsch verschwinden und sich Erleichterung verschaffen konnten. Ihre Umgebung war voller Leben – Leben, das anderes Leben tötete. Giftige Pflanzen und Insekten, Reptilien, Tiere mit Stacheln und Zähnen, alles war bösartig und wenig Vertrauen erweckend. Zuerst hatte Eric die Verlockung verspürt, die hübschen roten Blumen zu pflücken, die hier und da am Rande des Pfades wuchsen. Inzwischen kam ihm der Gedanke beinahe absurd vor. Ein Skorpion konnte sich zwischen den Blättern verstecken, oder die Bewegung stachelte einen Schwarm Wespen zum Angriff an, oder schlimmer noch, vielleicht war die Pflanze giftig, und ihre Toxine drangen langsam durch die Haut, bis eine Stunde später die Nerven allmählich versagten.

Die Männer rasteten am frühen Nachmittag, während der heißesten Stunden des Tages. Sie saßen auf dem Boden, den Rücken an Bäume gelehnt, die Rucksäcke vor sich. Dankbar stellten Alabama und Jersey die Trage ab und rieben sich die wunden Finger und die geschwollenen Handgelenke. Eric legte den Kopf in den Nacken und blickte hinauf in das Gewirr aus Pflanzen und Blättern. Er folgte den braunen Baumstämmen vom Boden in die Höhe, wo sie hoch über dem Erdboden in einem Gewirr aus Grün zu explodieren schienen.

Ein Rascheln ertönte über ihm. Zweige bewegten sich. Eric entdeckte einen kleinen Siamaffen auf einem Ast, die Beine um das Holz geschlungen, einen der langen Arme in den Zweigen über sich. Der Affe mit seinem kleinen schwarzen Gesicht, das von weißem Fell umrahmt war, starrte auf Eric hinunter, während er auf dem Ast hin und her schaukelte. Eric kramte in seinem Rucksack und fand einen Karamellriegel, biss ein Stück ab und warf den Rest vor sich auf den Boden, wo er direkt unter dem Affen zum Liegen kam.

»Los, weiter geht's«, sagte Seals nach einer Weile.

Eric wandte sich vom Siamaffen ab und beobachtete, wie seine Kameraden sich mühsam wieder auf die Beine rafften und sich die Rucksäcke überwarfen, bevor sie ihre Helme aufsetzten und ihre Gewehre nahmen.

Erics Schultern waren wund, und er zuckte vor Schmerz zusammen, als ihm das Gewicht der Trageriemen erneut in die Haut schnitt. Wenn sie erst eine Zeit lang gelaufen waren, würde alles taub werden, doch jetzt, gleich nach der Rast, war es schmerzhaft. Der Trupp setzte sich in Bewegung, und Eric warf einen letzten Blick zurück. Der Siamaffe kletterte geschickt den Baum herunter, während er mit einem Auge misstrauisch die sich entfernenden Männer im Blick behielt. Dann griff er sich den Karamellriegel mit seinen winzigen Fingern, steckte ihn in den Mund und verschwand blitzschnell wieder oben zwischen den Ästen.

Eric richtete den Blick wieder nach vorn.

Sie durchquerten einen braunen, schmutzigen Bach. Auf der anderen Seite führte der Pfad weiter, verschwand erneut unter den Bäumen und führte tiefer und tiefer ins Hinterland.

Einer der Männer weiter vorn hatte einen bunten Papagei mit kleinem Schnabel gefangen. Das Gefieder des Tieres zeigte tiefe Rot- und Blautöne. Der Papagei klammerte sich fest an den ausgestreckten Mittel- und Zeigefinger des Marines, der die Hand für einen Augenblick sinken ließ, während er weitermarschierte. Der Papagei hielt sich unverwandt fest und hing mit dem Kopf nach unten schwingend an der Seite des Soldaten wie ein buntes Pendel.

Der Marine schulterte sein Gewehr und pflückte mit der freien Hand eine kleine braune Frucht, die von einem Zweig über dem Pfad hing. Er quetschte die Kugel mit den Fingern, bis die braune Hülle aufplatzte und das breiige, orangefarbene Fruchtfleisch zum Vorschein kam. Er hielt den Papagei vor sich und die Frucht vor seinen kleinen roten Schnabel. Der Vogel neigte den Kopf zur Seite und beäugte den Mann für ein paar Sekunden, bevor er einen kleinen Fetzen Fruchtfleisch herauspickte. Der Soldat ließ die Hand mit dem Tier wieder sinken, und der Vogel fraß fröhlich weiter, während er mit dem Kopf nach unten schwang.

Eric bemerkte, dass die Marines weiter vorn an einer bestimmten Stelle nach links starrten, bevor sie weitergingen. Als Eric diese Stelle erreicht hatte, wandte er ebenfalls den Kopf und erblickte eine kleine Lichtung zwischen den Bäumen. Auf einer großen Baumwurzel saß eine aus Stein gehauene Gestalt, die vage menschlich aussah, jedoch mit viel zu langen Armen und Beinen und dem Kopf eines Bullen. Der rechte Arm war ausgestreckt, der Zeigefinger warnend in Richtung der Männer erhoben.

Ein Stück weiter rechts stand eine zweite Steinkreatur und grinste sie durch eine Baumlücke hindurch spöttisch an. Die Statue stand dichter beim Pfad als die erste, und Eric stellte verblüfft fest, dass sie wenigstens einen Meter achtzig groß war – viel größer, als er im ersten Augenblick gedacht hatte, und offensichtlich aus einem einzigen Steinblock gehauen. Die Oberfläche der Statue war mit grünen Flechten bewachsen; die Skulptur schien recht alt zu sein. In der Armbeuge der Kreatur hatte ein Sämling gekeimt, und seine kleinen Blätter richteten sich allmählich auf.

Alle starrten die Statue an, während sie auf eine Bewegung warteten, auf irgendetwas in dem steinernen Gesicht, das auf ein Lebenszeichen hingedeutet hätte.

Der Rest des Tages verging nur langsam, bevor die Nacht sich einmal mehr über den Dschungel legte. Das Rufen und Schreien der Nachttiere setzte ein und verkündete die bevorstehende Dunkelheit. Hastig, beinahe überrascht vom plötzlichen Schwinden des Lichts, errichteten die Männer abseits des Pfades ein Lager, indem sie das Unterholz zurückschnitten, bis eine kleine Lichtung entstanden war.

Die Soldaten um Eric entledigten sich vorsichtig ihrer Rucksäcke, streckten den Rücken durch und drückten die Hände gegen die Lendenwirbel. Eric ließ sich zu Boden sinken. Er spürte, wie das Blut in seine Beine schoss und seine Füße anschwollen. Er schnürte seine Stiefel auf, zog sie aus und starrte auf die blutigen Flecken, die seine Socken an mehreren Stellen zierten. Langsam schälte er sie herunter. Das Blut stammte von Blasen und von Egeln, die sich unbemerkt in seine Haut gegraben hatten. Er zerrte die sich windenden schwarzen Tiere herunter und schleuderte sie in den Dschungel. Dann reinigte er die Wunden mit ein wenig Wasser aus seiner Feldflasche, bevor er sie mit Jodlösung bestrich. Es brannte heftig, als die Flüssigkeit die Wunden berührte.

Ihm gegenüber zog Seals seinen Rucksack aus. Eric musterte den Sergeant, als ihm Reders Worte wieder einfielen, sodass er sich auf die Taschen in Seals' Montur konzentrierte. Eine Brusttasche war deutlich gewölbt; es war nicht zu übersehen, dass etwas darin steckte – verhüllt durch Stoff und von der ungefähren Form und Größe einer Murmel.

Eric hob den Blick und bemerkte, dass Seals ihn ansah. Überrascht hielt er für eine Sekunde Augenkontakt. Seals griff nach oben, tätschelte die gewölbte Brusttasche und grinste. Eric wandte sich hastig ab.

»Mir fallen bald die Finger ab!«, stöhnte Alabama, als er und Jersey die Trage mit Martinez absetzten. »Ich spüre überhaupt nichts mehr.«

»Kein Witz«, bestätigte Jersey.

Die Dunkelheit brach schnell herein und schien Dämmerung und Sonnenuntergang zu überspringen, als hätte die Sonne es eilig, zu einem freundlicheren Ort zu kommen. Die Marines bauten hastig ihre Zelte auf. Kurz darauf lag Eric auf dem Rücken und starrte einmal mehr durch die offene Klappe zum nächtlichen Sternenhimmel. Langsam, während seine Augen sich an die Dunkelheit gewöhnten, bemerkte er in den Bäumen über sich einen Flecken, der schwach grünlich leuchtete. Während er hinsah, materialisierte irgendwie ein zweiter Fleck, dann ein dritter, bis es so viele wurden, dass sie über ihm ein Dach aus schimmerndem Grün bildeten. Selbst am Boden leuchteten nun grüne Flecken und tauchten den Regenwald in eine unheimliche Farbe.

Die anderen Männer bemerkten es ebenfalls.

»Was ist das?«, fragte Alabama flüsternd.

Eric musste an die Geschichten über verwunschene Wälder denken, die er in seiner Kindheit gehört hatte, voller Goblins und Trolle. Die schwebenden grünen Lichter schienen wie von Zauberhand zu materialisieren. Eric tastete über den Boden nach seinem Gewehr, während er sich ausmalte, wie tief im Dschungel die von Moos und Flechten überwachsenen steinernen Statuen zum Leben erwachten, an denen sie unterwegs vorübergekommen waren, und wie sie mit knackenden steinernen Gelenken durch das Gestrüpp und Unterholz brachen, um über die Soldaten zu kommen, das böse Grinsen unverwandt auf den Gesichtern.

»Es sind Pilze«, antwortete Jersey von irgendwo in der Nähe. »Leuchtende Pilze. Sie wachsen in den verrottenden Blättern.«

Eric spürte eine merkwürdige Enttäuschung angesichts der einleuchtenden Antwort. Pilze. Nicht gerade das, was er erwartet hätte. Nichts schien jemals so geheimnisvoll oder wunderbar, wie man im ersten Augenblick dachte. Er lehnte sich wieder zurück, blickte hinauf zum Himmel und dachte darüber nach, was Seals in seiner Tasche hatte.

Er erwachte von heftigen Darmbewegungen. Die Luft war kühl, die Nacht schwarz, als er aus dem Zelt und hinter einen schützenden Baumstamm huschte, um sich zu erleichtern. Er hockte sich hin – und im nächsten Augenblick hatte er das Gefühl, als würden seine gesamten Innereien in einer einzigen erleichternden Explosion aus ihm strömen. Erschöpft kehrte er zu seinem Schlafsack zurück und rollte sich zusammen, während er versuchte, die Feuchtigkeit durch den morgendlichen Tau zu ignorieren, die unaufhaltsam in seine Kleidung kroch. Während der Nacht hatte es außerdem geregnet. Er spürte den weichen, nassen Boden durch den Stoff des Zelts hindurch und hatte das Gefühl, als würde er auf einem feuchten Schwamm liegen und langsam darin versinken, während er zu schlafen versuchte.

Dann hörte er den Schrei.

Er kam von irgendwo aus dem Dschungel. Ein dumpfes Stöhnen, gefolgt von einem weiteren schrillen Schrei. »Was ist das?«, zischte Alabama. Eric konnte ihn nicht sehen, doch Alabama lag irgendwo ganz in der Nähe, und er hörte sein schweres Atmen.

Eric war hellwach und lauschte. Ringsum kam Bewegung in die anderen Männer. Sie setzten sich nervös auf, und ein lautes Klicken verriet Eric, dass jemand seinen Karabiner entsichert hatte.

»Jesses, was hat das zu bedeuten?«, wiederholte Alabama, als ein weiterer Schrei durch die Nacht hallte.

»Könnten Japse sein«, mutmaßte Keaveney in der Dunkelheit. »Die verdammten Kerle schreien immer, bevor sie angreifen.«

»Das klingt aber nicht nach Japsen«, widersprach Alabama. »Wenn du mich fragst, hört sich das eher so an, als würde jemand gefoltert.«

»Ja«, pflichtete Eric ihm bei, als der nächste Schrei erklang.

»Könnte das Hartmere sein?«, murmelte Alabama. Hartmere war der Marine, der in der vergangenen Nacht spurlos verschwunden war.

Eric schüttelte den Kopf. »Möglich. Könnte jeder sein. Schreie sind Schreie.«

Ein krachendes, splitterndes Geräusch ertönte, als würde jemand durch den Dschungel auf sie zugerannt kommen.

»Macht euch bereit!«, rief Seals durch die Dunkelheit.

»Gütiger Gott!«, flüsterte Alabama und rappelte sich auf.

Die Mondsichel warf nur schwaches Licht, das vom nassen Blätterdach über ihnen zusätzlich gedämpft wurde und den Dschungel nur wenig erhellte. Die Schreie hielten an. Sie schienen näher zu kommen und bewegten sich überraschend schnell durchs dichte Unterholz. Eric erhob sich auf die Knie und legte das Gewehr an die Schulter, während er über den Lauf auf die dichte Vegetation starrte. Die Bäume waren als schwache Umrisse zu erkennen, die in der Höhe ineinander übergingen. Vom nassen Blätterdach tropfte Regen auf die Männer.

Dann brach irgendetwas aus dem Dschungel hervor. Eric sah etwas Weißes aufblitzen, bevor er an der Schulter getroffen wurde. Er fiel nach hinten, während er den Abzug betätigte und blind feuerte. Die restlichen Männer, voll angespannter Nervosität, begannen ebenfalls zu schießen und jagten blindlings Kugeln in den Dschungel. Es dauerte fast dreißig Sekunden, bevor Seals den Befehl gab, das Feuer einzustellen.

Eric lag auf dem Rücken, halb betäubt. Irgendetwas Schweres drückte auf seinen Arm. Er schüttelte den Kopf und setzte sich auf.

»Alle in Ordnung?«, rief Seals. »Davis, wurden Sie getroffen?«

Eric stöhnte und betastete seine Gliedmaßen. »Nein. Aber jemand hat mich beworfen.«

»Womit?«

Eric tastete den Boden ringsum ab und suchte nach dem Wurfgeschoss, das aus dem Dschungel gekommen war. Seine Finger berührten etwas Warmes, bedeckt mit weichem Fell. Er hob den Gegenstand auf, hielt ihn sich vors Gesicht und versuchte in der Dunkelheit zu erkennen, was es war.

Mondlicht fiel auf das helle Objekt. Eric blinzelte überrascht. Es war Private Hartmere, der verschwundene Marine von der vergangenen Nacht. Er hatte die Augen weit aufgerissen und nach oben verdreht. Eric war sekundenlang benommen, bis ihm dämmerte, was er in den Händen hielt.

Hartmeres Kopf.

Entsetzt sprang er zurück und ließ den Kopf fallen.

»Was ist es?«, fragte Keaveney.

»Sein Kopf«, antwortete Eric. »Jemand hat ihm den Kopf abgeschnitten.«

Sie schickten eine Gruppe los, die den Dschungel durchkämmen sollte, doch die Männer kamen ohne Ergebnis zurück. Sie begruben Hartmeres Kopf im weichen Erdreich unter einer Bananenstaude. Dann legten sie sich erneut schlafen.

Die tropische Dämmerung verwandelte die Nacht zum Tag. Eric ging zum Zelt von Seals, das am Rand des Lagers stand, und stellte überrascht fest, dass der Sergeant nicht darin lag. Er blickte sich um, doch Seals war nirgendwo zu sehen. Direkt hinter der Zeltklappe bemerkte er die Einsatzjacke des Sergeants, und erneut regte sich in ihm die Neugier wegen dem, was Reder am Tag zuvor erzählt hatte: dass Seals irgendetwas von einem der gepfählten Toten abgeschnitten und in die Tasche gesteckt habe. Leise bückte Eric sich nach der Jacke, während Nervosität in seinem Magen wühlte. Der Stoff war grob und feucht, als Erics Finger tastend zur Klappe der ersten Tasche glitten. Er öffnete den Knopf und griff hinein – leer.

Im ersten Augenblick war er enttäuscht, dann fiel ihm ein, dass die Jacke zwei Brusttaschen besaß. Er beugte sich vor und öffnete den zweiten Knopf, steckte die Finger in die Tasche und spürte etwas Warmes, Glibberiges. Er spähte in die Tasche und sah eine weiße, nass glänzende Kugel. Eric drehte sie um und zuckte angewidert zurück.

Es war ein menschliches Auge.

»Manche Menschen glauben, das Auge sei das Fenster zur Seele.«

Die Stimme war direkt hinter ihm. Eric stand auf und wandte sich langsam um. Seals stand auf der Lichtung und beobachtete ihn. Er trug kein Hemd, und seine Brust glänzte schweißnass. Schmutz klebte an seinem Oberkörper, an dem blutige Flecken zu sehen war. Einen Arm hatte Seals in die Seite gestemmt, den anderen hatte er hinter dem Rücken versteckt, als wolle er etwas vor Erics Blicken verbergen.

»Wenn man einem Mann das Auge raubt, nimmt man ihm zugleich die Seele«, erklärte der Staff Sergeant und musterte Eric kalt.

Eric nickte benommen und warf die Jacke zurück ins Zelt.

»Tut mir Leid«, sagte er verlegen. »Ich wollte nicht in Ihren Sachen wühlen.«

Seals zuckte die Schultern. »Spielt doch keine Rolle. Sie haben gesehen, was Sie gesehen haben.«

»Wessen Blut ist das?«, wechselte Eric das Thema und deutete auf die roten Flecken auf dem Oberkörper des Sergeants.

Seals lachte. »Nun … meines jedenfalls nicht, so viel steht fest.«

Hinter dem Rücken zog er ein langes Messer hervor. Die Klinge glänzte nass vor Blut. Er betrachtete sie einen Augenblick lang, bevor er sie an der Hose abwischte. Dann trat er einen Schritt auf Eric zu.

»Sie sollten darauf achten, in wessen Angelegenheiten Sie Ihre Nase stecken, Private. Krieg ist manchmal eine gefährliche Sache, und es geschehen eine Menge Unfälle.«

Eric wich einen Schritt zurück, während er mit der Hand langsam nach seinem eigenen Messer tastete. In diesem Augenblick wurde eine Zeltklappe geräuschvoll aufgeschlagen. Seals und Eric drehten sich gleichzeitig um und erblickten Alabama, der sich langsam aus dem Zelt erhob. Er musterte die beiden Männer neugierig und sagte: »Guten Morgen.«

Seals nickte. »Morgen.«

Alabama richtete sich auf, streckte sich und ging zum Rand der Lichtung, um sich zu erleichtern. Eric wandte Seals den Rücken zu und kehrte zu seinem eigenen Zelt zurück. Er bückte sich und kroch hinein, um sich neben Jersey zu legen. Draußen erklangen Schritte, als Seals vorüberging. Die Schritte verstummten in unmittelbarer Nähe, nur Zentimeter vom dünnen Stoff der Zeltwand entfernt, hinter dem Erics Kopf lag.

Neben Eric schnarchte Jersey laut und friedlich.

Draußen ertönte Seals' Stimme. »Der Engel der Dunkelheit ist unter uns.«

Eric schloss die Augen, und die Schritte entfernten sich. Ringsum erwachten allmählich die anderen Männer in ihren Zelten.

Zwanzig Minuten später war das Lager abgebrochen und alles in den Rucksäcken verstaut. Die Männer setzten sich widerwillig in Bewegung und nahmen den Kampf gegen die Hitze des Tages auf. Der dichte weiße Nebel war zurückgekehrt und verhüllte alles. Eric erblickte nur die Schemen der anderen Männer ringsum. Ein Helm hier, ein Arm, eine Schulter da, die im weißen Dunst sichtbar wurden und gleich wieder verschwanden. Das Leder der Stiefel war im Verlauf der Nacht steif geworden, und Eric spürte, wie seine immer noch geschwollenen Füße schon jetzt darin scheuerten.

Der Pfad, den die Marines in einer lang gezogenen Reihe entlangstapften, führte einen steilen Hang hinunter. Der Dschungel ringsum lag ruhig da; die Stille wurde nur durch den gelegentlichen Schrei eines Tiers oder das Tropfen von Wasser auf Blätter durchbrochen. Sie kamen an einem Paar schlafender Vögel vorbei, die dicht aneinander gekauert auf einem Ast saßen.

Der Abhang ging in eine Ebene über, und der Dschungel wurde lichter. Vor ihnen lag eine freie Fläche aus hohem Gras, das sich sanft im Wind wiegte. Das Gras reichte den Männern bis fast an die Brust. Auf der anderen Seite des Tals zog es sich den Hang hinauf. Im stählernen Grau der Morgendämmerung bewegte sich nichts, und es gab keine Geräusche bis auf die Schritte der Marines und ihre geflüsterten Unterhaltungen.

Plötzlich hob Seals die Hand und winkte die Männer zu sich. »Von jetzt an in einer lang auseinander gezogenen Reihe, Männer. Kein überflüssiges Geräusch mehr, keine Unterhaltungen.«

Die Marines nickten zum Zeichen, dass sie verstanden hatten, und bewegten sich auseinander. Sie verschwanden fast augenblicklich außer Sicht, und die Halme schlossen sich um sie wie die Wogen eines Ozeans. Eric arbeitete sich langsam voran. Er hielt das Gewehr schussbereit, während Gras über seine Arme und Beine streifte. Leichter Regen hatte eingesetzt, ein kühler Morgenregen, noch nicht erwärmt von Sonnenstrahlen.

Direkt vor Eric ging der Soldat mit dem bunten Papagei. Das Tier war immer noch bei ihm. Er hielt es auf Augenhöhe vor sich gestreckt und redete leise mit ihm. Der Vogel hatte den Kopf zur Seite geneigt und beobachtete die Lippenbewegungen des Marines. Dann imitierte er ihn und gab ein leises, zwitscherndes Geräusch von sich. Der Marine grinste, schulterte sein Gewehr und griff in die Tasche, während der Papagei ihn ungeduldig mit dem Schnabel stupste. Der Marine zog eine Hand voll Samen aus der Tasche und hielt sie dem Vogel in der flachen Hand hin. Das Tier pickte sie munter auf.

Plötzlich vernahm Eric ein schwaches Pfeifen, bevor der Kopf des Marines förmlich explodierte und Gewebe und Knochensplitter auf Eric regneten. In der Ferne ertönte ein Knall.

»In Deckung! Alles in Deckung!«, rief jemand, als weitere Schüsse fielen und Kugeln durchs Gras pfiffen.

Eric warf sich hin. Er prallte so heftig auf, dass ihm sekundenlang die Luft wegblieb. Vor ihm lag der zuckende Leichnam des gefallenen Soldaten. Der Papagei stand neben ihm am Boden, verwirrt und plötzlich allein, und starrte seinen toten Freund mit zur Seite geneigtem Kopf an. Kleine Blutspritzer befleckten das bunte Gefieder des Tieres. Er krächzte traurig, und zum ersten Mal wurde Eric bewusst, dass der Vogel noch ein Baby war.

Die Marines rings um ihn erwiderten inzwischen das schwere gegnerische Feuer. Sie lagen wie auf einem Präsentierteller. Irgendjemand rief in gebrochenem Englisch: »Yankees! Yankees!« Eric hob den Kopf aus der Deckung, und ein Leuchtspurgeschoss zischte an seinem Ohr vorbei. Hastig zog er den Kopf wieder ein.

»Der gegnerische Beschuss kommt von dem Kamm dort!«, brüllte Seals und deutete auf den Hang ein Stück voraus.

Alabama lag neben Eric und hatte den Kopf zwischen die Schultern gezogen. »Verdammt, da oben ist ein ganzes Nest von Japsen!«

Eric nickte. Dann kroch er auf Händen und Knien vorwärts in die Richtung, aus der die Schüsse kamen. Er stieß auf ein Ameisennest und umging es in großem Bogen. Ringsum bewegten sich andere Marines voran. Überall war hohes Gras. Die Männer konnten nichts sehen, als wären sie unter Wasser. Trotzdem krochen sie weiter. Eric verlor bald die Orientierung, doch er schob sich unaufhörlich in die Richtung des gegnerischen Feuers weiter.

Kurz darauf war er am Rand des Hangs angelangt. Er schob sich eine leichte Steigung hinauf. Dann hielt er inne und hob erneut den Kopf, während er mit der Hand seinen Helm festhielt. Er war ein Stück nach links vom direkten Weg zur japanischen Stellung abgekommen. Der Kamm lag höher als die anderen Hügel ringsum, und er sah Männer unter sich, die sich durchs

Gras bewegten – amerikanische Helme, die für eine Sekunde auftauchten; dann dröhnten Schüsse, und die Helme verschwanden wieder.

Eric beobachtete die Kämpfe mehrere Sekunden von seinem Aussichtspunkt. Alabama lag unterhalb von ihm und feuerte wild mit seinem M1 in die Gegend. Er hatte die Augen weit aufgerissen, und sein Mund bewegte sich wie der eines Fisches, der nach Sauerstoff schnappte.

Zwischen den amerikanischen Marines und den Japanern erstreckte sich ein breiter Streifen hohes Gras, auf dem sich nichts regte. Niemandsland. Oder doch nicht? Eric blickte genauer hin und sah, dass sich doch etwas bewegte. Es war schnell und kam den Hügel hinunter auf die Amerikaner zu. Was immer es sein mochte, es hielt sich tief am Boden, verdeckt durch die hohen Stängel, während es schneller und schneller wurde und die Halme sich wiegten und zitterten. Eric erhaschte einen Blick auf graue Haut.

Gewehrfeuer in der Nähe zwang ihn erneut in Deckung. Er legte sich flach auf den Boden und kroch zu seinen Kameraden zurück. Dann stolperte er beinahe über Reder. Er hatte einen Schuss in die Brust bekommen und lag flach auf dem Rücken, wobei er sich vor Schmerzen wand.

Rings um ihn lagen leere Patronenhülsen im zerdrückten Gras. Und überall war Blut – auf Reders Brust, im Gras, auf dem Boden. Eric kroch auf Händen und Füßen zu ihm, bis Reder ihn sehen konnte.

»Bleib hier. Bleib bei mir.«

Er nahm Reders Kopf in die Hand und schälte mit der anderen sanft das Hemd zur Seite, um die Wunde zu begutachten.

Reder röchelte. »Ich kann mich nicht bewegen. Ich krieg keine Luft mehr.« Seine Zunge war rot vom Blut, das sich in seinem Mund sammelte. »Ich brauche einen verdammten Sanitäter«, schluchzte er und klammerte sich an Erics Arm.

Eric starrte auf die Wunden; Reder hatte zwei Treffer abbekommen, einen in die Schulter und einen tief unten in den Brustkorb.

»Okay«, sagte Eric und lächelte beruhigend. »Ich hole Hilfe. Halte durch.« Er kroch davon.

»Warte ...«

Eric wandte sich zu dem verwundeten Mann um. »Was denn?«

»Versprich mir, dass du wiederkommst«, sagte Reder schwach. »Ich will nicht allein hier draußen sterben.«

Eric nickte. »Ich verspreche es.«

Er kroch durchs hohe Gras davon und hielt sich tief am Boden. In unregelmäßigen Abständen hob er den Kopf und suchte nach seinen Leuten, bevor er sich wieder duckte und weiterkroch. Dann hörte er etwas. Etwas, das sich sehr schnell auf ihn zubewegte. *Scheiße!* Eric rührte sich nicht mehr, lag tief geduckt im Gras, das Gewehr im Anschlag, und wartete. *Mach dich klein. Mach dich ganz flach. Lass nichts von dir sehen.* Das Ding bewegte sich schnell. Es kam genau auf Eric zu, und große Grasbüschel verschwanden vor seinen Augen. *Japaner? Haben sie einen Frontalangriff gestartet?* Das bedeutete Schwierigkeiten. Eric war zu weit von seiner Truppe entfernt, um sie noch rechtzeitig zu erreichen.

Er kauerte flach im Gras, das Gewehr im Anschlag, und wartete auf ein sich bietendes Ziel. Stängel und Halme brachen und knackten, während das Etwas sich ihm immer noch näherte.

Dann Stille.

Dann ein Schrei.

Reder.

Eric wandte sich um und sah, wie Reder mit dem unverletzten Arm und den Beinen strampelte. Irgendetwas hatte ihn gepackt und zerrte ihn zurück ins Gras. Reder schrie erneut, mit hervorquellenden Augen, und versuchte sich mit dem unverletzten Arm zu befreien. Doch er wurde rasch aus Erics Blickfeld gezerrt, tiefer in die Deckung des hohen Grases.

O Gott! Irgendetwas hatte Reder gepackt und mitgerissen.

Wie betäubt hockte Eric da. Er wagte nicht, sich zu bewegen. Ein Fauchen ertönte, dann ein knackendes Geräusch. Dann nichts mehr, nur der nun leere Fleck blutigen Grases, wo Reder noch Sekunden zuvor gelegen hatte, und eine breite blutige Schneise in der Richtung, in die er davongezerrt worden war.

Eric begann blindlings ins Gras zu feuern. Kugeln fetzten durch die hohen Halme und rissen die Stängel auseinander. Er hörte das Fauchen erneut, gefolgt von einem lauten Grunzen, das nach und nach leiser wurde, je weiter sich das Ding entfernte. Was immer es gewesen war, es war verschwunden. Und mit ihm Reder.

Eric hob vorsichtig den Kopf und sah drei japanische Soldaten, die über den Abhang rannten. Der Kampf dauerte also noch immer an. Eric hob seine Waffe und feuerte eine rasche Salve von vier Schuss. Einer der Soldaten wurde herumgewirbelt und verschwand außer Sicht. Eric duckte sich und kroch weiter, bis er unvermittelt über Alabama stolperte. Alabama lag am Boden und lud seine Waffe nach. Er wirbelte herum und wollte sich mit gezücktem Bajonett auf Eric stürzen.

»Meine Güte!«, knurrte er. »Schleich dich gefälligst nicht so an mich ran! Ich hab mich halb zu Tode erschrocken!«

»Hast du Seals gesehen?«

»Nein, aber er muss hier irgendwo sein. Dieses Gras ist dichter als Nebel!«

»Wo steckt Martinez?«, fragte Eric.

Alabama deutete mit dem Kopf nach hinten. »Wir haben ihn auf der Trage zurückgelassen. Ihm wird schon nichts geschehen. Er liegt an einem sicheren Platz.«

Eric dachte an das unheimliche Ding im Gras und fragte sich, ob Martinez wirklich in Sicherheit war.

»Reder hat's erwischt«, sagte Eric.

Alabama wandte sich um. *»Was?«*

»Irgendein … Ding kam aus dem Gras und hat ihn gepackt. Hat ihn mit sich gezerrt.«

»Ein Japs?«

Nein, irgendetwas anderes.

»Glaub ich nicht. Es war viel zu stark. Es hat ihn einfach gepackt und davongezerrt.«

Alabama hob den Kopf und feuerte ein paar hastige Schüsse ab. Auf dem Kamm leuchteten Mündungsblitze auf, als das Feuer aus der unsichtbaren japanischen Stellung erwidert wurde. Hinter ihnen hockte ein Marine namens Baynes auf den Knien und feuerte einen Schuss nach dem anderen ab. Sein Kopf ragte hoch aus der Deckung des Grases, während er langsam zurückwich.

»Nimm den Kopf runter, Mann!«, fauchte Alabama.

»Baynes!«, zischte Eric, als der Marine nicht reagierte.

»Was denn?«

»Nimm den verdammten Schädel runter, sonst schießen die Japse ihn dir von den Schultern!«

Baynes starrte ihn verdutzt an. Er lud sein Gewehr nach und hob den Kopf erneut aus der Deckung. In diesem Augenblick wurde er von einer feindlichen Kugel in die Wange getroffen. Sie durchbohrte seinen Mund und zerschmetterte ihm die Zähne. Schreiend kippte er um.

Eric zuckte zusammen und sah weg.

Zehn Minuten vergingen, und das japanische Feuer ließ allmählich nach. Sie zermürbten ihren Gegner. Die Japaner zogen sich von den Kämmen zurück und sammelten sich im Tal, wo sie sich irgendwo im Dschungel in den Hinterhalt legen würden – und dann fing alles wieder von vorn an, bis nicht mehr genügend Männer zum Kämpfen da waren. Die Sonne brannte heiß und kochte die Männer und das hohe Gras, doch am Horizont ballten sich dunkel drohende Regenwolken. Eric betete, dass es regnen würde. Kühlender Regen. Er saß auf dem Boden und rupfte Grashalme, während er darauf wartete, dass die Pfeife das Zeichen gab: Die Luft ist rein. Zehn Meter hinter ihm lag Baynes. Er war tot. Eric sah die Austrittsstelle der Kugel. Sie hatte dem Marine einen Teil des Hinterkopfs weggerissen. Schon jetzt sammelten sich Fliegen auf dem Blut.

Alabama war davongeschlichen, um Seals zu suchen und anschließend die japanische Stellung auf dem Kamm auszuschalten. Er hatte Eric alleine bei Baynes zurückgelassen. Nicht, dass es Baynes etwas ausgemacht hätte – der Mann war bereits tot gewesen, als er auf dem Boden aufgeschlagen war. Eric pflückte einen weiteren Grashalm, steckte ihn sich in den Mund und kaute darauf herum. Er schmeckte bitter. Irgendwo in der Ferne dröhnten Explosionen. Rufe. Donnergrollen im Tal. Irgendwo fiel Regen. Irgendwo fiel immer Regen.

Dann hörte er es.

Ein Grollen. Oder eher ein dumpfes Brüllen, ähnlich dem Geräusch, das ein Bulle macht. Es kam von irgendwo rechts. Irgendwo aus dem Gras, unsichtbar. Erics Gewehr lag neben ihm am Boden. Er hielt den Blick unverwandt in die Richtung, aus der das Geräusch gekommen war, während er nach der Waffe tastete. Irgendetwas war dort. Was immer Reder geschnappt hatte, es lauerte noch immer dort und beobachtete Eric. Er fand sein Gewehr, hob es an die Wange und spannte mit leisem Knacken den Abzug.

Das Grollen erklang wieder, fünf Meter näher als zuvor. Dann das Rascheln von Schritten im Gras. Irgendetwas kam auf ihn zu, lauerte auf ihn, irgendwo in der Nähe von Baynes' Leiche. Langsam wich Eric zurück, weg von dem Leichnam und dem Ding, das es offensichtlich auf den Toten abgesehen hatte. Gras federte zurück und verdeckte nach und nach seinen Blick auf Baynes. Dann ertönte das dumpfe Bellen von neuem, gefolgt vom Geräusch von irgendetwas Schwerem, das durchs Unterholz und durchs Gras geschleift wurde. Das Geräusch von Baynes' Leichnam, der weggezerrt wurde.

Eine weitere Stunde verstrich, und Eric wartete immer noch. Hin und wieder vernahm er das Bellen irgendwo in der Nähe. Irgendwo außerhalb seiner Sichtweite. Das Ding beobachtete ihn. Der Regen hatte eingesetzt, stahlgrau und in Strömen. Der Tag war dunkel geworden, und dicke schwarze Wolken zogen über den Himmel. Heftige Windböen fegten über das Feld und drückten die Halme nieder, bis die Stängel grau-weiß aussahen im herannahenden Sturm. Eric wischte sich das Wasser aus dem Gesicht und den Augen. Dann packte er das nasse Holz seines Gewehrs und setzte sich in Bewegung, hinauf zum Kamm.

Voraus erklangen immer wieder Explosionen. Er hob den Kopf aus der Deckung und starrte über das wogende Gras hinweg nach vorn. Der Wind hatte einen Zweig von einer Palme am Rand des freien Feldes gerissen. Eric beobachtete, wie der grüne Wedel über das Feld zu der Stelle segelte, wo die übrigen Marines warteten. Sie hatten die japanische Stellung erreicht und warfen Granaten in die Löcher, die die Japaner ausgehoben hatten. Weitere Explosionen schleuderten Dreck in die Luft, der vom Wind erfasst und davongeweht wurde. Alabama feuerte eine Salve von Schüssen in einen der Bunker. Keaveney war hinter ihm, ein Maschinengewehr im Anschlag.

Eric hörte ein schrilles Pfeifen, dann fegte ein Luftzug über ihn hinweg. Ein Blitz zuckte über den Himmel und schlug im Westen in den sturmgepeitschten Dschungel. Die Luft ringsum fühlte sich an wie ein Meer aus Elektrizität.

Dann hörte er das Signal der Pfeife; die Stellung war frei von Feinden. Ringsum erhoben sich Marines aus ihrer Deckung im hohen Gras und setzten sich in Richtung des eingenommenen Hügels in Bewegung. Ein weiterer Blitz zuckte durch den dunklen Himmel, gefolgt von einem tiefen, lang gezogenen Donnergrollen.

Eric blinzelte angestrengt und suchte das Gras ab. Irgendetwas war dort und bewegte sich. Er konnte es hin und wieder sogar sehen, ein Stück grauer Haut, das durch die wogenden Halme jagte. Was immer es war – es kam rasch voran und näherte sich einem der Soldaten. Eric erkannte Alabama. Er brüllte eine Warnung, doch seine Stimme war nicht kräftig genug, um das Tosen des Sturms und das Prasseln des Regens zu durchdringen.

Trotzdem schien Alabama seinen Namen gehört zu haben, denn er blieb stehen und drehte sich in die Richtung, in der Eric stand. Eric winkte wild mit den Händen über dem Kopf, und Alabama grinste und winkte mit erhobenem Gewehr zurück, eine Zigarette zwischen den Lippen.

Dann veränderte sich sein Gesichtsausdruck. Ein heftiger Ruck ging durch seinen Körper. Irgendetwas zerrte an ihm, etwas, das im Gras verborgen war. Einen Sekundenbruchteil später war Alabama im hohen Gras verschwunden.

Eric stürmte los. Nasse Halme peitschten gegen seine Beine. Er stolperte über irgendetwas, rappelte sich wieder hoch, schob den Helm in den Nacken und rannte weiter. Alabama lag im Gras. Seine Schulter war blutig. Bellende Geräusche entfernten sich durchs Gras.

Eric ließ sich vor Alabama auf die Knie fallen und betastete den Hals des Kameraden, suchte nach dem Puls.

»Mutter Gottes«, ächzte Alabama. »Was war das?«

Er rollte sich auf die Seite, um seine blutende Schulter zu betasten, und zuckte vor Schmerz zusammen.

»Alles in Ordnung?«, fragte Eric.

»Ja«, antwortete Alabama. »Es geht. Was für ein Biest hat mich da gerade angegriffen, zum Teufel?«

Eric blickte suchend über die Fläche aus Gras.

Doch es war nichts zu sehen.

»Sie kommen wieder in Ordnung«, sagte Seals, nachdem er den Stoff von Alabamas Hemdsärmel zerrissen und die Wunde inspiziert hatte. Die anderen Marines standen um sie herum und beobachteten den Sergeant. Sie befanden sich oben auf dem Kamm des Hügels, und das Gras reichte ihnen bis zum Bauch. Von hier oben hatten sie das gesamte Tal und den dahinter liegenden Dschungel im Auge, der sich bis zum Horizont erstreckte. Es regnete ununterbrochen aus einem grauen Himmel.

»Ich hab schlechte Neuigkeiten«, sagte Seals und nickte in Richtung des Dschungels an der Basis des Hügels. »Es gibt noch mehr Japse hier. Sie haben sich in eine Höhle zurückgezogen.«

»Wie viele?«, fragte Eric.

»Zwei«, antwortete Seals, während er sich hinhockte und einen Teil seiner Ausrüstung ablegte. »Vielleicht auch mehr.«

»Können wir sie nicht umgehen?«, fragte Alabama mit einem Blick zum Dschungel. »Einfach weitermarschieren?«

Seals schüttelte den Kopf. »Auf keinen Fall. Wir holen sie jetzt aus ihrem Bau, sonst haben wir sie hinterher im Rücken. Davis, Alabama, Keaveney und Jersey – ihr kommt mit mir. Der Rest bleibt hier oben und rührt sich nicht vom Fleck.«

Die fünf Männer marschierten den Hügel hinunter und drangen in den feuchten Dschungel vor. Ein felsiger Vorsprung lag vor ihnen, der sich aus der dichten Bodenvegetation erhob. Die Felsen waren fast fünfzehn Meter hoch, bedeckt mit dichtem Moos, kleinen Pflanzen und Flechten, die sich an den nackten Fels geklammert hatten. Regenwasser tröpfelte über die steilen Kanten und bildete kleine Sturzbäche auf den nackten Stellen des Steins. An der Basis des Vorsprungs war ein dunkles, mannsgroßes Loch, das in eine Höhle führte. Wassertropfen fielen in rascher Folge über die Öffnung und bildeten einen Tümpel am Boden.

Seals winkte den Männern oben auf dem Fels und bedeutete ihnen, zu ihm zu kommen. Der Wind war inzwischen noch stärker geworden. Er zerrte an Erics Kleidung und peitschte ihm den baumelnden Riemen des Helms durchs Gesicht.

»Sie sind da drin. In der Höhle.« Seals musste die Stimme erheben, um den Wind zu übertönen.

Die Männer nickten, zogen die Schultern ein und bewegten sich den Hang hinunter auf die Höhle zu. Als sie das dunkle Loch betraten, wurden die Windgeräusche und das Prasseln des Regens augenblicklich leiser. Stattdessen ging ein dumpfes Pfeifen durch den Fels, hervorgerufen von Luft, die zwischen den Mauern eingefangen war. Eric griff in seine Tasche und zog sein Zippo hervor. Er schlug das Feuerzeug an und hielt es über den Kopf. Die Flamme brannte flackernd und warf verzerrte Schatten auf die glatten, feuchten Wände rings um die Soldaten.

Die Höhle war so schmal, dass die Männer hintereinander gehen mussten. Sie drückten sich durch den Gang; ihre Rucksäcke schleiften über den Fels. Die Geräusche warfen hallende Echos in die Dunkelheit. Ringsum herrschte tiefste Schwärze; die Flammen der wenigen kleinen Feuerzeuge reichten nicht, die Dunkelheit zu durchdringen.

Je tiefer sie in die Höhle vordrangen, desto schwächer wurden die Geräusche des Sturms und des Regens draußen, bis sie nicht mehr zu hören waren. Eine unheimliche Stille kam auf. Vom Scharren der Stiefel und dem Tropfen des Wassers von der Decke abgesehen, gab es nicht das leiseste Geräusch. Eric hob das Feuerzeug höher, um zu sehen, woher das Wasser kam. Im flackernden Schein der schwachen Flamme bemerkte er merkwürdig geschwungene Schriftzeichen an der Decke, wie er sie noch nie gesehen hatte.

Alabama stieß einen leisen Pfiff aus. »Seht euch das an! Wer hat das alles auf die Wände gekritzelt?«

»Ich kann nicht mal sehen, wo es aufhört«, sagte Jersey. »Die ganze Höhle scheint voll gemalt zu sein.«

Auch Zeichnungen waren an der Decke zu erkennen, primitive menschliche Gestalten, die sich auf die eine oder andere Weise ähnelten. Eric spürte, dass ein Muster dahinter steckte. Dann wurde ihm klar, dass die Zeichnungen chronologisch angeordnet waren und sich durch die Zeit erstreckten. Näher am Boden, auf Höhe ihrer Köpfe, befanden sich Abbildungen motorgetriebener Schiffe. Darüber waren verschiedene Typen von Segelschiffen zu sehen, einige mit Masten und Takelage, andere mit einfachen Quersegeln.

Warum ausschließlich Schiffe?, fragte sich Eric. Dann kam ihm die Erkenntnis. Alle diese Schiffe schienen irgendwann im Lauf der Zeiten die Insel angelaufen zu haben. Wer oder was immer diese Zeichnungen angefertigt hatte, befand sich seit Hunderten von Jahren auf dieser Insel, vielleicht noch viel länger. Die Schiffe waren der einzige Kontakt mit der Außenwelt, den das Wesen gehabt hatte, das für diese Zeichnungen verantwortlich war.

In einer Ecke an der Decke sah Eric ein ungelenk gezeichnetes Schiff mit langen Rudern und einem einzelnen Segel. Ringsum waren überall kleine Kratzer auf dem Stein. Bei näherem Hinsehen erkannte Eric, dass es sich bei den Kratzern um die Darstellung winziger Menschen handelte. Sie fielen über Bord, mit ausgestreckten Armen und entsetzt aufgerissenen Mündern. Ein Schiffsunglück, das sich vor Hunderten von Jahren, vielleicht sogar vor Jahrtausenden ereignet hatte. Wer immer diese Zeichnung angefertigt hatte – er war da gewesen und hatte das Unglück mit eigenen Augen gesehen.

»O Mann«, flüsterte Jersey und deutete hinauf zur Decke. »Seht euch das an!«

Eric wandte den Kopf und sah eine Zeichnung an der Decke, die ihm auf unheimliche Weise vertraut erschien. Die Zeichnung stellte ein weiteres Schiff dar, ein modernes Schiff mit einem schnittigen Bug und zwei hintereinander liegenden Schornsteinen. Eine Zahl stand an der Seite auf dem Rumpf. Die Zahl 302. Es war ihre Nummer.

Es war ihr Transportschiff. Unter all den anderen gesunkenen Schiffen aus den verschiedensten Epochen war tatsächlich ihr Transportschiff an die Wand gezeichnet.

»Was hat das zu bedeuten?«, flüsterte Alabama.

»Ich weiß es nicht. Aber es gefällt mir genauso wenig wie dir«, antwortete Eric. Sein Rucksack scharrte an der Wand, als er weiterging.

Irgendetwas war ihnen gefolgt, seit sie auf der Insel gelandet waren.

Die Zeichnungen verblassten in der Dunkelheit, als Eric und die anderen Marines tiefer in die Höhle vordrangen. Eric drehte ein letztes Mal den Kopf, doch die Zeichnungen waren schon nicht mehr zu erkennen.

Er hoffte inbrünstig, dass sie zurückkehren und das Schiff wiedersehen würden.

Der Boden der Höhle war so glatt, dass Eric Schwierigkeiten hatte, das Gleichgewicht zu wahren. Hin und wieder fegte eine Windbö von draußen durch die dunklen Gänge, brachte die Flammen der Benzinfeuerzeuge zum Flackern oder heulte dumpf über Vorsprünge und um Ecken im Felsengang. Eric wusste nicht zu sagen, ob es draußen immer noch regnete, und ohne einen Blick auf die Uhr wusste er nicht, wie viel Zeit bereits verstrichen war.

Es war ein Gefühl, als wären sie tief unter der Meeresoberfläche, abgeschnitten von allem, was sich über dem Wasser befand, verloren in einer Welt ewiger, trüber Dunkelheit. Wenn er hinaufsah, erwartete er fast, fremdartige, leuchtende Tiefseebewohner mit phosphoreszierenden Augen in der unglaublich einsamen Nacht zu erblicken. Die Wände waren feucht, der Boden mit feinem schwarzem Staub bedeckt. Eric bückte sich und zerrieb etwas von dem Staub zwischen den Fingern. Sie waren schwarz, als er sich wieder aufrichtete.

»Es ist vulkanisch«, meinte Jersey nach einem Blick auf Erics Fingerspitzen. »Der ganze Berg ist ein Vulkan. Der Mount Bagana, der zentrale Berg der Insel. Ich hab mal was darüber gelesen.«

»Ist der Vulkan erloschen?«

»Der Mount Bagana ist eine Ewigkeit nicht mehr ausgebrochen, aber Vulkane erlöschen niemals wirklich. Sie können jederzeit …«

Jersey unterbrach sich mitten im Satz, als Seals plötzlich die Hand hob. Die Höhle erstreckte sich noch tiefer in den Fels. Von dort war ein scharrendes Geräusch zu vernehmen, als hätte jemand den Halt verloren und wäre auf dem schlüpfrigen Fels ausgeglitten.

Seals hielt den Zeigefinger an die Lippen, und rasch verteilten sich die Männer und bewegten sich dabei nach vorn. Eric hielt sein Gewehr fest umklammert und drückte gegen das Magazin, damit es nicht klapperte. Das Geräusch vor ihnen verklang; dann flackerte plötzlich Licht im Tunnel auf. Die Männer bewegten sich weiter vor. Eric bemerkte, dass die Höhlenwände sich allmählich veränderten. Der massive Fels wich nach und nach Ziegelstein, und die raue, gezackte Decke wurde von einem gemauerten Gewölbe ersetzt. Vor ihnen war Licht. Eine einzelne Fackel.

Dann hörte Eric das Bellen. Ein tiefer, dunkler Laut, irgendwo weiter vorn in der Höhle. Was immer draußen im Gras gewesen war und die Verwundeten davongeschleppt hatte – nun war es hier, in der Dunkelheit der Höhle vor ihnen.

»Jungs«, sagte Eric, »wir sollten sehen, dass wir von hier verschwinden.«

Das Licht vor ihnen erlosch unvermittelt. Die Männer hörten ein brechendes Geräusch, gefolgt von einem lang gezogenen Schrei. Dann das Trappeln von Füßen. Eine Gestalt kam ihnen entgegengerannt. Eric sah, dass es ein Japaner war. Er rannte in wilder Flucht, und seine linke Gesichtshälfte war blutig. Immer wieder drehte er sich um, als hätte er panische Angst vor irgendetwas, das sich hinter ihm befand, tiefer im Tunnel.

»Keine Bewegung!«, rief Seals dem Japaner entgegen und hob sein Gewehr.

Der Mann wandte sich wieder nach vorn, wedelte mit erhobenen Händen und sagte etwas Unverständliches auf Japanisch, wobei er den Kopf schüttelte.

»Keine Bewegung, hab ich gesagt!«, brüllte Seals und legte den Finger um den Abzug.

»Nein, nein, Amerika!«, rief der Japaner in gebrochenem Englisch, während er weiter auf die Marines zurannte. Eric fragte sich, wo der zweite Soldat geblieben sein mochte. Sie hatten zwei Japaner in diese Höhle verfolgt, und nun kam ihnen nur einer entgegen.

»Nein! Hilfe! Hilfe!«, rief der Japaner. »Ihr helfen!«

Er hatte eine Pistole und hob nun die Waffe, um blindlings Schüsse abzufeuern, während er weiter auf die Marines zurannte. Mündungsblitze zuckten. Eric zog den Kopf ein und kniff die Augen zusammen, als vor ihm Steinsplitter aufspritzten. Blind zog er den Abzug seines Karabiners durch und ließ erst wieder los, als ein lautes Klicken anzeigte, dass das Magazin leer geschossen war. Die Kugeln hatten den Japaner in die Brust getroffen und rückwärts zu Boden geschleudert.

Neben Eric ertönte ein Grunzen, und Alabama rollte auf den Rücken, während er mit einer Hand seinen Arm umklammert hielt. Einen Augenblick später erhob er sich wieder. Auf dem Unterarm waren Schnitte.

»Alles in Ordnung?«, fragte Eric.

Alabama nickte, während er seinen Arm weiter umklammert hielt. »Ja. Das war keine Kugel, das war ein verdammter Steinsplitter.«

Plötzlich hörten die Männer ein lang gezogenes Stöhnen, wie

vom Wind, der durch die Höhlen strich. Eric neigte den Kopf zur Seite und lauschte aufmerksam.

»Wind?«, sagte er zweifelnd.

»Das ist kein Wind«, entgegnete Alabama. »Das ist was anderes.«

Das Stöhnen erklang erneut. Dann war ein schnaubendes Bellen zu hören. Der restliche Tunnel lag still da, während sämtliche Soldaten angespannt lauschten und ihre Waffen in Richtung eines unsichtbaren Feindes im tieferen Teil der Höhle schwenkten, der in undurchdringlichem Schwarz lag.

»Wir ziehen uns zurück«, entschied Seals. Er kauerte tief am Boden und schlich nun langsam rückwärts, während sein Blick unverwandt in die Tiefen des Tunnels gerichtet blieb.

Sie zogen sich weiter und weiter aus dem Gang zurück. Hinter ihnen ertönte schweres Atmen. Irgendjemand – oder irgendetwas – folgte ihnen. Voraus befand sich ein gezacktes, erleuchtetes Oval. Die Männer bewegten sich darauf zu. Plötzlich standen sie wieder draußen vor der Höhle.

»Was macht der Arm?«, fragte Seals an Alabama gewandt.

»Alles klar«, antwortete Alabama.

»Dieser Japs …«, sagte Jersey leise, »findet ihr nicht auch, dass es aussah, als wäre er vor irgendwas davongerannt? Irgendetwas, das tiefer in der Höhle war?«

»Ja, stimmt«, pflichtete Eric ihm bei. »Er hat immer wieder über die Schulter gesehen.«

»Ich frage mich, was einen Mann dazu bringt, so panisch zu fliehen«, sagte Jersey. »Direkt in die Hände des Feindes.«

Seals, Eric, Alabama, Jersey und Keaveney waren derweil beim Rest der Gruppe am Fuß des Hügels angekommen.

»Wo ist eigentlich Martinez?«, fragte Seals unvermittelt.

»Wir haben ihn unten zurückgelassen«, antwortete einer der Männer. »Mit unseren Gewehren konnten wir ihn nicht tragen.«

Seals nickte. »In Ordnung. Gehen wir runter und holen ihn.«

Eine Granate hatte das Gras entfacht, und hinter dem Sergeant loderten orangefarbene Flammen; Rauchwolken stiegen in die Luft. Ein Marine zerrte drei tote Japaner über den Boden auf die Flammen zu, um die Leichen eine nach der anderen dem Feuer zu übergeben.

Der Sergeant wandte sich in Richtung des Buschfeuers. »Baynes, Sie versuchen, dieses Feuer zu löschen. Wir wollen schließlich nicht jeden verdammten Japs auf der Insel über unseren genauen Standort informieren.«

»Baynes ist tot«, sagte Eric einfach.

»Oh.« Seals hob die Augenbrauen. »Also schön, dann machen Sie das, Keaveney.«

Die restlichen Männer marschierten den steilen Abhang hinunter.

Am Boden des Hügels sahen sie Martinez' Trage am Boden liegen.

Martinez war verschwunden.

Auf dem Stoff der Trage, der in der Mitte einen langen, gezackten Riss aufwies, waren Blutflecken zu sehen. Das herausgefetzte Stück Stoff lag neben einer der Bambusstangen, die als Tragegestell gedient hatten.

»Wo steckt Martinez, verdammt noch mal?« Alabama beugte sich über die zerstörte Trage.

»Wo soll er denn hin sein?«, fragte Seals. »Der Mann war schwer verwundet. Er konnte nicht einfach aufstehen und weggehen.«

»Das ist es ja gerade«, erwiderte Alabama. »Das sieht beinahe so aus, als wäre jemand hier gewesen und hätte ihn mitgenommen.«

Sie teilten sich in zwei Gruppen auf und suchten die Umgebung nach Martinez ab. Alabama arbeitete sich mit einer Machete durchs Unterholz und den Hügel hinauf. Eric kehrte in den Dschungel zurück, hinein in die schwüle Hitze, während die restlichen Männer die Lichtung parallel zum Hang absuchten. Oben auf dem Kamm bemühte sich Keaveney immer noch, das Buschfeuer zu löschen. Der Wind wehte über die Lichtung und bewegte das Gras in breiten Wellen.

Martinez blieb verschwunden.

Die Männer arbeiteten sich am Rand des Dschungel voran. Die Luft war heiß und feucht, der Himmel über ihnen grau und wolkenverhangen. Sie bewegten sich in einer lang gezogenen Reihe, die Gewehre über den Schultern. Die meisten Männer hatten ihre Hemden und Jacken ausgezogen und sich unter den Helmen um den Kopf geschlungen. Alabama ging unmittelbar vor Eric. Sein Arm war mit einem schmutzigen Fetzen verbunden. Dicke warme Regentropfen fielen und wuschen den Männern Dreck, Schweiß und Gras von der Haut.

Eric musste noch immer an den tiefen, bellenden Laut denken, den er in der Höhle gehört hatte, dieses dumpfe Schnauben. Irgendetwas hatte Martinez weggeschleppt, und irgendetwas hatte all die japanischen Soldaten getötet und auch den Japaner aus der Höhle gejagt. Irgendetwas Unheimliches, Gnadenloses, Grausames befand sich hier auf der Insel, zusammen mit ihnen.

Plötzlich entstand in der Reihe vor Eric Unruhe. Männer wichen hastig vom Rand des Dschungels zurück. Eric hörte sie rufen. Jersey deutete mit einer Hand nach vorn, während er mit der anderen langsam das Gewehr von der Schulter nahm. Alabama rannte los, um zu den anderen Marines aufzuschließen, und Eric folgte ihm eilig. Er sprang über den unebenen Boden, dass sein Helm beim Rennen wackelte.

Augenblicke später brachen die Männer durchs dichte Unterholz und fanden sich auf einer Lichtung wieder. Vor ihnen stand ein riesiger Baum, dessen Wurzeln bis in fast zwei Meter Höhe reichten, bevor sie in den Stamm übergingen. Hoch oben erstreckte sich ein ausladendes Blätterdach, das jeden Sonnenstrahl vom Boden fern hielt und für eine angenehm schattige Kühle sorgte.

Vor dem mächtigen Stamm lag das Wrack einer japanischen Zero, eines Kampfflugzeugs. Eric erkannte den roten Kreis, das japanische Symbol für die Sonne, auf der grauen Metallhaut der Maschine, teilweise von Zweigen und Sträuchern überdeckt. Das Glas der Kanzel war gesprungen, und eine Linie von Einschusslöchern zog sich längs über den Rumpf bis zum Schwanz des Flugzeugs.

»Unsere Jungs müssen der Maschine eins verpasst haben«, sagte Alabama, »und dann ist sie hier abgestürzt.«

Mehrere Meter über den Marines hing der Pilot am Fallschirm, der sich im Geäst verfangen und um Zweige gewickelt hatte. Der Mann war tot und bereits in Verwesung übergegangen, und nur das Geschirr des Fallschirms hielt ihn noch. Seine Füße steckten in den Stiefeln und baumelten unmittelbar über den höchsten Wurzeln.

Seals drehte sich zu Eric und Jersey um und deutete auf den toten Piloten. »Durchsucht ihn.«

Eric und Jersey nickten und kletterten an einer Wurzel nach oben zu dem Toten. Unter ihnen legten die anderen Männer ihre Rucksäcke ab und öffneten silberne Verpflegungspackungen. Alabama lehnte mit dem Rücken an einer Wurzel, die Augen geschlossen, den Helm übers Gesicht gezogen.

Der tote Pilot schwankte an seinem Schirm hin und her wie ein riesiges Pendel, und Eric musste ihn am Stiefel festhalten, damit er sich nicht wegdrehen konnte. Vorsichtig schoben er und Jersey die Hände in die Taschen der Pilotenmontur und fischten die Brieftasche des Toten, ein paar lose Blätter sowie drei leere Patronenhülsen hervor. Eric spürte das kalte Fleisch des Toten durch die Montur hindurch. Es war weich und nachgiebig wie ein abgehangenes Stück Braten.

Der Pilot hatte nichts von Interesse bei sich.

»Alles auf die Beine!«, befahl Seals bald darauf. »Stellt euch vor die Maschine, Männer. Wir müssen ein paar Aufnahmen für *Life* schießen.«

Eric starrte ihn an. Er war sicher gewesen, dass Seals verantwortlich war für den Tod von Reder, doch nun kamen ihm Zweifel. Vielleicht hatte er sich geirrt.

»Meinen Sie das im Ernst?«, fragte er den Staff Sergeant. »Wir kommen ins *Life Magazine?*«

»Der General sagt, wir müssten zu Hause für den Krieg die Werbetrommel rühren.« Seals hatte eine Kamera dabei, die er nun auf eine Wurzel setzte und in Richtung des japanischen Flugzeugwracks ausrichtete. »Also machen wir ein paar Fotos für *Life.*«

Die Männer nahmen vor der abgestürzten Maschine Aufstellung. Das Heckleitwerk hing in der Luft, während die Nase und die Flügel am Boden zerschellt waren. Drei Papageien saßen auf der Glaskanzel und zupften sich mit ihren großen orangefarbenen Schnäbeln gegenseitig die Federn.

Die Soldaten drängelten um die beste Position. Die meisten hatten ihre Hemden ausgezogen und wie olivfarbene Turbane um den Kopf gewickelt. Eric stand an einem Ende, zwischen Alabama und Jersey, das Gewehr über der Schulter. Seals beugte sich über die Kamera und justierte den Selbstauslöser. Er warf einen letzten Blick durch den Sucher, bevor er hastig zu den anderen rannte und sich ans andere Ende der Gruppe stellte, unmittelbar neben die zerfetzte Nase der japanischen Maschine.

Es gab ein surrendes Geräusch, dann klickte der Verschluss und fing den Augenblick ein.

Die Männer entspannten sich, während Seals losstapfte, um seine Kamera zu holen. Alabama seufzte und wandte sich zu Eric. »Irgendwas stimmt nicht mit dieser verfluchten Insel«, sagte er langsam. Er atmete ein paar Mal tief durch in der heißen, nach Verwesung stinkenden Luft. »Ich kann es spüren.« Er schlang sich das Gewehr über die Schulter. »Irgendetwas stimmt hier ganz und gar nicht.«

Zwei Tage später

Wach. Schmerz. Beinahe unerträglicher Kopfschmerz. *Wo bin ich?* Sein ganzer Körper hatte die Empfindung, zu steigen und zu fallen. Erneut schloss er die Augen. Irgendetwas explodierte in seiner Nähe und übersäte seinen Körper mit kleinen Splittern, die sich anfühlten wie Kiesel oder Dreck. Mühsam schlug Eric die Augen wieder auf.

Er lag auf einer Trage in seinem eigenen Blut. Zwei Männer, die er nicht kannte, trugen ihn. Sie lagen unter schwerem Feuer. Eric hörte den Mann direkt über sich keuchend atmen, sah den Schweiß über seine Wangen rinnen.

Eine zweite Explosion ließ den Boden erbeben, und ein Schwall heißer Luft fegte über Erics ungeschützte Seite hinweg. Die beiden Marines, die ihn trugen, bewegten sich schnell durch den Dschungel und über aufgewühltes, schwieriges Gelände hinweg. Eric hörte das Rattern von Maschinengewehren und die dumpfen Detonationen von Geschützen. Rote Leuchtspurgeschosse jagten über den Himmel wie die bunten Lichter eines Kirmeskarussells. Eric blickte an sich herunter und sah das viele Blut, das unablässig aus seinem Körper zu strömen schien, und die blutdurchtränkten weißen Verbände. Er stöhnte leise auf.

»Halt durch, Kumpel«, rief eine Stimme über ihm. »Wir haben es fast geschafft.«

Was geschieht hier? Wie bin ich hierher gekommen? Eric hob mühsam den Kopf und sah zwischen den Bäumen hindurch den weißen Streifen des Strandes hinter dem Dschungel. Sie rannten darauf zu. Ringsum sah Eric nun andere Marines laufen, mit eingezogenen Schultern und Köpfen, tief am Boden, alle in wilder Flucht zum Strand.

Eric kannte keinen der anderen Soldaten. Er betastete seinen Leib, die drei großen blutigen Stellen unmittelbar unter dem Brustkorb, die mit weißem Mull verbunden waren. Schusswunden.

Wann bist du verwundet worden? Erics Verstand arbeitete träge und langsam, doch allmählich kehrte die Erinnerung wieder. Einzelne Ereignisse reihten sich zu einer Kette. Die vergangenen beiden Tage … alle Kameraden tot … Irgendetwas hatte ihnen im Dschungel aufgelauert. Irgendetwas hatte auf sie gewartet.

Eric griff in die breite, große Tasche am Bein seiner Uniformhose. Die kleine Holzschatulle, die er gefunden hatte, war noch immer dort. Die Schatulle, die so unendlich wichtig war.

Die anderen waren tot – Jersey, Alabama, Seals, Keaveney, alle. Eric hoffte zumindest, dass sie tot waren, denn manche Dinge sind schlimmer als der Tod.

In der Ferne, jenseits des weißen Strands, erkannte er das Transportschiff *Galla* auf dem smaragdgrünen Meer. Hinter ihm donnerte weiteres schweres Feuer von den japanischen Stellungen und deckte die flüchtenden Marines ein, um sie am Entkommen von der Insel zu hindern. Hätten die Japaner gewusst, was auf der Insel lauerte, hätten sie auch nur die geringste Ahnung gehabt – sie wären ebenfalls geflüchtet. Einige Japaner hatten es herausgefunden, doch auch sie waren tot. Von allen Überlebenden auf beiden Seiten wusste allein Eric, was auf der Insel lauerte.

Manche Dinge sind viel schlimmer als der Tod, schlimmer als der Krieg.

Wach. Wo? Ein Raum. Ein Krankenzimmer. Er lag auf einer Pritsche. Die Augen geschlossen. Er nahm den strengen Geruch von Metall, alter Kleidung und den süßlichen Gestank von brennendem Öl wahr. Er lauschte, vernahm jedoch nichts außer einem Quietschen wie von einer Hängematte, die zwischen zwei Bäumen schaukelt, während er im Rücken etwas Weiches spürte und darunter ein tiefes, rumpelndes Vibrieren.

Vorsichtig öffnete er die Augen. Ein kleiner Raum mit grünen Metallwänden. Er schien auf dem Transportschiff zu sein, das er vom Strand aus gesehen hatte, der *Galla.* Ringsum sah Eric eine Reihe von Pritschen. Sie schienen ausnahmslos leer zu sein. Eine der Pritschen klapperte leise und bewegte sich im sanften Schaukeln des Schiffes. Sie verursachte das quietschende Geräusch, das ihn geweckt hatte.

An der Wand hing ein Vargas-Kalender mit dem Pin-up des Monats in marineblauer Kleidung. Unter dem Kalender befand sich ein langer Tresen. Eric sah Rollen mit Mullbinden und Holzstäbchen sowie ein Stethoskop, das ordentlich aufgerollt in einer Ecke ruhte.

Er stemmte sich hoch und spürte, dass sein Hirn schmerzhaft gegen die Seiten seines Schädels drückte wie ein weich gekochtes Ei. Es fühlte sich an wie der schlimmste Kater, den er je gehabt hatte. Eric verzog das Gesicht, als er etwas Klebriges um seinen Hals bemerkte. Er hob die Hand und ertastete einen Verband, der um seinen Kehlkopf gewickelt war. Auch sein Kopf war verbunden und schmerzte bei jeder Berührung. Weitere Verbände bedeckten seinen Unterleib.

Er ließ den Blick durch den Raum schweifen und bemerkte nun doch etwas auf einer der anderen Pritschen. Ein weiterer Mann lag ihm gegenüber, das Gesicht der Wand zugedreht, offensichtlich schlafend. Eric bemühte sich vergeblich, im Halbdunkel das Gesicht des Mannes zu erkennen.

Langsam drehte sich der Türgriff. Eric hörte Stimmen und

Lachen, als die Tür einen Spalt weit geöffnet wurde. Er sah einen Krankenpfleger in weißer Hose und weißem Hemd, der im Eingang stehen blieb und den Gang entlangsah, während er mit jemandem redete. Eric ließ den Kopf wieder zurück aufs Kissen sinken, als ihn Erschöpfung überkam.

Der Krankenpfleger war jung und roch nach Desinfektionsmitteln. Er lächelte Eric freundlich zu, als er das Zimmer betrat. Auf seinem Namensschild stand »Lyerman«.

»Geht es Ihnen besser?«

Eric öffnete den Mund zu einer Antwort, brachte aber nur ein undeutliches Krächzen hervor. Der Krankenpfleger bemerkte es und nickte.

»Ihre Stimmbänder wurden draußen im Dschungel verletzt«, sagte er. »Sie werden eine Weile nicht sprechen können.« Lyerman summte vor sich hin, während er Verbände in ein großes Glas auf dem Tresen neben den Waschbecken packte. »Man hat Sie draußen im Dschungel gefunden«, sagte er. »Muss ja verdammt schlimm gewesen sein. Außer Ihnen wurde keiner zurückgebracht. Das heißt, nur doch dieser andere Bursche da drüben.«

Der Krankenpfleger deutete auf die Pritsche mit der zweiten Gestalt. Neugierig geworden, drehte Eric den Kopf nach seinem Zimmergenossen. Der Mann sah noch immer zur Wand, und Eric konnte sein Gesicht nicht erkennen. Der Pfleger beendete seine Arbeit und ging zu dem Mann auf der Pritsche. Ein Licht flammte auf, als Lyerman den Verwundeten untersuchte. Als Eric das Gesicht des anderen sah, zuckte er heftig zusammen.

Er war es!

Der Mann aus dem Dschungel! Der Mann, der ihnen aufgelauert hatte! Mit den gelben Augen. Eric öffnete den Mund, um zu schreien, doch kein Laut kam hervor. Nichts. Nicht einmal ein Flüstern. Seine verletzten Stimmbänder.

Der Pfleger wandte sich um und drückte Eric zurück auf die Pritsche.

»Sie müssen sich ausruhen, sonst platzen Sie uns noch«, sagte er mit merkwürdiger Stimme. »Wie eine überreife Wassermelone.«

Lyerman lächelte. Eric kämpfte, versuchte sich aufzurichten, den Mund zu öffnen, etwas zu sagen, jedoch vergeblich. Der Pfleger nahm eine Spritze zur Hand und drückte die Nadel in eine Serumflasche. Eric schüttelte voller Panik den Kopf, wollte sich wehren, sich aufbäumen, doch er war zu schwach, und Lyerman hatte keine Mühe, ihn auf die Pritsche zu drücken.

Er hielt Eric fest und schob ihm die Nadel in den Arm. Eric blickte an dem Pfleger vorbei auf den schlafenden Mann. Sie brachten ihn von der Insel fort. Sie nahmen ihn mit ...

»So, das hätten wir«, sagte Lyerman leise, als Eric sich allmählich entspannte. »Schlafen Sie eine Weile, dann geht es Ihnen gleich viel besser, Sie werden sehen.«

Eric lag bleischwer und regungslos auf der Pritsche, als das Medikament zu wirken begann.

Der Krankenpfleger nahm ihn beim Handgelenk und maß seinen Puls. »Sie werden wieder gesund. Ich lasse Sie ein wenig schlafen.«

Er legte Erics Hand auf die Pritsche und zog sich aus dem Raum zurück. Als er die Tür erreichte, wandte er sich noch einmal zu Eric um. Eric streckte die Hand nach ihm aus, wollte ihn zurückrufen, doch der Pfleger sah ihn nur an, lächelte und drehte das Licht aus. Dann schloss er die Tür, und Eric war allein.

Draußen hörte Eric leises Lachen und Stimmen, die sich unterhielten. Dann setzte Stille ein.

Nur das Knarren einer Pritsche war zu hören.

Langsam wandte Eric den Kopf und sah den anderen Mann undeutlich in der Dunkelheit. Die Medikamente strömten durch Erics Adern, und er wurde schläfrig. Ein Nebel legte sich über alle Dinge. Der Mann aus dem Dschungel hatte sich Eric zugewandt und starrte ihn an. Es spielte keine Rolle mehr. Es gab keinen Ort, an den er sich flüchten konnte. Seine Zeit war abgelaufen.

Dann ein schrillendes Läuten. Von wo? Tief aus dem Innern des Schiffes. Ein Alarm. Das Schlagen von Türen war zu hören, das Stampfen von Stiefeln auf den Korridoren.

Eric kannte das Geräusch: ein Luftalarm.

Die *Galla* wurde angegriffen.

Das Schiff erzitterte plötzlich, und irgendwo über Eric erklang eine schwache Explosion. Er hörte das schwere Abwehrfeuer von Flakgeschützen und sah vor dem inneren Auge, wie die Männer an Deck umherrannten, während japanische Zeros über ihnen kreisten. Eine weitere Explosion donnerte, während der Alarm ununterbrochen schrillte.

Plötzlich neigte sich der Krankenraum.

Das Schiff hat einen Treffer abgekriegt, dachte Eric im Halbschlaf.

Auf der anderen Seite des Raums lag der Mann immer noch auf seiner Pritsche, offensichtlich unbeeindruckt von dem Lärm und Aufruhr draußen. Eric nahm all seine Willenskraft zusammen, und schließlich gelang es ihm, sich aus seiner Koje zu erheben. Er schwang die Beine über die Kante und setzte sich langsam auf, während der Raum sich immer stärker neigte und der Boden sich in eine Schräge verwandelte. An der Wand glitten Schubladen auf, und Metallinstrumente rutschten heraus und fielen klappernd und klirrend zu Boden. Mehrere Pritschen wurden aus ihren Verankerungen an der Wand gerissen und glitten zusammen mit Matratzen und Bettgestellen über den Boden.

Auch Eric wurde zur anderen Seite des Raums geschleudert und landete unsanft auf der dicken Metalltür. Mühsam richtete er sich auf, wobei er sich am Türgriff festhielt. Er lehnte sich gegen die Wand und drückte das Gesicht an die kleine Scheibe in der Mitte der Tür. Durch das dicke Glas hindurch konnte er hinaus auf den Korridor sehen. Draußen herrschte wildes Chaos. Wasser schoss in den Korridor und jagte in einer Flutwelle einen Niedergang zur Rechten hinunter. Männer rannten auf und ab und platschten durch das Wasser am Boden, wobei sie um das Gleichgewicht kämpften, während das Schiff sich immer stärker neigte. Eric hörte die gedämpften Rufe der Männer sogar durch das dicke Metall der Tür. An der Decke blinkte eine rote Alarmlampe auf und warf ihr blitzendes Licht auf das wilde Chaos.

Irgendwo tief im Innern des Schiffes erklang ein berstendes Geräusch, gefolgt von einem lauten metallischen Kreischen. Der Rumpf wurde eingedrückt, als immer mehr Wasser hineinströmte. Die *Galla* versank langsam in den Fluten, während immer mehr Salzwasser in ihren Leib strömte. Das Wasser im Korridor stieg unaufhörlich. Eric sah Ausrüstungsteile und Schiffsinventar durch den Gang treiben, Akten, lose Blätter, ein Sitzkissen, einen Schuh. Eric drückte den Türgriff herunter, doch er klapperte nur, ohne dass die Tür sich öffnen ließ. Er versuchte es erneut, setzte sein ganzes Gewicht ein, doch ohne Erfolg. Die Tür war von außen abgesperrt. Eric war im Krankenzimmer gefangen.

Ein lähmendes Gefühl der Hoffnungslosigkeit breitete sich in ihm aus, ähnlich der Droge, die der Krankenpfleger ihm injiziert hatte. Das Wasser im Korridor war inzwischen bis fast zur Unterkante des Türglases gestiegen, und Eric beobachtete, wie es unablässig weiter stieg und das Glas mehr und mehr bedeckte, wobei es das Tageslicht ausschloss. Eric stellte interessiert fest, dass er plötzlich unter die Wasseroberfläche sehen konnte, als würde er eine Taucherbrille tragen. Der Korridor draußen war inzwischen zur Gänze mit Meerwasser voll gelaufen, doch die Alarmlampe blinkte eigenartigerweise noch immer.

Irgendetwas schwamm in heftigen Stößen auf das Fenster zu und drückte die Wrackteile beiseite, die den Weg versperrten. Eric sah, dass es eine Krankenschwester war.

Sie hämmerte mit der Faust gegen das Glas. Die Augen quollen ihr aus den Höhlen, und die Adern traten dick an den Schläfen hervor. Eric beobachtete in entsetzter Faszination, wie sie vor seinen Augen ertrank und schließlich erschlaffte, während ein paar letzte Luftblasen aus ihrem Mund quollen. Er spürte, wie das Schiff sank, und hörte ringsum das Metall ächzen und stöhnen. Die rote Alarmlampe verlosch mit einem letzten Knall, und der Korridor draußen lag in völliger Schwärze. Eric wandte sich vom Fenster ab und spähte in die trübe Dunkelheit des Krankenraums …

… und spürte die Blicke eines Augenpaares, als der andere ihn anstarrte. Irgendetwas begann in der Dunkelheit zu leuchten, ein gelbliches, wirbelndes Rot. Eric spürte, wie es kälter wurde. Langsam kam das Augenpaar aus der Dunkelheit auf ihn zu … leuchtend, bedrohlich. Eric war mit ihm gefangen, rettungslos und ohne Hoffnung, während die *Galla* langsam auf den Grund des Ozeans sank.

September 2007
Pazifischer Ozean 100 Seemeilen
vor der Küste von Bougainville
Amerikanisches Forschungsschiff *Sea Lion*

Haben Sie die Aufnahme?«

»Oui.«

»Und? Ist sie brauchbar?«

»Oui.«

»In Ordnung, dann schwenken Sie jetzt nach links ... langsam ... so ist es gut, immer schön langsam ... in Ordnung.« Der französische Regisseur Pierre Devereaux stand mit gegen den rollenden Wellengang gespreizten Beinen auf dem glatten Hecküberhang des amerikanischen Forschungsschiffs *Sea Lion*. Devereaux und seine Crew waren seit zwei Wochen an Bord, um für den französischen Fernsehsender *La Découverte* einen Dokumentarfilm über die Tiefsee-Bergesysteme des Schiffes zu drehen.

»Haben Sie das Unterseeboot mit drauf?«, fragte Devereaux und sah den Kameramann fragend an.

»Davon haben Sie nichts gesagt.«

»Aber natürlich! Selbstverständlich wollte ich das Unterseeboot auf dem Bild! Darum ging es doch bei der Aufnahme!« Devereaux riss verzweifelt die Hände über den Kopf, doch eine Welle zwang ihn, sich rasch wieder an der Reling festzuklammern. »Darum ging es doch bei dieser Einstellung! Das Meer, dann der Schwenk aufs Unterseeboot. Die Einstellung ist nicht im Kasten, solange wir das Boot nicht drauf haben.«

»In Ordnung, *ça va.*« Der Kameramann seufzte. »Dann mache ich die Einstellung eben noch mal.« Er drehte den Schirm seiner Mütze nach hinten und drückte das Auge wieder gegen das Okular der Kamera. »Aber Sie haben *nicht* gesagt, dass Sie das U-Boot mit drauf haben wollen.«

Devereaux ignorierte den Kommentar und blickte durch den offenen Hangar des U-Boots nach draußen auf die weite Fläche des Pazifischen Ozeans. Zwei Tage zuvor hatten sie die Insel Bougainville passiert, eines der Schlachtfelder des Zweiten Weltkriegs. Der Hangar des Unterseebootes ragte aus dem Heck des Forschungsschiffs und befand sich fast auf Meereshöhe. Das Schiff rollte durch eine hohe Dünung, warmes Meerwasser spritzte durch die Rolltore über den Hangarboden und machte die grüne Farbe des Anstrichs nass und rutschig.

Devereaux beobachtete, wie das Wasser um seine Stiefel spülte, bevor es langsam ins Meer zurückfloss. Anfangs hatte der Gedanke ihn nervös gemacht, dass Wasser ins Schiff kam, doch nach zwei Wochen an Bord hatte er sich daran gewöhnt. Inzwischen genoss er das Gefühl, trocken zu sein, während er praktisch mitten im Ozean stand. Hinter ihm standen die beiden amerikanischen U-Boot-Fahrer Randy Rutherford und Nat Rink übers Unterseeboot gebeugt und lockerten die Gelenke der beiden Joystick-kontrollierten mechanischen Greifarme. Die Kamera des französischen Filmemachers stand auf einem Stativ in der Ecke des Hangars und schwenkte langsam über die träge rollende See, bis sie auf dem hellgelb angestrichenen, torpedoförmigen Unterseeboot und den beiden Fahrern verharrte.

Das U-Boot mit dem Spitznamen *Sea Horse* war von IFREMER konstruiert worden, dem französischen Institut für die Erforschung und Erkundung des Meeres, und hatte 22 Millionen Dollar gekostet. Es war eines von nur einem Dutzend U-Booten weltweit, die tiefer als zwanzigtausend Fuß tauchen konnten. Die Expedition wurde vom Joseph-Lyerman-Institut finanziert, dessen Vorsitzender, der amerikanische Finanzmagnat Joseph Lyerman, sich vehement gegen die Anwesenheit von Pierre und seiner Crew gewehrt hatte. Das IFREMER hatte jedoch darauf bestanden – als Bedingung für die Benutzung der *Sea Horse* im Verlauf der Operation. Die spätere IMAX-Produktion würde genügend Geld einspielen, um die nächsten paar Jahre unabhängig von der strengen Kontrolle des Lyerman-Instituts zu operieren.

Die *Sea Horse* war eine zweieinhalb Meter durchmessende Kugel aus zehn Zentimeter dickem Titan und bot in ihrem Innenraum drei Personen Platz. Die zwei Fahrer, beides Amerikaner, beendeten ihre Arbeiten an den Waldo-Armen des Gefährts und traten vor die Eingangsluke, die sich auf der linken Seite befand. Beide trugen auf Pierres Wunsch dunkelblaue, einteilige, thermisch geregelte Overalls, weil sie fotogen waren.

Hinter der *Sea Lion* und unter der Oberfläche des warmen pazifischen Wassers hing an einem Schleppseil das torpedoförmige MR-1, ein Sonargerät, das dazu diente, den Meeresboden unter der *Sea Lion* zu kartografieren. Das Gerät sandte Schallsignale zum Meeresboden und zeichnete die reflektierten Wellen auf.

Sie schleppten das MR-1 nun eine volle Woche hinter sich her, während die *Sea Lion* in einem Suchmuster den Ozean abfuhr, das jeden Quadratmeter eines zehn mal elf Seemeilen großen Rechtecks umfasste.

Es war eine technisch höchst anspruchsvolle Operation, was Devereaux nur recht war, verlieh es dem geplanten Film doch das Flair eines modernen Jacques-Cousteau-Remakes. Cousteau ohne die ausgewaschenen Farben der späten Siebzigerjahre. Pierre hatte ursprünglich gehofft, eine Art Abenteuerfilm zu drehen, der auf dem Meer spielte: Die Menschheit beim Betreten der letzten großen unerforschten Region der Erde – irgendetwas in dieser Art –, doch zu seinem Missfallen (und dem des IFRE-

MER) gab es ein kleines Hindernis: Sie hatten bisher nicht das Geringste gefunden. Die *Sea Horse* hatte noch keine einzige Gelegenheit gehabt, tiefer als dreihundert Meter zu tauchen, und Devereaux hoffte sehr, dass er eine Chance erhielt, in mehr als zehntausend Fuß Tiefe zu drehen. Unterlegt mit der passenden Musik – irgendetwas Düsteres –, würden es sicherlich sehr wirkungsvolle Aufnahmen werden, wie die der *Titanic.* Doch für solche Szenen musste die *Sea Horse* tauchen, und damit sie tauchte, mussten sie erst einmal etwas finden. Und bisher hatten sie nichts.

Ein Teil des Problems, begriff Devereaux inzwischen, war das eigentliche Ziel ihrer Mission. Pierre Devereaux hatte angenommen, dass sie den Meeresboden nach den Wracks gesunkener amerikanischer Schiffe aus der Zeit des Zweiten Weltkriegs erkundeten. Doch nach und nach war ihm aufgegangen, dass sie offensichtlich nach etwas ganz Bestimmtem suchten. Einem ganz speziellen Schiff. Der Pazifik bedeckte eine Fläche von nahezu hundertsiebzig Millionen Quadratkilometern; deshalb war es die sprichwörtliche Suche nach der Nadel im Heuhaufen – einem Heuhaufen von wahrhaft gigantischen Ausmaßen.

»Filmen Sie die beiden Fahrer bei der Arbeit, als richtige Unterwasser-Forscher, sehr amerikanisch, jawohl, sehr amerikanisch!« Devereaux brüllte die Worte fast, als er sich in seinem akzentbehafteten Englisch an seinen Kameramann wandte. »Sehr gut. Gute Einstellung. Wie John Wayne auf dem Meer, *oui?* Die Overalls machen sich wunderbar! Sie sehen fantastisch aus, meine Herren!«

Erst vor wenigen Tagen war Devereaux zu dem Entschluss gelangt, den Schwerpunkt seines geplanten Films zu verlagern. Weniger Abenteuer und mehr menschliches Schicksal. Konzentriere dich auf den Mann hinter der Expedition, auf Lyerman selbst, genau wie die IMAX-Crew, die vor einer Weile den Bericht über den Mount Everest gedreht hatte. Entwickle zuerst die Charaktere, das Abenteuer kommt von allein. Natürlich hatte das Everest-Projekt Liam Neeson als Hintergrundsprecher gehabt, was zweifellos sehr hilfreich war. Und nach Fertigstellung des Films hatte es die Katastrophe am Everest gegeben: Acht Bergsteiger waren auf tragische Weise ums Leben gekommen – welch ein Drama! Was das Dramatische anging, hatte Pierre Devereaux bisher nichts außer Material über Seemöwen und die beiden Amerikaner in ihren Disney-Overalls. *Merde!*

Devereaux hoffte insgeheim, Gerard Depardieu dazu bringen zu können, die Erzählstimme zu übernehmen, sowohl für die englische als auch für die französische Fassung. Doch wenn im Film kaum etwas geschah, konnte auch der beste Erzähler nichts herausreißen, ganz gleich, welchen berühmten Namen er trug. Das IMAX war für die große Leinwand; Pierre schrieb praktisch ein Buch auf Band. Deshalb musste er nun einen neuen Schwerpunkt setzen und die Männer betrachten, die hinter der Expedition steckten. Lyerman zum Beispiel. Wer war dieser Amerikaner? Wonach suchte er? Das Problem mit Lyerman war allerdings, dass niemand über ihn reden wollte – zumindest schien es so. Er lenkte zwar alles, aber niemand wusste Genaues. Devereaux war ziemlich sicher, dass jeder an Bord – mit Ausnahme der U-Boot-Fahrer, die wahrscheinlich ehemalige Angehörige der US-Navy waren – von Lyerman bezahlt wurde, und trotzdem wollte niemand mit der Sprache herausrücken. Außerdem war da noch dieser panamaische Bursche an Bord, der ständig irgendwo herumlungerte und alles beobachtete. Der Typ war Devereaux geradezu unheimlich.

Die U-Boot-Fahrer beendeten ihre Arbeit an der Luke der *Sea Horse* und gingen zur anderen Seite des Unterwasserfahrzeugs.

»Erinnere mich noch mal daran, warum diese Franzosen hier sind«, flüsterte Nat, einer der beiden Fahrer, seinem Partner zu.

»Wir brauchen ihr U-Boot«, antwortete Randy.

»Wir hätten ein eigenes mitbringen sollen.«

»Die kann man nicht so einfach mieten wie einen Leihwagen.

Sie sind ziemlich schwer aufzutreiben«, entgegnete Randy und wandte sich ein wenig von der Kamera weg.

»Ja, sicher, aber hätten wir nicht T-Shirts verkaufen oder einen Telefonmarathon für Sponsorengelder starten können?« Nat gestikulierte in Richtung Kamera. »Ich fühle mich wie Kate Moss auf einer Modenschau.«

»Wenn Sie fertig sind«, rief Devereaux den beiden zu, »drehen Sie sich bitte zur Kamera und zeigen Sie den erhobenen Daumen, in Ordnung?«

Nat verdrehte die Augen. »Meine Güte, diese Franzosen!«

Die beiden Fahrer traten hinter dem U-Boot vor und blickten in die Kamera. Pierre beobachtete sie von seiner Position hinter dem Kameramann und lächelte, während er ihnen die eigenen erhobenen Daumen entgegenstreckte und ihnen begeistert zunickte.

»Die verdammten Amerikaner«, flüsterte er seinem Kameramann zu. »Allesamt Cowboys, diese Kerle!«

»Das ist lächerlich«, flüsterte Nat seinem Kameraden Randy zu, während er mit erhobenem Daumen in die Kamera winkte.

»Ja«, erwiderte Randy, der ebenfalls den Daumen in die Kamera hob, den Kopf zur Seite neigte und lächelte.

»Wunderbar! Sie beide sind ganz wunderbar!« Devereaux wandte sich dem Kameramann zu. »Das ist eine Bomben-Einstellung!«

Während die Crew ihre Ausrüstung einpackte, kam ein weiterer Mann auf den Hecküberhang. Er starrte einen Augenblick geistesabwesend aufs Meer hinaus und beobachtete die regelmäßigen Bewegungen der Wellen, wobei er die Hände in den Taschen behielt, doch auf seinem Unterarm unter der Hemdmanschette war eine eintätowierte panamaische Flagge zu sehen. Seine Schuhe wurden nass vom Wasser, das über den Hecküberhang spritzte.

Vierzehn Besatzungsmitglieder der *Sea Lion* und das sechs Mann starke französische Kamerateam saßen an dem langen Tisch in der Schiffsmesse. In ihre Unterhaltungen mischte sich das leise Klappern von metallenem Geschirr.

»Also, wenn wir morgen tauchen«, sagte Devereaux zu der versammelten Mannschaft, »möchte ich den amerikanischen Abenteurergeist einfangen. Das Wesen dessen, was es heißt, Amerikaner zu sein.«

Die Mahlzeit bestand aus gegrilltem Marlin, den ein Mann der Besatzung an diesem Tag gefangen hatte. Jedes Besatzungsmitglied hatte seine eigene Angelrute ausgeworfen, und es kursierten Wetten, wer den größten Fang machte; der Sieger hatte die Ehre, das jeweilige Abendessen zu spendieren.

Pierre Devereaux nahm einen Bissen von dem Fisch. »Wirklich schade, dass es keine Hamburger gibt, nicht wahr? Hamburger? McDonald's? Der American Way of Life, hm?«

»Offen gestanden, ich stehe mehr auf Burger King«, entgegnete Nat mit vollem Mund. Der Fisch war ziemlich zäh.

Nat wollte noch mehr sagen, als plötzlich die Tür zur Messe geöffnet wurde.

Seung Yi, der Chef des Meeresforschungslabors an Bord, platzte herein. »Ich glaube, wir haben etwas gefunden«, sagte er und schwenkte ein Blatt Papier.

Captain Philip Smith ließ seine Gabel auf den Teller fallen und erhob sich langsam. Er zog die Augenbrauen hoch und blickte Yi erwartungsvoll an. »Und was?«

»Möglicherweise haben wir es entdeckt«, antwortete Yi mit einem unsicheren Lächeln.

Der Kommandant der *Sea Lion* wischte sich mit der Serviette über den Mund, knüllte sie zusammen und warf sie auf den Tisch. Er winkte in Richtung Tür. »Lassen Sie mal sehen.«

Nat und Randy folgten dem Schiffsführer nach draußen und durch den engen Korridor in den Sonarraum. Devereaux und sein französischer Kameramann eilten hinterher. Sie mussten rennen, um nicht den Anschluss zu verlieren, während der Kameramann, eine Zigarette zwischen den Lippen, ein neues Band in die Kamera schob.

Der Kontrollraum war klein und voller High-Tech-Ausrüstung. Bildschirme tauchten das Innere in ein eigenartig flimmerndes Licht. Die Korridorbeleuchtung erhellte das Zimmer, als Yi die Tür öffnete und eintrat, gefolgt vom Captain der *Sea Lion* und den beiden U-Boot-Fahrern Nat und Randy. Nat blinzelte, damit seine Augen sich schneller an das Halbdunkel gewöhnten.

Die Navigations- und Ortungsanlagen im Sonarraum der *Sea Lion* waren das Herz des Schiffes. Neben dem konventionellen Radar und der Sonarausrüstung kontrollierte Yi ein LORAN C Navigationssystem, drei Satellitenverbindungen für Telefon und Fax, VHF, HF und normalen Funk. Die Wetterberichte, die alle fünfzehn Minuten aktualisiert wurden, landeten unmittelbar hier im Technikraum, während das GPS-System die genaue Position des Schiffes berechnete.

Yi nahm hinter dem Terminal des Hauptcomputers Platz, unmittelbar unter einem großen Sonardisplay, das Nat an einen konventionellen Radarschirm erinnerte. Hinter ihnen drängten sich die beiden Franzosen in den kleinen Raum, der dadurch noch beengter wurde.

»Ihre Zigarette!«, sagte Yi zum Kameramann. »Sie dürfen hier drin nicht rauchen.«

Yi zeigte auf die Zigarette und wiederholte die Worte lautlos mit den Lippen.

Pierre Devereaux nickte. Der Kameramann zuckte die Schultern, drückte die Zigarette unter der Schuhsohle aus und klemmte sich die Kippe hinter das rechte Ohr. Dann wuchtete er sich die Kamera auf die Schulter und begann zu filmen.

Vor Nat leuchtete eine Reihe blauer Punkte vor schwarzem

Hintergrund auf dem runden Sonarschirm. Die Punkte strahlten nach außen, wie die Speichen eines Fahrrads, doch ihre Gleichförmigkeit wurde durchbrochen von unregelmäßig verteilten leuchtenden Flecken. Eine einzelne Linie wand sich über den runden Schirm wie ein Uhrzeiger und erinnerte Nat an einen konventionellen Radarschirm.

»Okay, ich glaube, wir haben etwas am Meeresboden gefunden.« Yi deutete auf einen anderen Schirm, auf dem ein computergeneriertes Gitter den Grund des Pazifiks überzog. »Diese Daten stammen ausnahmslos vom MR-1, das wir die ganze Zeit hinter uns herziehen. Es fängt die Signale auf, die vom Meeresboden reflektiert werden. Auf diese Weise erzeugen wir ein genaues Bild dessen, was unter uns liegt.«

Nat spürte einen leichten Stoß im Rücken, als der französische Kameramann sich neben ihn schob, um den Schirm besser abfilmen zu können.

»Was wir erhalten, wenn wir das Sonarbild mit dem computergenerierten Bild des Meeresbodens überlagern, sieht so aus.« Yi tippte eine rasche Folge von Befehlen in die Tastatur, und der Computerbildschirm wurde für einen Augenblick dunkel. Er flackerte; dann erschien der Meeresboden wieder und zeigte ein rechteckiges Objekt, das in einem ungewöhnlichen Winkel aus dem flachen Untergrund ragte.

»Was ist das?«, fragte der Kommandant und deutete auf das seltsame Objekt.

»Gute Frage«, entgegnete Yi. Er drehte sich mit seinem Stuhl um, lehnte sich zurück und blickte zu den anderen auf. »Um was handelt es sich? Nun, es ist ein Objekt von etwa zehn Metern Länge und acht Metern Höhe.«

Der Captain der *Sea Lion* beugte sich vor und musterte den Bildschirm genauer. Er schob seine Baseballmütze in den Nacken; darunter kamen weiße Haare zum Vorschein, während er sich nachdenklich die zerfurchte Stirn kratzte. »Woher wollen

Sie wissen, dass es sich um ein Schiff handelt? Und nicht um einen Träger? Wurde die *Hornet* nicht in dieser Gegend versenkt?«

»Aus diesem Bild lässt sich das nicht mit Bestimmtheit sagen«, erwiderte Yi. »Doch ein typischer Flugzeugträger aus der Zeit des Zweiten Weltkriegs wäre ungefähr zweihundertfünfzig Meter lang, und dieses Objekt erreicht nicht einmal annähernd diese Größe. Also könnte es sich um nichts weiter als einen Felsen handeln, oder ein Sims oder Ähnliches.« Der Wissenschaftler drehte sich wieder zu seinem Computer um. »Die Gestalt ist allerdings zu symmetrisch, um natürlichen Ursprungs zu sein.« Yi tippte erneut auf der Tastatur, und der Bildschirm wurde einmal mehr schwarz. »Ich habe die Umgebung des Objekts mit EOSCAN abgesucht. Das Sonarsignal dringt mehrere Meter in den Schlamm am Meeresboden ein, prallt jedoch von allem ab, das massiv ist, beispielsweise ein Metallrumpf.« Yi zögerte sekundenlang und blickte dann direkt in die Kamera. »Darf ich im Film Produktnamen nennen?«

Pierre Devereaux nickte. »Reden Sie ruhig weiter, keine Sorge. Wir bearbeiten die Tonspur später.«

Yi lächelte und wandte sich dem Schirm zu. »Wie wir festgestellt haben, ist unter dem Schlamm noch sehr viel mehr von diesem Objekt. Es muss mit ziemlicher Wucht auf den Meeresboden geprallt sein und hat sich förmlich hineingegraben.«

Yi schlug sich mit der Faust in die offene Handfläche und imitierte den Aufprall des Schiffsbugs auf dem Schlamm, als das sinkende Schiff sich in den Meeresgrund gebohrt hatte.

»Was haben Sie gefunden?«, fragte Randy.

Yi klickte mit der Maus, und auf dem Monitor entstand ein neues Bild. »Unter dem Schlamm und den Sedimenten liegen weitere sechzig Meter begraben.«

Der Kommandant der *Sea Lion* stieß einen leisen Pfiff aus, als das neue Bild auf dem Monitor erschien, ein computergenerierter Querschnitt durch den Meeresboden, erschaffen aus zahllosen Sonarpings, die von fester Masse Tausende Fuß tiefer zurückgeworfen wurden. Quer durch die Trennlinie zwischen Wasser und Sediment zog sich ein längliches Objekt bis zu einer Tiefe von zehn Metern unter dem Schlamm. Das Ende war schmaler und wie der Bug eines Schiffes geformt.

Yi deutete auf den Schirm. »Hier, das sieht wie ein Schiffsbug aus, finden Sie nicht? Und wenn wir das Bild drehen …«, er tippte einen Befehl in die Tastatur, »erhalten wir eine bessere Vorstellung dessen, was sich unter der Oberfläche verbirgt.«

Auf dem Schirm drehte sich das Objekt um eine imaginäre Mittelachse. Nat sah, wie die Konturen des gesunkenen Schiffes rotierten und der spitz zulaufende Bug sich nach oben hin fortsetzte. Wo der Rumpf die Grenze zwischen Sediment und Wasser erreichte, gab es einen scharfen Knick – als wäre das Schiff beim Aufprall an dieser Stelle zerbrochen.

»Sie werden bemerken«, erklärte Yi im Tonfall eines Lehrers, »dass auf diesem Bild kein Trägerdeck zu erkennen ist. Es sieht wie ein ganz normaler Schiffsrumpf aus. Der Grund dafür könnte sein, dass wir hier nicht die *Hornet* vor uns haben, oder dass sie in mehrere Teile zerbrach, als sie sank. Ähnlich wie die *Titanic,* die ja ebenfalls zerbrochen ist.«

»Das ist nicht die *Hornet*«, sagte plötzlich eine Stimme. Der Mann mit der eintätowierten panamaischen Flagge auf dem Handgelenk, ihr Geldgeber, stand im Eingang und starrte auf den Bildschirm. »Das ist etwas anderes. Etwas sehr viel Wichtigeres.«

Yi deutete auf die Bruchstelle in der Simulation. »Genau an dieser Stelle ist der Rumpf zerborsten, richtig? Also besteht die große Wahrscheinlichkeit, dass noch weitere Teile verstreut auf dem Meeresgrund liegen.«

»Haben Sie bisher weitere Teile finden können?«, fragte der Captain mit einem Blick zu Yi.

Yi schüttelte den Kopf. »Noch nicht. Sie könnten meilenweit

entfernt von dieser Stelle liegen. Wenn wir das MR-1 weiter hinter uns herschleppen, sollten wir in wenigen Tagen das gesamte Gebiet kartografiert haben.«

Der Captain nickte, richtete sich auf und wandte sich zu Nat und Randy um. »Was würden Sie dazu sagen, einen genaueren Blick auf dieses Ding zu werfen, wenn wir morgen die *Sea Horse* hochfahren?«

»Das wäre fantastisch«, sagte Randy grinsend und rieb sich die Hände.

»Und Sie?«

»Einverstanden«, stimmte Nat ebenfalls zu. »Ich bin dabei.«

»Gut.« Der Captain lächelte schwach, und seine Lippen waren unter dem dichten Bart kaum zu sehen. Er legte Yi die Hand auf die Schulter. »Wie weit unten liegt dieses Ding?«, fragte er.

»Zehntausendzweihundertachtzig Fuß, Sir«, antwortete Yi zögernd. »Es ist verdammt tief. Wirklich verdammt tief.«

Am nächsten Morgen erwachte Nat mit dem vertrauten Gefühl nervöser Erwartung, das er jedes Mal vor einem Tieftauchgang verspürte. In der Koje neben ihm schnarchte Randy noch immer leise, das Gesicht tief in die Kissen gepresst. Nat blickte durch das Bullauge über seinem Bett hinaus auf den sanft wogenden Pazifik. Sonnenlicht fiel blau schimmernd durch das Glas in die Kabine.

»He …« Er schüttelte Randy an der Schulter. »Aufwachen!«

Aus dem Lautsprecher über dem Bett drang knackend die Stimme des Kommandanten. »Aus den Federn, ihr Faulpelze! Der Tauchgang ist für zwölf Uhr heute Mittag angesetzt!«

Randy drehte sich mit dem Gesicht zur Wand und streckte Nat und der Bordsprechanlage den Hintern entgegen.

Nat ignorierte die Bewegung. Er setzte sich in seinen Boxershorts auf, noch immer nicht ganz wach, die Haare zerzaust. Dann gähnte er herzhaft und streckte sich, während er gegen die Versuchung ankämpfte, sich noch einmal in die warme Koje zu legen und sich unter der Bettdecke zu verstecken.

An der Tür klopfte es.

»Ja?«, rief Nat und blickte durch schmale Augenlider erwartungsvoll zur Tür.

Die Tür öffnete sich langsam. Einer der französischen Kameraassistenten kam herein, eine Zigarette im Mundwinkel, die Kamera auf der Schulter.

»O nein!« Nat schüttelte den Kopf und winkte mit der Hand. »Jetzt ist kein guter Zeitpunkt dafür!«

Der Kameraassistent lächelte und filmte weiter.

»Ich bin müde, und ich sehe beschissen aus. Kommen Sie in zehn Minuten wieder!«

Nat schüttelte den Kopf, während er Blickkontakt herzustellen versuchte. »Verstehen Sie Englisch?« Er hielt zehn Finger hoch und redete mit lauter, eindringlicher Stimme, als hätte er es mit einem Schwerhörigen zu tun. »Zehn Minuten, verstanden?«

Der Kameraassistent filmte unverdrossen weiter. Er schwenkte die Kamera über den schlafenden Randy zu dem auf seiner Koje sitzenden Nat.

»Du bist einer von diesen Hundesöhnen, die kein einziges Wort Englisch verstehen, wie? Schaff deinen Boss her. Devereaux versteht, was ich ihm sagen will. Los, hol Devereaux.«

Beim Klang des Namens horchte der Kameramann auf und blickte Nat fragend an.

»Ja, Devereaux. Geh und hol Devereaux! *Findez-vous* Pierre.« Nat winkte mit der Hand in Richtung Tür.

Der Kameraassistent nickte, drehte sich für einen Augenblick zur Tür und sah dann erneut Nat an.

»Devereaux«, wiederholte Nat.

Der Kameraassistent lächelte unsicher; dann ging er nach draußen und schloss die Tür hinter sich.

»Mann Gottes!« Nat stöhnte und ließ die Beine von der Koje baumeln. »Das ist hier ja wie bei der *Versteckten Kamera.*«

»Wer war das?«, erklang Randys Stimme dumpf aus dem Kopfkissen.

»Einer von diesen französischen Kameratypen.«

Randy schwieg.

»Ziemlich früh, meinst du nicht?«

»Ja, verdammt früh.«

Nat starrte einmal mehr durch das Bullauge hinaus auf den Ozean.

Er schüttelte Randy erneut. »Los, raus aus den Federn. Wir gehen Tauchen!«

Nach einem eiligen Frühstück standen die beiden U-Boot-Fahrer an Deck der *Sea Lion* und blinzelten im grellen Licht der pazifischen Sonne. Rings um sie herrschte die übliche nervöse Geschäftigkeit der Vorbereitungen für einen Tauchgang. Die Besatzungsmitglieder riefen und redeten durcheinander, während die Diagnosecomputer die Tests durchliefen und der Kran überprüft wurde. Das französische IMAX-Team befand sich auf der Backbordseite des Schiffes, und die beiden IMAX-Taucherinnen mühten sich in ihre glatten schwarzen Neoprenanzüge, während Devereaux den Kameramann dirigierte und ein seekrank aussehender Bursche das Mikrofon am Ausleger hielt.

Der leuchtend gelbe, zweieinhalb Meter lange Rumpf der *Sea Horse* stand auf Deck, nachdem das U-Boot früh am Morgen von einem Kran aus seinem Hangar gehoben worden war. Auf der Vorderseite glänzte schwarz das gewölbte Glas der Kanzel zwischen den beiden dünnen Waldo-Armen, welche die Fahrer am Vorabend gewechselt hatten. Am Heck des Unterseebootes war die *Urchin* befestigt, ein kleinerer, ferngesteuerter Kameraroboter. Die *Urchin* war mit einem knapp achtzig Meter langen Kabel mit der *Sea Horse* verbunden und im Stande, jene Bereiche des gesunkenen Wracks zu erkunden, die zu klein oder zu gefährlich für die größere, bemannte *Sea Horse* waren. Sobald das U-Boot den Meeresgrund erreicht hatte, würde Randy die *Urchin* steuern, während Nat weiter das U-Boot selbst lenkte.

Yi kam aus dem Sonarraum, schirmte die Augen gegen die Helligkeit ab und blickte sich suchend um. Als er Nat und Randy entdeckt hatte, ging er rasch zu ihnen.

»Wie geht es?«, fragte er freundlich.

»Alles in Ordnung«, antwortete Nat langsam, dann zuckte er die Schultern. »Ein wenig nervös vielleicht.«

»Ja, ich auch«, stimmte Randy zu.

»Also, das Wrack liegt auf einem schwach geneigten Hang«, sagte Yi. »Nur als Warnung – ungefähr hundertfünfzig Meter entfernt befindet sich ein tiefer Graben, also sollten Sie sich davon fern halten.«

Er wandte sich Randy zu. »Sie werden die *Urchin* steuern, wenn Sie unten angekommen sind, richtig?«

Randy nickte. »Ja, stimmt.«

»In Ordnung. Gut. Die *Sea Horse* selbst ist mit drei Minikameras ausgerüstet. Eine davon befindet sich in der Kabine und ist auf Sie gerichtet, die beiden anderen sind außerhalb der Kanzel. Wir werden in Verbindung bleiben, während Sie unten sind. Aber Sie sind in einer solchen Tiefe … falls irgendetwas schief gehen sollte da unten …« Yi zuckte die Schultern und verstummte.

»… sind wir im Arsch«, beendete Nat den angefangenen Satz.

»Vielleicht.« Yi lächelte. »Eigentlich dürfte nichts schief gehen. Wir haben sämtliche Tests durchgeführt, und es gab keinerlei Probleme. Wir werden den Empfänger auf der Brücke benutzen, um Ihre Sonarpings zu verfolgen, also wissen wir immer genau, wo Sie gerade sind, in Ordnung?«

»Ja.«

Yi zögerte, dann lächelte er. »Der dritte Platz an Bord der *Sea*

Horse wird von einem der Kameramänner eingenommen. Ich glaube nicht, dass ein Einspruch Ihrerseits Aussicht auf Erfolg hätte.«

»Herrgott!« Randy stieß den Atem aus und wandte sich für einen Augenblick ab. »Also schön, in Ordnung. Aber machen Sie dem Burschen klar, dass er den Mund halten soll.«

»Das haben wir den Franzosen bereits gesagt, und sie waren einverstanden. Und der Bursche lässt seine Zigaretten hier oben. Ich glaube, er war schon mit dem Team unten, das damals die *Bismarck* erkundet hat. Er hat also Erfahrung.«

»Okay.« Randys Stimme verriet keinerlei Emotionen.

Alle drei Männer schwiegen für eine Weile.

»Hören Sie, diese Expedition oder Suche oder was auch immer – sie wird von einflussreichen Männern finanziert. Falls das, wonach sie suchen, dort unten ist …« Yi hob die Brauen und blickte Randy fest an. »Verstehen Sie?«

Erneut trat Stille ein, bevor Yi in die Hände klatschte.

»Also schön.« Er trat zurück. »Ich will Sie jetzt nicht länger bei Ihren Vorbereitungen stören. Viel Glück da unten.«

Er streckte den Männern die Hand hin, und beide U-Boot-Fahrer schüttelten sie. Dann wandte er sich lächelnd ab und wanderte über das schwankende Deck zurück in seinen Sonarraum. Aus einem Lautsprecher am GPS-Turm beim Bug des Schiffes ertönte ein statisches Knacken, und eine weibliche Konservenstimme verkündete teilnahmslos: »Sämtliches U-Boot-Personal bitte an die entsprechenden Stationen. Der Tauchgang beginnt in zehn Minuten. Ich wiederhole, sämtliches U-Boot-Personal bitte an die entsprechenden Tauchstationen. Der Tauchgang beginnt in zehn Minuten. Vielen Dank.« Die Durchsage hallte über das gesamte Deck, bevor sie sich in den Weiten des Ozeans verlor.

Nat wandte sich von den Lautsprechern ab. »Jetzt geht's los.« Er folgte Randy zu dem an Deck bereitstehenden U-Boot. Zu ihrer Linken schüttelte der französische IMAX-Kameramann seinen übrigen Kameraden die Hände. Sie blickten ernst und förmlich drein wie bei einem Begräbnis. Die beiden Taucherinnen standen mit ihren Kameras bereit. Sie würden die ersten fünfzig Meter des Abstiegs in die Tiefen des Pazifiks filmen.

Der Panamaer stand an der Reling und starrte mit nachdenklicher Miene hinaus auf das Meer.

»Jetzt bekommen Sie, wofür Sie bezahlt haben, was?«, rief Randy ihm übers Deck zu.

Der Panamaer drehte sich um und musterte die beiden Männer. »Es ist dort unten. Ich kann es fühlen.«

Nat wechselte einen Blick mit Randy, dann zuckte er die Schultern.

Zwei Männer mit gelben Schutzhelmen standen zu beiden Seiten der Anstellleiter, als Nat auf das U-Boot kletterte und durch die Luke auf der Oberseite hineinstieg. Im Innern herrschte eine klaustrophobische Atmosphäre. Vor ihm schimmerten die Instrumente der Steuerkanzel in grünlichem Licht. Das fünfzehn Zentimeter dicke Plexiglas der Kanzel besaß einen Durchmesser von anderthalb Metern. Als Nat sich in den gepolsterten Sessel auf der rechten Seite der Scheibe gesetzt hatte, sah er, wie draußen die beiden Taucherinnen die Leiter hinunter ins warme Wasser des Pazifiks stiegen.

Randy folgte Nat in die *Sea Horse*. Er grunzte unwillig, als er sich in die enge Kammer quetschte und vor den Kontrollen für die *Urchin* Platz nahm. »Ich glaube, ich habe zugenommen«, beschwerte er sich, während er seine Montur zurechtrückte.

Als Letzter kam der IMAX-Kameramann. Er ließ zuerst die Kamera ins U-Boot hinunter, bevor er sich mit den Füßen voran hinterherschob und unsanft auf dem Passagiersitz landete, unmittelbar vor dem Motor im Heck des kleinen Gefährts. Dann saßen die Männer schweigend da. Nat spürte, wie ihm der Schweiß ausbrach und in kleinen Bächen über den Rücken lief.

Das U-Boot kochte unter der erbarmungslosen pazifischen Sonne und verwandelte sich nach und nach in einen riesigen Backofen aus Titan. Nats Magen knurrte laut. Die Vorschriften untersagten jegliches Essen zwölf Stunden vor dem Tauchgang.

»Ihr Assistent war schon ziemlich früh auf den Beinen heute Morgen!«, rief Nat dem IMAX-Kameramann über die Schulter zu.

»Ja. Er spricht nicht so viel Englisch, aber er arbeitet sehr fleißig.«

Über ihnen gab es ein lautes metallisches *Klang,* als die Bedienmannschaften die Luke schlossen und von außen versiegelten. Das war der letzte Hauch frischer Luft, den sie während der nächsten zehn Stunden atmen würden. Der große Kran vor dem Heliport der *Sea Lion* setzte sich in Bewegung und drehte sich langsam in ihre Richtung. An seinem Stahlseil baumelte ein halbes Dutzend Stabilisierungsseile.

Das U-Boot setzte sich ruckartig in Bewegung, als Bedienmannschaften es auf seiner eigens dafür gefertigten Lafette über Deck und in Richtung des Krans rollten. Ein Taucher kletterte außen an der Leiter nach oben und wartete darauf, dass das dicke Stahlseil herabgesenkt wurde, das dazu diente, die *Sea Horse* ins Wasser zu heben. Durch die Bullaugen sah Nat, wie die Männer in den gelben Schutzhelmen die Anstellleiter wegzogen.

Der Kran ließ das Tragseil herab, und weitere Männer befestigten die Stützseile an den dafür vorgesehenen Schlaufen rings um den Rumpf des U-Boots, während das große Tragseil oben eingehängt wurde. Dann traten sie zurück, winkten mit erhobenen Daumen und entfernten sich von der *Sea Horse.*

»Jetzt geht's los«, murmelte Nat und schob sich ein Stück Kaugummi in den Mund.

Ein leichter Ruck ging durch das kleine U-Boot, und dann hing es in der Luft. Das Abheben war nicht ungefährlich.

Manchmal konnte ein unerwarteter heftiger Windstoß das Boot ins Schwanken bringen wie ein Mobile.

Der Ausleger des Krans schwenkte hinaus übers Wasser, und Nat spürte die vertraute plötzliche Leichtigkeit im Magen, wie bei einer Achterbahn, wenn es in die Tiefe ging. Dann stoppte der Kran quietschend und mit einem metallischen Knirschen. Die *Sea Horse* schwang zwanzig Meter über dem Meer vor und zurück wie ein Pendel, bevor das Geräusch einer sich abspulenden Winde einsetzte und das kleine Unterseeboot sich wie ein Aufzug mit einer ruckhaften Bewegung langsam in Richtung Wasseroberfläche senkte.

Sobald es auf dem Wasser schwamm, begann eine sanfte Schaukelbewegung. Kurze Wellen plätscherten gegen die Plexiglaskanzel. Nats Ausblick lag zur Hälfte über, zur anderen Hälfte unter Wasser. Die obere Hälfte der Kanzel zeigte den strahlend blauen Himmel, der nur von gelegentlichen weißen Wolkenfetzen durchbrochen wurde. In der Mitte schwappten die Wellen gegen das Plexiglas, und darunter lag das ungewisse Blau der Tiefe. Ein Taucher der *Sea Lion* schwamm in Sicht, umgeben von einem Vorhang aus Luftblasen. Er bewegte sich auf das U-Boot zu und löste die Sicherungsleinen, bis das kleine Gefährt frei im Meer schwamm.

Nat streckte den Hals und blickte schräg nach unten, wo die beiden französischen IMAX-Taucherinnen die gesamte Operation filmten. Das Funkgerät knackte, und durch den kleinen Lautsprecher auf der Steuerbordseite drang die Stimme von Yi. »In Ordnung, bereit zum Tauchen. Ihr könnt loslegen, Leute. Viel Glück.«

Randy drückte auf den Sprechknopf, sagte »Danke« und wandte sich an Nat. »Dann wollen wir mal.«

»Ja.«

Der französische Kameramann grinste. »Alles klar zum Tauchen.«

»Alles klar zum Tauchen.« Nat schüttelte den Kopf. »Also schön. Beginnen wir unsere Reise zum Grund des Meeres.«

Nat drückte den Joystick nach vorn und gab Schub auf die Motoren. Langsam sank das U-Boot unter die Wasseroberfläche, und die Wellen stiegen vor der Plexiglaskanzel in die Höhe, bis sie vollständig untergetaucht war. Nat blickte nach oben und sah, wie zuerst die Wasseroberfläche und schließlich der Himmel durch die rollenden Wellen dunkler und immer verschwommener wurden.

Bei fünfzehn Metern Tiefe überholten sie die beiden französischen IMAX-Taucherinnen. Die langen Haare der beiden Frauen schwebten um ihre Köpfe, als sie der *Sea Horse* mit trägen Flossenschlägen ihrer langen, gebräunten Beine in die Tiefe folgten, um den Abstieg zu filmen.

»Warum haben amerikanische Schiffe nie solche Besatzungsmitglieder? Wir könnten individuelle Kabinen einrichten für eine Show wie die da.«

Randy tippte Nat auf das Knie, legte einen Finger auf die Lippen und nickte unmerklich nach hinten in Richtung der Kamera.

»O ja, ich hatte ganz vergessen, dass wir gefilmt werden. Ich muss aufpassen, was ich sage.« Nat grinste und blickte durch das Bullauge nach draußen, um einen letzten Blick auf die beiden Französinnen zu erhaschen. Sie hatten zu filmen aufgehört und schwammen langsam zur Oberfläche zurück.

Mit einem Seufzer wandte Nat sich wieder dem blauen Wasser unterhalb des U-Boots zu und beobachtete, wie die Farben langsam verblassten und dunkler wurden, bis die *Sea Horse* von undurchdringlichem Schwarz umgeben war, während sie tiefer und tiefer sank. Das einzige Licht kam von den grünlich schimmernden Displays vor ihnen. Der Tauchgang beraubte sie fast aller Sinne, bis auf den schalen Plastikgeschmack im Mund und das leichte Surren der Klimaanlage.

Weiter und weiter fielen sie, als es einen Meter pro Sekunde dem Meeresboden entgegenging, eingeschlossen in eine zweieinhalb Meter durchmessende Kapsel, Tausende von Metern unter der Wasseroberfläche.

»He!«, sagte eine leise Stimme. *»He!«*

Eine Krabbe drängte sich gegen Nats Bein und blickte aus schwarzen Stielaugen zu ihm auf.

Er schob sie angeekelt von sich, doch eine zweite Krabbe erschien und marschierte auf langen Beinen herbei. »Meine Güte!« Er schauderte, als er spürte, wie irgendetwas seinen Arm packte.

Langsam schüttelte er den Kopf und öffnete die Augen.

»Aufwachen!«, sagte Randy und schüttelte Nats Arm. »Wir sind fast da.«

Nat stöhnte und rieb sich gähnend die Augen. »Ich hatte einen merkwürdigen Traum. Ich krieg schon wieder diese Dreitausend-Meter-Träume.«

Seine Beine waren wegen des engen Sitzes fast eingeschlafen und brannten wie Feuer. Er lehnte sich nach hinten und streckte sich, so gut es in dem engen Raum möglich war. Tauchfahrten in einem so kleinen U-Boot waren zum größten Teil die reinste Langeweile. Die gesamte Fahrt in die Tiefe und wieder hinauf dauerte fast zehn Stunden, während derer sie nur saßen und nach draußen auf das eintönige schwarze Wasser vor der Plexiglasscheibe starrten. Es war ein Gefühl wie ein Langstrecken-Nachtflug mit eingeschaltetem Autopilot. Im U-Boot herrschte Dunkelheit, und die grünliche Instrumentenbeleuchtung reichte kaum aus, um Randys Gestalt erkennen zu lassen.

Hinter ihnen saß der französische Kameramann und las mit Hilfe einer Stiftlampe in einem Taschenbuch, das er Rücken an Rücken zusammengeklappt hielt. Nat schloss erneut die Augen und lauschte dem leisen Rauschen des Wassers ringsum. Ganz nah an seinem Ohr tappte etwas gegen das Fenster. Das Geräusch verstummte, dann erklang es von neuem, das gleiche sanfte Tappen, beinahe so, als würde jemand draußen gegen die Scheibe klopfen.

Neugierig schlug Nat die Augen auf und wandte sich zur Kanzelscheibe. Wieder das Klopfen. Draußen war es so dunkel, dass Nat nur sein eigenes, durch die Wölbung verzerrtes Spiegelbild sehen konnte.

»Hast du das gehört?«

»Was?«

»Ein Klopfen oder so. Von draußen.«

Randy neigte den Kopf und lauschte einen Augenblick. »Nein.« Er zuckte die Schultern. »Ich höre überhaupt nichts.«

Wieder schloss Nat die Augen und wartete ein paar Sekunden schweigend ab. Plötzlich klopfte es erneut an die Scheibe. Er schreckte hoch. »Verflixt, da draußen ist irgendwas. Hast du es immer noch nicht gehört?«

»Nein, nichts.«

Hinter ihnen las der Kameramann ungerührt weiter.

»Ich mach für ein paar Sekunden die Außenscheinwerfer an.«

Nat beugte sich vor und schaltete die Steuerbordscheinwerfer ein, die in der Nähe des Hecks der *Sea Horse* montiert waren. Es gab ein kurzes summendes Geräusch, dann flammten die massiven Unterwasserscheinwerfer flackernd auf und tauchten das umgebende Wasser in strahlendes Licht.

Gefangen in der plötzlichen Helligkeit starrte eine Tiefseekreatur durch das Plexiglas zu Nat herein, genau auf Kopfhöhe. Sie hatte das Gesicht gegen die Scheibe gepresst und den Mund leicht geöffnet. Nadelscharfe Zahnreihen glitzerten darin, als sie mit zwei blinden Augen in das U-Boot starrte. Es war ein Fisch, wie Nat ihn nie zuvor gesehen hatte; das Tier schwebte direkt vor ihm. Die Flossensäume bewegten sich schlängelnd, während es mit der *Sea Horse* in die Tiefe sank. Er war groß, bestimmt zweieinhalb Meter lang, und sein Kopf füllte fast die gesamte Scheibe aus. Nat erschauerte unwillkürlich bei dem nervösen Gedanken, dass die Kreatur da draußen sie die ganze Zeit beobachtet hatte.

»Was für ein hässlicher Bursche!«, murmelte Randy und beugte sich zu Nat herüber. »So einen hab ich noch nie gesehen.«

»Ich auch nicht.« Nat schüttelte den Kopf.

Der Franzose hinter ihnen hob die Kamera auf die Schulter und drückte sich ganz nach hinten, um gute Sicht auf die Kreatur zu haben. Offensichtlich verärgert darüber, dass sie so unerwartet in grelles Licht getaucht wurde, wandte sich das Wesen langsam von der Kanzel ab und schwebte einen Moment unschlüssig an Ort und Stelle, bevor es in die Dunkelheit davonschwamm. Nat atmete erleichtert auf, als er der zweieinhalb Meter langen Kreatur hinterhersah, bis sie in der Dunkelheit in achttausend Fuß Tiefe verschwunden war. Er beugte sich über die Konsole und schaltete die Scheinwerfer wieder ab. Die Lampen verloschen langsam, und die ewige Schwärze kehrte zurück.

Er beugte sich nach vorn und beobachtete die Luftblasen, die vor dem U-Boot vorbeiströmten. In der Finsternis vor dem Fenster sah er plötzlich ein Licht blinken. Es schwebte keine zwanzig Meter vor der *Sea Horse* im Wasser. Nat rieb sich verblüfft die Augen, dann starrte er erneut nach draußen. Jetzt waren es zwei Lichter, die sich einander zu nähern schienen. Dann gesellte sich ein Drittes hinzu, wie ein Schwarm von Unterwasser-Glühwürmchen.

»Siehst du das?«

»Ja«, sagte Randy. »Die meisten Tiefseefische haben eine Art von Leuchtmittel an sich. Kleine Flecken rund um die Augen oder Flossen, die in der Dunkelheit fluoreszieren und die sie abwerfen können, wenn sie angegriffen werden, sodass der Angreifer dem Licht folgt, während sie unerkannt entkommen.«

Nat beobachtete, wie die kleinen Lichtpunkte draußen zahlreicher wurden, während sie im schwarzen Wasser tanzten. Es war ein beinahe friedlicher Anblick, als würde man Glühwürmchen über einem nächtlichen Feld beobachten. Eines der Wesen schwamm direkt vor die Plexiglasscheibe. Es war vielleicht dreißig Zentimeter lang und schlängelte sich mit entblößten Zähnen durchs Wasser. Nat zuckte angewidert zurück. Plötzlich ertönte draußen im Wasser ein lang gezogener, stöhnender Laut, gefolgt von einem höheren Heulen wie von einem Buckelwal.

»Was war das?«, flüsterte Nat nervös und klammerte sich an einem Haltegriff fest, während er durch die Scheibe nach draußen starrte.

»Keine Ahnung …« Randy schob sich vor das Instrumentenpaneel. »Ich schalte mal kurz das Sonar ein und sehe nach, ob etwas in unserer Nähe ist.«

»Bist du sicher, dass das eine gute Idee ist?«, sagte Nat nervös. »Wir wollen doch nicht, dass irgendein Biest sauer auf uns wird.«

»Keine Bange«, sagte Randy leise und aktivierte das Sonardisplay. »Ich schicke nur ein paar kurze Pings nach draußen. Mal sehen, was zurückkommt.«

Das Sonar der *Sea Horse* sandte drei kurze Schallimpulse in die umgebende Dunkelheit.

»Uh-oh«, machte Randy und starrte fasziniert auf den Bildschirm.

»Was denn? Dieses ›Uh-oh‹ gefällt mir ganz und gar nicht. Was ist denn ›Uh-oh‹?«

»Da draußen ist irgendwas. Vielleicht hundert Meter entfernt. Etwas ziemlich Großes.«

Randy überprüfte erneut den Schirm, strich mit dem Finger über das Glas und meinte: »Das ist wirklich verdammt groß.«

»O Mann!« Nat wandte sich von Randy ab und starrte durch das Plexiglas hinaus in die undurchdringliche Schwärze des

Wassers. Dabei berührte er mit den Fingernägeln die Scheibe und trommelte unbewusst leise dagegen.

Draußen im Wasser schwammen die Lichtpunkte hastig auseinander, als würden sie vor irgendetwas Unsichtbarem flüchten.

»Schau dir das an.« Randy deutete auf den sich auflösenden Schwarm. »Sieht aus, als würden sie fliehen.«

Einmal mehr erklang das lang gezogene Heulen und hallte durch den Titanrumpf der *Sea Horse.* Die leuchtenden Tiefseewesen hatten sich weit verteilt und jagten in verschiedene Richtungen davon.

»Als wäre da draußen irgendetwas, das sie jagt«, flüsterte Randy und beobachtete die sich mit panischer Geschwindigkeit bewegenden Lichtpunkte.

Die *Sea Horse* begann schwach zu schaukeln, als sie in einen unerwarteten Strudel geriet, der von einer gewaltigen Flosse zu stammen schien.

Hinter ihnen im Passagiersitz hatte der Franzose zu lesen aufgehört und blickte mit einem Ausdruck nervöser Beunruhigung nach vorn. In dieser Wassertiefe war die Luft im U-Boot sehr kalt, doch Nat bemerkte, wie auf den Schläfen des Kameramanns trotzdem Schweißperlen entstanden und ihm in schmalen Bächen über die Wangen liefen, bevor er sie mit dem Handrücken wegwischte. Er hielt noch immer die winzige Kugelschreiberlampe in den Fingern.

Das Licht!

Aus der Ferne sah die kleine Lampe fast genauso aus wie die Lichtpunkte der Fische draußen vor dem U-Boot, und irgendetwas in der Dunkelheit jagte nach ihnen!

»Schnell, machen Sie das Licht aus!« Nat streckte die Hand nach der Taschenlampe aus und spürte, wie das U-Boot erneut schaukelte, als der Titanrumpf von einem weiteren Wasserwirbel erfasst wurde. Er riss dem verblüfften Kameramann die

Lampe aus den Fingern und schaltete sie hastig aus. Dann wandte er sich wieder zur Scheibe um. Aus der Schwärze des Wassers kam eine noch schwärzere, riesengroße Silhouette und bewegte sich mit gewaltigen Flossenschlägen voran. Der gesamte, gut fünf Meter lange Leib beteiligte sich an der Schlängelbewegung, als das Wesen durchs Wasser auf das kleine U-Boot zuglitt.

Die Kreatur kam immer näher. Nat hielt den Atem an, während er reglos dasaß, umgeben vom gewaltigen Druck des Ozeans über ihnen.

Ein weiterer klagender Ruf hallte durchs Wasser und brachte den Rumpf des U-Boots zum Schwingen. Randy blickte von seinem Instrumentenpaneel auf und musterte nervös die Streben und Spanten. Der Ruf wurde von einer zweiten Kreatur beantwortet, die sich irgendwo hinter der *Sea Horse* befand. Ihr klagender Schrei klang einsam.

»Mein Gott, was ist das?«, flüsterte Nat. »Ein Wal?«

»Vielleicht … aber die meisten Wale tauchen nicht so tief.«

Vor ihnen verharrte die Kreatur einen Moment, vielleicht zwanzig Meter von der kleinen Tauchkapsel entfernt, bevor sie sich langsam abwandte und mit einem mächtigen Flossenschlag in die Schwärze zurückzog.

Nat stieß den angehaltenen Atem aus und lächelte nervös. »Mann … das war aufregend, was?«

Hinter ihnen wischte der Franzose sich wieder den Schweiß ab. Seine Kamera lag vergessen auf dem Boden zwischen seinen Füßen. Er stammelte ein paar unverständliche Worte auf Französisch.

»Richtig, Mann, ich hatte auch eine Scheiß-Angst.« Nat grinste und tätschelte dem Franzosen beruhigend das Knie.

Randy beugte sich vor und überprüfte die Sonaranzeigen. »Sieht so aus, als wären wir nur noch zweihundert Fuß über dem Wrack. Es sollte ziemlich bald in Sicht kommen.«

Während er dem Kameramann erklärte, dass sie sich dem Wrack näherten, beugte sich Nat vor und starrte angestrengt durch die Plexiglasscheibe der Kanzel nach unten zum Meeresboden.

»In Ordnung, schalten wir die Außenscheinwerfer ein.« Randy betätigte einen runden roten Knopf auf der linken Seite der Konsole, und die starken Halogenscheinwerfer an den Auslegern rechts und links der *Sea Horse* flammten auf. Sie badeten das umgebende Wasser in Helligkeit und verwandelten die Schwärze in ein geisterhaftes Weiß. Unter ihnen am sandigen Boden lagen die Überreste des Wracks. Sie sahen aus wie ein vergessenes riesiges Spielzeug. Die einst grau gestrichenen Metallteile des Schiffes waren überwuchert mit Korallen, zwischen denen sich Krabben und andere Tiefseebewohner regten.

Nat stieß einen leisen Pfiff aus und starrte wortlos nach vorn. Er verlangsamte den Abstieg der *Sea Horse.* Die Scheinwerfer erzeugten tiefe Schatten über dem versunkenen Schiff und zeigten die leeren, verlassenen Decks, wo einst Männer gearbeitet, geredet und gelacht hatten – und gestorben waren. Als sie über das riesige Artefakt glitten, nahm der Franzose seine Kamera wieder auf die Schulter und drückte sich ans seitliche Bullauge, um zu filmen. Offensichtlich waren sie unmittelbar vor dem Bug herausgekommen. Der Rest des Schiffswracks lag vor ihnen, bevor der Bug im Sand verschwand, tief eingegraben beim Aufschlag. Das Metall war überkrustet, farblos und an verschiedenen Stellen verdreht und gewunden, doch trotz der vierundsechzig Jahre am Meeresgrund sah das Schiff noch immer fast so aus wie am Tag seines Untergangs.

Nat schaltete die Antriebe des kleinen U-Boots ein und schob den Joystick nach vorn. Die *Sea Horse* setzte sich in Bewegung und glitt langsam über das Wrack hinweg. Nats analytischer Verstand begann zu arbeiten.

»Seht euch diesen Schrotthaufen an!« Randy deutete auf einen Aufbau über dem Hauptdeck. »Sieht aus, als könnte es die Brücke sein.«

Nat nickte. »Ich schätze, das da sind Flaks.« Er deutete auf die beiden kleinen Geschütze mit den nach oben gerichteten Läufen, Wächter, denen es nicht gelungen war, das Schiff vor dem Untergang zu bewahren.

Sie setzten ihre Fahrt über das Wrack fort und hielten über dem eingesunkenen Bug.

»Nun«, Randy seufzte, »ein Flugzeugträger ist es jedenfalls nicht, so viel steht fest.«

Nat nickte. »Ja, das sehe ich auch so. Scheint eher eine Art Transportschiff zu sein. Ich sehe keine Aufzüge und keine Landefläche.«

Nat beobachtete einen langschwänzigen Seedrachen, der hastig über den Sandboden schwamm, verscheucht vom starken Licht der Scheinwerfer. Er wirbelte Sandwolken auf, als er sich davonschlängelte.

»Was machen wir jetzt?«, fragte er.

Randy zuckte die Schultern. »Wir schaffen ein Stück nach oben und nehmen es mit zurück nach Boston.«

Die Fundstücke waren für das neue Meeresmuseum in Boston bestimmt, das Boston Naval, das im Herbst eröffnet werden sollte. »Einverstanden«, stimmte Nat ihm zu. »Soll ich das Transpondersignal nach oben schicken?«

»Mach das.«

Nat drehte sich zur Seite und aktivierte den Transponder. Das Gerät sandte einen Schallkode aus, den die *Sea Lion* über ihnen empfangen konnte. Es war eine Art Morse-Kode. Der französische Kameramann beugte sich vor und tippte Randy auf die Schulter. »Für die Aufnahme«, sagte er auf Englisch und nickte in Richtung Wrack. »Könnten Sie ein paar Erklärungen geben?«

»Oh, sicher.« Randy lächelte und blickte in die Kamera. »Wie sitzt meine Frisur?«

Der Franzose setzte die Kamera auf die Schulter und justierte das Okular. Über der Linse begann eine kleine rote Lampe zu blinken, und der Kameramann gab ein Handzeichen.

»Also schön«, begann Randy an die Kamera gewandt. »Wir haben ein Wrack entdeckt, von dem wir glauben, dass es im Zweiten Weltkrieg gesunken ist. Wir werden nun versuchen, eine Sektion davon zu bergen.«

Randy verstummte für einen Augenblick und warf einen Blick durch die Plexiglasscheibe nach draußen. »Okay, das Geräusch, das Sie jetzt vielleicht hören können, dieses Klick, Klick, ist das Transpondersignal der *Sea Horse.*« Er legte die Hand auf den kleinen Apparat auf der Seite der Kanzel neben Nats Kopf. »Diese Maschine hier sendet ein Signal nach oben zu unserem Mutterschiff an der Oberfläche und fordert es auf, die Hebesäcke herabzulassen. Hebesäcke werden bei fast allen Bergungsaktionen eingesetzt, beispielsweise auch bei der Bergung der *Titanic.* Es handelt sich im Grunde genommen um große Ballons, die mit Dieseltreibstoff gefüllt sind. Unsere Hebesäcke sind mit, warten Sie …« Er wandte sich mit einem fragenden Blick an Nat. »Fünfzehn Kubikmeter? Sie sind jedenfalls leichter als Wasser.«

»Ja, fünfzehn Kubikmeter schätzungsweise«, sagte Nat, während er sich weiter darauf konzentrierte, die *Sea Horse* über das Wrack zu steuern.

Randy nickte und streckte sich in seinem beengten Sitz. »Also schön, wir müssen ein paar Stunden totschlagen, bevor die Hebesäcke hier unten eintrudeln. Wollen wir das Wrack erkunden?«

»Sicher. Nehmen wir die *Urchin*?«

»Ja. Sehen wir uns an, was da unten los ist«, sagte Randy und beugte sich vor, um den Entriegelungsmechanismus für die kleine ferngesteuerte Unterwassereinheit zu betätigen. Es gab ein metallisches Klacken am Heck der *Sea Horse,* als die *Urchin* ausgeklinkt wurde. Randy betätigte die Kontrollen. Vor ihm befand sich ein kleiner Joystick unterhalb eines Schwarz-Weiß-Bildschirms, der die Bilder aus der Bordkamera der *Urchin* zeigte.

Randy drückte den Joystick nach vorn, und Nat beobachtete, wie das winzige Gefährt am seitlichen Bullauge der *Sea Horse* vorbeiflitzte und zum Wrack glitt, wobei es das lange Kabel hinter sich herzog. Die drei Männer starrten auf den Videoschirm, auf dem allmählich Einzelheiten des Schiffswracks sichtbar wurden. Die *Urchin* näherte sich einer Sektion aus verbeultem Metall, wo ein riesiges Loch in der Backbordseite des Rumpfes klaffte. Überall auf dem Meeresboden verstreut lagen Flakgeschütze, die beim Aufprall aus ihren Verankerungen gerissen worden waren, ringsum gleichmäßig mit Rost bedeckt. Leere Bullaugen und Fenster ohne Glas starrten in die Nacht. Die *Urchin* steuerte durch das aufgerissene Loch ins Innere des Wracks.

Der Videoschirm zeigte einen langen, engen Korridor, der sich direkt vor der *Urchin* in Richtung Bug erstreckte. Nat blickte aus dem seitlichen Bullauge der *Sea Horse* und sah, wie das Fernsteuerungskabel des Kameraroboters im zerfetzten Loch des Wracks verschwand. Die *Urchin* selbst war kaum noch zu erkennen; nur der schwache Lichtschein ihrer Bordscheinwerfer, der das graue Innere des Schiffes erhellte, verriet ihre Position.

»Willst du sehen, was am Ende dieses Ganges liegt?«, fragte Randy und deutete auf das körnige Schwarzweißbild des Korridors auf seinem Fernsehschirm.

»Ja, mach weiter.«

Randy drückte den Joystick nach vorn, und langsam glitt die *Urchin* durch den Gang, durch den seit fast fünfundsechzig Jahren kein Mensch mehr gegangen war.

»Das ist erstaunlich. Sieh nur, wie gut erhalten alles ist!«, murmelte Nat und starrte unentwegt auf den Bildschirm.

Hinter den beiden Fahrern nickte der Kameramann zustimmend und reckte den Hals, um den Bildschirm besser betrachten zu können. »Genau das Gleiche hat man auch in der *Titanic* vorgefunden«, sagte Randy. »Die Schäden waren willkürlich über das gesamte Wrack verteilt. Einige Stahlrohre waren zerstört, während in anderen Bereichen selbst die Kristalllüster vollkommen intakt geblieben sind.«

»Merkwürdig.«

Die *Urchin* glitt weiter durch den Gang, bis sie völlig außer Sicht verschwunden war, scheinbar vom Wrack selbst verschlungen.

Die Männer konzentrierten sich auf den Fernsehschirm und beobachteten den Korridor. Die Wände waren nach rechts geneigt; das Wrack lag mit schwerer Schlagseite am Boden des Ozeans. Noch immer war die graue Farbe an den Wänden zu sehen, und auf einer Seite stand in roter Schablonenschrift: ACHTUNG, NIEDRIGE DECKEN.

Der Korridor verschwand in der Dunkelheit. Die Scheinwerfer der *Urchin* erhellten jeweils nur einen kleinen Abschnitt. Irgendetwas auf dem Schirm bewegte sich und schwamm auf sie zu.

»Du meine Güte!«, rief Nat staunend und deutete auf das Ding, das auf dem Bildschirm sichtbar wurde. »Seht nur, was für ein Brocken!«

Ein riesiger Aal kam durch den Gang geschwommen. Aufgeschreckt vom Scheinwerferlicht schwamm er mit pulsierendem Leib auf die *Urchin* zu und an ihr vorüber. Für eine Sekunde fing die Kamera sein großes, weit offenes Maul und seine toten Augen ein.

»Ich frage mich, was uns hier unten noch alles erwartet«, murmelte Randy, während er die *Urchin* tiefer in das Wrack steuerte.

Ein offener Durchgang, eine unvermittelte rechteckige Schwärze kam in Sicht, eine schwere Metalltür, die in einen Raum mündete und schief in den Angeln hing. Die *Urchin* steuerte in den Raum und überflutete ihn mit ihrem Licht.

In einer Ecke lag ein Berg großer Töpfe und Pfannen noch genau so, wie er vor vierundsechzig Jahren beim Untergang zu Boden gefallen war. Kleine Meeresbewohner hatten sich auf dem Metall angesiedelt und es nach und nach zerfressen. Überall gingen Türen ab, manche verschlossen, andere weit offen. Schränke an den Wänden und ein schwarzer großer Herd waren zu sehen, dessen Grillabdeckungen noch immer an Ort und Stelle waren und auf dem eine große Bratpfanne stand, als wäre alles bereit, rasch eine letzte Mahlzeit zuzubereiten.

In einer anderen Ecke des Raums standen drei riesige Behälter. Die *Urchin* schwebte darauf zu, während ihre eingebaute Kamera sämtliche Bilder auf den Schirm in der *Sea Horse* übertrug. Einer der Behälter war mit »Mehl« gekennzeichnet, ein weiterer mit »Zucker«. Die Schrift auf dem dritten Behälter war nicht mehr zu entziffern, ausgelöscht vom Zahn der Zeit.

Alles in diesem Raum schien übergroß, eine Kombüse, dazu geschaffen, Hunderte von Matrosen zu ernähren.

»Das ist offenbar die Messe«, stellte Randy fest und steuerte die *Urchin* zurück in den Korridor. »Zu dumm, dass wir keinen Plan von dem Schiff besitzen. Das hätte uns die Arbeit ein wenig erleichtert.«

Nat hüstelte, dann beugte er sich vor und senkte die Stimme zu einem Flüstern. »Meinst du, wir stoßen hier unten auf ... du weißt schon ... auf irgendwelche sterblichen Überreste?«

Randy grinste und schüttelte den Kopf. »Nein, bestimmt nicht. Bisher jedenfalls hat man noch nie Leichen an Bord irgendwelcher Wracks gefunden. Diese Schiffe liegen schon viel zu lange hier unten. Was glaubst du, warum der Aal so riesig war? Er hat jede Menge Nahrung gefunden.«

»Jesses!« Nat lehnte sich zurück und strich sich mit den Fingern durchs Haar. »Dieses Ding von eben hat die Leichen gefressen?«

Randy kicherte. »Nein, das war bloß ein Witz von mir. Das

Schiff ist 1943 gesunken, vor viel zu langer Zeit, als dass noch irgendwas hier unten zu finden wäre außer Tiefseebewohnern.«

Die *Urchin* glitt weiter, tiefer und tiefer ins Schiff. Zur Linken klaffte eine weitere offene Tür. Die *Urchin* glitt vorwärts und dann nach links, und ihre starken Scheinwerfer verbannten die Dunkelheit aus dem Zimmer.

Im Innern standen zwei dick gepolsterte Stühle, die Bezüge zerfetzt, vor einer langen, mit noch immer intakten Spiegeln versehenen Wand. Das Licht der *Urchin* wurde von den Spiegeln reflektiert und flutete in eigenartigen Wellenbewegungen durch den Raum. Für eine Sekunde sah Randy das Spiegelbild der *Urchin* in einem der Spiegel, eine dunkle Kugel, die geisterhaft mitten im Raum schwebte und eine lange Nabelschnur hinter sich herschleppte.

»Sieht aus wie der Bordfriseur«, sagte Randy und schwenkte die Kamera der *Urchin* langsam durch den Raum. Auf dem Boden unter einem der Spiegel lag vergessen eine alte, verrostete Schere zusammen mit Glasscherben und einem Gegenstand, der wie eine Box aussah. Nat erkannte, dass es ein Rasiercremespender war. Alles war mit feinem Sand bedeckt.

»Geh näher ran«, sagte Nat und deutete auf ein paar kleine, regelmäßig geformte Objekte am Boden. »Kannst du erkennen, was das ist?«

»Ja, sicher«, murmelte Randy und drückte den Joystick nach vorn. Nach und nach wurden die Gegenstände auf dem Schirm größer, bis sie den gesamten Rahmen ausfüllten.

»Was ist das denn?«, flüsterte Randy mehr oder weniger zu sich selbst.

»Ich kann es nicht genau erkennen«, antwortete Nat. »Kannst du das Bild nicht schärfer stellen?«

»Warte.« Randy verdrehte den Autofokus der Linse. Das Bild wurde zuerst noch unschärfer, dann wurde es klar.

»O Mann!«, stieß Randy hervor. »Ist das zu fassen?«

Es waren Fotos. Drei Stück. Noch immer erkennbar, unbeschädigt und offensichtlich in wasserdichten Rahmen.

Das Glas war teilweise von kleinen Lebewesen überwachsen, darunter jedoch erkannte Nat die Gesichter der toten Besatzung. Das erste Bild zeigte ungefähr dreißig lächelnde Matrosen in der Uniform der Navy, die vor den riesigen Kanonen eines Schlachtschiffs standen.

Das nächste Bild zeigte drei Männer hinter einem Tisch beim Damespiel. Sie blickten vom Brett auf und lächelten in die Kamera. Unter das Bild hatte jemand mit schwarzer Tinte geschrieben: »Halsey, Murdoch und Danny-Boy.«

Das dritte Bild war vor mehr als sechzig Jahren im gleichen Raum aufgenommen worden, in dem sich nun die *Urchin* befand. Zwei lächelnde Männer saßen auf den Frisierstühlen, die Gesichter mit Rasierschaum eingepinselt und weite Umhänge über den Schultern, die bis zu den Beinen reichten. Die Stühle waren von den Spiegeln an der Wand weg in Richtung Kamera gedreht. Hinter den Männern, genau dort, wo Nat Sekunden zuvor noch Tiefseekrabben und anderes Getier gesehen hatte, lag ein Stapel Magazine auf einem kleinen Tisch zwischen zwei Korbsesseln. Von allem fehlte heute jede Spur.

Nat spürte einen merkwürdigen Anflug von Traurigkeit.

»Lass uns aus diesem Raum verschwinden, okay?«, sagte er.

»Ja, lass uns verschwinden«, stimmte Randy ihm zu. Er steuerte die *Urchin* rückwärts auf den Korridor, und die Fotos verschwanden in der schwarzen, vergessenen Anonymität des Schiffswracks am Meeresgrund.

Hinter ihnen seufzte der Franzose. »Sehr traurig«, sagte er. Er saß zurückgelehnt in seinem Sitz und schien seinen eigenen schwermütigen Gedanken nachzuhängen.

Die *Urchin* glitt langsam durch die Tür aus dem Laden des Bordfriseurs, und die Frisierstühle verschwanden ebenfalls aus dem Sichtbereich. Wieder im Korridor, steuerte Randy die *Urchin* vorsichtig immer tiefer in den Bauch des Schiffes.

»Lass uns noch einen Raum unter die Lupe nehmen, ja?«, flüsterte Randy, während er die *Urchin* umsichtig tief nach unten steuerte, um ein Stück eingedrückter Decke zu umfahren.

Ein wenig voraus befand sich ein dritter Durchgang. Ein bemaltes Schild lag auf dem Boden: FREIZEITRAUM. Darunter stand: Kein Alkohol. Die *Urchin* glitt in Richtung des Durchgangs, bog in die Öffnung ein und befand sich vor einer massiven Wand aus Metall.

»Hm, der Raum ist abgeschottet. Die Tür ist immer noch verschlossen«, murmelte Randy und steuerte die *Urchin* nach oben. Auf dem Fernsehschirm war ein schnelles Aufblitzen an der Tür zu erkennen.

»Hast du das gesehen?«, fragte Nat.

»Was?«

»Irgendetwas Glänzendes. Irgendwas Silbernes, an der Tür.« Nat deutete auf den Bildschirm. »Da oben irgendwo.«

Randy schwenkte die Kamera der *Urchin* langsam in die angegebene Richtung über die von rostroten Rankenfüßlern überwucherte Tür, bis ein runder, ungewöhnlich sauberer Ausschnitt sichtbar wurde, der einen Teil des Scheinwerferlichts in die Linse der Kamera reflektierte.

»Sieht aus wie ein Fenster«, sagte Randy.

»Schätze, es ist ein Fenster. Und das Glas sieht ziemlich dick aus. Kannst du die Kamera so positionieren, dass sie einen Blick dahinter wirft?«, fragte Nat.

Randy nickte. »Ja, wahrscheinlich. Warte, ich steuere die *Urchin* näher ran.«

Vorsichtig manövrierte er den kleinen Roboter zu dem runden Fenster, bis die Linse der Kamera fast das Glas berührte.

»Mann!«, flüsterte Randy und starrte wie gebannt auf den Schirm.

Der Franzose hinter den beiden Fahrern stieß einen leisen Pfiff aus und bekreuzigte sich.

Die massive Stahltür hatte ein wasserdichtes Schott gegen den eindringenden Ozean gebildet. Selbst nachdem das Schiff gesunken war und auf dem Meeresboden gelegen hatte, war das Siegel nicht undicht geworden und hatte einen völlig trockenen, perfekt konservierten Raum geschaffen. Er sah aus wie eine Art Lounge. Bücher und Magazine lagen auf dem Boden verstreut. Ausgeschnittene Vargas-Girls hingen an den Wänden zusammen mit Schwarzweißfotos längst vergessener Schönheiten. Das Klebeband hielt sie noch immer an den Wänden fest. Eine Tischtennisplatte lag auf der Seite. Nat erkannte den Raum wieder; er hatte ihn auf einem der Fotos im Raum des Bordfriseurs gesehen.

Ein riesiges Radio in einem Holzgehäuse stand in einer Ecke; es war noch immer eingeschaltet, obwohl es längst keinen Strom mehr erhielt.

Und da war noch etwas.

In dem Raum waren Matrosen.

Vier Mann. Ihre Leichen waren so gut konserviert, dass sie beinahe aussahen wie Modelle, die am Boden posierten. Sie waren vollständig angezogen in hellblauen Navy-Uniformen. Einer der Männer trug eine weiße Mütze, unter der blonde Haare sichtbar wurden. Er lag auf dem Rücken auf einem Sofa, mit vertrockneter, ledriger Haut, fast wie mumifiziert, mit Augen wie alte Aprikosen. Ein Arm hing lässig an der Seite vom Sofa herab, und die Fingerspitzen berührten den roten Teppichboden, während der andere Arm hinter dem Kopf ruhte. Ein zweiter Mann lag vor ihm am Boden, den Kopf gegen das Sofa gelehnt, die Schuhe ordentlich daneben gestellt, sodass die weißen Socken zu sehen waren. Er hatte die Lippen im Tod zurückgezogen, und seine weißen Zähne wirkten durch das ausgetrocknete Zahnfleisch ungewöhnlich lang.

Die beiden anderen Männer lagen ebenfalls am Boden, auf der anderen Seite des Sofas, die Köpfe angelehnt, ihre Leichname ausgetrocknet und leer, doch das war unter der noch immer gut sitzenden Uniform mehr zu ahnen als zu sehen.

Das Scheinwerferlicht fiel durch das dicke Glasfenster, streifte durch den Raum und wurde von den immer noch glänzenden Uniformknöpfen zurückgeworfen.

Als das Schiff gesunken war, schienen die vier Männer in den Raum geflüchtet zu sein und hatten die Tür hinter sich verschlossen. Durch das dicke Glas hatten sie gesehen, wie sich der Korridor draußen mit Wasser gefüllt hatte, wie ihre Kameraden im Gang ertrunken waren und vielleicht verzweifelt gegen die Tür gehämmert hatten, während sich ihre Lungen mit Wasser füllten. Nach der Größe des Raums zu urteilen waren die vier Männer darin wahrscheinlich innerhalb weniger Stunden erstickt. Stunden, die sie in völliger Dunkelheit verbracht hatten und in dem Wissen, dass es keinen Ausweg gab, keine Hoffnung zu überleben, während das Schiff dem Meeresboden entgegengesunken war. Schließlich der heftige Aufprall am Grund, dann nichts mehr außer Stille.

Dort lagen sie bis in alle Ewigkeit, gefangen in einer winzigen Kapsel, einem Relikt aus dem Zweiten Weltkrieg.

Die *Urchin* entfernte sich langsam von dem Fenster, und das Bild der toten Männer in ihrem übergroßen Sarg verschwand vom Schirm.

»Bringen wir die *Urchin* wieder aus dem Wrack zurück«, sagte Randy leise und bewegte den Joystick. »Die Hebesäcke von der *Sea Lion* müssten jeden Augenblick eintrudeln.«

Nat verharrte in nachdenklichem Schweigen und nickte nur.

Randy steuerte den kleinen Tauchroboter durch den Korridor zurück, dann aber stockte er und beugte sich angestrengt über die Kontrollen.

»Was ist?«, fragte Nat.

Randy schüttelte den Kopf und starrte auf den Monitor. Die Kamera der *Urchin* hatte einen alten Rettungsring erfasst, halb versteckt unter einer Reihe von Metallrohren. Die schwarze Beschriftung auf den roten Seiten war kaum noch zu entziffern. USS *Galla* stand dort.

»Das kann nicht sein!«, flüsterte Randy ungläubig.

»Was denn? Was ist los?«

»Die *Galla*. Wir haben die *Galla* gefunden!«

»Ich wusste nicht mal, dass wir nach ihr suchen.«

Randy ignorierte die Bemerkung und steuerte die *Urchin* aus dem Korridor. Plötzlich tauchten die Scheinwerfer des Tauchroboters wieder im freien Wasser auf. Doch statt die *Urchin* zur *Sea Horse* zu fahren, schob Randy den Joystick nach vorn und lenkte den Tauchroboter in Richtung Bug des Wracks.

»Ich hätte es vorher wissen müssen«, murmelte Randy zu sich selbst, während die *Urchin* sich am Rumpf des gesunkenen Schiffes entlang dem Bug näherte. »Ich hätte es gleich überprüfen sollen.« Und tatsächlich, unter dem Bewuchs war ganz schwach ein Schriftzug zu erkennen: USS *Galla* stand dort. Randy starrte sekundenlang schweigend auf den Schirm. Nat begriff immer noch nicht die Bedeutung des Namens. Randy warf ihm einen Seitenblick zu, dann drehte er sich zu dem Franzosen auf dem Passagiersitz um.

»Bitte schalten Sie die Kamera ab.«

»Pardon, Monsieur?«, fragte der Franzose überrascht.

»Sie dürfen nicht weiterfilmen. Keine Kamera. Von jetzt an ist Schluss damit. Sie haben mich verstanden!«, sagte Randy scharf.

»Aber wir hatten eine Vereinbarung ...«

»Stecken Sie sich die Vereinbarung sonstwo hin. Wenn Sie die Kamera einschalten, dann gnade Ihnen Gott ...«

Randy wandte sich wieder zum Monitor um und lenkte die *Urchin* zurück zur *Sea Horse*. Er wirkte noch immer angespannt.

Über ihnen kamen die Transpondersignale der herabsinkenden Hebesäcke näher und näher. Nat blickte durch die Plexiglasscheibe nach oben und sah mehrere winzige Lichtpunkte vielleicht tausend Fuß über ihnen, die sich rasch näherten. Es gab einen dumpfen Laut, als die *Urchin* andockte, dann ertönte ein leises Surren, als das Steuerkabel langsam auf eine Winde gespult wurde.

Die Lichtpunkte der Hebesäcke über ihnen wurden größer, und allmählich kamen die Säcke selbst in Sicht, herabgezogen von Ballaststeinen. Randy steuerte die *Sea Horse* vom Wrack der *Galla* fort, um zu verhindern, dass sie von den herabsinkenden Säcken zerquetscht wurden. Als die Säcke auf dem Meeresboden aufschlugen, wirbelte der Aufprall eine große Wolke Sand empor. Der Anblick war so spektakulär, dass der versiegelte Freizeitraum mit den vier mumifizierten Matrosen für ein paar Sekunden in Vergessenheit geriet.

»Okay, sie sind unten«, sagte Randy und streckte die Hand nach dem Joystick aus.

Die drei Männer an Bord der *Sea Horse* schwiegen. Anspannung breitete sich aus, als Randy an den Kontrollen hantierte. Die *Sea Horse* glitt vorwärts, und Randy benutzte die Waldo-Arme, um die Seile der vier riesigen Hebesäcke einzusammeln, die im Wasser schwebten wie Heißluftballons. Das Wrackteil, das Randy und Nat zum Transport an die Oberfläche ausgewählt hatten, lag in einem verdrehten Gewirr aus Metall vielleicht dreißig Meter vom Hauptschiff entfernt und schien aus der Steuerbordsektion herausgesprengt zu sein, möglicherweise bei einem Torpedoeinschlag.

Randy griff nach dem Funkgerät. »Kleiner Fisch an großen Fisch, kommen.«

Eine lange Pause entstand, dann drang statisches Knacken aus dem Lautsprecher. »Hier großer Fisch. Schießen Sie los.«

»Wir haben die Nadel gefunden.«

Eine weitere Pause. Dann verlangte eine Stimme, die Nat als

die von Yi zu erkennen glaubte: »Bitte wiederholen Sie, kommen.«

»Wir haben die Nadel gefunden. Wir bringen ein Wrackstück mit nach oben. Over.«

Eine neue Stimme erklang im Lautsprecher. Sie redete mit einem leicht spanischen Akzent. »Sie haben sie gefunden? Over.«

»Korrekt. Over«, antwortete Randy.

»Sie werden von jetzt an Funkstille bewahren. Keine Bilder, keine Fotos, keine Filmaufnahmen. Haben Sie verstanden? Over.«

»Verstanden. Over.«

»Gut. Viel Glück da unten. Ende.«

Randy schaltete das Funkgerät ab und wandte seine Aufmerksamkeit wieder den Kontrollen zu. Durch das Plexiglas ragte das riesige Bruchstück aus dem Schlamm, das sie bergen wollten.

Die Mannschaften bei der *Titanic* hatten ein Wrackteil hochgebracht, das etwa fünfzehn Tonnen schwer gewesen war. Nat schätzte, dass dieses Stück hier von ähnlicher Größe sein musste. Randy hatte unterdessen die Gewichte abgeschnitten, die an den Hebesäcken hingen, bis sich bei jedem der Auftrieb und die Sinkkraft die Waage hielten, sodass die *Sea Horse* die großen Ballons ohne Mühe zu dem Fragment schieben konnte.

Langsam befestigten sie alle vier Säcke sicher an dem abgesprengten Bruchstück.

»Was hat das alles zu bedeuten?«, fragte Nat. »Was soll überhaupt diese ganze Geheimniskrämerei?«

»Keine Ahnung.« Randy zuckte die Schultern. »Ich tue nur, was man mir sagt.«

»Aber wer gibt die Befehle? Wieso habe ich bis eben nicht ein Wort davon erfahren? Das macht mich nervös. Ich mag diese unerwarteten Probleme nicht.«

Randy drehte sich zu ihm um. »Das einzige wirkliche Problem im Augenblick besteht darin, dass der Pazifik ein relativ warmes Meer ist. Das Wrackteil steigt vielleicht nicht mehr weiter, wenn die Hebesäcke die weniger dichten, wärmeren Wasserschichten erreichen. Ansonsten gibt es überhaupt keine Probleme.«

Nat beobachtete durch die Plexiglaskanzel das Geschehen draußen, während der Franzose schweigend auf seinem Passagiersitz saß, die Kamera auf dem Schoß. Das Fragment, das sie bergen wollten, war vielleicht zwanzig Meter lang und gut dreißig Meter breit, doch es war so stark überwachsen, dass es schwierig war, seine ursprüngliche Funktion auf dem Schiff zu erkennen.

»Hmm … eigenartig«, murmelte der Kameramann.

»Was denn?« Nat drehte sich zu ihm.

»Dieser Teil dort ist ganz sauber, sehen Sie? Da wächst überhaupt nichts.« Er deutete auf einen Abschnitt am anderen Ende des Fragments.

Randy schüttelte den Kopf. Er lauschte den Worten nur mit halbem Ohr, während seine Blicke unverwandt auf den Instrumenten ruhten. »Das ist völlig unmöglich. Inzwischen muss hier alles von Rost und Algen bedeckt sein.«

Nat hob den Kopf und spähte angestrengt in die Dunkelheit. »Nein«, sagte er schließlich langsam. »Jean-Leon hat Recht. Sieh selbst.«

Das Wrack war überzogen mit Hunderten der typischen grau-grünen, an Stalaktiten erinnernden Gewächse. Sie hingen an sämtlichen Oberflächen und hüllten das gesamte Wrack in einen verkrusteten Schleier. Doch am anderen Ende des Fragments, ganz an der Spitze, endete der Bewuchs unvermittelt und bildete einen gigantischen Kreis rings um eine bestimmte Partie des Schiffes. Sie war vollkommen sauber und sah aus, als wäre sie erst in allerjüngster Zeit in den Tiefen des Ozeans versunken.

»Das ist wirklich erstaunlich!« Randy sah zum ersten Mal genauer hin. »Sämtliche versunkenen Wracks sind mit einer Rostschicht bedeckt.« Er drehte sich zu dem französischen Kameramann um und führte seine Erklärung weiter aus. »Das da sind im Grunde nichts anderes als gigantische Mikroben-Kolonien, die das Metall des Schiffes fressen. Dabei wachsen sie immer weiter, bis sie irgendwann das gesamte Schiff bedecken. So ergeht es jedem Wrack. Ich habe noch nie ein gesunkenes Schiff ohne diesen Bewuchs gesehen.«

Inzwischen waren sämtliche Hebesäcke an dem Schiffsfragment befestigt. Die Transponder arbeiteten mit einer Zeitschaltuhr. In dreißig Minuten würden die restlichen Ballastgewichte automatisch abgeworfen, die Ballons zur Oberfläche steigen und das Wrackstück mit sich ziehen. Damit blieb der *Sea Horse* genügend Zeit, um sich vom Ort des Einsatzes zu entfernen für den Fall, dass irgendetwas schief ging, das Wrackteil sich löste und zurück auf den Meeresgrund krachte.

Randy warf einen Blick auf die Uhr. »Wir haben noch genügend Zeit. Ich will mir diese Stelle aus der Nähe ansehen.«

Die *Sea Horse* glitt vorwärts. Langsam zog sie über das Fragment hinweg bis zum anderen Ende. Über ihnen schwebten die dunklen ballonförmigen Schatten der riesigen Hebesäcke und schwankten leicht in der Meeresströmung.

»Sieht tatsächlich aus wie brandneu«, sagte Randy staunend und blickte hinunter auf die unbewachsene Sektion, als das U-Boot darüber glitt. »Man kann sogar die Nieten erkennen, mit denen die Eisenplatten zusammengehalten werden.«

Das Fragment bildete einen leichten Überhang, unter dem sie eine Tür entdeckten. Das U-Boot steuerte näher heran, und Nat bemerkte ein rundes Glasfenster in der Luke, das noch immer intakt war.

Randy hatte es ebenfalls gesehen und manövrierte die *Sea Horse* in die entsprechende Position.

»Die erste Tür war ziemlich grauenhaft. Werfen wir einen

Blick hinter Tür Nummer zwei?«, sagte Nat im Tonfall eines Gameshow-Moderators.

»Wir werden nicht hineinsehen«, entgegnete Randy. »Wir werden die Scheibe blockieren.«

»Die Scheibe blockieren?«

»Abdecken.«

»Wie denn? Was redest du da überhaupt, die Scheibe abdecken? Was ist das für ein Mantel-und-Degen-Schwachsinn?«

Die *Sea Horse* näherte sich noch immer dem Bullauge in der Tür. Genau wie der Rest der unbewachsenen Stelle war auch das Glas frei von jeglichem Bewuchs und Sedimenten. Die Tür befand sich nur wenige Fuß über dem Meeresboden. Das Ganze sah aus wie eine Unterwasserbehausung.

Randy stoppte das U-Boot und wandte sich zu Nat. »Wir decken die Scheibe ab, weil ich die entsprechenden Anweisungen habe.«

»Okay, langsam jetzt, stoß nicht gegen das Fragment, wir wollen schließlich keine Lawine auslösen«, entgegnete Nat vorsichtig. »Wer hat dich denn angewiesen, die Scheiben abzudecken?«

»Frag nicht.«

Nat schwieg für einen Moment, während er nachdachte. »Und was ist hinter der Scheibe?«

»Das weiß ich nicht.«

»Bist du denn nicht neugierig?«

Randy zögerte. »Nein, ich bin nicht neugierig.«

»Hör zu«, sagte Nat und beugte sich vor. »Wenn nun irgendwas auf diesem Schiff ist? Irgendetwas Gefährliches, oder Wertvolles? Meinst du nicht, wir sollten wenigstens wissen, womit wir es zu tun haben? Allein schon, um unseren eigenen Hintern zu schützen? Nur wir drei. Keiner muss erfahren, dass wir nachgeschaut haben.«

Randy verharrte unentschlossen über den Kontrollen und überlegte.

»Wir haben Zeit genug. Wir können einen Blick reinwerfen. Nachsehen, was drin ist. Wenn wir nichts finden, in Ordnung. Aber falls doch … darüber können wir später nachdenken. Ich will nur nicht irgendwann erfahren, dass wir den Prototypen der ersten Atombombe in den Hafen von Boston geschleppt haben.«

Langsam nickte Randy. »Also gut. Wir sehen nach. Aber nur einen ganz kurzen Blick, dann decken wir die Scheibe ab.«

»Einverstanden.«

Randy steuerte die *Sea Horse* behutsam vorwärts, bis das Plexiglas der Kanzel das runde Bullauge in der Tür fast berührte. Das Bullauge besaß einen Durchmesser von vielleicht dreißig Zentimetern. Randy schaltete die Außenscheinwerfer ein und richtete sie auf die Tür. Er spielte so lange an den Kontrollen, bis sie in den Raum hinter dem Bullauge sehen konnten.

»Mon Dieu …«, flüsterte der Franzose.

Hinter dem Bullauge befand sich ein weiterer perfekt erhaltener Raum. Stoffpritschen waren gegen eine Wand gerutscht und die Laken darauf zerknittert, als hätte jemand darin geschlafen. Entlang der Wand neben der Tür befand sich ein Tresen, auf dem Verbandmaterial, chirurgische Instrumente, antiseptische Lösungen und andere medizinische Dinge lagen. Darunter waren Schranktüren zu sehen. Einige standen offen und gaben den Blick frei auf ordentlich gefaltete weiße Wäsche. Eine saubere Bettpfanne aus Metall glänzte im Licht der Scheinwerfer des U-Boots auf dem Fußboden. Sie war offensichtlich aus einem der Schränke gefallen.

»Sieht aus wie eine Krankenstation oder ein Erste-Hilfe-Raum«, sagte Nat, der die Nase fast gegen das Plexiglas der Kanzel drückte, um eine bessere Sicht zu haben.

Die Wände waren in einem hellen Blauton gestrichen, wie die Farbe des Meeres. An der Rückwand stand eine Reihe von Stühlen mit gerader Lehne, und an einer Pinnwand hing ein Kalender, der ein lachendes Vargas-Girl in einer Navy-Uniform zeigte, mit langen, übereinander geschlagenen Beinen und in den Nacken geworfenem Kopf. Darunter stand »Juni 1943«.

Nat stieß einen leisen Pfiff aus. »Dreiundvierzig!« Er schüttelte den Kopf. »Ziemlich lange her.«

Der Kalender war umgeben von Zeitungsausschnitten und Postkarten, alle mit Reißzwecken in den Kork der Pinnwand gedrückt und zu weit entfernt, um den Inhalt zu entziffern. Unter der Pinnwand lag irgendetwas am Boden, unter braunen Decken. Der Gegenstand war vielleicht einen Meter achtzig lang; eigenartig verkrümmt lag er an der Wand. Nat neigte den Kopf zur Seite, bevor er erkannte, was es war.

Ein Leichnam.

Die Decken reichten dem Toten bis zur Brust und gaben den Blick auf ein hellblaues Krankenhemd frei. Der Kopf war zur Wand gedreht, sodass das Gesicht nicht erkennbar war, doch die Haare waren dunkelblond und standen in Büscheln vom Kopf ab wie trockene Weizenhalme.

»Wir haben einen weiteren Leichnam«, sagte Nat.

»Wo?«

»Unter der Pinnwand da drüben.« Er deutete durch das Glas auf die Stelle.

Auf dem Hemd war ein dunkler Fleck, irgendetwas Handgeschriebenes. Nat entzifferte einen Namen.

Eric Davis.

»Scheint auf Bougainville gekämpft zu haben. Dieser Raum sieht aus wie eine Krankenstation. Wahrscheinlich wurde er verwundet und war auf dem Weg nach Hause, als die *Galla* versenkt wurde. Der arme Kerl.«

Nat suchte den Raum weiter ab. Auf dem Boden vor den Pritschen glänzte etwas im Scheinwerferlicht der *Sea Horse*. Es sah fast aus wie Wasser, doch nach all der Zeit wäre das unmöglich.

Er kniff die Augen zusammen und erkannte, dass es sich um

einen kleinen Handspiegel handelte, der mit der Spiegelfläche nach oben lag. Direkt neben dem Spiegel lag ein dunkler Haufen. Nat benötigte einen Augenblick, um zu erkennen, dass es ein Halbschuh war, in dem ein menschlicher Fuß steckte. Ein Mann saß in einem der Stühle. Seine Haut wirkte beinahe lebendig, und seine Augen schienen im Scheinwerferlicht zu glänzen. Sein Gesicht blickte starr geradeaus; es schien, als würde er Nat fixieren.

»Großer Gott!«, stieß Nat hervor, und während er noch hinsah, tat der Mann, der seit vierundsechzig Jahren in seinem Meeresgrab gelegen hatte, das ganz und gar Unglaubliche.

Er lächelte.

Nat zuckte so heftig vom Fenster zurück, dass Randy und der Kameramann erschraken. »Habt ihr das gesehen?«

»Was … was denn?« Randy klang mit einem Mal nervös. Er hielt Nat fest am Arm gepackt.

Nat sah ihn nicht an, sondern starrte zur Seite. »Da drin lebt noch jemand.«

»Was?« Randy sah aus, als wolle er auflachen; dann aber schlich sich Unbehagen auf sein Gesicht. »Wo?«

»Siehst du die Pinnwand? Daneben, die Reihe von Stühlen. Da sitzt einer drauf.« Nat starrte immer noch zur Seite, während er den Raum aus dem Gedächtnis beschrieb.

Einen Augenblick herrschte Stille, als Randy sich vorbeugte und durch das Bullauge in den Raum blickte. Schließlich sagte er leise: »Ich kann nichts entdecken.«

»Was? Grinst er dich nicht an?«

»Ich kann überhaupt nichts entdecken. Da ist kein zweiter Mann. Ich sehe nur diesen Eric Davis auf dem Boden.«

»Was, zur Hölle …«, murmelte Nat. Verwirrt und verängstigt wandte er sich wieder dem Bullauge zu. Der Stuhl war leer. Nat lehnte sich im Sitz zurück und wischte sich übers Gesicht. »Verdammt, ist das unheimlich …«, flüsterte er. »Ich hätte schwören können, dass ich jemanden auf dem Stuhl hab sitzen sehen. Er hat mich direkt angesehen, und dann hat er … hat er gegrinst.«

Randy warf dem Kameramann einen fragenden Blick zu, doch der Franzose zuckte die Schultern. »Ich habe nichts gesehen.«

»Wahrscheinlich nur eine Sinnestäuschung. Die Dinge erscheinen einem unheimlich, wenn man so lange in dieser Tiefe gewesen ist«, sagte Randy beruhigend.

»Ja, wahrscheinlich.« Doch Nat klang zögerlich. Er beugte sich vor und sah erneut durch das Bullauge in den Raum.

Der Mann saß wieder im Stuhl. Und diesmal hob er, noch während Nat hinsah, eine Hand und winkte mit erhobenem Zeigefinger.

Nat zuckte zurück und packte Randy am Hemd. »Sieh nur!« Er zog den verblüfften U-Boot-Fahrer zu sich heran und drückte ihn gegen das Plexiglas. »Langsam, langsam!« Randy grinste unsicher und blickte durch die Scheibe. Er seufzte und wandte sich erneut ab. »Ich kann immer noch nichts sehen.«

Nat beugte sich vor. Der Stuhl war leer. »Das kann nicht sein!« Er schüttelte den Kopf. »Ich schwöre, da ist jemand! Lebendig! Er ist da drin gefangen. Wir müssen ihn rausholen!«

Randy löste Nats Finger, die sich immer noch in sein Hemd krallten, und packte ihn am Handgelenk. Die Bewegung wirkte im ersten Augenblick besänftigend, bis Nat bemerkte, dass Randy seinen Puls fühlte. Er riss seine Hand weg. »Mir geht es ausgezeichnet!«

Randy sah ihm in die Augen. »Hör mal, dieses Wrack liegt seit sehr langer Zeit hier unten. Es ist völlig unmöglich, dass noch irgendjemand am Leben ist.«

»Ach ja?«, entgegnete Nat unvermittelt und deutete durch die Kanzel in den Raum hinter dem Bullauge. »Dann sieh doch hin!«

Der französische Kameramann atmete scharf ein.

»Mein Gott«, flüsterte Randy.

Der Leichnam des Mannes namens Eric Davis war vom Boden unter der Pinnwand verschwunden. Nur die braunen Decken waren noch da, flach am Boden, als hätte sich der Körper darunter einfach in Luft aufgelöst.

»Was …« Randy stockte und schüttelte den Kopf. »Was hat das zu bedeuten?«

Auf der Instrumentenkonsole des U-Boots begann in rascher Folge ein Licht zu blinken, und ein Alarmsignal ertönte. Die drei Insassen sahen auf das Pult. »Achtung«, verkündete eine weibliche Konservenstimme. »Start der Bergung in fünf Minuten.«

»Die Ballons beginnen in fünf Minuten mit dem Aufstieg zur Oberfläche«, sagte Randy.

»Kannst du die Startsequenz verzögern?«

»Nein.« Randy schüttelte den Kopf. »Das Signal wurde oben einprogrammiert. Der Ballastabwurf erfolgt vollautomatisch. Wir können nichts dagegen tun. Das gesamte Fragment steigt nach oben.«

»Und was ist mit dem Typ da drin?«

»Warte … einen Augenblick.« Randy hob eine Hand. »Wir wissen nicht mit Sicherheit, ob tatsächlich jemand da drin ist. Niemand kann so lange überleben.«

»Hör mal, wir alle haben es mit eigenen Augen gesehen! Ist dieser Leichnam unter der Decke einfach aufgestanden und davonmarschiert?«

Die drei Männer drehten sich gleichzeitig um und beugten sich vor, um einen Blick durch das Bullauge in den Raum zu werfen, voll nervöser Erwartung, welche Veränderungen sie diesmal vorfinden würden.

Sie fanden keine. Die Decke lag immer noch auf dem Boden. Es war kein Leichnam in Sicht, und nichts rührte sich.

»Siehst du«, sagte Randy schließlich. »Da ist nichts …«

Irgendetwas im Raum krachte gegen das Bullauge, nur wenige Zentimeter vor ihren Gesichtern. Die Männer zuckten zurück.

Nat schrie auf und griff sich an die Brust, in der sein Herz schmerzhaft hämmerte.

Das Ding am Glas des Bullauges war ein menschliches Gesicht. Die Haut war so vertrocknet und farblos, dass Nat nicht sagen konnte, ob es ein Mann oder eine Frau war, doch die Haare besaßen den gleichen dunkelblonden Farbton wie der Leichnam, der unter der Decke gelegen hatte. Das Ding hatte den Mund aufgerissen und entblößte einen vertrockneten Rachen. Während die Männer es noch anstarrten, begann es, den Kopf gegen das Fenster zu schlagen.

Es war, als wolle es unbedingt nach draußen, doch in seinem Gesicht war kein Funken von Leben. Die Augen waren trocken und leer, und die Haut spannte sich straff über den Knochen. Über die Wangen und die Nase verliefen drei parallele Kratzer. Die Wunden waren so tief, dass der Knochen darunter zum Vorschein trat. Das Ding, was immer es war, rammte den Kopf wieder und wieder gegen das Bullauge der Tür, bis der Unterkiefer schlaff herabhing und die Haut der Wangen einzureißen begann. Der französische Kameramann stieß ein leises Wimmern aus und drückte sich tief in den hinteren Teil des kleinen U-Boots, so weit weg vom Plexiglas der Kanzel, wie er nur konnte.

»Mann Gottes, bring uns von hier weg!«, brüllte Nat und zerrte an Randys Arm.

»Warte, einen Augenblick noch.« Randy hob einen Finger. Sein Mund stand offen, doch seine Stimme klang eigenartig nüchtern und analytisch. »Ich muss erst noch die Scheibe abdecken.«

»Die Scheibe abdecken? Bist du verrückt geworden?«

Der Kopf krachte erneut gegen die Glasscheibe und glitt dann außer Sicht. Nur das leere schwarze Loch in der Tür war noch zu sehen. Die drei Männer in ihrem U-Boot beruhigten sich ein wenig und beugten sich erneut vor, um nervös durch die Kanzel und die Glasscheibe in den dahinter liegenden Raum zu starren. Plötzlich erschien ein weiteres Gesicht vor der Tür und drückte sich gegen die Scheibe, und die Männer zuckten erneut zurück. Dieses Gesicht sah anders aus, lebendiger, die Haut glänzend im Scheinwerferlicht, die Haare pechschwarz und lockig. Der Kopf sah aus wie der eines Menschen, doch irgendetwas daran war … nicht richtig. Irgendetwas daran war … böse. Nat wand sich beim Anblick dieses Gesichts.

Es lächelte sie an, grinste fast, und entblößte dabei Reihen scharfer Zähne. Mehr noch als die Zähne erweckten die Augen Nats Abscheu, dunkel leuchtende gelb-grüne Augen, deren Farben ineinander liefen wie auf der Mischpalette eines Malers. Das Ding hob eine Hand und klopfte mit einem gelben Fingernagel gegen das Glas der Scheibe, dann deutete es auf etwas an der Tür. Nat folgte der Bewegung. Es zeigte aufs Türschloss. Es wollte offensichtlich, dass jemand die Tür öffnete und es aus seinem Gefängnis befreite.

Instinktiv schüttelte Nat den Kopf und wich von der Scheibe zurück.

Die Wirkung war atemberaubend. Als das Ding Nats Reaktion sah, verschwand das Grinsen von einer Sekunde zur anderen aus seinem Gesicht und wich einem wütenden Zähnefletschen. Es warf den Kopf in den Nacken und schrie. Es musste ein unglaublich durchdringender Schrei sein, doch die dicken Wände aus Glas und das Wasser dämpften ihn zu einem dumpfen Quieken, welches durch das kleine U-Boot hallte.

Der Franzose packte Randy bei der Schulter und schüttelte ihn. »Lasst uns verschwinden! Los, los, verschwinden wir von hier! *Mon Dieu, ce qui est celui? Nous devons sortir d'ici tout de suite! Ce n'est pas humain, cela est un démon!*«

Das Ding schrie erneut und hämmerte mit seiner Klauenhand gegen die Scheibe.

»Ja, Mann, lass uns von hier verschwinden!«, brüllte Nat und wich in seinem Sitz so weit nach hinten, wie er konnte.

»Der Aufstieg beginnt in einer Minute«, sagte die aufgezeichnete Stimme unvermittelt in den Bordlautsprechern und warnte die Insassen des U-Boots vor dem bevorstehenden Abheben der vier riesigen Hebesäcke.

»Das Fenster! Ich muss die Scheibe abdecken.«

»Vergiss das verdammte Fenster! Lass uns verschwinden!«, widersprach Nat.

Randy setzte sich zurück und griff nach den Kontrollen, als das gesamte U-Boot heftig durchgeschüttelt wurde. Eine Werkzeugkiste fiel aus einem Regal über ihnen und krachte auf Nats Bein.

»Verflucht!«, stöhnte Nat schmerzerfüllt auf und biss die Zähne zusammen. »Nicht so wild!«

»Das war ich nicht«, erwiderte Randy und hielt die Hände hoch. »Ich hab nichts angerührt. Es muss von draußen gekommen sein.«

Draußen gab es ein knirschendes Geräusch, und das U-Boot wurde ein weiteres Mal heftig durchgeschüttelt. Eine Hydraulikleitung riss und versprühte Öl in der Kabine.

Nat wandte sich um und starrte aus dem Seitenfenster der *Sea Horse*. Draußen bewegte sich etwas. Etwas Großes, Dunkles glitt durch das Wasser.

»Da draußen ist irgendwas!«, kreischte Nat und drehte sich zu Randy um. »Bring uns hier weg! Schnell, schnell!«

Ein neuerlicher Schlag warf das U-Boot auf die Seite. Ausrüstungsteile fielen aus den Regalen auf die drei Männer. Irgendetwas traf Nat am Kopf, und für einen Augenblick sah er vor Schmerz Sterne. Die Welt drehte sich um ihn herum, bis er aus dem Sitz fiel und mit der Schulter gegen die Decke des kleinen Unterseeboots krachte. Er hörte, wie die Elektromotoren lossummten, doch ein dritter Schlag brachte die *Sea Horse* aus dem

Kurs. Sie schlingerte nach unten, und durch das Plexiglasfenster sah Nat den Meeresboden rasch näher kommen.

Ein Druckschlauch löste sich aus der Verankerung und füllte den Innenraum mit heißem Dampf. Nat wurde vollends aus dem Sitz geschleudert und segelte wild um sich greifend nach hinten, wo er hart mit dem Kinn gegen das Knie des Franzosen schlug. Das U-Boot überschlug sich ein weiteres Mal wie eine Waschtrommel, und lose Ausrüstungsteile fielen klappernd und scheppernd gegen die Wände aus Titan.

Randy kämpfte sich hinter die Kontrollen zurück. Er packte die Lehnen seines Sitzes und schob sich langsam nach vorn. Ein erneuter Aufprall draußen drückte die *Sea Horse* noch weiter nach unten. Durch das Fenster erhaschte Nat einen Blick auf etwas Graues von der Größe eines großen Hais, nur dicker, das sich mit rasender Geschwindigkeit durchs Wasser bewegte.

Randy mühte sich weiter ab, das U-Boot unter Kontrolle zu bekommen, doch es trudelte zu stark. Der Meeresboden kam rasch näher, und die *Sea Horse* krachte inmitten einer Wolke aus aufgewirbeltem Schlamm und Steinbrocken in den Grund.

»Count-down zum Auftauchen abgelaufen«, verkündete die aufgezeichnete Stimme über dem Schreien und Stöhnen der drei Männer, die in dem kleinen U-Boot gefangen waren.

Es gab ein metallisches, mahlendes Geräusch, als das Schrottmetall abgeschnitten wurde, das die Hebesäcke im Gleichgewicht gehalten hatte.

Das Unterseeboot rollte einen Augenblick lang über den Meeresboden, bevor es unvermittelt mit der Nase nach oben zum Halt kam. Nat betastete seinen Kopf. Als er die Finger herunternahm, waren sie nass von Blut. Er hatte sich einen tiefen Schnitt in der Kopfhaut zugezogen.

Er lag auf dem bewusstlosen Franzosen. Vorsichtig erhob sich Nat, drehte sich auf die Seite und massierte seinen Brustkorb. Was immer sie angegriffen hatte, es war verschwunden. Die einzigen Geräusche kamen jetzt vom Dampf und dem Öl aus den abgerissenen Druckleitungen im Innern des U-Boots.

Nat setzte sich auf. Sein Hirn fühlte sich an, als würde es in seinem Kopf umherrollen wie eine taube Nuss und bei jeder Bewegung schmerzhaft gegen die Innenwände seines Schädels schlagen. Er stöhnte, schloss erneut die Augen und massierte sich vorsichtig den Nacken.

»O nein!«, schrie Randy unvermittelt, als er durch das Kanzelfenster nach draußen sah. Er schüttelte abwehrend den Kopf.

Das U-Boot war eine kleine Böschung hinuntergerutscht. Über der *Sea Horse* befanden sich die Hebesäcke mit dem Wrackteil, das an die Oberfläche gebracht werden sollte. Die Ballons hatten ihren Ballast aus Metallschrott abgeworfen, und die schweren Gewichte waren zum Meeresgrund gesunken und rutschten nun in einer Wolke aus Sand und Schlamm die Böschung hinunter – genau auf das beschädigte Tauchboot zu.

Randy stieß ein unartikuliertes Gurgeln aus und riss mit hervorquellenden Augen einen Arm nach oben, als wolle er die Tonnen von Ankerketten und sonstigem Schrott abwehren, die auf das kleine Unterseeboot zuschossen. Der Franzose hatte zu stöhnen aufgehört. Er lag bewusstlos und mit dem Gesicht zur Wand im Heck der *Sea Horse.*

Nat schloss die Augen, als die Lawine aus Schrott auf die *Sea Horse* prallte. Im Innern des U-Boots herrschte ein Lärm, dass Nat sich die Ohren zuhielt. Das ganze Gefährt zitterte, bebte und dröhnte wie eine große Kirchenglocke. Ein verrosteter Anker prallte auf das Plexiglas der Kanzel, und ein Spinnennetz von Rissen entstand. Nat rechnete bereits damit, dass die Scheibe platzen und Wasser ins U-Boot hineinexplodieren würde, doch aus irgendeinem Grund hielt das Material.

Dann kam die Lawine zur Ruhe. Nat erhielt einen Schlag gegen den Kopf, und eine Woge aus Dunkelheit umfing ihn.

Er öffnete die Augen und lauschte verwirrt. Irgendetwas war anders. Es dauerte einige Sekunden, bis ihm dämmerte, was die Ursache war. Es war zu still. Das beruhigende Summen der Batterien war verstummt. Sie hatten keinen Strom mehr.

Randy bemerkte es im gleichen Moment, als er sich nach vorn mühte.

»Wir haben keine Energie mehr«, sagte er Sekunden später und lehnte sich resigniert zurück.

»Können wir nicht ballistisch zur Oberfläche aufsteigen?«, fragte Nat leise.

»Theoretisch, ja. Aber auf uns liegt eine Menge Metallschrott. Er ist zu schwer und hält uns am Meeresboden fest.«

Randy setzte sich auf den schiefen Boden, dann beugte er sich nach hinten und tastete nach dem Hals des Franzosen.

»Er ist noch am Leben, aber bewusstlos.«

Nat nickte. Ohne Strom konnten sie kein Notsignal zur Oberfläche schicken. Nicht, dass es etwas genutzt hätte – es gab nur eine Hand voll Unterseeboote, die so tief tauchen konnten, und die waren über die ganze Welt verteilt im Einsatz. Es würde mindestens eine Woche dauern, eines dieser Boote hierher zu schaffen. So lange konnten sie nicht überleben.

Nat nickte und sah nach oben zum Kanzelglas, einem riesigen Oberlicht in den Ozean. Die einzigen Lichter stammten von Scheinwerfern an den vier Hebesäcken, die langsam nach oben schwebten, unter sich das große Fragment der *Galla.*

Er sah die Tür zur Krankenabteilung, jenem unheimlichen Raum, in dem die Zeit scheinbar stillgestanden hatte und in dem tatsächlich noch ein Mann am Leben war. Die Tür bewegte sich nach oben, und die Scheinwerfer der Hebesäcke tauchten sie in ihr helles Licht.

Ein Gesicht war hinter der Scheibe in der Tür zu erkennen. Es war das gleiche Gesicht, das sie vorhin gesehen hatten. Die gelben Augen starrten zu dem kleinen, gestrandeten Unterseeboot hinunter. Das Wesen grinste; dann drehte sich das Wrackteil an den Tauen der Hebesäcke, und die Tür verschwand außer Sicht.

Nat beobachtete, wie Ballons, Wrackteil und Scheinwerfer höher und höher stiegen, majestätisch langsam wie eine gigantische Qualle. Bald waren die Lichter klein wie Stecknadelköpfe inmitten der Schwärze des Ozeans, und schließlich verschwanden sie völlig.

Am Meeresboden herrschte nichts außer Dunkelheit und das Rasseln von Nats Lungen, die sich anstrengen mussten, den immer knapperen Sauerstoff aus der Luft zu ziehen. Er fragte sich müßig, ob vielleicht in ferner Zukunft andere Forscher herkommen, das kleine U-Boot entdecken und die drei mumifizierten Leichen darin bestaunen würden.

Mit der Stille kehrten auch die kleinen leuchtenden Fische zurück. Ihre blassblauen Leuchtpunkte bewegten sich über der *Sea Horse* wie die Glühwürmchen in Nats Erinnerung.

An der Oberfläche, an Bord der *Sea Lion,* schrillte der Alarm, als ein metallisches Objekt vom Meeresboden aufstieg. Der Panamaer lehnte sich über die Reling und starrte voller Erwartung auf die Wellen, die sich in der salzigen Brise kräuselten. An Bord wurden Vorbereitungen getroffen, das geborgene Wrackteil abzudecken, sobald es an der Oberfläche war; Lyerman wollte nicht, dass unbefugte Augen einen Blick auf seine kostbare Beute warfen.

»Es wird jetzt nicht mehr lange dauern«, meldete der Captain. »Allerdings mache ich mir Sorgen um die *Sea Horse.* Unsere Jungs müssten längst aufgetaucht sein.«

Der Panamaer zuckte gleichgültig die Schultern. Das U-Boot war ihm egal. Wichtig war nur, dass die Fracht heil und wohlbehalten ankam. Am Bug der *Sea Lion* stieß ein Wachtposten einen lauten Ruf aus, und der Panamaer drehte den Kopf. Schaum bildete sich auf den Wellen, und vier riesige Ballons tauchten inmitten schäumender Wogen aus der Tiefe auf.

»Sieht so aus, als hätten wir's.« Der Kommandant lächelte. »Ein glücklicher Tag.«

Der Panamaer sah dem Kommandanten hinterher, als dieser zum Bug ging.

Er lächelte. »Ein glücklicher Tag. Wie wahr, wie wahr.«

Juli 2008
Boston, Massachusetts

Detective Will Jefferson lag auf dem Sofa, eine Tüte Chips auf dem Bauch, und schaute sich *Late Nite* an. Der Ventilator an der Decke drehte sich träge, und das Aquarium gurgelte. Das Wasser fluoreszierte in dunklem Blau, und zwischen den Korallen und Pflanzen schwebten bunte Fische. Jefferson tastete nach der Fernbedienung, fand sie zwischen den Kissen und schaltete auf einen anderen Kanal. Für einen Augenblick war ein Spiel der West Coast Red Sox auf dem Schirm, dann ein Infomercial, dann wieder *Late Nite.* Es war Freitag.

Das Telefon läutete.

»Na, alter Junge. Bist du wach, Jefferson?«

»Ja. Meine Freundin ist gerade eben gegangen.«

»Red nicht so 'nen Quatsch, Mann. Was machst du gerade? Liegst du wieder vor der Glotze, zappst durch die Kanäle und stopfst dich dabei mit Chips voll?«

Jefferson musterte die große Chips-Tüte auf seinem Bauch. »So in der Art. Was gibt's?«

»Wir haben einen Doppelmord hier unten im Lyerman Building. Ziemlich blutige Geschichte.«

»Wer?«

»Zwei Kinder.« Brogan zögerte. »Sieht aus, als würde der Kerl uns zum Spielen auffordern. Bist du startklar?«

»Was denn, jetzt sofort?«

»Klar. Ich bin schon in der Stadt. Halt einfach nach den Blaulichtern Ausschau.«

Jefferson zuckte die Schultern. Kartoffelkrümel fielen von seinem Hemd auf den Boden. »Ich weiß nicht, Mann. Ich bin im Augenblick ziemlich beschäftigt.«

»Sicher, sicher. Ich sehe dich in zwanzig Minuten hier unten bei mir.«

Jefferson seufzte. »Na schön …«

»Kopf hoch. Könnte schlimmer sein.«

»Tatsächlich? Wie?«

»Diese Neue. Die Technikerin. Sie ist auch hier.«

»Das Model?«

»Genau.«

»Wie war gleich ihr Name?«

»McKenna Watson.«

»Ach ja«, sagte Jefferson. »Und was hat sie diesmal an?«

»Komm runter und sieh selbst«, entgegnete Brogan. »Nimm nicht die 93, die ist dicht.«

»Wie das?«

»Irgendwelche Bauarbeiten. Sie graben einen neuen Tunnel durch den Hafen und haben heute damit angefangen«, erwiderte Brogan. »Ach ja, noch was, Jefferson … hast du Höhenangst?«

»Ob ich Höhenangst habe? Wovon redest du eigentlich?«

»Du wirst es sehen«, sagte Brogan. »Komm erst mal her.«

Jefferson sah die Blaulichter bereits aus einer Entfernung von einem Block. Die zuckenden Lichter der Einsatzwagen warfen blaue Reflexe auf seine regennasse Windschutzscheibe. Ein Krankenwagen parkte an der Ecke des Gebäudes. Zwei Fahrer standen an die Seite gelehnt und unterhielten sich. Überall liefen Polizisten herum, leiteten den Verkehr um, redeten mit der Menge oder standen in der Lobby. Einer der Beamten nickte Jefferson beim Näherkommen zu und deutete zum Dach.

»Was denn, das Dach?«

»Ja. Ziemlich übel in einer verregneten Nacht wie heute. Ihr Jungs tut mir wirklich Leid. Ich liege im Bett und schlafe längst, bevor ihr auch nur angefangen habt.«

»Wie komme ich nach oben?«

Der Beamte deutete auf die Drehtür aus Glas. »Gehen Sie durch die Lobby und fragen Sie den Burschen am Empfangsschalter. Er zeigt Ihnen den Weg.«

Jefferson nickte und betrat das Gebäude.

Kalte Nachtluft umfing Jefferson, als er aus der Aufzugstür hinaus aufs Dach trat. Während der letzten Wochen war er in Florida gewesen, wo er einem alten Nachbarn geholfen hatte, seinen Alterswohnsitz in einer Rentnergemeinde einzurichten. Als er nun das Dach betrat, wurde ihm bewusst, dass er froh war, wieder zurück zu sein. Er hatte die Arbeit vermisst.

Leichter, kalter Regen fiel aus dem wolkenverhangenen Himmel. Jefferson erinnerte sich, im *Globe* gelesen zu haben, dass es drei Monate gedauert hatte, das Dach des Lyerman Building zu errichten. Ein schmaler Weg aus Holzschnipseln, gesäumt von Bänken aus Rosenholz, wand sich vom Aufzug unter Pappeln hindurch. Quer übers Dach, zum Teil hinter den Blättern der Bäume verborgen, zog sich ein schwarzer, brusthoher Sicherheitszaun. In der Mitte der Dachfläche stand ein rechteckiges Treibhaus, ganz aus Glas errichtet. Die Fenster standen offen, und im Innern erblickte Jefferson orangefarbene und rote Rosen in voller Blüte, die sich leicht im Luftzug der Ventilatoren wiegten.

Hinter dem Treibhaus stand ein Springbrunnen, drei ringförmig ineinander verschlungene Pferde, aus deren Mäulern Wasserstrahlen spritzten, um sich über einem in der Mitte befindlichen kleinen Teich zu vereinigen. Jefferson erhaschte einen Blick auf einen großen, orangefarben glitzernden Goldfisch, der im Wasser kreiste. In der Nähe des Teiches befand sich ein kleiner Wintergarten aus Ziegeln und Glas. Darin stand ein kunstvoll geschnitzter Schreibtisch, der aussah, als käme er aus Thailand, ein Sofa und ein großformatiger Fernsehschirm. Keine schlechte Einrichtung.

In Jefferson stieg gespannte Erwartung auf, wie immer bei einem neuen Fall.

Brogan stand unmittelbar vor dem Wintergarten, einen Fuß auf die Umrandung eines Whirlpools gestellt. Er trug weiße Handschuhe und hielt ein Weinglas in die Höhe, um dessen Rand zu inspizieren, bevor er an der Flüssigkeit darin roch. Im Whirlpool leuchteten grüne Scheinwerfer und erhellten den aufsteigenden Dampf von unten.

Vier Techniker suchten das Dach systematisch ab. Brogan blickte auf, als Jefferson näher kam. Sie kannten sich bereits aus der Zeit, als beide noch bei der Army gewesen waren. Jefferson war zur Army gegangen, weil er nicht gewusst hatte, was er sonst mit seinem Leben anfangen sollte. Brogan war zur Army gegangen, weil er ganz genau gewusst hatte, was er nicht wollte: im Gefängnis enden wie seine beiden Brüder.

Er war ein groß gewachsener Mann mit der Statur eines Bauarbeiters oder eines älteren Schwergewichtsboxers. Sein Haar war pechschwarz und kurz geschnitten, seine Arme lang, die Hände riesig. Seine Nase war vor Jahren einmal gebrochen und schief wieder zusammengewachsen, sodass er schnaufte, wenn er nicht durch den Mund atmete. Seine Frau hatte es »Teekesselpfeifen« genannt … damals, bevor sie gestorben war.

Brogan hielt das Weinglas weiter hoch, während er zu Jefferson blickte. »Riecht teuer«, bemerkte er.

»Bier aus dem Supermarkt hätte ich hier oben auch nicht erwartet«, erwiderte Jefferson. Er streifte sich ebenfalls weiße Latex-Handschuhe über und beugte sich hinunter zur Weinflasche, die noch immer auf dem Rand des Whirlpools stand.

»Châ-teau Car-ru-ad-es de Laffite-Rothschild«, buchstabierte er den Namen, der auf dem Etikett stand.

Vorsichtig stellte Brogan das Weinglas auf den Rand des Whirlpools zurück, richtete sich auf und streckte den Rücken.

»Was haben wir bis jetzt?«, fragte Jefferson.

»Zwei Opfer«, antwortete Brogan. »Die Meldung kam heute Nacht um null Uhr sechzehn. Ungefährer Zeitpunkt des Todes zweiundzwanzig Uhr fünfundvierzig.«

Jefferson wandte sich zum Rand des Daches. Der Polizeifotograf stand über zwei auf dem Weg liegende Gestalten gebeugt. Wiederholt zuckte das Blitzlicht auf, als er Fotos schoss.

Jefferson deutete auf die Leichen. »Wer?«

»Jill Euan, einundzwanzig, College-Studentin am Tufts. Kommt aus Dallas, Texas.«

»Und?«

»Und …«, antwortete Brogan bedächtig, »… Kenneth Lyerman, der Sohn von Joseph Lyerman.«

»*Der* Joseph Lyerman?«

»Genau.«

»O Mann …«, sagte Jefferson.

Joseph Lyerman hatte vor mehr als vierzig Jahren den Status eines Moguls erreicht, zusammen mit Männern wie Rupert Murdoch und Warren Buffett, als Ted Turner noch Rasen gezüchtet und in seinem College-Schlafraum Taxidermie geübt hatte. Genau wie der Name Rockefeller mit Standard Oil oder der Name Carnegie mit U. S. Steel verbunden wurde, war der Name Lyerman ein Synonym für eine Reihe großer Gesellschaften, angefangen bei Medien-Holdings bis hin zu Technologiekonzernen. Mitte der siebziger hatte Lyerman sogar einen Vorstoß in die Automobilindustrie unternommen und drei verschiedene Modelle auf den Markt gebracht. Cornelius Vanderbilt hatte einst gesagt: »Ich war mein Leben lang nur darauf aus, Geld zu scheffeln.« Gegen Lyerman war Vanderbilt ein armseliges Mauerblümchen.

Jefferson erinnerte sich an einen Zeitungsartikel über Lyerman und wie er damals im Kopf ausgerechnet hatte, dass er bei seinem gegenwärtigen Gehalt tausend Jahre arbeiten müsste, um so reich zu werden wie Lyerman. Der Mann war inzwischen Mitte achtzig, doch er führte seine Unternehmen noch mit der gleichen Entschiedenheit wie mit fünfzig Jahren. Jeffersons Großvater war Mitte siebzig und saß den ganzen Tag herum oder ging zum Angeln, wenn er nicht gerade im Radio einer Footballübertragung lauschte.

»Wer hat die Tat gemeldet?«, fragte Jefferson.

»Joseph Lyerman hat die Leichen gefunden und die Polizei alarmiert. Er weiß also schon Bescheid. Einer unserer Leute ruft die Polizei in Dallas an. In Texas ist es eine Stunde früher. Wir hielten es für das Beste, die Information so schnell wie möglich weiterzugeben.«

Ein surrendes Geräusch erklang, als einer der Techniker die Bank neben den beiden Leichen mit einem Handstaubsauger reinigte. Dann leerte er den Inhalt in einen Plastikbeutel und vermerkte den Beutel auf der Akte der Fundstücke. Jefferson beobachtete den Techniker und dachte an die Neue, McKenna Watson. *Die* Schönheit von Boston. Er war ihr noch nie persönlich begegnet, doch so besagten es die Gerüchte. Und Gerüchte machen schnell die Runde, wenn es um eine schöne Frau geht.

Brogan starrte düster auf das sprudelnd heiße Wasser im Whirlpool. »Kann nicht jemand dieses Ding abstellen?«, rief er mit verärgerter Stimme übers Dach hinweg.

»Wie geht es Lyerman?«, erkundigte sich Jefferson.

Brogan zuckte die Schultern. »Keine Ahnung. Ich hab bis jetzt noch nicht mit ihm geredet.«

»Bleibt diese Sache hier auf dem Land?«, fragte Jefferson. »Auf dem Land bleiben« bedeutete, dass im Polizeifunk nichts darüber gesagt wurde – eine Taktik, die immer dann benutzt wurde, wenn Berühmtheiten oder wichtige Persönlichkeiten in

Ermittlungen verwickelt waren, gleich welcher Art, um zu verhindern, dass die Medien von der Sache Wind bekamen.

»Ja«, antwortete Brogan. Er schlug den Kragen gegen den Regen hoch. »Das Wetter hilft uns auch nicht gerade. Wenn dieser Scheiß vorbei ist, haben wir nichts, womit wir arbeiten können. Der Captain sitzt mir im Nacken. Er hätte beinahe einen Herzanfall bekommen, als er erfuhr, wer der Vater des Jungen war.«

»Das glaub ich gern«, sagte Jefferson.

Brogan zog eine silberne Thermoskanne aus der Tasche seines Regenmantels, schraubte den Deckel auf und goss eine dampfende Flüssigkeit in einen silbernen Becher.

Er bot Jefferson den Becher an. »Kaffee?«

»Nein, danke.«

»Das Baby ist gestern Nacht schon wieder um drei Uhr wach geworden«, brummte Brogan und nippte am Becher. »Wollte gar nicht aufhören zu weinen.«

Jefferson lächelte und zog die Schultern hoch gegen das ungemütliche Wetter.

Die Wasserwirbel im Whirlpool brachen urplötzlich ab, und Stille kehrte ein.

»Na endlich«, murmelte Brogan, drehte sich zu dem Techniker um und sagte: »Pumpen Sie das Wasser ab, und lassen Sie es untersuchen.«

Er trank einen weiteren Schluck Kaffee; dann fragte er: »Willst du dir die Show ansehen?«

Jefferson nickte. »Klar.«

Die beiden Männer gingen über den Rasen zu den Bänken. Der Tatort war mit einem gelben Polizeiband abgesperrt. Jefferson und Brogan zogen Plastikhüllen über ihre Schuhe, um zu verhindern, dass der Tatort kontaminiert wurde.

Am Boden lagen zwei Tote, ein Mann und eine Frau. Der Mann trug eine Badehose, die junge Frau einen weißen Bademantel, der halb ausgezogen war. Darunter hatte sie einen knapp sitzenden schwarzen Bikini. Sie lag mit dem Gesicht nach oben auf dem Weg, einen Arm halb über eine Bank, die Beine schlaff, jedoch zusammen. Der Mann lag mit dem Gesicht nach unten in den Holzschnipseln, mit denen der Weg bedeckt war.

Die junge Frau musste eine Schönheit gewesen sein, als sie noch lebte, das sah Jefferson auf den ersten Blick. Vielleicht sogar ein Model. Sie besaß langes, kastanienbraunes Haar, das an verschiedenen Stellen von getrocknetem Blut verklebt war. Ihr Körper war schlank und biegsam, ihre Beine lang und gebräunt.

Über ihre Kehle zog sich eine dunkle Linie. Jefferson hatte sich früher merkwürdig gefühlt, wenn er attraktive Tote gesehen hatte. Doch die Dinge ändern sich. *Sieh dir ihre Titten an, die sind bestimmt nicht echt.* Tolle Beine. Wunderschönes Gesicht. Heutzutage war er so sehr an den Anblick von Toten gewöhnt, dass er sie die meiste Zeit wie Fotos betrachtete. Und die Männer, mit denen Jefferson arbeitete, *redeten* über die Toten wie über Fotos. Es dauerte eine Weile, bis man sich daran gewöhnt hatte. *Danke sehr, Boston.* Andererseits – es könnte schlimmer sein. Wenigstens war er nicht in Washington oder in New York, wo sie jeden Tag neue Leichen von den Bürgersteigen kratzten.

»Glücklicher Bursche, wie?«, meinte Brogan und nahm einen weiteren Schluck Kaffee.

»Ja. Hatte eine atemberaubend schöne Freundin.« Jefferson nickte.

Brogan lockerte seine Krawatte und knöpfte den obersten Hemdenkopf auf. »Möchtest du wissen, was sich bisher ergeben hat?«

Jefferson nickte. »Das wäre nett.«

Brogan nickte ebenfalls, nahm einen Palm Pilot hervor und scrollte über den Bildschirm.

»Ich erinnere mich an Zeiten, als Detectives noch Papier und Stift benutzt haben.«

»Man muss mit der Zeit gehen, Bruder. Okay, wollen mal sehen … ah, hier haben wir's. Der Anruf kam sechzehn Minuten nach Mitternacht, von Mr Lyerman. Allerdings nicht über den gewöhnlichen Notruf, sondern direkt ganz nach oben. Nicht über die Neun-eins-eins.«

»Nicht?«

»Nein. Er hat direkt den Captain angerufen. Lyerman kennt ihn persönlich.«

»Okay.«

»Jetzt kommt der seltsame Teil«, begann Brogan. »Es gab einen weiteren Anruf, früher in der Nacht, diesmal zur Neun-eins-eins, und von genau der gleichen Adresse. Dieser Anruf kam um zweiundzwanzig Uhr fünfzehn.«

»Viertel nach zehn? Vor der Mordmeldung?«, fragte Jefferson.

»Genau.« Brogan scrollte weiter über den Schirm seines Organizers. »Die Mordmeldung war der zweite Anruf, der von dieser Adresse kam.«

»Worum ging es beim ersten Anruf? Dem um Viertel nach zehn?«

»Möglicherweise Einbruchdiebstahl.«

»Einbruchdiebstahl?«

»Genau. Und das ist das Merkwürdige an der Sache. Ungefähr vier Minuten nach diesem Anruf kriegen wir einen weiteren Anruf von einem Wachmann, der dort arbeitet. Dieser Bursche sagt, der Einbruchalarm wäre irrtümlich ausgelöst worden. Ein falscher Alarm.«

»Zur Neun-eins-eins?«

»Genau.«

»Und? Haben wir die Streifenwagen zurückgepfiffen?«

»Sicher. Der Wachmann hatte den korrekten Autorisierungskode und kannte die Alarmprozedur. Außerdem hat er gesagt, er selbst wäre es gewesen, der den ersten Anruf getätigt hätte.«

»Haben wir seinen Namen?«

»Ja«, sagte Brogan.

»Und knapp zwei Stunden später ruft Lyerman an und meldet einen Mord«, sagte Jefferson.

»Das ist richtig«, bestätigte Brogan. »Eigenartig, nicht wahr?«

»Allerdings.«

»Und das ist noch längst nicht alles«, fuhr Brogan fort. »Komm mit und sieh dir an, was wir da drüben gefunden haben.«

Brogan führte Jefferson zum Rand des Daches und blieb dicht vor dem schwarzen Geländer stehen. Die Oberseite des Metalls war mit roten Flecken übersät. Direkt neben den roten Flecken lagen Erdreich und Schmutz. Jefferson brachte sein Gesicht nahe ans Geländer und betrachtete die Flecken und Krümel genauer.

»Was ist das?«, fragte er. »Blut?«

»Wir haben eine Probe abgekratzt«, antwortete Brogan. »Aber mein Instinkt sagt mir, dass es kein Blut ist, sondern irgendetwas anderes.«

Brogan zog eine weiße Folienverpackung mit Kautabak aus der Brusttasche. Er nahm ein großes Stück und schob es sich zwischen Wange und Zähne.

»Was ist dieses andere Zeugs?«, fragte Jefferson. »Sieht aus wie Erde.«

»Ja, aber ich bin nicht sicher«, antwortete Brogan. Er stand auf und winkte einen der Techniker herbei. »Bringen Sie einen Staubsauger mit, ja?«

Unter dem Geländer lag irgendetwas auf dem Boden. Es war klein und dunkel und in Stoff gehüllt. Jefferson bückte sich und hob es mit seinen Latex-Handschuhen auf.

Es war eine Puppe.

Der Kopf der Puppe war relativ groß und fiel auf dem dünnen Stoffhals von einer Seite auf die andere. Das Gesicht war aus Porzellan, mit großen Augen und kleinem Schmollmund, unter dem ein langer schwarzer Bart prangte. Die Puppe war in einen roten und weißen Umhang gehüllt, mit feinen, grün und golden gewirkten Umrissen von Drachen, die quer über den Stoff verliefen.

Dünne Fäden führten von den Händen, Füßen und dem Kopf zu einem Holzkreuz. Brogan nahm das Holzkreuz in die Hand und hob die daran befestigte Puppe hoch, sodass sie in der Luft baumelte.

»Was ist das?«, fragte er.

»Sieht aus wie eine Marionette.«

Brogan nickte und schwenkte das Holzkreuz über den Handlauf des Geländers, bis die kleinen Füße das Metall gerade eben berührten. Als er die Fäden bewegte, begann die kleine Puppe einen eigenartigen, ruckhaften Tanz. Ihr Leib zuckte hin und her, und der Kopf mit dem verdrießlichen Gesicht hüpfte auf und ab.

»Unheimlicher kleiner Bursche, was?«, fragte Jefferson, während er den Tanz beobachtete.

»Kann man wohl sagen. Wie eine Mischung aus Howdy Doody und dem *Exorzist.*« Brogan trug die Marionette vorsichtig zu der Stelle, wo die Indizien gesammelt wurden. Er steckte die Puppe in einen großen Plastikbeutel, verschloss ihn und legte ihn auf den Wagen.

»Wir reden mit Lyerman und fragen ihn, ob er mehr über dieses Ding weiß«, sagte Brogan, ohne den Blick von der Marionette zu nehmen, die nun reglos in dem Plastikbeutel lag.

Er richtete sich wieder auf. »Weißt du eigentlich, dass McKenna hier ist?«

»Nein«, erwiderte Jefferson und blickte sich suchend um. »Wo denn?«

Brogan nickte in Richtung der beiden Toten.

»Ich hätte nicht geglaubt, dass sie im Regen hier oben bleibt.«

»Sie ist aber hier. Coole Lady. Eine echte Klassebraut.«

»Klassebraut? Wer bist du? Frank Sinatra?«

Coole Lady. Klassebraut. Aus Brogans Mund waren das seltene Komplimente. Jefferson folgte seinem Blick über das Dach zu den Leichen. Eine Frau stand über das männliche Opfer gebeugt und betastete den Kopf des Toten mit behandschuhten Fingern. Sie wandte Jefferson den Rücken zu, und er sah, dass sie die braunen Haare zu einem langen Pferdeschwanz zusammengebunden hatte. Langsam arbeitete sie sich am Rücken des Toten entlang nach unten. Schließlich streifte sie seine Badehose herunter und entblößte seinen Hintern, um das Rektalthermometer einzuführen.

»Ah, der Geruch von Romanze und Rektalthermometer liegt in der Luft!«, sagte Brogan und schlang die Arme um Jefferson. »Nun, wollen wir unsere liebliche neue Technikerin kennen lernen? Mann, ich würde sie zu gern mal *meine* Rektaltemperatur messen lassen.«

»Lass mich los!«

»Ich schätze, sie hat ein Auge auf dich geworfen, Bruder.«

»Sicher.«

Als Jefferson in Florida gewesen war, hatte Brogan bei zwei Fällen mit McKenna zusammengearbeitet. Einen Fall mit Brogan zu überleben war so, wie die *Titanic* lebend zu verlassen. Und gleich zwei Fälle, das war wie die *Hindenburg*.

»He, McKenna, nehmen Sie die Hand aus der Hose des Mannes!«, rief Brogan, als sie sich näherten.

Sie hatte ihnen den Rücken zugewandt und erhob sich beim Klang von Brogans Stimme, um sich langsam umzudrehen. Sie war groß gewachsen, bestimmt eins fünfundsiebzig oder sogar eins achtzig. Ihr Haar glänzte so glatt und seidig, dass man unwillkürlich die Hand ausstrecken und darüber streichen wollte. Sie sah die beiden Männer an und lächelte. Es war ein offenes, aufrichtiges Lächeln, nichts Aufgesetztes oder Gespieltes, sondern warm und herzlich. Irgendwie kam sie Jefferson in diesem

Augenblick bekannt vor. Ganz plötzlich. Ohne dass er sich hätte erinnern können, wieso oder woher. Als würde er die Einzelheiten ihrer Gesichtszüge, den Schwung ihrer Lippen, die Farbe ihrer Augen genau kennen, ohne dass er die Einzelheiten zu einem Ganzen zusammenfügen konnte.

Sie schob sich mit dem Handrücken eine Strähne aus dem Gesicht und lächelte erneut.

»McKenna«, sagte Brogan, »kennen Sie meinen Partner, Detective Jefferson?«

McKenna wandte sich Jefferson zu und schien für einen Sekundenbruchteil verwirrt. Da war irgendetwas in ihren Augen gewesen. Freude? Wiedererkennen?

»Detective Jefferson, erfreut, Sie kennen zu lernen«, sagte McKenna. »Ich würde Ihnen ja gern die Hand schütteln, aber …«

Sie hob die Hände, die in Latex-Handschuhen steckten.

»Kein Problem«, erwiderte Jefferson. »Wie kommen Sie voran?«

»Ganz gut, schätze ich.« Sie zuckte die Schultern. »Ich habe gerade die Körpertemperatur überprüft. Die innere Temperatur ist stark gesunken, also liegt der Zeitpunkt des Todes mindestens zwei Stunden zurück …« McKenna warf einen prüfenden Blick auf die Uhr. »Kurz vor dreiundzwanzig Uhr, würde ich sagen.«

Sie beugte sich erneut über den Toten, hielt sein schlaffes Handgelenk hoch und schnippte leicht gegen die Finger. »Die Leichenstarre hat jedenfalls noch nicht eingesetzt«, fuhr sie fort.

Aus einer Tasche nahm sie zwei Plastiktüten und streifte sie über die Hände des Toten, dann band sie die Tüten über den Handgelenken zu. »Wir haben zwar nichts unter den Fingernägeln der beiden Opfer gefunden, überprüfen das aber noch einmal genauer, sobald sie im Labor sind.«

McKenna stand auf und streifte die Latex-Handschuhe ab,

die sie zu den übrigen Beweismitteln auf den Wagen legte. »Der Oberkörper weist eine Reihe von Verletzungen auf, die bis zur Leibesmitte reichen, darunter drei parallele Schnitte oder Risse, die sich genau über den Bauch ziehen. Sie wiederholen sich auf beiden Armen und an der rechten Schulter. Höchstwahrscheinlich rühren sie daher, dass das Opfer den rechten Arm hochgerissen hat, um irgendetwas abzuwehren.

Die Muster der Verletzungen deuten an, dass der Angreifer Rechtshänder war und ungewöhnlich groß. Wir haben keine Spuren von Haut oder Blut unter den Fingernägeln des Toten entdeckt, und das starke Bluten sämtlicher Wunden deutet darauf hin, dass die Verletzungen nicht *post mortem* zugefügt wurden.«

»Sie meinen, dieser Bursche war noch am Leben, als ihm das angetan wurde?«, fragte Brogan.

»Unglücklicherweise für ihn, ja«, antwortete McKenna.

»Darf ich?«, fragte Jefferson und beugte sich über den Leichnam.

»Sicher, tun Sie sich keinen Zwang an.«

Jefferson zückte eine kleine Stiftlampe und betastete vorsichtig die Kopfhaut des Toten, bewegte den Kopf sanft hin und her und betastete den Nacken. Irgendjemand hatte dem armen Burschen übel mitgespielt. Er sah aus, als wäre ein ausgehungerter Bär über ihn hergefallen.

Jefferson steckte sich die Stiftlampe zwischen die Lippen und betastete die Wunden mit beiden Händen.

»Der Bursche wurde in ein Steak verwandelt«, bemerkte Brogan und spuckte seinen Kautabak in einen bereitgehaltenen Plastikbecher.

Jefferson drückte den Finger in einen Riss auf dem Bauch des Toten. Er spürte etwas Hartes, Spitzes. Vorsichtig tastete er weiter, zog ein Objekt aus der Wunde und hielt es vor die Stiftlampe.

»Was haben wir denn hier?« Er hielt den Gegenstand so, dass McKenna und Brogan ihn sehen konnten.

Das Objekt war vielleicht fünf Zentimeter lang, gekrümmt und mit einer Spitze, scharf wie ein Rasiermesser. Es war von brauner Farbe und sah aus wie ein Haken.

»Was ist das?«, fragte Brogan.

»Keine Ahnung. Kannst du mir einen Plastikbeutel geben?« Jefferson nickte in Richtung des Wagens. Brogan reichte ihm einen Beutel, und Jefferson schob den spitzen, krummen Gegenstand hinein und versiegelte den Beutel für weitere Untersuchungen im Labor. Er drehte sich nach McKenna um, die ein wenig abseits stand und in ein Mobiltelefon redete. Sie legte eine Hand über das Mikrofon und erwiderte Jeffersons Blick.

»Die Leute vom Coroner wollen wissen, ob sie die beiden Leichen abholen können«, sagte sie.

Jefferson erhob sich und streifte seine Latex-Handschuhe ab. »Ja. Ich bin hier fertig. Du?«

»Ich auch«, antwortete Brogan.

McKenna nickte und sprach wieder in ihr Telefon; dann klappte sie den kleinen Apparat zu und schob ihn in ihre Tasche.

»Und was halten Sie davon?«, fragte sie.

Jefferson ließ den Blick über die beiden Toten schweifen. Die nackte Haut des Mannes glänzte nass von Regentropfen. Der Bademantel der Frau war ebenfalls nass und klebte an ihrem Körper. Der Regen hatte verhindert, dass das Blut getrocknet war, und rot gefärbtes Wasser tropfte von den Leichen auf den Boden. Es sah aus, als hätte jemand sie in pastellene, pinkfarbene Wasserfarben getaucht.

»Wir befinden uns auf dem Dach eines der höchsten Gebäude von Boston. Ich bin sicher, jemand hat den Täter gesehen, der das hier angerichtet hat – es sei denn, er konnte fliegen«, sagte Jefferson.

»Ja. Jemand … oder etwas … muss ihn gesehen haben.«

»Wie meinst du das?«

»Ich meine, falls keiner den Täter gesehen hat … hier oben

gibt es jede Menge Überwachungskameras. Dürfte kein Problem sein, die Bänder anzufordern.«

Jefferson starrte ihn für einen Augenblick verblüfft an. »Bänder?«

»Überraschung!« Brogan grinste. »Wir sind hier oben bei der *Versteckten Kamera*, Bruder.«

Er trat ein wenig nach rechts, und an der Stelle, wo er zuvor gestanden hatte, ganz am Rand des Daches, erblickte Jefferson ein kleines, blinkendes rotes Licht. Eine Videokamera. Zwanzig Meter weiter befand sich die nächste. Hier gab es mehr Bandmaterial als in einem Musikladen. Manchmal hatte man eben Glück.

»O Mann«, sagte Jefferson. »Hier oben gibt es Überwachungskameras?«

Brogan nickte. »Du hast es erfasst, Kumpel. Zwei Kameras.«

»Zwei?«

Brogan grinste. »Was hältst du davon, wenn wir einen Blick auf die Bänder werfen?«

McKenna hatte im Sicherheitsbüro nachgefragt und in Erfahrung gebracht, dass die Bänder für die Kameras im Kellergeschoss des Gebäudes aufbewahrt wurden. Jefferson und Brogan fuhren mit dem gläsernen Aufzug nach unten und beobachteten, wie die Zahlen auf der Anzeige immer kleiner wurden, als der Lift surrend an der Außenseite des Gebäudes in die Tiefe glitt und die Lichter der Stadt vor den getönten Scheiben vorüberzogen.

Schließlich hielt der Aufzug mit einem Klingelton, und die Türen glitten zur Seite. Jefferson und Brogan traten in die leere Empfangshalle.

In einer Ecke plätscherte ein Wasserfall, und aus verborgenen Lautsprechern waren das Rauschen von Regen und das gelegentliche Kreischen tropischer Vögel zu vernehmen.

Ihre Schritte hallten auf dem makellos sauberen Fußboden.

»Hübsche Lobby«, murmelte Jefferson.

»Ja, nicht übel, dieses Dschungel-Ambiente.« Brogan drückte ein grünes Blatt zwischen den Fingern.

»Da wären wir«, sagte Jefferson, als sie zu dem Wasserfall gelangten, und zeigte auf die Tür zu einem weiteren Aufzug, der ins Kellergeschoss führte.

Das Sicherheitsbüro lag am Ende eines langen Gangs mit Wänden aus nacktem, von Rissen durchzogenem Beton. Der Boden wies an manchen Stellen dunkel glänzende Ölflecken auf. An der Decke und an den Wänden verliefen Rohre und Leitungen, erhellt von Neonröhren. Am Ende des Gangs befand sich eine Metalltür mit der schwarzen Aufschrift: ZUTRITT NUR FÜR SICHERHEITSPERSONAL.

Brogan klopfte.

»Herein«, erklang es hinter der Tür.

Das Sicherheitsbüro des Lyerman Building war klein und düster. Eine Wand wurde von Schwarzweißbildschirmen eingenommen, deren flackerndes Leuchten die stärkste Lichtquelle im Raum darstellte. Unterhalb der Monitorwand stand ein langer Schreibtisch mit einem Computer, einem Stapel *Entertainment-Magazine,* einer offenen Schachtel Doughnuts und ein paar gerahmten Fotos.

Der Name des Dienst habenden Sicherheitsbeamten lautete John Dombey. Seine blaue Uniform spannte über seinem runden Bauch. Auf seinem Hemd waren Spuren von Puderzucker, und die Clip-Krawatte lag ausgezogen auf dem Schreibtisch.

»Ich dachte mir schon, dass Sie zu mir kommen«, sagte Dombey zur Begrüßung, lehnte sich im Stuhl zurück und grinste.

»Sie haben oben auf dem Dach alles im Auge behalten?«, fragte Brogan.

»Na klar. Ihr Jungs gebt mir hier unten eine Menge zu tun.«

Jefferson blickte auf die Überwachungsbildschirme. Zwei zeigten das Dach. Er beobachtete, wie die Assistenten des Coroners den Leichnam in einem Plastiksack auf einer Trage nach draußen brachten. Der Tote war schwer, und die Männer hatten Probleme, ihn über die Bank zu heben. Auf dem zweiten Bildschirm war McKenna zu sehen, die sorgfältig eine Ecke der Bank nach Fingerabdrücken untersuchte.

Brogan zog seinen Palm Pilot aus der Tasche, klappte das Gerät auf und blickte auf die kleine Tastatur.

»Wann hat Ihre Schicht heute Abend angefangen?«, fragte er den Wachmann.

»Kurz vor acht Uhr«, antwortete Dombey.

»Und was ist passiert?«

Dombey zuckte die Schultern. »Nichts Ungewöhnliches. Don Becker war im Dienst. Er hatte die Spätschicht, und ich habe von ihm übernommen. Wir unterhielten uns ein wenig. Gegen zwanzig nach acht, halb neun ist er gegangen.«

Der Wachmann kramte in seiner Tasche und zog ein weißes Plastikstäbchen von vielleicht zehn Zentimetern Länge hervor, schob es sich in den Mund und zog daran.

»Ein Nikotin-Inhalator«, erklärte er. »Ich versuche, mit dem Rauchen aufzuhören.«

Jefferson nickte. »Was ist passiert, nachdem Sie Mr Becker abgelöst hatten?«

Dombey nahm einen weiteren tiefen Zug aus dem Inhalator. »Nun, ich hab meinen Dienst angefangen. Es gab nichts Ungewöhnliches. Um diese Zeit ist es ziemlich ruhig.«

»Haben Sie auf dem Dach etwas bemerkt?«, fragte Brogan.

Dombey runzelte die Stirn. »Nein, nichts Ungewöhnliches.«

Brogan tippte auf einen der beiden Bildschirme, die das Dach zeigten. Dort lag noch immer der Leichnam der jungen Frau schlaff vor der Bank. »Das hier nennen Sie nichts Ungewöhnliches? Was meinst du, Jefferson? Nennst du das ungewöhnlich?«

»Würde ich schon sagen«, erwiderte Jefferson.

»Ich würde sagen, das ist sogar höchst ungewöhnlich«, fuhr

Brogan fort. »Zwei Leichen, die plötzlich auf dem Dach liegen, das kommt doch bestimmt nicht jeden Tag vor.«

Dombey starrte den Inhalator an, warf ihn dann auf den Schreibtisch und griff in die Brusttasche, um eine richtige Zigarette hervorzuziehen. Er schob sie sich zwischen die Lippen und kramte nach einem Feuerzeug.

»Also schön. Aber erzählen Sie Lyerman nichts davon, in Ordnung?«

»Und warum nicht?«, fragte Jefferson.

»Weil ich meinen Job verlieren könnte. Ich darf nämlich nicht beobachten, was auf dem Dach passiert.«

Dombey wirkte plötzlich nervös, während er sich bemühte, seine Zigarette anzustecken.

»Also *haben* Sie das Dach beobachtet?«

Dombey steckte die Zigarette an und nahm einen tiefen Zug. »Verdammt, ja. Ja, ich hab das Treiben da oben beobachtet.« Er beugte sich zu den beiden Detectives vor und senkte die Stimme, als würde er ihnen ein Geheimnis anvertrauen. »Hören Sie, ich verdiene neun Dollar die Stunde bei diesem Scheißjob. Ich sitze jeden Tag acht Stunden in diesem kleinen dunklen Zimmerchen, stopfe Doughnuts in mich rein und rauche Zigaretten, und dann gehe ich nach Hause, schlafe, wache auf, und alles geht wieder von vorn los. Ich schätze, ich hab ein Recht darauf, hin und wieder andere Leute zu beobachten, meinen Sie nicht?«

Jefferson wusste nicht, worauf Dombey hinauswollte. Dann fiel ihm die Frau auf dem Dach ein, der Whirlpool, der Wein. Der Sex. Und Dombey war jede Nacht hier unten, aß Doughnuts und beobachtete das Treiben auf dem Bildschirm. Wenigstens war der Mann ehrlich.

Brogan fragte: »Sie haben die beiden beim Sex beobachtet?«

»Ja. Was soll ich sonst hier unten tun? Die ganze Nacht auf dem Hintern sitzen und auf die Bilder aus den Konferenzräumen starren? Mann, dabei wird man ja wahnsinnig.«

»Hat Lyerman davon gewusst?«, fragte Jefferson.

»Das ist ja das Problem.« Dombey nahm einen weiteren nervösen Zug von der Zigarette. »Einmal, vor ungefähr einem Jahr, haben er und sein Mädchen es nicht an der üblichen Stelle getrieben … dort auf der Bank neben dem Whirlpool.« Dombey deutete auf die gepolsterte Bank mitten auf dem Schirm und senkte die Stimme. »Damals war er mit einer sehr schönen Blondine zusammen«, fuhr er fort. »Und sie war total verrückt nach ihm. Konnte es nicht abwarten. Anstatt es mit ihm auf der Bank zu treiben, zieht sie ihm die Hose schon beim Geländer an der Seite vom Dach runter und fängt an, ihn zu bearbeiten.«

»Und das haben Sie gesehen?«, fragte Brogan.

»Nein. Das ist es ja. Die Stelle ist außerhalb des Aufnahmewinkels der Kamera. Ich kann nur dann etwas sehen, wenn jemand sich im Aufnahmebereich einer der beiden Kameras aufhält – entweder auf der Bank oder im Whirlpool. Wenn jemand woanders ist, sehe ich nichts.«

»Und was haben Sie getan?«

»Nun ja, ich konnte ein klein wenig sehen, aber das meiste hat sich außerhalb des Schirms abgespielt, darum …« Dombey steckte sich die Zigarette zwischen die Lippen, um die Hände frei zu haben. Der Rauch stieg vor seinem Gesicht auf und hüllte ihn ein. Er beugte sich vor und deutete mit dem Finger auf den Schirm. Dann bewegte er einen kleinen Joystick vor sich auf dem Schreibtisch. »Ich habe die manuellen Kontrollen benutzt, um besser sehen zu können.«

Das Bild wanderte nach rechts, bis das Geländer und der Rand des Daches erschienen. »Bingo. Schon hab ich mein Pay-TV wieder.«

Das Bild auf dem Schirm zeigte nun das Geländer am Rand des Daches. In der Ferne konnte Jefferson die Lichter des Hancock Building ausmachen.

»Also steuere ich die Kamera immer hinterher«, fuhr Dombey fort. »Um nichts zu versäumen. Aber dieses Mädchen ist richtig wild. Sie ist auf dem Geländer, auf dem Sofa, hinter den Bäumen … es ist, als würde man versuchen, einen Vollgummiball zu fangen. Ich geb mein Bestes, bis sie wieder zu dem Whirlpool kommen. Ich beweg die Kamera mit ihnen, und plötzlich sehe ich, wie der junge Lyerman mich genau anstarrt. Er blickt voll in die Kamera. Er hatte bemerkt, was ich tue … und da wusste ich, dass ich in Schwierigkeiten stecke.«

Dombey nahm einen weiteren Zug an der Zigarette, und das Ende glühte für einen Augenblick rot auf. »Die Loyalität der Angestellten wird hier sehr hoch eingeschätzt. Hier nimmt man die Dinge nicht auf die leichte Schulter. Wenn du Mist baust …« Dombey zuckte die Schultern.

»Was geschah dann?«, fragte Jefferson.

»Lyerman sagt dem Mädchen, dass es auf der Bank warten soll, dann verschwindet er. Fünf Minuten später steht er in einem Morgenmantel vor mir und brüllt mich an. Er ist außer sich vor Wut. ›Verdammter Scheißkerl! Ich sollte dich umbringen!‹, brüllt er mir ins Gesicht. Ich versuche ihn zu beruhigen, und er stößt mich gegen den Schreibtisch hier.«

Dombey nahm einen weiteren Zug an seiner Zigarette.

»Er hat mich verprügelt. Ich konnte mich nicht mal wehren. Schließlich ist er der Sohn vom Boss, und der hätte mich in den Knast stecken lassen. Ich hab also nur versucht, mich zu schützen. Er hat mich trotzdem übel zugerichtet. Ich lag eine Woche im Krankenhaus.« Dombey deutete auf einen Aktenschrank aus Blech in der linken Ecke des Raums neben der Tür. »Sehen Sie den Schrank da?«

Brogan drehte sich um. »Ja.«

Dombey drückte seine Zigarette in einem Aschenbecher aus, stand auf, stellte sich vor Jefferson und Brogan und hielt sich ein Feuerzeug aus der Hosentasche vors rechte Auge. Er schwenkte die flackernde Flamme vor seinem Gesicht. Nichts geschah. Das Auge blickte starr, die Pupille zog sich nicht zusammen.

»Wissen Sie, warum mein Auge nicht auf die Flamme oder auf Bewegungen reagiert?«, fragte Dombey die beiden Detectives. »Der Aktenschrank ist neu, weil der Mistkerl mich mit dem Kopf gegen den alten Schrank gestoßen hat. Der Sehnerv ist zerquetscht. Nerven regenerieren sich nicht. Ich habe meine Sehkraft im rechten Auge für immer verloren.«

»Verdammt«, murmelte Brogan.

»Ja. Es tut mir wirklich Leid, dass das Mädchen tot ist. Aber dieser reiche junge Schnösel – auf den geb ich einen Scheiß. Sein Vater fand heraus, was mit mir geschehen war. Er erfuhr, dass sein Sohn einen seiner Angestellten angegriffen und dermaßen zusammengeschlagen hatte, dass er ins Krankenhaus musste und fast ins Koma gefallen wäre. Der alte Mann kam noch am gleichen Tag, hat mich nach Mitternacht auf meinem Zimmer besucht, weil er mit dem Krankenhaus eine Vereinbarung getroffen hatte, dass er mich außerhalb der offiziellen Besuchszeiten sehen darf. Aber er wollte nicht etwa wissen, ob ich Anzeige gegen seinen Sohn erstatte. Männer wie er fragen nicht. Sie sagen dir, was du tun wirst. Wenn ich in meinem alten Job bleiben und den Mund halten würde, sagte er, würde er meinen Lohn verdoppeln.« Dombey zuckte die Schultern. »Ich arbeite noch immer hier. Sie können sich also ausmalen, was passiert ist.«

Stille breitete sich aus. Das einzige Geräusch war das des Feuerzeugs, als Dombey sich eine weitere Zigarette ansteckte. Er starrte abwesend auf den Rauch, der sich in der Luft kringelte.

Fast eine Minute verging, bevor Dombey wieder sprach. »Danach bestand der alte Lyerman darauf, dass stets ein Bodyguard auf dem Dach war, wenn der Junge mit einem Mädchen raufging. Der Bodyguard sollte verhindern, dass ein Mädchen getötet wird, für den Fall, dass Junior wieder mal die Beherrschung verlor. Wissen Sie was? Dieser Mistkerl hat sich nicht mal bei mir entschuldigt für das, was er mir angetan hat. Ich hab ein Auge verloren, und er entschuldigt sich nicht mal! Verdammtes Arschloch! Ich bin froh, dass er tot ist!« Der Wachmann unterbrach seinen Redeschwall und zog hektisch an seiner Zigarette.

Brogan wechselte einen Blick mit Jefferson und räusperte sich.

»Also waren Sie die ganze Nacht hier?«, fragte Jefferson.

Dombey erwachte aus seiner Abwesenheit und blickte ihn an.

»Ja, ich war hier. Aber ich habe ihn nicht umgebracht, falls Sie darauf hinauswollen. Ich war hier unten im Wachraum, als es passierte.«

»Und warum haben Sie uns nicht angerufen?«

»Ich habe zuerst Mr Lyerman informiert, und er ging nach oben, um zu sehen, was los ist. Ich hab ihn schon öfters auf dem Dach gesehen, wenn er wissen wollte, was da oben vor sich geht. Er rief bei mir an und sagte, dass ich nicht die Polizei alarmieren soll. Ja, ich war hier unten, als alles passiert ist.« Dombey senkte den Blick und starrte auf seine Schuhspitzen. »Aber es ist egal. Ich konnte sowieso nichts sehen.«

»Wieso das?«, fragte Brogan.

»Bei all den Kameras hier im Gebäude? Sie benutzen allesamt Funk zur Übertragung der Bilder. Es gibt keine Drähte, sie senden ihre Signale direkt hier runter. Jeder Wachmann kann eine Kamera nehmen und sie woanders platzieren, wo immer er will. Allerdings gibt es Probleme mit den Frequenzen, die sich manchmal überlagern, und dann gibt es keine Übertragung mehr.«

»Was soll das heißen?«

»Ich zeige es Ihnen.« Dombey blickte sich im Zimmer um. »Hat einer von Ihnen ein Mobiltelefon bei sich?«

»Ja, sicher«, sagte Jefferson, griff in die Tasche und zog sein Handy hervor. Dombey nahm es ihm aus der Hand und klappte es auf, ließ das Gerät jedoch ausgeschaltet. Er beugte sich über den Computer und drückte ein paar Knöpfe, und eines der Bilder auf den Schirmen wich einer neuen Szenerie.

»Erkennen Sie das?«, fragte Dombey und deutete auf das neue Bild.

Jefferson blickte auf den Schirm. Er sah drei Männer in einem kleinen Raum. Eine Wand war voller Bildschirme, und einer der Männer blickte genau in die Kamera. Es war Dombey. Jefferson erkannte, dass er auf eine Aufnahme von sich und Brogan blickte. Das Bild der Kamera kam aus dem Überwachungsraum, in dem sie sich gerade aufhielten.

Jefferson wandte sich um und sah eine kleine Kamera hoch oben an der Wand. Eine kleine Diode auf der Vorderseite blinkte rot.

»Das sind ja wir«, sagte Brogan erstaunt.

»Genau. Sie können in die Kamera winken, wenn Sie wollen.« Dombey hob das Mobiltelefon hoch. »Bis jetzt funktioniert alles. Das Bild ist klar und deutlich, und man kann jede Person im Raum erkennen. Und nun sehen Sie her.«

Dombey schaltete das Handy ein, und die Tasten leuchteten grün. Augenblicklich zeigten sich auf dem Monitor Wellenlinien. Das Bild wurde so sehr verzerrt, dass Jefferson nichts mehr erkennen konnte.

»Was hat das zu bedeuten? Was ist mit dem Bild?«, fragte Brogan.

»Die Kameras arbeiten auf den gleichen Frequenzen wie das Mobilfunknetz, weil es auf diese Weise einfacher ist. Die Ingenieure haben dabei allerdings übersehen, dass jeder, der ein Handy benutzt, die Übertragung der Kameras stört.«

Dombey schaltete das Telefon aus. Augenblicklich war das Bild wieder klar und deutlich.

»Unglücklicherweise beschloss der junge Lyerman, einen Anruf über sein Handy zu tätigen, unmittelbar bevor er überwältigt wurde. Pech für Sie. Ich habe die Bänder hier liegen, Sie können sie gern ansehen, aber ich fürchte, dass es nichts zu sehen gibt. Ein paar unverfängliche Aufnahmen von ihm und dem Mädchen, bevor Lyerman das Handy einschaltet und die Übertragung stört. Es dauerte ungefähr eine Stunde, bevor es sich von allein ausschaltete, weil die Batterien zu schwach wurden. Und in diesem Augenblick habe ich die Leichen gesehen.«

Dombey hielt Jefferson das Handy hin.

»Sieht so aus, als hätten Sie beide mehr Probleme, als Sie geglaubt haben.«

Jefferson und Brogan nahmen den Aufzug in den fünfunddreißigsten Stock, wo Lyermans private Büroräume lagen.

»Wir haben ein Foto bei der Leiche des jungen Lyerman gefunden«, berichtete Brogan auf dem Weg nach oben.

»Was ist darauf zu sehen?«

»Nur er selbst beim Skifahren«, antwortete Brogan. »Wir geben sie dem alten Herrn zurück, sobald wir sie auf Fingerabdrücke untersucht haben.«

»War Junior der einzige Sohn?«

»Ich glaub schon«, erwiderte Brogan. »Wir wissen nicht, wer die Mutter ist.«

Der Aufzug hielt, und die Türen glitten auf.

Fast im gleichen Augenblick sprang ein massiger Mann hinter seinem Schreibtisch auf, ein hünenhafter samoanischer Typ. Vor ihm auf dem Schreibtisch stand ein kleines Radio, das er leiser drehte, als die beiden Detectives den Empfangsraum betraten.

An den Wänden hingen zwei Gemälde von Segelbooten, flankiert von Halogenleuchtern, die helle Lichtkreise auf die Wände warfen.

»Kann ich den Gentlemen behilflich sein?«, erkundigte sich der hünenhafte Wachmann hinter seinem großen Schreibtisch aus Walnussholz.

Er trug eine schwarze Hose und ein dunkelrotes Hemd, das straff über seinen mächtigen Armen und seinem Oberkörper spannte, dazu eine passende Krawatte. Er sah aus wie der Türsteher eines Nachtclubs. Er beugte sich vor und stemmte die Hände auf die Schreibtischplatte.

»Wir möchten Mr Lyerman sprechen«, sagte Brogan und ließ den Blick durch den Raum schweifen.

»Er ist im Augenblick möglicherweise beschäftigt. Bitte warten Sie einen Moment, während ich ihn informiere«, erwiderte der Wachmann. »Dürfte ich Ihre Namen erfahren?«

Brogan stellte Jefferson und sich selbst vor. Der Wachmann sprach leise in ein Telefon auf seinem Schreibtisch und lauschte auf die Antwort. Er nickte leicht, blickte die beiden Detectives an und flüsterte erneut in die Sprechmuschel.

Jefferson bemerkte eine Überwachungskamera hoch oben an der Wand. Das Objektiv war auf ihn und Brogan gerichtet. Er fragte sich, ob Dombey im Kellergeschoss saß und sie beobachtete.

»Sie können sofort zu Mr Lyerman durchgehen, Gentlemen«, sagte der Samoaner und legte den Hörer auf. »Mr Lyerman erwartet Sie bereits.«

Ein Summer ertönte, und hinter dem Schreibtisch des Wachmanns schwang langsam eine Glastür auf. Die Detectives gingen hindurch und kamen in einen langen, mit Teppichen ausgelegten Korridor. An den Wänden hingen Fotos des amerikanischen Südwestens. Weite Sanddünen, geröllbedeckte Berge, Kakteen. Die Luft war heiß und trocken.

Sie gingen durch den Korridor, und allmählich veränderte sich die Dekoration. Nun hingen Bilder von dunklen Redwood-Wäldern an der Wand. Das Licht wurde trüb, und Nebel hing im Gang, schwebte dicht über dem Boden und bewegte sich in Schwaden um ihre Beine. Eine Eule schrie, eine andere antwortete, und über sich hörte Jefferson das Rauschen von Wind in den Blättern. Er drehte den Kopf und spürte überrascht eine Brise im Gesicht. Der Raum hatte sich vollkommen verändert.

»Ich habe bei meiner Schwester im *Time Magazin* darüber gelesen«, sagte Brogan, als sie durch den simulierten Wald wanderten. »Es ist etwas ganz Neues. VisionWare arbeitet daran, eins von Lyermans Unternehmen.«

Am Ende des Gangs befand sich eine breite Doppeltür. Von der Decke strömte ein Vorhang aus Wasser und verschwand in einem Spalt vor der Tür. Als sie näher kamen, verebbte der Wasserstrom, sodass sie trockenen Fußes weitergehen konnten. Brogan klopfte gegen das dunkle Holz der massiven Tür.

Der Summer ertönte.

Lyermans Büro war riesig. Schwarzer Marmorfußboden. Schwarze Sofas und Sessel. Ein großer schwarzer Schreibtisch mit einer schwarzen Marmorplatte mitten im Raum. Die gesamte rückwärtige Wand bestand aus Glas und bot einen Ausblick über die ganze Stadt. Zu beiden Seiten des riesigen Fensters standen Pflanzen in Kübeln.

An den anderen Wänden standen Regale voller Kunstgegenstände, die ausnahmslos Menschen in Bewegung zeigten. Eine antike griechische Vase mit rennenden Athleten. Eine Maya-Statue, die einen Ballspieler darstellte. Die römische Bronze eines Diskuswerfers.

Lyerman saß hinter seinem Schreibtisch und beobachtete die beiden Detectives.

»Ich danke Ihnen, dass Sie gekommen sind, meine Herren«, begrüßte er Jefferson und seinen Kollegen und kam hinter dem Schreibtisch hervor. Nur dass er nicht aufstand und ging: Lyerman saß in einem elektrischen Rollstuhl, und sein rechter Zeigefinger bewegte sich über ein kleines Steuerfeld auf der Armlehne. Jefferson starrte einen Augenblick länger hin, als schicklich gewesen wäre.

»Wie ich sehe, sind Sie überrascht«, stellte Lyerman fest. »Sie hatten wohl nicht erwartet, einen Krüppel vorzufinden?«

»Nein, das ist es nicht«, erwiderte Jefferson rasch. »Ich dachte nur … bei all diesen Kunstgegenständen dachte ich, Sie wären selbst …« Er stockte.

»Sportler?«

»Ja.«

»Das ist schon ein paar Jahrzehnte her, fürchte ich. Mein Hals, mein Kopf und mein rechter Zeigefinger sind alles, was mir noch gehorcht.«

Jefferson wollte etwas erwidern, als er überrascht feststellte, dass sich noch jemand im Raum befand. Ein hagerer Bursche, vielleicht eins siebzig groß, der wie ein Mittelamerikaner aussah und einen weißen Panamaanzug trug, der sich scharf vor dem schwarzen Hintergrund des Zimmers abhob. Der Mann machte keine Anstalten, sich den Besuchern vorzustellen.

Brogan sagte: »Der Flur gefällt mir.«

»Freut mich, dass er Ihnen zusagt. Wir sind sehr stolz darauf. Interaktive Räumlichkeiten.«

»Was heißt das?«

»Wir alle sind daran gewöhnt, dass unsere Umgebung statisch ist, sich niemals verändert. Wenn man in einem Zimmer ist, erwartet man, dass ein Bild an der Wand beim Verlassen des betreffenden Zimmers das gleiche Bild ist wie beim Betreten des Zimmers. Was aber, wenn sich das Bild verändert, um die Stimmung des Betrachters zu reflektieren? Ruhige Bilder für ruhige Stimmung. Düstere Bilder für düstere Stimmung. Heitere Bilder für heitere Stimmungslagen, und so weiter. Was, wenn die Einrichtung eines Raums zu jeder Zeit die Befindlichkeit eines Individuums widerspiegelt? Wenn man etwas für gegeben hält, und plötzlich verändert es sich zu etwas völlig anderem?«

»Das wäre trügerisch.«

Lyerman zuckte die Schultern. »Die Menschen mögen es nicht, der Realität ins Auge zu sehen. Deshalb gibt es das Fernsehen.«

»Beschäftigt VisionWare sich mit solchen Fragen?«

»Unter anderem, ja.«

Lyerman wandte sich um, und der Rollstuhl fuhr surrend in Richtung Schreibtisch zurück. Der dünne Mann mit dem südländischen Aussehen kam langsam vor, bis er hinter seinem Boss stand. Aus der Nähe betrachtet sah seine Haut aus, als säße sie bis zum Zerreißen straff über den Knochen; sie war so glatt, dass sie in der Beleuchtung glänzte. Als der Mann sich bewegte, rutschte die Manschette seines rechten Ärmels ein Stückchen hoch und enthüllte eine kleine blau-weiße Flagge, die auf den Rücken seines Handgelenks tätowiert war. Die panamaische Flagge, erkannte Jefferson. Der Panamaer hatte die beiden Detectives noch immer keines Blickes gewürdigt. Stattdessen sah er starr nach vorn.

Hinter dem Schreibtisch drehte Lyerman seinen Rollstuhl zu den beiden Detectives und wartete. Jefferson wusste, dass manche Eltern unablässig redeten, wenn sie vom Tod ihrer Kinder erfahren hatten. Sie erzählten, dass ihr Sohn gerade auf dem College aufgenommen worden sei, oder dass er Star des Highschool-Baseballteams gewesen war oder andere Geschichten, die sie für den Augenblick vergessen ließen, dass ihr Kind in einem Plastiksack zum Leichenbeschauer unterwegs war. Nicht so Lyerman. Er besaß eine so eiserne Selbstdisziplin, dass er ruhig abwartete, was die Detectives von ihm wollten.

»Als Erstes, Mr Lyerman«, begann Jefferson schließlich, »möchte ich Ihnen mein Beileid aussprechen.«

»Danke.«

»Wir müssen Ihnen leider trotzdem eine Reihe von Routinefragen stellen. Um wie viel Uhr ungefähr haben Sie Ihren Sohn gefunden?«

»Kurz vor Mitternacht.«

»Und was haben Sie dann getan?«

»Die Polizei gerufen.«

»Wann war das?«

»Das kann ich nicht genau sagen.«

»Ungefähr.«

»Ich kann es wirklich nicht sagen. Ich hatte jedes Zeitgefühl verloren.«

»Schon gut. Wir haben es irgendwo in den Unterlagen.«

Der Panamaer hatte sich während der kurzen Unterhaltung kein einziges Mal bewegt; immer noch starrte er ins Leere. *Er muss Lyermans Pfleger sein,* dachte Jefferson, musterte den Panamaer genauer und bemerkte eine kleine Narbe über der rechten Schläfe, eine dünne weiße Linie, die das Licht nicht so stark reflektierte wie die übrige Haut. Plötzlich zuckten die Augen des Mannes hoch wie die einer Eidechse und begegneten Jeffersons Blick. Für einen kurzen Moment starrte er den Detective an; dann schweifte sein Blick zu einem Punkt auf Lyermans Schreibtisch. Der Bursche war Jefferson unheimlich.

»Mr Lyerman«, begann Brogan unterdessen, »hatte Ihr Sohn einen persönlichen Bodyguard?«

Lyerman nickte. »Ja.«

»Warum? Waren Sie besorgt um seine Sicherheit?«

»Ja«, antwortete Lyerman. »Deshalb hatte ich einen Bodyguard für meinen Sohn eingestellt.«

»Hatte dieser Bodyguard in der vergangenen Nacht Dienst?«

»Nein.«

»Warum?«

»Wie es scheint, hatte mein Sohn ihn nach Hause geschickt. Den Grund dafür weiß ich nicht.«

»Haben Sie die Telefonnummer des Mannes?«, fragte Jefferson. »Wir würden ihm gern ein paar Fragen stellen.«

»Mein Sekretär im Vorzimmer wird Ihnen die Nummer geben«, antwortete Lyerman.

»Mr Lyerman«, fuhr Brogan fort, »wir haben draußen auf dem Dach eine Marionette gefunden. Wissen Sie vielleicht, was es damit auf sich hat?«

»Eine Marionette?«

Lyerman wirkte plötzlich sehr alt und müde.

Jefferson warf einen Seitenblick zu Brogan; dann fragte er Lyerman: »Alles in Ordnung, Sir?«

»Ja. Entschuldigen Sie. Wie war gleich Ihre Frage?«

»Diese Puppe, die wir gefunden haben. Wissen Sie, was es damit auf sich hat?«

»Nein, keine Ahnung.«

»Möchten Sie die Marionette nicht erst sehen, bevor Sie antworten?«

»Sie haben Recht. Vielleicht sollte ich erst einen Blick darauf werfen.«

Jefferson nahm die Marionette aus der Beweismitteltüte, beugte sich über den Schreibtisch und hielt sie Lyerman hin. Der betrachtete die Puppe einen Augenblick, starrte auf das leere Gesicht und schüttelte dann den Kopf. »Nein, tut mir Leid.«

»In Ordnung.« Jefferson legte die Marionette in die Beweismitteltüte zurück.

Brogan hielt den Blick auf den Boden gerichtet. »Ich denke schon die ganze Zeit über etwas nach und bin sehr neugierig geworden«, begann er. »Ich komme einfach nicht dahinter.«

»Schießen Sie los, Detective.«

»Es geht um diesen ersten Anruf bei der Neun-eins-eins. Den Anruf, der um zehn Uhr fünfzehn aus diesem Gebäude einging.«

»Was ist damit?«

»Es war ein Notruf wegen Einbruch und unbefugtem Betreten«, sagte Brogan. »Wer hat diesen Anruf getätigt?«

»Das kann ich Ihnen nicht sagen«, antwortete Lyerman.

»Hm. Vier Minuten später ging ein weiterer Anruf bei der Neun-eins-eins ein, in dem es hieß, es habe sich um einen falschen Alarm gehandelt.«

»Auch davon weiß ich nichts«, sagte Lyerman. »Möglich wär's.«

»Sie wissen also nicht, wer den zweiten Anruf getätigt hat?«

»Nein, ich weiß es nicht«, wiederholte Lyerman.

Brogan griff in die Jackentasche und zog ein Blatt Papier hervor. »Der Anruf wurde von einem gewissen Harold Thompson getätigt. Sagt Ihnen der Name etwas?«

»Nein«, erwiderte Lyerman. »Vielleicht kann Ihnen mein Büromanager weiterhelfen.«

Brogan nickte. »Nachdem der erste Anruf bei der Polizei eingegangen ist«, sagte er, »fuhren Sie zum Dach hinauf und entdeckten dort die beiden Leichen. Ist das korrekt?«

»Wie ich schon sagte, ich wusste gar nicht, dass der erste Anruf getätigt worden war. Wenn Sie von mir wissen wollen, ob ich bereits kurz nach zweiundzwanzig Uhr fünfzehn aufs Dach gefahren bin, lautet die Antwort nein.«

»Nein? Aber Sie *sind* doch auf das Dach gefahren, nicht wahr? Wann war das?«

»Ja, ich bin hinaufgefahren, aber erst, nachdem der Wachmann hier angerufen hat, kurz vor Mitternacht«, antwortete Lyerman.

»Gehen Sie häufiger nach draußen, wenn es regnet? Haben Sie mit dem Rollstuhl dann keine Probleme?«, fragte Brogan.

»Es hat nicht geregnet, als ich draußen war.«

»Und wie lange hat es gedauert, bis Sie die Polizei verständigt haben, nachdem Sie die beiden Leichen entdeckt hatten?«

»Ungefähr zwanzig Minuten.«

Brogan riss die Augen auf und tat überrascht. »Zwanzig Minuten? Warum so lange?«

»Ich wollte mit meinem Sohn allein sein.«

»Und wen haben Sie dann angerufen?«

»Die Polizei, wie ich schon sagte.«

»Neun-eins-eins?«

»Nein. Einen Freund im Department.«

»Warum haben Sie nicht einfach die Neun-eins-eins gewählt?«

Lyerman schloss die Augen und legte den Kopf in den Nacken, als würde er über ein kompliziertes Problem nachdenken. »Ich bin nicht sicher, ob ich die Gründe für Ihre Fragen verstehe, und ich möchte nicht meine Zeit verschwenden, indem ich Fragen beantworte, für die es keinen triftigen Grund gibt. Detective Brogan, wären Sie bitte so freundlich, einen Augenblick zu mir zu kommen? Ich möchte Ihnen einige persönliche Worte sagen. Detective Jefferson, würde es Ihnen etwas ausmachen, solange zur Tür zu gehen?«

Brogan wechselte einen Blick mit Jefferson, der zur Tür ging; dann umrundete Brogan den Schreibtisch und stellte sich neben Lyerman. Der alte Mann winkte ihn mit dem Zeigefinger zu sich herab. Als Brogan nahe genug war, starrte Lyerman ihm in die Augen und redete so leise, dass selbst Brogan Mühe hatte, die Worte zu verstehen.

Als ihm die Bedeutung von Lyermans Worten aufging, ballte er die Fäuste, bis die Knöchel weiß hervortraten. Langsam richtete er sich auf und wich vor Lyerman zurück. In seinen Augen stand plötzlich mörderischer Hass. Er sah aus, als würde er Lyerman am liebsten den Schädel einschlagen. Jefferson, der von der Eingangstür zum Schreibtisch zurückging, vernahm ein leises Zischen, das von den Wänden an seine Ohren drang. Er blickte auf und sah, dass Plexiglasscheiben sich vor die Gemälde senkten. Lyerman, dem Jeffersons verwunderter Blick nicht entging, zeigte ein amüsiertes Grinsen.

»Dort an der Wand«, sagte er und nickte mit dem Kopf in Richtung der Gemälde, »hängen Kunstwerke im Wert von mehr als acht Millionen Dollar. In die Wand sind Sensoren eingelassen, die so empfindlich sind, dass sie den Anstieg der Körpertemperatur der Menschen in diesem Raum wahrnehmen. Und ein solcher Anstieg bedeutet in der Regel Zorn oder Erregung und damit eine erhöhte Wahrscheinlichkeit, dass jemand einen Wutanfall bekommt und die Gemälde in Gefahr bringt.«

Lyerman blickte weiter auf die Wand, bis die Plexiglasbarrieren mit einem Klicken fest im Boden verriegelt waren. »Ich schätze, einer von uns muss ziemlich wütend sein«, sagte Lyerman mit mattem Lächeln.

Jefferson blickte auf die Armbanduhr. »Ich möchte Ihre Zeit nicht unnötig beanspruchen, Sir.«

Er warf einen Seitenblick zu Brogan. Der zuckte die Schultern.

»Deshalb werden wir uns jetzt auf den Weg machen«, sagte Jefferson.

Lyerman nickte. »Danke für Ihren Besuch.«

Jefferson und Brogan wandten sich zum Gehen. Als sie an der Tür waren, vernahmen sie hinter sich Lyermans Stimme. »Meine Herren?«

»Ja?«, fragte Jefferson.

»Das Foto von meinem Sohn, das Sie gefunden haben …«

»Ja?«

»Ich brauche es nicht. Wenn man in so einem Stuhl sitzt«, sagte Lyerman, »lernt man, die Dinge im Kopf zu bewahren. Ich habe alle Bilder bei mir, die ich brauche.«

Jefferson nickte. Brogan stieß die Tür auf, und sie verließen das Büro und wandten sich in Richtung Korridor. Jefferson hörte das leise Zischen aus Lyermans Büro, als die Plexiglassperren vor den Gemälden an der Wand wieder nach oben glitten.

»Was hatte das zu bedeuten?«, fragte Jefferson, als sie draußen waren. »Was hat Lyerman zu dir gesagt?«

Brogan schüttelte den Kopf. »Das willst du gar nicht wissen.«

Mehr würde Brogan ihm nicht anvertrauen, das war Jefferson klar. So nickte er nur, als sie durch die lange Allee der Redwood-Bäume gingen. Sie schoben sich durch die Doppelglastüren und betraten die Lobby auf der anderen Seite. Der samoanische Wachmann erwartete sie bereits und trat ihnen in den Weg.

»Mr Lyerman hat angerufen und gesagt, Sie hätten eine Bitte bezüglich eines unserer Angestellten. Ich habe die Adresse des Kollegen aufgeschrieben. Er ist immer noch Angestellter von Mr Lyerman, also hat er gewisse Pflichten, doch es wird wohl keine Probleme geben, wenn Sie mit ihm reden wollen.«

Der Wachmann reichte Jefferson ein Blatt Papier. Der nahm es entgegen. Ohne es einzustecken, nickte er dem Samoaner zu; dann wandten die beiden Beamten sich ab und traten aus der Lobby in den Aufzug.

Erst dort warf Jefferson einen Blick auf das Papier mit der Anschrift von Lyermans privatem Bodyguard:

Harold Thompson, 200 Harbor Street, Apartment 3.

Es war der Name des Mannes, der den ersten Anruf bei der Neun-eins-eins getätigt hatte.

Als sie das Gebäude verließen, hatte der Regen aufgehört. Der schwarze Nachthimmel hatte sich unter den Lichtern der Streifenwagen in ein stumpfes Grau verwandelt. Ein Ambulanzfahrzeug parkte direkt vor den Doppelglastüren des Lyerman Building. Die Hecktür stand offen, und zwei Männer in weißen Sanitäteruniformen schoben eine Trage mit einem Tuch darüber in den Wagen. Brogan und Jefferson blieben einen Augenblick stehen und beobachteten. Als die beiden Sanitäter die Trage anhoben, fiel eine bleiche Frauenhand unter dem Tuch herab. Jefferson erhaschte einen kurzen Blick auf rot lackierte Nägel.

Über ihnen schwebte ein Helikopter von Fox TV, hell erleuchtet von den umgebenden Gebäuden.

»Armes Mädchen.« Brogan seufzte. »Was mag sie sich dabei gedacht haben, sich mit einem Kerl wie Lyerman einzulassen?«

»Es ging ihr ums Geld«, meinte Jefferson.

»Wahrscheinlich hast du Recht. Aber wie es aussieht, hat es sich für die Kleine nicht ausgezahlt.«

»So was zahlt sich selten aus.« Jefferson öffnete die Wagentür.

Harold Thompson wohnte im Market District. Selbst jetzt, spät am Abend, waren die Bürgersteige noch voller Leben. Menschen drängten sich in einem endlosen Strom um den Wagen, in dem Brogan und Jefferson saßen. Auf dem Rücksitz lag die Marionette, die sie auf dem Dach des Lyerman Building gefunden hatten. Sie steckte in einer verschlossenen Beweismitteltüte. Ihre Porzellanaugen starrten nach oben, und auf ihrem regungslosen Gesicht lag ein mürrischer Ausdruck.

Brogan starrte schweigend aus dem Fenster.

»Woher wusste Lyerman von dem Foto, das wir bei seinem Sohn gefunden haben?«, fragte er.

»Was?«

»Dieses Foto, das den jungen Lyerman beim Skifahren zeigt und das wir in seiner Kleidung gefunden haben.«

»Was ist damit?«

»Woher wusste Lyerman, dass es da war?«, fragte Brogan. »Ich hatte dir erst davon erzählt, als wir im Aufzug waren.«

»Vielleicht wusste er, dass sein Sohn es bei sich trug.«

Brogan schüttelte den Kopf und zog etwas aus seiner Jackentasche.

»Du meine Güte, Mann!«, entfuhr es Jefferson. Er starrte ungläubig auf das Foto. »Das ist ein Beweismittel! Du kannst es nicht einfach mit dir herumschleppen!«

Brogan winkte ab. »Sieh dir das Datum auf der Rückseite an. Es ist erst letzte Woche entwickelt worden. Ich glaube nicht, dass Lyerman vor heute Nacht etwas von der Existenz des Fotos gewusst hat.«

»Du meinst, er hat seine Lakaien die Leichen auf dem Dach durchsuchen lassen, bevor er die Polizei benachrichtigt hat?«

Brogan schüttelte den Kopf. »Nein. Ich glaube, er hat unsere Unterhaltung im Aufzug belauscht. In diesem Gebäude gibt es überall Kameras und Mikrofone.«

»Stimmt.«

»Und wenn es nun Bandaufzeichnungen gibt?«, fragte Brogan. »Selbst wenn keine Videobänder existieren, die den Mord zeigen, gibt es vielleicht Tonaufnahmen. Möglicherweise gab es auf dem Dach versteckte Recorder.«

»Wir werden Thompson fragen«, sagte Jefferson. »Vielleicht weiß er mehr.«

Sie fuhren an Harold Thompsons Apartmenthaus vorbei und fanden eine Parklücke. Jefferson kurbelte gemächlich am Lenkrad und steuerte die Lücke an, doch die Menschenmenge ringsum machte keine Anstalten, ihm Platz zu machen. Brogan ließ das Fenster herunter, streckte den Kopf heraus und winkte den Leuten zu. Vergeblich.

Er setzte sich wieder.

»Diese verdammte Bande!«, stieß er hervor. »Mach die Sirene an.«

Jefferson nickte und schaltete die Sirene zusammen mit den Blinklichtern ein. Köpfe drehte sich zu ihnen um. Langsam bewegten die ersten Passanten sich zur Seite. Als der Wagen stand, stiegen die beiden Detectives aus. Die warme Sommerluft war gesättigt mit Essensgerüchen. Brogan rückte seine Krawatte zurecht und schnüffelte.

Die beiden Detectives gingen das kurze Stück zu dem Apartmentgebäude zurück, an dem sie vorbeigefahren waren. Jefferson blieb vor einer braun gestrichenen Metalltür stehen und warf einen Blick auf den Zettel mit der Adresse. »Hier scheint es zu sein.«

»Ist die Tür abgesperrt?«, fragte Brogan.

Jefferson streckte die Hand aus und drückte die Klinke. Die Tür gab ein leises Klicken von sich und schwang nach innen.

Brogan griff unter seine Jacke und zog die Beretta hervor. Leise zog er den Schlitten zurück. Mit einem metallischen Klacken glitt die erste Patrone in die Kammer. Dann steckte er die Waffe wieder zurück. Jefferson blickte ihn an und hob leicht die Augenbrauen.

Brogan zuckte die Schultern. »Soweit wir wissen, könnte dieser Bursche der Täter sein. Lieber Vorsicht als Nachsicht, meinst du nicht?«

Jefferson nickte, und die beiden Männer öffneten langsam die Tür. Dahinter befand sich ein kleines Vestibül. Es war schmutzig und stank scharf nach Urin. An einer Wand hing eine Reihe Metallbriefkästen. Jefferson überflog die Namen; die meisten Schilder hatten sich gelöst, auf manche Kästen waren die Namen direkt mit Filzschreibern gekritzelt. Die Namen von Vormietern waren ausgestrichen oder übermalt, wo neue Bewohner eingezogen waren.

Der Briefkasten von Apartment drei trug auf einem alten Stück Prägeband in sauberen Druckbuchstaben den Namen THOMPSON. Jefferson stieß Brogan leicht mit dem Ellbogen an und tippte mit dem Zeigefinger auf den Kasten.

»Das ist ja das reinste Dreckloch hier«, sagte Brogan und starrte missmutig auf seine frisch geputzten Schuhe und eine Pfütze irgendeiner trüben Flüssigkeit mitten auf dem Boden. »Widerlich.«

»Offenbar werden Bodyguards nicht mehr so gut bezahlt wie früher.«

Gegenüber vom Eingang befand sich eine zweite verbeulte Tür, darüber ein Oberlicht aus Glas mit eingebettetem Drahtgeflecht. Das Glas hatte einen Sprung, als hätte jemand es mit einem Baseballschläger traktiert. Hinter der Tür führte eine Treppe nach oben. Brogan probierte die Klinke, jedoch vergeblich.

»Sollen wir nicht einfach klingeln? Vielleicht lässt er uns rein«, meinte Jefferson mit einem Blick auf die rostige Gegensprechanlage an der Wand neben dem Eingang.

»Nein. Ich will ihm nicht die Chance geben, dass er abhaut«, erwiderte Brogan. Er holte ein kleines Etui mit Werkzeugen hervor, beugte sich über das Schloss und machte sich daran zu schaffen. Nachdem er einen dünnen Draht zwischen Rahmen und Tür geschoben hatte, war ein leises Klicken zu vernehmen.

Die Tür war offen.

Brogan richtete sich auf und steckte das Werkzeug wieder in die Tasche. »Ich hab zwei Jahre beim Einbruchdezernat gearbeitet. Warum soll ich das Gelernte nicht mal anwenden?«

Die beiden Detectives stiegen vorsichtig die Treppe hinauf und gelangten in einen langen Korridor. Die Türen zu den Apartments waren allesamt geschlossen. Von irgendwo her drang das gedämpfte Plärren eines Fernsehers an ihre Ohren, und hinter einer weiteren Tür stritt lautstark ein Paar. Sie hielten vor dem Eingang zu Wohnung drei.

Jefferson klopfte leise an.

»Einen Augenblick«, meldete sich eine weibliche Stimme hinter der Tür. Nach wenigen Sekunden wurde sie einen Spalt weit geöffnet. Das Gesicht einer Frau erschien und blickte die beiden Männer auf dem Korridor nervös an.

»Hallo«, sagte Brogan freundlich. »Ist Harold Thompson zu Hause? Wir sind alte Freunde von ihm und waren gerade in der Gegend. Da dachten wir, wir kommen mal auf einen Sprung vorbei.«

»Er wohnt nicht hier«, sagte die Frau und wollte die Tür schließen.

Brogan schob den Fuß in den Spalt. »Macht es Ihnen etwas aus, wenn wir trotzdem reinkommen und uns umsehen, Mrs …?«, fragte er.

Er griff in seinen Mantel und zeigte ihr sein Abzeichen.

»Alte Freunde, wie?« Die Frau musterte prüfend die goldene Polizeimarke, bevor sie sich Jefferson zuwandte. »Sind Sie auch Cop?«

Jefferson nickte und zwang sich zu einem Lächeln.

»Also schön, kommen Sie rein. Und ich bin Miss, nicht Mistress. Ich heiße Latia.«

Hinter den Männern schloss sie die Tür. Brogan und Jefferson hörten, wie eine Sicherungskette zurückgeschoben wurde. Dann drehte die Frau den beiden Besuchern den Rücken zu, um in die Küche zu gehen.

»Ich weiß zwar nicht, wonach Sie beide suchen, aber einen Harold kenne ich nicht«, sagte sie über die Schulter.

Brogan und Jefferson folgten der Frau. Die Wohnung war klein, doch überraschend sauber. Direkt hinter der Wohnungstür stand ein Bücherregal neben einem großen Spiegel mit vergoldetem Rahmen. Zur Linken befand sich ein Flur, der vor einer geschlossenen weißen Holztür endete. Zur Rechten war ein Durchgang zu einem kleinen Wohnzimmer. Jefferson sah ein schwarzes Ledersofa unter zwei Fenstern, die mit großen Efeupflanzen dekoriert waren. Durch die grünen Blätter hindurch erblickte er die Lichter in den Fenstern des Nachbarhauses. Plötzlich wandte die Frau sich um und sah die Männer an.

»Also schön, lassen wir das Versteckspiel«, sagte sie vor dem Eingang zur Küche. »Was wollen Sie von Harold?«

»Sie kennen ihn also doch?«, fragte Brogan.

»Ja. Hat ja doch keinen Sinn, Ihnen was vorzumachen. Ich kenne ihn, aber was er angestellt hat, ist Schnee von gestern. Er hat inzwischen einen guten Job und ist ein gesetzestreuer Bürger geworden. Er verdient es nicht, ständig von Leuten wie Ihnen schikaniert zu werden, die einfach hier reinschneien.«

Jefferson hob abwehrend die Hände. »Ich glaube, Sie verstehen da etwas falsch, Miss. Wir sind nicht wegen Harold hier. Wir müssen ihm bloß ein paar Fragen stellen.«

Brogan nickte. »Stimmt.«

»Hm.« Latia war noch immer misstrauisch. »Sie werden ihm nichts tun?«

Die beiden Detectives schüttelten die Köpfe.

»Der da sieht aus wie ein gefährlicher Irrer«, sagte sie zu Jefferson und deutete auf Brogan. »Bleiben Sie ruhig, Mann, hören Sie?«

Jefferson blickte sich um und bemerkte eine Männerhose über der Lehne eines Sessels im Wohnzimmer.

»Wohnt Harold hier bei Ihnen?«, fragte er.

Latia ließ die Hände sinken, und ihre misstrauische Haltung schwand, als sie in die Küche zurückkehrte.

»Ja. Er ist öfters hier bei mir. Eigentlich lebt er die meiste Zeit hier, wissen Sie, aber manchmal zieht er alleine los. Sie wissen ja, wie das ist.«

Sie stand am Spülbecken und schenkte sich ein Glas Kool-Aid aus einem Gefäß ein, das sie aus dem Kühlschrank nahm. Sie hob das Glas und betrachtete die rote Flüssigkeit, bevor sie daran nippte.

»Ist er jetzt auch hier?«, fragte Jefferson.

Latia schüttelte den Kopf. »Nein. Er arbeitet heute bis spät in die Nacht.«

»Was macht er denn beruflich?«, fragte Brogan.

»Er gehört zu den Wachmännern im Lyerman Building.«

»Arbeitet er gern dort?«

»Ja.« Sie zuckte die Schultern. »Er sagt, dass die Arbeit ganz in Ordnung sei. Er war früher bei ComGas, bis sie ihn vor fünf Monaten auf die Straße gesetzt haben. Er …«

Sie verstummte.

Draußen im Flur waren Schritte zu hören. Latia blickte von ihrem Drink auf; sie schien ehrlich überrascht.

Die Wohnungstür schwang auf, und eine Stimme rief: »Hallo, Baby. Ich hab ein paar Einkäufe fürs Essen gemacht.«

»Erwarten Sie Besuch?«, fragte Brogan leise.

»Ich hab Fisch eingekauft. Wenn du möchtest, kann ich heute Abend kochen …« Harold Thompson betrat das Wohnzimmer und verstummte, als er die beiden fremden Männer sah.

Alle schwiegen. Lyermans Bodyguard war ein großer, schwerer Mann, dessen massige Gestalt den Türeingang fast ausfüllte. Sein Gesicht wirkte müde, doch seine Augen blickten wachsam. Er gehörte zu der Sorte Mann, die nur selten in eine Schlägerei verwickelt wird. Bei seiner Statur wagten die meisten Typen wahrscheinlich nicht, einen Streit mit ihm vom Zaun zu brechen.

Er hielt zwei große braune Papiertüten in den Armen. Jefferson sah eine Spaghettischachtel aus der einen Tüte ragen.

»Sind Sie Harold Thompson?«, fragte Brogan.

»Ja«, antwortete Thompson nervös. »Und wer sind Sie beide?« Dann, mit einem Blick zu Latia, fragte er: »Alles in Ordnung, Baby?«

»Alles in Ordnung«, antwortete sie.

»Ich bin Detective Jefferson, und das ist Lieutenant Brogan. Wir möchten Ihnen ein paar Fragen stellen.«

»Klar, warum nicht«, sagte Thompson. »Worum geht's?«

Er drückte sich an den Detectives vorbei in den schmalen Flur und betrat die Küche. Dort stellte er die Papiertüten auf der Arbeitsplatte ab und machte sich daran, seine Einkäufe auszupacken und ordentlich neben dem Kühlschrank aufzustapeln.

»Schießen Sie los«, sagte Thompson, wobei er ein Glas Spaghettisauce nahm und die Kühlschranktür öffnete.

»Sie sind der Bodyguard von Kenneth Lyerman. Ist das zutreffend?«, fragte Brogan.

»Ja.«

»Warum braucht der junge Lyerman einen Bodyguard?«

Thompson zögerte einen Augenblick, während er drei Tomaten in einer seiner riesigen Hände hielt. Dann schüttelte er den Kopf. »Ich habe nicht die geringste Ahnung, aber er ist der Sohn eines superreichen Mannes, und Leute wie er haben immer Feinde und Neider.«

»Da gibt es noch etwas, das wir merkwürdig finden, Mr Thompson«, begann Brogan.

»Und das wäre?«

»Wir haben gehört, Sie wären deshalb als Bodyguard eingestellt worden, damit der junge Lyerman keine Freundinnen verprügelt. Aber das ist nur ein Gerücht, an dem nichts Wahres ist, habe ich Recht?«

Harold Thompson hielt inne und blickte die beiden Detectives an. Dann beugte er sich zu Latia herüber, flüsterte ihr etwas ins Ohr und küsste sie auf die Wange. Sie nickte und verließ das Zimmer mitsamt ihrem Kool-Aid. Sie ging durch den Flur davon und verschwand hinter der weißen Tür am Ende des Gangs. Jefferson hörte die Geräusche eines Fernsehers.

Nachdem sämtliche Einkäufe auf der Arbeitsplatte lagen, faltete Thompson die braunen Tüten zusammen. »Was hat das alles eigentlich zu bedeuten?«

»Kenneth Lyerman und seine Freundin wurden kurz nach Mitternacht auf dem Dach des Lyerman Building gefunden. Ermordet«, sagte Brogan.

Thompson stieß heftig die Luft aus und schüttelte den Kopf. »Verdammt!«

»Er war ziemlich übel zugerichtet. Schnittwunden am ganzen Körper ... wirklich übel«, sagte Brogan und musterte Thompson scharf, um die Reaktion des Mannes einzuschätzen.

Harold packte die Arbeitsplatte mit beiden Händen, dann blickte er auf. »Möchten Sie mit ins Wohnzimmer? Da können wir reden.«

»Ja«, sagte Jefferson.

Die drei Männer gingen in den kleinen Wohnraum. Harold Thompson zog einen Sessel vors Ledersofa und bedeutete den Detectives, Platz zu nehmen. Jefferson setzte sich; Brogan nahm neben ihm Platz.

Harold Thompson setzte sich auf den Sessel gegenüber und ließ den Kopf ein wenig hängen. »Ich wusste von Anfang an, dass der Junge irgendwann Schwierigkeiten kriegt, aber dass er gleich umgebracht wird … Mann, ich hatte nicht die leiseste Ahnung, dass es so weit kommen könnte.«

»Was meinen Sie damit?«, fragte Jefferson und zückte sein Notizbuch.

»Nun ja, man hört gewisse Dinge. Der Junge hatte beim Super Bowl eine Menge Geld verwettet und Schulden gemacht. Er hat sich mit irgendwelchen Typen angelegt, hat ein Mädchen zusammengeschlagen und ein anderes zur Abtreibung gezwungen. Schlimme Sachen.«

Jefferson zog den Beweismittelbeutel aus der Manteltasche und zeigte Thompson die Marionette. »Haben Sie die schon mal gesehen?«

Harold nahm die Tüte und betrachtete die Puppe darin. Das Plastik knisterte zwischen seinen Fingern. »Nein. Sieht irgendwie chinesisch aus, würde ich sagen.«

»Wie kommen Sie darauf?«

»Chinesische Schriftzeichen hinten auf dem Mantel. Sie bedeuten Glück und ein gutes Leben. Ich hab die gleichen Symbole auf den Arm tätowiert.«

»Sie haben etwas von Wettschulden erwähnt«, sagte Brogan. »Bei wem hatte der junge Lyerman diese Schulden?«

»Warten Sie …« Thompson schloss die Augen und ließ den Kopf hängen, während er nachdachte. »Irgendein chinesischer Typ … Lee irgendwas.«

»Diese Typen heißen doch alle Lee irgendwas. Fällt Ihnen nichts Genaueres ein?«, hakte Brogan ungeduldig nach.

Thompson schnippte mit den Fingern und blickte auf. »Ich hab's! Richard Lee, so hieß er. Er sitzt oben in Chinatown. Hat ein Restaurant namens *The Green Tea*.«

»Was ist mit heute Nacht?«, fragte Jefferson. »Haben Sie heute Nacht gearbeitet?«

»Sicher.«

»Wann haben Sie angefangen?«

»Gegen sechs, kurz nach dem Abendessen.«

»Und was ist passiert?«

»Nicht viel. Kenneth ist gegen halb neun zu seinem Club in der Innenstadt gegangen, dem Apollo. Ich war ungefähr eine Stunde mit ihm dort, bevor er seine Freundin getroffen hat. Eine sehr nette Kleine, Jill heißt sie, glaub ich. Jedenfalls wollte er danach weg, also hab ich ihn zurück zum Lyerman Building gefahren.«

»Und was ist dann passiert?«

»Er fuhr mit seinem Mädchen aufs Dach. Ich hab eine Etage darunter gewartet und aufgepasst, dass die beiden nicht gestört werden.«

»Hat jemand versucht, nach oben zu fahren?«

Thompson schüttelte den Kopf. »Nein, aber …«

»Aber was?«

»Ungefähr dreißig Minuten später kam Ken runtergerannt und meinte, er hätte jemanden auf dem Dach gesehen. Ich ging nach oben und habe alles überprüft, das ganze Dach, konnte aber nichts finden. Ken war ganz sicher, dass jemand oben wäre, also rief ich die Polizei an.«

»Er hat gesagt, er hätte jemanden *gesehen*?«, fragte Brogan. »Muss ziemlich schwierig gewesen sein, nach oben zu kommen und sich so gut zu verstecken, dass Sie nichts bemerken.«

»Das ist unmöglich. Niemand wäre an mir vorbeigekommen. Ich habe die ganze Zeit direkt am Aufgang gesessen.«

»Sie sind nicht mal zur Toilette gegangen oder haben Ihren Platz aus irgendeinem anderen Grund verlassen?«

»Nein.«

»Gibt es auf dem Dach eine Alarmanlage?«, fragte Brogan.

»Sicher.«

»Wie sieht sie aus?«

Thompson lächelte zögernd. »Ich darf keinem erzählen, wie das Alarmsystem funktioniert. Das steht in meinem Arbeitsvertrag.«

»Bewegungssensoren?«

»Ich darf nicht darüber sprechen.«

Brogan seufzte ärgerlich. »Kommen Sie, Mann, wir ermitteln hier in einem Mordfall! Wollen Sie mir tatsächlich erzählen, Sie dürfen gar nichts sagen?«

»Ich weiß es nicht«, erwiderte Thompson dumpf und senkte den Blick.

»Also gut«, sagte Jefferson beruhigend. »Sie wollen nicht über Dinge reden, über die Sie nicht sprechen dürfen, um nicht den Job zu verlieren. Mr Lyerman ist sehr streng, was das angeht, nicht wahr? Er möchte nicht, dass jemand weiß, wie gut die Sicherheitseinrichtungen des Lyerman Building sind.«

»Verdammt richtig.« Thompson wurde wieder munter. »Ich hab in meinem ganzen Leben keine so guten Sicherheitseinrichtungen gesehen.«

»Wir haben mit Lyerman über die Audioüberwachung des Systems gesprochen«, warf Jefferson einen Köder aus. »Und darüber, wie schwierig es ist, die Bänder zu katalogisieren.«

»So schwierig nun auch wieder nicht«, sagte Thompson. »Sie werden chronologisch aufbewahrt und nach vier Tagen überspielt.«

Also gab es Audioaufzeichnungen! Jefferson ließ sich nichts anmerken. Stattdessen wechselte er das Thema. »Also hat Lyerman Ihnen gesagt, dass Sie den Alarm beenden sollen?«

»Ja«, antwortete Thompson. »Er sagte mir, ich solle den Dispatcher anrufen und Bescheid geben, dass es ein Fehlalarm gewesen wäre. Er hatte es ziemlich eilig damit.«

Brogan kicherte. »Wahrscheinlich konnte er's nicht abwarten, wieder nach oben zu der Frau zu kommen.«

Thompson starrte ihn für einen Augenblick an; auf seinem Gesicht zeigte sich Verwirrung.

»Nein«, sagte er dann. »Es war nicht Kenneth, der mir den Befehl zum Beenden des Alarms gab. Es war Lyerman Senior. Ich hatte keine Ahnung, dass er überhaupt von dem Alarm wusste. Der Mann muss Augen im Hinterkopf haben!«

Als sie aus Thompsons Apartment auf die Straße traten, waren die Bürgersteige verlassen. Die einzigen Geräusche stammten von den Fahrzeugen auf dem Highway über ihnen. Jefferson saß auf dem Bordstein, während Brogan alleine losmarschierte, um ihren Wagen zu holen.

Um acht Uhr abends beginnt Dombeys Nachtschicht im Lyerman Building. Um zehn kommen Kenneth, seine Freundin und Thompson aus dem Club zurück. Gegen Viertel nach zehn ruft Thompson die Neun-eins-eins an. Vier Minuten später lässt Lyerman Senior den Alarm beenden. Warum?

Und wenn es überall im Gebäude Überwachungskameras gab, wie kam es, dass jemand unerkannt aufs Dach gelangen und einen Doppelmord begehen konnte?

Brogan lenkte den Dienstwagen an den Straßenrand und streckte den Kopf aus dem Fenster. »Bist du so weit?«

Jefferson stieg auf den Beifahrersitz.

»Möchtest du, dass wir diesen Richard Lee noch heute Nacht überprüfen? Uns anhören, was er über Kenneths Spielschulden zu sagen hat?«

Jefferson blickte auf die Uhr. Es war halb drei morgens.

»Also schön. Weißt du, wo wir ihn finden?«

»Sicher weiß ich, wo er sich rumtreibt«, sagte Brogan und trat aufs Gaspedal.

Kurz nach Mitternacht saß Ron Saint in seinem Apartment und aß die Reste einer kalten Pizza, die er aus dem Kühlschrank geholt hatte. Der Teig war feucht und klebrig, doch er kaute weiter, getrieben vom Hunger. Durch das offene Fenster trug eine sanfte Brise die Geräusche eines Autoradios herein, das irgendwo draußen auf der Straße plärrte. Als Saint sich das letzte Stück

Pizzakruste in den Mund schob, hörte er, wie im benachbarten Apartment ein Bett gegen die Wand stieß. Saint kannte die Beischlafgewohnheiten seiner sämtlichen Nachbarn. Es ließ sich nicht vermeiden – wann immer es in seinem Zimmer still war, konnte er sie hören.

Der Fernseher lief und zeigte eine Wiederholung von *Jeopardy*. Er hielt den Blick auf den Bildschirm gerichtet, während er einen Schluck Soda trank. Das Stöhnen in der Nachbarwohnung wurde lauter. Saint hatte Schwierigkeiten, die Antworten der Kandidaten in der Fernsehshow zu verstehen.

Er hatte gemerkt, dass er bei *Jeopardy* seit seiner Entlassung aus dem Blade-Gefängnis viel besser geworden war. Er wusste weit mehr Antworten, denn er hatte im Knast viel gelesen und wusste nun viel über die Seen und Flüsse, Städte und Länder dieser Welt. Außerdem hatte er im Gefängnis fünfzehn Kilo an Muskelmasse zugelegt, hatte zu kämpfen gelernt und sich bis zum Gefängnis-Champion im Halbschwergewicht hochgeboxt. Es gab nicht besonders viel zu tun, wenn man seine Zeit absaß, außer Lesen, Gewichtheben und Boxen.

»He, treibt es nicht so laut!« Er hämmerte gegen die Wand.

Das Telefon läutete.

»Saint, alter Kumpel, wie geht's?«

Saint zögerte, bevor er antwortete. »Alles paletti, Five. Was gibt's?«

»Mann, wir haben einen Job zu erledigen. Ein Anwaltsbüro in Beacon Hill.«

»Einen Job? Wann?«

»Noch heute Nacht. In einer Stunde.«

Nebenan steigerte sich das Stöhnen. Saint hörte die Bettfedern knarren.

»Na und? Was hat das mit mir zu tun?«, fragte er.

»Wir wollen dich dabeihaben. Wir brauchen ein Muskelpaket wie dich.«

»Was ist das für ein Job?«

»Nichts Großes, keine Bange. Keinem passiert was. Wahrscheinlich springen bei der Sache für jeden fünf Riesen raus. Es geht um ein Dokument, das jemand haben will. Ein Manuskript. Wir müssen es nur rausholen, das ist alles.«

»Du weißt, dass ich mit solcher Scheiße nichts mehr zu tun habe. Ich hab jetzt einen Job«, antwortete Saint und spielte mit einem Stück Pizzakruste.

»Und was arbeitest du?«

»Wartung.«

»Ja, sicher, Mann. Ich hab mit Thompson geredet. Er sagte, du würdest auf der Wakefield-Hauptschule die Klos putzen. Was zahlen sie dir dafür? Sieben Mäuse die Stunde?«

»Sieben fünfundzwanzig.« Saint beugte sich vor und wechselte den Fernsehkanal. Ein Baseballspiel der Sox wurde gezeigt.

»Toll. Und warum bist du heute Abend zu Hause? Wir haben Freitag, Mann.«

»Ich bin krank.«

»Klar bist du krank. Du bist zu Hause, weil dein Boss dich sechs Tage die Woche um sechs Uhr morgens zur Arbeit antanzen lässt. Und wenn du nicht erscheinst, ruft er bei deinem Bewährungshelfer an und erzählt, du würdest gegen die Auflagen verstoßen oder sonst ein Scheiß. Außerdem, selbst wenn du morgen nicht arbeiten müsstest – glaubst du im Ernst, du würdest mit ’ner Tussi ausgehen? Scheiße, welche Mieze gibt sich schon mit einem muskelbepackten Exknacki ab, der sieben Mäuse fünfundzwanzig die Stunde fürs Kloputzen kriegt?«

Saint zögerte. Er ließ den Blick durch seine heruntergekommene Wohnung schweifen. Die Farbe blätterte von den Fensterrahmen.

»Also, bist du mit von der Partie?«, wiederholte Five seine Frage.

Im Hörer war plötzlich statisches Rauschen zu vernehmen.

Saint lauschte, während das ekstatische Stöhnen nebenan allmählich zu einem erleichterten Seufzen verklang. Er drückte den Hörer an die Lippen.

»Ja. Ich bin dabei.«

Zwanzig Minuten später rollte der schwarze 86er Buick Century vor Saints Apartment an den Straßenrand und wartete mit laufendem Motor. Five saß hinter dem Steuer, ein Bursche namens Q hockte auf dem Beifahrersitz. Saint zwängte sich auf den Rücksitz neben einen großen Teddybären, der noch in seiner Plastikhülle verpackt war.

»He, zerquetsch das Ding nicht!«, sagte Five und wandte den Kopf. »Der ist für den Geburtstag meiner kleinen Tochter!«

Saint schob den Plüschbären auf die andere Seite, wo er in der Ecke saß und ihn aus großen runden Glasaugen anstarrte.

»Wohin fahren wir?«

»Beacon Hill«, antwortete Five, während er am Lenkrad kurbelte und den Wagen auf die nahezu verlassene Straße lenkte.

Q lachte über irgendetwas. Er saß vor Saint und trank Gin aus einer *Gatorade-Plastikflasche.* Er trug einen schwarz-weißen Overall aus Plastik, der knarzte und raschelte, wenn er die Arme bewegte.

Saint rümpfte die Nase. »Hast du Parfüm aufgetragen, Q?«

Q lachte erneut. »Ja, Mann. Ich fahr hinterher bei 'ner guten Freundin vorbei.«

Auf dem Armaturenbrett zeigten grüne Leuchtziffern, dass es kurz nach neun Uhr war. Q schüttelte den Kopf im Rhythmus eines Songs, den er vor sich hin summte, während er mit den Händen auf die Knie trommelte.

Five fuhr weiter und blickte starr nach vorn.

»Verdammt!«, murmelte Q mit glasigen Augen, beugte sich zu Five hinüber und sagte leise etwas, das Saint trotzdem hören konnte: »Was meinst du, wie viel wir heute Nacht abzocken?«

Five drehte den Kopf zur Seite. »Verdammt, Q, du stinkst aus dem Maul! Musst du so viel saufen?«

Q zuckte die Schultern und lehnte sich im Sitz zurück.

Five beugte sich vor und schaltete das Radio ein. Er drückte die Stationstasten und den Sendersuchlauf. Ein altes Lied erklang, das Saint entfernt an seine Highschoolzeit erinnerte.

»Warum lässt du so einen Mist laufen?«, lallte Q und machte sich seinerseits am Radio zu schaffen.

Saint schüttelte den Kopf und sah aus dem Fenster. Sie fuhren durch Chinatown. Neonreklamen mit rot und orange blinkenden chinesischen Schriftzeichen beleuchteten die Schaufenster. Sie blieben vor einer roten Ampel stehen, und Saint starrte durch die Scheiben eines Schnellimbisses, der um diese Zeit noch geöffnet hatte. Ein einzelner Kellner in weißer Kleidung wischte gemächlich den Boden. Ein zweiter Mann in einem schwarzen Sweatshirt mit übergezogener Kapuze hämmerte von draußen gegen die Scheiben und versuchte, die Aufmerksamkeit des Kellners zu gewinnen.

Die Ampel wechselte auf Grün, und der Wagen setzte sich erneut in Bewegung. Der Schnellimbiss blieb hinter ihnen zurück.

»Wie kommen wir rein?«, fragte Saint.

»Ich kenne jemanden«, antwortete Five.

»Wen?«

»Einen Mann«, antwortete Five ausweichend. »War früher Wachmann im Knast.«

»Ein Wärter? Wieso vertraust du ausgerechnet einem Gefängniswärter?«

»Keine Sorge, der Typ ist in Ordnung. Er ist nicht so, wie du denkst. Er wurde gefeuert, und jetzt muss er sehen, wo er bleibt«, sagte Five. »Er hat gesagt, dass er jedem von uns fünf Riesen zahlt, wenn wir ihm dieses Manuskript heute Nacht beschaffen. Zurzeit hat es ein Anwalt, Thomas Sinatra. Eine Art Kunstsammler. Wir besorgen uns das Manuskript und verkaufen es an Older, plus allem, was wir sonst noch bei Sinatra abstauben … als Zugabe, wenn du verstehst, was ich meine.«

Saint überlegte einen Augenblick. Wenn Five ihnen erzählte, dass für jeden fünf Riesen heraussprangen, waren es in Wirklichkeit wahrscheinlich zwanzig. Five hatte die Angewohnheit, den Löwenanteil alleine einzustreichen.

Q beugte sich vor, griff unter den Sitz und zog einen Gegenstand aus schwarzem Metall hervor, der im Licht der Straßenlaternen dumpf schimmerte. Er streichelte das Metall mit der freien Hand. Es war eine Beretta 9 mm.

Saint starrte aus dem Fenster und tat, als hätte er es nicht gesehen.

»Mann, leg die Kanone weg!«, sagte Five und drückte auf Q's Unterarm, bis die Waffe unterhalb der Wagenfenster war. »Willst du, dass jemand uns mit diesem Scheißding durch die Gegend fahren sieht?«

Q senkte die Waffe in den Schoß. Er zog den Schlitten zurück, und es gab ein scharfes metallisches Klacken, als die erste Patrone in die Kammer glitt. Er murmelte irgendetwas vor sich hin und hob die Waffe erneut, um über den Lauf hinweg auf eine Frau zu zielen, die mit einer weißen Plastiktasche voller Einkäufe in beiden Händen über den Bürgersteig eilte. Er schürzte die Lippen und stieß ein leises »Peng!« aus, während er mit der Hand den Rückstoß der Waffe simulierte.

»Was hab ich gerade gesagt, Q? Nimm endlich die verdammte Knarre runter!«

»Ja, ja, schon gut.« Q zuckte die Schultern und legte die Waffe zurück in den Schoß.

Five schüttelte den Kopf und starrte durch die Windschutzscheibe nach draußen. »Meine Fresse.«

Sie verließen Chinatown und fuhren nun in Richtung Beacon Hill. In der Nähe von Boston Common hielten sie vor einer weiteren roten Ampel. Fünf Männer standen in einer Gruppe auf dem Bürgersteig. In der kalten Nachtluft kondensierte ihr Atem in dünnen Wolken über ihren Köpfen.

Q nahm einen weiteren Schluck Gin aus seiner *Gatorade-Flasche.*

»Das hier, Mann, ist echt erfindungsreich!« Q deutete auf seine Plastikflasche. »Ich gieße meinen Stoff in diese Pulle, weil sie unzerbrechlich ist. Wenn ich was getrunken hab, schraub ich einfach den Deckel zu …«, er demonstrierte es, indem er den weißen Deckel aufschraubte, »und schon kann ich nichts mehr verschütten. Das hat meine Saufmethode revolutioniert.«

Five nickte. »Ja, offensichtlich.«

Q begann erneut, mit der Waffe zu spielen und tat so, als feuere er Schüsse ab. Saint blickte weiter nach draußen. Sie hatten inzwischen Beacon Hill erreicht. Die Straßen waren von gepflasterten Bürgersteigen gesäumt, und die Beleuchtung bestand aus Gaslaternen. Ringsum standen alte Ziegelsteinhäuser mit schweren bronzenen Klopfern an den massiven Türen. Wagen der gehobenen Mittelklasse parkten an der Straße – Saint erkannte einige dunkelblaue Volvos und einen schwarzen Mercedes.

Five verlangsamte die Geschwindigkeit und blickte durch die Windschutzscheibe suchend auf die Gebäude ringsum.

»Also schön, hier muss es irgendwo sein«, sagte er und fuhr noch langsamer.

Die Straßen waren schmale Einbahnstraßen, und die Bürgersteige lagen verlassen da. Sie passierten einen kleinen Park mit leeren Bänken und kahlen Bäumen.

Five lenkte den Wagen an den Straßenrand und stellte den Motor ab. »Da wären wir.«

»Ja.« Q grinste und packte den Griff der Waffe fester.

»Welches Haus?«, fragte Saint.

»Das da.« Five deutete auf ein schmuckes vierstöckiges Ziegelhaus an der Ecke der Einbahnstraße. Saint sah einen gepflasterten Weg, der hinters Haus führte. Im zweiten Stock brannte in einem der Fenster das bläuliche Licht eines Fernsehbildschirms. Noch während Saint hinsah, ging jemand am Fenster vorbei, nur für einen Sekundenbruchteil sichtbar. Irgendetwas anderes im Zimmer leuchtete in weichem Rot, doch von der Straße aus konnte Saint nicht erkennen, was es war.

Five nickte. Er hatte die Bewegung hinter dem Fenster ebenfalls gesehen. »Gut, sie sind noch wach.«

Five zog eine Zweiundzwanziger unter dem Fahrersitz hervor und schob sie in seine Tasche. »In Ordnung, sind wir so weit?«

Saint nickte, und Five öffnete die Wagentür. Die Innenbeleuchtung flammte auf, und kalte Luft strömte herein. Saint stieg aus und gesellte sich zu Q auf den Bürgersteig. Gemeinsam gingen die drei Männer zum Haus. Wieder starrte Saint hinauf zum erleuchteten Fenster. Nichts regte sich außer dem flackernden Licht des Fernsehschirms.

Q schob die Hände tief in die Taschen seines Overalls und zog die Schultern hoch. Das Plastik um seine Beine raschelte laut.

»Warum trägst du den Overall, Q?«, fragte Five und starrte auf Q's Beine, während sie weitergingen. »Das Scheißding hört man kilometerweit!«

Q verzog das Gesicht. »He, Mann, ich weiß nur, dass ich in den Klamotten geil aussehe. Ich mach eben alles mit Stil, und wenn es ein Raub ist.«

Die drei Männer marschierten zur Auffahrt, wo sie für einen Augenblick stehen blieben und sich umsahen. Die Straße ringsum war verlassen.

Sie setzten sich wieder in Bewegung, gingen die Auffahrt hinauf und an dem Ziegelsteinhaus vorbei nach hinten, bis sie von der Straße aus nicht mehr gesehen werden konnten. Ein schwarzer Landrover stand dort geparkt, und Q blieb einen Augenblick stehen, um die Lederausstattung zu bewundern. Hinter Sinatras Haus befanden sich ein kleines Stück Rasen und ein Maschendrahtzaun mit einem Weg dahinter. Die Rasenfläche wurde von einer Mauer gesäumt, an die sich ein kleiner Garten anschloss. Fünf Treppenstufen führten zu einer grün gestrichenen Metalltür hinunter. Die Fenster zu beiden Seiten der Tür waren hell; in den Räumen dahinter brannte Licht.

»Okay, wir gehen dort rein. Sie haben einen Ersatzschlüssel unter dem vierten Ziegelstein von der Treppe aus versteckt«, flüsterte Five.

Er zog drei schwarze Gebilde aus der Tasche. »Hier, setzt die auf.«

Es waren Skimasken.

Sie nahmen die schwarzen Masken, und Saint sowie Five setzten ihre auf. Q stand da, betastete das Material und drehte die Maske dann auf links.

»Was machst du jetzt schon wieder?«, fragte Five.

»Ich kann den Mist nicht anziehen. Diese beschissene Maske ist zu 'nem Drittel aus Wolle«, sagte Q, während er das Etikett las. »Wenn ich die überziehe, krieg ich eine Million Pickel.«

»Was?«

»Ich hab dir doch gesagt, dass ich keine Wollmaske trage! Ich brauche was Weicheres, oder ich versaue mir die Haut.«

Five schüttelte fassungslos den Kopf. »Ich glaub, ich spinne.«

»Tut mir Leid, Mann, aber ich kann den Typen nicht ausrauben, wenn ich mich in meinem Outfit nicht wohl fühle«, beharrte Q. »Wenn du ein bisschen mehr Kohle in unsere Ausrüstung stecken würdest, wäre das nicht passiert. Ein Stück die Straße runter gibt's einen Laden, wo man alles Mögliche kriegt.«

Five kramte in der Tasche und kam mit etwas Weißem, Glänzendem zum Vorschein, das er Q in die Hand drückte.

»Was ist das?«, fragte Q und hielt das weiße, seidige Etwas in die Höhe.

»Eine Strumpfhose.«

»Strumpfhose?« Q schüttelte verwundert den Kopf. »Woher hast du die nun schon wieder?«

»Gehört meiner Freundin. Sie hat sie bei mir zu Hause liegen lassen. Ich wollte ihr das Ding zurückbringen.«

»Mann, ich zieh mir doch nicht die Strumpfhose deiner Freundin über den Kopf!« Q hielt das dünne Stück Nylon auf Armeslänge von sich gestreckt. »Was glaubst du, wer ich bin?«

»Halt endlich die Klappe und lass uns zusehen, dass wir das Ding gedreht kriegen!« Five umklammerte seine 22er so fest, dass die Knöchel weiß hervortraten.

Q lenkte zögernd ein. »Okay, okay, Mann. Ich zieh den Scheiß an, aber vergiss nicht, wer von uns die größere Kanone hat.«

Q nahm die Strumpfhose und streifte sie sich über den Kopf. Eines der Beine hing ihm auf der Vorderseite bis zur Brust herunter.

»Wenigstens ist das Dinge glatt. Deine Freundin hat bestimmt geile Beine«, flüsterte Q.

Five ignorierte ihn. Er beugte sich vor und hob die Ziegelsteine an, um nach dem Schlüssel zu suchen. Als er ihn gefunden hatte, ging er zur Tür, steckte das silbern glänzende Stück Metall ins Schloss und drehte es herum. Die Tür öffnete sich glatt und lautlos. Licht flutete aus dem Flur. Die beiden anderen folgten Five durch den Hintereingang ins Haus.

Dann standen sie in der kleinen Waschküche. In einer Ecke sahen sie eine Waschmaschine und einen Trockner. Auf dem Boden neben der Tür stapelten sich alte Zeitungen und leere Dosen, die darauf warteten, an den Straßenrand gebracht und zwecks Recycling eingesammelt zu werden. Vor den Männern erstreckte sich ein langer Gang, der an der Vordertür des Hauses endete. Eine geschwungene Treppe führte hinauf in die Etage darüber, wo sie auf der rechten Seite in den Hausflur mündete.

Von irgendwo oben hörte Saint die leisen Stimmen und Geräusche eines Fernsehers, der in einem der Zimmer zu laufen schien.

»Saint, du übernimmst die Vordertür und hältst die Augen auf«, flüsterte Five. Er deutete auf sich und Q. »Wir beide gehen nach oben.«

Q hielt seine Beretta fest umklammert, den Lauf nach vorn gerichtet. Er setzte sich in Bewegung, und wieder raschelte seine Hose. Das Geräusch war so laut, dass Saint meinte, es müsse das gesamte Haus wecken.

»Scheiße, Q, zieh den verdammten Fummel aus! Die hören uns sonst kommen!«, flüsterte Five wütend.

»Ich zieh doch nicht die Hose aus! Bist du bescheuert?«

»Du musst dich nicht wegen deiner dürren Hühnerbeine genieren. Die hab ich früher schon gesehen.«

»Ach, du glaubst tatsächlich, dass ich mich geniere? Leck mich.« Er ließ seine Hose bis zu den Knöcheln herunter, sodass er in Boxershorts dastand. »Ich mache den Job meinetwegen splitternackt, wenn's sein muss, Mann!«

Die Boxershorts waren aus Seide und mit roten Herzen bedruckt. Auf der Rückseite stand: »I Love You Baby.«

Saint und Five starrten ihn schweigend an. Five presste die Hand auf den Mund und schüttelte sich in lautlosem Lachen. Q stand vor den beiden anderen, die weiße Strumpfhose über dem Kopf, die Schwitzhose auf den Knöcheln und nichts am Leib außer der lächerlichen Boxershorts.

»Was zur Hölle ist das, Q?«, flüsterte Saint und unterdrückte mühsam sein Lachen.

»He, Mann, ich hatte ja keine Ahnung, dass ich euch meine Unterhose zeige! Wie ich schon sagte, ich will noch zu meiner Braut. Sie hat mir das Ding zum Geburtstag geschenkt, und sie mag es, wenn ich sie anziehe.« Q stieg vollends aus der langen Hose und legte sie in eine Ecke. »Leckt mich! Lacht euch von mir aus kaputt!«

»Jesses, wir können die Kanonen wieder einstecken! Wenn du dich oben mit diesen Klamotten zeigst, gibt Sinatra uns das Manuskript freiwillig, nur damit du schnell wieder verschwindest«, flüsterte Five.

»Bist du endlich fertig, ja? Können wir jetzt anfangen? Ich bin nicht hier, um die ganze Zeit in der Waschküche von dem Typen rumzuhängen.«

Five nickte. »Du hast Recht. Also los.«

Q ließ seine Hose zurück, und die drei Männer gingen leise durch den Flur des Anwaltshauses. Five und Q wandten sich nach rechts und stiegen leise die Treppe hinauf, die Waffen schussbereit. Saint postierte sich an der Vordertür und blickte zum Fenster hinaus. Die Straße lag so leer da wie bei ihrer Ankunft, und die Gaslaternen flackerten lautlos in ihren gläsernen Gehäusen. Neben der Haustür befand sich ein Esszimmer, die Lichter dunkel; ein Stück weiter erblickte Saint eine große Küche. Schwere Töpfe hingen an Haken von der Decke.

Plötzlich gellte im ersten Stock ein Schrei. Dann hörte er Q's Stimme, die Worte undeutlich, aber unüberhörbar laut und wütend. Glas splitterte.

»Mach bloß keine Dummheiten, Q!«, flüsterte Saint vor sich hin.

Saint warf einen Blick auf die Uhr. Sie waren erst seit sieben Minuten im Haus. Unten war weiterhin alles ruhig. Saint blickte sich um. An der Wand der Eingangshalle hing ein langer Teppich hinter einem Kerzenleuchter, dessen Glasarme wie die Tentakel eines Oktopus aussahen.

Das Esszimmer war dunkel; der bleiche Schein der Straßenlaternen warf lange Schatten auf den Boden. Schemenhaft war ein großer Tisch zu erkennen, auf dem irgendetwas lag. Eine Rolle vergilbter Blätter, mit einer Schnur zusammengebunden. Saint ging zum Tisch, entrollte die Blätter und breitete sie langsam aus. Das war es, wonach sie gesucht hatten! Verdammt, es war so einfach! So leicht hatte Saint noch nie fünf Riesen verdient. Er rollte die Blätter zusammen und schob sie in seine Jackentasche. Dann wandte er sich ab, um nach oben zu Q und Five zu rufen, als sein Blick auf etwas anderes im Zimmer fiel.

Ein scharfer Stich durchzuckte Saint, und sein Magen zog sich schmerzhaft zusammen. Jemand saß in einem der Stühle. Ganz still, in einer dunklen Ecke. Die Gestalt starrte ihn direkt an. Saint stieß unwillkürlich einen Schreckenslaut aus.

Die Gestalt im Stuhl regte sich nicht.

Saint blickte erneut hin. »Hallo?«

Langsam näherte er sich. Im schwachen Licht der Straßenlaternen erkannte er, dass es eine Frau war. Sie war jung, attraktiv, mit kurzen braunen Haaren und einem langen grauen Morgenmantel, der ihr bis zu den nackten Füßen reichte.

Saint hob die Hände und flüsterte: »Miss?«

Sie starrte unverwandt weiter nach vorn, die Augen starr, der Mund in angstvollem Entsetzen aufgerissen. Saint näherte sich ihr langsam, und Schuldgefühle regten sich in seinem Innern.

»Ich will Ihnen keine Angst machen, aber Sie müssen mir zuhören«, flüsterte Saint und blickte sich vorsichtig zur Treppe um. »Diese Typen, mit denen ich gekommen bin, sind Irre. Sie müssen sich verstecken, Lady, bevor sie wieder nach unten kommen, okay?«

Von oben ertönte ein weiteres krachendes Geräusch, als etwas Schweres zu Boden polterte.

Langsam bewegte er sich auf die Frau zu. Sein Fuß landete in einer dunklen, zähen Pfütze, die sich auf dem Boden des Zimmers gebildet hatte. Wahrscheinlich hatte die Frau in ihrer Angst etwas verschüttet. In der Dunkelheit sah die Flüssigkeit wie dicker Kaffee aus.

Die Frau regte sich immer noch nicht, und ihr Gesicht zeigte Todesangst. Saint streckte die Hand aus und berührte sie mit seinem Handschuh vorsichtig an der Schulter. Ihr Kopf rollte kraftlos in den Nacken, und sie starrte mit unveränderter Miene an die Decke. Ein breiter tiefer Schnitt klaffte in ihrem Hals. Jemand hatte ihr die Kehle durchgeschnitten.

»Ach du dicke Scheiße!«, zischte Saint entsetzt und wich von der Toten zurück. Ihr Kopf kippte nach vorn auf die Brust und riss den Körper mit. Sie polterte schlaff zu Boden.

Saint wich durch die dunkle Pfütze zurück und wandte sich zur Flucht. Blut spritzte auf seine weißen Leinenschuhe.

Hastig zog er sich aus dem Esszimmer zurück und hinaus in die Eingangshalle. Sein Gesicht fühlte sich plötzlich heiß an, und das Atmen fiel ihm schwer. Er schob die Skimaske aus dem Gesicht und saugte die Lungen voll kühler Luft, während er gegen eine Woge aufsteigender Übelkeit ankämpfte.

Was hat das zu bedeuten, verdammt? Wer hat diese Frau umgebracht? Q oder Five können es nicht gewesen sein, ich war die ganze Zeit mit ihnen zusammen. Dann dämmerte es ihm. *Da muss noch jemand im Haus sein. Der Killer …*

Saint wandte sich zur Haustür, bereit zur Flucht, als er bemerkte, dass die Tür nicht versperrt war.

Er stand dort wie erstarrt. Irgendetwas tropfte auf seine Schulter. Nässe spritzte gegen seinen Hals. Er hob die Hand, tastete. Als er sie zurückzog, waren seine Finger rot und klebrig. Erneut tropfte es auf seine Schulter und sein Ohr.

Er sah nach oben und schaltete das Licht ein.

Über ihm hatte jemand etwas an die Decke geschrieben.

Fürchte Ihn, der die Macht besitzt,
in die Hölle zu senden.

Die Buchstaben waren breit und in nasser roter Farbe geschrieben, die herabtropfte und den Boden befleckte. An der Tür ertönte ein Klopfen. Hastig schaltete Saint das Licht wieder aus. Auf der Treppe vor dem Haus stand jemand und klopfte leise.

Saint wich von der Tür zurück, als er ein kratzendes Geräusch hörte, wie von langen Fingernägeln, die über den metallenen Rahmen strichen.

Plötzlich packte ihn die Angst, und er wandte sich um und rannte die breite Treppe zum ersten Stock hinauf. Die Stufen waren mit dickem Teppich belegt, der seine Schritte dämpfte. Hier oben war alles ruhig. Das Wohnzimmer lag zu seiner Rechten. Der Fernseher flackerte; der Ton war abgestellt. Zwei weiße Sofas waren um das Gerät herum gruppiert, ein gläserner Wohnzimmertisch stand dazwischen. An der gegenüberliegenden Wand hing ein Spiegel, doch das Glas war zerbrochen, und große Scherben lagen auf dem Boden davor.

Auf dem Sims über einem großen Kamin standen drei Porzellanfiguren. Eine war umgestoßen und zerbrochen.

In einer Ecke stand ein Telefon. Der Hörer war abgenommen und lag neben der Gabel. Das Besetztzeichen tutete leise durchs Zimmer. Saint hielt inne und lauschte. Das Geräusch des Telefons endete so abrupt, als hätte jemand die Leitung durchtrennt.

Die runde Treppe führte weiter nach oben zum zweiten Stock. Saint schlich vorsichtig hinauf. Die Treppe mündete in einen langen Flur mit drei weißen Türen, die allesamt geschlossen waren. Saint lauschte angestrengt, doch außer einem leisen Tropfen hinter einer der Türen war nichts zu hören.

Langsam öffnete er die erste Tür. Sie ließ sich leicht bewegen und glitt mit einem schwachen Rascheln über den Teppich. Hinter der Tür befand sich ein Schlafzimmer. In der Ecke stand ein großes, luxuriöses Bett. Die Decke war zurückgeschlagen, das Laken unordentlich. Die Schranktüren standen offen, und auf dem Boden lag Kleidung. Neben der Tür befand sich ein Telefon. Saint nahm den Hörer ab und hielt ihn sich ans Ohr. Die Leitung war immer noch tot.

Das nächste Zimmer war ebenfalls leer. Afrikanische Masken und ausgestopfte Köpfe von wilden Tieren hingen an den Wänden. Über einem schweren Eichenschreibtisch starrte eine Gazelle mit leerem Blick ins Nichts. Ein üppig gepolsterter Ledersessel stand ein Stück weit vom Schreibtisch weg. Auf dem Boden neben dem Sessel lag der Kopf eines Karibus, der von der Wand gerissen worden war. Seine Glasaugen starrten blicklos zur Decke.

In einer Ecke stand ein großer Waffenschrank mit Gewehren darin. Saint versuchte ihn zu öffnen, doch er war verschlossen.

Die Leiche entdeckte er erst, als er sich von dem Waffenschrank abwandte.

Der Tote lag auf dem Bauch, verdeckt durch den großen Schreibtisch. Wo der Kopf hätte sein müssen, befand sich der ausgestopfte Schädel einer Hyäne. Die Lefzen waren zu einem verzerrten Grinsen zurückgezogen.

An der Rückseite des Zimmers war eine Tür, die ein Stück offen stand. Ein Beinpaar lag im Durchgang. Saint blickte genauer hin und erkannte Q's Boxershorts, nass und dunkel glänzend von Blut. Er musste nicht noch mehr sehen, um zu wissen, dass Q tot war – und schrecklich zugerichtet.

Saint erschauerte und wich langsam aus dem Zimmer zurück. Er hörte, wie irgendwo unten eine Tür ins Schloss fiel, gefolgt vom Geräusch rennender Füße.

»Cool bleiben, Saint …«, sagte er zu sich selbst.

Am Ende des Korridors befand sich die dritte Tür; sie war geschlossen. Saint legte ein Ohr ans Türblatt, lauschte und vernahm ein leises Tropfen aus dem Innern. Der Türgriff fühlte sich kalt und klamm in seiner Hand an.

Hinter ihm knarrte eine Treppenstufe. Er drehte sich um und erblickte einen Schatten an der gegenüberliegenden Wand. Jemand war auf der Treppe; der Schatten stammte von der Beleuchtung im tieferen Stockwerk und war merkwürdig lang; irgendetwas daran war unnatürlich, nicht menschlich. Saint schlug das Herz bis zum Hals, als er auf den Schatten starrte und fieberhaft überlegte, was daran nicht stimmte. Die Gestalt war unnatürlich gestreckt, als hätte jemand daran gezerrt und sie bis zur Unkenntlichkeit entstellt. Die Arme waren lang und liefen spitz aus, der Leib war hager, und der Schatten des Kopfes sah aus, als besäße die Kreatur einen Schnabel und keinen Mund.

Während Saint darauf starrte, ging plötzlich ein Ruck durch die Gestalt, und sie setzte sich lautlos die Treppe hinauf in Bewegung. Ihre langen Arme hingen reglos an den Seiten herab, und der Leib schwankte hin und her, während sie nach oben schlich.

Saint wandte sich wieder der Tür zu, hinter der das tropfende Geräusch zu hören war. Er drehte den Knopf und zog die Tür auf. Im Zimmer dahinter stand eine weiße Badewanne auf vier Porzellanfüßen. Five kauerte in der Wanne, eigenartig verkrümmt. Als Saint die Tür aufriss, sprang er unsicher schwankend auf.

»Five! Was ist?«, fragte Saint mit schriller Stimme.

Five antwortete nicht. Er schwankte wie betrunken hin und her, und seine Füße schienen den Boden der Wanne kaum zu berühren.

»Five, alles in Ordnung?«

Five starrte Saint aus leblosen Augen an. Er hatte ein Seil um den Hals. Saints Blick folgte dem Seil hinauf zur Decke, wo es über einen Balken geworfen worden war und von dort aus wieder nach unten zum Türgriff führte. Es war straff gespannt, als hinge ein schweres Gewicht daran.

Five stand immer noch schwankend in der Wanne und sagte kein Wort. Dann war erneut das tropfende Geräusch zu hören. Saint sah, wie sich ein Blutstropfen auf Fives Fingerspitze bildete, einen Augenblick zitternd verharrte und dann in die Wanne tropfte.

Five war tot.

Dass er stand, war nur eine Illusion. Er hing an dem Seil, das um seinen Hals geschlungen war und ihn wie eine Marionette baumeln ließ. Wer immer ihn umgebracht hatte, er hatte ein makabres Spiel daraus gemacht. Fives Leichnam war mit der Tür verbunden. Als Saint die Tür geöffnet hatte, war Five am Seil aus der Wanne gezerrt worden. Nun schloss Saint die Tür wieder, und die Illusion von Leben schwand. Five sank schlaff und leblos in die Wanne zurück.

»O Gott …«, flüsterte Saint, und Tränen der Angst stiegen ihm in die Augen.

Er blickte sich im Badezimmer um, suchte nach einer Möglichkeit, diesem Grauen zu entfliehen.

Dann hörte er vor der geschlossenen Tür erneut die Treppenstufen knarren.

Jefferson und Brogan bogen von der 93 ab und fuhren in Richtung Chinatown. Es war kurz vor drei Uhr morgens. Die Nutten waren immer noch auf den Straßen, standen in kleinen Gruppen unter Laternen oder klapperten auf grotesk hohen Absätzen am Straßenrand auf und ab. Brogan winkte ein paar vertrauten Gesichtern zu, als sie langsam durch eine Nebenstraße fuhren. Auf einem kleinen Parkplatz stand ein großer schwarzer Lincoln mit laufendem Motor. Zwei junge Schwarze saßen darin, Mobiltelefone am Ohr, während sie die Frauen im Auge behielten.

»Sieh dir diese Typen in ihren Baseballmützen und Hockeyjerseys an«, sagte Brogan und nickte in Richtung der beiden Zuhälter. »So kann man auch die Karriereleiter raufsteigen, Bruder. Gott segne Amerika.«

Sie fuhren nach Chinatown, um Richard Lee in dessen Restaurant zu besuchen, den Gangster, den Lyermans Bodyguard erwähnt hatte. Das Green Tea war ein kleiner Laden, eingezwängt zwischen einem Wohnhaus und einem Supermarkt. Das schlichte Schild über dem Eingang war mit chinesischen Schriftzeichen bemalt. Die Tür lag im Souterrain; eine kurze Treppe führte vom Bordstein nach unten.

Die beiden Detectives parkten den Wagen und gingen das kurze Stück zur Teestube zu Fuß. Als sie die Glastür öffneten, läutete irgendwo eine Glocke. Im Innern war es warm und hell. Gleich hinter dem Eingang, zwischen zwei Bambuspflanzen, blubberte ein großes Aquarium. Jefferson sah drei große Goldfische, die gemächlich hin und her schwammen und ihn träge aus großen, hervorquellenden Augen anstarrten.

Das Green Tea war klein und spärlich möbliert. Mehrere Tische mit Stühlen reihten sich an der Wand, und in der Mitte des Lokals ruhte ein großer grauer Steinblock. Die Oberseite war glatt geschliffen und bildete einen weiteren Tisch. Drei Stühle standen ringsum. Jefferson sah einen Mann und zwei Frauen, die über ihren Tee gebeugt saßen. In der Mitte der Steinplatte stand ein schwarzer Teekessel.

Alle drei waren jung, gut gekleidet und sahen wie Studenten auf dem Weg zu einem Nachtclub aus. Sie wandten sich neugierig zur Tür, als die beiden Männer eintraten, und nahmen dann ihre Unterhaltung wieder auf.

An den Wänden hingen Seidenteppiche mit chinesischen Schriftzeichen und Motiven nebelverhangener Berge. Hier und da standen Kübelpflanzen und Blumenvasen auf kleinen Sockeln. Ansonsten war das Lokal leer.

»Netter Laden«, sagte Brogan. Er erhob sich auf die Zehenspitzen, die Hände im Rücken, und blickte sich um. »Was ist das hier? Ein Selbstbedienungsrestaurant? Ich kann nirgends einen Kellner oder Personal sehen.«

Im Hintergrund erklang leise Violinmusik, kaum hörbar über der gedämpften Unterhaltung der drei einzigen Gäste. Irgendwo im hinteren Teil wurde eine Tür geöffnet, und aus einem kleinen Alkoven trat eine attraktive blonde Kellnerin in einem roten Seidenkleid. Sie besaß langes glattes Haar und blaue Augen mit langen Wimpern. Sie lächelte die beiden Männer an, als sie zu ihnen kam.

»Mann«, flüsterte Brogan. »Ich schätze, ich sollte häufiger in diese Teestuben gehen.«

Die Blondine blieb vor den Besuchern stehen, biss sich auf die Unterlippe und blickte Jefferson an. »Nur Sie beide?«, fragte sie.

»Bitte?«, entgegnete Jefferson.

»Zum Tee?«, fragte sie. »Nur Sie beide?«

»O nein«, antwortete Jefferson und nickte lächelnd in Richtung Brogan. »Wir sind nicht zum Tee gekommen. Wir möchten mit Richard Lee reden.«

Die Frau senkte kurz den Blick, und zwischen ihren Augenbrauen erschien eine winzige Falte. Dann entspannte sie sich und lächelte wieder. »Wen darf ich melden?«

»Ich bin Detective Jefferson, und das ist mein Partner, Lieutenant Brogan.«

Brogan lächelte.

»Einen Augenblick, bitte«, flüsterte die Blondine und ging davon. Ihre vollen, langen Haare wogten.

»Ich hab lange keine so gut aussehende Frau gesehen«, sagte Brogan.

»Ich auch nicht«, erwiderte Jefferson.

Sie beobachteten die Blondine, wie sie sich geschickt zwischen den Tischen hindurchwand und hinter einer Schwingtür verschwand. Beim Klang von Jeffersons Stimme hatte sich der vermeintliche Student, der der Tür am nächsten saß, zu den beiden Detectives umgewandt. Er saß mit dem Rücken zu ihnen, doch als er sich umdrehte, konnte Jefferson sein Gesicht erkennen.

Er war überrascht, wie viel älter der Mann aus der Nähe wirkte. Er trug einen kleinen Ohrhörer, und ein schwarzes Kabel verlief von dort zur Vorderseite seines Hemds, wo es verschwand. Jefferson überkam ein Gefühl der Unruhe, jenes elektrisierende Kitzeln, das er immer spürte, kurz bevor etwas passierte.

Angespannt sah er auf, als die Blondine wieder zu ihnen kam. »Richard kann Sie jetzt empfangen«, sagte sie und nickte dann in Richtung des Mannes mit dem Ohrhörer; sie schien Jeffersons Blicke bemerkt zu haben. »Mr Lee ist ein bedeutender Geschäftsmann«, fügte sie hinzu. »Die Sicherheit in seinem Restaurant ist sehr wichtig, insbesondere, wenn zwei Fremde mit Feuerwaffen das Lokal betreten.«

»Wir sind Polizeibeamte«, sagte Jefferson.

»Sie *behaupten,* Polizeibeamte zu sein«, erwiderte die Blondine und führte die beiden Detectives nach hinten. Die Schwingtür an der rückwärtigen Wand des Lokals führte in einen schmalen Korridor. Regale mit Lebensmittelvorräten reihten sich an den Wänden. Der Gang war schmal, spärlich beleuchtet und roch nach alten Speisen und Essig. Eine Überwachungskamera hoch oben an der Wand wirkte seltsam fehl am Platz: Hier gab es nichts, das zu bewachen sich gelohnt hätte.

Am Ende des Korridors befand sich eine rote Metalltür mit einem Spion. Die Blondine klopfte zweimal, und Jefferson sah, wie das Guckloch dunkel wurde, als auf der anderen Seite jemand das Auge ans Loch drückte, um zu sehen, wer geklopft hatte. Dann hörte er, wie eine Kette zurückgeschoben wurde. Langsam wurde die Tür geöffnet.

Ein stämmiger Chinese mit dünnem Bart empfing sie. Er trug ein orangefarbenes Nike T-Shirt, das straff über seiner Brust spannte, eine dazu passende Mütze und weiße Shorts. In einem Ohr funkelte ein goldener Stecker, als er den Kopf bewegte.

»Hallo, Veronica«, sagte er, leckte sich über die Unterlippe und starrte die Blondine an. »Wie geht's denn so?«

»Alles Bestens, Greg.« Veronica lächelte und deutete auf Jefferson und Brogan. »Diese beiden Gentlemen hier wollen Richard sprechen.«

Das Gesicht des Chinesen verhärtete sich, doch nur für einen Augenblick; dann baute er sich mitten im Korridor auf und musterte die beiden Detectives. »Hat Richard gesagt, dass es in Ordnung ist?«

»Ja«, antwortete Veronica. »Ich habe gerade mit ihm gesprochen.«

Greg zuckte die Schultern und trat beiseite, sodass Veronica, Jefferson und Brogan an ihm vorbeikonnten. Das Zimmer hinter der Tür wurde von Halogen-Deckenflutern hell erleuchtet. Der Boden war mit grauem Teppich ausgelegt, und an einer Wand stand ein weißes Ledersofa. Drei junge Chinesen lümmelten sich auf dem Teppich vor einem Sony-Breitwandfernseher und spielten Videospiele. Sie lachten und hatten kaum einen Blick für die Neuankömmlinge. Aus einem Gettoblaster auf einem Tisch in der Ecke drang lauter Rap. Am Boden stand ein weiteres Gerät, eingewickelt in Plastik, sowie zwei Fernseher in ungeöffneten Transportkartons.

»Sind das Richards Kinder?«, fragte Jefferson und beugte sich dicht zu Veronica, um die Musik zu übertönen.

Sie lächelte. »Eigentlich nicht, nein.«

Eine Tür in der Längswand wurde geöffnet, und ein hagerer junger Chinese in seidenen Boxershorts streckte den Kopf nach draußen. Sein Schädel war rasiert, und auf der Brust baumelte eine schwere goldene Kette. Hinter ihm erblickte Jefferson ein Bett und zerknüllte Laken. Eine Rothaarige in einem Bademantel saß auf der Bettkante, rauchte eine Zigarette und spielte mit den nackten Zehen auf dem Teppich.

»Veronica, Mädchen. Was gibt's denn?«, fragte der junge Chinese, lächelte und hob grüßend die Hand.

»Das hier sind die beiden Männer, die dich sprechen wollten«, sagte die Blondine und deutete auf Jefferson und Brogan.

»Ach ja … sicher. Warten Sie eine Sekunde.«

Er verschwand im Zimmer und warf die Tür hinter sich zu.

»Das ist Richard Lee?«, fragte Brogan verwundert.

»Höchstpersönlich.« Veronica lächelte. »Ziemlich jung, nicht wahr?«

»Kann man wohl sagen. Er ist ungefähr so alt wie der Bursche, der meinen Rasen mäht.«

Die drei jungen Chinesen am Boden wirkten nicht viel älter; sie waren ausnahmslos Anfang zwanzig. Alle trugen Nike-Turnschuhe und weite Jeans. Jeder von ihnen trug genug Gold um den Hals, um eine Familie zu ernähren.

»Scheiße!«, fluchte einer der Jungen, als das Spiel endete, und schleuderte seinen Controller zu Boden. Die beiden anderen lachten. Das Hemd des Jungen klaffte für einen Augenblick auf, und Jefferson erhaschte einen Blick auf eine schwarze Beretta, die in seinem Hosenbund steckte.

Die Schlafzimmertür wurde erneut geöffnet, und Richard Lee kam heraus. Jefferson blickte durch die Tür und sah die Rothaarige auf dem Bett liegen und fernsehen.

»Na, was gibt's?« Richard Lee trug locker sitzende Jeans und ein blaues Seidenhemd, das vorn offen stand und eine muskulöse Brust enthüllte. Er kam den beiden Detectives mit nackten Füßen entgegen.

»Können wir uns irgendwo ungestört unterhalten?«, fragte Jefferson.

»Ja, sicher«, antwortete Richard.

Er deutete auf den Mann im orangefarbenen T-Shirt, der die Tür bewachte, und sagte ein paar Worte auf Chinesisch, wobei er auf Brogan und Jefferson deutete. Der Wächter nickte und versenkte sich wieder in das Buch, das er gerade las.

Richard wandte sich an Jefferson und Brogan und nickte in Richtung des Wächters. »Er geht aufs College«, erklärte er leise, lächelte und redete laut weiter, sodass der Wächter seine nächsten Worte hören konnte: »Er wird eines Tages ein großer Anwalt und verteidigt die Golden Tigers vor Gericht, habe ich Recht?« Richard klatschte in die Hände und wandte sich Veronica zu. »Warum gehst du nicht wieder nach vorn? Ich rede mit den beiden hier, okay?«

Veronica nickte. »Sicher, Richard.«

Richard blickte ihr hinterher. Der orange gekleidete Wächter öffnete ihr die Tür, und sie verschwand mit raschelndem Seidenkleid.

»Eine schöne Frau, nicht wahr?«, sagte Richard leise und blickte ihr immer noch hinterher. »Wunderschön.« Dann sah er Jefferson und Brogan an und klatschte in die Hände. »Aber Sie beide sind bestimmt nicht wegen schöner Frauen ins Green Tea gekommen, habe ich Recht? Kommen Sie, unterhalten wir uns.«

Richard öffnete erneut die Schlafzimmertür und bedeutete Jefferson und Brogan, einzutreten. Das Innere war geschmackvoll eingerichtet. Das riesige Bett mit den grauen Seidenlaken und der grauen Tagesdecke stand mitten im Zimmer. Auf einer Seite des Bettes befand sich eine lange Granitwand, aus der Regale herausgehauen waren. In den kleinen Nischen standen Kerzen, daneben Bonsai-Bäume, und aus einem kleinen Brunnen strömte Wasser über den Stein und verschwand irgendwo im Boden.

Die Rothaarige lag im Bett. Ein Aschenbecher aus Zinn, geformt wie ein Drache, stand neben ihr, halb voller Zigarettenkippen. Ihr Bademantel stand ein Stück offen, und sie hatte ein langes nacktes Bein quer über das Bett ausgestreckt. Ihr Kopf ruhte auf einem dicken Kissen, und das rote Haar bildete einen Kranz um ihr Gesicht, während sie sich die Aufzeichnung einer Folge von *Friends* im Fernseher anschaute. Ihre Augen blickten glasig und bewegten sich kaum. Auf dem Boden neben dem Bett lag ein kleiner Spiegel, an dem noch immer Spuren von weißem Pulver klebten.

Die Rothaarige blickte kaum auf, als Richard mit den beiden Detectives durchs Schlafzimmer ging. Auf der anderen Seite schloss sich ein Korridor an, dessen Wände mit chinesischer Kalligrafie verziert waren. Richard öffnete eine weitere Tür und führte seine Besucher in ein kleines Büro. Eine Wand wurde von einem verdunkelten Einwegspiegel eingenommen, der einen Blick in die Teestube gewährte. Die drei jungen Leute saßen immer noch an dem steinernen Tisch. Ihre Münder bewegten sich lautlos, während sie sich unterhielten.

»Wie sind Sie darauf gekommen, dass wir Detectives sind?«, fragte Jefferson.

Richard nahm hinter einem Schreibtisch Platz und lehnte sich im Sessel zurück. Auf der Tischplatte vor ihm lag eine silberne Glock.

Er lächelte. »Ich habe die Polizei angerufen, was sonst?« *Ja, was sonst? Triadenbosse rufen ständig im Department an.* »Ich habe gefragt, ob es einen Detective Jefferson und einen Lieutenant Brogan gibt. Die Dame am anderen Ende der Leitung war äußerst entgegenkommend.«

Richard Lee lehnte sich zurück.

»Also bin ich hier, und Sie beide ebenfalls.« Er verschränkte die Hände hinter dem Kopf. »Sie haben mich gefunden.«

»Wenn Sie nichts dagegen haben, die Waffe wegzulegen …?« Brogan deutete auf die Glock auf dem Schreibtisch. »Waffen machen mich immer nervös.«

»Dazu sind sie schließlich da«, sagte Richard Lee, legte die Glock jedoch in eine Schreibtischschublade.

Jefferson sagte: »Wir würden gern von Ihnen wissen, in welchem Verhältnis Sie zu Kenneth Lyerman gestanden haben. War er ein Freund von Ihnen?«

»Nein.« Richard schüttelte den Kopf. »Er war ein Geschäftspartner, weiter nichts.«

Brogan lachte. »Ja, sicher.«

Richard zuckte die Schultern. »Ich weiß, Sie sind in der festen Überzeugung hergekommen, dass ich ein Gangster bin. Ein Mörder. Aber ich gehöre weder zu den Triaden noch zu irgendwelchen anderen chinesischen Banden. Ich biete lediglich einen Service, der nach unseren Gesetzen verboten ist. Ich tue keinem etwas zuleide, und doch werde ich als Krimineller abgestempelt.«

»Und wie genau sah Ihre Partnerschaft mit Kenneth Lyerman aus?«

»Er hat Kapital für Restaurants zur Verfügung gestellt, und ich die Arbeitskräfte.«

»Die Arbeitskräfte?«

»Ja. Es sind chinesische Restaurants, und ich habe chinesische Arbeitskräfte geliefert.«

Jefferson nickte, als ihm die Bedeutung von Lees Worten klar wurde: Richard Lee brachte Auswanderer aus China in die Vereinigten Staaten und ließ sie in Restaurants arbeiten.

»Sind diese Arbeitskräfte illegal?«, fragte Jefferson.

Lee seufzte und verschränkte die Hände im Schoß. »Waren Sie schon mal in China, Detective Jefferson?«

Die Frage überraschte Jefferson, und er zögerte mit der Antwort. »Nein.«

»Ich verschaffe den Menschen in diesem Land eine neue Chance. Menschen, die in China überhaupt nichts besitzen.«

»Und Kenneth Lyerman hat Ihnen dabei geholfen.«

»Nein, eigentlich nicht.« Lee wägte seine Worte sorgfältig ab. »Er hat mir bei der Finanzierung geholfen, nicht bei der Beschaffung von Personal. Er ist schließlich kein Chinese. Was kümmert es ihn?«

Lee schien die Wahrheit zu sagen, und bisher hatte er noch keine Andeutung gemacht, dass er von Lyermans Ermordung wusste.

»Lyerman ist tot«, sagte Jefferson. »Ermordet. Heute Nacht. Wussten Sie davon?«

Richard nickte. »Ja.«

Jefferson wechselte einen Blick mit Brogan. »Ach? Woher?«

»Warum sonst sollten zwei Detectives von der Mordkommission zu mir kommen und in der Vergangenheit von Kenneth Lyerman sprechen?«

»Haben Sie ihn ermordet?«

Richard Lee lächelte. »Nein. Ich hasse Gewalt. Ich betrachte sie lediglich als ein Mittel, Interessen zu schützen. Sich zu verteidigen, nicht anzugreifen. Ich hatte keinen Grund, Kenneth Lyerman etwas Böses zu wollen. Ein netter Bursche war er zwar nicht, aber er war mein Geschäftspartner.«

Jefferson nickte, griff in die Manteltasche und zog die kleine Puppe hervor, die sie auf dem Dach des Lyerman Building gefunden hatten.

»Kommt Ihnen die bekannt vor?«, fragte er und reichte Lee die in Plastik gehüllte Marionette.

Richard Lee lächelte, nahm die Puppe mit beiden Händen und starrte auf das Porzellangesicht.

»Sicher«, sagte er. »Ich weiß, was das ist. Eine chinesische Marionette von einem alten Puppentheater. Diese Puppen sollten Dämonen vertreiben.«

»Dämonen?«, fragte Brogan.

»Deshalb sind ihre Gesichter so verzerrt. Um Dämonen und bösen Geistern Furcht einzuflößen und sie zu verjagen«, erklärte Lee. »Warten Sie bitte. Ich rufe jemanden her, der sich besser mit diesen Marionetten auskennt als ich.«

Er beugte sich zu einer Gegensprechanlage auf seinem Schreibtisch hinunter, sprach ein paar chinesische Sätze ins Mikrofon und lehnte sich wieder zurück. »Er wird gleich hier sein. Er ist ein sehr alter Mann und bestens vertraut mit chinesischen Bräuchen. Viel besser als ich.«

Jefferson und Brogan hörten Schritte im langen Korridor hinter sich. Sie wandten sich um und erblickten einen älteren Mann in einem eng sitzenden Pullover, dünner Baumwollhose und Sandalen. Sein Gesicht war von so tiefen Falten durchzogen, dass es an das Gesicht der Marionette erinnerte.

Der alte Chinese betrat den Raum und betrachtete Jefferson und Brogan durch dicke Brillengläser.

»Onkel Zhang«, sagte Richard und erhob sich von seinem Stuhl. Er nickte dem Alten zu und sagte etwas auf Chinesisch.

Der Alte erwiderte das Nicken und antwortete in der gleichen Sprache.

Richard Lee zeigte ihm die Marionette. Der alte Mann betrachtete sie kurz und legte sie auf den Schreibtisch zurück. Dann redete er eine volle Minute zu Lee.

»Was hat er gesagt?«, fragte Brogan, als der Alte geendet hatte.

»Er sagt, dass er diese Puppe kennt. Es ist eine chinesische Dämonenpuppe. Er hat sie Kenneth Lyerman gegeben.«

»Er hat sie ihm gegeben?«, fragte Brogan ungläubig. »Warum?«

»Er sagt, dass Lyerman das Mal des Dämons auf der Stirn getragen hätte. Dass er von einem Dämon gezeichnet worden sei und den Schutz benötigt hätte, den die Puppe ihm geben konnte.«

Zhang folgte der Unterhaltung, dann sprach er erneut.

»Er fragt, woher Sie diese Puppe haben«, übersetzte Lee.

»Sagen Sie ihm, dass wir sie auf dem Dach eines Hauses gefunden haben, ganz in der Nähe von Kenneth Lyermans Leichnam.«

Lee übersetzte die Worte, und der Alte antwortete irgendetwas.

»Er hat gefragt, wer Sie sind. Ich habe ihm gesagt, dass Sie beide Ermittler sind, die herausfinden wollen, warum Lyerman ermordet wurde. Er sagte, die Erklärung sei ganz einfach. Es wäre offensichtlich, wer Lyerman ermordet hat.«

Der alte Mann sprach weiter, und Lee lauschte seinen Ausführungen. Als es zu viel wurde, hob er eine Hand, um den Alten zu unterbrechen.

»Er fragt, ob der Leichnam gezeichnet war«, sagte Lee.

»Ja«, antwortete Jefferson, formte eine Klaue mit den Fingern und fuhr damit über seine Brust. »Parallele Schnitte, wie von Krallen. Als wäre er von einem Tier gerissen worden.«

»Onkel Zhang kennt sich mit diesen Zeichen aus«, erklärte Lee. »Vor vielen Jahren fanden sie einen Mann tot in den Bambusfeldern in der Nähe seines Heimatdorfs in China. Der Mann trug die gleichen Zeichen. Vater Zhang fragt nach dem Herz von Lyerman. Wurde es von Würmern gefressen?«

»Von Würmern gefressen?«, fragte Brogan verwundert.

»Er sagt, dass nach dem alten Glauben ein Mann keinen Frieden im Jenseits finden kann, wenn sein Herz aufgefressen wurde, weil dann seine Seele zerstört sei.«

»Wir haben noch keinen Autopsiebericht vorliegen«, erklärte Jefferson. »Ich weiß nicht, wie der Befund aussieht.«

Zhang redete weiter und nickte in Richtung von Jefferson und Brogan.

Richard Lee schüttelte den Kopf; dann blickte er die beiden Detectives an und lächelte kurz.

»Was hat er gesagt?«, fragte Jefferson.

»Dass Sie die Ermittlungen einstellen sollen. Dieser Fall ist nicht gut, für keinen von Ihnen beiden.«

Richard Lee legte dem Alten den Arm um die Schulter und führte ihn behutsam aus dem Zimmer und durch den langen Korridor. Kurz darauf kam er zurück und nahm wieder hinter seinem Schreibtisch Platz.

»Es tut mir Leid«, sagte er. »Onkel Zhang ist sehr alt und ein wenig verwirrt. Er lebt noch in den uralten Traditionen, die er aus China mitgebracht hat. Einer Welt, die längst nicht mehr existiert. Er spricht von Marionetten und wurmzerfressenen Herzen. Ich fürchte, das hilft Ihnen bei Ihren Ermittlungen nicht viel weiter.«

Brogan zuckte die Schultern. »Das weiß man vorher nie.«

»Nun, Mr Lee«, fragte Jefferson. »Wo waren Sie heute Nacht?«

Lee lächelte. »Sie müssen diese Frage stellen, nicht wahr?«

»Allerdings«, sagte Jefferson.

Lee seufzte und lehnte sich im Stuhl zurück. »Ich besuche eine Sommerschule auf der Northeastern. Bis um zehn war ich zum Unterricht.«

»Was für ein Unterricht?«, fragte Brogan.

»Nichts Besonderes«, erwiderte Lee rasch. »Wirklich nicht.«

»Richard, wir finden es sowieso heraus«, sagte Brogan.

Lee wandte sich ab, verschränkte die Arme vor der Brust und starrte missmutig an die Decke.

»Was für ein Unterricht, Richard?«, wiederholte Brogan hartnäckig.

Richard Lee blickte die beiden Detectives an und senkte den Blick. »Ich nehme Unterricht in französischer Küche.«

Brogan wechselte einen Blick mit Jefferson und unterdrückte ein Grinsen. Er wandte sich wieder Lee zu. »Sie veralbern mich.«

Lee schüttelte den Kopf. »Nein, das tue ich nicht. An der Northeastern wird internationales Kochen unterrichtet, in Abendkursen. Ich möchte irgendwann mein eigenes Restaurant eröffnen und ein richtiger Koch sein, nicht bloß eine Teestube führen.« Lee deutete auf die Schublade, in der die Waffe lag. »Man kann schließlich nicht sein ganzes Leben damit verbringen.«

»Nun, wenn Sie ein gesetzestreuer Bürger sind, wird Ihr Restaurant sicherlich Erfolg haben. Allein das Police Department würde ausreichen, um Ihren Laden am Leben zu erhalten«, sagte Brogan.

Lee grinste. »Ich dachte immer, Cops ernähren sich nur von Doughnuts.«

Durch das Spiegelglas sah Jefferson, dass die drei jungen Leute sich erhoben, um zu gehen. Zerknüllte Servietten und leere Teetassen blieben auf dem Tisch zurück, die Veronica sofort wegräumte; ihre blonden Haare fielen nach vorn, als sie das Geschirr einsammelte.

Brogan klatschte in die Hände. »Nun, ich denke, wir haben genug von Ihrer Zeit beansprucht.«

»Danke, dass Sie vorbeigekommen sind, Detectives. Kenneth war bestimmt nicht mein Freund. Er war kein guter Mensch, doch es tut mir Leid zu hören, dass er ermordet wurde. Niemand verdient so etwas.«

»Da haben Sie Recht«, sagte Jefferson langsam. »Denken Sie nicht länger darüber nach. Es liegt nicht in Ihren Händen. Wir lassen Sie jetzt wieder mit Ihrer rothaarigen Freundin allein.«

Die beiden Männer wandten sich von Richard Lee ab und gingen durch den Korridor nach draußen. Bevor sie die Tür hinter sich schlossen, warf Jefferson einen letzten Blick zurück. Lee saß auf seinem Stuhl und starrte ins Leere, tief in Gedanken versunken. Die silberne Glock lag vor ihm auf der Schreibtischplatte.

Boston Common
In der gleichen Nacht

Reginald Tate blickte zum dritten Mal in zehn Minuten auf die Uhr, schüttelte den Kopf, stieß ein leises »Verdammt!« aus und ließ den Blick durch den menschenleeren, dunklen Park schweifen. Der Teich schimmerte im Mondlicht. Die Schwanenboote waren in der Nähe des Ufers vertäut. In den Bäumen ringsum raschelten die Blätter und zeigten ihre hellen Unterseiten, wenn eine Brise hindurchfuhr. Reginald rollte die Ärmel seines Flanellhemds herunter und zog in der nächtlichen Kühle die Schultern hoch.

Erneut blickte er auf die Uhr. Allmählich wurde das Warten sinnlos. Tate stand von der Bank auf, rieb sich die Taubheit aus den Oberschenkeln und ließ den Kopf kreisen, um die Spannung in der Halsmuskulatur zu lösen.

Mit Ausnahme der beiden Stunden, in denen es geregnet hatte, hielt Tate sich seit acht Uhr an Ort und Stelle auf und hatte Stoff verkauft, hauptsächlich CoCo, gekochtes Kokain. Doch das Geschäft, das kurz vor und nach dem Regen gut gelaufen war, hatte gegen zwei Uhr früh nachgelassen, und in der letzten halben Stunde hatte er nur noch herumgesessen. Es war keine besonders gute Nacht gewesen: Crackköpfe, die mit ein paar dreckigen Ein-Dollar-Noten bezahlten und glaubten, sie könnten den Rest mit einer zerlumpten alten Jacke oder sonst einem Scheiß abstottern, den sie irgendwo hatten mitgehen lassen. Seine Stammkunden wussten, dass es nur Ware gegen Bares gab, aber ständig hatte man mit Neuen zu tun oder mit den Scheißköpfen, die einfach nicht kapieren wollten.

Auf der anderen Straßenseite erklang lautes Lachen. Die Tür einer Bar flog krachend auf, und zwei Frauen stolperten Arm in Arm nach draußen. Sie hielten sich gegenseitig auf den Beinen. Mit Ausnahme ihrer unterschiedlichen Haare hätte man sie für Zwillinge halten können; beide trugen eng sitzende schwarze Leggings und Tank-Tops.

Reggie wandte sich wieder um und starrte in den Park hinaus, wo sein Partner auf der anderen Seite des Rasens wartete. Jay war fünfzig Meter entfernt und lag auf einem Poncho, wo er im Licht einer Parklaterne ein Videogame spielte.

»Was treibst du da, Jay?«, flüsterte Reggie wütend vor sich hin. »Scheiße, Mann, du solltest so tun, als wärst du ein verdammter Obdachloser! Das ist keine Spielhölle, du Arsch!«

Jay denkt nicht für fünf Cent in die Zukunft, dachte Reggie. *Er lebt nur für den Augenblick.* Alonzo, der »Bienenzüchter«, der Reggie mit Ware versorgte und dafür einen Anteil von vierzig Prozent der Einnahmen kassierte, hatte einen Friseurladen die Straße runter. Er brachte die Jungs von der Straße in sein Hinterzimmer; dann hielt er ihnen eine lange Rede über das Leben als Schwarzer und über die Armut. Alonzo war sechsunddreißig und erzählte den Kids liebend gern, dass er selbst so angefangen hatte wie sie. Heute besaß er einen Abschluss in Informatik, einen eigenen Laden und drei Autos.

»Wenn ihr in diesen Bus steigt, kommt ihr genauso weit«, pflegte Alonzo zu sagen, um dann auf zwei geschlossene Schubladen in einem Schrank im Hinterzimmer zu zeigen. In Schublade eins lag ein nagelneues Paar Turnschuhe. In Schublade zwei lagen zehn Flaschen CoCo, gekochtes Kokain.

Schublade eins – bloß ein Paar Schuhe.

Schublade zwei – eine geschäftliche Chance.

Wenn man Nummer eins wählte, marschierte man einfach aus dem Laden und sah Alonzo niemals wieder.

Wählte man Nummer zwei, arbeitete man für den »Bienenzüchter«. Die zehn Flaschen waren geliehen. Man nahm sie mit auf die Straße, verkaufte sie, kam mit dem Geld zu Alonzo zurück und kaufte davon mehr CoCo. Dann zog man wieder los, brachte den Stoff unter die Leute, ging wieder zu Alonzo und kaufte noch mehr – und so weiter, und so fort. Reggie erinnerte sich noch, wie er im Hinterzimmer gesessen und seine Wahl getroffen hatte. Heute war er bei vierhundert Flaschen angelangt.

Natürlich hatte er schon gesessen. Zwei Jahre im Blade-State-Gefängnis. Und die zwei Jahre waren verdammt hart gewesen. Mann, er erinnerte sich noch genau an das Loch. Ganz allein im Dunkeln, zeitweise in Einzelhaft. Und es gab viele Typen, die nur darauf warteten, an deinen Hintern zu kommen.

Reggie schüttelte den Kopf und erhob sich einmal mehr von der Bank, um Jay den Kopf zu waschen, als er unter den Bäumen auf der anderen Seite des Teichs plötzlich eine Bewegung bemerkte. Ein Typ mit unsicherem Gang, der sich immer wieder umblickte und dann über den Teich zu Reggie starrte. Ein weiterer Kunde, der nicht wusste, wie er sich verhalten sollte. Wieder warf Reggie einen Blick auf die Uhr, während er darauf wartete, dass der Kunde einen Entschluss fasste. Einen Augenblick später hatte der Typ entweder geschnallt, dass keine Gefahr drohte, oder die Gier auf einen Fix wurde übermächtig. Er kam direkt auf Reggie zu.

Selbst auf die Entfernung, über den Teich hinweg, konnte Reggie sehen, dass der Typ in einem grauenhaften Zustand war. Er trug eine alte, eng sitzende Jeans, schmutzige Turnschuhe und eine Baseballmütze. Wohl kaum ein Undercover; die sahen meist viel zu scharf aus, jede Menge Gold und schicke Klamotten, und es waren meistens Schwarze oder Hispanos. Kein hässlicher weißer Abschaum wie dieser Typ.

Außerdem kannte Reggie die meisten Bullen, die in dieser Gegend arbeiteten. Einen Undercover aus einem anderen Revier herzuschaffen, den Reggie noch nicht kannte, lohnte in ihren Augen nicht. Noch war Reggie ein zu kleiner Fisch.

Der Typ mit der Baseballmütze hatte inzwischen die breite Steinbrücke erreicht, die den schmalsten Teil des Teichs überspannte, und kam langsam auf Reggies Seite, während er sich am Geländer abstützte. Reggie hätte ihm am liebsten Beine gemacht. Es wurde spät, und er wollte endlich weg von hier.

Während der Typ näher kam, überschlug Reggie im Kopf seine Finanzen. Er hatte in dieser Nacht ungefähr fünfundvierzig Ampullen CoCo vertickt, zu zehn Mäusen die Pulle. Der Bienenzüchter würde am nächsten Morgen bei ihm anrufen und fragen, wie viele »Pollen« er letzte Nacht gesammelt hätte. Siebenhundert Dollar, und Alonzos Anteil waren zweihundertachtzig. Nicht schlecht für eine Nacht, und mit Sicherheit mehr, als Reggie in einer ganzen Woche verdient hatte, als er noch bei Phillip's Plaza Place gewesen war.

Außerdem hatte er noch ein Viertel Ki im falschen Boden seines Kühlschranks versteckt. Er konnte jederzeit darauf zurückgreifen, das Zeug mit Mehl oder mit Laxativ verschneiden und neunhundert Pullen weniger sauberes Coke daraus machen. Auf diese Weise verschaffte man sich einen sicheren Ruf: die Kunden wussten, dass man keine Überraschungen reinpanschte, kein DeCon und kein pulverförmiges Reinigungsmittel.

Heute Nacht verkaufte er den reinen Stoff – ein Versuch, neue Kunden zu gewinnen. Wenn sein CoCo ausging, musste er zu Alonzo und Nachschub holen. Er wurde allmählich zur besten »Biene« des Bienenzüchters. Alonzo hatte vierzig Bienen wie Reggie, die für ihn auf die Straße gingen und Pollen sammelten.

Vielleicht kam Reggie ja bald ganz raus aus diesem Scheiß. Diesem ewigen Warten auf der verdammten Bank.

Er spürte, wie sein Piepser in der Gesäßtasche zu vibrieren

anfing, und zog das Gerät hervor. Er las die Nummer ab: Es war Laura, das Mädchen, mit dem er sich seit vier Wochen traf. Er zuckte die Schultern und steckte den Piepser wieder ein. Er würde Laura gleich anrufen, wenn das Geschäft abgeschlossen war.

Der irre weiße Abschaum stand ganz plötzlich vor ihm. Er zitterte und sabberte. Reggie rümpfte unwillkürlich die Nase, als ihm der Gestank von Urin in die Nase stieg. Reggie starrte auf die Mütze des Typen. Über dem Schirm stand SOMMERVILLE CONSTRUCTION, mit einem mies gezeichneten Bulldozer darunter.

»Hallo, Mann, wie geht's denn so?« Der Typ mit der Baseballmütze wirkte nervös und kratzte sich gedankenverloren und mit schmutzigen Fingernägeln am Hals. Er hatte einen Stoppelbart, der ungleichmäßig an seinem Kinn und auf den Backen spross.

»Was gibt's?«, fragte Reggie gleichmütig, als würde er sich langweilen.

»Nicht viel, Mann. Du weißt ja, wie das ist. Wollte nur mal vorbeischauen.«

Eine kurze Pause entstand. Der Kopf des Typen tanzte auf und ab wie bei einem Papagei, und seine Hand kratzte immer noch den Hals. Fast hätte Reggie erneut auf die Uhr gestarrt. Er überlegte, ob er zusammenpacken und direkt zu Laura gehen sollte. Sie würde zuerst ihr Kind ins Bett bringen müssen. Sie arbeitete nur nachmittags für eine Reinigungsfirma, trotzdem musste er bald zu ihr, bevor sie selbst zu Bett ging.

»Hör mal, ich dachte, du könntest mir vielleicht aushelfen. Ich hab hier zwanzig Dollar.« Er streckte Reggie eine zerknitterte Zwanzig-Dollar-Note hin.

»Und was willst du dafür?«

Der Typ mit der Baseballmütze zuckte die Schultern. »Ich weiß nicht … zwei Pullen?«

Reggie schüttelte den Kopf. Er spielte mit dem Abschaum. »Nein, Mann, ich verkauf keinen Stoff.«

Der Typ mit der Mütze starrte ihn einen Augenblick verwirrt an, die Banknote immer noch in der ausgestreckten Hand, zwischen den schmierigen Fingern.

»Zeig mal die Kohle«, sagte Reggie und nahm den Abschaum die Banknote aus der Hand, um sie genauer zu inspizieren, während er überlegte, woher so ein Typ zwanzig Dollar hatte. Die Vorderseite war sauber, doch auf die Rückseite hatte jemand ein kleines Herz und die Initialen »V. R. + M. D.« gemalt.

Reggie gab dem Abschaum das Geld zurück. »Die will ich nicht. Das Scheißding ist voll gekritzelt.«

»Aber das ist alles, was ich hab!«, heulte der Abschaum auf.

Alonzo hatte Reggie gezeigt, wie markierte Banknoten aussahen. Die Kennzeichnungen waren viel subtiler als dieses plumpe Herz, aber vielleicht probierte die Bostoner Polizei ja mal was Neues. Reggie zögerte, während er den Schein zwischen den Fingern hielt. *Der Typ ist total ausgetrocknet. Der ist bestimmt kein Undercover.*

Reggie zögerte noch immer, starrte auf die Banknote. »Also schön, Mann, ich mach mal 'ne Ausnahme. Aber versuch ja nicht, mich aufs Kreuz zu legen.« Reggie nahm den Zwanziger und legte ihn neben sich auf die Bank.

Aus der Innentasche zog er einen kleinen Zylinder, so groß wie ein Stift. Einen Laserpointer. Er richtete den Pointer auf Jay, der noch immer unter dem Baum lag und Videospiele spielte. Ein roter Lichtpunkt erschien auf Jays Jeans. Reggie bewegte den Lichtpunkt, bis Jay aufmerksam wurde und aufblickte. Reggie fasste sich zweimal an den Kopf – das Zeichen für zwei Pullen. Jay nickte und erhob sich langsam wie ein Betrunkener, der von seinem Rausch aufwacht. Er stolperte in Richtung des Bootsstegs, der auf den Teich hinausführte. Tagsüber warteten Hunderte von Leuten – Eltern und Kinder und verliebte Paare – auf diesem Steg darauf, in eines der Schwanenboote einzusteigen. Des Nachts klebte Reggie die Plastiktüte mit den kleinen Ampullen voller CoCo mit Klebeband unter die Holzplanken.

Jay beugte sich vor und griff unter den Steg, dann richtete er sich wieder auf und stolperte zu seinem Rastplatz zurück. Unterwegs hielt er für einen Augenblick, gerade lange genug, um die Ampullen in einen Mülleimer am Ufer fallen zu lassen.

Reggie blickte zu Boden. Vor ihm lag ein alter, zerknitterter McDonald's-Becher. Er hob ihn auf und hielt ihn dem Abschaum hin.

»Wirf das für mich in einen Mülleimer.«

»Was?«

»Wirf das weg, Mann. Da drüben steht der Müllkorb!« Reggie nickte in Richtung des Behälters.

Der Abschaum starrte ihn verständnislos aus glasigen Augen an. Er stand da, schwankte langsam hin und her und versuchte zu begreifen, was Reggie von ihm wollte.

»Mach schon, Mann. Nimm den verdammten Becher und wirf ihn weg ... IN DIESEN Mülleimer DA DRÜBEN.« Reggie starrte auf den Behälter und nickte in die Richtung, um den Abschaum auf die Spur zu bringen.

Die Augen des Junkies blickten plötzlich wieder klar. Er grinste und wandte sich von Reggie ab, ohne den Becher zu nehmen, und marschierte schnurstracks zum Mülleimer. Reggie schüttelte den Kopf und warf den Becher wieder zu Boden. Er wischte sich langsam die Hände an der Hose ab, während er den Mann beobachtete, der sich mit wackelndem Kopf dem Mülleimer näherte. *Was für ein Penner. Ein IQ wie ein Regenwurm.*

Reggie drehte sich nach den beiden Frauen um, die aus der Bar gekommen waren. Sie waren nirgends mehr zu sehen, die Straße lag verlassen. Der Junkie war nun am Ufer angelangt und fischte im Abfall herum. Er fand die beiden Ampullen CoCo, steckte sie ein und schlurfte eilig durch den Park davon. Gut so! Reggie hasste es, wenn die Typen es nicht abwarten konnten und sich das

Zeug schon im Park einwarfen. Das nämlich war der Augenblick, in dem sich die verdammten Cops einmischten und das Geschäft versauten. Außerdem war das hier ein Park für Kinder; eigentlich durfte es überhaupt keine Junkies in der Gegend geben.

Reggie stemmte die Hände auf die Bank und wollte sich hochdrücken, als er einen Streifenwagen bemerkte, der langsam vorüberfuhr. *Scheiße, das hat noch gefehlt.* Er blickte zu Boden und verhielt sich ganz still. Der Streifenwagen rollte langsam weiter über die leere Straße. Reggie sah ihm hinterher, bis er fast außer Sicht war, als plötzlich die Sirene aufheulte und das Blaulicht zu flackern begann.

Reggie fluchte und beobachtete den Wagen unter hochgezogenen Augenbrauen. Er drehte leicht den Kopf und sah seinen Partner Jay, der mit hervorquellenden Augen auf das Blaulicht starrte. Langsam stand Jay auf, steckte seinen Gameboy ein, wandte sich um und ging rasch durch den Park davon, die Hände tief in den Hosentaschen versenkt.

Reggie rührte sich nicht. Wahrscheinlich würden sie ihn nur nach Stoff filzen und anschließend aus dem Park jagen.

Der Streifenwagen blieb am Straßenrand stehen, ohne dass jemand ausstieg. Die Blaulichter blitzten lautlos. Plötzlich kreischten die Reifen, und der Wagen schoss mit aufheulender Sirene auf die Straße und fort von Reggie, zu einem dringenderen Einsatz irgendwo in der Stadt. Reggie entspannte sich, als der Streifenwagen um eine Ecke verschwand, und blickte sich um.

Jay war verschwunden. Wahrscheinlich rannte er zu seinem Fahrrad, das er hinter der Subway-Station abgestellt hatte. Reggie strich die Falten auf der Vorderseite seiner Hose glatt, betastete die Rolle Geldscheine in der Tasche und stand langsam von der Bank auf, als er aus den Augenwinkeln eine Bewegung bemerkte. Irgendjemand kam aus Richtung Teich auf ihn zu. *Noch ein Kunde? Ist es das wert, noch länger zu bleiben?*

Reggie betrachtete die Gestalt genauer, und sein Magen zog

sich zusammen. Der Mann war vom Boston Police Department. Wahrscheinlich von dem Streifenwagen. Wahrscheinlich war er halb um den Park herumgefahren und hatte gehalten, wo Reggie es nicht sehen konnte, dann war er ausgestiegen und zu Fuß gegangen.

Die Cops liefen nicht gern zu Fuß, außer sie hatten es wirklich darauf abgesehen, jemanden hochgehen zu lassen. Und Reggie war noch auf Bewährung. *Verflucht! Was mache ich jetzt? Abhauen?* Doch der Cop hatte bestimmt einen Partner, der irgendwo im Park lauerte, und Reggie hasste den Gedanken, einem Mann mit Schlagstock in die Arme zu laufen. Außerdem war Laufen fast unmöglich mit den Stiefeln und der Jacke und dem verdammten Piepser im Gürtel.

Der Cop kam immer näher. Plötzlich flammte ein Scheinwerfer auf, und eine Stimme rief: »Bleiben Sie, wo Sie sind. Keine Bewegung!«

Reggie setzte sich auf der Bank zurück. Während er darauf wartete, dass der Cop zu ihm kam, beobachtete er unauffällig die Umgebung. Grüner Rasen, durchzogen von breiten Kieswegen, erstreckte sich ringsum, eingefasst von betonierten Bürgersteigen, die den gesamten Park umgaben. Am gegenüberliegenden Ende befand sich das kleine Granitgebäude der U-Bahn-Station. Die Innenbeleuchtung war abgeschaltet; nur der schwache blaue Schein der Laterne über der Notrufsäule an der Seite des Bauwerks erhellte die Station. Links von Reggie erstreckte sich der Park bis zur Park Street Church und dem angrenzenden Friedhof. Reggie ahnte die grauen Grabsteine mehr, als dass er sie sehen konnte. Über die im Wind rauschenden Bäume hinweg erhoben sich in der Ferne die Wolkenkratzer der Innenstadt Bostons mit den in der Nacht rot blinkenden Lichtern auf den Dächern.

Dann stand der Cop direkt vor ihm und leuchtete Reggie mit seiner Taschenlampe von oben bis unten an.

Der Mann sah schon älter aus; der Schatten eines Dreitagebarts lag auf seinem verlebten Gesicht mit der dunklen, ledrigen Haut, und als er näher kam, rümpfte Reggie die Nase. War der Mann betrunken? Er stank nach Alkohol. In Reggie regte sich Unbehagen.

»Wie geht's denn so?«, fragte der Cop.

»Ganz gut«, antwortete Reggie und blinzelte ins Licht der Lampe.

»Ziemlich spät, um draußen zu sein, finden Sie nicht?«

»Ich wollte nur ein wenig frische Luft schnappen.«

Der Cop starrte ihn eigenartig an, und seine Pupillen weiteten und verengten sich so träge wie Wellen in einem Teich. Einen Augenblick herrschte Schweigen. Keiner sagte etwas. Der Cop starrte nur.

»Kann ich jetzt gehen?«, fragte Reggie schließlich.

Der Cop ignorierte seine Frage. Reggie sah ihn genauer an. Irgendetwas stimmte nicht. Der Stoff der Uniform war fadenscheinig und zerknittert. Sogar die Polizeimarke war seltsam stumpf, als wäre sie aus Plastik.

»Wer war Ihr Freund?«, fragte der Cop.

»Wen meinen Sie?«

»Den Mann, der da hinten gesessen und Gameboy gespielt hat.«

»Kenne ich nicht.«

»Das glaube ich aber doch. Hat er mich kommen sehen?«

»Ich kenne ihn wirklich nicht, Officer.«

»Haben Sie irgendwo in der Nähe ein Fahrzeug abgestellt?«

»Nein, ich bin zu Fuß von zu Hause hergekommen.«

Der Cop nickte und drehte den Kopf, ließ den Blick durch den leeren Park schweifen.

»Haben Sie einen Führerschein?«, fragte er dann.

»Ja, sicher«, antwortete Reggie. Er zog seine Brieftasche hervor und wollte den Führerschein herausnehmen, doch der Cop kam ihm zuvor, nahm ihm die Brieftasche weg und betrachtete sie einen Augenblick, bevor er sie in die Brusttasche steckte, wo sie sich unter dem fadenscheinigen blauen Stoff deutlich abzeichnete.

»He, Mann! Sie können mir doch nicht einfach meine Papiere wegnehmen!«

»Sie haben Drogen hier im Park verkauft.«

Reggies Stimme klang verletzt. »Was? Wie kommen Sie auf die Idee? Sie kennen mich doch gar nicht!«

»Steh auf.«

»Was?«

»Steh auf.«

Reggie nickte. Er verspürte kein Bedürfnis, diesem Cowboy zu widersprechen, und erhob sich langsam von der Parkbank.

»Dreh dich um, spreiz die Beine, und leg beide Hände auf die Banklehne. Den Kopf nach unten.«

Reggie gehorchte, drehte sich langsam um und beugte sich über die hohe Rückenlehne der Parkbank. Er spürte, wie er abgetastet wurde, wie Hände über seine Taschen und an seinen Beinen entlang nach unten glitten. Dann strichen die Hände über seine Arme. Als sie seine nackten Handgelenke berührten, zuckte Reggie zusammen, so kalt war die Haut des Cops. Es fühlte sich an wie nasser Seetang.

»Du irrst dich, Reggie«, sagte der Cop. »Ich weiß alles über dich. Trotzdem will ich dir eine Frage stellen. Hattest du jemals Angst da draußen?«

»Wo draußen?«

»Im Knast«, antwortete der Cop. »Hattest du jemals Angst?«

Reggie dachte unwillkürlich an das Blade-Gefängnis. An das Loch. An das Etwas, das dort unten auf ihn gelauert hatte … das sie alle gejagt hatte. Woher wusste der Cop davon? Niemand wusste davon, außer den Sträflingen, die dort gewesen waren, und den Wächtern. Und woher wusste dieser Cop überhaupt so genau, wer Reggie war? Reggie besaß ein gutes Gedächtnis für Gesichter und hätte den Cop bestimmt erkannt.

Außerdem sah er gar nicht wie ein richtiger Cop aus. Hätte er nicht die Uniform getragen – Reggie hätte ihn für einen seiner Kunden gehalten.

»Hattest du Schiss?«, kam die Frage erneut, und die Stimme des Cops nahm einen aufgeregten Unterton an.

»Ja«, flüsterte Reggie.

Er stand immer noch über die Bank gebeugt und blickte auf die beiden eiskalten Hände, die ihn weiterhin abtasteten. Die Nägel waren lang und schmutzig, die Finger fleckig von Blut.

Blut!

Überrascht riss Reggie den Kopf hoch und reckte den Hals, um nach hinten zu sehen. In diesem Moment packte ihn etwas und zwang seinen Kopf wieder nach unten. Hinter sich hörte er ein gurgelndes Kichern.

»Hast du was in deinen Schuhen oder Taschen oder der Unterhose?«, fragte eine leise Stimme.

»Nein, Sir«, antwortete Reggie zitternd.

Hinter ihm ertönte ein seltsames Geräusch.

»Was …« Reggie stemmte sich hoch und fuhr herum.

Der Cop starrte ihn an. Seine geschwollenen Augen waren plötzlich blutunterlaufen. Er sah aus, als würde er jeden Augenblick explodieren. Sein Gesicht wurde dunkler, und die schlaffe Haut seiner Wangen zuckte wie die Flanken eines nervösen Pferdes. Reggie trat einen Schritt zur Seite, weg von der Bank, und beobachtete, wie die Augen des Cops sich für einen Moment nach oben verdrehten, bis nur noch das Weiße zu sehen war.

»O Gott«, flüsterte Reggie und starrte offenen Mundes auf den Cop, der plötzlich ruckhaft den Kopf drehte und Reggie wieder anstarrte.

Voller Panik rannte Reggie los.

Er bewegte sich so schnell er konnte, rannte über den Hang und brach durch die Bäume zur Straße. Vor ihm tauchten die Laternen den Bürgersteig in helles Licht. Die Bars und Geschäfte hatten längst geschlossen, die Fenster waren dunkel. Das Gras war nass vom nächtlichen Tau; Reggie spürte, wie Feuchtigkeit in seine Schuhe drang. Gehetzt blickte er über die Schulter: Der Cop kam zielstrebig hinter ihm her, mit mechanisch schwingenden Armen und starr nach vorn gerichtetem Kopf. Der starre Blick der gelben Augen verfolgte Reggie.

Reggie erreichte die Straße und sah einen Wagen auf sich zukommen, einen grünen Toyota. Er rannte auf die Fahrbahn und schwenkte wild die Arme über dem Kopf. Der Toyota beschleunigte, und Reggie musste zur Seite springen. Als der Wagen vorbeijagte, erhaschte Reggie einen flüchtigen Blick auf eine Frau mit hagerem Gesicht, die verkrampft hinter dem Steuer saß. Reggie prallte unsanft gegen einen parkenden Jeep und prellte sich das Steißbein. Schmerz durchzuckte ihn.

Er rannte zwischen parkenden Fahrzeugen hindurch und über den leeren Bürgersteig, bis das schwere Eingangstor des Granary-Friedhofs dunkel vor ihm aufragte. Das Tor aus dicken Eisenstäben war verschlossen, doch Reggie kletterte an den Stäben nach oben und schwang sich hinüber. Seine Jacke verfing sich in einer der scharfen Spitzen, und er landete mit der Schulter voran auf der anderen Seite. Schwerfällig rannte er übers Gras, während ringsum die Nacht hereinsank. Dunkelheit erfüllte jeden Spalt und jede Ritze zwischen den Grabsteinen des kleinen alten Friedhofs und breitete sich über das Gras hinweg bis hin zum Mausoleum aus.

Als Reggie mit dem Dealen im Park angefangen hatte, hatte er einen Gegenstand auf diesem Friedhof versteckt. Er hoffte inständig, dass dieser Gegenstand noch da war, und seine Hoffnung wurde nicht enttäuscht. Da war sie, die silberne 38er Special. Unter einem kleinen Stück Rasen hinter dem Grabstein von Eleazar Johnson, 1783–1836. Schwer atmend und dicht an den Boden gekauert wartete Reggie, während er den Blick langsam über den Friedhof schweifen ließ.

Niemand zu sehen.

Die alten Grabsteine standen krumm und schief im bleichen Mondlicht, während vereinzelte Wolken über den Nachthimmel trieben wie die geblähten Segel von Schiffen.

Aus dem Augenwinkel erhaschte Reggie eine Bewegung. Ein kurzer Blick auf etwas, das zwischen den Gräbern umherhuschte – dann war es verschwunden.

Langsam ging Reggie rückwärts, die Pistole schussbereit erhoben. Da war die Bewegung wieder, erneut rasch und flüchtig, bloß ein schwarzer, verschwommener Schatten, der Reggies eigene Bewegungen nachzuahmen schien. Reggie blieb stehen und starrte angestrengt in die Dunkelheit. Die 38er Special in seiner Hand verlieh ihm ein wenig Mut.

Er neigte den Kopf und spähte in die graue Dunkelheit des Friedhofs. Die schiefen Grabsteine leuchteten im Mondlicht, während die Flächen dazwischen mit rabenschwarzer Dunkelheit erfüllt waren. Selbst wenn man genau hinsah, war kaum etwas zu erkennen.

»He, ich hab 'ne Kanone!«, sagte Reggie laut. »Willst du immer noch weitermachen?«

Der Friedhof lag still da, totenstill.

Reggie zuckte zusammen und hätte beinahe die Waffe fallen lassen. Eine Gestalt stand reglos auf der anderen Seite des Friedhofs und beobachtete ihn. Reggie beugte sich vor, starrte angestrengt in die Dunkelheit. Die Gestalt trug keine Uniform.

»Was ist?«, rief Reggie. »Was willst du?«

Die Gestalt rührte sich nicht.

Reggie warf einen Blick zurück durch den schmiedeeisernen Zaun zur Straße. Keine Spur von dem Cop, der ihn verfolgt hatte. Er drehte sich wieder zu der Gestalt um und bemerkte, dass sie näher gekommen war. Für einen Augenblick drohte Panik ihn zu überwältigen; er wünschte sich sehnlichst, er hätte sich nicht so weit von der Straße entfernt. Wieder schaute er zu der Gestalt hinüber. Sie war noch näher gekommen.

Irgendetwas stimmte nicht … der Schatten war seltsam verzerrt und verdreht, die Arme lang und spitz zulaufend, die Knie nach innen gebeugt. Reggie wich einen Schritt zurück, und die Gestalt trat einen Schritt vor.

»Hör mal, ich weiß nicht, wer du bist, aber ich rate dir zu verschwinden.«

Die Gestalt näherte sich unbeirrt weiter, folgte Reggie mit kurzen, roboterhaften Bewegungen und ohne jedes Geräusch, wobei sie immer schneller wurde, bis sie rannte. Reggie hob die Waffe mit beiden Händen und drückte ab. Ein Ruck ging durch die Gestalt, doch sie näherte sich weiter. Reggie feuerte erneut und verfehlte diesmal sein Ziel. Die Ecke eines Grabsteins explodierte in einer Staubwolke und winzigen Steinsplittern, als die Kugel einschlug.

Die Gestalt huschte durch eine Lücke zwischen zwei Bäumen und war für einen Moment im vollen Mondlicht zu sehen. Zum ersten Mal erkannte Reggie, was da auf ihn zukam. Er schrie vor Entsetzen und wandte sich zur Flucht.

Hinter ihm erklang ein kurzes, leises Aufheulen, und Sekundenbruchteile später spürte Reggie einen stechenden Schmerz in der Schulter. Im Vorwärtsfallen stolperte er über eine Grabumrandung und landete mit dem Gesicht zuerst in der nassen Erde. Ein gewaltiges Gewicht drückte auf ihn, und er spürte stinkenden heißen Atem im Nacken.

Reggie schloss die Augen, streckte die Hand nach hinten und betätigte blind den Abzug seiner 38er. Er hörte die Kugeln in Fleisch einschlagen. Noch während er am Boden lag, verschwand das Gewicht von seinen Schultern. Reggie sprang auf und rannte los. Grabsteine huschten vorüber, während er fieberhaft nach einer Stelle suchte, an der er sich verstecken konnte. Er gelangte auf einen Teil des Friedhofs, auf dem Krypten standen, niedrige steinerne Gebäude. Er bewegte sich tiefer hinein in das Labyrinth aus kleinen Bauwerken; dann duckte er sich und drückte sich zwischen zwei steinernen, trompetenblasenden Engeln hindurch. Hinter Reggie ertönte ein dumpfes Grollen, und im Gras zu seiner Rechten vernahm er Schritte. Tief am Boden tastete er sich vorwärts, immer an der Wand des Mausoleums entlang. Vor ihm erstreckte sich der Friedhof, und Reihen um Reihen von Grabsteinen ragten in den Himmel wie die Reißzähne eines Ungeheuers.

Reggie erreichte die Vorderseite des Mausoleums, wo im Zentrum eine schwere, zweiflügelige Metalltür eingelassen war. Erneut erklangen die Schritte zwischen den Grabsteinen.

Dieses Etwas suchte nach ihm …

Die Metalltür war durch eine Kette und ein rostiges Schloss gesichert. Reggie zerrte an dem Schloss, doch nichts geschah. Er legte die 38er zu Boden und zog erneut am Schloss, fester diesmal, mit beiden Händen. Die Kette knirschte und knackte ein wenig unter der Belastung, doch das Schloss gab keinen Millimeter nach. Reggie sah eine Schaufel drei Meter entfernt, ergriff sie und schob das Schaufelblatt zwischen Schloss und Tür.

Die Kette klirrte so laut, dass Reggie zusammenschreckte. Er erstarrte, hielt den Atem an. Die Schritte waren verklungen, als stünde das Etwas, das ihn verfolgte, irgendwo auf dem Friedhof und lauschte. Langsam griff Reggie nach dem Revolver. Die Schritte setzten wieder ein, langsam, dumpf, auf der anderen Seite des Gebäudes, und näherten sich.

Es kam auf ihn zu!

Reggie steckte den Revolver ein und bearbeitete mit der Schaufel die rostige Kette und das Schloss. Er drückte gegen den Stiel, so fest er konnte. Die Schritte wurden schneller. Die Gestalt hatte nun die gegenüberliegende Seite des Mausoleums erreicht, und Reggie konnte ihren Atem hören, der in kurzen, rasselnden Stößen ging. Tränen der Angst traten ihm in die Augen, und eine Woge greller Panik erfasste ihn. Er kämpfte das Verlangen nieder, einfach aufzugeben, sich ins Gras zu legen und auf das Unabwendbare zu warten. Stattdessen nahm Reggie ein letztes Mal alle Kraft zusammen und riss an dem Stiel – und plötzlich sprang das Schloss auf.

Reggie starrte verblüfft auf das Ergebnis seiner Bemühungen, dann schüttelte er den Kopf und warf die Schaufel ins Gras. Die Schritte waren nun fast an der Ecke des Mausoleums angekommen. Noch einen Augenblick, und Reggies unheimlicher Verfolger würde um die Ecke kommen und ihn sehen. Reggie schob die Tür langsam auf und schlüpfte durch die sechzig Zentimeter breite Öffnung ins Innere, wo er einen Balken fand, der dazu gedacht war, die Tür von innen zu versperren. Er schob ihn in die vorgesehene Halterung. Mit ein bisschen Glück konnte er dieses Ding daran hindern, zu ihm reinzukommen.

Im Innern der Gruft herrschte tiefste Dunkelheit. Nur ein dünner silberner Lichtstrahl fiel durch einen Spalt unter den beiden Türen. Reggie stand ganz still da und tastete blind um sich. Langsam bewegte er sich vorwärts, bis er gegen etwas Hartes, Kastenförmiges stieß. Er strich mit den Händen darüber und erkannte, dass es ein Sarg war, der auf einem Steinsockel mitten im Raum stand.

Reggie atmete tief durch in dem Versuch, seinen rasenden Herzschlag zu verlangsamen und das Klingen in seinen Ohren leiser werden zu lassen. Die Krypta war staubig, Spinnweben streiften über sein Gesicht und die Nase und klebten in seinen Haaren, als er sich langsam hinter den Sarg tastete. Staub, der sich jahrzehntelang angesammelt hatte, rieselte in einem fast ununterbrochenen Strom auf ihn herab. Seine Augen brannten, und er konnte den Dreck zwischen den Zähnen spüren.

Draußen bewegte sich etwas. Reggie hielt den Atem an und lauschte. Er hörte Schritte, die sich dem Eingang der Krypta näherten. Die Schritte schienen für einen Augenblick zu verharren, dann entfernten sie sich entschlossen von der Tür und bewegten sich in eine andere Richtung, als hätte die Kreatur seine Fährte verloren. Reggie drückte das Ohr gegen die Tür und hörte ein schnüffelndes Geräusch, nur wenige Zentimeter von seinem Kopf entfernt. Er blickte nach unten zum Silberstreif unter der Tür und sah, dass sich im Mondlicht Schatten bewegten. Irgendetwas stand da draußen …

Die Schatten bewegten sich von der Tür weg und verschwanden schließlich ganz. Reggie hörte ein leises Scharren an den Granitmauern des Mausoleums. Dann Stille.

Scharf stieß er den Atem aus und spürte, wie die Nervosität von ihm abfiel. Langsam wich er von der Tür zurück. Hinter sich ertastete er mit ausgestreckter Hand den Sarg, gegen den er vorhin gestoßen war.

Die Luft war kühl und roch nach Erde. *Erde.* Reggie wurde schlagartig bewusst, dass der Boden des Gebäudes aus Erde bestand. Wenn dieses Ding zu ihm wollte, konnte es sich unter der Tür hindurch zu ihm graben …

Draußen herrschte Stille. Dann krachte ein schwerer Gegenstand gegen die Tür. Das Metall kreischte und wölbte sich nach innen, doch der Balken hielt. Ein Augenblick verging, dann folgte ein zweiter Schlag. Diesmal erzitterte die Tür noch heftiger und drohte aus den Angeln zu brechen. Ein dritter Schlag. Staub rieselte von der Decke auf Reggie. Die Luft wurde stickig vor Staub, und Reggie hielt die Hand vor den Mund, als könne er den Dreck zwischen den Fingern filtern.

Draußen hämmerte irgendetwas wütend gegen die Tür in dem Versuch, sich Zutritt zu verschaffen.

»Gott im Himmel, hilf mir«, flüsterte Reggie panikerfüllt. »Bitte, hilf …«

Er zog den Abzug der 38er Special durch, und die Kugeln prallten als Funken sprühende Querschläger von der Metalltür des Mausoleums ab.

Das Hämmern draußen hielt an. Der obere Teil einer Türhälfte bog sich plötzlich mit metallischem Kreischen nach innen. Helles Mondlicht strömte ins Innere und bildete einen Fleck auf dem Boden. Das Licht erlosch unvermittelt, als eine Gestalt den Kopf durch die Öffnung steckte. Reggie wimmerte leise, als er in die gelben Augen starrte.

Das Maul der Kreatur war zu einem triumphierenden Grinsen verzerrt.

Reggie hatte noch eine Kugel in der Trommel. Er setzte die Mündung der 38er an seine Schläfe und spürte das kalte Metall auf der Haut.

Dann riss er den Abzug durch.

Detective Jefferson blinzelte schläfrig, als die Sonnenstrahlen durch die Schlitze in der Jalousie fielen. Er setzte sich auf und zog sie hoch, sodass Sonnenlicht das Zimmer durchflutete. Draußen erhoben sich die Gebäude der Stadt. Eine sanfte Brise wehte durch das halb offene Fenster, und unten im Park auf der anderen Straßenseite hörte Jefferson das Lachen von Baseball spielenden Kindern und das gelegentliche metallische Geräusch, wenn ein Schläger den Ball traf. Er packte die Fernbedienung auf dem Nachttisch und schaltete den kleinen Fernseher auf der anderen Seite des Zimmers ein.

Eine freundlich blickende Blondine erschien auf dem Schirm und verlas die nachmittäglichen Nachrichten von *Channel Ten.* Jefferson tappte auf nackten Füßen und in Boxershorts über den Teppich in die Küche. Er nahm Milch aus dem Kühlschrank und Frühstücksflocken aus dem Regal und setzte sich damit an den Tisch, während er geistesabwesend den Nachrichten lauschte.

»... treffen sich erneut in einer Woche, um die Maßnahmen zu diskutieren. Boston. Auf dem Dach des Lyerman Building wurden die Leichen eines Mannes und einer Frau gefunden.« Es folgte ein kurzer Clip aus einem Helikopter. Jefferson sah die

Spitze des Lyerman Building im Licht der Scheinwerfer der Spurensicherung. Er sah Brogan, wie er sich über eine der Leichen beugte. Die Aufnahme musste gemacht worden sein, bevor Jefferson am Tatort eingetroffen war. »Die Leichen wurden gestern Nacht entdeckt. Die Todesursache ist bisher nicht bekannt«, fuhr die Sprecherin fort. Der Bildausschnitt wechselte, und im nächsten Augenblick waren zwei Männer zu sehen, die eine der Leichen auf einer Trage ins Heck eines Krankenwagens schoben. Jefferson sah sich selbst im Hintergrund mit Brogan reden.

»Heute Morgen wurde in Boston ein bisher nicht identifizierter männlicher Toter auf dem Granary-Friedhof aufgefunden. Bisher ist der Presse lediglich bekannt, dass das Opfer ein Schwarzer im Alter von zwanzig bis fünfundzwanzig Jahren ist. Weitere Informationen liegen zurzeit noch nicht vor.«

Jefferson blickte von seinen Frühstücksflocken auf und starrte auf den Bildschirm.

»Damit kommen wir zu unserer dreiteiligen Reportage über Gewaltverbrechen und Waffenkontrolle in der Stadt ...«

Jefferson schaltete den Fernseher aus und warf einen Blick auf die Uhr. Das Telefon läutete.

»Hast du die Nachrichten gesehen?«

Es war Brogan.

»Ja. Wir haben einen weiteren Leichnam, stimmt's?«

»Sieht so aus. Er wurde heute Morgen entdeckt. Sieht genauso aus wie die beiden auf dem Dach des Lyerman Building. Wie es heißt, interessiert das FBI sich für die Geschichte.«

»Handelt es sich um einen Serienmörder?«

»Sieht ganz danach aus.«

»Warst du schon am Tatort?«

»Nein, ich bin gerade erst ins Büro gekommen. Ich fahre bald rüber. Möchtest du, dass ich auf dich warte?«

»Ja. Ich bin in dreißig Minuten da.«

»Lass dir Zeit. Der Bursche ist eh schon tot.«

Zwanzig Minuten später bog Jefferson auf den Parkplatz der Hauptwache des achten Bezirks ein. Das Gebäude bestand zur Gänze aus weißen Granitblöcken, und über die breite Fronttreppe strömten unablässig Menschen hinein und hinaus.

In der Eingangshalle eilten übernächtigte Polizeibeamte umher; Prostituierte in kurzen Röckchen und zerrissenen Nylons flanierten an Jefferson vorbei, in den Händen noch nicht angesteckte Zigaretten. Sie schoben die Tür nach draußen auf, blieben auf der Treppe stehen, blinzelten in die Sonne, steckten die Zigaretten an, rauchten und starrten verdrossen hinaus in den Tag.

Jefferson ging am Empfangsschalter vorbei und betrat durch eine Schwingtür den Raum, in dem sein Schreibtisch stand. Er stolperte über eine hoch stehende Fliese im Boden und machte ein paar hastige Schritte, um das Gleichgewicht wiederzufinden. Der Chief beschwerte sich seit Jahren bei der Stadtverwaltung und wollte einen höheren Etat, doch bisher war nichts geschehen. Brogan saß über seinen Schreibtisch gebeugt, einen Telefonhörer ans Ohr gedrückt. Er blickte nicht auf, als Jefferson an ihm vorbeiging und in dem gepolsterten Ledersessel hinter seinem Schreibtisch Platz nahm. Langsam ließ er den Blick durch das Büro der Mordkommission schweifen. Zwei Fenster hoch an der Wand ließen das Sonnenlicht durch staubige Scheiben ins Büro. An einer Wand hing eine Karte von Boston, neben einem Poster, das eine Zeichnung von einem riesigen Fuß zeigte, der ein Crack-Röhrchen zerstampfte.

Brogan legte auf, lehnte sich im Stuhl zurück und sagte: »Scheiße, verdammte.«

»Was ist denn?«

»Ich habe gerade mit Lyerman telefoniert. Hab ihn nach den Audioaufzeichnungen vom Dach gefragt, von denen wir ziemlich sicher sind, dass er sie besitzt …«

»Und?«

»Er sagt, er kann ihre Existenz weder bestätigen noch dementieren, aber wenn es solche Bänder gäbe, müssten wir einen Gerichtsbeschluss vorlegen, wenn wir sie hören wollen, weil sie möglicherweise Firmeninformationen enthalten. Man könnte glauben, wir würden nicht herauszufinden versuchen, wer seinen Jungen ermordet hat. Na ja.« Brogan knackte gedankenversunken mit den Knöcheln. »Bist du ausgeschlafen?«

»Geht so.«

»Und bist du bereit, den täglichen Kampf gegen das Verbrechen aufzunehmen?«

Jefferson zuckte die Schultern. »Ja, sicher.«

»Okay, warte einen Moment, ich will nur eben noch zu Hause anrufen und Amelia fragen, ob ich heute Abend Essen mit nach Hause bringen soll.« Brogan griff erneut nach dem Telefon.

Amelia kümmerte sich fast rund um die Uhr um Brogans Kinder. Vor sechs Monaten war Brogans Frau von der Spätschicht aus dem Mass General, in dem sie als Krankenschwester gearbeitet hatte, auf dem Nachhauseweg verunglückt. Ihr kleiner, zweitüriger Dodge Neon war frontal von einer Gruppe Studenten in einem Ford Expedition gerammt worden, der ihr in der Ausfahrt von der I-95 auf der falschen Seite entgegengekommen war. Der Neon, in dem Michele Brogan saß, war zwischen dem schweren Expedition und den massiven Betonblöcken zerquetscht worden, die die Auffahrt begrenzten. Der Verkehr hatte sich kilometerlang gestaut, bevor die beiden Wegen von der Fahrbahn geräumt waren. Die Studenten waren am nächsten Morgen unversehrt in ihre Vorlesungen zurückgekehrt. Brogans Frau hingegen hatte drei Tage im Koma gelegen, bevor sie an einem Blutgerinnsel im Hirn gestorben war.

Brogan war allein zurückgeblieben – mit einer Hypothek, zwei kleinen Töchtern und Fotos von seiner toten Frau. Jefferson war beim Begräbnis dabei gewesen und hatte zugesehen, wie Brogan mit feuchten Augen dagestanden hatte, als der Sarg seiner Frau im Boden versank. Er hatte die Hand seiner vierjährigen Tochter gehalten, während das Baby in einer weißen Plastikschaukel im Gras gesessen hatte.

Seit jenem Tag hatte Brogan seine Frau nie mehr erwähnt. Er hatte noch immer ihr Bild im Büro, doch es stand nicht mehr auf seinem Schreibtisch, sondern lag in der Schublade.

»Kein Grund zur Eile. Die Spurensicherung war auch noch nicht da.« Brogan blickte vom Telefon auf, während er die Nummer von zu Hause wählte.

»Warum nicht?«

»Eine Schießerei in einem Schnapsladen in Dorchester. Sie waren zuerst dort.«

»Wäre nicht schlecht, wenn wir mehr Personal hätten.«

»Da hast du verdammt Recht, Bruder.«

Die Fahrt zum Granary-Friedhof dauerte nicht lange. Schon aus einiger Entfernung bemerkte Jefferson die lange Reihe von Streifenwagen, die vor dem Friedhof parkte. Drei Mannschaftswagen und eine Ambulanz waren ebenfalls dort. Ihre Scheinwerfer leuchteten stumpf im Licht der Morgensonne. Eine Menschenmenge hatte sich auf dem Bürgersteig versammelt und beobachtete das Geschehen. Jefferson sah einen großen weißen Übertragungswagen mit der Aufschrift WCVB CHANNEL 5 BOSTON an der Ecke.

Brogan lenkte den Wagen an den Straßenrand und stellte den Motor ab. Die beiden Detectives stiegen aus und gingen das letzte Stück zu Fuß.

In einer Ecke des Friedhofs stand eine Gruppe von Männern in Anzügen.

»Sie haben die Leiche da drüben bei den kleinen Bauwerken gefunden«, sagte Brogan und zeigte in die Richtung. »Sieht aus, als hätte sich das Opfer in einer der Bauten versteckt. Wie heißen die Dinger noch mal?«

»Mausoleen.«

»Ja. Jedenfalls haben sie den Toten in einem dieser kleinen Gebäude gefunden. Wie ich schon sagte – er hat sich wahrscheinlich dort versteckt, auf der Flucht vor irgendjemand. Hatte aber kein Glück«, fügte Brogan hinzu, während er auf das betreffende Mausoleum zeigte.

Selbst aus der Entfernung bemerkte Jefferson das klaffende dunkle Loch in der Stirnseite des Bauwerks, wo die Tür zertrümmert worden war.

»Jefferson und Brogan!«, rief unvermittelt eine weibliche Stimme. »Welch eine Überraschung, Sie beide zu treffen!«

McKenna stand neben einem der Grabsteine. Sie trug Latex-Handschuhe und hatte die Haare zu einem Pferdeschwanz zurückgebunden. Erneut überkam Jefferson das vertraute Gefühl, sie von irgendwoher zu kennen. Vielleicht war es auch nur Wunschdenken. McKenna stand den beiden Männern gegenüber und schirmte die Augen mit der Hand gegen die Sonne ab.

Sie war die schönste Frau, die Jefferson jemals persönlich kennen gelernt hatte, und das sagte er auch zu Brogan.

»Ganz deiner Meinung, Kumpel«, erwiderte Brogan. »He, McKenna!«, rief er über die Gräber hinweg, während sie sich näherten. »Wenn ich jetzt niedergeschossen würde, was Gott verhüten möge, wünsche ich mir, dass Sie, und nur Sie, meine Leiche überall nach Spuren abtasten.«

McKenna kicherte. »Sie beide kommen gerade rechtzeitig. Die Party fängt jeden Augenblick an. Ich hatte mir schon Sorgen gemacht, dass Sie's nicht schaffen.«

»Was haben Sie bisher?«, fragte Jefferson.

»Wir haben einen Toten, ein junger männlicher Schwarzer namens Reginald Tate, zweiundzwanzig Jahre. Einer der Streifenbeamten, die den Anruf entgegengenommen haben, hat ihn sofort erkannt.«

Brogan blickte McKenna an. »Reggie hat's erwischt? Netter

Junge. Okay, er hat Drogen genommen, war aber kein schlechter Kerl. Ich hab ihn letztes Jahr vor Gericht kennen gelernt.«

McKenna nickte. »Wir haben ihn heute Morgen gefunden und versuchen seither, seine Eltern aufzuspüren, bevor die Medien Wind von der Sache kriegen. Wir haben seinen Piepser überprüft; die letzte Nummer war von einer Laura Ginsberg aus South Boston. Wir haben sie bisher nicht überprüft, aber ich bin sicher, sie ist entweder seine Freundin oder eine Schwester.«

»Glauben Sie, der Mord hat mit Drogen zu tun?«, fragte Jefferson.

McKenna sah ihm in die Augen, und auf ihrem Gesicht stand ein merkwürdiger Ausdruck. Sie zögerte, bevor sie antwortete. »Nein … es war irgendetwas anderes.« Sie schien fortzufahren wollen, doch dann sagte sie nur: »Sie werden sehen.«

»Haben Sie Geld bei ihm gefunden?«

»Ja. Gut siebenhundert Dollar«, antwortete McKenna.

Brogan pfiff durch die Zähne. »Siebenhundert! Reggie war anscheinend auf dem Weg nach oben. Nicht schlecht für eine Nacht.«

»Wie ist er gestorben?«, fragte Jefferson.

McKenna stieß einen leisen Seufzer aus und wandte sich zum Mausoleum um. »Das ist das Merkwürdige an der Sache. Sieht aus, als hätte er Selbstmord begangen.«

»Selbstmord?«, fragte Brogan verblüfft. »Wollen Sie mich auf den Arm nehmen?«

»Er hat eine Schusswunde im Kopf, Eintrittspunkt rechte Schläfe. Wir haben die Waffe neben ihm gefunden, eine 38er Special.«

»Eine 38er Special an der Schläfe? Das muss ein hässliches Loch gegeben haben«, sagte Brogan.

»Wir wissen noch nicht, ob es wirklich Selbstmord war«, sagte McKenna. »Die Ballistik muss noch ermitteln, mit welcher Waffe er getötet wurde, aber ich vermute, die Ergebnisse werden auf die 38er Special hindeuten, die wir gefunden haben, und die Waffe wird mit seinen Fingerabdrücken übersät sein. Was allerdings hinterher mit ihm passiert ist, war ganz bestimmt nicht sein eigenes Werk ... Sie werden ja sehen.«

Jefferson war verwirrt. Warum sollte Reggie die ganze Nacht arbeiten und siebenhundert Dollar kassieren, um anschließend auf einen Friedhof zu gehen und sich den Schädel wegzupusten? Brogan dachte allem Anschein nach das Gleiche.

»Warum sollte er Selbstmord begangen haben?«, fragte er. »War er allein?«

McKenna schüttelte den Kopf. »Nein, eindeutig nicht. Alles deutet darauf hin, dass er gejagt wurde.«

McKenna wies auf ein älteres Paar, das von Greg Stanley befragt wurde, einem der Detectives der Mordkommission. Der Mann sah müde aus und hatte den Arm um seine elegant gekleidete Frau gelegt. Die Augen der Frau waren verquollen und das Make-up verschmiert, als hätte sie geweint.

»Die beiden dort haben gesehen, wie ein junger Schwarzer, auf den Reggies Beschreibung passt, aus dem Park rannte und um Hilfe rief.«

Brogan sah zu dem Paar hinüber. »Und? Haben sie etwas unternommen?«

McKenna grinste. »Ein junger Schwarzer, der so angezogen mitten in der Nacht aus einem Park gerannt kommt? Die beiden sind schleunigst in die andere Richtung weitergegangen.«

»Und was ist Ihrer Meinung nach passiert?«

»Das versuchen wir noch herauszufinden.« McKenna stieg über einen der Grabsteine und ging zu einem kleinen freien Fleck im Gras. »Wir haben ein paar Fußabdrücke gefunden.«

Jefferson beugte sich über die Abdrücke. Der Regen, der erst aufgehört hatte, als sie aus dem Lyerman Building gekommen waren, hatte den Weg schlammig werden lassen, und im weichen Erdreich waren mehrere Paare Fußabdrücke zu erkennen.

Sie schienen alle von den gleichen Schuhen zu stammen, mit einer Ausnahme.

»Seht euch das hier an!«, sagte er zu Brogan und McKenna.

»Das haben wir ebenfalls bemerkt«, antwortete McKenna. »Jemand scheint hier mit einem Haustier spazieren gewesen zu sein. Was würde ich dafür geben, endlich einmal einen nicht kontaminierten Tatort vorzufinden!«

Jefferson starrte auf den Abdruck und versuchte sich vorzustellen, was für ein Haustier das gewesen sein mochte. Vor ihm im Erdreich, über einem der normalen Fußabdrücke, waren deutlich drei große Zehen zu erkennen, jede einzelne mit einem langen spitzen Nagel.

Er erschauerte. Einen Abdruck wie diesen hatte er noch nie gesehen.

»Möchten Sie sehen, was von Reggie Tate übrig ist?« McKenna stand neben dem Weg und nickte in Richtung des mit Polizeiband abgeriegelten Mausoleums.

»Ja, sicher«, erwiderte Jefferson, und zu dritt gingen sie über den Weg zum eigentlichen Tatort.

Draußen vor dem Mausoleum liefen geschäftig Uniformierte umher. Schwarz-gelbes Polizeiband war von einem toten grauen Baumstamm auf der einen Seite bis zu einem Grabstein auf der anderen gespannt und flatterte im schwachen Wind. Als Jefferson näher kam, hörte er zwei Cops über irgendetwas Witze reißen. Einer von ihnen lachte und schlug dem anderen auf die Schulter. Als sie Jefferson und Brogan bemerkten, verstummten sie augenblicklich. Einer der Männer nickte den Detectives zu, als sie vorbeikamen.

»Wie ich schon sagte – wir vermuten, dass Mr Tate ursprünglich dort hinten auf dem Weg angegriffen wurde.« McKenna deutete zu der Stelle, wo sich die Fußabdrücke in der aufgeweichten Erde befanden. »Nach dem Streit flüchtete unser Opfer hierher, brach durch diese Tür und versteckte sich im Innern des Mausoleums.«

Jefferson inspizierte das alte Gemäuer. Die massigen Granitsteine waren an zahlreichen Stellen abgeplatzt, und lose Stücke lagen ringsum im Gras, als hätte jemand mit etwas Schwerem auf die Konstruktion eingehämmert. Die beiden steinernen Engel rechts und links neben dem Eingang blickten mit starren Augen zum Himmel. Einer der Flügel eines Engels wies einen großen Sprung auf, der in einer gezackten Linie nach unten verlief.

»Sieht aus wie mein Haus nach der Geburtstagsparty meiner Tochter«, sagte Brogan mit einem Blick auf das zerstörte Äußere des Mausoleums.

Die Tür bestand aus schweren, schwarz gestrichenen Eisenplatten. Nach dem Profil zu schließen war sie massiv. An der Oberseite war ein Flügel nach innen gebogen wie dünnes Blech, und durch die so entstandene Öffnung fiel Licht ins Innere des Mausoleums. Eine der schweren Angeln war herausgerissen und hing frei im Rahmen, sodass die Tür einfach aufgestoßen werden konnte, nachdem der Sperrbalken auf der Innenseite entfernt worden war. Große, senkrecht verlaufende Kratzer zogen sich über das Metall, und Jefferson sah mehrere Beulen und Vertiefungen. Er hockte sich vor der Tür nieder, um die Spuren genauer in Augenschein zu nehmen.

»Jemand hat diese Tür ziemlich massiv bearbeitet. Schau dir diese Beulen an. Sie sehen aus, als hätte jemand einen Vorschlaghammer benutzt.« Er hob einige abgesplitterte Granitsplitter auf und hielt sie hoch.

»Warten Sie erst mal, bis Sie drin gewesen sind«, sagte McKenna und schirmte die Augen vor der tief stehenden Sonne ab, während sie über den Friedhof zu den Reporterteams sah, die sich draußen auf dem Bürgersteig versammelt hatten. Sie bemerkte einen silbernen Camry, der unweit vom Übertragungswagen an den Straßenrand fuhr. Zwei Polizeibeamte winkten den Wagen vorwärts. Ein männlicher Asiate mittleren Alters in Jeans und Golfhemd stieg aus. Jefferson erkannte ihn trotz der Entfernung.

»Das wird doch nicht Dr. Wu sein?«, sagte Brogan. »Oder?«

»Sieht ganz danach aus«, pflichtete Jefferson ihm bei. Dr. Wu war der amtliche Leichenbeschauer des Gerichtsbezirks und nahm die Autopsien sämtlicher größerer Mordfälle der Stadt vor. Die Spurenarbeit vor Ort hingegen überließ er meist seinen Untergebenen.

»Dr. Wu!«, rief Brogan dem Mann entgegen, als der sich näherte und vorsichtig sämtlichen Pfützen auf dem Kiesweg auswich. »Was für eine Überraschung, Sie hier zu sehen!«

Wu nickte und schüttelte ringsum Hände. »Reine Neugier. Glauben Sie mir. Ich war seit mehr als zehn Jahren an keinem Verbrechensschauplatz mehr, nicht seit ich Techniker und gerade mit der Ausbildung fertig gewesen bin. Der Chief hat mich gebeten, hierher zu kommen. Er möchte sicherstellen, dass es keine Pannen gibt. Das erste Mal, dass ich so was aus seinem Mund gehört habe. Offen gestanden, ich halte es für Zeitverschwendung. Ich habe volles Vertrauen in meine Leute. Sonst *wären* sie nicht meine Leute.«

»Wir wollten gerade reingehen, Doc. Möchten Sie uns Gesellschaft leisten?«

»Aber nur als Beobachter, wie schon gesagt«, erwiderte Wu und nickte. »Ich bleibe im Hintergrund.«

Brogan schob die Tür auf, und sie betraten das Mausoleum.

Im Innern war es dunkel und beengt, und die Luft roch muffig. Die Decke war höchstens zweieinhalb Meter hoch. Die Nacht zuvor war es wahrscheinlich das erste Mal seit hundert Jahren der Fall gewesen, dass jemand das Mausoleum geöffnet hatte.

Brogan wedelte mit der Hand vor der Nase. »Meine Güte, das riecht hier drin ja schlimmer als drei Wochen altes chinesisches

Essen«, sagte er und warf einen erschrockenen Seitenblick zu Dr. Wu. »Verzeihung, Doc. Sollte keine Beleidigung sein.«

Wu zuckte die Schultern und winkte ab. Selbst der Doktor schien angesichts des Gestanks Mühe mit dem Atmen zu haben.

Jefferson wartete, bis seine Augen sich an das Halbdunkel gewöhnt hatten. In der Mitte des Raumes stand ein großer rechteckiger Sarg auf einem Sockel. Der Deckel war mit einer dicken Staubschicht bedeckt, doch man konnte noch erkennen, dass ein liegender Mann in den Steindeckel gemeißelt war. Die Gestalt hatte die Arme auf der Brust verschränkt und schien mit geschlossenen Augen friedlich zu schlafen. Jefferson näherte sich dem Sarkophag, um einen Blick auf das Gesicht des Mannes zu werfen, als er etwas von der Decke hängen sah, ein kleines Stück neben dem Sarg.

Er spürte, wie augenblicklich eine Woge der Übelkeit in ihm aufstieg.

An der Decke baumelte ein menschlicher Körper. Reggie Tate. In seine Hände waren große Nägel getrieben, die ihn an der Granitdecke des Bauwerks festhielten. Seine Beine hingen frei in der Luft, ein Stück über dem Boden. Ein Fuß war nackt, der andere steckte in einem blutigen Turnschuh. Unter dem Leichnam hatte sich eine große Blutlache gebildet, die mit dem Dreck und Staub zu einer schwarzen Masse festgebacken war. Auch das Gesicht der schlafenden Gestalt auf dem Sarkophag war blutverschmiert. Die Bauchhöhle des Toten war geöffnet, der Brustkorb aufgeschlitzt. Die Luft im Innern des Mausoleums stank widerlich nach Blut.

Was von Reggies Hemd übrig war, hing in Fetzen herab. Jefferson erkannte ein stilisiertes »B« mit einem Dolch darin, das in die weiche Haut der Brust eingebrannt worden war, das Symbol für das Blade-Gefängnis. Tate hatte also dort eine Strafe abgesessen.

»Du lieber Himmel …«, flüsterte Jefferson.

»Der Himmel hat mit dieser Schweinerei nichts zu tun«, murmelte Brogan.

Hinter ihnen erklangen Schritte, und ein junger Polizeibeamter betrat das Mausoleum.

»Die Presse ist noch draußen«, sagte er. »Sie will wissen … o Gott, was ist denn das?« Der junge Officer wankte zurück, schlug die Hand vor den Mund und starrte voller Entsetzen auf den verstümmelten Toten. Er stolperte rückwärts bis zum Eingang und fiel aufs Gras vor dem Mausoleum. Jefferson wandte sich wieder dem Toten zu und hörte, wie der junge Officer sich draußen würgend übergab.

»Lassen Sie bloß keine Reporter hier rein!«, rief Brogan nach draußen.

Jefferson rieb sich den Magen und verzog das Gesicht. »Mir geht es auch nicht besonders gut.«

Brogan warf einen Blick auf den Toten, auf dessen geschundenem Körper Dreck und Staub von der Decke klebten. Er räusperte sich und wandte sich ab. »Ich … halte mich lieber davon fern.«

»Wir nehmen an, dass Reggie Tate Selbstmord begangen hat, technisch gesehen. Dann kam offensichtlich jemand anders hinzu, der das hier getan hat.« McKenna wandte sich den Wänden zu. »Die Mauern machen uns bestimmt auch eine Menge zu schaffen. Es kann Wochen dauern, bis wir herausgefunden haben, was das alles zu bedeuten hat.«

»Was denn? Was ist mit den Wänden?«

»Sehen Sie genauer hin. Sie sind mit irgendwelchen verrückten Zeichen beschmiert. So etwas hab ich noch nie gesehen.«

Jefferson trat zur Wand und stellte fest, dass McKenna Recht hatte. Sämtliche Wände waren mit merkwürdigen Schriftzeichen verschmiert, alles mit dickflüssiger schwarzer Tinte gemalt. Er beugte sich noch weiter vor, als seine Neugier über die Abscheu siegte.

»Was ist das?«, fragte er. »Blut?«

»Ich wünschte, es wäre so«, antwortete McKenna. »Einer unserer forensischen Techniker hat es untersucht. Es sind teilweise verdaute menschliche Exkremente. Jemand hat mit Reggies Kot die Wände beschmiert.«

Brogan drohten die Augen aus den Höhlen zu quellen, und er schluckte mühsam. »Mein Gott.«

Ungläubig wandte sich auch Jefferson zur Wand und betrachtete die schwarzen Schriftzeichen genauer. Er sah kleine Stückchen Reis an der Wand kleben, Reggies letzte Mahlzeit, vermischt mit Blut und an den Granit geschmiert. Was einmal Reginald Tate gewesen war, klebte nun in schwarzen Streifen an den Wänden des kleinen Mausoleums.

»Ich glaube, mir wird schlecht«, erklärte Jefferson. Er beugte sich vor, schloss die Augen und wartete, bis das Gefühl verebbte. Er spürte, wie Brogan ihm die Hand auf die Schulter legte.

»Alles in Ordnung, Kumpel?«

»Geht schon wieder …« Jefferson wischte sich mit der Hand über den trockenen Mund. »Ich brauche nur einen Augenblick …«

Jefferson atmete durch den Mund und spürte, wie die Übelkeit langsam nachließ. In all seinen Jahren bei der Mordkommission hatte er so manche Abscheulichkeit gesehen – Leichen, die drei Wochen lang im Wasser gelegen hatten, Männer, denen der halbe Kopf weggeschossen worden war, abgetrennte Gliedmaßen bei Autounfällen.

Jefferson räusperte sich und blickte auf.

Rings um sich her erblickte er ein ungelenk gemaltes Dorf, mit Schädeln auf dem Boden und Gruppen von beisammenstehenden Männern.

»Wir haben bereits alles fotografiert, also können wir die Zeichnungen auch später analysieren. Trotzdem, so etwas hab ich in meinem Leben noch nicht gesehen.« McKenna schälte sich aus den Latex-Handschuhen, die sie noch immer trug.

Jefferson starrte weiter die Zeichnungen an. Er stellte sich den Killer vor, der vergangene Nacht hier in diesem Raum gewesen war, mit Reggies Innereien als Malwerkzeug. Die Zeichnungen erstreckten sich über sämtliche vier Wände, und Jefferson musste sich einmal um die eigene Achse drehen, bis er alles gesehen hatte.

In einer Ecke des Mausoleums stand:

Und schüttelt seine Mähne, tropfend vor Blut
Und macht eine Girlande aus des Feindes Eingeweiden.

»Haben Sie auch davon Bilder?«, fragte Jefferson.

»Sicher. Wir haben alles. Wir müssen den Raum noch nach Fingerabdrücken, Haarproben und dergleichen absuchen.«

Jefferson nickte und fühlte sich plötzlich erschöpft. Das Mausoleum wirkte klein und beklemmend, und es war stickig heiß hier drin. Der Geruch des Todes ging ihm nicht aus der Nase. Er wusste, dass seine Kleidung wahrscheinlich eine Woche lang nach Tod riechen würde.

Er trat durch die Tür ins Sonnenlicht. Brogan folgte ihm kurz darauf.

»Hast du so was schon mal gesehen?«, fragte er.

»Nein.« Jefferson blickte zurück auf die zerstörte Tür der Krypta. »Noch nie.«

Als sie die Untersuchung des Friedhofs beendeten, war es Nachmittag. Die meisten Gaffer hatten sich verzogen; sie waren es müde geworden, endlos lange darauf zu warten, dass etwas passierte. Im Mausoleum waren noch immer ein paar Männer damit beschäftigt, Reggie Tates Leichnam von der Decke zu holen. Dr. Wu in seiner Rolle als Beobachter war ebenfalls noch anwesend. Niemand war imstande gewesen, die dicken Nägel aus dem Stein zu ziehen, und so mussten sie bei einem der Bautrupps, die ein paar Blocks entfernt an einem neuen Tunnel arbeiteten, einen Bolzenschneider anfordern.

Brogan marschierte über den Kiesweg zu der Stelle, wo der Wagen parkte. Gelegentlich hielt er inne oder ging langsamer, um einen Namen auf einem der zahlreichen Grabsteine zu lesen. Jefferson hielt sich ein wenig hinter ihm und ging an McKennas Seite.

McKenna hatte einen Zweig vom Boden aufgehoben und spielte damit. »Wie geht es Ihnen jetzt?«

»Geht so«, antwortete Jefferson. »Man muss sich wahrscheinlich an so was gewöhnen, nicht wahr?«

McKenna spähte durch das grelle Licht der Nachmittagssonne über den Friedhof.

»Ich glaube, wenn man sich an *so etwas* gewöhnt«, sagte sie nachdenklich, »ist man zu lange in diesem Geschäft.«

Sie blickte Jefferson von der Seite an, bevor sie den Kopf wieder der Sonne zuwandte und blinzelte. »Mein Vater war ebenfalls Cop. Ich erinnere mich noch, wie er eines Morgens – es war Weihnachten – zu seiner Schicht losfuhr. Er kam erst spätabends wieder. An diesem Tag hatte es drei Selbstmorde gegeben. Das war Vaters Weihnachtsfest. Leichen von Balken herunterschneiden … Leute, die sich aufgehängt hatten.«

Sie zuckte die Schultern und blickte auf ihre Hände, dann zerbrach sie den Ast und warf die beiden Stücke zu Boden. »Aber ich glaube, Sie haben Recht. Nach einer Weile gewöhnt man sich an alles. Entweder das, oder es zerreißt einen innerlich.«

Jefferson erinnerte sich vage, irgendwann ein paar Fetzen über McKennas Familie und ihre Vergangenheit aufgeschnappt zu haben. Irgendeine üble Geschichte. Er konnte sich nicht erinnern, was es war, und er wusste nicht, was er ihr antworten sollte, deshalb schwieg er. Eine frische Brise kam auf, zerrte an seiner Kleidung, zerzauste McKennas Haare und wehte sie aus ihrem Gesicht.

Jeffersons Arm kitzelte. Er verspürte das Bedürfnis, ihn McKenna über die Schulter zu legen. Sie wandte sich von der Sonne ab und blickte zu Boden. Ihre Stirn war leicht gerunzelt, die Augen halb geschlossen. Jefferson blickte an ihr vorbei über den Friedhof, wo ein grauer Lieferwagen der Stadt am Straßenrand stand. Zwei Jugendliche standen über irgendetwas gebeugt, das Jefferson von hier aus nicht sehen konnte. Neugierig beobachtete er das Treiben der Kids und sah, wie einer der Jungen in die Knie ging.

»Wer sind diese Kinder?« Jefferson deutete in die Richtung.

»Freiwillige Helfer der Gemeinde. Sie kümmern sich um die Obdachlosen und dergleichen«, antwortete McKenna. »Warum? Wollen Sie ebenfalls eine gute Taten vollbringen?«

»Ein andermal. Ich frage mich nur, was sie da gefunden haben.« Jefferson machte ein paar Schritte auf die Jugendlichen zu. »Ich sehe mal nach.«

»Ich komme mit«, sagte McKenna.

Sie gingen über den Friedhof, duckten sich unter dem Absperrband hindurch und umrundeten einen der Übertragungswagen. Der Wagen der Stadt stand halb auf dem Bordstein geparkt. Auf den Seiten war in großen roten Buchstaben zu lesen: CITY VOLUNTEERS. Jefferson erinnerte sich nun wieder; es war eine Gruppe Jugendlicher, hauptsächlich College-Schüler, die in den Vorstädten gemeinnützige Arbeit leisteten. Als er sich näherte, zuckte der kniende Junge plötzlich hoch und zog die Hand zurück, als hätte er sich an etwas verbrannt. Er blickte sich hastig um und sagte etwas zu dem anderen Jungen, als er Jefferson und McKenna bemerkte. Seine Blicke richteten sich auf das Abzeichen Jeffersons.

»Sind Sie von der Polizei?«

»Ja.«

»Dieser Typ … wir haben ihn gerade gefunden. Er ist ganz kalt und atmet nicht«, sagte der Junge. Er klang ein wenig verängstigt und aufgeregt zugleich. »Ich glaube, er ist tot. Er ist jedenfalls ganz blau und rührt sich nicht.«

Jefferson blieb stehen und wandte sich zum Friedhof um. »Dr. Wu, wir könnten hier drüben ein wenig Hilfe gebrauchen.«

Wu kam über den Kiesweg herbei. Jefferson winkte ihm. »Wir haben hier jemanden gefunden. Möglicherweise benötigt er ärztliche Hilfe.«

Jefferson sah sich um. Zwischen zwei alten Ziegelsteingebäuden befand sich eine vielleicht zwei Meter breite Lücke, die fast vierzig Meter tief zwischen den Häusern verlief, bevor sie abrupt in einer Sackgasse mit zwei großen Müllcontainern endete. Ein paar Meter vom Eingang der Sackgasse lag ein Mann, gerade außer Sicht von Passanten auf dem Bürgersteig. Auch ohne näher hinzusehen sah Jefferson, dass der Mann tot war.

Wu traf ein paar Augenblicke später ein. »Was gibt's?«

»Wir haben ihn eben gefunden«, antwortete der Junge, der das Reden übernommen hatte. Er sprach schnell: »Wir kommen regelmäßig her, um Menschen zu helfen, die auf der Straße leben. Dieser Mann war immer dabei. Ich dachte zuerst, er würde nur seinen Rausch ausschlafen. Diese Leute lassen wir meist in Ruhe, aber ich hab sein Gesicht gesehen. Es sah so merkwürdig aus ...«

Dr. Wu beugte sich herab und drückte die Fingerspitzen auf die Halsschlagader des Mannes. Als er die Haut des vermeintlich Toten berührte, riss dieser die Augen auf, und sein Mund formte ein »O«, als er tief Luft holte. Verblüfft wollte Wu zurückweichen, doch der Mann war schneller. Er streckte die Hand aus und packte Dr. Wu am Unterarm. Sein Mund bewegte sich und formte unverständliche Worte, und seine schmutzigen Fingernägel gruben sich in die Haut des Arztes. Seine Augen wurden für einen Moment klar und richteten sich auf Dr. Wu. Dann, so schnell es gekommen war, war es wieder vorbei. Das Gesicht des Mannes entspannte sich, die Augen wurden glasig, seine Hand löste sich von Wus Unterarm, und er sank auf die Straße zurück.

Wu sprang auf und betrachtete seinen Unterarm.

»Meine Güte, Doc, alles in Ordnung?«, fragte Jefferson.

»Ich glaube schon. Ich hab mich nur erschreckt.«

»Whow, Mann. Das war echt unheimlich!«, sagte der Junge aufgeregt.

McKenna blickte auf Dr. Wus Unterarm und bemerkte eine kleine Wunde unmittelbar unter dem rechten Handgelenk, wo sich ein stecknadelkopfgroßer Blutstropfen gebildet hatte.

»Sie bluten«, sagte sie. »Sie sollten das untersuchen lassen.«

»Sein Fingernagel hat die Haut geritzt«, murmelte Wu und blickte auf sein Handgelenk. »Das ist einer der Gründe, weshalb ich lieber im Labor arbeite.«

»Sie sollten aufpassen, Mann. Der Typ könnte AIDS haben oder sonst was«, sagte der Junge und hüpfte aufgeregt auf den Zehenspitzen.

Wu hielt noch immer sein Handgelenk und blickte Jefferson an. »Ich gehe zum Rettungswagen und frage die Sanitäter, ob sie etwas zum Desinfizieren dabeihaben.«

»Tun Sie das«, sagte McKenna. »Wir kommen hier allein zurecht.«

Wu drehte sich um und ging zielstrebig in Richtung des Krankenwagens davon, der noch immer an der Ecke parkte. McKenna beugte sich über den Toten und betastete mit den Fingern dessen Halsschlagader, diesmal vorsichtiger. Sie hielt die Finger einen Augenblick still, die Augen auf Jefferson gerichtet, dann schüttelte sie langsam den Kopf. Nichts. Der Mann lag fast in Fetalposition, die Beine an den Leib gezogen, die Haut bläulich angelaufen, die Lippen dunkel. Seine Augen waren weit aufgerissen, als hätte er etwas Entsetzliches gesehen. Das Gesicht war zu einer Fratze verzerrt, und die Zunge hing ihm aus dem Mund wie eine halb verschluckte Nacktschnecke. Er sah schmutzig aus, mit langen schwarzen Fingernägeln, fettigen Haaren und der unreinen Haut eines Menschen, der seit Jahren auf der Straße gelebt hatte.

McKenna zog ein Paar Latex-Handschuhe über und drehte den Kopf des Toten hin und her. »Ich kann keine Verletzungen entdecken. Kein Blut. Sieht aus, als wäre er eines natürlichen Todes gestorben.«

»Schon möglich«, sagte der Junge. »Wir kennen ihn schon. Er treibt sich seit Jahren in der Gegend rum. Ich hab gehört, dass sie manchmal einfach so sterben. Herzanfälle oder so. Ich hab keine Ahnung, wieso er eben wieder hochgekommen ist.«

Der Junge ging Jefferson allmählich auf die Nerven, doch er hatte nicht ganz Unrecht. Manchmal starben Menschen tatsächlich »einfach so«. Jefferson war nicht sicher, was schlimmer war: aufgehängt zu werden wie Reggie Tate oder in völliger Anonymität zu sterben wie dieser Bursche hier, vergessen von der Gesellschaft. Sie würden Glück brauchen, überhaupt den Namen des Mannes in Erfahrung zu bringen. Jefferson musterte den Toten genauer, und ihm fiel etwas Seltsames auf. Er ging vor dem Toten in die Hocke und drehte ihn vorsichtig an der Schulter herum, sodass er auf den Rücken rollte. Merkwürdig. Es sah aus, als hätte er eine Polizeiuniform an. Keine richtige Uniform, eher ein Kostüm, wie man es vor Halloween im Supermarkt kaufen kann.

McKenna bemerkte es ebenfalls, denn sie fragte: »Was hat er denn da an? Er ist angezogen wie ein Cop!«

»Sieht so aus.« Jefferson nickte.

Der Junge trat vor. »Wir kriegen alle möglichen Klamotten bei der Altkleidersammlung. Die Leute geben sie weg. Vielleicht ist es wirklich ein altes Halloween-Kostüm. Ich glaub nicht, dass der Typ wählerisch war mit seinen Klamotten, wo er doch auf der Straße gelebt hat.«

Jefferson zuckte die Schultern. Möglich. Trotzdem war es eigenartig. Die Hose war voller Erde, wie sie auf dem Friedhof lag. Vielleicht war es nur ein Zufall. Falls der Junge Recht hatte und der Bursche hier in der Gegend gelebt hatte, war er möglicherweise häufiger auf diesem Friedhof gewesen. Es war dort schattig im Sommer, und die Sonne brannte nicht so erbarmungslos auf einen herab.

»He, Jefferson!«, rief Brogan hinter ihm und riss Jefferson aus seinen Gedanken.

Er stand auf und drehte sich zu der Stelle um, wo sie ihren Wagen am Straßenrand geparkt hatten. Brogan winkte, dann hielt er die Hände auf Schulterbreite auseinander, als wollte er die Größe eines imaginären Fisches andeuten, den er soeben gefangen hatte. Irgendetwas Wichtiges war passiert. Etwas, das Brogan nicht über die Straße rufen wollte, wo die neugierigen Ohren der Fernsehleute es aufschnappen konnten. Jefferson hob den Finger zum Zeichen, dass er verstanden hatte, warf einen letzten Blick auf den Toten und sah dann McKenna an.

Sie stand neben ihm. »Keine Sorge, ich komme allein zurecht.«

»Ja?«

Sie nickte und öffnete den Mund zu einer Antwort, überlegte es sich dann aber anders. Was immer sie hatte sagen wollen, die Nähe der beiden Kinder und des Toten ließ sie verstummen.

»Ja …?«, wiederholte Jefferson.

Sie reichte ihm einen Zettel. »Meine Nummer. Rufen Sie mich später an.«

»Mach ich.«

Jefferson steckte den Zettel ein, dann wandte er sich um und joggte über die Straße zum Wagen. Brogan lehnte an der Limousine und hielt das Funkgerät hoch. »Es wurde noch eine Leiche gefunden, Kumpel. Wir müssen los! Die Freizeit ist zu Ende.«

Brogan berichtete, als sie losfuhren: »Ich habe eben einen Anruf von Vincent erhalten. Er ist zurzeit leitender Ermittlungsbeamter am Tatort.«

Detective Vincent arbeitete zusammen mit Brogan und Jefferson bei der Mordkommission. Sie kannten sich seit langem, noch aus der Zeit, als sie gemeinsam bei der Army in Bosnien gewesen waren. »Und?«

»Sie haben einen ganzen Haufen Leichen drüben in Beacon Hill.«

»Du glaubst, es gibt eine Verbindung zu unserem Toten?«

Brogan nickte. »Vincent hält es für möglich. Falls ja, gehe ich jede Wette ein, dass wir diesen Fall auch noch kriegen.«

Sie fuhren los. Jefferson warf einen letzten Blick über die Schulter auf den Friedhof. Noch immer standen dort drei weiße Übertragungswagen von Fernsehstationen, und eine attraktive Reporterin blickte in eine Kamera, während sie in ein Mikrofon sprach; das weiße Granitmausoleum befand sich direkt hinter ihr. Jefferson konnte sich vorstellen, was sie ihren Zuschauern erzählte. »Die Polizei hat ein weiteres schrecklich zugerichtetes Mordopfer gefunden. Wie es scheint, treibt ein Serientäter in der Gegend von Boston sein Unwesen, der die Sicherheitskräfte in Atem hält und die Bürger in Angst und Schrecken versetzt ...«

Er drehte sich um.

»Jedenfalls sieht es so aus, als würde die Mordkommission in nächster Zeit nicht an Langeweile leiden«, sagte Brogan.

»Ja, sieht so aus.«

»Zu schade, dass wir nicht nach Stunden bezahlt werden«, sagte Brogan. »Wir würden ein Heidengeld verdienen.«

»Amen.«

Brogan hing erneut am Funkgerät. Als er geendet hatte, wandte er sich zu Jefferson: »Wir haben den Namen für die Adresse in Beacon Hill. Das Haus gehört Thomas Sinatra.«

»Sinatra, der Strafverteidiger?«

»Genau der.«

»Hat er nicht Ferrara vor ein paar Jahren erfolgreich bei einer Mordanklage verteidigt?«

»Ja, er hat ein Wunder bewirkt. Diesen verdammten Vergewaltiger Paul Driscoll hat er ebenfalls vor dem Knast bewahrt. Der Mistkerl läuft frei herum, weil die Beweismittel unrechtmäßig in den Besitz der Anklage gekommen sind.«

»Ich erinnere mich.« Paul Driscoll hatte in acht Monaten fünf Frauen an der Boston University vergewaltigt und Fotos von seinen Opfern geschossen. Die Polizei fand die Aufnahmen während einer Hausdurchsuchung bei Driscoll, doch sein Verteidiger, eben jener Thomas Sinatra, hatte den Richter dazu gebracht, die Beweise für unzulässig zu erklären. Ohne die Fotos war die Anklage in sich zusammengefallen, und Driscoll wurde auf freien Fuß gesetzt.

»Also hat es Sinatra erwischt, wie?«

»Sieht so aus«, antwortete Brogan. »Vincent ist der Meinung, es wäre unser Mann gewesen, doch wie ich Sinatra kenne, hat er sich in seiner Zeit als Strafverteidiger eine ganze Menge Feinde geschaffen. Zwanzig Jahre lang hat er Kriminelle vor dem Knast bewahrt. Jedenfalls sind allem Anschein nach zwei Typen bei ihm eingebrochen, und jetzt gibt es einen Haufen Leichen.«

Vor ihnen erschienen Streifenwagen am Straßenrand. Die schmale Straße vor Sinatras Haus war abgesperrt, und ein uniformierter Beamter stand vor der Sperre und winkte den Verkehr zurück. Die Fensterläden im Erdgeschoss des Hauses waren geschlossen, und es sah aus, als stünde es leer. Auf der gegenüberliegenden Straßenseite hatte sich die unvermeidliche Zuschauermenge versammelt, einschließlich weiterer Reporter.

Brogan schaltete das Blaulicht ein, als er sich dem Cop näherte, der den Verkehr umleitete. Der Officer nickte ihm zu und winkte den Wagen durch. Brogan parkte hinter einem Streifenwagen. Als sie die Türen öffneten, wurden sie augenblicklich von der gegenüberliegenden Straßenseite her gerufen.

»Detectives, war hier der neuen Bostoner Serienkiller am Werk?«

»Gibt es neue Entwicklungen im Lyerman-Fall? Glauben Sie, dass dieser Fall mit den anderen in Verbindung steht?«

Die übliche Raserei der Medien begann. Mehrere Reporter standen hinter den Polizeiabsperrungen auf der anderen Straßenseite und beugten sich aufgeregt vor, hielten Jefferson und Brogan Mikrofone hin und riefen Fragen, als die beiden Detectives vorbeikamen.

»Die sind heute wie ein Schwarm Moskitos«, murmelte Brogan. Sie wandten den Reportern den Rücken zu und gingen zu Sinatras Haus. Ein weiterer uniformierter Cop nickte ihnen grüßend zu und öffnete die Tür.

»Ich würde keine guten Sachen anziehen, wenn ich da reinmüsste«, sagte er zu den Detectives, als sie an ihm vorbeigingen. »Es sieht wirklich übel aus.«

Jeffersons Anzug war sowieso reif für die chemische Reinigung, nachdem er im Mausoleum gewesen war. Einen Tatort in Augenschein zu nehmen war so, als hielte man sich in einem Raum voller starker Raucher auf. Der Geruch eines Toten drang in die Kleidung, haftete an den Haaren und der Haut und blieb einem stundenlang in der Nase. Das Department war sogar dazu übergegangen, den Detectives der Mordkommission die Reinigungskosten als Spesen anzuerkennen.

Ein doppelter Plastikvorhang war direkt hinter der Tür aufgespannt worden, um das Haus zu versiegeln und Insekten am Verlassen zu hindern. »Ich schätze, der Junge meines Reinigungsunternehmers kann allein von meinen Rechnungen das College besuchen«, murmelte Brogan, als sie sich durch den Plastikvorhang schoben. Es war fast, als passierten sie eine Luftschleuse unter Wasser und würden eine unbekannte Region betreten.

Jefferson bemerkte ein paar schwarze Fliegen, die aufgeregt gegen das transparente Plastik flogen und unermüdlich versuchten, nach draußen zu entkommen. Sie wussten nicht, dass sie für den Rest ihrer kurzen Leben in diesem Haus gefangen bleiben würden. Nach dem Tod wird ein menschlicher Leichnam zu einem Nistplatz und zu einer Nahrungsquelle für Hunderte verschiedener Arten von Insekten. Zuerst treffen die geflügelten Arten ein, angezogen von dem fast nicht wahrnehmbaren Geruch und der Wärme eines frisch Verstorbenen. Später, nachdem die erste Verwesung eingesetzt hat und der Gestank durchdringend geworden ist, kommen weitere Arten hinzu. Die Ersten, die sich eines Toten bemächtigen, sind Schmeißfliegen. Sie legen ihre Eier in den Toten, insbesondere um Körperöffnungen herum, seien sie natürlicher Art oder durch Wunden geschaffen.

Jefferson hasste Insekten bis zur Phobie. Als sie sich durch den Plastikvorhang schoben, atmete er tief durch und wappnete sich innerlich. Der Gestank war fast unerträglich. Er fraß sich in ihre Nasenlöcher und setzte sich fest. Ungewöhnlich stark, selbst für den Tatort eines Verbrechens.

»Mann, das ist heftig.« Brogan verzog das Gesicht und wandte den Kopf zur Seite.

Jefferson nickte nur. Er räusperte sich mühsam und betrachtete das Muster seiner Krawatte, um sich abzulenken. Sie standen im Foyer, dicht hinter dem Hauseingang. Vor ihnen lag eine gewundene Treppe, die unter einem kristallenen Kronleuchter nach oben führte.

Zu ihrer Rechten befand sich ein Esszimmer. Der kleine Raum war voller Beamten und nahezu dunkel, denn durch die herabgelassenen Jalousien fiel kaum Licht. Die Detectives schienen um irgendetwas in der Mitte des Raums zu kreisen. Jefferson konnte noch nicht sehen, was es war. Einer der Männer in einem dunkelblauen Anzug hockte auf den Hacken und inspizierte den Boden. Er trug an beiden Händen weiße Latexhandschuhe. Seine Krawatte steckte in der Hosentasche, und er hatte die Hemdsärmel bis zu den Ellbogen hochgekrempelt. Den

Mantel hatte er offensichtlich schon früher ausgezogen. Er wandte den Kopf nach den Neuankömmlingen um und grinste, als Jefferson und Brogan das Zimmer betraten. Dann erhob er sich, um sie zu begrüßen. Es war Vincent.

Vincent war ein hagerer Italoamerikaner mit schwarzem Haar und Schatten auf Wangen und Kinn. Seine Haut war dunkel wie die eines Südländers. Brogan und Jefferson kannten Vincent seit Jahren; alle drei hatten gemeinsam in Bosnien gedient.

Man hätte Vincent für den nettesten Burschen der Welt halten können, hätte man ihn nicht in Zvornik gesehen, in Bosnien. Andererseits hatten dort alle ein wenig verrückt gespielt, nicht allein Vincent. Heute mochten ihn alle Kollegen gern; er war Mitte dreißig und wie Jefferson und Brogan bei der Mordkommission der Bostoner Polizei.

»Danke, dass ihr gekommen seid, Jungs«, sagte er. Hinter ihm erblickte Jefferson etwas Weißes, bevor ein weiterer Detective ihm die Sicht versperrte. »Ich bin wirklich froh, dass ihr hier seid.«

Vincent schälte die Latexhandschuhe ab und warf sie in den Müllbeutel neben dem Eingang. Er schüttelte Brogan und Jefferson die Hände. »Nach dem, was wir hier vorgefunden haben, scheint es zu eurem Killer zu passen. Falls dem so ist, wird der Chief euch beiden die Ermittlungen übertragen. Rein technisch gesehen bin ich hier der leitende Beamte, aber es ist euer Fall. Ich bin nur für die Laufarbeit gekommen.«

»Danke«, antwortete Jefferson.

»Was habt ihr denn bisher gefunden?«, fragte Brogan.

»Nun ja …« Vincent zögerte kurz. »Am besten, ihr seht es euch selbst an.«

Er trat zurück, und zum ersten Mal erhielt Jefferson eine Gelegenheit, das Zimmer zu betrachten. Eine Frau in einem weißen Morgenmantel lag leblos in einem Stuhl, der vom Esstisch zurückgeschoben worden war. Der Morgenmantel war locker über ihre gebräunten Beine geschlagen und schleifte über den

Boden. Die Arme hingen schlaff an den Seiten herab, und eine Hand baumelte wenige Zentimeter über dem mit Teppichen ausgelegten Boden. Jeffersons Blick wanderte nach oben. Der Mörder hatte ihr den Kopf abgeschnitten und stattdessen den ausgestopften Kopf eines gelb-schwarz gepunkteten Geparden angenäht. Die Lefzen des Geparden waren zu einem Fauchen zurückgezogen, und der Kopf, viel zu groß für den Körper der Toten, war fast so breit wie ihre Schultern. Er war mit Schnüren angenäht, die durch die Haut der Toten gestochen waren. Ihr Kopf lag in der Ecke, und sie starrte mit weit aufgerissenen, blicklosen Augen ins Zimmer.

»Allmächtiger!«, ächzte Brogan und wich unwillkürlich vor dem grauenvoll verunstalteten Leichnam zurück. »Wer kann so etwas tun?«

Vincent schüttelte den Kopf. »Das wissen wir nicht.« Er deutete auf die verdunkelten Fenster. »Wir mussten sämtliche Jalousien unten lassen, um die Vertreter der Medien daran zu hindern, durch die Fenster zu spionieren. Wenn sie Bilder von der Schweinerei hier kriegen, gerät die ganze Stadt in Panik. Das ist schlimmer als Zvornik, was?«

»O ja«, murmelte Brogan. Er starrte noch immer aus weit aufgerissenen Augen auf die Frau.

Jefferson war bei der Erwähnung von Zvornik unbehaglich geworden. Vor längerer Zeit waren sie alle übereingekommen, den Namen der Stadt nie wieder zu erwähnen. Es war, als hätte es jene Nacht nie gegeben, für keinen von ihnen.

»Wir haben oben vier weitere Leichen. Sie sind alle ähnlich grauenvoll zugerichtet. Die Köpfe sind abgeschnitten und ausgestopfte Tierköpfe angenäht.« Er deutete auf die tote Frau. »Das dort war Patricia Sinatra, die Frau von Thomas Sinatra, dem Anwalt. Er ist ebenfalls oben unter den Toten und hat einen Jaguarkopf auf den Schultern. Und noch ein Mann, Gary Older, der unter der Woche für die Familie gekocht hat.«

Vincent führte sie nach draußen ins Foyer und deutete zur Decke hinauf. »Seht euch das an.«

Über ihnen stand geschrieben:

Fürchte Ihn, der die Macht besitzt,
in die Hölle zu senden.

»Was hat das zu bedeuten?«, fragte Jefferson.

»Keine Ahnung.« Vincent schüttelte den Kopf und zeigte zur Treppe. »Außerdem haben wir zwei weitere Opfer oben im zweiten Stock gefunden. Wir wissen noch nicht, wie sie in die Geschichte passen. Sie sind kleine Gauner, und ich kann mir beim besten Willen nicht vorstellen, was sie hier zu suchen hatten. Ich kannte einen von ihnen – er trug den Spitznamen Q. Ich hab ihn persönlich verhaftet und für zwei Jahre hinter Gitter geschickt. Wir überprüfen gerade, ob Sinatra sie vor Gericht verteidigt hat. Vom Koch wissen wir, dass er ebenfalls im Knast gewesen ist.«

»Ein Ex-Knacki?«

»Nein, der Koch war Wärter. Er hat zwölf Jahre im Blade gearbeitet, bevor sie ihn vor einem Monat entlassen haben. Wie ich hörte, ist er nicht so gut damit fertig geworden.«

Ein uniformierter Beamter mit einem Klemmbrett trat zu ihnen. Er reichte Viktor das Brett, der hastig unterschrieb und es zurückgab. Der Cop zog sich zurück und verschwand in einem angrenzenden Zimmer.

»Woher kommt der Tierkopf?«, fragte Brogan, während er immer noch ungläubig auf den Leichnam im Stuhl starrte.

Vincent zuckte die Schultern. »Von der Wand in Sinatras Trophäenzimmer im zweiten Stock.«

Jefferson wurde übel vom Mangel an frischer Luft. Das gesamte Haus war versiegelt worden, um die Insekten zu untersuchen, die sich auf den Leichen eingefunden hatten, und das bedeutete, dass es keine Luftzirkulation gab. Jefferson spürte beinahe, wie er wieder und wieder die gleiche Luft atmete, gesättigt mit dem Gestank von Leichen und Blut. Eine schwarze Schmeißfliege landete auf seinem Hals, und er schlug angewidert nach dem Insekt. Das Haus wimmelte nur so vor Insekten, die unter den Deckenlichtern kreisten und wieder und wieder gegen die Glasscheiben flogen.

»Noch eine merkwürdige Sache«, begann Viktor.

»Und die wäre?« Brogan fächelte sich mit der Hand vor dem Gesicht und vertrieb die winzigen Stechmücken, die sich unter seiner Nase versammelt hatten.

»Es gibt sicherlich Tausende von Insekten hier drin, richtig?«

»Ja, die Mistviecher sind überall«, sagte Brogan. »Was soll man bei einem solchen Blutbad auch anderes erwarten?«

»Zugegeben«, pflichtete Vincent ihm bei. »Das Merkwürdige ist nur, es ist nicht ein einziges Insekt auf den Leichen. Nicht ein einziges. Die Opfer liegen seit fast einem Tag hier, und es hätte zumindest ein paar Eier geben müssen. Aber nichts. Absolut nichts. Die Insekten rühren die Leichen nicht an. Es ist, als wären sie vom Gestank angezogen worden, aber nachdem sie erst hier waren, scheuten sie vor den Leichen zurück.«

Vincent hatte Recht, wie Jefferson in diesem Augenblick zum ersten Mal auffiel. Er sah sich im Raum um und bemerkte uniformierte Beamte, die sich unablässig kratzten oder nach Fliegen schlugen. Das Einzige, das frei war von Insekten, war der entstellte Leichnam der Frau auf dem Stuhl. Insekten waren verstandlose, instinktgetriebene Tiere – doch was mit dieser Frau geschehen war, schien zu unnatürlich, sogar für ihre Verhaltensweise.

Vincent ging zur Tür und bedeutete Jefferson und Brogan, ihm zu folgen. »Hier, ich möchte euch noch etwas zeigen.« Ein stämmiger Cop kniete beim Eingang und pinselte den Türrahmen mit Aluminiumpulver ein, um Fingerabdrücke zu nehmen. Er schwitzte stark in der stickigen Luft und grunzte, als er aufstand, um Vincent aus dem Weg zu gehen.

Vincent drehte sich zu Brogan und Jefferson um. »Wir haben bisher ein paar gute Abdrücke gefunden. Es braucht seine Zeit, aber wir beeilen uns.« Langsam stieg er die breite Treppe hinauf, während er über die Schulter weiterredete. »Als wir oben mit dem Sammeln von Abdrücken anfingen, ist uns etwas Ungewöhnliches aufgefallen.«

Sie kamen in den ersten Stock. Jefferson erhaschte einen flüchtigen Blick auf ein Wohnzimmer, Bücher, die aus den Regalen geworfen worden waren, und ein umgekipptes, cremefarbenes Sofa. Die Treppe mündete in einen langen Korridor mit Türen rechts und links. Vincent ging durch den Korridor und öffnete die zweite Tür zur Linken. Jefferson und Brogan folgten ihm. Sie waren in Sinatras Trophäenzimmer angelangt. Überall an der Decke und den Wänden hingen ausgestopfte Köpfe von Großwild – Zebra, Grizzly, Rentier. Mitten im Raum stand ein großer, massiver Schreibtisch aus Walnussholz. An einer Wand befand sich ein Waffenschrank mit Jagdgewehren. Der Schrank war abgesperrt. Neben dem Schrank lag ein weiterer Leichnam, mit dem grinsenden Kopf einer Hyäne auf den Schultern.

»Wer ist das?«, fragte Jefferson.

»Older«, antwortete Vincent. »Der ehemalige Gefängniswärter aus dem Blade. Sein Kopf liegt hinter dir in der Ecke. Und im Zimmer dahinter haben wir Q gefunden, den Exknacki. Aus irgendeinem Grund, den ich mir nicht erklären kann, trägt er nur Boxershorts und keine Hose.«

»Demnach hat Older für Sinatra gearbeitet?«

Vincent nickte. »Offenbar kannte Sinatra eine Menge Wärter und Sträflinge im Blade; schließlich hat er nicht wenige von ihnen vor Gericht verteidigt. Er hat Older als Koch eingestellt. Older hat ihm wahrscheinlich von Zeit zu Zeit neue Mandanten zugeschustert.«

Jefferson beugte sich über den Leichnam. »Darf ich?«

»Tu dir keinen Zwang an, wenn du meinst, dass du es verträgst«, entgegnete Vincent.

Jefferson zog sich ein paar Latexhandschuhe über, stopfte seine Krawatte ins Hemd und ging über dem Leichnam des Kochs in die Hocke. Er vermied es, den Kopf anzusehen und die groben Stiche aus derber Schnur, die den Hyänenkopf auf den Schultern des Toten hielten. Stattdessen tastete er den Leichnam vorsichtig ab. In der Gesäßtasche des Mannes fand er eine rechteckige Erhebung. Er schob die Finger in die Tasche und zog vorsichtig eine lederne Geldbörse heraus. Er öffnete die Börse und überprüfte das Scheinfach. Ein paar grüne Banknoten und ein paar weiße Benzinquittungen. Dann begann er, die Kreditkartenfächer zu untersuchen. Er zog Plastikkarten hervor, Videothekenausweise, einen Führerschein, der den Inhaber als Gary Older auswies, und ein paar Fotos. Er betrachtete eines der Fotos für einen Moment, eine nichts sagend aussehende Frau vor dem St.-Louis-Bogen mit einem Baby auf dem Arm.

Vorsichtig schob er die Bilder wieder zurück und machte sich daran, die andere Klappe der Geldbörse zu inspizieren. Er fand einen Zettel, zog ihn langsam hervor und entfaltete ihn. Sieben Zahlen waren darauf gekritzelt – eine Telefonnummer. Er drehte den Zettel um und sah drei Buchstaben: R J D.

Jefferson notierte die Nummer und die Buchstabenfolge in seinem Notizblock, faltete den Zettel zusammen und schob ihn vorsichtig in Olders Geldbörse zurück.

»Alles in Ordnung?« Vincents unvermittelte Frage ließ Jefferson zusammenzucken.

»Ja, ja«, sagte er und erhob sich. »Alles bestens.«

Er blickte sich im restlichen Zimmer um.

Gegenüber dem Leichnam hatte jemand einen Gartenzwerg aus Keramik aufgestellt, eine kleine, grinsende Gestalt auf dem Teppich direkt an einer Zimmerwand. Es war ein Gartenzwerg, doch hier oben wirkte er unheimlich.

Was hat dieses Ding hier zu suchen?, fragte sich Jefferson.

Die Keramikfigur war höchstens sechzig Zentimeter hoch, doch die Art und Weise, wie sie die Cops mit ihren stumpfen Augen anzustarren schien, drei Meter vom sich zersetzenden Leichnam entfernt, wirkte geradezu gespenstisch. Eine Hand hing schlaff an der Seite, die andere war ausgestreckt und schien etwas zu halten. Jefferson trat einen Schritt näher, um die Sache in Augenschein zu nehmen, und spürte, wie ihm schwindlig wurde.

Die kleine Zwergenhand hielt einen abgetrennten menschlichen Finger.

Brogan legte die Hand vor den Mund und schluckte. Er wandte sich ab und blickte durch die offene Tür hinaus in den Gang.

»Als wir dieses Zimmer nach Abdrücken untersuchten, fanden wir eine Menge menschliches Körperfett an der Wand dort drüben«, sagte Vincent und deutete auf eine große freie Fläche neben dem Gartenzwerg. »Also haben wir den Raum mit Laserlicht abgesucht, um herauszufinden, was es damit auf sich hat.«

Jefferson nickte. Gerichtsmediziner setzten häufig Laserlicht ein, um Spuren zu finden.

Vincent schloss die Tür und schaltete das Licht aus. Im Zimmer wurde es stockdunkel. Jeffersons Körper spannte sich unwillkürlich bei dem Gedanken an den grauenvollen Leichnam und den unheimlichen Gartenzwerg, die mit ihnen zusammen im Raum waren. Er wusste nicht zu sagen, was von beiden schlimmer war, der Tote oder der Zwerg. Eine Gänsehaut lief ihm über den Rücken.

»Meine Güte, mach das Licht wieder an!«, sagte Brogan.

»Ja, mach es wieder an«, sagte auch Jefferson.

Ein metallisches Kratzen erklang, gefolgt von Vincents Antwort. »Okay, nur einen Augenblick, ich muss dieses Ding erst ausrichten.«

Ein Klicken, und augenblicklich war das Zimmer von einem irisierenden bläulichen Leuchten erfüllt. Das Licht erinnerte

Jefferson an eine flackernde Kerze, die Schatten in die tieferen Ecken des Raums warf. Der Eindruck war friedlich, so, als würde man am Grund eines leuchtend blauen Ozeans schwimmen.

Das Licht brachte die chemischen Substanzen in menschlichem Hautfett zum Fluoreszieren und machte sonst unsichtbare Finger- und Handabdrücke im Zimmer sichtbar. Jefferson erkannte verschmierte Flecken und zufällige, wahllos verteilte Abdrücke. An einer Stelle jedoch kamen sämtliche Abdrücke zusammen.

Auf der Wand, unmittelbar über dem grotesken Gartenzwerg, stand in ungelenker Schrift:

Vier kamen von der Galla,
kein Geld konnte sie bestechen,
kein weiblicher Leib befriedigen.
So sehr hassten sie Kinder
und entrissen sie dem Schoß der Eltern.

Jefferson starrte schweigend auf die Schrift an der Wand des verdunkelten Raumes.

Brogan beugte sich vor. »Wer macht denn so etwas?«, raunte er Jefferson ins Ohr.

»Ich weiß es nicht.«

Unmittelbar unter der Schrift stand der Gartenzwerg. Auch er war bemalt, das Gesicht zu einer böse grinsenden Fratze verzerrt, die den Zwerg hasserfüllt und dämonisch wirken ließ.

Jefferson wünschte fast, dass das Laserlicht erlosch und endlich alles wieder normal aussah.

»Genug gesehen?«, fragte Vincent.

»Ja«, antwortete Jefferson.

Vincent nickte und schaltete das Deckenlicht wieder ein. Jefferson blinzelte wegen der plötzlichen Helligkeit. Er sah zur

Wand – die Schrift war verschwunden. Der enthauptete Leichnam lag noch immer in einer großen, getrockneten Blutlache auf dem Teppich.

»Nun«, begann Brogan. »In Anbetracht dessen, was wir gesehen haben … hier, im Mausoleum auf dem Friedhof und auf dem Dach des Lyerman Building …, würde ich sagen, es besteht nicht der geringste Zweifel, dass ein und derselbe Täter dahinter steckt.«

»Also übernehmt ihr beide den Fall?«, fragte Vincent.

»Sieht so aus.«

Vincent drehte die Handflächen nach oben. »Keine Sorge, ich will mich nicht beschweren.«

Er öffnete die Tür zum Korridor und ließ ein wenig Luft ins Zimmer. Jefferson atmete tief durch. Er fühlte sich, als wäre er zu lange unter Wasser gewesen und soeben aufgetaucht. Jemand klopfte an die offene Tür. Ein Beamter stand wartend da und hielt ihnen ein tragbares Telefon entgegen.

»Ich habe hier einen Anruf für Detective Jefferson oder Lieutenant Brogan«, sagte er, wobei er eine Hand über die Sprechmuschel hielt.

Brogan wechselte einen Blick mit Jefferson. »Ich übernehme das.«

Jefferson nickte und wandte sich wieder zu Vincent um. Brogan nahm das Telefon entgegen, steckte sich einen Finger ins freie Ohr und ging hinaus in den Korridor, um das Gespräch zu führen.

»Das war es so ungefähr«, sagte Vincent und kratzte sich im Nacken. »Wie ich schon sagte, wir haben ein paar gute Abdrücke, die ich ans Labor geben werde. Vielleicht kommt ja was dabei heraus.«

»Wir sind ungefähr genauso weit. Bis jetzt Fehlanzeige. Ich hasse es, tatenlos zu warten, aber es sieht so aus, als bliebe uns im Augenblick nichts anderes übrig.« Jefferson starrte auf den Keramikzweg. »Das ist eine verflucht schlimme Geschichte.«

Vincent brummte zustimmend. »Da hast du wohl Recht. Falls es dich interessiert – Older hatte ein eigenes Zimmer in diesem Haus.«

»Wo?«

»Unten, ganz hinten im Haus und dann links.«

Jefferson nickte dankend und verließ das Trophäenzimmer mit dem Gartenzwerg und dem Toten. Er ging durch den Korridor, vorbei an uniformierten Beamten und Technikern der Spurensicherung in weißen Kitteln. Brogan stand ein wenig abseits und sprach lebhaft mit jemandem am anderen Ende der Leitung. Er blickte nicht auf, als Jefferson vorbeikam, doch Jefferson hörte ihn sagen: »Nein, bisher nicht ...«

Er stieg die Treppe hinunter und ging durch den erlesen eingerichteten Flur in den hinteren Teil des Hauses. Der Flur mit seinen kunstvoll gemalten Porträts und einer Aquarelllandschaft erinnerte ihn an den Westflügel des Museum of Fine Arts, und er musste kurz daran denken, dass wahrscheinlich allein die Bilder in diesem Flur mehr gekostet hatten als sein gesamtes Apartment. Am Ende des Gangs stand eine Tür zur Linken offen; sie führte allem Anschein nach in Olders Zimmer.

Es war ein kleiner Raum, voll gestopft mit Büchern. Hunderte von gebundenen Büchern, deren Rücken vom Alter und Staub verblasst waren, reihten sich auf drei deckenhohen Regalen. Jefferson überflog die Titel. *Der Graf von Monte Christo* sowie *Schuld und Sühne* waren darunter. Zwei große Fenster durchbrachen die Eintönigkeit der Regale und ließen trübes Licht durch die gelblichen Scheiben. Vor einem der Fenster stand eine hohe Ulme, deren Zweige gegen das Glas drückten und deren Blätter dem Licht einen grünlichen Schimmer verliehen. Bei Jeffersons Eintreten wirbelten Staubflocken auf.

Jefferson nahm sein Mobiltelefon hervor und wählte die Nummer, die McKenna ihm gegeben hatte. Ihre Mailbox antwortete, also hinterließ er eine Nachricht, in der er von der

Schrift aus menschlichem Körperfett berichtete, die sie an der Wand gefunden hatten. *Vier kamen von der Galla …*

Mitten im Raum stand ein Schreibtisch mit einer altmodischen Schreibunterlage, einer mechanischen Schreibmaschine und zwei gerahmten Bildern. Jedes der Bilder zeigte die gleiche, nichts sagende Frau, deren Foto Older in seiner Geldbörse mit sich getragen hatte. Jefferson fragte sich, ob die Frau inzwischen wusste, dass ihr Ehemann tot in Sinatras Haus lag.

Oberflächlich inspizierte er die Schubladen des Schreibtisches, fand aber nichts außer Stiften, Papier und einem Stapel alter Ausgaben des *National Geographic Magazine.* In einer Ecke auf der Schreibtischplatte stand ein Telefon. Jefferson nahm den Hörer ab und lauschte auf das Freizeichen. Dann griff er in die Tasche und zog sein Notizbuch hervor. Er schlug die Seite auf, wo er die Telefonnummer und die drei Buchstaben notiert hatte.

Er wählte die Nummer. Die Leitung war für eine Sekunde tot, dann ertönte ein Klicken, und schließlich hörte Jefferson ein Telefon klingeln. Er sah aus dem Fenster auf die Straße hinunter. Zwei Kinder spielten Frisbee und warfen sich gegenseitig die rote Scheibe zu, während ein Deutscher Schäferhund unter dem fliegenden Plastik umhertollte und verspielt danach schnappte. Sein Bellen hallte über die ansonsten stille Straße.

Das Läuten endete abrupt – jemand auf der anderen Seite hatte den Hörer abgenommen.

Jefferson wandte sich von den Frisbee spielenden Kindern ab, drückte den Hörer ans Ohr und lauschte angestrengt.

Auf der anderen Seite der Leitung atmete jemand schwer, als kostete es ihn viel Anstrengung, den Anruf entgegenzunehmen. Im ersten Augenblick meinte Jefferson, dass diese Person Gefahr lief, einen Herzanfall zu erleiden. Dann fragte eine Stimme: »Hallo?«

»Entschuldigung«, antwortete Jefferson, »mit wem spreche ich?«

Schweigen, nur das schwere Atmen war zu vernehmen.

Dann erklang die Stimme erneut, dünn und kratzig. Sie erinnerte Jefferson an die Geräusche, die von elektronischen Stimmverstärkern erzeugt wurden, wie Menschen mit Kehlkopfkrebs sie benutzten.

»Wer ist da?«, fragte die Stimme.

»Entschuldigen Sie, ich habe mich wahrscheinlich verwählt. Mit wem spreche ich, bitte?«, fragte Jefferson.

Das schwere Atmen hielt noch einen Moment an. Dann war ein Kichern zu vernehmen, und Jefferson lauschte verdutzt, als die Stimme schließlich sagte: »Detective Jefferson ... ich weiß nicht, wie Sie an diese Nummer geraten sind, aber ich würde vorschlagen, dass Sie nie wieder hier anrufen. Sie haben keine Ahnung, in was Sie da hineingeraten.«

Jefferson spürte, wie ihm kalt wurde. Als würden Insekten über sein Gesicht kriechen oder Fingernägel über eine Tafel kratzen.

Es machte Klick, und die Leitung war tot.

»Hallo?«, rief Jefferson in den Hörer. »Mit wem spreche ich? Hallo?«

Er nahm den Hörer vom Ohr und starrte stirnrunzelnd darauf. Er drückte die Gabel mehrere Male nieder, doch außer einem Freizeichen kam nichts mehr. Schließlich legte er den Hörer auf, dann nahm er ihn rasch wieder ab und wählte die Nummer erneut.

Ein Klicken, dann das Besetztzeichen. Wer immer am anderen Ende saß, hatte das Telefon ausgehängt. Verwirrt legte Jefferson den Hörer zurück. Er nahm sich vor, die Nummer zu überprüfen, sobald er wieder im Büro war. Er kannte diese Stimme irgendwoher, doch wie bei einem alten Song, bei dem man sich nicht recht an den Text erinnert, wollte ihm der Name des Besitzers partout nicht einfallen.

Gedankenversunken schlenderte er durch Olders Büro und starrte auf ein großes Gemälde an einer Wand: *Demon's Gate* von

DeRanier. Teufel mit spitzen Zähnen und stechenden Augen waren auf die Erde herabgefahren und zerrissen die Leiber der Menschen. Er richtete seine Aufmerksamkeit auf den Rahmen, ein massives, reich verziertes, goldenes Ding. Older schien ein Faible für Dämonen zu haben. Nun, jedem sein Hobby.

In jeder der vier Ecken des Rahmens war der geschnitzte Kopf eines Cherubs oder Engels, die pausbäckig auf das Bild selbst zu pusten schienen. Und dann entdeckte er es. Ein glänzender, glatter Fleck in der rechten unteren Ecke des Rahmens. Mit schief gelegtem Kopf starrte er auf die Stelle. Sie war klein, vielleicht zweieinhalb Zentimeter lang und oval. Neugierig geworden beugte er sich vor, hob die Hand und drückte den Daumen auf die Stelle. Er passte perfekt.

Er drückte fester und spürte, wie seine anderen Finger sich wie von allein um den Rest des Rahmens legten. Sein Zeigefinger ertastete einen kleinen Riegel auf der Unterseite. Er drückte den Riegel hoch, und es gab ein klickendes Geräusch. Der Rahmen schwang an Scharnieren von der Wand weg wie ein aufklappender Buchdeckel.

Dahinter erblickte Jefferson einen Safe, der hinter dem Bild verborgen gewesen war. Er beugte sich vor und sah drei schwarze Drehräder in der Tür. Jedes Rad war mit Buchstaben von A bis Z markiert. Jefferson packte den Drehgriff und zog daran, doch die Tür war verschlossen. Das Metall gab nicht nach.

Erneut zückte er sein Notizbuch und starrte auf die drei Buchstaben, die er unter der Telefonnummer notiert hatte.

Er stellte die Drehräder entsprechend ein, das erste auf R, das zweite auf J, das dritte auf D. Wieder drehte er am Griff, und diesmal ließ er sich ohne Widerstand bewegen. Ein Klicken war zu hören, und Jefferson öffnete die Safetür.

Im Innern lag ein Buch in einem verblassten Ledereinband. Vorsichtig nahm Jefferson es hervor, wischte den Einband ab und schlug es auf. *The Annotated History of Fort Blade Prison,* »Die

Kommentierte Geschichte des Gefängnisses von Fort Blade«, von Gary Older.

Blade – schon wieder dieser Name. Wieso? Jefferson steckte sich das Buch in die Tasche. Es passte glatt hinein und fühlte sich schwer an.

Er warf einen letzten Blick ins Zimmer, bevor er in den Korridor zurückkehrte. Als er die Bürotür hinter sich schloss, dämmerte es ihm allmählich. Er stand auf dem Flur, den kalten metallenen Türknopf von Olders Büro noch in der Hand.

Die unbekannte Stimme am Telefon.

Mit seltsamer Klarheit wurde ihm bewusst, dass sie Joseph Lyerman gehört hatte.

Lyerman, dessen Sohn Kenneth ermordet auf dem Dach seines eigenen Gebäudes gefunden worden war. Warum trug Older, der ermordete ehemalige Gefängniswärter des Blade, ausgerechnet Joseph Lyermans Telefonnummer mit sich herum?

Jefferson ließ den Türknopf los und kehrte langsam durch den Korridor und über die Treppe in die erste Etage zurück.

Lyerman tippte auf das Telefon-Icon auf dem Kontrollpaneel unter seiner rechten Hand. Das Gespräch wurde unterbrochen, und für einen Augenblick saß Lyerman in tiefe Gedanken versunken da, das Kinn auf das Röhrchen gestützt, mit dessen Hilfe er den Rollstuhl durch Saugen oder Blasen steuerte. *Jefferson. Jefferson. Jefferson.* Falls Jefferson über Older Bescheid wusste, dann wusste er auch über das Blade-Gefängnis Bescheid. Und falls er das Blade unter die Lupe nahm, dann … ja, was dann? Nicht, dass es eine Rolle gespielt hätte; die Ereignisse waren längst in Gang gesetzt. Sozusagen. Lyerman mochte es nicht, Analogien zu benutzen, die mit Bewegung zu tun hatten, denn sie ließen ihn jedes Mal an den Rollstuhl denken. *Trotzdem,* dachte Joseph Lyerman. *Jefferson könnte äußerst unbequem werden.*

Dabei hatte der Tag so vielversprechend angefangen.

»Cesar!«, rief er laut. Einen Augenblick später betrat sein hagerer Krankenpfleger das Zimmer. Es war immer wieder erstaunlich, wie leise er war. Lyerman hatte ihn in Panama entdeckt, wo er bei einem Metzger gearbeitet hatte. Er hatte Cesars Talent auf der Stelle bemerkt – falls »Talent« der richtige Ausdruck war für das, was Cesar konnte.

»Ich fühle mich ein wenig niedergeschlagen«, sagte Lyerman. »Bring mir was Hübsches zum Anschauen.«

Der Panamaer nickte und zog sich langsam aus dem Zimmer zurück. Ein paar Minuten später kam er mit einem verängstigt dreinblickenden Knaben von ungefähr acht Jahren wieder. Der Knabe trug ein gelbes T-Shirt von der Art, die Kinder in den panamaischen Gettos bekamen. Doch interessanter als das T-Shirt war, was er darunter trug. Eine verblichene blaue Fußballhose, die nur bis knapp über die Lenden ging und reichlich nackte Beine zeigte. So wundervolle nackte kleine Beine.

Cesars Talent bestand darin, solche Knaben zu finden. Überall in Panama. Straßenkinder. Kein Zuhause. Keine Eltern. Die niemand hatten, der sich um sie sorgte. Die bereit waren, für eine Mahlzeit alles zu tun. Erst recht für ein Ticket in die Vereinigten Staaten. Der soziale Aspekt war durchaus legitim – elternlose, arme panamaische Kinder amerikanischen Paaren zuzuführen, die ein Kind adoptieren wollten. Doch wie Lyerman zu Detective Jefferson gesagt hatte: Nichts war so, wie es im ersten Augenblick schien. Die Menschen wollten die Wahrheit nicht sehen.

Lyerman starrte die Beine des Knaben noch ein wenig länger an, bevor er ins Gesicht des Jungen blickte. Große braune Augen, dunkle Haut, glattes schwarzes Haar. Der Junge stand im Eingang, verängstigt und mit zusammengepressten knochigen Knien. Lyerman zwang sich zu lächeln. Er hatte an seinem Lächeln gearbeitet, hatte sich im Spiegel kontrolliert. Als er damit angefangen hatte, war ihm bewusst geworden, dass er den Kindern noch mehr Angst eingejagt hatte. Das hatte ihn wütend gemacht;

sie hatten sich noch weiter von ihm zurückgezogen. Schließlich hatte er den Punkt erreicht, an dem die meisten bereit waren, sich ihm zu nähern. Doch es bedurfte der Übung. Mit Menschen umzugehen, konnte manchmal sehr anstrengend sein.

Lyerman behielt sein Lächeln bei. »Komm her, komm her. Hab keine Angst.«

Der Junge stand schweigend da und starrte den Mann im elektrischen Rollstuhl an. Lyermans Lächeln gefror ein wenig.

»Cesar, bitte.«

Cesar schob den Knaben ein wenig tiefer in den Raum.

»Sprichst du Englisch?«, fragte Lyerman.

Der kleine Junge drehte sich fragend zu Cesar um, und der übersetzte Lyermans Worte: *»Habla Inglés?«*

»No.«

»Nein …«, wiederholte Lyerman und sah Cesar an. »Sag ihm bitte, er soll ein wenig näher kommen.«

Cesar sprach leise zu dem Jungen, und der Knabe nickte und setzte sich zögernd in Bewegung. Lyerman starrte auf seine Beine. Die Bewegung der Knochen und Gelenke. Die Art und Weise, wie die Knie vor- und zurückglitten. Das Spiel der Muskeln an Füßen, Waden, Oberschenkeln. Sie waren schlank und geschmeidig und perfekt definiert, selbst die Sehnen um die Kniegelenke herum. Die Linien der Unterschenkelbeuger, der Quadrizepse. Cesar hatte gute Arbeit geleistet. Er hatte schon immer ein gutes Auge für diese Dinge gehabt.

»Ich möchte sehen, wie er Kniebeugen macht«, sagte Lyerman zu dem Panamaer. »Sag ihm, er soll Kniebeugen machen.«

Cesar nickte und sprach mit dem Jungen. Der Junge sah Lyerman an, und Lyerman versuchte ein Lächeln. Der Junge zuckte die Schultern und vollführte eine Kniebeuge. Dann wieder nach oben. Und hinunter. Lyerman spürte, wie ekstatische Energien ihn durchfluteten.

Diese Beine. Die Schönheit dieser Bewegung. Das war es, was

Lyerman belebte. Knabenbeine, Mädchenbeine, das spielte keine Rolle. Für ihn waren alle Beine gleich.

»Lass ihn auf der Stelle hüpfen.«

Cesar wandte sich an den Knaben, der Knabe lauschte, beendete die Kniebeugen und begann zu hüpfen. Lyerman beobachtete die Spannung der Hüften, während sich die Beine in perfektem Rhythmus bewegten. Der Junge geriet allmählich ins Schwitzen, und ein leichter Schimmer glänzte auf seiner braunen Haut, was die Muskeln noch mehr betonte. Lyerman leckte sich die Lippen. Es wurde fast unerträglich für ihn. Er besaß kein Ventil für diese Energien. Nichts, worauf er sie hätte richten können. Nur noch ein klein wenig mehr.

»Er soll auf der Stelle laufen! Schnell! Er soll auf der Stelle laufen! *Rapido!*«

Cesar sprach erneut zu dem Knaben, und der Junge lauschte. Er atmete inzwischen schwer. Seine Beine pumpten auf und ab. Rhythmisch und natürlich, so wie Beine arbeiten sollten. Mit glatter Haut und straffen Muskeln. Lyerman spürte, wie sich hilfloser Zorn in ihm aufstaute. Der kleine Junge sah sich im Zimmer um und betrachtete die Kunstwerke. Er wirkte gelangweilt. *Langweile ich dich?*, fragte sich Lyerman. *Langweilt dich dieser kleine Mann in seinem elektrischen Rollstuhl? Hast du überhaupt eine Vorstellung davon, wie viel Kraft du in den Beinen hast? Und wie wenig du sie verdienst?*

»Schneller! Er soll schneller laufen! *Rapido!*«

Der Junge gehorchte, rannte schneller. Knöchel, Hüften, Knie, alles bewegte sich in Harmonie. So perfekt, bis Lyerman es nicht länger ertragen konnte.

»Genug!«

»Bastantes!«

»Schaff ihn hier raus.«

Cesar trat vor und nahm den Knaben an der Hand. Er führte ihn aus dem Büro und zurück zu den anderen Kindern. *Der Tag hat so perfekt angefangen, Detective Jefferson.* Lyermans Gedanken wanderten für ein paar Augenblicke zum Blade-Gefängnis und dem, was dort draußen lauerte. Was er zurückgebracht hatte. Er leckte sich die Lippen, während er in Gedanken immer wieder sah, wie es sich bewegte.

Sie haben Recht, Detective Jefferson, ich bin in diesem Rollstuhl gefangen. Aber die Dinge sind nicht immer so, wie sie scheinen.

Jefferson ging langsam die Schwarzweißfotos vom Tatort auf dem Dach des Lyerman Building durch. Die Lage der Toten, ihre hervorquellenden, verdrehten Augen – es war immer wieder das Gleiche; es gab nichts Neues zu entdecken. Er seufzte, warf die glänzenden Abzüge auf seinen Schreibtisch und lehnte sich im Stuhl zurück. Die Federn ächzten bei der Bewegung. Er streckte die Arme über den Kopf und stöhnte wohlig, als die verspannten Gelenke sich dehnten. Der größte Teil des Polizeireviers war inzwischen dunkel, und durch die Fenster drang das letzte Licht des Tages. Im Aktenraum nebenan tippte jemand laut an einem Bericht.

Jeffersons Schreibtisch war nahezu leer. In der Ecke stand ein kleiner Kaktus, neben seiner *Felix-the-Cat-Uhr* aus Kindertagen, nach der es inzwischen achtzehn Uhr dreißig war. Der Rest der Schreibtischfläche war mit Fotos vom Lyerman-Tatort übersät sowie einigen wenigen Akten von anderen, noch nicht abgeschlossenen Fällen.

Brogan saß ihm gegenüber und hatte die Brauen zusammengezogen, während er durch eine Brille Reggies Foto betrachtete und den Bericht des Bewährungshelfers las. Auf seinem Schreibtisch reihten sich leere Milchkartons. Daneben lag vergessen ein halb verzehrter Schokoriegel, noch in der Folie, und ein elektrischer Bleistiftspitzer.

Jefferson fragte sich, wie lange der Riegel bereits dort liegen mochte.

Brogans Telefon läutete. Jefferson wandte sich um und blickte aus dem Fenster, während er gedankenverloren den leisen Worten seines Partners lauschte. »Hallo? Ja, das bin ich …«

Draußen in der intensiven Sommerhitze lieferten sich drei Kinder laut kreischend ein Rennen auf ihren Fahrrädern.

Brogan schwieg; wer immer am anderen Ende der Leitung war, schien etwas zu erzählen.

Jefferson spürte, wie es in seiner Brusttasche zu vibrieren begann: ein Anruf auf seinem Mobiltelefon. Er klappte das Gerät auf und sah McKennas Nummer auf dem Display blinken. Mit einem Blick auf Brogan erhob er sich und ging nach draußen in die Eingangshalle.

»Hallo?«

»Hi, ich bin's«, sagte sie. »Ich habe Ihre Nachricht erhalten.«

»Und was meinen Sie?«

»Ich weiß nicht. Ich habe alles abgeschrieben und werde mich damit beschäftigen. Dieser Typ ist offensichtlich besessen von Dämonologie. Das scheint sein Antrieb zu sein. Allerdings weiß ich bisher noch nicht, nach welchem Muster er seine Opfer auswählt.«

»Ich hätte da vielleicht eine Idee.«

»Und die wäre?«

»Ich weiß es noch nicht genau. Aber irgendwie kommt immer wieder das Blade-Gefängnis ins Spiel. Irgendetwas ist dort draußen. Ich kann es spüren.«

Für einen Augenblick herrschte Schweigen.

»Also schön«, sagte McKenna schließlich. »Ich beschäftige mich mit dem dämonologischen Aspekt der Geschichte. Aber seien Sie vorsichtig, ja?«

»Keine Sorge, ich bin vorsichtig.«

Jefferson klappte das Telefon zu und kehrte ins Büro zurück. Brogan hatte sein Gespräch ebenfalls beendet und legte soeben den Hörer auf.

»Wir haben den Schweinehund«, sagte er.

»Wen?«

Draußen auf der Straße verklang das Kreischen der drei Kinder in der Ferne.

»Unseren Mistkerl.«

Brogan erklärte alles Weitere, während sie durch die langen dunklen Korridore des Reviers eilten.

»Das war Vincent.« Brogan schob sein Pistolenhalfter im Gürtel nach hinten. »Er hat alles von der Forensik. Sie haben im Haus von Sinatra ein paar brauchbare Fingerabdrücke gefunden. Vincent hat sich mit Leuten aus der Nachbarschaft unterhalten und herausgefunden, dass im Haus der Sinatras nur wenige Leute regelmäßig verkehrten. Es gibt eine Maria Alvarez. Sie ist die Putzfrau der Sinatras. Wir fanden ihre Abdrücke überall im Haus. Ein weiterer ist ein gewisser Thomas Mancini, Klempner. Vincent hat ihn überprüft, und wie sich herausstellte, ließ Sinatra vergangene Woche neue Armaturen in seinem Badezimmer installieren. Seine Fingerabdrücke waren auf dem Waschbecken und den Lichtschaltern im Bad. Drittens hatten die Sinatras regelmäßigen Besuch von Matthew Brian, einem achtjährigen Jungen aus der Nachbarschaft. Seine Abdrücke waren überall in der Küche. Offensichtlich hat ihm das Essen von Mrs Sinatra geschmeckt.«

»Die Abdrücke scheinen sauber zu sein.«

»Das waren erst die Abdrücke, die wir nicht in unseren Datenbanken hatten. Viertens, ein gewisser Ron Saint. Dreimal verhaftet wegen Einbruchdiebstahl, derzeit auf Bewährung draußen, nachdem er vier von neun Jahren im Blade-Gefängnis abgesessen hat«, fuhr Brogan fort. »Welcher von Mr Sinatras Besuchern passt jetzt nicht ins Schema?«

»Ich schätze, unser mysteriöser Gast Nummer vier.«

Brogan hatte sein Halfter gesichert, als die beiden Männer durch die Tür nach draußen in die rasch abkühlende nächtliche Luft stürmten.

»Und wie soll das zusammenpassen?«, fragte Jefferson.

»Vincent sagt, sie hätten seine Akte besorgt. Er musste sich einmal im Monat bei seinem Bewährungshelfer melden. Er ist drüben in den Walnut Park Projects gemeldet. Ich hab ein paar Anrufe gemacht und drei Streifenwagen und ein Sondereinsatzkommando dorthin beordert, zusammen mit Vincent. Sie sind noch unterwegs, und wir treffen uns mit ihnen vor Ort. Sobald wir da sind, gehen wir rein und nehmen diesen Saint hoch.«

»Gut«, sagte Jefferson.

Brogan rammte seine silberne 38er ins Halfter, und das Leder knarrte laut. »Ja. Ich bin gespannt auf diesen Irren.«

Die Walnut Park Projects waren eine Siedlung für Einkommensschwache und bestanden aus zwanzig Mietskasernen, die sich um einen kleinen Park erstreckten. In dem Park standen ein paar Bänke und eine alte rostige Schaukel. Das Gras wuchs nur spärlich und war an vielen Stellen zu Staub und Dreck zertrampelt. Ein Maschendrahtzaun verlief um das Parkgelände herum, flankiert von Gehwegen aus weißem Beton.

Als sie langsam durch die Straße fuhren, bemerkte Jefferson drei Streifenwagen, das taktische Transport- und Kommandofahrzeug des SWAT-Teams sowie Vincents alten schwarzen Ford Escort am Straßenrand. Vincent trat vom Bordstein auf die Fahrbahn und winkte sie zu sich. Er trug eine graue Anzughose und eine schwarze gepanzerte Kevlarweste über seinem weißen Hemd und der Krawatte.

Brogan lenkte den Wagen an den Straßenrand und stellte den Motor ab.

»Wir nehmen an, dass er noch in seiner Wohnung ist«, berichtete Vincent, als Jefferson und Brogan ausgestiegen waren. Er reichte Brogan einen Stapel glänzender Schwarzweiß-Polizeifotos, die einen muskulösen Schwarzen vor einer weißen Wand mit Größenmarkierungen zeigten: Ron Saints Foto von der letzten

Verhaftung wegen Einbruchs. Brogan verteilte die Fotos an die Männer des SWAT-Teams. Jeder warf einen Blick auf das Gesicht, bevor er das Bild in die Brusttasche seiner Kevlarweste steckte.

Ein älterer Mann italienischer Herkunft in brauner Hose und pinkfarbenem Hemd stand hinter Vincent. Er wirkte nervös und klimperte mit einem dicken Schlüsselring, der an seinem Gürtel befestigt war.

Vincent deutete mit dem Daumen auf den Mann. »Der Hausmeister sagt, jede Wohnung hätte drei Zimmer, eine Wohnküche und zwei Schlafzimmer. Wir haben also nur drei Zimmer zu durchsuchen, sobald wir drin sind.«

Jefferson blickte zu den vier Mietskasernen auf, die sich vor ihm erhoben, und fragte sich, in welcher ihr Mann saß.

Brogan deutete auf das Gebäude ganz rechts. »Er wohnt in Nummer 301 C«, sagte er zu Jefferson. »Wir haben fünf Mann, die die Tür aufbrechen. Dazu kommen Vincent und ich. Macht insgesamt acht Mann.«

Hinter Vincent stand das kleine SWAT-Team. Alle Männer trugen kugelsichere Westen und schwarze Overalls. Zwei von ihnen wirkten sehr jung. Ihre Augen waren weit aufgerissen, und sie blinzelten nervös. Jefferson spürte Unruhe im Magen.

»Jefferson und ich übernehmen die Führung«, fuhr Brogan fort. »Wir wissen nicht, was uns in seiner Wohnung erwartet. Falls er unser Mann ist, müssen wir mit Widerstand rechnen. Er ist höchstwahrscheinlich bewaffnet, und weil wir nicht vom Pizza-Service sind, wird er unser Eindringen nicht gerade freundlich aufnehmen.«

Hinter Brogan lehnten ein paar Teenager am Zaun und beobachteten die Officer. Einer von ihnen grinste Jefferson an, als dieser in ihre Richtung sah. »He, wen holt ihr denn diesmal?«

»Dich, Freundchen, wenn ihr nicht gleich von hier verschwindet.« Jefferson winkte. »Geht nach Hause.«

»Ich wohne aber nicht hier.«

»Dann geh dahin, wo du wohnst, okay?«

Einer der Teenager nickte. Er war vielleicht dreizehn, die Haare kurz geschoren, und um seinen Hals baumelte eine dicke Goldkette.

»Was für Knarren habt ihr dabei?«

»Was?«

»Ihr fangt doch bestimmt eine Schießerei an, oder? Raymond Robinson wurde erst letzte Woche niedergeschossen. Er und sein Mädchen waren im Park spazieren, als …«

»Geht nach Hause«, unterbrach Brogan seinen Redeschwall.

»Schon gut.«

Keiner der Jungen rührte sich. Einer wickelte einen Lutscher aus, steckte ihn sich in den Mund und rollte das Ding lässig mit der Zunge von einem Winkel in den anderen, während er die Cops beobachtete.

Brogan drehte sich zu Jefferson um. »Egal. Willst du eine Weste?«

»Ja.«

Brogan nickte. Sie gingen zu ihrem Dienstwagen, und Brogan öffnete den Kofferraum. Eine Innenlampe flammte auf. Jefferson sah drei Benelli-Schrotgewehre, mehrere SIG-Sauer-Pistolen, Heckler & Koch Maschinenpistolen und Schachteln voll Munition. »Ich habe eine Extra-Weste dabei«, sagte er und nahm die dicke Weste heraus. »Hier, nimm sie. Es ist wieder wie damals in dem verdammten Bosnien, was, Partner?« Er reichte Jefferson die Weste und warf den Kofferraumdeckel zu.

Jefferson nickte dankend.

Er schlüpfte in die Weste, befestigte die Klettverschlüsse und spürte, wie das schwere Material an seinen Schultern zerrte. Es wurde allmählich immer kühler. Sie setzten sich in Richtung der Mietskasernen des Walnut Park Projects in Bewegung.

Als sie am Zaun vorüberkamen, warf Jefferson einen letzten

Blick auf die Jungen. »Geht nach Hause. Glaubt mir, es ist besser für euch.«

Sie rührten sich nicht von der Stelle und beobachteten mit großen Augen, wie der Zug schwer bewaffneter Polizisten vorüberzog.

Die Männer joggten schweigend am Rand des Komplexes entlang in Richtung des Hauses, in dem Saint wohnte. Als sie näher kamen, hörte Jefferson einen Fernseher in einer der Erdgeschosswohnungen plärren.

Eine Frau saß vor dem Eingang in einem Liegestuhl, eine Coke an den Lippen. Als die Beamten vor ihr auftauchten, murmelte sie: »Verdammt!« und zog sich rasch in ihre Wohnung zurück.

Die Männer betraten das Haus und eilten die Treppe hinauf. Brogan führte sie an. Der kahle Hausflur aus nacktem Beton war nur schwach erleuchtet. Es roch nach Dreck und Rattengift. Das Geräusch ihrer Schritte hallte von den Wänden. Im ersten Stock hatte jemand mit silberner Farbe »Pale and KRZ 99« an die Wand gesprüht. In einer Ecke standen zwei Reihen leerer Bierflaschen in ihren Sixpack-Kartons, daneben lagen tote Kakerlaken auf dem Rücken, die kleinen Käferbeine in der Luft.

»Noch eins höher«, murmelte Brogan, als alle zusammen waren.

Jefferson zog seine Beretta und legte den Zeigefinger an den Schutzbügel vor dem Abzug. Sie erreichten den zweiten Stock. Der Korridor hinter der Tür zum Treppenhaus lag still da. Hinter einer der Türen spielte ein Radio.

Die Männer huschten durch den Korridor und hielten vor 301 C, der Wohnung von Ron Saint. Die Wohnungsnummern waren aus einem silberfarbenen, schmutzigen Metall; das C hatte sich gelöst und hing verkehrt herum an einer einzigen Schraube von der Tür. Brogan drückte das Ohr an die Füllung und lauschte für einen Augenblick, dann schüttelte er den Kopf. Vorsichtig griff er in die Tasche und zog den Schlüsselsatz hervor, den der

Hausmeister ihm gegeben hatte. Er suchte nach dem Schlüssel mit der Aufschrift 301 C und schob ihn leise ins Schloss.

Jefferson bemerkte plötzlich, dass seine Lungen brannten. Er hatte unwillkürlich die Luft angehalten. Langsam atmete er aus, und der Schmerz verging. Er schluckte mühsam und packte den Griff seiner Beretta fester. Hinter sich hörte er das angespannte Atmen des SWAT-Teams.

Brogan wollte den Schlüssel umdrehen, doch nichts geschah. Der Schlosseinsatz glänzte und sah viel neuer aus als der Rest der Tür. Saint hatte offensichtlich die Schlösser auswechseln lassen. Brogan versuchte es erneut, mit dem gleichen Ergebnis, dann schüttelte er den Kopf und fuhr sich mit dem Finger über die Kehle. Er griff sich vors Gesicht und machte eine ziehende Bewegung. Die Männer des SWAT-Teams nickten und streiften sich Gasmasken über. Jefferson blickte sich um, nahm seine Maske ebenfalls hervor und schob sie sich über den Kopf. Augenblicklich spürte er eine klaustrophobische Beklemmung.

Brogan zog sich von der Tür zurück und deutete mit zwei Fingern auf einen Cop hinter sich, dann mit einer raschen Bewegung auf die Türangeln. Der Cop nickte, hob seine schwere Benelli Pumpgun und zielte auf die obere Angel. Er drehte den Kopf zur Seite und betätigte den Abzug.

Ein ohrenbetäubendes Krachen hallte durch den Gang, und die Angel löste sich in einer Wolke aus Holzsplittern aus der Tür. Ein klaffendes Loch blieb zurück. Rasch pumpte der Cop die nächste Schrotkartusche in die Kammer, und eine zweite Explosion fetzte die untere Angel aus dem Holz.

Brogan versetzte der Tür einen kräftigen Tritt, und sie fiel nach innen.

»Go, go, go!«, rief der Anführer des SWAT-Teams.

Brogan warf eine Gasgranate in den Raum. Sie explodierte beim Aufprall. Eine dichte Wolke Tränengas breitete sich aus.

Jefferson stürmte in den Raum, gefolgt von Brogan und den Cops. Jemand brüllte: »Boston Police! Boston Police!«

Durch das Gas hindurch sah Jefferson ein Sofa an der Wand, daneben ein Bücherregal mit gerahmten Fotos und mehreren alten Büchern sowie einen Deckenfluter. Die Beamten stürmten in das Zimmer und bewegten sich rasch weiter. Ringsum zuckten rote Laserfinger von Feuerwaffen durch den weißen Gasnebel.

Eine Tür auf der anderen Seite des Zimmers flog krachend auf, und ein riesiger, muskulöser Schwarzer stürmte den Männern entgegen. Der Oberkörper des Mannes war nackt; er trug lediglich eine Jogginghose. Sein gesamter Brustkorb war übersät mit Tätowierungen, und sein Kopf war kahl geschoren. Seine Gesichtszüge waren vor Wut verzerrt, doch Jefferson erkannte Ron Saint auf den ersten Blick.

Hinter Saint lag das Badezimmer, voll mit Wasserdampf von einer eben erst abgestellten Dusche. Jefferson blieb nur ein winziger Augenblick, dies alles in sich aufzunehmen, bevor der Riese die Cops erreicht hatte. Er schlug zuerst nach Jefferson. Der Hieb kam unerwartet, traf ihn im Leib, raubte ihm die Luft und ließ seine Knie nachgeben. Langsam sank Jefferson zu Boden. Die anderen Männer versuchten, Saint zu überwältigen, und griffen nach seinen Armen und Beinen. »Packt ihn! Packt ihn!« Saint wirbelte herum und traf Vincent mit der Faust im Gesicht. Vincent segelte rückwärts zu Boden.

Einer der Beamten hatte Saint von hinten im Würgegriff. Saint krallte sich in den Ärmel des Mannes und riss daran. Dann richtete er sich auf und rannte rückwärts gegen das Bücherregal. Der Beamte krachte mit voller Wucht dagegen. Er ließ Saint los, schrie vor Schmerz auf und fiel auf die Knie. Bücher polterten aus dem Regal auf ihn herab.

Jefferson rappelte sich auf und warf sich gegen Saints Beine. Der Riese verlor das Gleichgewicht und fiel. Saint war unglaublich stark. Jefferson spürte, wie eine Hand sich um seine Kehle schloss und zudrückte. Er wollte die Hand wegbiegen. Beide Männer rollten über den Boden. Dann lag Jefferson auf dem Rücken, und Saint kniete auf seinen Armen. Er sah, wie Saints riesige Brustmuskeln zuckten, als er sich aufzubäumen versuchte. Auf Saints linker Schulter war ein Brandmal, ein stilisiertes B mit einem Dolch schräg durch die Mitte – das Zeichen für das Blade-Gefängnis.

Jefferson Blick wurde verschwommen. Er sah, wie Brogan hastig hinter den Riesen trat, eine der Pumpguns hob und ihm den schweren Lauf der Waffe über den Schädel zog. Es gab ein lautes Krachen. Saint verdrehte die Augen und brach bewusstlos über Jefferson zusammen.

Jefferson stöhnte und befreite sich von dem Gewicht.

»Danke.« Er stand auf und nickte Brogan zu, während er sich vorsichtig die Kehle rieb. »Das war gerade noch rechtzeitig.«

Brogan zuckte die Schultern. »Kein Problem.«

Auch Vincent rappelte sich auf, betastete seinen Kiefer und bewegte ihn vorsichtig hin und her. Dann fuhr er sich mit einem Finger durch den Mund und suchte nach ausgeschlagenen oder abgebrochenen Zähnen. Als er den Finger wieder herauszog, war er blutig.

»Also schön, legen wir diesen Gorilla in Ketten, bevor er wieder zu sich kommt«, sagte Brogan und winkte zwei Cops an der Tür herbei.

Sie traten vor, bogen die Arme des Bewusstlosen nach hinten und fesselten sie mit Handschellen. Zwei Beamte packten Saint unter den Armen und hoben ihn hoch. Sein Kopf baumelte schlaff von einer Seite zur anderen, während sie ihn hinter sich herschleiften. Ein dritter Cop nahm die Füße des Bewusstlosen; dann trugen die drei Männer ihn aus dem Apartment und hinunter in einen der wartenden Wagen.

Jefferson warf einen Blick in die Runde.

Das Apartment sah aus, als wäre ein Hurrikan hindurchgetobt. Das Bücherregal war umgekippt, Bücher waren auf dem

Teppich verstreut, Glasscherben von den zerbrochenen Bilderrahmen lagen überall auf dem Boden.

Die Küche schloss sich ans Wohnzimmer an. Jefferson öffnete den Kühlschrank und fand einen Karton entrahmte Milch und mehrere Packungen Putenbrust. Auf der Arbeitsplatte standen ein paar ungeöffnete Dosen gebackene Bohnen neben einem Mixer und einem großen Plastikkrug mit der Aufschrift OPTIMAL PROTEIN POWDER, Eiweißkonzentrat für Kraftsportler. Jefferson öffnete das Fenster und schaltete die Dunstabzugshaube ein, um das Tränengas zu vertreiben.

Brogan war beim Bücherregal und blätterte durch das Material am Boden.

»Hast du was gefunden?«, fragte Jefferson und deutete auf das Chaos.

Brogan zuckte die Schultern und stieß die Bücher mit der Fußspitze an. »Hauptsächlich Louis L' Amour, wie es aussieht.« Er ging zum Fernseher.

Unter dem Gerät lag ein Stapel unbeschrifteter Videohüllen.

»Pornos?«, fragte Jefferson.

Brogan nahm eine Kassette aus der Hülle und las das Etikett. »*Zwei glorreiche Halunken* ... Das sind alles Clint-Eastwood-Filme. Der Typ scheint auf Western zu stehen.«

»Ich hab hier was.« Vincent kam aus dem Schlafzimmer. In einer behandschuhten Hand hielt er einen 22er Revolver. »Hab ihn ihm Schlafzimmer gefunden. Er lag auf dem Nachttisch.«

Jefferson wechselte einen Blick mit Brogan. »Keines unserer Opfer wurde mit einem 22er getötet. Sie wurden nicht einmal erschossen.«

Brogan wandte sich an einen der Beamten bei der Tür. »Benachrichtigen Sie jemanden im Büro des Staatsanwalts. Wir brauchen einen Durchsuchungsbefehl für diese Wohnung im Zusammenhang mit den Sinatra-Morden. Anschließend setzen Sie sich über Funk mit der Spurensicherung in Verbindung und veranlassen Sie, dass ein Team herkommt. Sagen Sie ihnen, dass diese Bude auf den Kopf gestellt werden soll, und zwar gründlich. Die Leute sollen auf alles Ungewöhnliche achten – Haare, Teppichfasern, Blut, einfach alles.«

»Jawohl, Sir.« Der Beamte wandte sich zum Gehen.

»Warten Sie, noch etwas.« Vincent nahm einen Beweismittelbeutel aus der Tasche und schob die Waffe vorsichtig hinein. Er versiegelte den Beutel und reichte ihn dem Cop. »Veranlassen Sie, dass die Waffe untersucht wird.«

Er reichte ihm den Beutel. Der Cop nahm ihn entgegen und verschwand durch die Tür nach draußen.

Vincent wandte sich an Jefferson. »Ich wette, wir können die Waffe irgendwohin zurückverfolgen.«

Jefferson ging ins Bad. Er öffnete das kleine Fenster über der Wanne, um auch hier das Tränengas und den Dampf von Saints Dusche nach draußen zu lassen. Auf der Fensterbank standen zwei Zahnbürsten neben einem kleinen, pinkfarbenen Plastikbehälter. Er nahm den Behälter und öffnete ihn. Im Innern lag ein runder Blister mit Antibabypillen.

»He, seht euch das an!« Jefferson hielt die Pillen hoch. »Entweder unser Mann ist in Wirklichkeit eine Frau, oder er hat eine Freundin, die regelmäßig hier schläft. Hier stehen auch zwei Zahnbürsten.«

Vincent nickte und kam mit einem roten Spitzenbüstenhalter aus dem Schlafzimmer. »Das hier hab ich auf dem Bett gefunden. Also gut, ich schlage vor, wir suchen seine Freundin und bringen sie ebenfalls aufs Revier.«

Jefferson kam aus dem Bad in die Küche. Das offene Fenster zeigte hinaus auf die anderen Mietskasernen. Unten verlief eine schmale Sackgasse, an deren Ende Mülltonnen standen. Ölflecken verunstalteten den Beton.

Brogan war im Schlafzimmer und bückte sich, um unter das Bett zu blicken. »Ich sehe wirklich nichts Ungewöhnliches hier drin.« Er stand wieder auf und streckte sich. »Das Einzige, was wir gefunden haben, ist das hier.« Er hielt einen Plastikausweis der Wakefield-Hauptschule hoch.

»Heilige Scheiße!«, kam ein erschrockener Ruf aus dem zweiten Zimmer. »Mein Gott, seht euch das an!«

Einer der Beamten starrte fassungslos durch die offene Tür in Saints zweites Schlafzimmer. Brogan ging zu dem Mann, schob ihn beiseite und blickte selbst in den Raum. Sofort drehte er sich zu Jefferson um.

»Was ist?«, fragte Jefferson, der noch immer in der Küche stand und den Boden der Besteckschublade inspizierte.

»Besser, du kommst her und siehst es dir selbst an«, sagte Brogan leise.

Im Raum flackerte irgendetwas und warf Schatten auf die Gesichter der beiden Männer in der Tür. Jefferson schloss die Besteckschublade, eilte rasch zu dem Zimmer und spähte hinein. Der Raum war klein, und vor dem einzelnen Fenster hing eine heruntergelassene Jalousie. An der gegenüberliegenden Wand standen drei lange Regale. Jedes war voll gestellt mit brennenden Kerzen, die den Raum mit ihrem orangefarbenen Licht erhellten. Die Kerzen besaßen alle möglichen Größen und Formen und flackerten in der Brise, die durch die geöffnete Tür wehte. Selbst draußen im Wohnzimmer konnte Jefferson noch das Aroma von brennendem Wachs und Duftölen riechen.

»Sieht wie ein Altar aus«, murmelte Brogan. »Das sind mindestens fünfzig Kerzen hier drin.«

Jefferson ging an ihm vorbei und betrat zögernd das Zimmer. Auf dem Boden stand eine große Schale aus Holz auf einer braunen Schilfmatte. Die Schale war gefüllt mit einer zähen dunklen Flüssigkeit. Jefferson beugte sich hinab und sog schnüffelnd die Luft ein.

»Blut«, sagte er und erhob sich langsam wieder.

Ein paar Tropfen hatten einen Ring aus roten Flecken auf

dem weißen Teppich hinterlassen. Neben der Schale lag eine lange Machete, deren glänzende Klinge rot gefleckt war von Blut. Die blanken Stellen der Klinge reflektierten das flackernde Kerzenlicht. Die Machete lag auf einer gefalteten Zeitung, die offensichtlich verhindern sollte, dass das Blut den Teppich besudelte. Neben der Zeitung lag ein Kranz, geflochten aus Dornenranken und Stroh. Alles war arrangiert wie auf einem Altar, direkt vor den Kerzenreihen.

Eine Seite der Holzschale war bis zum Rand fleckig von angetrocknetem Blut, als hätte jemand einen Teil des Blutes ausgeschüttet oder aus der Schale getrunken. Neugierig sah Jefferson sich weiter um. An die nächstgelegene Wand, in die auch die Tür eingelassen war, hatte jemand mit ungeschickter Hand ein Bild gemalt. Es sah aus wie eine Reihe willkürlicher Striche in dunkler Farbe, die aufs Weiß gespritzt worden waren. Jefferson legte den Kopf zur Seite, während er sich einen Reim auf die Linien zu machen versuchte.

»He!«, rief er Brogan zu. »Schau dir das hier an!«

Brogan betrat den Raum und wandte sich zu der Wand. »Was soll das denn sein?«

»Keine Ahnung.«

Die Tür stand offen, sodass das Bild durchbrochen war, und Licht flutete in den Raum.

»Schließen Sie doch bitte für einen Augenblick die Tür, Billy, ja?«, bat Jefferson den uniformierten Cop.

»Kein Problem«, antwortete der Officer, griff nach der Klinke und zog die Tür von außen zu.

Als sie geschlossen war, wurde die Ebene der Wand durchgehend. Die Linien des Bildes trafen auf der Rückseite der Tür zusammen und vervollständigten es.

»Es ist ein Affe!« Brogans Stimme verriet sein Erstaunen.

Es war tatsächlich ein Affe.

Der Rumpf des Affen war auf die Tür gemalt. Kopf und Gesicht befanden sich über dem Rahmen. Er schien zu fauchen; die Zähne gebleckt, die Arme vor sich ausgestreckt, der Schwanz aufgerichtet, die Klauen gespreizt, als wolle er irgendetwas Unsichtbares vor sich in der Luft angreifen oder sich, in die Enge gedrängt, verteidigen. Sogar seine Haare standen zu Berge und verliehen ihm einen noch boshafteren Ausdruck. Es sah fast aus, als wolle er den Raum beschützen.

Brogan hatte den gleichen Eindruck. »Sieht aus, als hätte Saint vor irgendetwas Angst gehabt.«

Jefferson nickte.

Fragte sich nur, vor was.

Jefferson spürte eine Berührung an der Schulter, als er Saints Schlafzimmer wieder verließ. Er dachte noch immer über das merkwürdige Bild des Affen nach, das auf die Eingangswand gemalt war. Detective Vincent blickte ihn mit besorgter Miene an.

»Kann ich einen Augenblick mit dir reden?«

Jefferson nickte. »Sicher. Was gibt's?«

»Und mit Brogan.«

Brogan war im Wohnzimmer und unterhielt sich mit einem uniformierten Cop. Jefferson rief ihn herbei, und Vincent führte die beiden Detectives in das erste Schlafzimmer, in dem Saints Bett stand. Vincent schloss die Tür, als alle drei Männer im Raum waren, und blieb dann ein wenig verlegen neben dem Bett stehen.

»Was ist?«, fragte Brogan.

»Ich habe es schon wieder gehört«, begann Vincent.

»Was?«

»Ihr wisst, was ich meine«, antwortete Vincent. »Die Stimmen. Die gleichen Stimmen, die wir in Zvornik gehört haben.«

»Ich hab in Zvornik überhaupt nichts gehört«, entgegnete Brogan. »Absolut nichts.«

»Aber *du* hast etwas gehört«, entgegnete Vincent an Jefferson gewandt. »Du hast es gehört. Du weißt, was ich meine.«

Jefferson zuckte die Schultern. »Na ja … ich hab etwas gehört, zugegeben. Aber ich habe keine Ahnung, was es war.«

»Und dieser aufgehängte Mann. Den habt ihr gesehen, oder?«

Jefferson nickte. »Ja.«

»In jener Nacht ist irgendwas passiert. Wir alle haben irgendetwas gespürt … etwas Falsches. Ich glaube, was es auch war, es ist uns bis hierher gefolgt. Bis nach Boston.«

Brogan schüttelte den Kopf. »He, Mann, fang nicht wieder mit diesem Scheiß an. Wir haben das hinter uns gelassen. Was in Zvornik passiert ist, wissen nur wir drei und J. C. und sonst niemand. Ich dachte, wir wären uns einig gewesen, nie wieder darüber zu reden?«

»Ja«, räumte Vincent ein. »Aber was auch immer *es* sein mag, ist offensichtlich anderer Meinung. Irgendetwas ist hier, ich kann es spüren. Vergangene Nacht bin ich aus einem Albtraum aufgewacht. Ich konnte ganz deutlich spüren, dass irgendetwas bei mir im Zimmer war. An meiner Decke tanzten Schatten, und ich habe die Stimme wieder gehört.«

»Du hast die Stimme gehört?«, fragte Jefferson.

Vincent nickte.

Brogan schüttelte den Kopf. »Du hast geträumt. Ich hatte nach dieser Nacht monatelang Albträume.«

»Nein, es war kein Albtraum. Ich war wach, und ich habe es deutlich gehört.«

Jemand klopfte an die Tür. Ein uniformierter Cop streckte den Kopf ins Zimmer und sagte: »Detective Vincent, Sie werden am Funkgerät verlangt.«

Vincent nickte und wartete, bis die Tür wieder geschlossen war. Dann sagte er: »Hört zu, ich habe das Gefühl, es holt uns ein, was wir in Zvornik getan haben. Ich kann es spüren.«

Ohne ein weiteres Wort verließ er das Schlafzimmer.

Im Hausflur standen zwei Cops und hielten mit ausgestreckten Armen eine kleine Menge neugieriger Hausbewohner zurück.

Jefferson und Brogan schoben sich durch das Gedränge, als Jefferson plötzlich spürte, wie jemand an seinem Arm zupfte. »Wurde auch Zeit, dass die Polizei kommt!«, sagte eine Frauenstimme mit starkem polnischem Akzent.

Es war eine ältere Frau, die Haare in Lockenwicklern, die Jeffersons Arm festhielt. »Ich habe schon gestern bei der Polizei angerufen, aber keiner ist gekommen. Ich habe erzählt, dass irgendetwas vorgeht. Haben Sie den Gestank beseitigt?«

»Was?«

»Den Gestank. Haben Sie ihn beseitigt?«

»Was für einen Gestank?«

Die Frau ließ Jeffersons Arm los und fuhr sich erstaunt mit der Hand über die Stirn. »Sie meinen, Sie haben nichts dagegen unternommen?«

Jefferson sah fragend zu Brogan. Der zuckte nur die Schultern und hob die Hände.

»Unten in Apartment 14 B«, fuhr die Dame fort. »Ein grauenvoller Gestank, das erzähle ich schon seit Tagen! Ich arbeite seit zehn Jahren im Leichenschauhaus des County Hospital, ich kenne diesen Gestank.«

»Was ist das für ein Gestank?«, fragte Jefferson.

Die Frau starrte ihn einen Augenblick an und studierte verwirrt sein Gesicht. Schließlich sagte sie langsam, in dem geduldigen Tonfall, den man für einen Drittklässler wählt: »Es stinkt nach Verwesung. Es ist der gleiche Gestank wie von einer Leiche.«

Jefferson und Brogan benötigten fast zehn Minuten, bis sie den Hausmeister aufgetrieben hatten. Er war unten im Keller und stapelte alte Zeitungen an der Wand auf. »Wer wohnt in Apartment 14 B?«, fragte Brogan, während er mit der Taschenlampe in die Ecken leuchtete und der Lichtkegel über die Wände glitt.

Der Hausmeister unterbrach seine Arbeit, richtete sich auf und kratzte sich am Hals. »Lassen Sie mich überlegen. Nach allem, was ich weiß, ist 14 B im Augenblick unbewohnt. Wir hatten vor einigen Monaten ein Feuer in diesem Apartment. Bis jetzt bin ich nicht dazu gekommen, die Wohnung zu renovieren.«

»Sie haben die Schlüssel zu diesem Apartment?« Brogan leuchtete mit seiner Taschenlampe auf die braunen Halbschuhe des Hausmeisters.

»Ja, sicher hab ich die Schlüssel«, antwortete der Hausmeister. Während er sich weiter mit einer Hand am Hals kratzte, löste er einen Schlüsselring vom Gürtel und reichte ihn Brogan. »Sämtliche Schlüssel sind mit Aufklebern versehen«, erklärte er. »Sollten sie jedenfalls. Manchmal geht einer ab.«

Brogan nahm den Schlüsselring und warf ihn Jefferson zu.

»Möchten Sie, dass ich mitkomme?«, fragte der Hausmeister nervös, offensichtlich in der Hoffnung, dass sie Nein sagten. »Es gibt Regen, ich spüre es in meinen Knien, wissen Sie?«

Der Hausmeister rieb sich die Knie. »Sie wissen ja, wie das ist.«

Brogan schüttelte den Kopf. »Nein, ist schon in Ordnung. Verraten Sie uns nur, wo wir 14 B finden. Im linken Gebäude?«

»Nein, es ist das mittlere. Im Erdgeschoss.« Der Hausmeister blickte zu dem Schlüsselbund. »Das ist mein einziger Satz für das Gebäude, also bitte …« Er verstummte.

»Keine Sorge, wir passen gut drauf auf.«

Es hatte bereits zu regnen angefangen, als Jefferson und Brogan aus dem Block C der Walnut Park Projects traten. Ein hagerer schwarzer Junge in einem langen T-Shirt kam ihnen entgegengerannt, eine Zeitung zum Schutz vor dem Regen über dem Kopf. Er drückte sich an den beiden Detectives vorbei, rannte ins Treppenhaus und verschwand nach oben. Der Regen verwandelte Teile des Weges in Schlamm, durchsetzt von gelegentlichen Büscheln Fingerhirse. »Wusstest du eigentlich, dass ich einen Block von hier entfernt geboren wurde?«, fragte Brogan unvermittelt, während sie vorsichtig über den nassen Kies gingen.

Jefferson schüttelte den Kopf.

»Damals war die Gegend hier noch nicht so heruntergekommen. Die Leute hatten noch alle Arbeit, waren ständig außer Haus, und niemand hatte Zeit, mit Dope zu dealen, sich Feuergefechte zu liefern und was weiß ich.«

Brogan stieg vorsichtig über eine Pfütze. »Ja, die Zeiten ändern sich. Aber es bringt nichts, sentimental zu werden.«

Gebäude B der Walnut Park Projects erhob sich vor ihnen aus dem nassen Beton. Vereinzelt brannte Licht hinter den Fenstern, die wegen des Regens ausnahmslos geschlossen waren. Die Nummerierung der Apartments im Erdgeschoss begann bei 3 B. Jefferson stellte fest, dass die letzte Wohnungstür auf der Vorderseite die Nummer 9 B trug. »Vierzehn muss auf der Rückseite liegen«, sagte er und schirmte die Augen gegen den Regen ab.

Sie umrundeten rasch das Gebäude. Die Fenster von 14 B waren vernagelt, die Tür fest verschlossen. Selbst hier draußen war der Gestank überwältigend, und Jefferson erkannte sofort, dass es weder Körpergeruch noch verwesende Nahrungsmittel waren.

Die alte Dame hatte Recht – in Apartment 14 B lag ohne Zweifel eine Leiche.

»Wir haben hier was gefunden, so viel steht fest.« Brogan hielt sich die Nase zu.

»Ich würde sagen, dass die Reinigungsfrau seit ein paar Wochen nicht mehr da war«, brummte Jefferson und machte vor der Tür Halt. Der einzige Hinweis auf die Nummer der Wohnung war mit einem schwarzen Stift auf den Metallrahmen der Tür gekritzelt. Jefferson zögerte und kämpfte gegen ein instinktives Verlangen, an die Tür zu klopfen.

»Wartest du darauf, dass jemand uns reinlässt?« Brogan grinste. »Ich glaube nicht, dass einer zu Hause ist.«

»Stimmt«, sagte Jefferson. »Gib mir eine Sekunde, okay?«

Er atmete tief durch die Nase ein, ein letzter Zug frischer Luft, wie ein Taucher, der in schwarze, unbekannte Gewässer springt.

Dann drehte er den Griff und stieß die Tür auf.

Der Gestank nach Verwesung und Fäulnis traf ihn beinahe körperlich. Er drehte den Kopf unwillkürlich zur Seite und bemühte sich, nicht mehr durch die Nase zu atmen.

Noch immer im Eingang wandte er sich zu Brogan um und deutete auf einen Mülltonnendeckel an der Hauswand. »Kannst du mir den geben?«

Brogan nickte, bückte sich und reichte Jefferson den Deckel.

Jefferson klemmte das runde Stück Metall so unter die Tür, dass sie nicht zufallen konnte, um die Wohnung ein wenig zu lüften, bevor er sie tatsächlich betrat. Er zückte seine Taschenlampe und leuchtete damit ins Innere des Raumes.

Das erste Zimmer war leer. Eine Wand war mit schwarzem Ruß und Fetzen verbrannter Tapete verschmiert. Auf dem Boden lag ein alter, ausgetretener Teppich. Die Worte des Hausmeisters klangen Jefferson im Gedächtnis, dass die Wohnung bei einem Brand teilweise zerstört worden war. Genauso sah es tatsächlich aus. Die Brandflecken setzten sich über die Decke hinweg fort. Mehrere Fliesen waren abgefallen und am Boden zersprungen. Sämtliche Wände waren braun verfärbt, wahrscheinlich vom Rauch wie auch vom Löschwasser aus den Schläuchen.

Mit den braunen Wänden, die das Licht der Taschenlampe schluckten, anstatt es zu reflektieren, wirkte die Wohnung noch düsterer als das Apartment von Saint. Jefferson streckte den Kopf ins Badezimmer. Es war ebenfalls leer, die Toilette ausgetrocknet, und im Waschbecken lagen ein paar tote Insekten. Der Duschvorhang war vor langer Zeit abgenommen worden, doch in der Duschwanne stand eine vergessene Flasche Sesame Street Shampoo. Auf der Flasche klebte ein Bild, das einen mit Seifenschaum bedeckten Bert zeigte. Jefferson überkam ein Anflug von Trauer.

Er spürte eine Berührung an der Schulter. Brogan stand hinter ihm und deutete auf den hintersten Raum des Apartments. Jefferson leuchtete mit seiner Taschenlampe hinein.

Dort lag der Leichnam. Der Lichtkegel glitt über die Gestalt. Sie sah schlimm aus.

Jefferson sah, dass es ein männlicher Toter war, wahrscheinlich irgendwo Anfang zwanzig, doch das war schwer zu sagen – die Augen waren bereits schwarz, und der Leib war aufgedunsen von Verwesungsgasen. Er lag mitten auf dem Teppich in einem ansonsten leeren Raum. Er lag auf dem Rücken, ein Arm auf der Brust, der andere zur Seite ausgestreckt, die Beine übereinander geschlagen, fast, als wäre er eingeschlafen. Eine zerdrückte Mütze der Red Sox lag ein kleines Stück abseits, verklebt mit dunklem, getrocknetem Blut, das den Teppich durchtränkt hatte.

Der Tote trug eine Jeans. Ein Bein war bis fast zum Knie hochgerollt, die Socke darunter saß schlaff. Das Bein war dünn, die Haut grau. Er trug ein weißes ärmelloses T-Shirt und eine goldene Panzerkette um den Hals.

Auf der Vorderseite seines T-Shirts war ein dollargroßes blutverkrustetes Loch; Jefferson erkannte die vertraute Eintrittswunde einer kleinkalibrigen Handfeuerwaffe. »Sieht aus wie ein 22er«, sagte er. »Sieht nicht nach unserem Mann aus.«

»Ja, vielleicht. Vielleicht liebt er aber auch ein wenig Abwechslung. Eine Schusswaffe hier, ein Messerstich dort …«, Brogan verstummte.

»Nein.« Jefferson schüttelte den Kopf. »Das ergibt keinen Sinn. Ich glaube, das hier ist etwas anderes.«

»Du meinst eine gewöhnliche Schießerei zwischen irgendwelchem Abschaum?«

»Ja, etwas in der Art.«

Brogan beugte sich über den Toten und tastete vorsichtig seine Taschen ab. Er deutete auf einen Piepser an seinem Gürtel. »Drogen?«

»Heutzutage laufen doch Hinz und Kunz mit so einem Ding durch die Gegend.«

»Seine Brieftasche ist verschwunden – sieht aus, als hätten sie ihn ausgeraubt –, aber seine goldene Kette haben sie dagelassen.«

»Vielleicht hatten sie es eilig und haben die Kette übersehen.«

»So eine große Kette? Der Typ sieht aus wie Mr T! Nein, die Kette haben sie ganz bestimmt nicht übersehen.«

Brogan richtete sich auf und trat vorsichtig von dem Leichnam zurück.

»Was willst du tun?«

»Wir melden die Sache und fahren zurück, um herauszufinden, was unser Freund Saint dazu zu sagen hat. Vielleicht kann er ja erklären, warum im Nachbarhaus eine Leiche liegt und weshalb seine Fingerabdrücke überall im Haus des Anwalts sind.«

Jefferson und Brogan standen zusammen mit Bruce Harding, einem Assistenten des Staatsanwalts, hinter der kleinen Scheibe des Spiegels und beobachteten Ron Saint im Verhörzimmer. Saint saß alleine im Raum. Niemand war auf den Gedanken gekommen, Kleidung aus seiner Wohnung mitzunehmen, daher war er zunächst im Wagen sitzen geblieben, während zwei Beamte aufs Revier gegangen waren, um ihm etwas zum Anziehen zu besorgen.

Jetzt saß er mit übereinander geschlagenen Beinen und aufgestützten Ellbogen in einem T-Shirt und blauen Shorts am großen Tisch des Zimmers. Die Shorts waren zu klein, und seine dicken Oberschenkelmuskeln quollen aus den Säumen hervor. Er blickte unbehaglich drein, wie er hinter dem Tisch saß und auf den Nägeln kaute. Nur gelegentlich hob er den Kopf und blickte sich im Verhörzimmer um.

»Wir haben Richter Goldstein aus dem Bett geklingelt und den Durchsuchungsbefehl unterschreiben lassen. Derzeit sind unsere Leute in Saints Wohnung und krempeln sie auf links«, berichtete Harding, der stellvertretende Staatsanwalt. »Ich hoffe nur, wir finden etwas, das wir verwenden können.«

Harding hatte in Princeton seinen Studienabschluss gemacht und war anschließend auf die NYU Law School gegangen. Es war bald neun Uhr abends, doch er sah immer noch aus wie frisch aus dem Ei gepellt. Seine Haare waren ein wenig feucht und straff aus der Stirn nach hinten gekämmt. Er trug einen dunkelblauen Anzug mit perfektem, bequemem Sitz.

»Nehmen Sie ihn nicht zu hart ran«, fuhr Harding fort, während er gedankenverloren seine Krawatte glatt strich. »Wir haben noch nicht entschieden, ob wir ihn offiziell in Haft nehmen.«

Jefferson nickte und wechselte einen Blick mit Brogan. »Sollen wir zusammen rein?«

»Ja, sicher. Du redest.«

Jefferson öffnete die Tür, die aus dem Beobachtungszimmer ins Verhörzimmer führte. Beim Geräusch der Tür sprang Saint auf und wirbelte zu Jefferson herum.

Brogan postierte sich neben der Tür, während Jefferson zum Tisch ging.

»Wie geht es Ihnen?«, fragte er, zog sich einen Stuhl heran und setzte sich.

Saint nickte wortlos, während auch er wieder Platz nahm.

»Ich bin Detective Jefferson.« Jefferson deutete auf Brogan. »Das ist mein Partner, Lieutenant Brogan.«

Saint nickte, kaum dass er die beiden Detectives ansah. Keiner machte Anstalten, Hände zu schütteln. Saint starrte ins Leere, als wäre er mit den Gedanken ganz woanders. Jefferson schnippte mit den Fingern. »Hören Sie zu, Mann?«

Saints Kopf ruckte herum, doch seine Augen blieben glasig und abwesend.

Jefferson warf Brogan einen fragenden Blick zu. Brogan zuckte nur die Schultern.

»Also schön, äh …«, begann Jefferson und räusperte sich. »Sie sind Ronald Saint, ist das richtig?«

Saint antwortete nicht.

Auf seiner Stirn klebten Schweißperlen. Eine löste sich und lief ihm übers Gesicht. Saint machte keine Anstalten, sie abzuwischen.

»He, Saint!«, mischte Brogan sich ärgerlich ein. »Hören Sie zu, Mann?«

Ein Ruck lief durch Saint, und sein Blick richtete sich auf Jefferson. »Ja«, murmelte er und nickte.

»Haben Sie zurzeit einen Job?«, fragte Jefferson.

»Ja.« Saint fuhr sich mit einer Hand über den Schädel. »Ein Hausmeisterjob, drüben in der Wakefield-Hauptschule.«

»Wakefield also? Wo genau liegt die? Innenstadt?«

»Nein, im Norden.«

»Ziemlich langer Weg zur Arbeit, wie?«

»Ja, aber mein Bewährungshelfer hat mir den Job beschafft.« Saint grinste flüchtig. »Hat irgendeine besondere Abmachung mit dem Direktor.«

Jefferson nickte. »Und was für eine Abmachung ist das?«

»Dass ich jeden Tag länger als eine Stunde fahren muss, um zur Arbeit zu kommen.«

Es hörte sich an, als wolle Saint andeuten, dass sein Bewährungshelfer Schmiergelder kassierte. Der Bewährungshelfer verschaffte ihm einen Job und schrieb ihm gute Beurteilungen, und als Gegenleistung wanderte ein Teil von Saints Bezahlung in seine Taschen.

Jefferson wechselte das Thema.

»Wo wohnen Sie zurzeit?«

Saint blickte ihn an, dann lehnte er sich zurück, eine Hand hinter dem Kopf. Er starrte auf den Tisch, und ein sarkastisches Grinsen stahl sich auf sein Gesicht. »Scheiße, als ob Sie das nicht genau wüssten, Mann! Sie sind in meine Wohnung eingebrochen wie Clint Eastwood, verdammt! Wollen Sie behaupten, Sie haben meine Adresse schon wieder vergessen?«

Jefferson zögerte einen Augenblick. »Für das Protokoll«, erklärte er dann.

»Ich wohne in den Walnut Park Projects, 301 C.«

»Wie gefällt Ihnen die Gegend?« Jefferson blieb zunächst bei unverfänglichen Themen.

Saint starrte ihn verwirrt an. »Was glauben Sie denn, Mann? Dass ich gern in den Projects wohne?« Er zuckte die Schulter. »Na ja, ich schätze, es ist ganz in Ordnung. Nicht das Ritz oder so, aber ganz in Ordnung.«

»Haben Sie eine Freundin?«

»Nein«, antwortete Saint schüchtern. »Eigentlich nicht.«

»Haben Sie eine Freundin?«, wiederholte Jefferson.

Saint spielte nervös mit den Fingern, betrachtete seine Nägel und die vom Duschen trockene Haut.

»Nein, ich hab keine Zeit, mir eine Freundin zu suchen. Ich arbeite ständig, wissen Sie?«

»Was ist mit den Antibabypillen, die wir in Ihrem Badezimmerschrank gefunden haben?«

»Den was?«, fragte Saint entgeistert.

»Den Antibabypillen. Wir haben sie in Ihrem Badezimmerschrank gefunden.«

Saint schlug mit der Hand auf den Tisch. Er wirkte wütend. »Verdammt, Sharin!«, brummte er vor sich hin.

»Wer ist Sharin?«

»Sharin? Meine Schwester. Sie schläft von Zeit zu Zeit bei mir.«

Brogan lachte auf. »Ach? Sie schlafen mit Ihrer Schwester?«

»Was?« Saint funkelte ihn wütend an. »Mit Sharin? Wofür halten Sie mich? Sehe ich vielleicht aus wie einer von diesen verdammten inzestuösen Wichsern aus Arkansas?«

»Und was ist dann das Problem?«

Saint senkte den Blick. »Kein Problem. Vergessen Sie's.« Er winkte ab.

»Sie schläft dort mit jemandem, ist das richtig?«

»Hören Sie …« Saint blickte sich unbehaglich im Zimmer um. »Sharin verdient ihr Geld … auf gewisse Weise, Sie verstehen schon. Sie hat keine andere Wahl, nachdem sie ihren letzten Job verloren hat. Sie braucht schließlich Knete zum Leben.«

»Also ist Ihre Schwester eine Prostituierte«, sagte Jefferson.

»He, Mann, nennen Sie Sharin nicht so. Sie ist schließlich meine Schwester.« Saint zuckte die Schultern. »Sie verdient sich von Zeit zu Zeit Geld mit anderen Kerlen. Ich hab ihr gesagt, diese Pillen schützen nicht. Sie schützen nicht vor irgendwelchen Krankheiten, sie sorgen nur dafür, dass man nicht schwanger wird, sonst überhaupt nichts. Sie sagt, Kondome kosten zu viel Geld, und ihre Kunden wollen auch nicht immer eins anziehen. Sie bezahlen extra, wenn sie es ohne macht, okay? Ich hab ihr gesagt, das ist verrückt, aber ich schätze, manchmal hört sie einfach nicht auf mich.«

Jefferson nickte. Es klang, als würde Saint die Wahrheit sprechen. Fast tat der große Bursche ihm Leid. »Also schön, Ihre Schwester wohnt also hin und wieder bei Ihnen.«

»Ja.«

»Wie lange sind Sie aus dem Gefängnis raus?«

»Seit ungefähr einem Jahr. Ich war im Blade.«

»Wollen Sie wieder zurück?«

Saint starrte Jefferson an. »Sind Sie verrückt?«

»Wir haben einen 22er auf Ihrem Nachttisch gefunden«, sagte Jefferson. »Und einen Mann mit einem 22er Loch in der Brust im Nachbarhaus Ihrer Wohnung. Was wissen Sie darüber?«

»Der Kerl war ein mieses Schwein«, sagte Saint. »Er hat Kindern Drogen verkauft. Er hat gekriegt, was er verdiente. Aber ich weiß nicht, wer's gewesen ist.«

»Sie sind nicht deswegen hier«, sagte Jefferson. »Sie wissen, weswegen Sie hier sind?«

Saint wandte den Blick ab. Er starrte die Wände an und murmelte etwas vor sich hin.

»Wie bitte?« Jefferson beugte sich vor.

Saint sah ihn an. »Ja. Vielleicht. Glaub schon.«

»Wir haben Ihre Fingerabdrücke an einem Türgriff im Haus von Thomas Sinatra gefunden. Dem Anwalt aus Beacon Hill.«

»Ja.«

»Thomas Sinatra wurde in seinem Schlafzimmer gefunden ... und Teile von ihm im Wohnzimmer und in der Küche. Es sah aus, als hätte jemand versucht, das Haus mit Sinatras Körperteilen zu dekorieren.«

»Ja?«

»Ja?«, äffte Jefferson ihn nach. »Ist das alles, was Ihnen dazu einfällt?«

»Verdammt, ich mach so eine Scheiße nicht! Ich kannte diesen Kerl nicht mal.« Saint bewegte sich ungeduldig auf dem Stuhl und spielte das »Mein-Name-ist-Hase«-Spiel.

»Wir haben keinerlei Hinweise auf einen gewaltsamen Zutritt gefunden. Wie sind Sie in Sinatras Haus gekommen?«

Saint zuckte die Schultern. »Five kannte 'nen Typen. Er hat gesagt, er wäre sein Mann.«

»Wer war er?«

»Ich glaub, er war ein Exwächter aus dem Blade. Wo wir alle gesessen haben. Da hab ich Five und Q und die anderen Typen kennen gelernt, draußen im Blade. Im Vergleich zu dem Knast sind die Slums das reinste Disneyland. Ich glaube, Fives Mann war da draußen Wärter, bis sie ihn gefeuert haben.«

»Bis sie ihn gefeuert haben?«

»Ja. Ich hab gehört, er wurde gefeuert, weil er nachts im Blade rumgeschlichen ist und irgendwelchen Scheiß gemacht hat. Ich glaub, er hat irgendwas rausgefunden und versucht, es zu verkaufen.«

»Was gefunden?«

»Keine Ahnung. Irgendeinen Piratenschatz oder was weiß ich.«

»Sie haben im Blade eingesessen?«

»Hab ich.«

»Wie lange?«

»Vier Jahre.«

Jefferson beugte sich im Stuhl vor und betrachtete Saint eingehend.

»Also schön«, sagte er. »Reden Sie weiter.«

»Ich hab nichts mehr zu erzählen.«

»Kommen Sie, Saint, wir haben Ihre Fingerabdrücke im ganzen Haus. Das heißt, Sie waren am Tatort. Wir haben fünf Leichen, und Sie stehen mit Morden überall in der Stadt in Verbindung. Wollen Sie vielleicht, dass man Ihnen diesen Mist anhängt?«

Saint öffnete den Mund zu einer Antwort, doch Jefferson war noch nicht fertig. »Wenn Sie jetzt reden, erzählen Sie besser gleich, wie diese Fingerabdrücke an die Tür gekommen sind. Und wieso Sie heil und unverletzt hier sitzen, während alle anderen aussehen, als wären sie durch 'nen Fleischwolf gedreht worden. Und warum Sie einem meiner Leute den Unterkiefer gebrochen haben, als wir zu Ihrer Wohnung kamen, und was die Machete und die Schale voller Blut in Ihrem Schlafzimmer zu suchen hatten.« Jefferson verstummte und atmete tief durch. »Im Augenblick sieht es gar nicht so gut aus für Sie, müssen Sie wissen.«

»Also schön, hören Sie.« Saint beugte sich vor. »Aber woher soll ich wissen, dass Sie mich nicht auf direktem Weg wieder ins Blade schicken, wenn ich Ihnen was erzähle?«

»Das können Sie nicht wissen. Ich mache Ihnen keinerlei Versprechungen.«

»Mann, dann vergessen Sie's.« Saint schlug mit der flachen Hand auf den Tisch. »Ich bin auf Bewährung draußen! Ich geh nicht wieder zurück!«

Jefferson sah Brogan an. »Schön, sperren wir ihn über Nacht ein.«

Brogan grinste und trat vor. »Mit dem größten Vergnügen.«

Saint hob abwehrend eine Hand. »He, warten Sie!«

»Sie sind derjenige, der es auf die harte Tour will, nicht ich.«

»Sie dürfen mich heute Nacht nicht einsperren!« Saint hatte die Augen weit aufgerissen. Überrascht stellte Jefferson fest, dass der große Mann Angst zu haben schien. »Sie dürfen mich nicht einsperren!«

Saints zornige Erregung wurde immer heftiger. Er stieß seinen Stuhl vom Tisch weg und hob beide Arme, um die Detectives abzuwehren.

Jefferson erhob sich langsam und streckte beruhigend eine Hand nach dem Riesen aus. »Ganz ruhig … beruhigen Sie sich, Mann.«

»Sie dürfen mich nicht einsperren!« Saint brüllte inzwischen fast und wich an die hintere Wand des Verhörzimmers zurück wie ein in die Enge getriebenes Tier. Seine Adern traten dick hervor.

Das alles ergab keinen Sinn. Saint war ein harter Bursche, und er hatte schon früher im Gefängnis gesessen. Der Gedanke, eingesperrt zu sein, hätte ihn nicht so sehr aus der Fassung bringen dürfen, wie es offensichtlich der Fall war. Brogan näherte sich ihm, während er sich mit der linken Hand über die Knöchel der rechten rieb. Jefferson hielt ihn zurück, indem er fast unmerklich den Kopf schüttelte.

Er blickte Saint an. Der große Mann kauerte in einer Ecke.

Saint starrte ihn aus runden, glasigen Augen angsterfüllt an. Seine Gedanken waren wieder irgendwo anders. Ganz langsam rutschte er an der Wand zu Boden, wo er schließlich mit den Knien unter dem Kinn zum Sitzen kam.

»Was hat das zu bedeuten?«, fragte Brogan flüsternd.

»Ich bin nicht sicher.«

»Willst du ihn für eine Weile allein lassen?«

Jefferson nickte. »Ja, es ist wohl besser so. Ich weiß nicht, was mit ihm los ist, aber ich hab noch nie einen Mann gesehen, der eine solche Angst hatte.«

Langsam entfernten sich die beiden Detectives aus dem Verhörzimmer. Als sie in der Tür standen, wandte Jefferson sich ein letztes Mal um und blickte auf Saint. Der saß noch immer in der Ecke, die Arme um die Knie geschlungen, und starrte geistesabwesend ins Leere.

»Wie geht es ihm?«

»Er hat sich wieder ein wenig beruhigt. So weit ist alles in Ordnung.«

Jefferson sprach mit der Polizeipsychologin Rudy Phillips. Rudy war ohnehin im Gebäude gewesen, um mit anderen Ermittlern über einen anderen Fall zu sprechen. Nach Saints Zusammenbruch hatte Jefferson sie angerufen, damit sie sich den Gefangenen ansah. Nun standen sie im Beobachtungszimmer und blickten durch den Spiegel in den Verhörraum. Saint saß wieder am Tisch, kaute wieder nervös an den Fingernägeln und starrte mit leerem Blick vor sich hin.

»Spielt er das nur?«, fragte Brogan.

Rudy schüttelte den Kopf. »Ich glaube nicht. Mir scheint eher, er hat ein schweres traumatisches Stresserlebnis hinter sich.«

»Können wir mit ihm reden?«

»Ja …«, antwortete die Psychologin zögernd. »Aber seien Sie vorsichtig. Setzen Sie ihm nicht zu sehr zu. Ich weiß nicht, was er erlebt hat, aber es hat ihn völlig aus der Fassung gebracht.« Rudy zögerte erneut. »Er hat gesagt, dass er reden will.«

»Er will reden?«

»Er hat gesagt, er kann Ihnen erzählen, was passiert ist.«

Jefferson wechselte einen Blick mit Brogan. »Nun, dann sollten wir mit ihm reden.«

Die Tür gab ein leises klickendes Geräusch von sich, als Jefferson den Knopf drehte, um das Verhörzimmer zu betreten. Brogan folgte ihm auf dem Fuß. Saint blickte zu den beiden Detectives auf. Er versuchte zu lächeln, scheiterte aber kläglich. »Tut mir Leid wegen vorhin. Ein Mann sollte sich nicht so benehmen.«

Jefferson nahm am Verhörtisch Platz. »Ich habe Männer gesehen, die sich schlimmer benommen haben.«

»Ja, sicher …« Saint rieb sich mit der Hand den Nacken. »Ich weiß nicht, aber dieser Scheiß hat mir eine Heidenangst eingejagt. Todesangst.«

»Welcher Scheiß?«

Saint blickte sich im Raum um. Seine Blicke hafteten für einen Moment auf Brogan, der sich wieder neben der Tür hielt.

Saint seufzte. »Also schön, ich und die Jungs haben gehört, dass dieser Sinatra Kohle in seinem Haus hätte. Zwanzig Riesen oder so.«

»Welche Jungs?«, fragte Jefferson.

»Sie wissen schon«, antwortete Saint. »Sie sind alle tot. Sie haben doch ihre Leichen gefunden.«

Jefferson nickte. »Haben wir.«

»Also«, begann Saint erneut. »Jedenfalls, wir wollten diesen Anwalt beklauen, diesen Sinatra. Wir also hinten rein ins Haus, und Five und Q die Treppe rauf. Ich stehe vorn Schmiere.«

»Warten Sie.« Jefferson hob die Hand. Er blätterte durch ein kleines Notizbuch, das er aus der Brusttasche zog. »Also gut. Five ist Harry Connor, richtig? Und dieser Q, warten Sie … Wie war sein Name? Raymond Earl?«

Saint nickte. »Ja. Five heißt mit richtigem Namen Harry. Aber den Namen von Q kenne ich nicht … ich hab nie gehört, dass jemand ihn anders als Q gerufen hätte.«

Jefferson legte das Notizbuch auf den Tisch. »Schön. Erzählen Sie weiter.«

»Wo war ich?«

»Sie haben den Vordereingang im Auge behalten.«

»Ach ja, richtig. Nun, ich stehe vorn Schmiere, und dann hör ich oben den Lärm. Also will ich rauf, und dann sehe ich was.«

»Was?«

»Diese Lady. Sie sitzt im Esszimmer und beobachtet mich.«

»Ja.«

»Also gehe ich zu ihr.« Saint atmete scharf ein. »Aber sie ist schon tot.«

»Haben Sie die Frau umgebracht?«

Saint schüttelte den Kopf. »Nein, Mann! Ich hab sie nicht angerührt! Jemand anderes hatte ihr die Kehle durchgeschnitten. Der verdammte Kopf ist ihr fast runtergefallen, wie bei einer von diesen Wackelpuppen. Ich hätte fast 'nen Herzanfall gekriegt, Mann!«

»Wer hat es getan?«

Saint zuckte die Schultern. »Keine Ahnung.«

»Five oder Q?«

»Nein.« Saint schüttelte den Kopf. »Sie waren beide oben, die ganze Zeit.«

»Und dann sind Sie nach oben gegangen?«

»Was?«

»Sie sind nach oben gegangen. Wir fanden Ihre Fingerabdrücke im zweiten Stock.«

»Ja, Mann, richtig. Ich bin nach oben gegangen. Nur Tote da oben.« Saint senkte die Stimme und beugte sich zu Jefferson vor. »Ich sag Ihnen, da war irgendwas im Haus!«

»Was meinen Sie damit? Irgendwas?«

Saint zögerte einen Augenblick und trommelte mit den Fingern auf dem Tisch.

Schließlich sagte er: »Haben Sie diesen Scheiß in meiner Wohnung gesehen?«

»Was denn?«, fragte Jefferson. »Die Kerzen und das alles?«

»Ja.«

»Was ist damit?«, meldete Brogan sich zu Wort. »Die Schale war voller Blut. Haben Sie das von den Leuten, die Sie umgebracht haben?«

Saint schüttelte angewidert den Kopf. »Nein. Es ist Hühnerblut.«

»Hühnerblut?«, wiederholte Brogan und lachte beinahe auf. »Das höre ich zum ersten Mal.«

»Heute Morgen ist meine Mom zu mir in die Wohnung gekommen. Sie hatte drei Hühner dabei. Lebende Hühner, die sie selbst hält«, sagte Saint langsam. »Ich weiß, was sie damit vorhat, ich hab's schon mal gesehen, also leg ich Plastik auf den Boden, und Mom nimmt ihre Machete raus, schlachtet die Hühner und fängt das Blut in der Schüssel auf.«

Saint starrte mit zusammengezogenen Augenbrauen auf den Tisch. Dann wandte er sich zur Seite und fuhr sich mit den großen Händen übers Gesicht. Im Raum herrschte Stille. Jefferson wusste nicht, was er sagen sollte. Schließlich flüsterte Brogan: »Warum hat Ihre Mutter das getan?«

»Ich bin hier in Boston geboren«, sagte Saint. »Aber meine Mom kommt aus Haiti. Sie glaubt an Voodoo und den ganzen Scheiß. Meine Mom ist eine Mambo, eine Voodoo-Priesterin.«

»Eine Voodoo-Priesterin?«, wiederholte Brogan begriffsstutzig.

»Sie kennt *les Invisibles.*«

»Was ist das?«

»Die Geister der Toten. Sie kann mit ihnen reden.« Saints Augen weiteten sich, während er weitersprach, bis Jefferson das Geflecht aus winzigen Blutgefäßen in den weißen Rändern sehen konnte. Die Adern an seinen Armen und am Hals traten dick hervor. »Sie kann die Loa herbeirufen, die unsterblichen Geister der Toten, um die Lebenden gegen böse Geister und Dämonen zu schützen. Sie kommen herbei, um das Fleisch der Hühner zu essen, ihr Blut zu trinken und auf diese Weise Kraft zu gewinnen.«

»Schützen?«, fragte Jefferson. »Sie sind ein großer, starker Mann. Sie können sich selbst schützen.«

»Ich kann gegen einen Menschen kämpfen, aber …«

»Aber?«

»Aber …« Saint senkte die Stimme zu einem fast unhörbaren Flüstern. Die beiden Detectives mussten sich anstrengen, um etwas zu hören. »Ich schwöre es, Mann! Was ich in diesem Haus gesehen hab, war kein Mensch.«

Brogan stöhnte auf und lehnte sich gegen die Tür. »Hören Sie, Saint, wenn Sie uns auf den Arm nehmen, schaden Sie damit nur sich selbst.«

Saint blickte ihn verletzt an. »Ich nehme keinen auf den Arm, Mann! Da war irgendwas Böses in dem Haus, bevor wir reingegangen sind. Es hat diese Leute umgebracht, und auch Five und Q.«

»Aha«, machte Brogan. »Und wieso wurden all diese Leute umgebracht und Sie nicht?«

Plötzlich sprang Saint auf. Jefferson zuckte überrascht zurück.

Brogan duckte sich in Erwartung eines weiteren Ausbruchs wie ein Verteidiger, wenn ein Stürmer auf ihn zurennt. Stattdessen drehte Saint sich um, wandte den beiden Cops den Hintern zu und zog seine Hose herunter. »Sehen Sie sich das hier an. Was glauben Sie, woher das ist?«

Er zeigte auf eine Stelle hoch am Oberschenkel des linken Beins. Jefferson sah sich die Stelle an. Von der Mitte des Unterschenkelbeugers bis zur Wade verliefen drei parallele Schnitte. Sie sahen frisch aus, und das getrocknete Blut war immer noch nicht ganz verschwunden. Die Wunde war verbunden worden, doch die Verbände sahen aus, als wären sie bei der Auseinandersetzung während seiner Festnahme abgerissen. Blutige Gazestücke hingen lose an medizinischem Klebeband herab.

»Das da«, sagte Saint und deutete auf die Schnitte, »ist ein kleines Souvenir von diesem Ding.«

Die Schnittwunden sahen vertraut aus. Sie erinnerten Jefferson augenblicklich an die Schnitte, die sie bei dem jungen Lyerman und bei den Leichen in Sinatras Haus gefunden hatten.

Jefferson schwieg und lehnte sich im Stuhl zurück.

Saint setzte sich ebenfalls wieder. »Hören Sie, ich kenne jemanden, der Ihnen weiterhelfen kann.«

»Wen?«

»Mein Mann«, sagte Saint, als würde dies alles erklären.

»Scheiße, ich denke, das kenne ich irgendwoher, was, Brogan?«, sagte Jefferson. »Jeder, den wir hochgehen lassen, kommt in dieses Zimmer und sagt, er könnte uns alle Informationen beschaffen, die wir wollen, nur ist es jedes Mal der Cousin oder irgendein Mann oder wer weiß wer, und jedes Mal wohnt er rein zufällig unten in L. A., und ob wir ihn nicht so lange wieder auf freien Fuß lassen könnten, bis er zurück ist?«

»Ich meine es ernst.«

»Dann sagen Sie mir einen Namen.«

»Ramsey. Robert Ramsey. Er schlägt draußen im Blade die Zeit tot.«

Brogan hatte ein Kaugummi ausgewickelt. Er schob sich den Streifen in den Mund und kaute nachdenklich darauf. »Und woher kennen Sie diesen Ramsey? Sind Sie Brieffreunde oder was?«

Saint wandte sich zu Brogan. »Ja, so ähnlich. Ich hab zwei von meinen vier Jahren im Blade mit ihm zusammen in der Zelle gesessen. Da lernt man einen Menschen ziemlich genau kennen.«

»Und was hat dieser Ramsey uns zu sagen?«

»Das wird er Ihnen selbst erzählen. Ich weiß nur, dass im Blade die Kacke ziemlich am Dampfen ist in den letzten paar Monaten. Eine verdammt ernste Sache«, sagte Saint und blickte die beiden Detectives ernst an. »So ernst, dass es wie ein Sonntagsmärchen aussieht, was in diesem Haus passiert ist.«

Das Revier war fast leer. Brogan war unten, Kaffee aus der Maschine holen. Jeffersons Schreibtischlampe war die einzige Lichtquelle im Raum; sie warf einen schwachen Schein ins Büro. Irgendwo unten hörte er ein Radio spielen. Die Musik klang durch die Korridore und Treppenhäuser.

Jefferson las Olders Buch, *The Annotated History of Fort Blade Prison.* Es lag aufgeschlagen vor ihm auf dem Tisch. Nach dem Buch zu urteilen war das Gefängnis ursprünglich als Fort errichtet worden, jedoch nicht während der Zeit der Revolutionskriege, wie man allgemein glaubte, sondern achtzig Jahre früher, in den Neunzigerjahren des siebzehnten Jahrhunderts. Nach Older waren die Kolonisten in Massachusetts von »irgendetwas, das aus den Wäldern gekommen war«, angegriffen worden. Older hatte Berichte und Auszüge aus Tagebüchern von Kolonisten zusammengetragen, die damals in jener Gegend gelebt hatten, und alle sprachen von irgendeinem unerkannten Feind, der nachts aus den Wäldern kam und ohne Unterschied mordete.

Im Jahre 1689 hatte es fünfunddreißig unaufgeklärte Morde gegeben, und die meisten Opfer waren enthauptet oder auf andere Weise verstümmelt aufgefunden worden. Die Morde setzten sich bis in den Winter 1690 fort. Viele Kolonisten weigerten sich, ihre Häuser zu verlassen und riefen den Gouverneur der Kolonie um militärischen Schutz an. Viele hielten die Morde für Vergeltungsangriffe umgesiedelter Indianerstämme, die noch immer in der Gegend lebten, während andere europäische Siedler aus Spanien und Frankreich verdächtigten, die erwiesenermaßen versuchten, in Neuengland Fuß zu fassen. Während die Mehrheit diesen beiden Meinungen anhing, gab es auch eine Reihe von Leuten, die glaubten, die heimtückischen Anschläge wären das Werk von Hexen oder bösen Geistern, die in der Wildnis von Massachusetts lebten.

Das Ergebnis jedenfalls war die Errichtung von Fort Blade, einem Verteidigungswerk nicht gegen die Briten, sondern gegen irgendeine geheimnisvolle Macht, die langsam, aber sicher die gesamte Kolonie auszulöschen drohte. Olders Bericht zufolge zogen alle, die dazu imstande waren, in die Festung auf der Insel um, um des Nachts hinter ihren Mauern zu schlafen und nur bei Tage in die Wälder oder auf ihre Felder zu gehen. Die Kolonisten lebten die nächsten acht Monate auf diese Weise, bis die Angriffe eines Nachts zu Ende waren. Older glaubte, dass die Kolonisten, die Tag für Tag kleine Kommandos in die Wälder schickten, um den Killer aufzuspüren, am Ende mit ihren Mühen Erfolg gehabt und den Feind vernichtet hatten.

Irgendwo auf Blade Island gab es ein Massengrab, in dem die Kolonisten ihre Toten beigesetzt hatten, und in genau jenes Grab legten sie auch die Knochen ihres unerkannten Feindes. Während seiner Zeit als Wärter im Blade-Gefängnis hatte Older seine Freizeit mit der Suche nach diesem angeblichen Massengrab verbracht.

Jefferson schüttelte den Kopf, sah von der Lektüre auf und ließ den Blick durch das leere Büro schweifen. Er war sicher, dass Older etwas auf der Insel gefunden hatte, doch was? Und was hatte es mit Lyerman und den übrigen Morden zu tun?

Das Telefon läutete schrill und riss ihn aus seinen Gedanken. Es war McKenna.

»Wie geht es Ihnen?«, fragte sie freundlich.

»Alles in Ordnung, danke«, antwortete Jefferson. Er presste den Hörer gegen das Ohr und lehnte sich in seinem Stuhl zurück, bis er knarrte. »Ich lese gerade ein wenig.«

»Möchten Sie Gesellschaft?«

Jefferson überlegte einen Augenblick. »Kommt darauf an, wen Sie anzubieten haben. Oder kommen Sie selbst?«

»Vielleicht. Ich lese ebenfalls gerade, und ich habe etwas gefunden, das Sie interessieren könnte.«

»Und das wäre?«

»Ein soziologischer Text, könnte man sagen.«

»Wo sind Sie?«

»Zu Hause.« McKenna zögerte, dann fragte Sie: »Haben Sie Lust, vorbeizukommen?«

Jefferson schloss die Augen und stellte sich McKenna vor. *Ob ich Lust habe, vorbeizukommen? Das soll wohl ein Witz sein.*

»Sicher«, antwortete er. »Brogan kommt bestimmt eine Weile allein zurecht.«

»Er ist ein großer Junge.«

»Ja.«

»Ich warte auf Sie.«

»In Ordnung, ich komme gleich.«

McKennas Haus lag am Meer. Sie hatte ihm übers Telefon Anweisungen gegeben, wie er zu fahren hatte. Schließlich bog Jefferson in die Auffahrt ein, und das Licht der Scheinwerfer seines Wagens streifte über die glatte graue Oberfläche des Hauses und wurde vom schwarzen Glas der Fenster auf die Büsche reflektiert, die ihre Vordertreppe rechts und links flankierten. Er öffnete die Wagentür, und warme Nachtluft flutete in den kühlen, klimatisierten Innenraum und brachte den salzigen Duft des Meeres mit.

McKenna empfing ihn an der Tür und hielt das Fliegengitter auf, sodass er eintreten konnte. Sie trug ein cremefarbenes ärmelloses T-Shirt, das sich sanft über ihren Brüsten spannte und ein perfektes Dekolleté freiließ. Als Jefferson an ihr vorbeiging, lächelte sie und glättete die Vorderseite ihrer Jeans, indem sie mit beiden Händen darüber strich.

»Hi!«, sagte sie leise. »Wie geht es Ihnen?«

»Hallo.« Jefferson sah ihr in die Augen, bevor er sich dem Innern ihres Hauses zuwandte. »Nett haben Sie's.«

»Danke sehr. Ich wohne nicht oft hier, deswegen ist es ein bisschen leer. Aber ich mag es, ein Haus direkt am Meer zu besitzen. Ich habe noch eine Wohnung in der Stadt.«

Sie hatte Recht – das Haus war ziemlich leer. Die Eingangshalle war nur mit einem Teppich und einem einzelnen Halogen-Deckenfluter ausgestattet. Es gab keine Trennwand, und der Raum erstreckte sich bis ans Ende des Hauses, wo der Teppich in einer geraden Linie vor der glänzenden Fliesenfläche des Küchenbodens endete, dem einzigen Hinweis darauf, dass man ein anderes Zimmer betreten hatte. Hinter der Küche erstreckte sich eine solide Wand aus Glas mit Schiebetüren, durch die Jefferson den schwarzen nächtlichen Ozean sehen konnte.

»Ich komme nur wegen der Aussicht her«, sagte McKenna. »Ich könnte nicht immer hier leben. Ich hätte Angst, mich daran zu gewöhnen.«

»Das verstehe ich gut«, sagte Jefferson und ging zur Küche. Zur Rechten öffnete sich ein separater Raum, und Jefferson erblickte ein frisch gemachtes Bett mit einer großen weißen Steppdecke, die über der runden Fläche ausgebreitet lag. Die Türen und Fenster des Hauses standen offen, und Jefferson hörte das Zirpen von Grillen und anderen nächtlichen Insekten, das durch die Fliegengitter drang.

McKenna trat an ihm vorbei. Ihre offenen Schuhe tappten leise auf dem Fliesenboden der Küche.

»Möchten Sie einen Drink?«, fragte sie über die Schulter.

»Gern«, antwortete Jefferson.

Er folgte ihr in die Küche und legte seine Pistole und sein Abzeichen auf die Marmorplatte. Beide Gegenstände machten auf der spiegelnden Oberfläche ein Geräusch, als würde man Weingläser absetzen.

»Ein Bier oder Eistee mit Himbeergeschmack?«, fragte sie und lächelte. »Ich habe leider keine besonders große Auswahl.«

»Eistee«, antwortete Jefferson.

Eine warme Brise wehte durchs Fliegengitter herein und bauschte die beiden langen Vorhänge rechts und links der Glastüren. Sie brachten die Metallstange zum Klappern, an der sie aufgehängt waren. In der Mitte des Zimmers stand ein schwerer Sessel aus Sandelholz mit piniengrünem Stoffbezug, der aufs Meer hinausgerichtet war. Neben dem Sessel stand ein einzelnes leeres Weinglas am Boden.

»Ich nehme ein Eis am Stiel. Mögen Sie auch eins?«

»Sicher.«

»Traube oder Kirsche?«

»Traube.«

Sie nahm zwei Eis aus dem Gefrierschrank und reichte eines davon Jefferson.

»Leben Sie allein?«, fragte er.

»Die meiste Zeit«, antwortete McKenna. »Sieht man von den Männern ab, die ich gelegentlich zum Sex mit nach Hause bringe.«

Er blickte sie verdutzt an, bis sie lächelte. »Das war ein Scherz.«

Er lächelte zurück. »Macht es Ihnen nichts aus, allein zu leben?«

Sie zögerte, während sie über die Frage nachzudenken schien. Die Tür des Kühlschranks stand noch immer halb offen, und der Lichtschein der Innenbeleuchtung fiel auf sie. Sie zuckte die Schultern. »Nein. Eigentlich nicht. Ich habe immer allein gelebt, und ich schätze, ich habe mich inzwischen daran gewöhnt.«

Sie schloss die Kühlschranktür, indem sie ihr mit der Hüfte einen Schubs versetzte. Dann stellte sie zwei Gläser auf die Marmorplatte und füllte beide mit Eistee, der im Licht rubinrot funkelte.

»Es ist schön draußen. Möchten Sie auf die Veranda?«, fragte sie.

»Gern.« Jefferson nahm eins der Gläser vom Tresen.

»Wir können das Meer ansehen«, sagte sie, nahm das andere Glas und kam um die Theke herum. Im grünen Sessel lag ein Buch, das sie auf dem Weg nach draußen aufhob und auf den Tresen legte, bevor sie durch die offene Tür auf die Veranda ging. Sie trat ihre Schuhe aus und schlüpfte barfuß in hellblaue Gummisandalen. Dann wanderte sie, das Glas in der einen und das Eis in der anderen Hand, zum Geländer am Ende der Veranda.

Sie aßen schweigend ihr Eis und unterhielten sich anschließend über verschiedene Dinge. Das Leben vor der Zeit bei der Polizei, die Familien, Dinge, die sie in ihrem Leben tun wollten.

Sie drehte sich zu ihm herum. »Mögen Sie Sade?«

»Wen?«

»Die Sängerin.«

»Oh«, sagte Jefferson. »Sicher.«

»Warten Sie einen Moment, ja? Ich bin gleich zurück.«

Sie stellte das Glas Eistee aufs Geländer und schlüpfte zurück ins Haus. Einen Augenblick später tauchte sie wieder auf, ein Radio mit CD-Player auf dem Arm, das sie auf den Küchentresen stellte. Nach wenigen Sekunden erklang leise Sades Musik aus den Lautsprechern. Zu dieser Musik waren wahrscheinlich mehr Babys gezeugt worden als zu jeder andern.

Sie lächelte und kam wieder nach draußen zu Jefferson. Die Musik plätscherte über die Veranda und verhallte leise in der warmen Nachtluft. McKenna stellte sich zu ihm, stemmte beide Ellbogen auf das Geländer und streckte sich auf die Zehenspitzen.

»Ich liebe es hier draußen«, sagte sie leise und drückte den flachen Leib gegen das harte Geländer.

Jefferson drehte sich zum ersten Mal zögernd von ihr fort und schaute hinaus aufs Meer. Der Ausblick war atemberaubend – ein Panorama, das man in sich aufsaugte und nie mehr vergaß. McKennas Haus lag direkt am Strand, und die Veranda erstreckte sich über den Sand, bis nichts mehr zwischen ihnen und dem Ozean war. Der kühle, von Löchern durchsetzte Sand kam praktisch unter der Veranda hervor und endete in den schwarzen Fluten des Atlantiks. Kleine Wellen rollten plätschernd und mit weißen Schaumkronen den Sand hinauf und griffen nach der Veranda, bevor sie zum Stehen kamen und schließlich wieder zurückflossen. Die Flut drängte gegen das Land, ließ den Strand nass und dunkel zurück, und kleine schäumende Hügel zeigten, wo sich Muscheln und Krebse versteckt hatten.

Jenseits des Strands erstreckte sich der kalte Atlantik im silbernen Mondlicht, das sich in seinen Wellen brach. Der Horizont war übersät mit Lichtern, den blinkenden Leuchtfeuern des Logan Airport auf der anderen Seite des Wassers. Noch weiter draußen konnte Jefferson die dunklen Umrisse von Blade Prison Island erkennen. Ein einzelnes rotes Licht blinkte auf der höchsten Spitze, und hinter den Mauern sah Jefferson das Licht der kreisenden Suchscheinwerfer in den Nachthimmel stechen – so hoch, dass sie die Wolken von unten beleuchteten.

»Schön, nicht wahr?« McKenna hob ihr Glas mit dem Eistee.

»Wunderschön«, gestand Jefferson, dann fragte er sie nach dem Buch, das sie aufgehoben und auf den Küchentresen gelegt hatte.

»Kommen Sie, wir gehen rein, und ich zeig es Ihnen.«

Sie ging über die Veranda. Jefferson folgte ihr in die Küche, wo sie ein kleines Licht über dem Tresen einschaltete. Sie stellte den Eistee neben dem Buch ab, schlug es auf und strich die Seiten glatt. »Es geht um diese Schrift, die Sie in Sinatras Haus erwähnt haben. Ich habe den dämonologischen Aspekt untersucht, wie ich schon sagte, und etwas Interessantes herausgefunden.«

»Was denn?«, fragte Jefferson. »Und wo?«

»Ich habe es in diesem Buch hier gelesen.«

Die Seiten des Buches waren gelb vom Alter und von dunklen, fetten Buchstaben bedeckt.

»Woher haben Sie das in so kurzer Zeit?«, fragte Jefferson.

»Glauben Sie's, oder glauben Sie's nicht, ich habe es in der Universitätsbibliothek gefunden«, antwortete McKenna. »Es ist ein Buch über Dämonologie, verfasst von einem Claus von Murrow im Jahre 1927.«

»Ach ja?«, Jefferson beugte sich neugierig vor. »Ich glaube, der war mit Brogan zusammen auf der Highschool.«

McKenna lachte, dann versetzte sie Jefferson einen tadelnden Stoß mit dem Ellbogen. »Das ist eine ernste Angelegenheit.«

»Ich weiß. Ich bin ganz Ohr.«

»Also«, begann sie. »Die Zeilen, die wir am Mordschauplatz gefunden haben, stammen aus einer uralten sumerischen Dichtung. Einer Dichtung über sieben Dämonen, die aus der Unterwelt aufsteigen, um die Menschheit zu terrorisieren und in die Hölle zu verschleppen.«

»Und Sie glauben, dass unser Mann irgendetwas damit zu tun hat? Mit dieser Dämonologie?«, fragte Jefferson.

»Möglich wäre es.« McKenna fuhr mit dem Finger über eine Textpassage. »Hören Sie sich das hier an. Der Rest der Dichtung lautet: ›Die sieben Dämonen packen seine Schenkel, sie beißen in sein Gesicht und zerreißen es, sie zerfetzen seinen Leib mit einer Axt, sie verwandeln sein Gesicht in eine Fratze des Schmerzes.‹«

»Bin ich froh, dass ich kein Sumerer bin«, meinte Jefferson.

»Es geht noch weiter. Und jetzt wird es wirklich unheimlich.«

Sie überflog die Seite, bis sie die richtige Stelle gefunden hatte. »Okay, die Schrift an der Wand … die erste Zeile lautet …« McKenna hielt inne und blätterte mehrere Seiten vor. Sie fand die Stelle, die sie gesucht hatte, und legte ihren Finger darunter. Daneben legte sie ein kleines Stück Papier, auf dem sie mitgeschrieben hatte, was Jefferson ihr diktiert hatte – die Zeilen an der Wand.

»Vier kamen von der Galla,
kein Geld konnte sie bestechen,
kein weiblicher Leib befriedigen.
So sehr hassten sie Kinder
und entrissen sie dem Schoß der Eltern.«

»Ja, so lautet die Inschrift«, erinnerte sich Jefferson an die Worte in blutigen Lettern.

»Es ist die erste Zeile, die ich interessant finde«, sagte McKenna. »Vier kamen von der *Galla.*«

»Was ist mit dieser Zeile?«

»Sie stammt nicht aus der ursprünglichen Dichtung.«

»Sind Sie sicher?«

»Absolut.« McKenna deutete auf die Stelle im Buch. »Die Zeile steht da nicht.«

»Vielleicht hat unser Mann sich einfach geirrt?«

»Vielleicht … aber ich habe den Namen *Galla* nachgeschlagen. Wie sich herausstellte, sind die *Galla* die sieben Dämonen in der sumerischen Legende.«

»Das ergibt Sinn«, sagte Jefferson. »Falls unser Mann sich in Dämonologie auskennt, weiß er so etwas ganz bestimmt.«

»Vielleicht, vielleicht auch nicht«, widersprach McKenna zögernd. »Aber er schrieb, sie *kamen von der Galla.* Was, wenn die *Galla* ein Ort ist, der tatsächlich existiert?«

»Nein.« Jefferson schüttelte den Kopf. »Das haben wir bereits überprüft. Es gibt keinen Ort mit diesem Namen. Wir haben sogar nachgesehen, ob es vielleicht eine Abkürzung oder ein Symbol sein könnte. Fehlanzeige. Ich dachte …«

»Die *Galla* ist kein Ort«, unterbrach ihn McKenna. »Sie ist ein Schiff.«

Jefferson sah sie überrascht an. »Ein Schiff?«

»Ein Truppentransporter aus dem Zweiten Weltkrieg«, berichtete McKenna. »Er verließ 1943 den Hafen von New York und war einen Monat später am pazifischen Kriegsschauplatz.«

Jefferson schwieg für einige Sekunden. *Ein Truppentransporter?*

»Was ist aus dem Schiff geworden?«, fragte er schließlich.

»Es wurde bei einem japanischen Luftangriff versenkt, im November des gleichen Jahres, auf dem Rückweg von den Salomoninseln.«

»Aber auf dem Grund des Pazifiks liegen doch Hunderte versenkter Schiffe! Weshalb ist die *Galla* so etwas Besonderes?«

»Das ist es ja gerade. Sie liegt nicht mehr am Grund des Pazifiks. Sie ist hier in Boston.«

»*Was?*«, entfuhr es Jefferson.

»Eine Tauchmannschaft fand die USS *Galla* und barg einen

Teil des Schiffes vom Meeresboden. Sie brachten sie vor sechs Monaten in den Hafen von Boston, für eine neue Museumsausstellung. Die *Galla* ist hier in der Stadt.«

Diese Neuigkeit musste Jefferson erst einmal verdauen. Er schwieg, während er dem vom Fenster gedämpften Rauschen der Wellen lauschte. »Könnte es sich nicht um einen Zufall handeln?«

»Vielleicht. Trotzdem bin ich der Ansicht, die Sache ist eine nähere Untersuchung wert.«

»Ja.« Jefferson seufzte und rieb sich die Stirn. »Das wird mir langsam alles zu viel. Wo, sagten Sie, befindet sich das Schiff?«

»Derzeit ist es im Bostoner Meeresmuseum, wo man immer noch damit beschäftigt ist, die Ausstellungsstücke fertig zu machen. Das Museum öffnet erst im Herbst, aber ich habe bereits mit einem Wachmann gesprochen, und er hat gesagt, dass wir morgen jederzeit vorbeikommen könnten. Er ist den ganzen Tag da, weil er für jemand anderen eingesprungen ist.«

Jefferson lächelte. »Ich bin beeindruckt. Brogan und ich müssen auf der Hut sein. Allmählich nehmen Sie uns die Arbeit weg.«

McKenna grinste spitzbübisch, dann senkte sie den Blick und betrachtete ihre Hände. »Da wäre noch etwas, das Sie wissen sollten.«

»Und was?«

»Eine Unterwasserexpedition, die für so ein Bergemanöver erforderlich ist, kostet ein Heidengeld. Sponsoren, finanzieller Rückhalt.«

»Und wer war der Sponsor dieser Expedition?«

»Nun ja … die Bergung der *Galla* wurde vom Joseph Lyerman Institute bezahlt. Von Lyerman persönlich.«

Jefferson fehlten die Worte. Die Welt kann manchmal ziemlich klein sein, voller zufälliger Verbindungen zwischen Menschen und Ereignissen. Manche entstehen und zerbrechen ohne jegliche Bedeutung, anderen schien eine tiefere Fügung von Ereignissen zu Grunde zu liegen. Ein Schmetterling, der in Afrika auf einem Zweig landet, verursacht einen Lufthauch, der sich über dem Atlantik in einen Gewittersturm verwandelt, der bis Florida ein ausgewachsener Hurrikan geworden ist, der an der Ostküste entlang nach Norden zieht und in Gloucester ein Fischerboot versenkt. Vier Fischer, die am Morgen aufgewacht sind, ihr Frühstück eingenommen und ihre Frauen zum Abschied geküsst haben, sind am Nachmittag tot – und alles nur, weil zwei Wochen zuvor ein Schmetterling irgendwo in einer anderen Ecke der Welt auf einem Ast gelandet ist. Verbindungen, die das Chaos des Lebens an sich hervorruft.

Joseph Lyerman unterhält ein Institut, das eine Expedition zur Bergung eines Truppentransporters aus dem Zweiten Weltkrieg finanziert. Das Schiff wird nach Boston geschleppt, wo Lyermans eigener Sohn von jemandem ermordet wird, der vorgibt, von eben jenem Schiff zu kommen. Das, überlegte Jefferson, war kein Zufall. Keine Willkür. Dahinter steckte mehr, er konnte es spüren.

»Das alles überrascht Sie ein wenig, nicht wahr?«, fragte McKenna.

»Was? O ja. Aber es ergibt irgendwie keinen Sinn.«

»Weil Sie die Gründe dahinter noch nicht kennen. Sobald man die Gründe kennt, ergibt alles einen Sinn.«

McKenna nahm einen Schluck Eistee, dann senkte sie das Glas und blickte durch die offene Fliegentür nach draußen. Ihre Lippen glitzerten von der kühlen Flüssigkeit. Sie blickte Jefferson einen Augenblick an, bevor sie sich wieder umwandte und hinaus aufs Meer schaute. Weit draußen zuckten die Blitze eines Wärmegewitters und tauchten die Wolken in fahles Licht. Ohne ein Wort schaltete McKenna die Beleuchtung über dem Tresen ab und kehrte auf die Veranda zurück. Sie stellte sich ans Geländer und blickte zu den fernen Regenwolken. Jefferson folgte ihr schweigend und stellte sich neben ihr ans Geländer.

»Sieht nach einem Unwetter aus«, sagte McKenna leise.

»Ja.«

»Als ich noch klein war, hat Regen mich immer fasziniert. Der Vorgang als solcher, meine ich. Die Entwicklung war irgendwie dramatisch. Wasserstoffatome und Sauerstoffatome, die gemeinsam aus dem Himmel fielen. Immer die gleiche Anzahl. Seit Anbeginn der Zeit. Sie fanden sich für den einen Tropfen Regen und verloren sich dann wieder. Als ich klein war, habe ich immer darüber nachgedacht, wie das sein muss. Immer zusammenfinden und sich wieder trennen. Ich habe mich gefragt, ob diese drei bestimmten Atome sich jemals wiederfinden in der riesigen Welt. Würden diese Atome jemals wieder zusammenkommen und sich im gleichen Regentropfen finden? Vielleicht spielt sich bei jedem Gewitter über uns ein Drama ab, von dem wir nichts mitbekommen. Verlorene und wiedergefundene Liebe, nur für einen einzigen Augenblick, nur für die Dauer, die ein Tropfen zum Fallen braucht. Sie haben niemals mehr Zeit für einander, nur diesen kurzen Moment.« McKenna lächelte ein wenig verlegen. »Die Gedanken eines einsamen kleinen Mädchens, schätze ich.«

Beide schwiegen eine Weile und blickten hinaus aufs Meer, beobachteten die sporadischen Blitze des Wärmegewitters in der Ferne. Leichter Regen hatte eingesetzt, winzige Tropfen kalten Wassers, die an McKennas Wimpern klebten und in ihr Haar liefen. McKenna streckte sich und legte den Kopf in den Nacken, während sie blinzelte und hinauf zum Himmel sah.

»Das Leben geht trotzdem weiter«, sagte sie leise.

Hinter ihnen, in der Küche, begann ein neuer Song von Sade, langsame Jazzrhythmen, die bis auf die Veranda fluteten. Erneut zuckte in der Ferne ein Blitz durch den Himmel, und diesmal folgte ein dumpfes Donnergrollen, das sich übers Meer ausbreitete und mit der Musik aus der Küche vermischte.

»Ich liebe dieses Lied«, sagte McKenna und lächelte, als das

Tempo allmählich schneller wurde. Sie hielt sich am Geländer fest und beugte sich nach hinten. »Es ist eine wunderschöne Nacht heute. Tanzen Sie mit mir.«

Jefferson lachte und schüttelte den Kopf. »Nein, nein. Das wollen Sie bestimmt nicht, mich tanzen sehen.«

Er drehte sich um und lehnte sich mit dem Rücken gegen das Geländer, hob das Glas an die Lippen und trank vom Eistee. Das Eis klimperte leise. McKenna bewegte sich langsam über die Veranda. Der Regen durchnässte allmählich ihr T-Shirt, und unter dem Stoff begann sich ihr Bauch in nassen, glänzenden Flecken abzuzeichnen.

Sie näherte sich ihm langsam und drängte sich gegen ihn, bis Jefferson die Wärme ihrer Haut durch die feuchte Kleidung hindurch spüren konnte. Sie lächelte und zog ihn vom Geländer weg. »Kommen Sie, tanzen Sie mit mir.«

Sie nahm seinen Eistee, stellte ihn aufs Geländer und drückte dann die Handflächen gegen die seinen. Sie tanzten, bewegten sich gemeinsam, und nur ihre Hände berührten sich. Der Regen war kühl auf ihrer Haut. Jefferson schloss für einen Moment die Augen und lauschte der Musik, den Geräuschen des Meeres und dem Rauschen der Wellen.

Das Lied endete, und für einen Augenblick herrschte Stille, bevor der nächste Song begann.

McKenna schob kokett die Hüfte vor und blickte zu Jefferson auf. »Sie wissen, was während eines langsamen Stückes passieren kann?« McKenna kam näher zu ihm und schlang den Arm um seine Schulter. Er spürte ihren Leib an seinem, die sanfte Wölbung ihres Rückens, den Druck ihres Arms auf seinen Schultern und ihre Brüste an seiner Brust.

»Ich glaube, ich habe seit der Junior High mit keinem Mann mehr langsam getanzt«, sagte McKenna leise.

»Alle Mädchen auf der einen Seite der Turnhalle, die Jungs auf der anderen?«

»Genau so war es.« McKenna lächelte und blickte für einen Moment zu ihm auf. »Und alle waren unglaublich nervös.«

»Daran erinnere ich mich noch gut.«

»Ich vermisse diese Zeiten«, sagte sie langsam. »Manchmal habe ich das Gefühl, dass ich zu schnell erwachsen geworden bin.«

Sie schlang die Arme fester um seinen Nacken, und ihre Fingernägel kitzelten seine Haut. Dann seufzte sie und legte den Kopf an seine Schulter. Sie schniefte einmal, und die winzige Narbe an ihrer Nase kräuselte sich. Über ihre Schulter hinweg sah Jefferson den Horizont, die dunkle, breite Linie mit dem Sternenmeer darüber. Draußen auf See lag der Felsen von Blade Island mit dem Gefängnis, und die Strahlen der Suchscheinwerfer wanderten träge durch den Himmel.

Jefferson schloss die Augen, roch das Salz des Meeres und den Pfirsichduft von McKennas nassen Haaren, die kühl an seiner Wange lagen. Auf dem Meer regnete es. Tropfen, die für einen flüchtigen Augenblick zusammen waren. Im Hintergrund erklang Sades Musik.

Kurz nach elf verabschiedete Jefferson sich von ihr. Fünfzehn Minuten später war er zurück im Büro. Brogan schlief, den Kopf auf der Schreibtischplatte, und atmete leise. Als Jefferson das Büro betrat, öffnete er ein Auge halb, nickte ihm zu und schloss es wieder. Jefferson ließ sich auf seinen Stuhl sinken, lehnte sich zurück und entspannte sich nach dem Abend bei McKenna. Er nickte ein, als das schrille Läuten des Telefons ihn hochschrecken ließ. Er zuckte zusammen, denn sein Hals war steif geworden. Rasch griff er nach dem Hörer.

»Ich bin soeben mit der Autopsie des jungen Lyerman fertig geworden«, sagte Dr. Wu. »Ich wäre eigentlich schon vor zwei Stunden nach Hause gegangen, wäre da nicht das eine oder andere Problem aufgetaucht.«

»Zum Beispiel?«

»Nun ja … ich weiß nicht. Einiges bleibt mir ein Rätsel.«

Wann immer Dr. Wu bei Jefferson anrief, hatte Jefferson das Gefühl, den Anfang der Unterhaltung verpasst zu haben.

»Hatte Lyerman Haustiere?«

»Nicht dass ich wüsste. Warum?«

»War er vielleicht kürzlich im Ausland? Irgendwo in der Dritten Welt? In den Tropen?«

»Ich weiß es nicht.«

»Was ist mit gesundheitlichen Problemen? Hat er unter übermäßigem Durst oder unter Schweißausbrüchen gelitten? Hatte er Durchfallerkrankungen?«

»Was haben Sie herausgefunden, Doc?«

»Nun …«, begann Dr. Wu zögernd. »Sein Herz. Es war voller Würmer.«

»Würmer?«

»Der Tote litt unter einem sehr starken Herzwurmbefall, ja.«

»Herzwürmer? Ich dachte, so was gibt es nur bei Hunden?«

»Um ehrlich zu sein, ich habe so etwas bei Menschen noch nie gesehen. Es gibt Beispiele von parasitären Herzinfektionen, aber dabei handelt es sich in der Regel um sehr einfache Erkrankungen, Formen von Trichinose oder Toxocariase, zum Beispiel. Bei Trichinosen werden die meisten Larven, die das Herz erreichen, durch die darauf folgende entzündliche Reaktion getötet. Toxocariase-Infektionen durch Spulwurmlarven können ebenfalls bis zum Herzen vordringen, doch die Symptome sind im Allgemeinen nicht so schlimm, und die Patienten erholen sich innerhalb von vier Wochen. Aber das hier, was immer Lyerman infiziert hat, ist sehr viel schlimmer als alles, was ich je gesehen oder worüber ich gelesen habe. Herzwürmer kommen bei Menschen praktisch nicht vor, erst recht nicht in den Vereinigten Staaten, und wenn, ist die Infektion nicht so stark. Diese Dinger hatten fast das ganze Herz von Lyerman zerfressen …«

»Mein Gott.«

»Ich habe Proben genommen und müsste bis morgen weitere Resultate für Sie haben, zusammen mit einer DNS-Analyse. Aber ich dachte, Sie wollten die Zwischenergebnisse so schnell wie möglich.«

»Ja«, sagte Jefferson. »Danke, Doc. Was macht Ihr Arm?«

»Ich werd's überleben. Ich muss die nächsten vier Wochen Zidovudine und Lamivudine nehmen. Jedenfalls weiß ich jetzt wieder, warum ich die Arbeit an lebenden Objekten aufgegeben habe.«

Zidovudine und Lamivudine waren Anti-Retrovirus-Medikamente, die das Risiko einer HIV-Infektion nach Kontakt mit den Körperflüssigkeiten einer unbekannten Person verringerten.

»Schön, Doc, halten Sie durch. Ich melde mich bei Ihnen.«

Jefferson legte auf und lehnte sich im Sessel zurück, um über das Gehörte nachzudenken.

»Was ist los?«, fragte Brogan, der inzwischen wieder wach geworden war.

»Das war Wu. Ich hätte dir den Hörer gegeben, wollte dich aber nicht wecken.«

Brogan winkte ab. »Was hat er gesagt?«

Jefferson berichtete von Wus Informationen und von den Würmern, die sich durch das Herz des jungen Lyerman gefressen hatten.

»Mein Gott, das ist genau das, was der alte Chinese bei Richard Lee uns mitgeteilt hat!«, sagte Brogan nach einem Augenblick verblüfften Schweigens. »Hast du mit Wu darüber gesprochen?«

»Kein Wort. Das ist verdammt unheimlich. Ich wollte nicht, dass Wu mich für verrückt hält. Wu schickt ein paar der Würmer oder was auch immer ins Labor. Bis morgen Nachmittag sollten wir die Ergebnisse haben. Dann wissen wir, woher diese Dinger gekommen sind.«

»Verdammt«, fluchte Brogan und starrte auf die Fotos auf seinem Schreibtisch. »Was geht da bloß vor?«

»Das ist noch nicht alles.«

»Was?«

»Ich war drüben bei McKenna ...«

»Ach ja«, unterbrach ihn Brogan mit einem anzüglichen Grinsen.

»... weil sie wichtige Informationen hatte«, fuhr Jefferson fort.

»Was für Informationen?«, fragte Brogan.

»Über Lyerman.«

Brogan wurde schlagartig ernst. »Was hat sie gesagt?«

»Sie hat mir verraten, dass ein Schiff nach Boston gekommen ist, das möglicherweise mit den Geschehnissen der letzten Nacht in Verbindung steht.«

»Wie in Verbindung steht?«

»Übereinstimmende Namen. Der Name des Schiffes und ein Name, der bei Sinatra an die Wand geschmiert war. Ich werde das gleich morgen überprüfen.«

»Was hat sie über Lyerman gesagt?«

»Dass Lyerman die Bergung des Schiffes und den Rücktransport nach Boston finanziert hat. Das Schiff lag die letzten vierundsechzig Jahre auf dem Grund des Pazifiks. Lyerman hat die Bergung und den Transport hierher bezahlt ...«

Brogan schüttelte den Kopf, drehte sich zur Seite und starrte auf einen Punkt am Boden. »Mein Gott ...«

Brogans Telefon läutete zweimal kurz – das Zeichen für einen internen Anruf. Brogans Blick wurde wieder klar, und er schaltete die Freisprechanlage ein.

»Brogan?«, fragte die Stimme des Dienst habenden Sergeants aus der Eingangshalle.

»Was gibt's?«

»Ist Jefferson da?«

»Sitzt neben mir.«

»Für euch beide wurde soeben ein Paket abgeliefert. Es liegt hier unten bei mir. Ihr könnt es abholen.«

»In Ordnung, ich komme runter.«

Brogan legte auf und erhob sich langsam aus dem Stuhl, streckte sich und dehnte die Nackenmuskeln. »Ich gehe es holen. Meine Beine sind verkrampft, ich brauche ein bisschen Bewegung.«

Brogan ging über den Flur und die Treppe in die Halle hinunter.

Würmer. Genau wie der alte Chinese gesagt hatte. Ein von Würmern zerfressenes Herz als Zeichen, dass jemand Opfer eines Dämons geworden war. Jefferson starrte durchs Fenster auf die Wassertropfen, die außen an der Scheibe nach unten glitten. Ein Stück abseits von Jefferson stand ein großer Plastikeimer mit dem bunten Bild eines Baseballspielers auf der Seite. Darunter stand in roten Buchstaben BOSTON RED SOX AND YOU, und darunter A WINNING TEAM.

Von der Decke tropfte es in den Eimer. Das Dach war seit Tagen undicht.

»Sieh mal, was wir hier haben!«, rief Brogan kurz darauf, während er die Treppe hinaufstieg und durch den Korridor zu den Schreibtischen eilte. Er hielt eine kleine braune Schachtel mit zwei dampfenden Bechern Kaffee darauf. »Unser Freund Richard Lee schickt uns eine Schachtel mit Gebäck. Der Mann scheint ein Herz für Polizisten zu haben.«

»Woher weißt du, dass sie von ihm stammt?«

»Das steht auf dem kleinen Zettel, der an der Schachtel befestigt ist.« Brogan trat vor Jeffersons Schreibtisch und setzte die Schachtel vorsichtig auf einen Notizblock nahe der Stelle, an der früher das gerahmte Foto seiner Frau gestanden hatte. Dann nahm er die beiden Kaffeebecher und reichte einen davon Jefferson. »Vorsicht, er ist noch heiß.« Er stellte seinen eigenen Becher neben die Schachtel.

Anschließend machte er sich daran, die Schachtel zu öffnen und eins der Eclairs herauszunehmen. »Möchtest du?«, fragte er und reichte Jefferson das Gebäck, um sich selbst ein weiteres zu holen.

Er setzte sich und betrachtete das Gebäckstück einen Augenblick lang. »Du glaubst doch auch nicht, dass es vergiftet sein könnte?«

»Ich hoffe nicht«, antwortete Jefferson und nahm einen Bissen.

Brogan kaute langsam auf seinem Eclair. »Tod durch ein vergiftetes Teilchen … ich hätte nie geglaubt, dass es mal so ein Ende nehmen könnte.«

Jefferson drehte sich zum Fenster um und schaute wieder hinaus in den Regen.

»Während du unterwegs warst, kam ein Anruf wegen diesem Typ, den du und McKenna draußen beim Friedhof gefunden habt, wo Reggie sich das Hirn rausgepustet hat«, sagte Brogan.

»Ja?«

»Irgendein Verrückter. War in den letzten zehn Jahren immer wieder in der Klapsmühle. Verrückt, aber harmlos. Wie es aussieht, starb er an einem Herzanfall. Massive Koronarthrombose. Nichts Besonderes also in diesem Fall.«

»Wer hat die Autopsie vorgenommen?«

»Keine Ahnung, jemand aus dem Büro des Medical Examiner, nehme ich an. Nicht Doc Wu, sondern einer seiner Assistenten. Ach ja, fast hätte ich's vergessen – wir haben die Audiobänder vom Dach des Lyerman Building.«

»Wann haben wir die bekommen?«

»Vor einer Stunde. Sieht so aus, als hätte Lyerman sich's anders überlegt und sie zum Revier bringen lassen. Ich hab auf dich gewartet, um sie mit dir zusammen anzuhören.«

Brogan griff in die Schublade und nahm einen kleinen, tragbaren Kassettenrecorder hervor. »Sie zeichnen in einem anderen Format auf, deswegen haben sie die Aufnahmen für uns auf normale Kassetten kopiert.«

Brogan schob das Band hinein und drückte auf die Play-Taste.

Jefferson zog seinen Stuhl zu Brogans Schreibtisch, und die beiden Männer lauschten. Auf dem ersten Teil des Bandes war nichts zu hören außer dem leisen Rauschen des Windes, der übers Mikrofon strich, und ein leise klimperndes Geräusch wie von einem Windspiel. Ein Flugzeug flog über das Gebäude hinweg; das Geräusch der Turbinen war klar und deutlich zu erkennen. In der Ferne wurden Stimmen laut. Zwei Menschen unterhielten sich.

»Kannst du was verstehen?«, fragte Jefferson und brachte das Ohr dichter ans Abspielgerät.

Brogan schüttelte den Kopf. »Hört sich wie ein Mann und eine Frau an, aber mehr kann ich auch nicht sagen.«

Die Stimmen wurden lauter und deutlicher, als sich das Paar der Stelle näherte, an der das Mikrofon stand. Brogan hatte Recht; eine Stimme gehörte einem Mann, die zweite einer Frau – offensichtlich Kenneth und seine ermordete Freundin. Jefferson lauschte ihrer Unterhaltung. Kenneth Lyerman erzählte eine Geschichte, und Jefferson stellte sich vor, wie die junge Frau ihm gespannt lauschte. Er hörte, wie eine Flasche geöffnet wurde, dann das Klimpern von Gläsern. Die Weinflasche fiel ihm ein, die sie auf dem Rand des Whirlpools gefunden hatten.

Brogan streckte die Hand nach dem Kassettenrecorder aus und drückte auf die Vorlauftaste. Das Band spulte surrend weiter. Dann drückte er wieder auf PLAY. Die junge Frau lachte, und dann folgte das unverwechselbare Geräusch von Küssen, gefolgt von weiterem Lachen, diesmal von Kenneth. Brogan drückte erneut die Vorlauftaste.

»Offenbar haben sie Spaß miteinander gehabt«, sagte Jefferson.

Brogan nickte und drückte auf PLAY. Diesmal war kein Lachen zu hören; stattdessen schrie jemand. Jefferson schloss die Augen und lauschte dem Schrei, der wieder und wieder übers Dach hallte. Er hörte ein weiteres Geräusch, einen wilden, reißenden Laut, wie eine Machete, die durch Fleisch drang. Dann weitere Schreie und das Brüllen eines Mannes. Brogan rieb sich die Schläfen, während er lauschte.

Dann kam ein neuer Laut, der die Schreie übertönte. Eine schwere, rasselnde Stimme, die rasch die Worte *»Mea est ultio!«* ausstieß.

Abrupt endete die Aufzeichnung.

»O Mann!«, ächzte Brogan und rieb sich über den Hinterkopf.

»Hast du den letzten Teil verstanden?«, fragte Jefferson. »Was hat die Stimme gesagt?«

Brogan schüttelte den Kopf. »Keine Ahnung. Es klang wie Latein.«

»Ja. Wir sollten uns jemand besorgen, der sich mit Sprachen auskennt. Aber jetzt liegt alles im Bett. Wir hinterlassen ihnen Nachrichten und sehen zu, dass wir morgen eine Übersetzung kriegen. Wir könnten auch McKenna fragen – sie beherrscht Latein.«

»Woher weißt du das nun schon wieder?«

»Ich weiß es, vertrau mir …«

»In Ordnung«, sagte Brogan grinsend und griff nach dem Telefon.

Jefferson lehnte sich im Stuhl zurück und streckte sich. Er drehte sich zu dem Red-Sox-Plastikeimer um und beobachtete, wie die Tropfen fielen. Er gähnte, schloss die Augen und verschränkte die Hände hinter dem Kopf. Mit geschlossenen Augen hörte er, wie Brogan die Schachtel erneut öffnete und sich ein weiteres Eclair herausnahm.

»Diese Dinger sind reines Gift für meine neue Diät«, sagte er.

Jefferson lauschte dem rhythmischen Plätschern der Wassertropfen, die in den Eimer fielen, konzentrierte sich auf das Geräusch und spürte, wie er sich langsam entspannte. Brogan redete irgendwas von Abtrainieren im Fitnessstudio. Jefferson spürte, wie er allmählich einnickte. Er kämpfte gegen den Schlaf und öffnete die Augen.

Das Wasser im Eimer war blutrot.

»Was, zur Hölle …«, ächzte er und beugte sich vor. Er streckte die Hand über den Eimer aus und wartete, bis der nächste Tropfen kam. Ein roter Spritzer explodierte in seiner Handfläche, als der Tropfen platzte. Er wischte sich die Hand ab. Blut tropfte an den Seiten des kleinen Eimers herab und lief über die Zeichnung des Baseballspielers an der Seite.

Jefferson überlegte einen Augenblick, ob er eingeschlafen und dies ein Albtraum war. Dann blickte er auf und sah sich um, versuchte sich zu orientieren. Alles sah so aus wie vorher; der Regen trommelte noch immer gegen die Scheiben, und der Deckenventilator drehte sich langsam. Dann erblickte er Brogan.

Sein Partner starrte in die Konditorschachtel aus Pappkarton, die Richard Lee hatte vorbeibringen lassen. Seine Hand war auf halbem Weg zum Mund erstarrt, wo sie noch immer ein zur Hälfte gegessenes Eclair hielt. Aus Brogans Mund kam ein überraschtes Schnaufen. Seine Augen wurden groß und rund, und seine Lippen verzerrten sich.

»Mein Gott«, murmelte er und starrte unverwandt in die Pappschachtel. Seine Hand wurde unwillkürlich schlaff, und das Eclair fiel aus seinen kraftlosen Fingern.

Er nahm eine Serviette vom Schreibtisch und griff damit in die Schachtel, um etwas herauszunehmen. Das Ding in der Serviette war gelblich, klein und blutverschmiert. Es dauerte einen Augenblick, bis Jefferson begriff, was Brogan dort hielt.

Einen menschlichen Finger.

Brogan warf den Finger zurück in die Schachtel, als hätte er sich verbrannt, dann wischte er sich die Hand am Hemd ab und ächzte voll Abscheu.

Jefferson warf einen Blick zu dem kleinen Eimer. Das Wasser war immer noch rot, und es färbte sich mit jedem Tropfen von der Decke intensiver. Der Eimer war randvoll und drohte überzulaufen.

Brogan starrte nun ebenfalls auf den Eimer. »Was ist hier eigentlich los?«, flüsterte er.

Jefferson sah ihn geistesabwesend an, bevor es ihm dämmerte und er mit den Fingern schnippte. »Das Dach! Das Wasser kommt vom Dach, also muss dort oben irgendetwas sein!«

Sie starrten beide zur Decke. Ein roter Fleck aus geronnenem Blut hatte sich dort gebildet und schimmerte feucht im Licht der Leuchtstoffröhren.

Das Radio, das die ganze Zeit irgendwo im Revier gespielt hatte, verstummte abrupt. Jefferson legte den Kopf zur Seite, als er das Geräusch von oben hörte. Es klang, als würde jemand einen Sack Mehl übers Dach schleifen. Das Geräusch verstummte, dann folgte ein lang gezogenes Kratzen, wie von einer Metallklinge auf einer Kreidetafel. Dann erneut Stille.

Langsam nahm Jefferson seine Beretta aus dem Schulterhalfter und zog den Schlitten zurück. Die erste Patrone glitt mit leisem Klicken in die Kammer. Brogan tat das Gleiche mit seiner 38er, die er am ausgestreckten Arm vor sich hielt.

Jefferson deutete auf sich und Brogan und dann aufs Dach hinauf. Brogan nickte, und lautlos bewegten sich die beiden Männer an den Schreibtischen mit den heruntergefahrenen Computern der Mordkommission vorbei nach draußen in den Gang. Jefferson schob sich an einem Mülleimer vorbei, der voll war mit Löschpapier und leeren Verpackungen von Schokoriegeln.

Auf dem Weg zur Treppe, die aufs Dach führte, zog Jefferson seine Uhr aus und schob sie in die Tasche. Dann drehte er sein Funkgerät leise. Brogan folgte seinem Beispiel. Er hielt die Waffe nach unten gerichtet, den Zeigefinger leicht um den Abzug gekrümmt. Die Wände des Treppenhauses lagen dunkel vor ihm, nass von kondensierter Luftfeuchtigkeit. Jefferson streifte mit dem nackten Arm die kalte Oberfläche und erschauerte. Auf den Treppenstufen lagen vereinzelt ausgetretene Zigarettenstummel von Beamten, die gegen das Rauchverbot im Revier verstoßen hatten.

Sie erreichten den obersten Treppenabsatz und standen vor einer schwarzen Metalltür, deren Farbe bereits an verschiedenen Stellen abblätterte, sodass das blanke Eisen darunter hervorschimmerte. Zwei Bolzen am oberen und unteren Ende des Rahmens sicherten die Tür. Zu Jeffersons Überraschung glitt der Riegel ohne Probleme zurück, als hätte jemand ihn kürzlich geölt.

Der zweite, untere Riegel klemmte ein wenig, sodass Jefferson den Fuß benutzte, um ihn zurückzuschieben. Er zog die Tür auf, und die metallenen Angeln quietschten protestierend. Regen prasselte durch den offenen Spalt herein.

Jefferson kniff die Augen gegen das Wasser zusammen. Sobald er nach draußen trat, zerrte der Wind an seiner Kleidung. Brogan folgte ihm, und dann standen sie nebeneinander und spähten hinaus in die trübe Dunkelheit. Das Dach war mit Kies bedeckt, und in regelmäßigen Abständen standen Ventilationsschächte. Ihre silbernen Kuppeln ragten aus dem flachen Boden und schimmerten nass im Licht der Straßenlaternen. Jeffersons Kleidung saugte sich voll und wurde schwer vom kühlen Regen.

Er spürte eine Berührung an der Brust. Brogan deutete zu einem der zentralen Klimageräte, einem großen Metallklotz mit drei langsam drehenden Ventilatoren. Jefferson nickte und setzte sich in Bewegung. Seine Schuhe knirschten leise auf dem Kies. Brogan trennte sich von ihm und ging vorsichtig zur anderen Seite der Klimaanlage. Ringsum schimmerten und funkelten die Lichter der Stadt wie fluoreszierende Algen in dunklem Meerwasser. Unten erblickte Jefferson einen Wagen, der durch die St. Mark's Street fuhr und am gelben Blinklicht über der

Kreuzung kurz hielt, bevor er auf den Parkplatz steuerte. Einen Augenblick später erloschen die Scheinwerfer.

Er drehte sich wieder zum Dach um. Brogan war hinter der Klimaanlage verschwunden. Vor Jefferson befanden sich weitere Lüftungsschächte und ein großer elektrischer Kasten, aus dem es laut summte. Dahinter lag der Rand des Daches, ein dunkler Schatten vor dem helleren Himmel. Drei Pistolenschüsse krachten in rascher Folge.

Jefferson rannte los, wischte sich mit der Hand den Regen aus dem Gesicht und sah vor sich eine Bewegung auf dem Dach. Jemand rannte davon. Die Gestalt war kaum mehr als ein undeutlicher Schatten, klein und verkrümmt, fast gebeugt, und schien auf allen vieren zu laufen wie ein Affe.

Die Gestalt hielt am Rand des Daches inne und drehte sich kurz um. Ein weiterer Pistolenschuss krachte, rotes Mündungsfeuer zuckte durch die Nacht. Jefferson erstarrte und sah, wie die Ereignisse sich vor ihm entwickelten wie in einem Film. Die kleine Gestalt stieß einen durchdringenden, fast klagenden Schrei aus, dann wandte sie sich wieder ab und rannte am Rand des Daches entlang. Als sie am Ende angekommen war, sprang sie, ohne auch nur einen Sekundenbruchteil zu zögern. Sie schien einen Augenblick in der Luft zu schweben, bevor sie außer Sicht verschwand und wie der Regen dem Boden entgegenstürzte. Vier Stockwerke tief.

Von der anderen Seite der großen Klimaanlage ertönte ein kurzes, tiefes Stöhnen. Jemand lag am Boden und bewegte sich leicht, als Jefferson sich näherte.

Es war Brogan.

»O nein!« Jefferson rammte die Beretta ins Schulterhalfter, rannte zu seinem Partner und hockte sich vor ihm auf die Knie. Quer über Brogans Brust verlief ein tiefer Schnitt, von der rechten Schulter bis zur linken unteren Seite des Brustkorbs. Ein weiterer Schnitt verlief über seinen Oberarm und endete kurz unterhalb des Ellbogens. Seine Kleidung war zerfetzt, die Haut darunter blass. Blut aus den Wunden vermischte sich mit dem Regen und bildete eine wässrige rote Flüssigkeit, die über Brogans Bauch lief und sich in seinem Nabel sammelte.

Brogan stöhnte erneut. »Verdammte Scheiße!« Sein Gesicht sah eher zornig aus als schmerzverzerrt – ein gutes Zeichen. Es bedeutete, dass er zu wütend war, um zu sterben. »Ich hatte diesen Wichser, ich schwör's, ich hatte ihn …« Brogan biss auf die Zähne, und seine Worte kamen abgehackt und atemlos.

Jefferson riss sein Funkgerät hervor und kämpfte einen Augenblick dagegen an, es fallen zu lassen. Das Plastikgehäuse war schlüpfrig vor Nässe. »NH 12 an Basis, wir haben einen verletzten Officer … Lieutenant Brogan. Ich wiederhole, Lieutenant Brogan wurde verletzt. Ich bin auf dem Dach des Reviers! Ende.« Jeffersons Stimme war voller Panik.

»Basis an NH 12, bitte wiederholen Sie Ihre Position. Over.« Das Funkgerät knisterte, und die Stimme des Dispatchers klang flach und blechern aus dem kleinen Lautsprecher.

»Ich bin auf dem Dach des Reviers! Direkt über euch! Lieutenant Brogan wurde verletzt … sieht nach Schnittwunden aus. Over.« Er musste rufen, um das Prasseln des Regens zu übertönen.

Auf der anderen Seite herrschte vorübergehend Schweigen.

Jefferson hielt das Funkgerät ans Ohr und lauschte angestrengt.

»In Ordnung, NH 12, verstanden. Ein Notarzt ist zu Ihnen unterwegs. Over and out.«

Jefferson steckte das Funkgerät ein und beugte sich über seinen Partner, um dessen Wunden zu untersuchen.

Brogan stöhnte erneut und rollte sich auf die Seite. Sein Gesicht war schmerzverzerrt.

»Du sollst dich nicht bewegen.«

Brogan winkte schwach ab. »Ich hab bloß keine Luft mehr, das ist alles. Mir fehlt weiter nichts, keine Bange.«

Langsam stemmte er sich hoch. Sein Hemd war auf der Vorderseite wässrig rot und erinnerte Jefferson an Leichen aus alten Horrorfilmen, die plötzlich wieder zum Leben erwachten.

Langsam schob er sich zum Rand des Daches. Brogan sah, was er vorhatte, und nickte. »Mir fehlt nichts, geh nur!« Er winkte. »Du musst herausfinden, was das gewesen ist!«

Jefferson wandte sich ab und rannte über den Kies zu der Stelle, wo das Ding über die Brüstung gesprungen war. Als er am Rand des Daches angekommen war, blickte er nach unten. Hinter dem Revier lag eine Seitengasse. Jefferson sah Mülltonnen und Abfall vier Stockwerke tiefer, ansonsten war die Gasse leer. Vier Stockwerke, und jemand sprang einfach hinunter und rannte weg?

»NH 12, bitte melden, over.«

»Hier NH 12.«

»Ich verfolge den Flüchtigen zu Fuß. Er ist wahrscheinlich verletzt. Schicken Sie Unterstützung nach hinten in die Seitengasse. Der Flüchtige wurde zuletzt in der Gasse gesehen, die in die St. Mark's Street führt. Over.«

Das Funkgerät knackte erneut, doch Jefferson hatte es bereits eingesteckt und bewegte sich an der Seite des Daches entlang zur Feuerleiter an der Ecke. Die Leiter war nass und schlüpfrig vom Regen. Jefferson sprang hinunter zum ersten Absatz. Von dort verlief die Treppe im Zickzack nach unten, bis sie drei Meter über dem Boden endete. Die letzte Stufe führte direkt in die Gasse. Ein Ende der Gasse bestand aus einer Ziegelmauer, das andere führte zu einem Parkplatz und von dort weiter zur St. Mark's Street.

Jefferson zog seine Pistole und bewegte sich vorsichtig durch die Gasse, bis er am Rand des Parkplatzes stand. Verlassene Streifenwagen standen dort geparkt. Auf der St. Mark's herrschte zu dieser späten Stunde kaum Verkehr. Jefferson kniete nieder und blickte unter den abgestellten Wagen hindurch. Nichts. Er bewegte sich rasch über den Parkplatz und rannte auf den Maschendrahtzaun zu, der den Parkplatz umgab. Immer noch nichts. Hinter dem Zaun erstreckten sich weitere Gassen mit Mülltonnen und leere Straßen. Eine Sirene heulte auf, und ein Streifenwagen schoss mit kreischenden Reifen auf den Parkplatz. Die Warnlichter tauchten alles in blauroten, zuckenden Schein. Zwei uniformierte Beamte stiegen aus.

»Haben Sie etwas gesehen?«, fragte Jefferson. »Irgendetwas?«

Die beiden Cops schüttelten die Köpfe. »Nein, nichts.«

»Also schön, fahren Sie die umliegenden Straßen ab.«

Ein zweiter Streifenwagen jagte heran, dann noch einer. Beide kamen mit quietschenden Bremsen auf der St. Mark's Street zum Stehen. Jefferson wies die Männer an, in beide Richtungen zu suchen, dann rannte er in die Seitengasse zurück, zu den Müllcontainern auf der Rückseite des Reviers. Er begann, einen Deckel nach dem anderen hochzuklappen – und fand gleich in der zweiten Tonne einen Toten. Richard Lee lag zusammengerollt in Fötusstellung auf einem Stapel Mülltüten. Das schwarze Plastik schimmerte nass vom Regen. Lee starrte ausdruckslos zum Nachthimmel.

»Was ist los?«

Die Stimme kam von oben. Brogan stand am Rand des Daches und blickte zu ihm herunter. Offensichtlich hatte er bemerkt, dass mit den Mülltonnen etwas nicht stimmte.

»Es ist Richard Lee«, rief Jefferson nach oben. »Er ist tot.«

Brogan schüttelte den Kopf und verschwand wieder von der Kante. Jefferson konnte hören, wie er über Funk die Position von Lees Leichnam durchgab.

Er wandte sich um und ging zur nächsten Mülltonne, um auch hier den Deckel hochzuklappen. Diesmal fand er nichts außer Abfall, genau wie in den restlichen Tonnen. Hinter den Containern, unmittelbar vor der Mauer, mit der die Gasse abschloss, war ein einzelner Schachtdeckel. Der Rand des Deckels war leicht angehoben und ragte über den Rand der Fassung hinaus. Jefferson packte den Deckel und wuchtete die zwanzig Kilo schwere Metallscheibe zur Seite. Darunter führte ein Loch in die Tiefe.

Er zog seine Taschenlampe hervor und schaltete sie ein. Der Lichtkegel glitt in die Dunkelheit und beleuchtete Bündel von Kabeln und Drähten und lange Plastikrohre, die an den Wänden entlang verliefen. Ansonsten war der Schacht leer. Jefferson legte sich bäuchlings aufs nasse Pflaster und schob sich über den Rand des Lochs, um noch tiefer nach unten zu sehen. Unterhalb des Lochs roch die Luft nach Schimmel und Verwesung, doch eine schwache Brise kam von irgendwo aus der Dunkelheit. Jefferson leuchtete mit der Lampe in die entsprechende Richtung. Der Lichtkegel folgte den Plastikrohren und Leitungen an der Wand, bevor das Licht sich in der Dunkelheit verlor.

»He, Jefferson!«, ertönte Brogans Stimme von oben. »Kannst du was sehen?«

Jefferson erhob sich wieder und wischte seine Kleidung sauber, so gut es ging. »Nein, nichts.«

»Dann komm zu mir rauf und wirf einen Blick auf das hier.«

Jefferson sprang auf, um die Feuerleiter wieder zu sich herabzuziehen, denn er wollte nicht um das Gebäude herum zum Vordereingang laufen. Während er nach oben kletterte, sah er unter sich, wie uniformierte Cops den Parkplatz und die nähere Umgebung absuchten. Ihre Taschenlampen tanzten in der Dunkelheit auf und ab. Von irgendwo oben ertönte das Geräusch eines sich nähernden Helikopters.

Als Jefferson endlich auf dem Dach angekommen war, stand Brogan bereits wieder auf den Beinen, wo Jefferson ihn gefunden hatte.

»Alles in Ordnung?«, fragte Jefferson.

»Ich kann zwar für eine Weile kein Tennis mehr spielen, aber sonst – ja, alles in Ordnung. Sieh dir das hier an.« Er deutete auf die Wand der Klimaanlage.

Dort waren Worte eingeritzt:

Sie, die vier, kamen von den westlichen Bergen
Um die östlichen Berge zu erobern
Und Sidina und seine Männer zur letzten Ruhe zu bringen.

Brogan grunzte überrascht und kramte in seiner Hosentasche. Plötzlich erstarrte er, die Hand noch immer in der Tasche. Seine Augen weiteten sich vom Schock.

»Du solltest dich hinlegen, bis der Arzt da ist«, sagte Jefferson und legte Brogan die Hand auf den Rücken, um ihn zu stützen und vorsichtig von der Leiche wegzuführen.

Brogan nahm ein Blatt Papier hervor und hielt es neben die in die Wand gekratzte Schrift, ohne auf den Regen zu achten, der das Papier durchweichte. Jefferson sah, was er hielt: die kleine Notiz, die an die Konditorschachtel geheftet gewesen war, die Lee für sie abgegeben hatte. »Für Jefferson und Brogan«, stand dort zu lesen. »Viel Spaß.« Langsam hob Brogan die freie Hand und zeigte auf die Klimaanlage.

Die Schrift an der Wand stammte von der gleichen Hand.

Detective Brogan saß im dunklen Innenraum seines Wagens und starrte gedankenverloren auf die bleichen Ulmen im Hinterhof, die in der nächtlichen Brise wogten. Zwei Stunden hatte er im Mass General verbracht, wo sein Arm genäht worden war, dann zwanzig Minuten am Telefon mit Amelia, der mexikanischen Frau, die während seiner Abwesenheit auf seine Kinder aufpasste. Sie war nach draußen zum Wagen gekommen, um ihn zu begrüßen, als er in die Auffahrt bog, und um ihm zu sagen, dass auf dem Küchentresen zwei Sandwichs auf ihn warteten. Truthahn und Thunfisch. Dann sah er ihr hinterher, wie sie nach Hause fuhr. Die Rückleuchten ihres Wagens wurden kleiner und kleiner, bis sie schließlich bei einer Straßenkreuzung abbog und verschwand. Brogan war sitzen geblieben.

Das war nun fast zwanzig Minuten her, und noch immer tickten die Sekunden dahin, ohne dass er sich gerührt hätte. Die Zeit verging.

Zeit. Sechs Monate waren vergangen, seit seine Frau gestorben war. Sechs Monate, unterteilt in Tausende von Sekunden, von denen jede schmerzhafter war als die vorangegangene. Wie Wassertropfen ertränkte ihn jede Sekunde ein wenig mehr, und er spürte, wie sie ihm die Luft abschnürten beim Gedanken an seine Frau, wie er sich von Sekunde zu Sekunde mehr danach sehnte, sie wieder bei sich zu haben.

Brogans Dienstwaffe lag auf dem Beifahrersitz neben ihm. Er nahm sie in die Hand und legte sich das schwere Stück Metall in den Schoß, bis er die Kälte durch den Stoff hindurch in den Beinen spürte. Er blickte hinauf zum Haus, seinem Haus, mit den dunklen Fenstern und den beiden schlafenden Kindern. Seine kleinen Töchter, die tief und fest schliefen und ihre Mutter niemals so kennen gelernt hatten, wie er sie kannte, und in deren Erinnerung das Gesicht der Mutter bereits verblasste wie ein Traum nach dem Aufstehen. Er sehnte sich nach dieser Kraft, nach dieser kindlichen Fähigkeit zu vergessen.

Brogan hob die Hand vor die Augen und rieb sich mit Daumen und Zeigefinger die Nasenwurzel. Ohne nachzudenken nahm er den Revolver und steckte ihn in die Tasche, dann öffnete er die Wagentür. Die Innenbeleuchtung schaltete sich ein und brachte ihn zurück in die unbarmherzige Wirklichkeit. Seine Frau war ihm genommen worden. Seine Frau, seine Geliebte, seine Kameradin ... sie war ihm so brutal entrissen worden, dass ihm des Morgens das Atmen schwer fiel, doch trotz des Schmerzes tickten die Zeiger der Uhr weiter, Aufzüge hielten immer noch mit ihrem hellen Glockenton, und Innenbeleuchtungen flammten immer noch mit gleichgültiger Regelmäßigkeit auf, wenn man die Wagentür öffnete.

Man denkt, die Welt würde aufhören, sich zu drehen, weil man einen geliebten Menschen verloren hat, doch so ist es nicht. Alles geht weiter wie zuvor. Brogan stieg aus dem Wagen und spürte das Gewicht des Revolvers in der Tasche. Sein Arm schmerzte ein wenig, als er die Wagentür leise schloss, um die beiden schlafenden Töchter nicht zu wecken, dann ging er den schmalen gepflasterten Weg zu seinem Haus hinauf. Die Nachbarschaft lag ruhig, keine Bewegung und keine flackernden Lichter von Fernsehern hinter den Fenstern in der schmalen, dicht bebauten Straße.

Sein eigenes Haus, ein zweigeschossiges, mit Schindeln gedecktes Holzhaus, lag so ruhig da wie alle anderen. Die Verandabeleuchtung schaltete sich bei seinem Näherkommen ein, gesteuert durch Bewegungssensoren auf der Vorderseite. Er kam an der breiten Hollywoodschaukel vorbei, die seit dem Tod seiner Frau nicht mehr benutzt worden war.

Gegenstände, die trivial und unbedeutend erschienen waren, als seine Frau noch gelebt hatte, gewannen plötzlich eine neue Bedeutung, waren mit einem Mal voller Erinnerungen an sie. An all die kleinen Details, die eine Person ausmachen. Die Schaukel. Warme Sommernächte, in denen sie sich aneinander geschmiegt und begleitet vom Zirpen von Grillen und summenden Insekten geschaukelt hatten.

Er riss sich zusammen und schloss die Eingangstür auf. Sinnlos, über leere Schaukeln nachzudenken. Im Innern des Hauses war es dunkel. Er bewegte sich sicher durch die vertraute Umgebung, durchquerte das Wohnzimmer und stieg leise die Holztreppe in den ersten Stock hinauf. Oben angekommen, zog er seine Schuhe aus und ging auf Socken durch den Korridor.

Die Tür zum Zimmer seiner älteren Tochter war geschlossen, und nur der schwache Lichtschein ihrer Nachttischlampe fiel unter der Tür hindurch. Leise drehte er den Knauf und schob sich in ihr Zimmer. Sarah, die Vierjährige, lag in ihrem Bett und schlief. Sie lag flach auf dem Rücken, die Arme zu beiden Seiten ausgestreckt, als wolle sie jemanden umarmen. Ihr Kopf war leicht zur Seite geneigt, die Haare lose mit einem pinkfarbenen Gummiband zusammengehalten, und ihr kleiner Mund stand ein wenig offen, während sie leise schnarchend atmete. Brogan beugte sich über sie und gab ihr einen leichten Kuss auf die Wange, bevor er sie auf die Seite drehte, damit sie sich nicht den Nacken versteifte. Ihre Arme hingen schlaff herunter, als er sie bewegte, und sie öffnete und schloss den Mund zweimal, bevor sie wieder in den Schlaf sank. Ihr Gesicht war ins Kissen gepresst, und Brogan lächelte, als sie im Traum die Nase rümpfte. Seine Kleidung roch noch immer nach Regen und nassem Teer vom Dach des Polizeireviers.

Über ihrem Bett leuchtete ein Donald-Duck-Nachtlicht blau und orange.

»Pass auf sie auf, großer Donald«, flüsterte Brogan zu dem Licht, dann wandte er sich um und verließ das Zimmer.

Das Baby schlief gleich nebenan, und Brogan streckte rasch den Kopf ins Zimmer. Ein zweites Nachtlicht, diesmal Minnie Mouse, warf trübe Schatten auf die Wände und verwandelte das Mobile an der Decke in ein Geflecht aus schattigen Linien auf den Kuscheltieren, die in einer Ecke des Zimmers am Boden lagen. Brogan trat leise zu Nicoles Krippe. Das Baby lag auf dem Bauch, bis an den Kopf zugedeckt mit einer weißen Elmo-Decke. Brogan beugte sich über das kleine Bett und brachte das Gesicht ganz nah an den Hinterkopf des Babys, bis das weiche Haar an seinem Kinn kitzelte. Er atmete tief ein und roch den Babyduft, bevor er das Kind auf den Kopf küsste.

Dann richtete er sich auf, schaltete das Babyfon neben dem Bett ein und verließ so lautlos das Zimmer, wie er es betreten hatte. Er zog die Tür hinter sich zu und ging zurück, an der Treppe vorbei und zu seinem eigenen Schlafzimmer. Es war ein großer Raum mit zwei Fenstern, eines nach hinten, eines nach der Seite, zum Haus des Nachbarn zeigend. Ein pfirsichfarbener Orientteppich lag auf dem Boden zwischen dem Bett und der hüfthohen Kommode aus Walnussholz. Auf der Rückseite der Kommode befand sich ein hoher Spiegel. Brogan blieb davor stehen und starrte auf sein Spiegelbild im Glas. Er nahm den Revolver aus der Tasche und legte die Waffe auf die glatte Oberfläche, wo sie in Leibeshöhe lag.

Er beugte sich vor, stemmte die Handflächen auf die glatte Holzplatte und ließ den Kopf hängen. Auf der Kommode standen vier weiße Keramikpferde, jedes in einer anderen Haltung, mit wilden Mähnen und mitten im Schritt eingefrorenen Hufen. Er nahm eines der Pferde in die Hand und starrte ihm in die gemalten Augen. Neben den Pferden befand sich eine kleine Spieldose aus gelacktem Holz mit aufgemalten Sternen und Monden. Brogan öffnete die Dose, und eine leise Melodie erklang. Im Innern der Dose lagen die verschiedensten Schmuckstücke, Gold, juwelenbesetzte Ohrringe und Halsketten, ein gefaltetes Bild von seiner Frau.

Während die Musik leise spielte, nahm er das Foto heraus und hielt es vorsichtig an den Rändern.

Das Bild zeigte Brogans Frau an einem Spätsommernachmittag draußen auf der Terrasse. Sie saß vorgebeugt, die Ellbogen auf den Knien, und mit einer Hand hielt sie ihre langen Haare aus dem Gesicht. Ihr Lächeln war warm, das Gesicht halb von der Kamera weggedreht, während sie mit gehobenen Augenbrauen in die Linse sah. Hinter ihr leuchtete das bunte Herbstlaub der Bäume in Orange- und Rottönen, und gelbes Sonnenlicht spielte auf ihrer Wange.

Brogan hielt das Bild vorsichtig und schob es dann in den Rahmen des Spiegels, genau auf Augenhöhe. Er starrte auf das vertraute Gesicht seiner Frau und spürte den dumpfen, bohrenden Schmerz, der sich von seiner Brust aus über den Leib ausdehnte wie Metallbänder, die enger und enger um seinen Körper geschlungen wurden. In den Monaten seit ihrem Tod waren Nächte wie diese, voller Verlangen und Sehnsucht, seltener geworden, doch sie kamen noch immer, mit der Wucht unerwarteter Gewitterstürme.

Seine Frau blickte ihn aus reglosen Kodak-Augen und mit ewigem Lächeln an. Die Spieldose lief allmählich aus, und die letzten Akkorde verlangsamten sich zu einem misstönenden Klimpern, als das Federwerk der Mechanik seine letzte Energie verbrauchte.

»Ich vermisse dich so sehr«, sagte Brogan und blickte auf das Bild seiner Frau.

Er beugte sich vor, die Hände auf der Kommode, und ließ den Kopf hängen. »Bitte«, betete er. »Bitte vergib mir.«

Er hatte wieder einmal von seiner Frau geträumt. Sie fuhren zusammen irgendwohin, und vor ihnen erstreckte sich das breite Band der Straße. Brogan saß auf dem Beifahrersitz, sie hinter dem Steuer, die Augen auf den Verkehr gerichtet. Sie trug ein rotes Kleid, und Schmuck funkelte an ihrem Hals im Licht entgegenkommender Wagen. Brogan streckte die Hand nach ihr aus und streichelte ihr über den Kopf. Sie lehnte sich zu ihm herüber und seufzte, als seine Handfläche ihre Wange berührte. Sie küsste seine Fingerspitzen. Er strich mit seiner Hand nach unten, fuhr mit dem Daumen über ihren Hals und spürte einen plötzlichen stechenden Schmerz. Er riss die Hand weg und sah einen kleinen Blutstropfen aus seinem Daumen quellen. Irgendetwas an ihrem Hals hatte ihn geschnitten.

Er beugte sich vor und schaute sie genauer an. Die Glattheit ihrer Haut war durchbrochen von etwas Scharfem unmittelbar hinter ihrem rechten Ohr. Verwirrt starrte Brogan das Objekt an, ein glitzerndes Stück Glas. Eine weitere Scherbe kam direkt unter ihrem Auge hervor, zwei Splitter aus den Ohren, und was Brogan zuerst für Ohrringe gehalten hatte, waren weitere Glassplitter. Nun sah er auch, dass ihr Kleid rot gestreift war – und die Streifen waren keine Farbe, sondern Blut. Er zuckte erschrocken zurück, schob sich von ihr weg, drückte sich gegen die Beifahrertür.

In diesem Augenblick wurde ihr Gesicht von den Scheinwerfern eines weiteren entgegenkommenden Fahrzeugs erhellt. Sie wandte sich ihm zu. Blut strömte aus ihren Wangen, aus ihren Haaren, quoll aus Tausenden winziger Schnitte, wo die Glassplitter der gesprungenen Windschutzscheibe aus ihrer Haut traten. Sie sah ihn an und öffnete den Mund zum Sprechen, doch kein Laut kam hervor.

Das weiße Licht der entgegenkommenden Scheinwerfer auf ihrem Gesicht wurde heller, überflutete den Sitz und den gesamten Innenraum des Wagens. Sie saß immer noch ihm zugewandt, ohne den sich nähernden anderen Wagen zu beachten, während das Blut in Strömen über ihr Gesicht floss und die kleinen Glassplitter im Licht glitzerten. Ihre Augen waren starr auf ihn fixiert, und er konnte genau sehen, wie traurig sie waren. Sie ließ das Lenkrad los und streckte die Hände nach ihm aus, die Finger gespreizt, und auch ihre Hände waren voll winziger Schnitte. Ihre Bewegungen waren träge, schläfrig, als würde sie im warmen Bett nach ihm tasten. Ihre Lippen bewegten sich erneut, und diesmal erreichte ihre Stimme sein Ohr, auch wenn es kaum mehr war als ein fast unhörbares Flüstern.

»Warte auf mich«, sagte sie, und ihre Stimme klang hohl und leer.

Ihre Augen blickten immer noch traurig, und sie schloss die Lider wie eine Blüte am Abend, während ihre Hände nach seinem Gesicht tasteten. Die entgegenkommenden Scheinwerfer waren inzwischen fast heran, und im Hinterkopf hörte Brogan eine Sirene heulen, das laute Hupen eines anderen Wagens, doch es klang irgendwie dumpf, wie aus weiter Ferne. Während sich ihre Finger seinem Gesicht näherten wie in Zeitlupe und ihre glatte Haut ihn fast berührte, begann der Wagen unvermittelt wild zu vibrieren, und das Kreischen der Bremse hallte in Brogans Ohren wider.

Sie beachtete den Lärm und das Licht immer noch nicht. Sie hatte den Kopf zur Seite gewandt, weg von der Straße und dem heranrasenden Verderben. Ihre Lippen bewegten sich erneut, und sie sprach ein letztes Mal. »Ich liebe dich.«

Die Lichter wurden stärker und strahlten blendend hell, als der entgegenkommende Wagen auf der falschen Seite die Ausfahrt herunterraste. Sie seufzte einmal, und ihre Hände zogen sich langsam zurück. Brogan schüttelte den Kopf. »Geh nicht weg.« Einen Augenblick später gab es eine furchtbare Explosion, als die beiden Fahrzeuge zusammenstießen. Die Windschutzscheibe flog nach innen, und die Motorhaube wurde zusammengedrückt wie eine Ziehharmonika. Glassplitter überhäuften Brogan und seine Frau, gefolgt vom Knall der beiden Airbags, die aus dem Armaturenbrett und dem Lenkrad explodierten.

Brogan spürte, wie er zur Seite geschleudert wurde, als der Wagen von der Straße glitt und mit dem Heck gegen die Leitplanken krachte. Ein Reifen explodierte mit der Lautstärke eines Kanonenschusses, und der Wagen neigte sich zur Seite, bevor er endlich zum Stehen kam. Durch die zerfetzte Scheibe sah Brogan den großen schwarzen Ford Expedition, der in sie gerast war. Der Truck lag quer vor ihrem eigenen winzigen Fahrzeug.

Eine Hupe lärmte monoton, und jemand schrie vor Schmerz so laut, dass er das Geräusch der Hupe und das Pfeifen des Wasserdampfs aus dem geborstenen Kühler übertönte.

Neben Brogan lag seine Frau vornübergebeugt auf dem langsam in sich zusammenfallenden Airbag. Ihre Augen waren geschlossen, ein Arm lag über dem Kopf, und die Hand ruhte auf dem weißen Material des Airbags. Trotz des Aufpralls spürte Brogan keinen Schmerz. Er wollte sich zu seiner Frau herüberbeugen, doch der Sicherheitsgurt hielt ihn fest. Er blickte nach unten und erkannte, dass das Schloss verbogen war und der Gurt sich nicht mehr öffnen ließ.

Seine Frau lehnte immer noch bewegungslos über dem Lenkrad; der Anblick erinnerte Brogan an die tausend Male, die er mitten in der Nacht aufgewacht war, wenn seine Frau neben ihm geschlafen hatte, den Kopf ins weiße Federkissen gedrückt. Der Lärm der Hupe erstarb nach und nach, das Geräusch herannahender Sirenen, die Schmerzensschreie, alles schien zu verhallen, bis Brogan ganz allein mit seiner Frau war, umgeben von Stille. Sie hatte die Augen geschlossen, und ihr Gesichtsausdruck war friedlich. Es sah aus, als würde sie auf dem Airbag-Kissen schlafen.

Er betrachtete sie einen Augenblick lang. Er wusste, dass sie tot war, doch er konnte sie nicht erreichen, weil er durch den Gurt in seinem Sitz gefangen war. Ihre Augen zuckten einmal wie im Schlaf, dann öffnete sie sie langsam und blickte ihn unter ihren langen Wimpern hervor an. Brogan spürte, wie es ihm die Brust zusammenschnürte, das vertraute Gefühl von Beklemmung. Die Glassplitter waren aus ihrem Haar verschwunden, und wie sie dort auf dem Airbag lag, schien sie schwach weiß zu leuchten, ein Licht aus ihrem Innern. Ihre Augen standen offen, und sie lehnte sich im Sitz zurück. Sie drehte sich zu ihm um und sah ihn lange mit traurig zur Seite geneigtem Kopf an.

»Das ist ein Traum«, sagte Brogan leise.

»Ja«, antwortete seine Frau.

»Bleib bei mir.«

Sie nickte, dann lächelte sie schwach, hob die Hand, legte die Finger an die Lippen und blies ihm einen Kuss zu. Schließlich wandte sie sich ab, schwang die Wagentür auf und stieg aus. Brogan streckte erneut die Hand nach ihr aus, doch der Gurt hielt ihn fest. Sie schloss die Tür mit einem leisen Klicken, dann ging sie langsam die Ausfahrt hinunter und zu dem zerstörten Expedition. Ein junger Mann hing aus dem Fahrerfenster, fast noch ein Kind, vielleicht neunzehn oder zwanzig Jahre alt. Er war mit dem Kopf durch die Scheibe gekracht, und seine linke Schläfe lag auf dem zersplitterten Glas, das aus dem Türrahmen ragte. Blut strömte über den Lack der Tür und befleckte die schwarze Farbe.

Die Augen des Jungen blickten leer und leblos nach unten auf den mit Glassplittern übersäten Asphalt. Als Brogans Frau an ihm vorbeikam, streckte sie eine Hand aus und legte zwei Finger an seinen Kopf. Der Tote schüttelte sich einmal, dann sah Brogan, wie unvermittelt wieder Leben in seine Augen und ein Stöhnen über seine Lippen kam. Er setzte sich auf, eine Hand auf den Schnitt an seiner Schläfe gepresst.

Brogans Frau ging weiter. Sie bewegte sich auf eine Straßenlaterne am Ende der Ausfahrt zu. Unten erschienen die ersten Polizeifahrzeuge und jagten auf dem Weg zur Unfallstelle an ihr vorbei. Sie drehte sich ein letztes Mal um, und ihr Blick begegnete Brogans. Sie lächelte, hob die Hand und winkte. Für eine Sekunde versperrten die Polizeifahrzeuge und ihre blitzenden Blau- und Rotlichter die Sicht. Als Brogan wieder ungehindert sehen konnte, war sein Frau verschwunden.

Brogan setzte sich im Bett auf. Die Laken klebten an seiner schweißnassen Haut. Seine Füße waren in die Decke gewickelt, und er strampelte sie von sich in dem Versuch, sich ein wenig abzukühlen. Der Raum war erstickend heiß, die Luft dick und schwül. Er legte sich aufs Bett zurück, nachdem er das Kissen mit der kühleren Unterseite nach oben gedreht hatte. Er streckte die Arme zu den Seiten aus und blickte hinauf an die Decke, wo er den langen Schatten folgte, die von der Straßenlaterne vor seiner Garage geworfen wurden.

Es war der dritte derartige Traum, den er seit dem Tod seiner Frau geträumt hatte.

Er rollte sich auf die Seite, hellwach, und starrte die Wand an.

Irgendetwas stimmte nicht. Aber was? Durch das offene Fenster sah er, wie sich die Bäume im Hinterhof im Wind wiegten. Neben seinem Bett leuchtete das Licht des Babyfons in dunklem Rot und erhellte einen kleinen Ausschnitt seines Nachttisches. Alles war an seinem Platz, und doch stimmte etwas nicht. Irgendetwas zerrte an Brogans Unterbewusstsein. Etwas Merkwürdiges. Auf der anderen Seite des Zimmers standen die Porzellanpferde seiner Frau auf der Kommode, und ihre Spiegelbilder glänzten in dem großen Spiegel dahinter. Die Reflexion war ein wenig verschmiert; der untere Teil des Spiegels sah aus wie beschlagen.

Brogans Blicke wanderten nach oben, und er stellte fest, dass der Rest des Spiegels genauso aussah. Wie ein Badezimmerfenster nach einer heißen Dusche. Irgendetwas stand auf dem Spiegel geschrieben.

In diagonaler, ungelenker Schrift, quer über die gesamte Breite, stand auf dem beschlagenen Glas:

Meine Zeit wird kommen

Jefferson erwachte früh am nächsten Morgen und fuhr zum neuen Bostoner Meeresmuseum. Der Parkplatz war fast leer und lag still im stählernen Grau der Morgendämmerung. Jenseits des dunklen Betons sah er das aufgewühlte Wasser des Hafens und dahinter einen Teil der Stadt. Das Meeresmuseum war ein langes, wie ein Lagerhaus konstruiertes Gebäude. Baumaschinen auf der Rückseite verrieten, dass die Arbeiten noch nicht beendet waren. Jefferson ging durch das vordere Tor unter zwei riesigen Schiffsschrauben hindurch, die oben zusammengeschweißt worden waren und auf diese Weise eine Art Bogen bildeten.

Über dem Eingang hing ein Banner unter seinem eigenen Gewicht durch. Darauf stand zu lesen: »Willkommen im Bostoner Meeresmuseum. Eröffnung im Herbst!«

Durch das Glas sah Jefferson den Schreibtisch eines Wachmanns und einen älteren Mann in Uniform, der sich langsam erhob, um ihm die Tür aufzuschließen.

»Hallo«, sagte der Wachmann und blickte Jefferson durch die halb geöffnete Tür fragend an.

»Hi«, erwiderte Jefferson den Gruß und suchte in seinen Taschen nach seinem Ausweis. »Ich bin Detective Jefferson von der Boston Police. Ich glaube, ein Mitarbeiter unseres Büros hat gestern hier bei Ihnen angerufen. Es geht um einen Blick auf eines Ihrer Ausstellungsstücke. Ein Schiff.«

Der Wachmann lächelte. Er erinnerte Jefferson an einen freundlichen Großvater. »Sicher, sicher. Eine Lady hat angerufen, eine wirklich nette Lady. Hat eine Nachricht für den Kollegen von der Tagschicht hinterlassen, aber der ist krank geworden, und ich bin seine Vertretung.«

Ohne einen Blick auf Jeffersons Ausweis öffnete er die Tür und ließ den Besucher eintreten. Hinter Jefferson sperrte er wieder ab, um anschließend zu seinem Schreibtisch zurückzukehren. Eine halb gegessene Orange lag dort zusammen mit der Schale auf einer ausgebreiteten Serviette.

»Entschuldigung«, sagte Jefferson. »Ich wollte Sie nicht beim Frühstück stören.«

Der Wachmann winkte ab. »Kein Problem, wirklich nicht. Ich bin schließlich Wachmann – also kann ich auch hin und wieder mal aus diesem Stuhl aufstehen und ein wenig meine Arbeit tun.«

Während er in den Schubladen seines Schreibtisches kramte und nach der Besucherliste suchte, warf Jefferson einen Blick in die Runde. Die Eingangshalle des Museums war wie das Innere eines Piratenschiffs gestaltet. Es wirkte ein wenig übertrieben. Puppen in Piratenkleidung drängten sich um eine große schwarze Kanone, deren Lauf durch eine Schießscharte auf den Hafen gerichtet war. Eine aufgeklappte Truhe zu ihren Füßen war gefüllt mit glitzerndem Geschmeide und falschen Goldmünzen.

Jefferson sah einen Knopf an der Seite der Kanone und stellte sich vor, dass man den aufgezeichneten Knall eines Kanonenschusses hörte, wenn man darauf drückte, gefolgt von Piratengeschrei und dem Rasseln und Klirren von Säbeln, alles bis fast zur Unkenntlichkeit entstellt durch die billigen kleinen Lautsprecher. Es erinnerte Jefferson irgendwie an ein Disneyland für Arme.

An der Seite der Halle zogen sich fünf Portalfenster hin – die Kartenschalter. Auf einem Stück Treibholz stand mit Kreide geschrieben: »Kauf dir dein Ticket, Kumpel, und komm an Bord!«

Jefferson spürte, wie er verlegen wurde.

»Hier, ich hab's gefunden.« Der Wachmann hielt ein Klemmbrett hoch. »Tut mir Leid, dass es so lange gedauert hat. Das Museum hat noch nicht geöffnet, wissen Sie.«

»Kein Problem.« Jefferson zuckte die Schultern. »Haben Sie einen Stift?«

»Stift ... Stift ...«, wiederholte der Wachmann und klopfte auf seine Taschen, dann zog er einen schwarzen Marker aus der Gesäßtasche. »Hier, bitte.«

»So«, sagte Jefferson, während er seinen Namen in die Liste eintrug, »ich wollte einen Blick auf die *Galla* werfen. Ein Schiff aus dem Zweiten Weltkrieg. Ich glaube, Sie haben es hier.«

»Ja, sicher«, erwiderte der Wachmann. »Die *Galla* ist ... ich glaube, im Januar nach Boston gekommen.«

Mit einem großen Schlüsselbund bewaffnet führte der Wachmann Jefferson ins Museum. Sie passierten einen geschlossenen Souvenirstand, dessen Regale gefüllt waren mit T-Shirts, Tassen und anderen Waren. Überall standen aufgerissene Kartons auf dem Boden.

»Haben Sie davon gehört?«, wandte sich der Wachmann an Jefferson. »Von dem Bergungseinsatz?«

Jefferson schüttelte den Kopf. »Nein, warum?«

»War keine schöne Sache. Sie haben eins ihrer U-Boote verloren. Drei Männer starben. Zwei Amerikaner und ein Franzose.« Der Wachmann blieb vor einer geschlossenen Tür stehen. »Sie kamen nicht wieder nach oben.«

Der Wachmann steckte einen Schlüssel ins Schloss und öffnete die Tür. Sie betraten den Hauptabschnitt des Museums und gingen durch einen Raum, der ausgeschmückt war wie der Ballsaal eines Passagierdampfers. Ein Kristalllüster hing von der Decke, und an den Wänden reihten sich Plüschsessel. Die Dekoration erinnerte an Bilder, die Jefferson von der *Titanic* gesehen hatte. An den Wänden hingen Schwarzweißfotos der Menschen, die beim Untergang des Schiffes gestorben waren.

»Was ist mit ihnen geschehen?«, fragte Jefferson.

»Mit wem?«

»Den drei Männern, die in diesem U-Boot gestorben sind.«

»Oh.« Der Wachmann zuckte die Schultern. »Das weiß niemand. Man hat sie nie gefunden. Es ist zu weit draußen.« Der Wachmann drehte sich um und ging weiter, an Ausstellungsstücken vorbei, die von der *Lusitania* geborgen und restauriert worden waren, sowie an einem Memorial für die *Hunley,* das konföderierte Kriegsschiff, das während des amerikanischen Bürgerkriegs gesunken war.

»Bevor die Jungs verschwanden«, fuhr der Wachmann schließlich fort, »gelang es ihnen noch, ein Stück der *Galla* zu bergen. Sie haben es mit Hilfe von Hebesäcken zur Oberfläche transportiert.«

Vor ihnen war ein Schild an die Wand genietet, das aus Schiffsmetall zu bestehen schien. Auf dem Schild stand: USS *GALLA,* TRUPPENTRANSPORTER UND NACHSCHUBSCHIFF.

»Woher kam die *Galla*?«, fragte Jefferson.

»Von Bougainville. Ist eine Insel der Salomonen. Es hatte schwere Kämpfe gegeben, die *Galla* hatte Verwundete aufgenommen und war auf dem Weg nach Norden, als die Japaner sie entdeckten. Die Bergungsmannschaften fanden dieses Stück der

Galla völlig unbeschädigt und wasserdicht versiegelt«, berichtete der Wachmann weiter.

Das Stück *Galla,* das vom Meeresgrund geborgen worden war, stand vor ihnen in der Halle. Das riesige Metallsegment ruhte noch immer rostüberzogen auf einem mit Korallen verkleideten Stahlgestell, was den Eindruck erweckte, als läge es am Meeresgrund.

An den Wänden ringsum dokumentierten Fotos die Bergungsoperation. Männer mit Schutzhelmen, die das Wrack mit dem schweren Kran aus den Wellen hoben. U-Boote, die das Wrack umkreisten. Einige Unterwasseraufnahmen. Bilder von der Besatzung, die Karten betrachteten, lachten, aßen. Ein Foto hing ein wenig entfernt von den übrigen. Es zeigte drei Männer Arm in Arm in orangefarbenen Overalls an Deck eines Schiffes.

Der Wachmann deutete auf das Bild. »Das sind die drei, die bei der Bergungsaktion gestorben sind. Nat Rink, Randy Rutherford und ein französischer Kameramann namens Jean-Leon François. Sie starben im letzten September, am zwanzigsten, glaube ich.«

Jefferson nickte, wandte sich vom Foto ab und dem Wrackteil zu. Er schüttelte den Kopf. »Was haben Sie vorhin gesagt? Dieser Teil des Schiffes war trocken?«

»Das ist richtig. Im Innern war alles vollkommen trocken. Sie können hineingehen, wenn Sie mögen.«

An der Seite des Kastens befand sich eine massive Tür mit einem kleinen Bullauge im oberen Drittel. Die Tür stand offen. Dahinter erblickte Jefferson einen Raum, der aussah wie eine Art Krankenstation.

Der Wachmann winkte ermutigend. »Gehen Sie nur. Gehen Sie ruhig rein, das ist schon in Ordnung.«

Jefferson durchquerte die Ausstellungshalle und ging zur Tür. Die Luft im Innern des Raums roch immer noch abgestanden und verbraucht. Es war, als beträte man einen riesigen Sarg. An den Wänden rechts und links standen Pritschen. Ein Schwarzes Brett mit einem Kalender und Notizen hing an der dritten Wand.

»Bevor das Museum eröffnet wird, werden ringsum Glasbarrieren errichtet, damit die Besucher nichts beschädigen können«, sagte der Wachmann und gesellte sich zu Jefferson.

An der Wand neben der Tür stand etwas geschrieben, mit scharfem Metall in die Wand geritzt.

»Was ist das?«, fragte Jefferson und deutete auf die Schrift.

Der Wachmann zuckte die Schultern. »Das weiß man nicht.«

Die Buchstaben waren lang und gezackt, jedes Wort breit gedehnt. Jefferson trat näher, um sich die Schrift genauer anzusehen. Als er las, was dort stand, spürte er, wie sich etwas kalt in ihm zusammenzog und sein Blut erstarrte. Es war keine Einbildung – er spürte, wie sich sein Herzschlag verlangsamte und irgendetwas seine Kehle zuzuschnüren schien.

Das Böse, das aus der Mitte des Himmels entspringt,
das Grauen, das aus den Tiefen des Labyrinths entkommt

Er zog ein Foto der Schriftzeichen aus der Tasche, das im Haus von Sinatra gemacht worden war und hielt es neben die Schrift an der Wand.

Es war die gleiche Schrift.

»Jesses …«, sagte er leise und wich zurück. Er drehte sich zu dem Wachmann um. »Wann wurde das Schiff gefunden, sagten Sie?«

»Vor neun oder zehn Monaten.«

»Und davor? Lag es die ganze Zeit auf dem Meeresgrund?«

»Ja. Seit dem Zweiten Weltkrieg. Fast fünfundsechzig Jahre lang.«

Jefferson verglich die Schrift auf dem Foto noch einmal mit den Schriftzeichen an der Wand. Sie waren ohne jeden Zweifel identisch.

»Hatte jemand zu diesem Wrackteil Zutritt, seit es hier ruht?«, fragte er. »Könnte jemand eingebrochen sein und das da an die Wand geschmiert haben?«

»Nun ja …« Der Wachmann rieb sich den Nacken, während er nachdachte. »Ich glaub schon. Wenn er es wirklich darauf abgesehen hatte, dann … ich meine, es wäre nicht leicht, aber durchaus möglich.«

Jefferson nickte. *Also könnte jemand ins Museum geschlichen sein, um das da an die Wand zu kritzeln. Aber warum?*

»Aber wenn Sie wegen dieser Schrift an der Wand fragen … die war bereits dort, als das Wrack geborgen wurde«, fuhr der Wachmann fort.

»Woher wissen Sie das?«

»Oh, es wurde alles dokumentiert, als sie die Tür geöffnet haben. Alles wurde fotografiert. Was Sie hier sehen, ist ganz genau so, wie es war, als das Wrackteil geöffnet wurde.«

»Sie sagten, dass die Besatzung des U-Boots um den zwanzigsten September starb?«, fragte Jefferson.

»Ungefähr, ja.«

»Und das war der Tag, an dem man das Wrack entdeckt hat?«

»Richtig.«

»Aber die *Galla* ist erst im Januar nach Boston gekommen, sagten Sie?«

»Ja.«

»Wo war sie dann von Ende September bis Januar?«

Der Wachmann legte die Stirn in Falten und überlegte. »Sie wurde im Südpazifik gefunden. Von dort bis nach Boston dauert es einen guten Monat.«

»Also hätte das Wrack Anfang oder Mitte November eintreffen müssen.«

»Nun, es musste wohl durch den Zoll oder vielleicht in Quarantäne oder sonst was. Ich weiß es nicht genau, tut mir Leid.«

Jefferson wusste, dass die Zollformalitäten höchstens zwei

Tage dauerten. Die *Galla* hätte also spätestens im November in Boston eintreffen müssen. Doch sie war erst im Januar angekommen, mehr als zwei Monate zu spät.

Wo hatte sie in dieser Zeit gesteckt?

Irgendetwas war auf Bougainville gewesen. Dieses Schiff hatte es gefunden und war damit auf dem Rückweg in die Staaten gewesen, als es von den japanischen Bombern versenkt wurde und alles an Bord mit in die Tiefe gerissen hatte. Dort hatte es die letzten vierundsechzig Jahre gelegen. Und das Ding an Bord hatte vierundsechzig Jahre lang darauf gewartet, dass es gefunden wurde.

Das Büro des Medical Examiner befand sich ganz hinten im alten City Hospital, das heute ein Teil des Boston Medical Center war – und der letzte Ort, an dem Jefferson damit gerechnet hätte, McKenna zu treffen.

Doch sie war dort. Sie wartete auf einem der blauen gepolsterten Stühle im Warteraum auf ihn. Die Notaufnahme erinnerte Jefferson an ein Irrenhaus des achtzehnten Jahrhunderts. Menschen auf Rollbahren, manchmal blutig, Ärzte in grünen Kitteln, die umherrannten, Krankenpfleger oder Schwestern, die Patienten beruhigten oder festhielten, und meist weinte oder schrie irgendwo jemand. McKenna wirkte seltsam fehl am Platz im Wartezimmer unter all den Kranken und Verletzten. Sie saß zwischen einem riesigen Hispano in Arbeitskleidung, der einen langen Riss auf der Wange hatte, und einer älteren Frau, die in ihrem Stuhl hin und her schwankte wie ein Pendel, sich die Ohren zuhielt und immer wieder »Nein! Nein! Nein!« zu einer Schwester schrie, die mit einem Klemmbrett in der Hand vor ihr stand.

McKenna wirkte erleichtert, als sie Jefferson sah.

»Was machst du hier?«, fragte er.

»Ich hab mit Brogan geredet. Er hat gesagt, du würdest zum Büro des ME fahren, um mit Dr. Wu zu reden. Ich dachte, ich warte hier auf dich. Wegen der Atmosphäre hier bin ich bestimmt nicht gekommen.«

»Nein, kann ich mir auch nicht vorstellen«, erwiderte Jefferson. »Schön, dann komm mit. Wu hat gesagt, er wäre fertig mit der Untersuchung von Lyerman junior. Die pathologischen Befunde liegen bereit.«

Sie gingen durch den zentralen Korridor der Notaufnahme und kamen an einer Gruppe Chirurgen vorbei, die damit beschäftigt waren, einem schreienden Mann ein Schlachtermesser aus dem Rücken zu ziehen. Hinter einer Doppeltür befand sich die Abteilung des Medical Examiner. Ein Wachposten mit einer dunklen Sonnenbrille brüllte auf einen kleinen schwarzen Mann ein, in dessen Arm ein intravenöser Katheder steckte. Der Plastikschlauch baumelte an seiner Seite herab wie eine Spaghetti. Der Wachmann beachtete Jefferson und McKenna kaum, als sie durch eine zweite Doppeltür gingen, bevor sie das Büro des ME betraten.

Hinter der Doppeltür herrschte Stille. Vielleicht bekamen sie hier ein paar Antworten.

»Ich sollte Ihnen lieber gleich verraten, dass ich nicht weiß, was ich davon halten soll. So etwas habe ich in meiner gesamten Laufbahn noch nie gesehen.«

Dr. Michael Wu saß hinter dem großen Metallschreibtisch in der hinteren Ecke des Büros. Vier weitere Schreibtische standen im Raum, alle unbesetzt. An der Wand hinter Wu hingen gerahmte Diplome der Yale University, der John Hopkins Medical School und ein paar Schwarzweißfotos aus China. Auf dem Schreibtisch stand ein Familienporträt neben dem Aktenschuber aus braunem Manilakarton mit der Aufschrift »Kenneth Lyerman«. Wu hatte die Akte Lyerman aufgeschlagen und blätterte durch die eingehefteten Seiten. Auf seinem Arm, wo der Tote in der Gasse ihn gepackt hatte, klebte ein kleiner Verband.

»Ich schicke ein paar Proben nach Harvard, vielleicht finden sie dort mehr heraus. Aber glauben Sie mir, ich bin schlichtweg sprachlos«, sagte Wu.

»Haben Sie überhaupt etwas gefunden?«, fragte Jefferson.

»Sicher, jede Menge. Aber nichts ergibt auch nur den geringsten Sinn. Ist das vielleicht eine Art Scherz?«

»Nein, Doc, glauben Sie mir, das ist alles andere als ein Scherz.«

Wu seufzte. »Also schön. Aber wenn ich herausfinde, dass irgendein Heißsporn von Detective versucht, mich auf den Arm zu nehmen, können Sie Ihre Leichen hier meinetwegen bis unter die Decke stapeln. Dann gehe ich zurück nach Harvard.«

»Was haben Sie herausgefunden?«

»Wo soll ich anfangen? Mit dem, was ich erklären kann, oder mit dem, was unmöglich erscheint?«

»Fangen wir bei dem an, was Sie erklären können.«

Dr. Wu sah normalerweise aus wie aus dem Ei gepellt – das Haar perfekt frisiert, elegant gekleidet, glatt rasiert. An diesem Nachmittag jedoch wirkte er müde und hatte tiefe Ringe unter den Augen; der obere Knopf seines Laborkittels stand offen, und das weiße Hemd darunter war verknittert. Jefferson bemerkte einen Fleck auf dem Hemd, der ihn an Babynahrung erinnerte.

»Lassen Sie mich Ihnen zuerst eine Frage stellen«, begann Dr. Wu.

»Schießen Sie los.«

»Was ist so wichtig an diesem Fall, Will? Nicht nur, dass ich an den Tatort gerufen und dort angegriffen werde«, sagte Wu und meinte den Toten, der nach ihm gegrapscht hatte, »sondern ich werde in der Nacht aus dem Bett gezerrt, um die Autopsie vorzunehmen. Ich habe zu Hause eine Frau und einen Säugling! Es ist schwer genug, eine Nacht ungestört zu schlafen, ohne dass das Telefon um drei Uhr morgens klingelt. Was ist mit diesem Fall?«

»Haben Sie den Namen auf der Akte gelesen?«

»Kenneth Lyerman.«

»Das ist der Punkt, Doc. Wissen Sie, wer Kenneth Lyerman ist?«

»Sie werden es mir sicher gleich sagen.«

»Der Sohn von Joseph Lyerman, Besitzer der größten Unternehmensgruppe der USA. Er hat genügend Geld, um sicherzustellen, dass die Zahnräder im Getriebe der Justiz wie frisch geölt laufen.«

»Ich schätze, das erklärt den nächtlichen Anruf zur Genüge.«

»Was haben Sie denn nun für mich?«, fragte Jefferson.

»Erstens das, worüber wir bereits gesprochen hatten. Den starken Herzwurmbefall bei den Leichen. Wir haben Proben ins Labor geschickt, doch bisher war man dort nicht im Stande, die genaue Spezies zu identifizieren. Was immer es ist – ich schätze, dieser Wurm ist sehr selten. Äußerst ungewöhnlich.«

»Okay. Was noch?«

Wu griff nach einem kleinen zylindrischen Plastikbehälter am Rand seines Schreibtisches, der mit einer braunen, sandähnlichen Substanz gefüllt war.

»Das hier ist die Bodenprobe vom Dach des Lyerman Building«, sagte Wu und schüttelte den transparenten Behälter.

»Was ist damit?«, fragte Jefferson.

»Es wäre einfacher, damit anzufangen, was *nicht* damit ist«, sagte Wu.

»In Ordnung.«

»Es ist nichts aus dieser Gegend.«

»Woher wollen Sie das wissen?«

»Dank fünf verschiedener Untersuchungen. Dieses Zeug hier ist nicht in den Tabellen. Die elektrische Leitfähigkeit für lösliche Salze, die Analyse der Partikelgröße, die Zusammensetzung der Elemente. Definitiv kein Boden von hier. Er besteht zu über siebzig Prozent aus Silikat«, sagte Wu. »Es ist Rhyolit.«

»Was bedeutet das?«

»Dass der Boden vulkanisch ist«, antwortete Wu. »Und nicht nur das. Der Tongehalt lässt auf eine ganz bestimmte Region schließen – irgendwo in der Ecke von Neuseeland oder im Südpazifik. Und wegen des Reichtums an Alkaloiden glaube ich, dass diese Probe ursprünglich aus einem Regenwald kommt, von einer vulkanischen Dschungelinsel.«

»Und das alles schließen Sie aus dem bisschen Dreck?«, fragte McKenna.

»Das ist nicht besonders schwierig«, erwiderte Wu. »Was Sie aus der Brust unseres toten Freundes gezogen haben, war *nicht* so einfach.«

»Sie meinen diese schwarze Scherbe oder was es auch war?«

»Genau«, sagte Wu, verschränkte die Finger und lehnte sich im Stuhl zurück. »Diese Scherben. Sie haben sie aus Lyerman gezogen. Sind Sie ganz sicher?«

»Hundertprozentig.«

»Sie steckten in seinen Knochen?«

»Wie ein Messer in Butter.«

Dr. Wu nickte, beugte sich vor und schlug die Akte auf. Er blätterte durch die Seiten, und Jefferson erhaschte ein paar flüchtige Blicke auf DNS-Analysen und geschriebene Abschnitte.

»Nun, ich will ehrlich zu Ihnen sein, Detective Jefferson. Ich weiß nicht genau, was Sie da gefunden haben. Ich kann nur mit Bestimmtheit sagen, dass es etwas Lebendiges war. Kein Kunststoff und kein Metall, sondern organisches Material. Lebende Zellen. Ansonsten weiß ich kaum etwas, kann höchstens mit Spekulationen aufwarten.«

»Dann spekulieren Sie, Doc. Ich bin ganz Ohr.«

»Wie Sie meinen«, sagte Wu langsam. »Fangen wir mit den Zellen an. Zellen sind, wie Sie wissen, die Grundbestandteile sämtlichen Lebens. Sie, ich, ringelschwänzige Lemuren, was immer dort draußen lebt, besteht aus Zellen. Kommen wir zum Inhalt dieser Zellen, beispielsweise bei Menschen. Sämtliche Zellen, mit Ausnahme einiger Spezialfälle wie rote Blutkörperchen, besitzen einen Zellkern, wie Sie wissen. In diesem Zellkern finden sich die Chromosomen, DNS-Stränge mit bestimmten genetischen Informationen, welche die Entwicklung eines Organismus steuern. Die DNS bestimmt, ob ein Mensch braune oder blaue Augen hat, ob er groß oder klein ist und so weiter.«

»Verstehe.«

»Für unseren Fall interessant ist die Tatsache, dass jeder DNS-Strang auch Stücke enthält, die keinerlei relevante genetische Informationen tragen. Diese Segmente nennt man Introne.«

»Wenn sie zu nichts nutze sind«, warf McKenna ein, »warum sind sie dann überhaupt vorhanden?«

Wu rieb sich das Kinn. »Es scheint sich um leere Stücke DNS zu handeln. Man nennt sie auch VNTR, variable Zahl sich tandemartig wiederholender DNS.«

»Also besitzt jede Zelle eine DNS. Bestimmte Sektionen der DNS sind kodiert, unsere Haare und Hautfarbe hervorzubringen, während andere Sektionen zu nichts nütze sind. Und diese Sektionen nennt man VNTRs.«

»Korrekt«, sagte Wu. »Wie ich schon sagte, jede Zelle besitzt diese VNTRs. Doch der größte Teil der DNS enthält genetischen Kode, ansonsten würden wir nicht existieren. Wäre unsere gesamte DNS nutzlos, könnten wir nichts vererben.«

Wu streckte die Hand vor und ergriff einen Plastikbeutel, der ebenfalls im Aktenschuber ruhte. Er betrachtete die dunklen Scherben in dem transparenten Beutel. »Was immer das hier ist, es enthält ausschließlich VNTRs. Der gesamte Organismus ist aus im Prinzip sinnlosen Informationen aufgebaut«, sagte Wu. »Dieses Ding besitzt eine DNS, doch sie enthält keine Erbinformationen. Die Stränge sind samt und sonders leer.«

»Und was bedeutet das?«

»Ich weiß es nicht. Ich habe so etwas noch nie gesehen. Ich sagte ja, dass ich eine Probe nach Harvard geschickt habe, zu Dr. Charles Weinstein, einem großartigen Molekularbiologen. Allerdings vermute ich, dass er letzten Endes zu den gleichen Schlussfolgerungen gelangen wird wie ich.«

»Und die wären?«

»Ich habe keine Ahnung, woher dieses Material stammt. Es ist, als wäre dieses Ding mittels Gentechnik hergestellt worden, doch wir besitzen heute noch nichts, keine Technologie, die dazu imstande wäre. Es ist viel zu komplex. Die DNS ist da, doch ihre Anwesenheit ist genetisch unmöglich. Menschliche DNS bildet die bekannte Doppelhelix. Die DNS in diesem Organismus bildet ebenfalls eine Doppelhelix, genau wie bei Menschen, doch dieser Organismus kann auf keinen Fall auf natürliche Weise geboren worden sein. Seine DNS enthält keinerlei Informationen. Es gibt keine rationale Erklärung für die Existenz dieses Organismus.«

Jefferson lehnte sich auf dem Stuhl zurück. Die Fenster hinter Wus Schreibtisch zeigten hinaus auf den Charles River. Jeffersons Blicke wanderten zum Wasser, in dem sich die Nachmittagssonne spiegelte. Boote durchpflügten die Wellen, weiße Segel blähten sich im Wind. Ein Pfad zog sich am Flussufer entlang. Jefferson sah Paare, die Hand in Hand spazieren gingen. Sie waren weit entfernt von jedem Gedanken an VNTR und genetischen Unmöglichkeiten.

»Es kommt noch dicker«, sagte Wu unvermittelt.

»Tatsächlich? Ich dachte, wir waren schon ziemlich dick dabei. Wie viel dicker wird es denn noch?«

»Sehr viel dicker.«

»Also schön, Doc. Erzählen Sie mir alles.«

»Nun«, begann Wu. »Es scheint eine Vermischung von genetischen Informationen gegeben zu haben.«

»Was wollen Sie damit sagen?«

»Sie haben die schwarzen Splitter aus dem Körper des Toten?«

»Das sagte ich bereits.«

»Sie waren also in den Körper eingeschlossen oder standen sonstwie mit ihm in Kontakt?«

»Ich musste sie aus dem Brustbein des Toten heraushebeln. Ich würde sagen, das ist sehr in Kontakt, nicht wahr?«

»Und genau an dieser Stelle verlassen uns unsere Kenntnisse über die Genetik«, sagte Wu. »Wo die Fragmente mit kodiertem Material des Opfers in Berührung gekommen sind, scheint sich die unkodierte DNS dieser mysteriösen schwarzen Scherben verwandelt zu haben. Es gab einen genetischen Transfer.«

»Was heißt das?«

»Ich meine, dass die unkodierte DNS, die scheinbar nutzlosen VNTRs des fremden Organismus sich so verändern, dass sie ein exaktes Duplikat der DNS des Opfers bilden. In Menschen wird die Aufgabe einer jeden Zelle durch die DNS festgelegt, sobald der Körper zu wachsen beginnt. Eine Nervenzelle kann sich nicht spontan in eine Leberzelle verwandeln oder umgekehrt. Doch in diesem Organismus haben die zunächst leeren DNS-Fragmente die Fähigkeit, sich spontan in eine Kopie der Gast-DNS zu verwandeln.«

»Also kann sich dieses Ding in jede Gestalt klonen, die es will?«

»Eigentlich nicht, nein. Klonen geschieht auf der Ebene eines einzelnen Zellkerns. Doch dieser Organismus scheint imstande zu sein, spontan ganze Serien neuer DNS zu erzeugen. Irgendwie ist er in der Lage, die DNS einer Gastzelle zu duplizieren und seine eigenen leeren Abschnitte denen des Wirts anzupassen.«

»Also besitzt dieses Ding den gleichen genetischen Kode wie Kenneth Lyerman?«

»Exakt. Der DNS-Fingerabdruck von Kenneth Lyerman und diesem Organismus sind nicht voneinander zu unterscheiden, allerdings nur in den Bereichen, die mit Lyermans Gewebe in Berührung kamen. Es scheint, als würde der Organismus direkten Kontakt benötigen, um sich zu duplizieren.«

»Was bedeutet das genau? Könnte sich dieser Organismus so verändern, dass er wie Kenneth Lyerman aussieht?«

Wu zuckte die Schultern. »Ich bin nicht sicher. Ich weiß nicht, ob er imstande ist, den Phänotyp der Wirts-DNS darzustellen. Mit anderen Worten: Ob er sich in Lyerman verwandeln kann oder nicht.«

Also könnte dieses Ding aussehen wie Lyerman oder irgendein anderes seiner Opfer, dachte Lyerman. *Das ist ja großartig.*

Wu griff in eine seiner Schreibtischschubladen und zog eine kleine Visitenkarte hervor. Er reichte sie Jefferson. »Meine private Telefonnummer und Adresse. Die maßgeblichen Stellen sind der Auffassung, dass Sie und Lieutenant Brogan mich jederzeit zu Hause erreichen sollten.«

Jefferson bedankte sich und steckte die Karte ein. Dann atmete er langsam aus. »Was immer es ist, es ist nicht menschlich, nicht wahr?«

Wu zuckte die Schultern. »Nicht im direkten Sinne, nein. Es ist folgendermaßen: Jede Spezies auf diesem Planeten besitzt eine bestimmte Anzahl von Chromosomen. Hunde haben beispielsweise zweiundsiebzig. Diese Kreatur besitzt sechsundvierzig, genau wie Menschen. Also ist dieses Ding vielleicht nicht wirklich menschlich, doch was immer es ist, es wurde erschaffen, um uns exakt duplizieren zu können. Es wurde nach unserem Bild erschaffen.«

»Oder vielleicht wurden wir Menschen nach seinem Bild erschaffen …«, sagte McKenna leise.

Jefferson und McKenna verließen das City Hospital durch den Haupteingang und traten hinaus in die warme Nachmittagssonne. Das Krankenhaus lag ein paar Blocks vom South End entfernt. Enge Straßen, weit ausladende Bäume und alte Ziegelsteingebäude waren charakteristisch für diese Gegend Bostons. Die Blumen begannen allmählich zu welken und kündeten vom bevorstehenden Herbst. Weiße Blütenblätter säumten die Bürgersteige.

»Ich war heute Morgen im Meeresmuseum«, sagte Jefferson.

»Was hast du herausgefunden?«

»Unser Mann war dort. Irgendwie war er dort. Die Schrift war genau die gleiche. Ich glaube, sie hätten die *Galla* dort lassen sollen, wo sie war, unten am Grund des Südpazifiks. Jetzt hat sie sich in eine Art Büchse der Pandora verwandelt. Wir haben den Deckel geöffnet und können ihn nicht wieder schließen.«

»Was hast du jetzt vor?«

»Brogan und ich fahren heute Nachmittag ins Blade-Gefängnis. Ein Häftling namens Ramsey besitzt angeblich Informationen. Könnte sich auch als Fehlanzeige erweisen.«

»Könnte sich als alles Mögliche erweisen.«

»Das wissen wir erst, wenn wir mit diesem Ramsey gesprochen haben.«

»Und was ist mit Saint? Steht er immer noch unter Tatverdacht?«

»Die Fingerabdrücke des Burschen waren überall in Sinatras Haus. Wir wissen, dass er nicht dort war, um eine Pizza abzuliefern. Daher können wir ihn zum gegenwärtigen Zeitpunkt nicht gänzlich von der Liste streichen. Trotzdem bin ich überzeugt, dass mehr dahinter steckt. Es gibt eine Verbindung zwischen Lyerman und dem, was auf der *Galla* war. Er hat etwas auf diesem Wrack gefunden und es nach Boston zurückgebracht.«

McKenna bückte sich und hob eines der Blütenblätter auf. Sie rieb es zwischen den Fingerspitzen, während sie weitergingen. Die Luft war würzig und im Schatten der Bäume ein wenig kühler als in der prallen Sonne. Es war ein angenehmer Nachmittag.

»Ich habe heute Morgen von Brogan die Nachricht bekommen und mir die Tonbandaufzeichnung vom Dach des Lyerman Building angehört«, sagte McKenna. »Du erinnerst dich noch daran?«

Jefferson dachte an die beiden Leichen auf dem Dach des Lyerman Building, nass vom Regen und voller Blut. Die Stimme, die Brogan und er auf dem Band gehört hatten. Das Schreien, das Geräusch von reißendem Fleisch. Und dann: *Mea est ultio.* Jefferson würde diese Stimme niemals vergessen.

»Ja, ich erinnere mich.«

»Mea est ultio«, sagte McKenna.

»Was bedeutet es?«

»Es ist Latein. Es bedeutet: Mein ist die Rache.«

Sie blieb unvermittelt stehen und ließ das weiße Blütenblatt fallen, dann drehte sie sich zu ihm um. »Will, bitte versprich mir, dass du vorsichtig bist. Was auch immer dieses Ding ist, sei bitte vorsichtig. Ich möchte dich nicht verlieren.«

»Ich werde vorsichtig sein«, versprach Jefferson. »Ehrenwort.«

Mea est ultio.

Mein ist die Rache.

Jefferson legte die Finger um die feuchte Reling des Boston Harbor Cruiser, als das Schiff durch ein weiteres Wellental rollte. Salzige Gischt spritzte übers Vordeck des kleinen Schiffes bis in Jeffersons Gesicht. Seine Haut war nass und gerötet. Er atmete tief durch und schloss kurz die Augen, während er auf das Stampfen der Maschinen lauschte.

»Gott, wie ich das liebe«, sagte er. »Ich hatte ganz vergessen, wie es ist, draußen auf dem Meer zu sein.«

Brogan stand neben ihm. Der verletzte Arm hing steif in einer Schlinge, und der Ärmel des Trenchcoats war leer. Er schnitt eine Grimasse und blinzelte, als das Schiff erneut rollte. »Mir ist schlecht.«

»Ehrlich?«

»Ja, ein wenig.«

»Was haben sie dir für den Arm gegeben?«

Brogan zuckte die Schultern. »Keine Ahnung. Wahrscheinlich irgendwas, das sich nicht gut mit diesem karibischen Piratenritt verträgt.«

Jefferson lachte. »Wir sind an der frischen Luft. Endlich mal raus aus der Stadt.«

Nach den Informationen, die sie von Ron Saint erhalten hatten, waren sie mit einem Patrouillenboot der Hafenpolizei unterwegs zum Blade Prison Island, um dort mit Robert Ramsey zu sprechen. Jefferson hatte Brogan zu Hause abgeholt und war mit ihm zusammen zum Hafen gefahren. Auf dem Weg dorthin hatte er Brogan eine kurze Zusammenfassung von seiner Fahrt zum Meeresmuseum und der Besprechung mit Dr. Wu gegeben. Brogan hatte aufmerksam und schweigend zugehört, hin und wieder genickt und aus dem Fenster des fahrenden Wagens gestarrt.

Jetzt lehnte er unsicher an der Reling des Schiffes. In der gesunden Hand hielt er einen dampfenden Becher Kaffee mit orangefarben leuchtender Schrift auf dem Styropor. Hinter ihnen verblasste die Stadt Boston im Dunst. Brogan nahm einen Schluck Kaffee. »Du hältst es für Zeitverschwendung?«

Jefferson zuckte die Schultern. »Ja. Vielleicht.«

»Falls es Zeitverschwendung ist«, sagte Brogan nachdenklich und nahm noch einen Schluck Kaffee, »werde ich Saint persönlich einen weiteren Schnitt verpassen.«

Sie näherten sich der Gefängnisinsel. Blade Island ragte düster vor ihnen aus dem schäumenden Ozean. Wellen brachen sich an den großen Felsen und spritzten schäumend und gischtend in die Höhe. Voraus lag ein langer Betonpier mit blinkenden roten Lichtern am Ende.

Ein Wachposten in einem Turm hoch oben an der Gefängnismauer beobachtete ihre Ankunft mit beiläufigem Interesse. Er nahm einen Zug an seiner Zigarette, bevor er sich abwandte und hinaus aufs Meer blickte. Die Maschinen des Cruisers gingen in Leerlauf, und das kleine Gefährt rollte noch stärker in den Wellen. Durch die Scheibe sah Jefferson, wie der Bootsführer auf der kleinen Brücke über Funk mit dem Kontrollraum des Gefängnisses sprach. Er nickte und legte das Mikrofon auf die Halterung neben dem Ruder zurück.

Das Licht am Pier sprang von Rot auf Grün, und langsam liefen die Maschinen des Cruisers wieder hoch und schoben das Boot zum Ende des Piers, wo bereits drei Wachen standen. Ein Mann in einem dunkelblauen Anzug kam über den Pier heran. Was für ein Empfang!

Jeffersons Hand schoss zur Reling, als der Cruiser leicht gegen das Dock stieß. Brogan verschüttete einen Teil seines Kaffees und stieß einen unterdrückten Fluch aus, während er zurücksprang, um sich nicht voll zu kleckern.

Die Wachmänner auf dem Pier vertäuten den Cruiser mit dicken Seilen. Einer schob eine Gangway vor, die mit einem lauten Knall auf dem Deck des Schiffes landete. Brogan kippte den Rest seines Kaffees über Bord, zerknüllte den Styroporbecher in der Hand und blickte sich suchend nach einem Mülleimer um, bevor er den Becher resignierend in die Manteltasche steckte.

»Und los geht's«, sagte er, als sie über die Gangway auf den Pier kletterten. Jefferson ging ohne Zögern auf den Mann im Anzug zu, der ihn lächelnd erwartete und die Hand ausstreckte.

»Willkommen im Blade State.«

Jefferson schüttelte die dargebotene Hand; der Händedruck war schlaff und dauerte nur einen Sekundenbruchteil. »Ich bin Thomas Capello, der Direktor dieser Anstalt.«

Der Direktor schüttelte auch Brogan die Hand und betrachtete neugierig die Armschlaufe. Die Wachmänner regten sich nicht, starrten unbeteiligt hinaus aufs Meer. Vom Pier aus erstreckte sich Rasen bis zu den Felsen und den Mauern des Gefängnisses. Neben dem Verwaltungsgebäude unmittelbar hinter dem Ende des Piers flatterte die Fahne des Staates Massachusetts an einer langen weißen Stange im Wind. Sie stand in einem gepflegten Kreis aus Rindenmulch. Gartenanlagen in Gefängnissen sahen meist sehr gepflegt aus – Strafgefangene hatten nicht viel anderes zu tun.

»Man hat mir gesagt, Sie wären gekommen, um einen unserer Gäste zu sprechen«, sagte der Direktor gut gelaunt.

Brogan nickte. »So ist es.«

Sie gingen über den Pier, und die drei Wächter folgten ihnen in einigem Abstand und unterhielten sich fast unhörbar.

»Gut.« Der Direktor strahlte, als hätte Brogan ihm soeben eröffnet, dass er den Jackpot im Lotto gewonnen hatte. »Wir haben hier draußen nicht so oft Besuch. Ich bin sicher, er wird sich freuen, Sie zu sehen.«

Zwanzig Minuten später saßen Jefferson und Brogan im Besuchszimmer des Gefängnisses und warteten darauf, dass Ramsey aus seiner Zelle gebracht wurde. Das Besucherzimmer war komfortabel, mit drei verblassten orangefarbenen Sofas um einen niedrigen Metalltisch in der Mitte. An einer Wand standen Imbiss- und Getränkeautomaten, daneben hing ein schwarzes Brett voller Notizen über Sicherheit am Arbeitsplatz und Gewerkschaftsrundschreiben. Brogan machte es sich auf einem der Sofas gemütlich, die Beine ausgestreckt, die Krawatte gelockert. Er klopfte mit der Handfläche einen unbekannten Rhythmus auf die Sofalehne.

Jefferson blickte auf die Uhr. »Ich wäre gern vor fünf Uhr zurück.«

»Ja. Hoffentlich sind wir nicht wegen irgendwelcher Hirngespinste hier rausgefahren«, antwortete Brogan. Er lehnte sich noch weiter zurück, schob eine Hand in die Tasche und kramte ein paar Münzen hervor, starrte darauf und zählte sie. »Kannst du mir zwanzig Cent borgen?«

»Ich hab nur einen Vierteldollar.« Jefferson schnippte Brogan die Münze zu, der sie genau in dem Augenblick auffing, als die Tür geöffnet wurde. Einer der Wachmänner streckte den Kopf hindurch. »Ramsey ist jetzt so weit.«

»Danke«, antwortete Jefferson und erhob sich von seinem Platz am Tisch.

»Geh schon mal vor, ich komme gleich nach«, sagte Brogan und klimperte mit dem Münzgeld, während er sich ebenfalls erhob und zu den Automaten ging.

Jefferson folgte dem Wachmann durch einen fensterlosen Korridor zu einem privaten Besuchszimmer, das der Direktor für die beiden Detectives reserviert hatte – nicht, dass die Besucher sich je drängten. Die meisten Menschen scheuten die Fahrt zu der Insel. Sie blieben vor einer Stahltür mit einem eingelassenen Fenster stehen. Ein weiterer Wachmann lehnte lässig neben der Tür an der Wand und kratzte sich mit einer Hand die Brust. Er nickte Jefferson zu, stieß sich von der Wand ab, zog einen Schlüsselbund hervor und sperrte die Tür auf. Dann trat er zurück und hielt sie auf, sodass Jefferson eintreten konnte.

»Er trägt eine Zwangsjacke«, berichtete der Wachmann. »Wir warten direkt vor der Tür.«

Jefferson nickte. »Mein Partner kommt jeden Augenblick nach.«

»Sicher. Wir lassen ihn rein.«

Der Wachmann trat zurück und schloss die Tür hinter Jefferson. Er hörte, wie sich der Schlüssel im Schloss drehte und die schweren Riegel wieder vorgeschoben wurden. Jefferson wandte sich von der Tür ab.

Ramsey war am anderen Ende eines langen Tisches an einen Stuhl gebunden. Er trug einen langen Kinnbart, und seine dunkelblonden Haare reichten ihm bis zu den Schultern. Am Hals war eine Tätowierung, eine sich windende Ranke, die sich unterhalb des Ohrs in Stacheldraht verwandelte. Er starrte Jefferson an.

Jefferson erwiderte den Blick kurz, dann sah er sich im Raum um. Es war eine umfunktionierte Werkstatt. Über Ramseys Kopf hing ein großes gelochtes Brett. Die Umrisse der Werkzeuge waren mit schwarzem Filzstift auf das Brett gezeichnet. An einer Seite des Raums stand ein großer Metallschrank. Die Tür war zugeschweißt, und NASCAR-Sticker klebten an den Seiten. Die Luft roch metallisch. An der Decke brummte eine Leuchtstoffröhre und tauchte den Raum in unbehaglich grelles Licht, das Jefferson zum Blinzeln brachte.

Ramsey beobachtete ihn misstrauisch durch zusammengekniffene blaue Augen. Seine Lippen unter dem langen Bart waren zu einem spöttischen Grinsen verzogen. Er schüttelte den Kopf, und seine Haare flogen über die Schultern. »Wie ich hörte, wollen Sie mit mir reden?«

Jefferson näherte sich langsam dem Gefangenen. »Ich bin Detective Jefferson vom Boston Police Department.«

»Schön für Sie«, sagte Ramsey und blickte weiter geradeaus.

Ohne auf den Kommentar einzugehen, nahm Jefferson ein Notizbuch aus der Tasche und las langsam daraus vor. »Hier steht, dass Sie zehn Jahre wegen Körperverletzung und Widerstand gegen die Staatsgewalt absitzen. Sie haben Ihre Frau, Ihren Nachbarn und drei Polizeibeamte zusammengeschlagen und einen Mann mit einem Golfschläger fast zu Tode geprügelt. Mögen Sie Golf?«

»Nicht besonders«, brummte Ramsey.

Die Tür des Zimmers öffnete sich unvermittelt, und Brogan trat ein. Er hielt einen halb aufgegessenen Twix-Riegel in der Hand.

»Scheint ja eine Party zu werden hier drin«, sagte Ramsey. »Hätte ich das vorher gewusst, hätte ich meinen besten Anzug angezogen.«

Brogan schob sich den Rest des Riegels in den Mund, bevor er sich einen Stuhl heranzog und sich gegenüber Ramsey setzte.

»Da haben wir ja eine richtige Plaudertasche vor uns, wie?«, sagte Brogan, während er auf seinem Riegel kaute und Ramsey betrachtete.

»Ja.« Jefferson hob die Augenbrauen. »Sieht ganz so aus. Ich wollte unseren neuen Freund hier gerade informieren, dass er noch immer sechs Jahre vor sich hat …« Jefferson hielt einen Moment inne, bevor er fortfuhr: »Und angesichts seiner Gewaltausbrüche gegenüber Frauen wird der hauptsächlich weiblich besetzte Bewährungsausschuss nicht gerade milde gestimmt sein, wenn er Ihr Gesuch vorliegen hat.«

»Ich? Gewalt gegenüber Frauen?« Ramsey schüttelte den Kopf, und sein Bart flog vor seiner Brust hin und her. »Das steht da in Ihrem Notizbuch?«

»Ja, so steht es hier. Gewalt gegenüber Frauen«, wiederholte Jefferson.

»Bruder, ich hab diese Frau kaum berührt! Das ist nicht das Problem. Das einzige Problem ist, dass ich immer wieder an diese verdammten Huren gerate und sie auch noch heirate. *Das* ist mein Problem.«

»Ja«, sagte Brogan und hob die Augenbrauen.

»Als all diese Scheiße passiert ist … war ich total von der Rolle, Mann! Ich wusste nicht mehr, was ich tat. Sie hätten mir erzählen können, ich sei der Papst oder die Königin von England, ich hätte es geglaubt. Ich war völlig neben mir, high wie sonst was. Aber jetzt hab ich diese Probleme nicht mehr. Ich bin clean. Und ich heirate keine Huren mehr, das können Sie mir glauben.«

»Sie haben einen Polizisten mit einem Golfschläger fast zu Tode geprügelt.«

Ramsey stockte für einen Augenblick und atmete tief durch.

»Ich konnte kaum geradeaus sehen, als der Kerl sich auf mich gestürzt hat. Wenn Sie einen Dobermann haben und ihm eine Woche lang nichts zu fressen geben, um ihm dann ein Stück Fleisch vor die Nase zu hängen, dann können Sie verdammt noch mal Gift darauf nehmen, dass das Mistvieh Sie angreift.«

Jefferson hustete und warf das Notizbuch vor sich auf den Tisch. Brogan zerknüllte das Papier seines Schokoriegels und stopfte es in die Tasche.

»Aber was hat das alles überhaupt zu bedeuten?«, fragte Ramsey. »Sind Sie extra deswegen den ganzen Weg hier rausgekommen?«

»Nein, Sie haben Recht, das ist nicht der Grund«, antwortete Jefferson und setzte sich ebenfalls auf einen der Stühle. »Wir möchten Ihnen einen Vorschlag machen.«

»Meine Güte.« Ramsey verdrehte die Augen und lehnte sich zurück. »Bevor wir weiterreden, brauche ich was zu rauchen.«

Brogan stieß sich vom Tisch hoch und ging zur Tür. Er klopfte, die Tür wurde geöffnet, und ein Wachmann steckte den Kopf herein. Brogan flüsterte dem Wachmann ein paar Worte zu.

»Eine Packung Kools«, rief Ramsey Brogan zu. »Sie sollen mir einen Packung Kools besorgen!« Er drehte sich zu Jefferson um und sagte: »Ich hab Feuer in der Brust, verstehen Sie? Manchmal muss ich es kühlen.«

Brogan kam mit ein paar Zigaretten zurück, die er lose zwischen den Fingern hielt. »Die hab ich von den Wachleuten. Allerdings sind es Marlboros.«

»Scheiße, meinetwegen«, sagte Ramsey mit einem Blick auf die Zigaretten, die Brogan auf den Tisch gelegt hatte. »Geht schon in Ordnung. Wir leben sowieso im Marlboro County. Ich könnte trotzdem ein wenig Hilfe gebrauchen.«

»Was?«

Ramsey blickte auf seine mit Klettband gefesselten Hände und hob die Augenbrauen. »Ich bin kein Zauberer.«

»Wie?«, machte Jefferson, bevor er nach unten blickte. Er hatte noch gar nicht bemerkt, dass Ramseys Hände an die Stuhllehnen gefesselt waren. »Oh, sorry.« Jefferson beugte sich vor und löste die starken Klettverschlüsse.

Ramsey hob die Arme und rieb sich behutsam die Handgelenke. Er schob die Hemdsärmel zurück, und auf einem Unterarm wurde die Tätowierung einer nackten Frau sichtbar, auf dem anderen die Rebellenflagge. Die Tätowierungen waren alt, die Farben ineinander verlaufen. Ramsey bemerkte Jeffersons Blick. »Die beiden kommen nie aus der Mode. Nackte Ladys und die Rebellenfahne, jawohl, Sir. Nicht wie so ein dämliches Piercing durch die Titten. Rebellenflaggen gibt's schon seit mehr als hundertfünfzig Jahren.«

Ramsey nahm eine Zigarette vom Tisch und steckte sie sich zwischen die Lippen.

»Haben Sie Feuer?«, fragte er mit geschürzten Lippen. Brogan schob ein Feuerzeug über den Tisch.

»Die Leute denken, nur weil ich die Flagge auf dem Unterarm habe, würde ich Nigger oder Juden hassen oder irgend so 'n Scheiß.« Die Zigarette glühte rot auf, als Ramsey sie ansteckte. »Ich kenne ein paar echt nette Schwarze, und ich kenne auch echt nette Jüdinnen … Aber darum geht es nicht, stimmt's?« Ramsey warf das Feuerzeug auf den Tisch.

Er lehnte sich zurück, streckte die Arme hinter den Kopf und zog an der Zigarette. »Ah, das tut gut. Ist zwar keine Kool, aber trotzdem.«

»Wie würde es Ihnen gefallen, wenn Ihnen ein Teil Ihrer Strafe erlassen würde?«, fragte Jefferson.

»Wovon reden Sie, Mann?«

»Wenn Sie uns helfen …«, Jefferson nickte in Brogans Richtung, »können wir Ihnen hier raushelfen.«

Ramsey war plötzlich ganz Ohr. Er beugte sich vor und legte die Hände mit gespreizten Fingern auf den Tisch. »Ihnen helfen? Wie?«

»Erzählen Sie uns vom Loch.«

Ramsey nahm einen weiteren Zug von seiner Zigarette, während er nachdachte. »Keine Ahnung, was Sie meinen.«

»Kennen Sie einen Ron Saint?«

»Klar kenne ich Ron. Hab zwei Jahre lang in einer Zelle mit ihm gesessen. Ist 'n prima Typ.«

»Nun, zurzeit steckt Ron in ernsten Schwierigkeiten.«

»Tatsächlich?« Ramsey grinste. »Was hat er diesmal angestellt? 'ne alte Lady geschwängert?«

»Nein. Er sieht einer Anklage wegen fünffachen Mordes entgegen, und vielleicht kommen noch drei hinzu, wenn wir's ihm nachweisen können.«

Ramsey schnappte nach Luft. »Mann Gottes!« Dann schüttelte er den Kopf. »Nein, das kann nicht Saint gewesen sein. Er hat in seinem Leben noch keinen umgebracht. Er hat bloß Dummheiten angestellt. Sie müssen den Falschen haben.«

»Vielleicht hat er es jetzt nachgeholt«, sagte Brogan. »Alle seine Morde auf einen Schlag.«

»Hören Sie auf!«, stieß Ramsey wütend hervor und starrte Brogan an. »Ronnie macht so was nicht. Ich kenne ihn, Mann. Hier drin sitzen 'ne Menge wirklich übler Typen, aber Ronnie gehörte nicht zu denen.«

Brogan hielt Ramseys Blick stand. Die Spannung im Raum nahm zu.

»Nun, aus diesem Grund jedenfalls sind wir hier, Mr Ramsey.« Jeffersons Stimme beruhigte die beiden Männer. »Ron sagte, Sie könnten uns vielleicht bei den Ermittlungen helfen.«

»Ich?« Ramsey starrte Jefferson verblüfft an. »Wie denn?«

»Er hat uns gebeten, Sie nach dem so genannten ›Loch‹ zu fragen. Er sagte, Sie wüssten, was er meint.«

Ramsey blickte Jefferson wortlos an, die glimmende Zigarette zwischen den Lippen.

»Mr Ramsey?«

Er wandte sich langsam ab. »Ja, ja, ich hab verstanden.« Er drückte die Zigarette auf dem Tisch aus und schnippte den Stummel zu Boden. »O Mann, Saint.«

Er sah Jefferson wieder an. »Sie glauben, es könnte ihm helfen?«

Jefferson zuckte die Schultern. »Vielleicht. Ich kann es nicht sagen, bevor Sie es uns nicht erzählt haben.«

Ramsey kratzte sich am Hinterkopf. »Das Loch, wie?«

»Ja.«

»Verdammt.« Ramsey grinste nervös und blickte zur Seite. »Und wenn ich Ihnen weiterhelfe?«

»Wenn Sie uns helfen, finden wir vielleicht den wirklichen Killer«, sagte Brogan. »Dann müsste Ihr Freund Saint nicht fünf bis acht Mal lebenslänglich ins Gefängnis.«

»Und was ist mit mir?«

»Mit Ihnen? Wenn Sie uns die Wahrheit sagen, könnten wir Ihnen ein wenig Zeit ersparen. Vielleicht ein Jahr.«

»Vielleicht zwei?«

Brogan zuckte die Schultern. »Werden Sie keine Cops mehr zusammenschlagen, wenn Sie draußen sind?«

»Nein, Sir. Ich habe mich geändert. Ich bin nicht mehr so unbeherrscht.«

»Dann vielleicht auch zwei«, sagte Brogan. »Sie helfen uns, und wir sehen, was wir für Sie tun können.«

»Und Saint steht mit dem Rücken zur Wand, was?«

»Allerdings«, sagte Jefferson. »Ihm könnte jetzt nur noch eins helfen – dass wir den richtigen Mörder finden. Verstehen Sie? Ich glaube so wenig wie Sie, dass Saint es getan hat.«

Ramsey zögerte und steckte sich eine neue Zigarette zwischen die Lippen. »Ich soll Ihnen helfen, den wirklichen Killer zu schnappen?«

»So ist es.«

»Ich hab nie jemand was davon erzählt. Keiner von uns redet darüber. Warum sollte ich nicht damit anfangen?« Seine Augen wurden feucht. »Das Loch ...«, begann Ramsey langsam und dehnte das Wort zwischen den Lippen. »Das ist 'n anderer Name für die Einzelzelle vom Blade. Eigentlich nichts Besonderes, nur ein Loch im Boden. Oder wenigstens war es das.«

»Was ist passiert?«

»Ursprünglich war's nur 'ne Einzelzelle, wie gesagt. Man wurde reingesteckt, blieb ein paar Tage im Dreck und wurde wieder rausgeholt. Keine große Sache. Jeder Knast hat so 'n Loch. Dann, vor ungefähr sechs Monaten, steckten sie einen Bruder namens Cecil Edwards ins Loch. Am nächsten Tag war er tot ... zerstückelt.« Ramsey fuhr sich mit der Hand über die Stirn. »Als hätte ein großes Raubtier ihn zerfetzt. Ein Auge war ausgekratzt, die Brust aufgerissen. Er war wirklich übel zugerichtet. Alle gerieten in Panik wegen dem, was diesem armen Hundesohn passiert war. Der Direktor hat es als Unfall abgetan, aber das ist natürlich Schwachsinn. Man kann sich nicht die eigene Brust aufreißen, wenn Sie verstehen, was ich meine.«

»Ja.« Jefferson nickte. »Gab es eine Autopsie? Eine Untersuchung?«

»Nichts. Der Direktor hat es verhindert. Verstehen Sie, das Gefängnis hat sein eigenes medizinisches Personal, seinen eigenen Leichenbeschauer und so. Es sind alles gute alte Freunde, die seit mehr als zwanzig Jahren mit dem Direktor zusammenarbeiten. Glauben Sie mir, wenn der Direktor sagt, jemand starb bei 'nem Kampf unter Sträflingen, dann steht genau das in den medizinischen Unterlagen.«

»Okay«, sagte Jefferson und machte eine Notiz, dass Dr. Wu bei Gelegenheit nach der Autopsieakte eines Cecil Edwards suchen sollte. »Erzählen Sie weiter.«

»Seitdem kommt jeder, der ins Loch gesteckt wird, genau wie Edwards wieder raus. Zerfetzt, in Stücke gerissen. Manchmal fehlen ganze Körperteile. Ein Arm, ein Bein, eine Hand … Der Direktor hat ein paar Wachleute nach unten geschickt, um sich die Sache anzusehen. Die Räume dort unten sind völlig leer, und es gibt keinen anderen Weg rein oder raus als den normalen. Also steckt der Direktor weiterhin Gefangene ins Loch, und alle kommen in Stücke gerissen wieder raus. Wie Konfetti.«

»Wieso hat niemand etwas davon erfahren? Haben die Sträflinge denn keine Anwälte? Keine Besuche von Familienangehörigen?«, fragte Brogan. »Niemand, dem sie etwas erzählen könnten?«

»Die Insel gehört dem Direktor. Hier geschieht nichts, von dem er nicht weiß. Anrufe nach draußen werden überwacht, Anwaltsbesuche werden überwacht, einfach alles. Der Raum, in dem wir uns jetzt befinden, ist sauber, weil sie gerade erst anfangen, ihn zu benutzen. Unter den Häftlingen heißt es, dass man der Nächste im Loch ist, wenn man das Geheimnis nach draußen lässt.«

»Was ist mit den Häftlingen, die entlassen werden? Saint, zum Beispiel? Wie kommt es, dass er keinem was erzählt hat?«

»Die meisten von den Jungs sind auf Bewährung. Der Direktor muss nur bei dem entsprechenden Bewährungshelfer anrufen, und schon schreibt der einen Bericht, der einen direkt wieder in den Knast bringt. Wenn jemand draußen mit den falschen Leuten redet, landet er schneller wieder hier, als er pieps sagen kann. Es braucht nicht viel, auf Blade Island ein Geheimnis zu bewahren, wenn jeder dabei mitmacht.«

»Was sagten Sie, wie die Wunden aussehen?«, fragte Jefferson.

»Wie von Klauen oder so. Überall, am ganzen Körper«, antwortete Ramsey.

Brogan wechselte einen Blick mit Jefferson. Wie bei den Leichen drüben in der Stadt.

»Inzwischen hat jeder Häftling Angst, auch nur zu furzen. Niemand will ins Loch gesteckt werden. Wir benehmen uns hier alle wie bei einer Dinnerparty von Martha Stewart, fünfhundert vornehme Häftlinge. Jeder sieht nett aus, ist freundlich und hat Angst, jemandem auf die Füße zu treten. Es ist der sicherste Knast im ganzen Land.«

Ramsey nahm die Zigarette aus dem Mund und starrte auf die glimmende Spitze. »Mann, ich hab wirklich schon einige schlimme Sachen im Leben gemacht, und für die meisten wurde ich nie erwischt. Wahrscheinlich verdiene ich es wirklich, hier zu sitzen. Aber *keiner* verdient dieses Loch! Alle leben in ständiger Angst! Nach einer Weile raubt es einem jede Selbstachtung. Es ist einfach nicht *richtig,* einen Menschen so zu behandeln!« Ramsey nahm einen weiteren tiefen Zug an seiner Zigarette und starrte durch den Rauch ins Leere. »Es ist einfach nicht richtig«, murmelte er.

»Was meinst du?«, fragte Jefferson leise mit einem Seitenblick auf den Gefangenen.

Ramsey saß noch immer am Ende des langen Tisches, rauchte eine weitere Zigarette und starrte geistesabwesend vor sich hin. Brogan zog sich die Hose zurecht. »Hättest du mich vor drei Wochen gefragt, hätte ich geantwortet, dass der Kerl sie nicht alle beisammen hat. Aber nach allem, was in letzter Zeit passiert ist …« Brogan hob die Augenbrauen und seufzte. »Ich weiß nicht. Ein Teil von mir glaubt seine Geschichte, verstehst du?«

»Ich weiß, was du meinst.« Jefferson blickte auf die Uhr. »Es ist noch früh. Warum gehen wir nicht los und werfen selbst einen Blick in dieses Loch? Sehen nach, was sich da unten verbirgt?«

Brogan nickte, klopfte mit den Knöcheln auf den Tisch und wollte sich zum Gehen wenden, als er hinter sich ein leises Flüstern vernahm.

»Was haben Sie gesagt?«, fragte Jefferson und näherte sich dem Häftling.

»Ich habe gesagt«, antwortete Ramsey, »dass Sie beide nicht die Einzigen sind, die mir diese Fragen gestellt haben.«

Neugierig ging Jefferson weiter auf den Mann zu. »Was soll das heißen?«

»Vor ungefähr zwei Monaten war ein Typ hier, der mir die gleichen Fragen gestellt hat wie Sie. Über das Loch und so, und was für unheimliche Dinge sich da unten abspielen.«

»Wer war das?«

Ramsey schüttelte den Kopf. »Keine Ahnung, er hat mir seinen Namen nicht genannt. Und ich hab ihm kein Wort erzählt.«

»Wie hat er ausgesehen?«

»Er war älter … nach seiner Kleidung ein stinkreicher Typ …«

»Ja?«

»Und er saß in einem elektrischen Rollstuhl.«

Lyerman. Lyerman Senior war hier gewesen und hatte Fragen über das Loch gestellt. Was hatte er mit der Sache zu tun? Jefferson stand einen Augenblick da und dachte über die möglichen Verbindungen nach, die sich abzuzeichnen begannen. Lyerman, Older, die *Galla* – sie alle schienen auf irgendetwas hinzudeuten, das sich in diesem Loch verbarg.

Jefferson und Brogan marschierten durch eine Reihe von Doppeltüren und standen schließlich blinzelnd in der späten Nachmittagssonne des Gefängnishofes. Die massiven Granitmauern des Bauwerks stachen grell vor den vorbeiziehenden Wolken des dunkler werdenden Himmels hervor. In Höhe des zweiten Stocks waren Fenster in die Wände eingelassen, aus denen vereinzelt die Gesichter gelangweilter Gefangener blickten. Jefferson spürte ihre Blicke auf sich ruhen, als er gemeinsam mit Brogan über den Hof ging.

Das Loch war nicht schwer zu finden; ein Kreis aus vertrocknetem Gras markierte die Stelle auf dem Hof deutlich. Die rostige Falltür lag mitten in der vertrockneten Fläche. Jefferson trat mit dem Fuß gegen das Metall und lauschte auf das hohle Geräusch, das sein Tritt erzeugte. Die Tür besaß einen großen Eisenring zum Öffnen, der flach auf der Seite lag.

Jefferson beugte sich vor, um an dem Ring zu ziehen, als Brogan ihn bei der Schulter packte. Er blickte auf und sah den Direktor mit raschen Schritten über den Hof kommen.

»Kann ich Ihnen helfen, Gentlemen?«, rief er ihnen bereits aus der Entfernung entgegen. Eine Windbö riss seine Krawatte aus dem Jackett und ließ sie über die Schulter wehen.

Jefferson ließ den Ring los und richtete sich auf. »Wir möchten einen Blick in das Loch werfen.«

»Ich fürchte, das ist unmöglich.« Der Direktor lächelte, doch seine Stimme klang angespannt.

»Warum?«, fragte Brogan und wandte sich dem Direktor zu.

»Nun, weil wir …«, begann der Direktor, zögerte und lächelte erneut. Jefferson beobachtete, wie er sich wand, während er krampfhaft überlegte. »Es ist nun mal so.«

Brogan blickte ihm in die Augen. »Wir sind in einer polizeilichen Ermittlungssache hier. Einer Morduntersuchung. Ich denke, Sie wissen, was das bedeutet.«

»Selbstverständlich, Lieutenant. Es ist nur so, dass wir Besucher nicht dort hinunterlassen.«

Brogan schüttelte den Kopf. »Was glauben Sie, wer wir sind?

Irgendwelche Reporter von *Dateline,* die nur wegen des Nervenkitzels hier sind?«

»Nein, nein.« Der Direktor schüttelte abwehrend den Kopf. »Selbstverständlich nicht. Bitte entschuldigen Sie.«

»Was ist denn nun mit dem Loch?«, fragte Brogan.

Der Direktor blickte die beiden Detectives an, während seine Krawatte und sein Haar im Wind flatterten. Er verzog die Lippen zu einem verzerrten Lächeln. »Nun, ich schätze, mir bleibt keine andere Wahl.«

»So könnte man es ausdrücken«, erwiderte Brogan.

Der Direktor zuckte die Schultern. Schließlich trat er einen Schritt zurück und hob resignierend die Hände. »Also schön, einverstanden.«

Jefferson beugte sich erneut vor, um an dem eisernen Ring zu ziehen.

»Nur ein guter Rat, bevor Sie hinuntergehen«, sagte der Direktor leise.

»Und der wäre?«, fragte Brogan.

Der Direktor blickte zum Himmel, dann sah er wieder Jefferson und Brogan an. »Bleiben Sie nicht zu lange da unten. Kommen Sie wieder raus, bevor es dunkel wird.«

Jefferson nickte wortlos und zog am Ring.

Langsam öffnete sich die Falltür.

Während der Direktor und Brogan daneben standen, bückte sich Jefferson und zog am Eisenring. Die Falltür klappte nach hinten und landete mit lautem Krachen auf dem vertrockneten Gras. Vor den drei Männern klaffte ein schwarzes, annähernd quadratisches Loch. Brogan trat neben Jefferson an den Rand und spähte in die undurchdringliche Finsternis. Er zückte seine Taschenlampe und leuchte damit nach unten. Der Lichtkegel erhellte den fünf Meter tiefer liegenden Steinboden nur schwach. Die Steine glänzten vor Nässe. Brogan schwenkte den Lichtstrahl umher, doch es war nichts zu erkennen außer dem feuchten Boden und den von Schimmel überzogenen Wänden.

Ein Teil des Lochs lag außer Sicht, eine schwarze Kaverne, die im Dunkel verschwand.

Jefferson drehte sich zum Direktor um. »Wie komme ich da runter?«

»Es gibt eine Leiter, unmittelbar unter dem Sims. Ziehen Sie am Hebel, und sie senkt sich nach unten.«

Jefferson bückte sich und tastete an der Unterseite der Kante entlang. Seine Finger streiften etwas Kaltes, Längliches, und er zog daran.

Es gab ein lautes, klingendes Geräusch, und unter ihnen schwang eine Metallleiter herunter. Die Stufen verschwanden in der Tiefe.

Jefferson starrte die Leiter misstrauisch an, wechselte einen Blick mit Brogan und hob die Augenbrauen. »Du als Erster?«

Brogan grinste. »Ich überlasse dir die Ehre.«

Jefferson fuhr sich mit der Zunge über die trockenen Lippen und straffte den Gürtel seiner Hose. »Also gut, aber du leuchtest mir. Ich brauche beide Hände zum Klettern, also lass die Lampe an.«

»Kein Problem.« Brogan trat einen Schritt vor, schaltete die Taschenlampe wieder ein und leuchtete in das Loch.

Jefferson räusperte sich hüstelnd und kletterte rückwärts auf die Leiter. Sein tastender Fuß fand eine Sprosse, und er hielt sich an den Seiten fest. Dann kletterte er langsam nach unten.

Die Luft unten war augenblicklich kühler, wie im Innern einer Höhle. Der Geruch war irden, beinahe angenehm. Hätte er nicht gewusst, dass er sich in einem Gefängnis befand, hätte er sich an einen Weinkeller erinnert gefühlt. Auf halbem Weg nach unten hielt Jefferson kurz inne, um die Feuchtigkeit abzuwischen, die sich auf seiner Stirn gebildet hatte.

Über sich sah er Brogan. Er stand vorgebeugt am Rand des Schachts und spähte zu ihm hinunter. Das Licht seiner Taschenlampe blendete leicht. »Alles in Ordnung bei dir?«, rief er.

»Alles in Ordnung«, versicherte Jefferson. »Aber es ist verdammt feucht hier.«

Er setzte seinen Abstieg fort. Acht Stufen später berührte er festen Steinboden. Er trat aus dem von oben fallenden Licht, griff an seinen Gürtel und nahm seine eigene Taschenlampe hervor. Er schaltete sie ein und leuchtete um sich. Das Loch war um einiges größer, als er zunächst geglaubt hatte.

Der Lichtkegel der Taschenlampe glitt über die nassen Wände aus großen granitenen Steinbrocken. Der Gang erstreckte sich vor ihm und machte eine plötzliche Biegung nach rechts, die er nicht einsehen konnte. An einer der Wände standen kleine hölzerne Fässer, doch sie waren völlig verrottet; nur noch die Metallreifen und weiches Holz waren davon übrig. Waren es Pulverfässer gewesen? Aus der Zeit, als Blade noch ein Fort gewesen war?

Neben den Fässern befanden sich leere Gewehrständer. Einer war umgefallen und zersplittert. Steine ragten aus der Wand und bildeten eine Bank von vielleicht anderthalb Metern Länge. Der Rest des Raumes schien leer zu sein.

Ein langer Gang erstreckte sich auf einer Seite und führte in weitere Räume. Licht fiel durch die offene Falltür über Jefferson, und goldene Staubwirbel tanzten hindurch wie Motten, die die Leiter umkreisten. Von oben rief Brogan ihm etwas zu.

»Was?«, rief Jefferson zurück, legte den Kopf in den Nacken und legte die Hände an die Ohren.

»Was ist da unten?«

»Oh.« Jefferson blickte in den Raum zurück, bevor er sich wieder Brogan zuwandte. »Nicht viel. Moder.«

»In Ordnung, ich komme runter.«

Jefferson trat von der Leiter zurück und stieß mit dem Fuß

gegen etwas Metallisches am Boden. Er bückte sich und hob es auf. Es war eine Art Esstablett. Auf einer Seite klebten immer noch Essensreste. Als er es aufhob, kam eine große Kakerlake darunter hervor und huschte über die Oberseite und über Jeffersons behandschuhte Hand, bevor dieser reagieren konnte.

Er stieß einen unwillkürlichen Schrei aus und schüttelte die Schabe ab. Sie landete auf dem Rücken in einer Ecke und zappelte vergeblich in dem Versuch, wieder auf die Beine zu kommen. »Meine Güte!«, murmelte Jefferson und rieb sich über den Arm.

Die Leiter knarrte und ächzte, als Brogan vorsichtig nach unten stieg.

»Du musst dringend abnehmen!«, rief Jefferson zu ihm hoch. »Du bringst dieses Ding zum Einsturz!«

Brogan antwortete nicht, konzentrierte sich stattdessen auf den Abstieg. Jefferson hörte seinen Atem, der in lauten Stößen von der Wand widerhallte. Mit einem letzten Seufzer erreichte der Detective den Boden. »Mann, hätte ich doch was zu trinken mitgebracht«, fluchte er.

Er wartete ein paar Sekunden, bis er wieder bei Atem war, dann richtete er sich auf und schaltete seine Taschenlampe ein.

»Pass auf, hier unten laufen Kakerlaken rum«, warnte Jefferson ihn, als sie tiefer in das Loch vordrangen.

»Ich hasse die Mistviecher«, murrte Brogan.

Jefferson leuchtete den Gang vor und hinter ihnen ab. Vom längeren Teil zweigten in die Erde geschnittene Räume ab. Der andere Teil beschrieb einen scharfen Knick nach rechts und verschwand.

»Welche Richtung?«

Brogan deutete auf das kürzere Stück, und gemeinsam näherten sich die beiden Männer dem Knick. Der Steinboden war leicht uneben; gelegentlich standen Platten hoch und bildeten Stolperfallen. Die Wände waren so nass, dass sich in unregelmäßigen Abständen Tropfen bildeten und zu Boden rannen.

»Ziemliche Hölle für eine Einzelzelle, wie?«, fragte Jefferson.

»Kein Ritz-Carlton, das ist mal sicher.«

Zu ihrer Linken befand sich eine massive Eichentür, die offen im Rahmen hing. Die Tür zeigte tiefe Schrammen, und hellere Holzsplitter ragten aus den Rissen. Jefferson wollte die Tür ganz aufstoßen, um mit seiner Taschenlampe in den Raum dahinter zu leuchten, doch die Tür ließ sich kaum bewegen. Er drückte fester, und mit einem schnappenden Geräusch gab sie nach. Plötzlich nahm Jefferson eine verschwommene Bewegung wahr, und etwas Dunkles rauschte auf ihn zu. Er riss den Kopf beiseite, und es fuhr zischend an ihm vorbei und prallte in einem weit schwingenden Bogen an die gegenüberliegende Wand. Jefferson kämpfte auf dem unebenen Boden um das Gleichgewicht. Er stolperte vorwärts und stieß mit dem Kopf gegen eine Steinbank, die in die Wand eingelassen war.

»He, alles in Ordnung?«, rief Brogan besorgt und eilte herbei.

Jefferson setzte sich auf und betastete vorsichtig seinen Kopf.

»Ja«, sagte er. »Ich glaub schon.«

Brogan nickte beruhigt, dann wandte er sich zur gegenüberliegenden Wand, um den Gegenstand zu inspizieren, der von der Decke gerauscht war.

»Was ist es?«, fragte Jefferson und rappelte sich auf.

»Ich bin nicht sicher. Komm her und sieh es dir selbst an.«

Das dunkle Objekt war eine Holzplanke. Ein Ende war an einer alten Türangel befestigt, die in der Nähe der Tür in die Decke getrieben worden war. Am anderen Ende befand sich ein kleines Fass mit vier langen Nägeln, deren Spitzen aus dem Boden ragten. Die Planke war über dem Eingang aufgehängt und von einem Holzstab gestützt worden, der gegen die Tür gestemmt gewesen war. Als Jefferson die Tür aufgedrückt hatte, war der Stab heruntergefallen, und das Fass am Ende der Planke war vorgeschwungen und auf der anderen Seite des Gangs gegen die Wand gekracht.

»Warum sollte jemand so eine Falle aufstellen?«, fragte Jefferson und starrte auf die spitzen Nägel, die aus dem Ende des Fasses ragten und nun im Mörtel der Mauer steckten.

»Warum nicht?«, entgegnete Brogan. »Wenn sich hier unten irgendetwas rumtreibt, das Gefangene zerfleischt?«

Jefferson nickte. Es klang plausibel.

Sie gingen weiter und kamen zu der Stelle, wo der Gang nach links abbog. Jefferson blieb stehen und leuchtete mit seiner Taschenlampe den Boden des kleineren Raums ab, der nun vor ihnen lag. Im hinteren Teil wurde die Decke niedriger, und der Raum mündete in einen Kriechgang, der sich noch weiter in die Finsternis erstreckte. Die Wände waren von dunklem, grünlichem Schleim bedeckt, der im Licht der Taschenlampe glänzte wie nasse Algen. Über der Öffnung zum Kriechgang hatte jemand einen Totenschädel in den Felsen gehauen, mit einer Inschrift darunter: 2. Mai 1692.

Ein großer Felsbrocken, passend zur Öffnung, lehnte rechts vom Durchgang an der Wand. Auf dem Boden waren Spuren zu sehen – jemand hatte den Brocken erst kürzlich zur Seite geschoben. Der tote Gefängniswärter Older vielleicht?

Jefferson ging vor der Öffnung in die Hocke und leuchtete mit seiner Lampe in den engen Tunnel. Vielleicht zwanzig Meter entfernt öffnete sich der Durchgang in einen weiteren Raum.

»Möchtest du nachsehen?«, fragte Brogan.

Jefferson nickte, zog den Kopf ein und arbeitete sich langsam durch den Kriechgang vorwärts. Die Decke war so niedrig, dass Jefferson nur in der Hocke vorankam. Brogan folgte ihm. Bald gelangten beide Männer in einen großen unterirdischen Raum.

Jefferson richtete sich auf und leuchtete umher. Der Raum war quadratisch, jede Seite ungefähr sechs Meter lang, und die Wände bestanden aus massiven Steinblöcken.

Aus dem Boden ragten dunkle, halbmeterhohe Objekte. Einige standen aufrecht, andere in den verschiedensten Winkeln schief, doch jedes war rechteckig mit einer gerundeten Spitze.

Grabsteine.

Der Raum war voller Grabsteine, vergessenen Gedenkstätten des Todes in einer unterirdischen Kammer. Ein Friedhof unter dem Gefängnis. Jefferson bewegte sich durch den Raum und leuchtete auf die Inschriften. Sie alle datierten aus der Zeit zwischen 1691 und 1692. Wer waren diese Toten? Die ursprünglichen Bewohner des Forts? Woran waren sie gestorben? Der Raum roch nach Erde, wie das Innere einer Höhle. Jefferson spürte, wie seine Füße leicht ins weiche Erdreich einsanken, das den Boden bildete. Die Luft war dick und träge, seit dreihundert Jahren unbewegt und abgestanden. Brogan blieb vor einem der Grabsteine stehen und leuchtete auf die Inschrift. »Einige von diesen Toten waren offensichtlich Kinder.«

Er ging vorsichtig durch den gesamten Raum und leuchtete mit der Lampe von einer Seite zur anderen. Auf der Rückseite blieb er stehen und starrte auf irgendetwas hinunter.

»Sieh dir das an!«, sagte er.

Er deutete auf einen hohen Erdhaufen neben einem der Grabsteine. Mitten in dem Haufen befand sich ein rechteckiges Loch, das knapp zwei Meter in die Tiefe reichte. Jefferson kam herbei und stellte sich neben ihn. Beide Männer blickten hinunter auf die sauber ausgeschnittenen Seiten und den ebenen Boden, der Jefferson an ein offenes Grab erinnerte.

»Jemand hat hier etwas ausgegraben«, sagte Jefferson.

Die Mauer vor ihnen war aus dem gleichen Stein wie der Rest

des Lochs. Als Jefferson mit der Taschenlampe darüber leuchtete, entdeckte er eine Inschrift in ungelenker Schrift.

Aus vier Richtungen brennt ihr Vormarsch wie Feuer,
Gewaltsam dringen sie in die Behausungen der Menschen ein,
Sie machen Stadt und Land dem Erdboden gleich,
zerstampfen die freien Menschen und die Gefangenen.

Brogan betrachtete die Schrift aus der Nähe; dann leuchtete er Jefferson ins Gesicht. »Würdest du mir bitte sagen, was hier eigentlich vorgeht?«, fragte er.

Jefferson schüttelte den Kopf. »Ich wünschte, ich wüsste es.«

»Glaubst du, es könnte jemand sein, der hier arbeitet?«, fragte Brogan. »Jemand vom Gefängnispersonal?«

»Das werden wir heute Nacht herausfinden«, sagte Jefferson.

»Wie das?«

»Wir gehen heute Nacht auf die Jagd«, erwiderte er.

Drei Stunden später saßen Jefferson und Brogan an einem großen runden Tisch in einem der Verwaltungsräume des Blade-Gefängnisses. Die Einrichtung stammte offensichtlich aus den Siebzigerjahren. Orangefarbene Kissen auf den Sofas, Holzvertäfelung, grüne Aktenschränke, Vogelbilder an den Wänden. Wie das Hinterzimmer in einer Disco. Neben den Bildern zeigte ein Fenster hinaus aufs Meer. Ein schöner Ausblick – wäre es nicht aus einem Gefängnis heraus gewesen. Durch die Scheibe fiel das letzte schwache Licht des Tages, das bereits vom hellen Leuchten der Fluoreszenzlampen an der Decke verdrängt wurde.

Sie hatten die bösen Hunde für diese Sache herbeigepfiffen. Lieutenant Josh Commons, Leiter des Sondereinsatzkommandos, einer der schärfsten Hunde der Bostoner Kripo. Commons stand vor dem Tisch und betrachtete einen Grundriss des Gefängnisses, der vor ihm ausgebreitet lag. Er trug einen schwarzen Einsatz-Overall mit schwarzen Springerstiefeln und eine kugelsichere Weste in dunklem Grau. Er hatte eine schwarze Baseballmütze auf und trug eine HK MP5 an einem dünnen Tragegurt über der Schulter. Mit dem Ellbogen verhinderte er, dass die Maschinenpistole nach vorn schwang.

Das SWAT-Team war mit zwei Police Marine Cruisern hergebracht worden. Der Direktor hatte den Männern den Aktenraum des Gefängnisses zur Verfügung gestellt, den einzigen Raum mit einem Tisch, der lang und breit genug war, um die Grundrisse des Gefängnisses darauf auszubreiten. Jefferson hörte den Rest des SWAT-Teams draußen reden und gelegentlich Witze reißen, während die Männer sich für ihren Einsatz bereitmachten.

Der Anführer des Teams glättete mit dem Handrücken die Falten im Plan. Sie hatten den Grundriss im Archiv des Gefängnisses gefunden und ihn zuerst säubern müssen, bevor sie ihn benutzen konnten. Die Papierrolle war von einer dichten Staubschicht bedeckt gewesen. Seit der Gefängnisdirektor wusste, dass Brogan und Jefferson ein SWAT-Team angefordert hatten, war er sehr kooperativ geworden. Jefferson kam das Verhalten verdächtig vor.

Der Direktor bewegte sich durchs Aktenzimmer wie eine Stewardess in der ersten Klasse, die ganz sichergehen wollte, dass alle Fluggäste zufrieden waren. Doch Commons ignorierte den Direktor völlig.

Josh Commons war ein Soziopath, ein Totschläger, ein Mörder – wäre er nicht auf der Seite des Gesetzes gewesen. Ohne seine Dienstmarke hätte Commons garantiert im Knast gesessen. Doch mit Marke war er nicht nur Cop, sondern sogar Lieutenant. Rings um ihn her betete jeder, dass er seine gewalttätigen Neigungen nicht an jemandem austobte, der genügend Einfluss oder Geld besaß, um die Stadt zu verklagen.

Commons wohnte allein in einem winzigen Einzimmerapartment, das wie eine südamerikanische Gefängniszelle mit Flokatiteppich aussah. Er aß dreimal am Tag Makkaroni mit Thunfisch, schlief auf einem Futon und vermied den Kontakt mit jedem, aus dem er nicht von Amts wegen den Verstand aus dem Schädel prügeln durfte. Irgendjemand hatte beschlossen, Commons aus dem Loch zu zerren, in dem er lebte, und zum Blade-Gefängnis zu schicken. Ein Glückstag für einen Mann wie Josh Commons.

»Also schön, der Köder ist hier, mitten im Hof.« Commons deutete auf das kleine Rechteck der Einzelzelle, die mitten auf dem Gefängnishof eingezeichnet war.

»Das ist richtig«, sagte Brogan.

»Irgendeine Idee, wo unser Mann versuchen könnte, sich Zutritt zu verschaffen?«

»Wahrscheinlich über die Mauer. Das Loch besitzt unten keinen Eingang. Es gibt keinen Weg hinein außer durch die Falltür«, sagte Jefferson. »Hören Sie, Josh, dieser Typ ist … wie soll ich sagen …«

»Ich höre.«

»Ich hab so etwas noch nie gesehen«, sagte Jefferson. »Er ist irgendwie nicht … Ich glaube nicht, dass diese Mauern ihn aufhalten können.«

»Wollen Sie andeuten, dass wir so etwas wie Spiderman erwarten, der sich über Mauern schwingt und glatte Wände raufklettert?«

»So ähnlich, ja«, kam Brogan seinem Kollegen zu Hilfe. Er schob sich ein Hustenbonbon in den Mund und kaute darauf.

»Wie hoch sind diese Mauern?«, fragte Commons.

»Dreißig, fünfunddreißig Fuß«, antwortete Jefferson.

»Kann ich Männer darauf postieren?«

»Wahrscheinlich nicht. Die Mauern sind durch einen Hochspannungszaun gesichert. Das Risiko wäre zu hoch, dass einer Ihrer Leute gegrillt wird.« Jefferson deutete auf die quadratischen Blocks, die an den Mauern verliefen. »Diese Wachtürme müssten eine gute Aussicht auf die Mauer bieten, auf den Hof und alles, was sich von draußen der Insel nähert.«

Commons nickte, während er unablässig den Grundriss des Gefängnisbaus betrachtete. »Wir werden unsere Jungs gut verstecken. Wir wollen unseren Mann schließlich nicht verjagen.«

Jefferson sah Commons besorgt an. »Seien Sie vorsichtig, Josh. Dieser Typ ist wahnsinnig.«

Commons grinste. »Er ist nur ein Mensch und kein Gespenst, Detective. Wir kommen schon klar.«

Jefferson sah ihm in die Augen. »Ich habe nie gesagt, dass er ein Mensch ist.«

Commons postierte vier Scharfschützen auf den Mauern des Gefängnisses. Wenn Jefferson aus dem Fenster des Büros sah, konnte er ihre Schatten in den Wachtürmen erkennen. Die Nacht hatte sich über das Gefängnis gesenkt, und die Mondsichel stand hoch oben am Himmel. Suchscheinwerfer schwenkten automatisch über den Innenhof und hinaus aufs Meer. Neben Jefferson lag ein Deutscher Schäferhund und döste. Commons stand auf einem Bein, das andere angewinkelt auf dem Fenstersims, die Hände vor der Brust verschränkt wie einst George Washington beim Überqueren des Delaware.

»Vegas Eins an Vegas Zwei, hören Sie? Over.« Commons blickte hinaus zu einem der Wachtürme.

Eine kurze Pause; dann antwortete eine Stimme klar und

deutlich: »Hier Vegas Zwo, keine besonderen Vorkommnisse. Over.«

»Verstanden. Over.«

Jefferson lauschte der Stimme von Vegas Zwei und versuchte sich vorzustellen, wie der Mann aussah. Wahrscheinlich mindestens eins achtzig und stämmig gebaut. Ein brutaler Bastard.

Brogan lehnte sich zu Jefferson herüber. »Man fühlt sich richtig fehl am Platze hier, wie?«, brummte er. »Mitten unter diesen Cowboys.«

Sie saßen auf Bürostühlen im Hintergrund des Raumes. Die übrigen Mitglieder des SWAT-Teams füllten das Zimmer. Die meisten saßen auf dem Boden, mit dem Rücken gegen Schränke oder Wände gelehnt, die schwere Ausrüstung vor den Füßen, wo sie leicht zugänglich war: Helme, automatische Waffen, Werfer für Gas- und Blendgranaten. Zwei Mitglieder des Teams saßen in der Dunkelheit im Loch und spielten die Gefangenen. Commons hielt das Funkgerät hoch und kontaktierte seine restlichen Leute auf Position. Nirgendwo war etwas Verdächtiges vorgefallen.

»Bei dem Aufwand wird es richtig peinlich, wenn unser Mann sich nicht zeigt«, meinte Jefferson. »Wir veranstalten eine Riesenparty für ihn, und er kommt nicht zum Tanz.«

Brogan grinste und lehnte sich im Stuhl zurück. »Ich hab so ein Gefühl, dass er sich zeigen wird.«

Jefferson nickte. Das Gefühl hatte er auch.

Unten im Loch hatte Officer Chris Ross ebenfalls ein seltsames, unbestimmtes Gefühl. Es war bitterkalt hier unten, und er fror erbärmlich. Er saß auf der Steinbank und ließ die Beine auf den Fußspitzen auf und ab tanzen in dem Versuch, ein wenig Wärme unter seinen schwarzen Overall zu bekommen. Die MP5 stand neben ihn an die Bank gelehnt, während der Helm fest auf seinem Kopf saß, mehr zum Schutz gegen die Kälte als zum

Schutz vor einem Angriff. Von allen undankbaren Aufgaben hatte er die undankbarste erwischt. Die Kälte aus den Steinen durchdrang die Kevlarweste und ließ seine Muskeln allmählich steif werden.

Sein Partner Marlin Perez saß ihm gegenüber auf dem Fußboden, das linke Bein ausgestreckt, das rechte angezogen. Er hatte die Augen geschlossen.

Plötzlich drang aus Ross' Helmlautsprecher die Stimme von Commons. Er schrak zusammen. »Vegas Eins an Vegas Fünf und Sechs. Over.«

Perez riss die Augen auf. »Hier Vegas Fünf und Sechs. Hier unten tut sich nichts. Over.«

»Verstanden, Vegas Fünf und Sechs«, antwortete Commons. »Halten Sie die Augen offen, und schlafen Sie nicht ein da unten. Ende.«

Perez nickte nur und schloss erneut die Augen.

»Dieses Loch ist mir unheimlich«, sagte Ross. »Er braucht mir wirklich nicht zu sagen, dass ich wach bleiben soll. Ich könnte hier nicht mal schlafen, wenn ich Geld dafür bekäme.«

»Das kannst du laut sagen. Ist so richtig mittelalterlich hier unten ... all diese Steinmauern. Wie ein Verlies«, stimmte Perez ihm zu, ohne die Augen zu öffnen.

Ross verlagerte sein Körpergewicht nach links und beugte sich zur Seite, um sein taubes rechtes Bein zu entlasten, damit das Blut wieder zirkulieren konnte, und lehnte sich an die Wand. Er wollte Perez gerade eine Frage stellen, als sein Blick auf das Gesicht seines Partners fiel. Der verträumte, ruhige Ausdruck war angespannter Konzentration gewichen. Perez hatte die Augen zusammengekniffen, hielt den Kopf leicht zur Seite geneigt und lauschte.

»Was ist?«, flüsterte Ross.

Perez schüttelte schweigend den Kopf und hob den Zeigefinger.

Ross lauschte nun ebenfalls. Er konnte nichts hören, nur das leise Tropfen von Wasser und ein kaum wahrnehmbares Pfeifen vom Wind, der über den Hof wehte und in den Schacht des Lochs strich. Dieses Loch … es war wirklich unheimlich. Ein Verlies. Er konnte kaum glauben, dass hier unten tatsächlich Männer eingesperrt wurden. Er lauschte auf das Trappeln von Rattenfüßen, doch außer dem unablässigen Tropfen war nicht das leiseste Geräusch zu hören.

Dann, plötzlich, erklang ein leises Kratzen. Wie von Metall, das langsam über Stein geschoben wird. Dann wieder Stille. Im ersten Augenblick glaubte Ross, sich alles nur eingebildet zu haben, dann hörte er es erneut. Das Kratzen. Es dauerte nur einen Moment. Als würde jemand etwas Schweres ganz vorsichtig über den Steinboden schieben.

Plötzlich fragte sich Ross, wie lange dieses Geräusch schon da war. Hätte Perez ihn nicht darauf aufmerksam gemacht, Ross hätte es niemals bemerkt.

Da war es wieder.

Leise, aber unüberhörbar in der Totenstille des Lochs.

Perez erhob sich mit kraftvoller Geschmeidigkeit. Ross griff nach unten und hob die Maschinenpistole in den Schoß. Vorsichtig legte er den Finger um den Abzug und entsicherte die Waffe. Es gab ein leises metallisches Klicken. Das Geräusch kam vom Ende des Gangs, aus dem Raum dahinter. Einer der Suchscheinwerfer von den Mauern schwenkte über die Falltür des Lochs hinweg und tauchte den Schacht für einen kurzen Augenblick in fahles Licht. Es war gerade hell genug für Ross, um seine Waffe und seinen Partner zu sehen, dann herrschte wieder Dunkelheit in der unterirdischen Kammer.

Er blinzelte angestrengt. Perez hatte sich inzwischen aufgerichtet und hielt seine Maschinenpistole im Anschlag, während er mit der freien Hand nach der Taschenlampe in seinem Gürtel tastete. Da war das Geräusch erneut, leise und beharrlich, ein verstohlenes Kratzen, das sich anhörte wie sein Schlafzimmerfenster, wenn er es nachts zu schließen versuchte, behutsam, Stück um Stück, ohne Heather aufzuwecken.

Dann verstummte der Laut abrupt. Ross erstarrte. Die plötzliche Stille war noch schlimmer als das Geräusch. Es war die gleiche Stille wie im Schlafzimmer, nachdem das Fenster geschlossen war, wenn er zurück ins Bett kroch. Durch die Dunkelheit kroch.

Perez hatte seine Taschenlampe gefunden und löste sie nun vorsichtig vom Gürtel. Immer noch Stille. Plötzlich hörte er voraus ein neues Geräusch. Ein seltsamen Rasseln, als würde jemand tief ein- und ausatmen. Das Geräusch wurde lauter und kam näher.

Ross hatte es ebenfalls gehört, duckte sich und drückte den Zeigefinger um die glatte Rundung des Abzugs seiner Waffe. Jemand war hier unten bei ihnen, und er kam auf sie zu … Ross' Atem ging stoßweise, und Adrenalin brodelte in seinem Kreislauf. Er atmete tief durch und zwang sich zur Ruhe, während er mit der freien Hand nach oben griff, um sich den kalten Schweiß von der Stirn zu wischen. Dann plötzlich wieder Stille. Kein Kratzen von Metall auf Stein mehr. Kein rasselndes Atmen. Für einen Augenblick glaubte Ross, er und Perez wären wieder allein.

Dann geschah es.

Irgendetwas schien aus der Dunkelheit vor ihm zu springen, eine riesige graue Masse. Ross spürte einen rasenden Schmerz im Arm. Seine Maschinenpistole fiel klappernd auf den Steinboden. Ein eigenartiges Gefühl von Kälte umfing ihn, und er wurde brutal nach vorn gerissen. In die Dunkelheit gezerrt. Auf das rasselnde Atmen und ein tiefes, kehliges Knurren zu.

Perez schaltete die Taschenlampe ein und überflutete

die Kaverne mit Licht. Mit plötzlicher Klarheit sah Ross, was seinen Arm gepackt hatte. Er starrte in ein Gesicht und schrie …

Im Büro über dem Gefängnishof kämpfte Jefferson gegen den Schlaf an. Er empfand den Rhythmus der Suchscheinwerfer auf dem Gras als seltsam hypnotisierend und spürte, wie sein Unterkiefer herabsank und die Unterlippe schlaff wurde. Hastig biss er die Zähne zusammen und blickte sich um, ob jemand es bemerkt hatte. Einen Augenblick später flatterten seine Lider erneut und senkten sich langsam herab. Sie waren bereits halb geschlossen, als das Funkgerät auf dem Fenstersims neben Commons plötzlich knackte.

»Vegas Fünf! Veg … es ist …« Die Worte brachen ab, und im Hintergrund vernahm Jefferson ein stampfendes Geräusch.

Mit einem Schlag war er hellwach.

Commons packte das Funkgerät und riss es hoch. »Vegas Eins an Vegas Fünf! Over!«

Er hielt sich das Funkgerät ans Ohr und drehte die Lautstärke hoch. Die Schläfrigkeit bei den Mitgliedern des SWAT-Teams verflog. Sie sprangen auf und packten ihre Waffen. Der Zeitpunkt war gekommen.

»Vegas Eins an Vegas Fünf! Kommen!«, brüllte Commons ins Funkgerät, während er durch das Fenster zur Falltür auf dem Hof starrte.

Erneut knackte es im Empfänger, und durch das statische Rauschen hindurch hörte Jefferson etwas anderes. Die furchtbaren Schreie eines Mannes. Dann ratterte eine Salve aus einer Maschinenpistole. Dann wieder Schreie. Mit einem Mal fühlte Jefferson sich merkwürdig losgelöst, als würde er einem Hörspiel im Radio lauschen. Das war nicht das richtige Leben. Was immer geschah, es war weit weg. Funkwellen von einem fernen Ort. Schauspieler oder Sprecher irgendwo in einem Studio.

Aber so war es nicht.

Jefferson starrte durch das Fenster nach draußen und hörte durch die Scheibe hindurch drei rasche Salven MP-Feuer aus dem Loch. Commons starrte auf das stumme Funkgerät in seiner Hand, dann hob er zögernd den Blick zu seinen Männern.

»Er ist da«, flüsterte er. »Es ist da.«

»Sir?«

Commons nickte, hob das Funkgerät wieder an den Mund und informierte die vier Scharfschützen. »Achtung, das erste Team nähert sich dem Loch. Nicht schießen. Ich wiederhole, nicht schießen.«

Er stellte das Funkgerät achtlos auf das Fenstersims zurück und schulterte seine Maschinenpistole.

»Okay, es geht los!«, brüllte er seine Leute an. Ringsum setzte hektische Bewegung ein. Männer sprangen auf, zogen Helme über, schulterten Waffen. Brogans Mund stand offen; er atmete geräuschvoll ein und aus wie ein Sprinter vor dem Rennen, bereitete sich innerlich vor.

Dann ging es los. Commons stieß die Tür auf und trat nach draußen in die warme Nachtluft auf dem Gefängnishof. Die restlichen Männer folgten ihm mit gespenstisch weißen Augen unter den schwarzen Kevlar-Helmen. Einer nach dem anderen kam nach draußen, die Maschinenpistole im Anschlag an der Schulter und auf das Loch gerichtet.

Jefferson und Brogan kamen als Letzte. Sie rannten über den Gefängnishof, zuerst in der Dunkelheit, dann plötzlich im grellen Licht der Suchscheinwerfer, als die Besatzungen der Wachtürme die Lichtstrahlen auf die Umgebung des Lochs richteten.

Dann ein roter Blitz. Notraketen am Rand der Falltür zischten jaulend in die Luft. Irgendjemand dort unten hatte die Raketen abgefeuert. Irgendjemand im Loch war also noch am Leben.

Die roten Leuchtkugeln jagten in weitem Bogen über das Gefängnis hinweg und zogen einen Funkenschweif hinter sich her wie kleine Meteoriten.

Der gesamte Hof war plötzlich in Bewegung. Scheinwerfer tauchten die Szenerie in taghelles Licht. Männer rannten durcheinander, und aus zahllosen Funkgeräten drangen Stimmen. Irgendwie kam Jefferson alles seltsam bekannt vor – ja, es war wie im Krieg. Explosionen aus Licht, Schreie, Hektik.

Sie gelangten zur geschlossenen Falltür und umringten sie mit nach unten gerichteten Waffen.

»Hernandez, aufmachen!«, befahl Commons und deutete auf die Tür.

Hernandez trat in gebückter Haltung vor und packte den Ring. Die anderen Männer postierten sich so, dass sie Hernandez Deckung geben konnten. Im Hintergrund hörte Jefferson Jubelschreie. Er blickte sich um und sah zu den Zellenfenstern, die zum Hof hinaus lagen. Gefangene standen dort, streckten die Arme zwischen den Gitterstäben hindurch und schüttelten die Fäuste. Die Signallichter hingen noch immer rot strahlend in der Luft. Hernandez zog die schwere Falltür auf, und mit lautem Krachen landete sie hinter dem Loch auf dem Boden. Alle sprangen vor und leuchteten ins düstere Loch hinunter.

»Ross? Perez?«, rief Commons nach unten.

Keine Antwort. Unten rührte sich nichts; nur die nassen Wände glitzerten im Licht.

»Wir gehen runter!«, sagte Commons. »An alle Vegas-Positionen, wir gehen runter. Zwei Männer sind möglicherweise verletzt. Ich wiederhole, zwei Männer sind verletzt. Rufen Sie die Zentrale, und lassen Sie einen Rettungshubschrauber kommen! Ramunto!« Commons deutete auf einen der Männer. »Sie gehen vor.«

Ramunto schulterte seine Maschinenpistole, beugte sich vor

und stellte den Fuß auf die oberste Sprosse der Leiter. Langsam kletterte er nach unten. Seine Gestalt, hell beleuchtet von neun Taschenlampen des restlichen SWAT-Teams, warf einen dunklen Schatten auf den Steinboden fünf Meter tiefer. In Sekundenschnelle war er unten und hockte sich in Schussposition hin, die Maschinenpistole im Anschlag.

Jefferson sah, wie Ramunto sich vorbeugte und angestrengt in den Gang starrte. Dann drehte er sich um, blickte in die entgegengesetzte Richtung und sicherte seine Umgebung. Langsam bewegte er sich rückwärts, während er über den Lauf der Maschinenpistole hinweg sicherte.

»Ramunto«, sagte Commons leise in sein Funkgerät, »was sehen Sie?«

Jefferson konnte Ramunto kaum mehr sehen, als dieser nach oben blickte und eine Hand hob, das Zeichen für »Alles klar«. Als er die Hand wieder senkte, ging plötzlich ein Ruck durch seinen Körper. Sein Gesicht zeigte einen Ausdruck der Verwirrung, wie Männer ihn zeigen, wenn sie von einer Kugel getroffen werden. Bevor der Schmerz einsetzt. Bevor sie erkennen, dass es aus ist mit ihnen.

Ramunto wollte den Kopf nach hinten drehen. Alles geschah wie in Zeitlupe. Dann ging ein Ruck durch seinen Leib, als hinge er an einem Haken, und jemand würde an der Leine zerren. Er stockte für einen Augenblick im Licht der Taschenlampen. Seine Arme und Beine zuckten ein letztes Mal – dann war er urplötzlich verschwunden, als hätte jemand ihn blitzschnell in den Gang gezerrt.

»Mein Gott!«, flüsterte Jefferson und starrte fassungslos nach unten.

Der Steinboden des Lochs war leer. Ramunto war verschwunden.

Dann hörten sie den Schrei.

Nach dem Schrei starrten die Männer des SWAT-Teams sich an. Selbst die Sträflinge an den Zellenfenstern schienen den grässlichen Schrei gehört zu haben. Für einen Moment war alles still; nur das Zischen der Leuchtkörper und das Bellen des Schäferhundes waren zu vernehmen.

Schließlich übernahm Commons die Führung. Er streckte den Fuß nach der ersten Leitersprosse aus. Die anderen Männer stellten sich hinter ihm auf und machten Anstalten, ihrem Anführer zu folgen. Alles drängte auf das Loch zu.

Jefferson kletterte ebenfalls nach unten, Hände und Füße am kalten Metall der Leiter. Als er den Boden erreicht hatte, drehte er sich um. Die Männer wandten ihm den Rücken zu, starrten zu beiden Tunnelenden. Die Schreie waren verstummt. Drückende Stille herrschte. Jemand verfeuerte Rauchgranaten. Es gab ploppende Geräusche, gefolgt von einem metallischen Aufprall und lautem Zischen. Dicker Rauch breitete sich träge aus.

»Die Masken!«, brüllte Commons, als der Rauch sich weiter ausbreitete und die Männer einzuhüllen begann.

Jefferson hatte nur einen Augenblick Zeit, um seine Maske hervorzuziehen und sie sich vors Gesicht zu schnallen, bevor die weiße Rauchwolke ihn umgab und Wirbel vor der Sichtplatte der Maske tanzten. Die Stimmen aus dem Funkempfänger hinter seinem Ohr klangen dünn und blechern durch den winzigen Ohrhörer.

»Erstes Team nach Norden, bis in den vorderen Raum«, befahl Commons.

Überall war nun Rauch. Durch die dichten Schwaden hindurch sah Jefferson die dunklen Umrisse von Männern, die nicht mehr zu unterscheiden waren. Das SWAT-Team teilte sich auf. Eine Gruppe bewegte sich nach Norden, in Richtung des unterirdischen Friedhofs, die zweite nach Süden, durch den Gang zu den übrigen Räumen. Jefferson spürte eine Berührung am Arm.

Brogan stand im weißen Rauch. Er deutete nach Süden. Die Männer setzten sich in Bewegung.

Jefferson hatte eine Heckler & Koch von den SWAT-Cowboys ausgeliehen. Eine handliche Waffe mit kurzem Lauf, jede Menge Munition im Magazin. Die Lampen an den Läufen der Waffen bewegten sich in wilden Mustern durch das ölige Weiß und erhellten die Schwaden des Gases. Links und rechts von Jefferson leuchteten vier Kugeln auf. Brogan und der Rest des Teams hielten sich dicht beieinander.

Sie blieben im Korridor, als sie durch die offenen Türen in die dahinter liegenden Kammern leuchteten. Was verbarg sich dort? Weitere Kammern? Weitere Gänge? Lagen dort vielleicht drei tote Männer des SWAT-Teams? Und wer hatte sie umgebracht? Dieses Loch war ein Labyrinth aus Zimmern und Kammern, Gängen und Stollen. Aus dem Ohrhörer drangen die Geräusche von keuchendem Atmen, rennenden Männern, schnellen Schritten. Jefferson bewegte sich nach links und steckte den Kopf in einen der Durchgänge. Er leuchtete mit seiner Taschenlampe durch den raucherfüllten Raum.

Irgendetwas baumelte an der Decke.

Etwas in einem schwarzen Overall und einer Kevlar-Weste. Etwas mit dem Namen Perez auf der Vorderseite des Overalls. Etwas, das vielleicht zehn Minuten vorher noch ein menschliches Wesen gewesen war, bevor ihm der Bauch aufgeschlitzt worden war.

Brogan stand hinter ihm. In Jeffersons Ohrhörer knackte es. »Was siehst du?«

Jefferson deutete in den Rauch. »Nichts Gutes.«

Zwei der SWAT-Cowboys kamen hinzu. Alle starrten entsetzt auf Perez' Leiche. Dann suchten die Männer den Rest des Raums ab, leuchteten mit ihren Taschenlampen jeden Winkel aus. Nichts zu sehen. Nasse Steinwände, zerbrochene Balken, ein altes Hemd. Die Masken hatten ein stark eingeschränktes

Gesichtsfeld; es war, als würde man durch die Linse einer Kamera blicken. Man musste den Kopf ständig nach rechts und links schwenken, wollte man den gesamten Raum im Blick behalten.

Die Männer schienen nicht allzu geschockt wegen ihres toten Kameraden – sie hatten zu viel Adrenalin im Blut. Später konnte man immer noch trauern, wenn die Sanitäter kamen, um Perez von der Decke zu schneiden. Wenn das eigene Leben sicher war, gab es genug Zeit zum Nachdenken und Trauern, nicht vorher.

Plötzlich spielte das Funkgerät verrückt. Die Männer verharrten, wo sie waren, um dem Geschrei zu lauschen. Irgendetwas geschah da draußen, bei der anderen Gruppe. Jefferson hielt den Atem an. Die Luft in seinem Mund war warm und schmeckte nach Plastik. Er spürte, wie sich Schweiß auf seiner Stirn bildete; Feuchtigkeit, die unter der Maske nicht verdunsten konnte. Fünf oder sechs Männer redeten gleichzeitig über Funk. »Verdammt, was ist das?« – »O Gott!« – »Ich kann es sehen, es ist hier!« – »Schnapp es dir!« – »Da, an der Decke!«

Rufe. Schüsse. Feuerstöße aus Maschinenpistolen. Schreie.

Das erste Team saß in einem Hinterhalt. Auch ohne Funkgerät hörte Jefferson die Schüsse durch den langen Tunnel. Perez baumelte weiter an der Decke; sein Kopf hing nach hinten. Was immer dafür verantwortlich war, es kehrte zurück und war nun hinter ihnen. Irgendwo in dem verdammten weißen Rauch. Es kam durch die Tunnel auf sie zu … Brogan hatte die HK im Anschlag, den Zeigefinger am Abzug.

Weitere Rufe über Funk. »Ein Mann ist verletzt! Ein Mann ist verletzt!« Weitere Schüsse. Dann ein kreischendes Geräusch, wie das Brüllen eines herannahenden Zyklons, gefolgt von noch mehr Schüssen. Erneut das Kreischen.

Was war das? Jefferson spürte ein Zupfen am Ärmel. Brogan

deutete auf den Gang, in Richtung des Geräuschs. Typisch Brogan – immer bereit, sich mitten in den Ärger zu stürzen. Er konnte sich einfach nicht zurückhalten. Die beiden anderen SWAT-Cowboys hielten sich bereit. Das Licht ihrer Taschenlampen war das Einzige, was Jefferson durch das wirbelnde weiße Chaos von ihnen sehen konnte.

Sie setzten sich erneut in Bewegung, zurück in den Steintunnel. Vor ihnen bewegten sich Lichter, helle Inseln im wirbelnden Weiß. Fünf einzelne Lichtkegel, die hin und her schwenkten. Vorher waren es sieben gewesen. Zwei waren verschwunden. Die Lichter waren vierzig Meter voraus. Gelegentlich zuckte Mündungsfeuer auf, und Jefferson sorgte sich ernsthaft, dass er von einem SWAT-Cowboy getroffen werden könnte, dem die Nerven durchgingen.

Eine der Taschenlampen flammte hell auf, begleitet vom Geräusch platzenden Glases und dem Knirschen von Metall. Dann erlosch die Lampe. Ein weiterer Mann war verletzt oder tot. Voraus bewegten sich dunkle Schatten. Lange, hektisch rennende Schatten. Ein Mann tauchte im Nebel auf, einer der SWAT-Cowboys des ersten Teams. Seine Augen hinter der Maske waren vor Schock und Panik geweitet. Er hatte keine Waffe mehr und rannte einfach nur, rannte an den anderen vorbei, tiefer in den Tunnel hinein – wohin? Zur Falltür, zur rettenden Leiter? Jefferson hatte jede Orientierung verloren.

Dann erschien ein zweiter dunkler Schatten, jedoch viel schneller als der erste. Er bewegte sich die Decke entlang. Ein großer dunkler Schatten von der Größe eines Autos jagte die Decke entlang auf sie zu wie eine riesige Spinne. Brogan hatte den Schatten ebenfalls bemerkt. Sein Blick zuckte nach oben, der Lauf der Maschinenpistole folgte. Das Ding brüllte. Der Zyklon raste auf sie zu.

»Da!«, rief Brogans Stimme in Jeffersons Ohrhörer. »Was ist das?«

Der Schatten blieb an der Decke. Als er näher kam, schälten sich Arme und Beine aus dem Dunst, die sich schnell und sicher voranbewegten. Brogan feuerte seine Waffe ab. Der Lärm der Schüsse ließ Jefferson fast die Trommelfelle platzen. Funken stoben von der Wand, wo die Projektile aus der Heckler & Koch einschlugen. Das Ding bewegte sich unbeirrt weiter die Decke entlang, vier Meter über ihnen. Jefferson riss den Abzug durch. Die Heckler & Koch bäumte sich in seinen Händen auf, und fast hätte er die Kontrolle über die Waffe verloren, während er Projektil auf Projektil zur Decke jagte.

Ein weiteres Brüllen, ein furchtbares Geräusch, das Jefferson durch Mark und Bein ging und den Impuls in ihm weckte, einfach die Waffe wegzuwerfen und die Flucht zu ergreifen. Selbst Brogan schien für eine Sekunde zu erstarren. Vielleicht hatte das schreckliche Geräusch sogar Commons erschreckt, falls er noch am Leben war. Das Brüllen hallte durch den Steintunnel und drang durch den dicken weißen Rauch. Die Gestalt an der Decke brüllte erneut, wütend diesmal, als sie sich über die vier Männer hinweg voranbewegte. Offensichtlich jagte sie etwas – oder jemand. Den einzelnen SWAT-Cowboy, der voller Panik an ihnen vorübergerannt war?

Jefferson hörte Schritte und sah zwei Lichtkegel näher kommen. Die Lichter tanzten auf und ab, und aus dem Rauch schälten sich weitere Lampen. Das Licht traf ihn voll im Gesicht, und er schloss geblendet die Augen.

»Nehmt die verdammten Lampen runter!« Brogan schlug einem der SWAT-Cowboys den Lauf der Maschinenpistole nach unten.

»Wo ist es hin? Wo ist es hin?« Commons starrte Jefferson und Brogan aus weit aufgerissenen Augen an.

Er sah schlimm aus. Die Gesichtsplatte seiner Maske war gesprungen, und Blut lief ihm über die Wangen. In seiner Kevlarweste klafften tiefe Risse. Doch viel schlimmer noch war, dass

Commons Angst zu haben schien – Angst genug, sich in seiner Einzimmerwohnung zu verkriechen, zu seinem Thunfisch und seinen Makkaroni. Ein zweiter SWAT-Cowboy war bei ihm. Auf seiner Weste war ein Namensschild: GORFINKLE. Er sah unverletzt aus, doch er atmete schwer. Die Gesichtsplatte seiner Maske war beschlagen von Schweiß, doch nirgends war Blut zu sehen.

Sieben Männer waren zum Friedhof unterwegs gewesen, und nur zwei kamen zurück. Verdammt, das war das reinste Massaker. Mit wem oder was hatten sie es hier unten zu tun? Commons hatte sich geirrt – die Sache war eine Nummer zu groß für das SWAT-Team. Doch zu diesem Zeitpunkt waren sie der Meinung gewesen, es mit einem einzelnen Menschen zu tun zu haben. Brogan deutete den Gang entlang, und die beiden SWAT-Cowboys rannten vorüber und verschwanden auf der anderen Seite des Tunnels erneut im weißen Rauch. Brogan warf das leere Magazin aus seiner Heckler & Koch und zog ein neues aus seiner Weste.

»Neue Einsatzregeln«, sagte er. »Schießt auf alles, was nicht menschlich aussieht!«

Die beiden Taschenlampen von Commons und Gorfinkle entfernten sich rasch, und Jefferson und Brogan mit den beiden verbliebenen SWAT-Cowboys folgten ihnen tiefer in das Loch hinein. Sie rannten schnell, und die Waffen hingen schwer an ihren Seiten. Sie folgten dem Licht der beiden Lampen tiefer und tiefer in das Labyrinth. Voraus ertönte ein schnappendes Geräusch, wie von einem berstenden dicken Holzbalken, und eines der auf und ab tanzenden Lichter hob unvermittelt vom Boden ab.

Schoss senkrecht nach oben.

Baumelte dort für eine Sekunde.

Das berstende Geräusch ertönte erneut, und die Lampe fiel zu Boden. Sie prallte auf den Steinboden des Tunnels, rollte zur

Seite und blieb liegen, halb nach oben gerichtet. Weitere Feuerstöße ratterten. Projektile prallten von der Decke ab und jaulten als Querschläger durch den Tunnel. Aus dem Nichts kam ein rotes Licht, färbte den Rauch und die Wände rot. Bald war der gesamte Tunnel in rote Farbe getaucht.

Brogan feuerte nun ebenfalls, schoss aus der Hüfte. Ein Chaos aus Licht, Rauch und Lärm entstand.

Dann blieb Brogan unvermittelt stehen und stellte das Feuer ein. Am Boden vor ihm lag eine Heckler & Koch, die Lampe am Lauf der Waffe brannte und tauchte die Wand auf der anderen Seite in rotes Licht. Hinter der Waffe lag ein menschlicher Körper mit dem Gesicht nach unten. Jefferson streckte die Hand nach ihm aus, packte die Schulter und drehte ihn herum. Es war Gorfinkle. Seine Brust war voller Blut und Schmutz und schimmerte feucht. Der Kopf hing schlaff auf dem Hals, wie bei der chinesischen Marionette, die sie auf dem Dach des Lyerman Building gefunden hatten.

Das rote Licht war überall.

Die Heckler & Koch von Gorfinkle war blutverschmiert. Blut war auf der Linse der Lampe am Lauf. Blut, das den Rauch färbte, der rot und düster durch den Gang wirbelte.

Am Ende des Tunnels tauchten weitere Lichter auf. Fünf insgesamt. Neue SWAT-Cowboys von oben, die zur Unterstützung in das Loch geklettert waren. Sie blieben stehen, standen in einer Gruppe und deuteten nach vorn. Jefferson und Brogan ließen den toten Gorfinkle liegen und joggten durch den Gang auf die Lichter zu.

SWAT-Cowboys standen um etwas herum, das am Boden lag, und hatten die Waffen nach unten gerichtet. Commons war dort, noch immer am Leben. Die anderen vier SWAT-Cowboys sahen noch frisch aus. Es waren die Scharfschützen von den Wachtürmen. Es war wie in Omaha Beach: Männer fielen, doch unablässig kamen neue heran. Nur, dass ihnen hier der Nachschub bald ausging. Bald würden sie die Sträflinge selbst in das Loch schicken müssen.

Commons sah nicht mehr verängstigt aus. Nur stinksauer. Lag es daran, dass er so viele Männer verloren hatte? Oder weil er zwei Minuten vorher Todesangst gehabt hatte und sich jetzt darüber ärgerte? Jefferson vermochte es nicht zu sagen. Wie dem auch sein mochte, er marschierte mit schnellen Schritten auf und ab vor dem, was dort am Boden lag.

»Es ist da unten«, drang Commons' Stimme durch den Ohrhörer. »Es ist durch dieses Loch nach unten geflüchtet.«

Er machte einen Schritt beiseite und deutete auf ein klaffendes Loch im Boden. Ein Drainagegitter war entfernt worden. Blut aus einer Lache floss langsam auf die Vertiefung zu und tropfte hinein. Das Abdeckgitter lag daneben. Es bestand aus massivem Eisen mit dicken Stäben. Das Gitter musste eine halbe Tonne wiegen, wenn nicht mehr. Wer hatte die Kraft, ein solches Gitter beiseite zu heben?

Die vier neuen SWAT-Cowboys blickten beunruhigt drein. Noch fünf Minuten zuvor hatten sie sich als Herren der Lage gefühlt auf ihren Wachtürmen, hatten Zigaretten geraucht und hinaus aufs Meer geblickt. Jetzt befanden sie sich zehn Meter unter der Erde in einem Labyrinth aus Tunnels, das sich rasch mit Toten füllte. Zwei, drei Männer schüttelten die Köpfe. Sie würden auf gar keinen Fall dort hinuntersteigen. Nicht in dieses unheimliche Loch im Steinboden.

Dann hörten sie es. Ein einzelner Schrei, lang anhaltend und voller Schmerz. Der Schrei kam aus dem Loch, von irgendwo tief unten, wo das Blut hintropfte. Wieder Kopfschütteln bei den Scharfschützen. Einer sah aus, als würde er jeden Augenblick in Tränen ausbrechen. Nicht jedoch Commons. Er machte einen Schritt auf das Loch zu, stemmte sich gegen die Seiten und kletterte hinunter in die Dunkelheit, während der Schrei die ganze Zeit anhielt.

In Jeffersons Verstand blinkte ein einzelnes Wort, wieder und wieder.

Falle.

Commons kletterte in das Loch hinab, und das Licht seiner Taschenlampe huschte über nasse Wände. Nass von Wasser und Blut. Wenigstens gab es keinen Rauch. Das Loch reichte anderthalb Meter in die Tiefe und mündete in einen Kriechgang. Die vier anderen Männer des SWAT-Teams folgten ihrem Anführer; dann kam Brogan und als Letzter Jefferson.

Er zwängte sich durch das enge Loch. Die Heckler & Koch schrammte an den Seitenwänden. Als er unten ankam, war Brogan bereits auf Händen und Knien im Gang, der kaum mehr war als ein Rattenloch. Jefferson kroch durch die Dunkelheit. Alles war nass und klebrig. Nässe drang durch seine Hosenbeine. Seine Handflächen waren nass, und spitze Steine gruben sich bei jeder Bewegung in die Haut. An der Decke hingen irgendwelche Pflanzen und glitten über seinen Rücken, als er sich voranbewegte.

Brogan war immer noch vor ihm. Jefferson kämpfte gegen die Vorstellung an, auf diese Weise sterben zu müssen. Was für ein schmachvoller Abgang … sein letzter Anblick auf Erden wäre Brogans Hintern. Sie waren zu siebt im Tunnel und arbeiteten sich voran, so schnell sie konnten. Es kam Jefferson vor, als wären sie längst unter dem Gefängnis hindurch, unter den Mauern, vielleicht bereits irgendwo unter dem Hafen. Es musste die Route sein, die dieses Ding zum Gefängnis genommen hatte, den ganzen Weg auf Händen und Knien kriechend.

Und nun drangen sie in sein Nest vor.

»Was zu sehen da vorn?«, erklang eine Stimme in Jeffersons Kopfhörer.

»Nein«, antwortete Commons. »Halten Sie Funkstille.«

Jefferson Hände und Knie brannten inzwischen wie Feuer. Die Heckler & Koch schwang unter seinem Bauch hin und her wie ein Baby in einem Tragetuch. Plötzlich hörte er vor sich ein zirpendes Geräusch. Brogan hielt unvermittelt an, dann sprang er auf, stellte sich auf die Zehenspitzen und drückte sich mit dem Rücken an die Decke.

Etwas Rundes, Schwarzes kam auf Jefferson zu, unter Brogan hindurch. Jefferson fand gerade noch Zeit, seine Heckler & Koch in Anschlag zu bringen, als er sah, was es war. Eine Ratte. Eine riesige fette Ratte. So groß wie ein Waschbär. Jemand vorn fluchte: »Scheiße!« Eine weitere Ratte folgte der ersten. Jefferson blieb nur ein Sekundenbruchteil zum Reagieren, bevor die unglaublich große Ratte bei ihm war. Er ließ die Heckler & Koch fallen und drückte sich an die Decke wie Brogan, auf die Zehenspitzen gestemmt.

Die Ratte lief unter ihm hindurch. Er sah das Fett und die Muskeln unter dem schmierigen Fell spielen. Der lange dünne Schwanz glitt über seine Hand hinweg. Die zweite Ratte folgte der ersten; ohne anzuhalten liefen die Tiere weiter.

Jefferson ging wieder auf die Knie und drehte den Kopf, um den beiden Ratten hinterherzusehen, wie sie in der Dunkelheit verschwanden. Wohin liefen sie? Hinauf ins Loch? Jefferson war mit einem Mal sicher, dass die Leute des Coroners sich über die kleinen Bisswunden der toten SWAT-Cowboys wundern würden, wenn sie erst geborgen waren. Knabberspuren. Rattenzähne.

Jefferson bewegte sich schneller voran und hielt sich dicht hinter Brogan für den Fall, dass die Ratten beschlossen, auf dem gleichen Weg zurückzukehren, auf dem sie gekommen waren.

Unvermittelt öffnete sich der niedrige Kriechtunnel in einen breiteren, höheren Gang. Die anderen Männer standen bereits, als Jefferson aus dem Kriechgang kletterte, und leuchteten mit ihren Taschenlampen die Decke, den Boden und die Wände ab. Diesmal bestanden sie nicht aus Stein, sondern aus Ziegeln und Mörtel, und die Decke bildete ein Gewölbe, dessen höchster Punkt viereinhalb Meter über dem Boden lag.

Josh Commons stand vor seinen Männern und hielt einen kleinen Herzschlagmonitor, ein Gerät, das ungefähr so groß war wie ein Taschenfernseher, mit einem hellgrün leuchtenden Flachbildschirm. Es maß die ultralangen elektromagnetischen Wellen, die der menschliche Herzschlag erzeugte, bis auf eine Entfernung von fünfzig Metern, sogar durch dicke Mauern und Beton hindurch. Das Gerät zeigte an, dass außer ihnen noch jemand irgendwo weiter vorn in der Dunkelheit war.

Die Schreie hielten immer noch an; auch sie kamen von weiter vorn. Die Männer bemühten sich, die Schreie zu ignorieren, falls man den Schrei eines Menschen, der zu Tode gequält wurde, überhaupt ignorieren konnte.

Einer der SWAT-Cowboys zeigte Anzeichen von Panik. Er atmete so schnell ein und aus, als hätte er soeben einen Marathonlauf hinter sich.

Vorn winkte Commons seinen Leuten, ihm zu folgen. Er hielt den Blick unverwandt auf die Richtungsangaben auf dem kleinen Schirm des Geräts gerichtet. Jefferson benutzte seine Taschenlampe nur widerwillig – das Licht bot jedem im Tunnel lauernden Angreifer ein unübersehbares Ziel. Trotzdem. Es war immer noch besser, als völlig blind zu sein.

Die Männer arbeiteten sich weiter voran. Commons ging über den Schirm gebeugt, als spiele er ein Videospiel. Sie gelangten an eine Abzweigung und hielten sich rechts, dann links. Jefferson hoffte nur, dass das Spielzeug auch den Weg zurück nach draußen anzeigte. Der Boden unter ihnen war übersät mit Stücken zerbrochener Ziegel, zerplatzt und zermahlen zu einer feinen Schicht aus Stein und Staub. Ihre schweren Stiefel erzeugten ein ununterbrochenes leises Knirschen.

Der Herzschlagmonitor piepste regelmäßig und stets in der gleichen Lautstärke. Sie alle folgten Commons und dem Gerät tiefer in die Tunnel hinein. Schatten tanzten über die Decke, auf unnatürliche Weise verlängert durch die gebogenen Wände.

Plötzlich blieb Commons stehen und hob die Hände mit ausgestreckten Fingern. Einmal, zweimal. Zwanzig Meter.

Die Männer nahmen ihre Waffen von den Schultern und brachten sie in Anschlag. Dann setzten sie sich wieder in Bewegung. Der Sensor piepste und piepste. Nach und nach schälte sich das Ziel im flackernden Schein von sieben Taschenlampen aus der Dunkelheit.

Es war ein Mann. Er lag auf dem Rücken, und sein Kopf ruhte in stumpfem Winkel an der Wand. Er trug noch immer den schwarzen SWAT-Overall und hatte die Hände über dem Bauch gefaltet. Sein Gesicht war verschmiert mit Dreck und Blut. Lichtkegel zuckten hierhin und dorthin, voraus, nach hinten, über den Boden. Die Stimme in Jeffersons Kopf flüsterte immer noch: *Falle. Falle. Falle.*

Der SWAT-Cowboy drehte den Kopf und blickte seinen Teamführer aus halb geschlossenen Augen an. Auf dem Namensschild seines Overalls stand ROSS. Der Köder. Einer der beiden Ersten, die im Loch gesessen hatten. Commons beugte sich über ihn und maß seinen Puls mit Hilfe des Sekundenzeigers der Armbanduhr. Zwei Scharfschützen versuchten über Funk, mit der Außenwelt Kontakt aufzunehmen, doch aus den Lautsprechern drang lediglich Rauschen. Die Wände waren zu dick und verschluckten die Funkwellen. Gleichzeitig wurde Jefferson bewusst, dass niemand herkommen und ihnen helfen würde, falls hier unten etwas passierte.

Commons kramte in seinem Rucksack und suchte sein Erste-Hilfe-Päckchen. Ross hatte tiefe Schnitte im Bauch. Er war schwer, wenn nicht tödlich verletzt. Seine Lungen rasselten, und mit jedem Ausatmen drang schaumiges Blut über seine Lippen.

Die beiden Scharfschützen bemühten sich noch immer um Funkkontakt. Das laute statische Rauschen war nervtötend. Ross bewegte eine Hand und deutete an Commons vorbei auf irgendetwas an der Decke. Jefferson beobachtete wie hypnotisiert die Hand. Sie ballte sich zu einer Faust, nur der Zeigefinger war ausgestreckt und deutete nach oben.

Zur Decke.

Sie legten die Köpfe in den Nacken und starrten nach oben. Über ihnen wölbte sich die Decke. In einer Nische lauerte etwas Dunkles. Etwas, das sich bewegte. Es drehte sich herum, und ein Gesicht erschien. Ein Zischen ertönte, und spitze Zähne schimmerten im Licht der Taschenlampen. Augen funkelten. Jemand schnappte erschrocken nach Luft. *Falle. Falle. Falle.* Dann erklang das Kreischen des Zyklons, und das Ding sprang die Männer von der Decke herab an.

Alles ging blitzschnell.

Maschinenpistolen feuerten. Jemand schrie. Mündungsblitze zuckten und spiegelten sich im Gesicht von Commons wider. Das Ding war mitten unter ihnen. Es schlug und krallte, und die Lichtkegel tanzten wie verrückt über die Wände. Einer der SWAT-Cowboys wich zurück und stieß mit dem Helm gegen Jeffersons Kinn. Jefferson stolperte nach hinten. Der Cop war außer sich vor Angst; seine Augen waren weit aufgerissen, und aus seinem Mund kamen immer wieder die gleichen Worte: »Scheiße … Scheiße …«

Brogan ließ die Heckler & Koch fallen und schwang die Fäuste, landete wilde Schwinger auf dem Ding. Dann aber wurde ihm der Kopf in den Nacken gerissen, er ging schwer zu Boden und rührte sich nicht mehr. Im nächsten Augenblick wandte der Schatten sich Jefferson zu. Der spürte einen harten Schlag am Unterkiefer, der seinen Kopf mit solcher Wucht zur Seite riss, dass er die Halswirbel knacken hörte. Er spürte, wie etwas ihn an der Kehle packte und ihm den Hals zudrückte. Dann verschwand der Druck, und klare, kalte Luft strömte in seine Lungen.

Er fiel mit dem Kopf voran gegen die Wand und ging zu Boden, rollte auf den Rücken und lag regungslos da, starrte zur Decke. In seinem Kopf drehte sich alles. Mit viel Mühe gelang es ihm, tiefer in den Tunnel hineinzublicken.

Da war die dunkle Gestalt. Sie entfernte sich von ihnen, doch es war kein Gehen, sondern eine ruckhafte Bewegung auf zwei merkwürdig geformten Beinen. Das Ding verschwand in der Dunkelheit, und Jefferson lauschte dem Knirschen der zermahlenen Ziegelsteine, bis es verklang. Dann wurde es schwarz um ihn herum.

Er erwachte. Wie lange hatte er so gelegen? Die Steine fühlten sich auf seiner Haut und auf der Wange kalt an. Vielleicht war er eine Minute bewusstlos gewesen, vielleicht eine Stunde – er wusste es nicht. Die Zeit verlief anders in der Dunkelheit. Er blieb noch ein paar Sekunden liegen und lauschte. Nichts.

Zumindest war er noch am Leben. Sämtliche Taschenlampen waren erloschen; es war pechschwarz wie in einem Grab. Irgendwo hörte er ein leises Kichern. Weiter unten im Tunnel. *Etwas beobachtete ihn.* Er blieb noch einen Moment liegen, während seine rechte Hand in die Hosentasche glitt auf der Suche nach seinem Feuerzeug. Er ertastete das kühle Metall und legte die Finger darum. Dann wartete er erneut.

Wieder Stille. Absolute Stille. Was bedeutete das? War er der einzige Überlebende? Oder lagen die anderen ebenfalls still da, so wie er, und warteten darauf, dass etwas geschah?

Das Kichern begann wieder, diesmal weiter entfernt, und wurde beständig leiser. Jefferson zählte bis dreißig, während er wartete. Dann hörte er etwas anderes. Eine Stimme. Sie flüsterte seinen Namen.

Es war Brogan. Er lag auf dem Boden wie Jefferson.

»Alles in Ordnung bei dir?«, flüsterte Jefferson zurück.

»Ich fühle mich, als hätte ich einen Schlag an den Schädel gekriegt, aber ich werd's überleben. Und bei dir?«

»Genauso. Was ist mit dem SWAT-Team?«

»Keine Ahnung, rings um mich liegen Leute. Ich kann sie fühlen. Ich kann allerdings nicht das Geringste sehen und weiß nicht, ob sie noch leben.«

»Ich hab ein Feuerzeug dabei.«

»Mach es an.«

»Okay.« Jefferson klappte den Deckel des Feuerzeugs auf, drehte mit dem Daumen das Rad, und die winzige orangefarbene Flamme flackerte auf. Das Licht reichte aus, um Brogan zu erkennen. Er lag auf dem Bauch und hatte eine Platzwunde am Kopf. Auch die anderen, die ringsum lagen, waren zu sehen. Jefferson hatte genug Licht, um den Wunsch zu wecken, er hätte es nicht angemacht und wäre im Dunkeln geblieben.

Alle waren tot. Alle außer ihm und Brogan.

Überall war Blut. Mehr Blut, als Jefferson je zuvor gesehen hatte. An den Wänden, auf dem Boden, an der Decke, über den fünf toten Männern. Commons saß an der Wand. Er hatte keine Augenlider mehr, und das Weiße seiner Augäpfel war groß wie Pflaumen. Jefferson stutzte für einen Moment, während er über den Sinn dieser Verstümmelung nachdachte. Jemand hatte Commons die Augenlider abgeschnitten. Sehr sorgfältig, sehr exakt. Nur die Augen waren übrig. Warum?

Langsam drehte er sich zu Brogan um. Der Stonekiller. Der Mann, der einen anderen mit einem Stock erschlagen hatte. Der Männer in Bosnien ermordet hatte. Der das Schlimmste gesehen hatte, was Menschen zu bieten hatten. Selbst Brogan verschlug es die Sprache.

Was gibt es zu tun, nachdem sich etwas Schreckliches ereignet hat? Etwas, von dem man weiß, dass es den Lauf der Dinge ändern wird. Das noch Jahre später auf einen wirkt, und von dem man irgendwann später sagt: Danach war nichts mehr wie zuvor. Der Tod trifft die Menschen jeden Tag. Menschen sterben bei Autounfällen, Flugzeugabstürzen, Wohnungsbränden. Und dann bleibt nur, nach Hause zu gehen und zu versuchen, in den normalen Alltag zurückzufinden.

Genau das würde Jefferson irgendwann auch tun müssen. Einen Platz für sich selbst finden. Das hatte er schon nach den Erlebnissen in Bosnien getan. Tat man es oft genug, sah man genügend grauenvolle Dinge, dann verstand man es immer besser – oder vergaß ganz und gar, wie es ging.

Jefferson saß am Ufer und beobachtete, wie das Wasser den Strand hinaufrollte. Er starrte hinaus auf Blade Island. Irgendwo unter der Erde, in irgendwelchen Tunnels unter dem Wasser, lagen die Toten. Als Jefferson und Brogan endlich einen Weg nach draußen gefunden hatten, waren die Hubschrauber bereits eingetroffen. Große Helikopter waren im Hof gelandet und wirbelten mit ihren Rotoren Gras und Erde auf. Sie waren mit einem Helikopter zurück aufs Festland geflogen, als am Horizont bereits der Morgen gedämmert hatte. Brogan war ins Mass General gegangen; der Schnitt an seinem Arm war offen und blutete wieder. Jefferson saß am Ufer und starrte auf die Wellen, die immer wieder heranbrandeten.

Irgendetwas stimmte nicht. Irgendetwas hatte er übersehen. Was immer dort unten in den Tunnels sein Unwesen trieb, was immer die zehn Männer des SWAT-Teams getötet hatte – es hatte Jefferson und Brogan verschont. Es hätte sie genauso töten können wie alle anderen, wenn es gewollt hätte. Es hatte sie am Leben gelassen. Warum?

Vielleicht wusste Dr. Wu mehr darüber. Jefferson griff in die Tasche und suchte nach der Visitenkarte. Der Karte mit der Adresse des Doktors und der privaten Telefonnummer. Er wusste, dass er die Karte eingesteckt hatte, aber sie war verschwunden.

Panik schnürte ihm die Brust zusammen. Dieses Ding im Tunnel musste die Karte an sich genommen haben. Es hatte ihm die Karte aus der Tasche gezogen. In Jefferson stieg ein furchtbarer Gedanke auf, wie es weitergehen würde. Das Ding hatte es auf Dr. Wu abgesehen. Wu war der einzige Mensch, der vielleicht eine Idee hatte, was diese Kreatur war.

Jefferson ließ sich von der Telefongesellschaft die Nummer Wus geben und rief vom Mobiltelefon aus an. Während er auf das Freizeichen wartete, tastete er nach der Beretta im Schulterhalfter. Er lauschte den wiederholten Klingeltönen. Wu wohnte ganz in der Nähe. Das Ding hatte Sinatra gefunden, und auch diesen Wachmann vom Blade-Gefängnis. Es hatte beide in Sinatras Haus ermordet. Was würde dieses Ungeheuer mit Wu und seiner Familie anstellen?

Das Läuten verstummte, und eine Frauenstimme fragte: »Ja?«

»Ist Dr. Wu zu Hause?«

»Einen Augenblick.«

Jefferson hörte, wie die Frau im Hintergrund leise mit jemand anderem redete. Dann erklang Dr. Wus vertraute Stimme im Hörer. »Hallo?«

»Dr. Wu?«

»Ja?«

»Hier Detective Jefferson.«

»Ah, Detective. Sie sind Frühaufsteher, wie?«

»Tut mir Leid, Doc, wenn ich Sie geweckt habe. Ist bei Ihnen alles in Ordnung?«

»Wie meinen Sie das?«

»Ihre Familie. Geht es ihr gut?«

»Selbstverständlich«, antwortete Wu. In seiner Stimme lag eine gewisse Schärfe. »Was hat das zu bedeuten, Detective?«

»Nichts, Doc. Bleiben Sie, wo Sie sind. Ich komme zu Ihnen. Bleiben Sie im Haus, versperren Sie Türen und Fenster und machen Sie nicht auf«, sagte Jefferson. »Niemandem, hören Sie? Ich möchte, dass Sie Ihre Sachen zusammenpacken, Sie und Ihre Familie. Es haben sich neue Entwicklungen ergeben. Möglicherweise müssen Sie die Stadt eine Zeit lang verlassen.«

Nervös fragte Wu: »Was ist denn passiert? Was hat das zu bedeuten?«

»Haben Sie eine Waffe, Doc?«

»Nein.«

»In Ordnung. Verhalten Sie sich ruhig. Ich bin in zehn Minuten bei Ihnen, okay?«

Im Hintergrund weinte ein Baby. Dann gab es ein Geräusch wie von einem reißenden Stück Stoff, und das Schreien des Babys verstummte.

»Tut mir Leid, Detective«, meldete sich Wu erneut. Ruhig. Wie ein Mann, der die Lage nicht begriff.

»Was tut Ihnen Leid, Doc?«

»Wegen heute Nacht, Detective.« Die Stimme klang nun eisig. »Das viele Blut. Überall Blut. Es muss grauenhaft für Sie gewesen sein.«

Jefferson presste sich den Hörer ans Ohr. Was hatte das zu bedeuten? Weitere Geräusche waren im Hintergrund zu hören – ein schwaches, leises Blubbern. Wie ablaufendes Wasser in einem Spülbecken oder einer Wanne. Oder wie jemand, der leise weinte.

»Ich habe sie immer noch«, sagte Dr. Wu.

»Was haben Sie noch?«, fragte Jefferson.

»Die Augenlider von Josh Commons. Ich trage sie bei mir. Ich werfe nie etwas weg, das ich abgeschnitten habe«, sagte Wu.

Die Stimme klang spöttisch, tiefer, und rasselte leicht. Es war nicht mehr die Stimme Wus, sondern die von jemand anderem.

Um Himmels willen, wer ist da am Apparat?

»Wer ... spricht da?«, fragte Jefferson.

Die Stimme kicherte. Dann war die Leitung tot.

Der telefonischen Auskunft zufolge wohnte Wu in der Dean Road in Weston, einem kleinen Vorort unmittelbar außerhalb Bostons. Jefferson hatte die Beretta neben sich auf dem Beifahrersitz liegen, während er fuhr. Die Straßen waren nahezu leer. Grau und verlassen lagen sie in der frühen Morgensonne. Jefferson fuhr so schnell er konnte. Vor seinem geistigen Auge sah er das Bild auf Wus Schreibtisch. Die Familie des Arztes. Alle lächelten …

Zorn kann das Urteilsvermögen manchmal sehr beeinträchtigen. Zorn bringt einen dazu, Fehler zu machen. Doch manchmal, wenn man keine Entscheidung treffen muss, sondern nur reagiert, kann Zorn etwas Positives sein. Er macht einen stärker, lässt einen Schmerz vergessen, Schuld, Reue … Man handelt nur noch. Genau dieser wilde Zorn war es, der Jefferson nun antrieb.

Wu wohnte in einem Haus im Kolonialstil am Ende einer ruhigen Straße. An das Haus angebaut war eine Doppelgarage mit einer kurzen Auffahrt. In der Auffahrt, direkt vor dem Garagentor, stand ein schwarzer Mercedes. Jefferson parkte dahinter, stellte den Motor ab und stieg aus. So früh am Morgen war alles ruhig und still. Eine beinahe schmerzhafte Normalität. Die Häuser auf der anderen Straßenseite lagen dunkel da, und auf dem Rasen der Vorgärten schimmerte frischer Tau. Aus dem gegenüberliegenden Haus kam ein Golden Retriever durch eine Hundeklappe in der Tür, schnüffelte prüfend und trottete dann auf den Rasen, um sich zu erleichtern.

Rasch ging Jefferson den Weg zur Vordertür von Wus Haus. Die Beretta steckte wieder im Schulterhalfter. Im Haus war es ruhig, keine Lichter brannten, nirgendwo war Bewegung. Hinter keinem Fenster war irgendetwas zu sehen. Die Tür war groß und aus Ahornholz mit Messingarmaturen. Die Klinke bewegte sich lautlos in Jeffersons Hand, und die Tür schwang nach innen. Sie war nicht abgesperrt gewesen. Jefferson blieb in dem kleinen Foyer stehen, während seine Augen sich an das Halbdunkel gewöhnten. Das Haus war geschmackvoll und schön. Hartholzböden, die wie Parkett glänzten, große Kübelpalmen, Renoir-Drucke an den Wänden. Vor Jefferson mündete das Foyer in einen schmalen Korridor, der zur Küche führte. Die Arbeitsflächen bestanden aus Marmor, und ein großes Fenster zeigte hinaus auf den Garten hinter dem Haus.

Noch immer war alles ruhig. Sämtliche Räume im Erdgeschoss waren leer. *Fang oben an und von dort durch den Rest des Hauses.* Jefferson stieg die schmale Holztreppe in den ersten Stock hinauf. Die Stufen knarrten leise, doch im Haus regte sich nichts.

Vielleicht, weil alle tot sind …

Im ersten Stock gab es weitere Hartholzböden sowie Möbel aus Kirsche. Zur Rechten führte eine offene Tür in ein dunkles Schlafzimmer. *Fang hier an.* Jefferson betrat das Zimmer und spürte einen dicken Teppich unter den Schuhsohlen. In der gegenüberliegenden Wand gab es zwei große Fenster, die nur schwach hinter vorgezogenen Vorhängen schimmerten. Eine zweite Tür führte in ein kleines Bad. In dem Bad brannte eine kleine, wie eine Muschel geformte Nachtlampe in einer der Steckdosen und tauchte den schachbrettartig gefliesten Boden und die sorgfältig gefalteten Handtücher in den Regalen in weiches Licht.

Der Rest des Schlafzimmers bestand aus undeutlichen Umrissen von Mobiliar, die mit den Schatten verschmolzen. Jefferson ging ein paar Schritte ins Zimmer hinein und verharrte dann regungslos in der Dunkelheit. Nachdem seine Augen sich an das trübe Licht gewöhnt hatten, materialisierte im Schatten an der Wand ein breites Bett.

In dem Bett war etwas.

Jefferson bewegte sich vorsichtig darauf zu, während er die Beretta aus dem Schulterhalfter zog. Er starrte auf die Gestalt, die dort unter der Bettdecke lag, ein langer Umriss, der wie ein Mensch aussah. Die Laken um die Gestalt herum waren sauber und trocken und frei von Blutflecken.

Rasch sah Jefferson sich um – das Zimmer war leer bis auf das Bett und die Gestalt unter der Decke. Er näherte sich dem Bett, und die Gestalt darunter rührte sich leicht, drehte sich um, lag wieder still. Schwer atmend streckte Jefferson die Linke nach der Decke aus. In der Rechten hielt er die entsicherte, feuerbereite Beretta.

Los!

Er riss die Decke vom Bett, und sie glitt zu Boden. Ein Mann lag dort. Der Mann drehte den Kopf und starrte Jefferson an. Jefferson richtete die Pistole auf die Stirn des Mannes und sagte: »Bleiben Sie liegen. Rühren Sie sich nicht.«

Der Mann antwortete nicht, wollte sich jedoch aufsetzen. Jefferson drückte ihm den Lauf der Beretta an die Schläfe und zwang ihn wieder aufs Bett. Dort lag er voller Angst, ohne sich zu rühren, die Hände ausgebreitet. Zum ersten Mal hatte Jefferson Gelegenheit, das Gesicht des Mannes eingehender zu betrachten.

Es war Dr. Michael Wu.

Wu starrte ihn aus großen Augen an und schüttelte den Kopf. *Nein, nein, nein.* Er trug ein schlichtes weißes T-Shirt und blaue Boxershorts, und sein rundlicher Bauch war deutlich unter dem Stoff zu erkennen. Eine Stimme in Jefferson rief immer wieder: *Erschieß ihn! Vertrau ihm nicht! Erschieß ihn!*

Jefferson riss sich zusammen. »Wer sind Sie?«, fragte er.

Wu starrte ihn verständnislos an.

»Wer sind Sie?«, wiederholte Jefferson und presste die Mündung der Waffe erneut an Wus Stirn.

»Ich bin es, Michael«, sagte Wu endlich. »Sie kennen mich. Ich arbeite bei … bitte, erschießen Sie mich nicht, Will. Erschießen Sie mich nicht.«

Wu war in Panik. Er atmete keuchend und zitterte.

Jefferson hielt einen Finger an die Lippen und brachte Wu damit zum Schweigen. Vielleicht war es ja tatsächlich Michael Wu. *Aber wie soll ich das feststellen? Wie kann ich mir sicher sein? Narben … Selbst wenn dieser Dämon menschliche DNS imitieren und jede Gestalt annehmen kann, Narben gehören nicht dazu. Nar-*

ben sind nicht in der DNS verankert; sie sind die Folgen von Verletzungen oder Eingriffen. Wu hatte sich mal die Hand verbrannt; die Narbe müsste noch deutlich zu erkennen sein.

Ohne die Waffe zu senken, packte Jefferson die Hand des Doktors und drehte sie herum. Nichts. Keine Narbe.

Erschieß ihn, bevor es zu spät ist!, schrie die Stimme in seinem Innern. Stattdessen packte Jefferson die andere Hand. Wu leistete keinen Widerstand. Er sah verängstigt aus, schien nicht zu begreifen. Jefferson hob die andere Hand hoch, drehte sie herum und betrachtete prüfend die Haut über den Knöcheln. Und da war sie. Ein großer Fleck auf dem Handrücken. Eine Narbe, hervorgerufen von einem Bunsenbrenner.

Es war also tatsächlich Dr. Michael Wu.

Und das bedeutete, dass dieses Ding aus den Tunnels sich immer noch irgendwo im Haus herumtreiben konnte.

Wu zitterte am ganzen Leib. Es sah aus, als würde er jeden Augenblick losschreien. Jefferson legte die freie Hand auf Wus Mund. Wu riss die Augen noch weiter auf; offensichtlich dachte er, Jefferson wolle ihn erschießen.

»Seien Sie leise, verstanden?«, sagte Jefferson. »Nicken Sie.«

Wu nickte.

»Sind Sie allein im Haus?«

Wu zögerte, dachte nach, dann nickte er erneut.

»Ganz sicher?«

Wieder ein Nicken.

»Ich werde Ihnen nichts tun. Nicken Sie, wenn Sie verstanden haben.«

Wu nickte.

»Ich glaube, dass außer uns noch jemand im Haus ist. Verstehen Sie?«

Wu dachte sehr lange nach, dann nickte er erneut.

»Ihr Telefon hat vor zwanzig Minuten geläutet. Haben Sie es gehört?«

Ja.

»Wissen Sie, wer den Anruf entgegengenommen hat?«

Wu schüttelte den Kopf. *Nein.* Langsam nahm Jefferson die Hand von Wus Mund.

»Ihre Frau?«, fragte er.

Wu schüttelte erneut den Kopf »Nein. Sie ist gestern Nachmittag nach Providence gefahren.«

Jefferson dachte an den Anruf, und das Baby fiel ihm ein, das er im Hintergrund weinen gehört hatte.

»Und das Baby?«

»Ist mit meiner Frau gefahren.«

»Wer ist dann ans Telefon gegangen? Eine Frau?«

»Vielleicht meine Haushälterin. Sie kommt sehr früh und geht früh wieder.«

»Hat sie auch ein Baby? Einen Säugling?«

Wu nickte. »Ja. Manchmal bringt sie ihn mit.«

»Ist sie jetzt da?«

Wu zuckte die Schultern. »Keine Ahnung.«

»Was für einen Wagen fährt sie?«

»Ich weiß es nicht. Einen weißen.«

Weder in der Auffahrt noch an der Straße hatte ein weißer Wagen gestanden. Wu legte die Hand auf sein Herz, und Jefferson befürchtete schon, der Doktor könnte einen Herzanfall erleiden. *Besser, wenn du es ihm nicht noch schwerer machst,* dachte er.

Er zog sein Handy aus der Tasche und drückte die Wahlwiederholung, während er mit der anderen Hand eine Bewegung machte, die Wu zum Schweigen aufforderte. Wu starrte weiterhin unverwandt auf die Pistole. Das Telefon begann zu läuten. Jefferson hörte das elektronische Läuten im Lautsprecher seines Handys, dann das Läuten mehrerer Telefone in Wus Haus. Eines davon stand direkt neben dem Bett auf einem kleinen Nachttisch. Was immer vorhin im Haus gewesen war – es war ans Telefon gegangen. Jefferson wollte herausfinden, ob es sich noch immer in Wus Haus herumtrieb.

Die Telefone im Haus läuteten erneut, eine halbe Sekunde nach dem elektronischen Signal im Hörer von Jeffersons Handy. Drängend. Schrill.

Komm schon, nimm ab, wer auch immer du bist.

Niemand schien zu Hause zu sein. Jefferson wollte bereits auf die Abbrechen-Taste drücken.

Dann verstummte das Läuten, und ein Klicken drang aus dem kleinen Hörer.

Jemand hatte abgenommen.

Mein Gott. Wir sind nicht allein. Jemand ist immer noch bei uns.

Jefferson drückte das Handy ans Ohr und lauschte angestrengt, hörte aber nur leises Atmen, das Geräusch von Luft, die durch eine enge Röhre gepresst wird.

»Hallo?«, fragte er.

Eine Pause, dann: »Ja?«

»Wer ist da?«

»Mein Name spielt keine Rolle.« Es war die kälteste Stimme, die Jefferson je gehört hatte.

Er schwieg, hielt sich den Hörer ans Ohr, während er das Schlafzimmer durchquerte. *Wo stehen die anderen Telefone in diesem Haus?*

»Möchten Sie mit Michael Wu sprechen?«, fragte die Stimme in dem Augenblick, als Jefferson die Tür erreichte.

»Ich spreche mit Ihnen.«

Unten im Erdgeschoss erklang ein tappendes Geräusch.

»Dr. Wu ist im Bett«, sagte die Stimme. »Ich gehe nach oben und hole ihn.«

Die Verbindung brach ab.

Jefferson nahm den Hörer vom Ohr und starrte wie benommen darauf. Aus dem Lautsprecher drang leises statisches Rauschen. Jemand war auf dem Weg nach oben, auf dem Weg zum

Schlafzimmer. Irgendetwas, mit dem nicht zu spaßen war. Das gleiche Ding, das am Abend zuvor das gesamte SWAT-Team ausgelöscht hatte.

Gütiger Himmel, was habe ich angerichtet?

Er hörte Geräusche von unten. Aus dem Erdgeschoss. Schritte auf dem Hartholzboden. Jemand kam. Jefferson wich von der offenen Schlafzimmertür zurück und ging zum Bett, wo Dr. Wu noch immer halb unter der Decke lag. Ihnen blieb nicht viel Zeit.

»Stehen Sie auf«, sagte Jefferson. »Schnell. Gehen Sie ins Bad und versperren Sie die Tür.«

Binnen eines Augenblicks war Wu aus dem Bett und auf dem Weg ins Badezimmer. Er schloss die Tür hinter sich. Jefferson schob das Bett von der Wand weg und duckte sich dahinter. Irgendetwas war zwischen ihm und der offenen Schlafzimmertür. Noch immer erklang von unten das Geräusch von Schritten. Es veränderte sich, wurde dumpfer, als die Schritte die Treppe erreichten. Das Ding kam nach oben. Jefferson wartete hinter dem Bett, die Beretta im Anschlag, zwei volle Magazine neben sich auf dem Laken.

Einige Sekunden herrschte Stille, durchbrochen lediglich vom Ticken einer Uhr und dem Motorengeräusch eines auf der Straße vorbeifahrenden Wagens. Ein Hund bellte. Keine Schritte mehr. Sekunden vergingen, dann knarrte die erste Stufe der Treppe. Das Geräusch klang durchs ganze Haus. Dann die zweite Stufe, die dritte.

Jetzt kommt es.

Jefferson richtete die Beretta auf die Tür. Das Knarren der Stufen wurde lauter und näherte sich dem oberen Treppenabsatz. Dann war das Ding draußen im Korridor. Es bewegte sich in Richtung Schlafzimmer. Unmittelbar vor der Tür blieb es stehen. Es stand jetzt draußen vor der Tür und rührte sich nicht. Während Jefferson sich bereitmachte, dieses Etwas anzugreifen, vernahm er ein schabendes, kratzendes Geräusch. Wie ein Stück Kreide auf einer Schiefertafel. Noch immer war nichts zu sehen.

Schließlich knarrten die Stufen erneut. Was immer nach oben gekommen war, kehrte nach unten zurück. Jefferson lauschte den Schritten, bis sie unten im Foyer angelangt waren. Eine Tür wurde zugeschlagen. Dann Stille. *Allein.*

Die Badezimmertür war noch immer abgesperrt. Jefferson erhob sich hinter dem Bett und ging zur Schlafzimmertür. Er blieb stehen, atmete tief durch und steckte den Kopf um die Ecke.

Der Korridor lag leer vor ihm, genau wie die Treppe. Auch unten im Erdgeschoss regte sich nichts.

Das kratzende Geräusch kam ihm in den Sinn, und er blickte zur Seite. An der Wand neben der Schlafzimmertür stand etwas geschrieben. Eingeritzt in die rosafarbene Tapete, so tief, dass der Gips darunter weiß zum Vorschein trat. Jefferson starrte auf die Botschaft.

Ich bin da.

Eine Stunde später saßen Jefferson und Wu am Esstisch der Familie. Wu hielt eine kastanienbraune Serviette in der Hand und zerknüllte sie geistesabwesend, während er auf die spiegelglatt polierte Holzoberfläche des Tisches starrte. Cops in Uniform durchsuchten das Haus von oben bis unten. Jefferson hörte sie oben, wo sie vor der eingeritzten Botschaft standen und diskutierten.

»Was war das für ein Ding heute Morgen in meinem Haus?«, fragte Wu zum wiederholten Mal, wobei er die Serviette knetete.

Jefferson schüttelte den Kopf. »Ich weiß es nicht mit Sicherheit. Wir arbeiten noch daran, Doc.«

»Sie sollten sich beeilen, Detective Jefferson. Dieses Ding ist in mein Haus eingedrungen, wo meine Ehefrau wohnt, wo unser Baby lebt. Ihr Fall hat dieses ... Ding ins Haus meiner Familie geführt. Ich bin Wissenschaftler, kein Cop!«

»Ich weiß, Doc, und es tut mir aufrichtig Leid«, sagte Jefferson.

»Hat das alles mit dem Lyerman-Fall zu tun?«, fragte Wu.

Jefferson nickte. »Ich glaube schon. Sie erinnern sich, was Sie mir über die DNS des Fragments gesagt haben, das am Tatort gefunden wurde? Dass es die Fähigkeit besitzt, die DNS eines beliebigen Lebewesens zu imitieren, mit dem es in Berührung kommt?«

»Selbstverständlich.«

»Dieses Ding – am Telefon klang es genau wie Sie, Doc. Und Ihre Haushälterin hat heute Morgen einen Mann in Ihrer Küche gesehen, der genauso aussah wie Sie. Kann dieses Ding Sie anhand Ihrer DNS imitieren? Auch Ihre Stimme?«

Wu breitete die Serviette auf dem Tisch aus und dachte nach. »Möglich. Allerdings bringt einen die DNS alleine nicht sehr weit. Theoretisch könnte jemand dadurch so aussehen wie ich, doch andere Dinge ... mein Verhalten, meine Aussprache oder mein Wortschatz ... werden erst im Lauf des Lebens erlernt. Das alles wird durch die Umwelt geprägt. So etwas wird nicht unmittelbar an unsere Nachkommen vererbt und ist auch nicht in der DNS verankert.«

Jefferson nickte. »Beispielsweise auch die Brandnarbe an Ihrer Hand?«

»Genau, Will. Die DNS allein reicht nicht, um eine Brandnarbe zu reproduzieren.«

»Trotzdem könnte dieses Ding anhand Ihrer DNS ungefähr erraten, wie Sie aussehen?«

»Rein theoretisch. Aber worüber wir hier reden, ist kein Bestandteil der heutigen allgemeinen wissenschaftlichen Meinung ...« Wu zögerte und blickte Jefferson an. »Andererseits ...«

»Ja?«

»Nach unserer Unterhaltung gestern habe ich mich an gewisse Einzelheiten meiner früheren wissenschaftlichen Arbeiten erinnert. Irgendetwas kam mir bekannt vor. Also forschte ich nach und fand ein paar interessante Dinge heraus. Wie gesagt, diese Dinge entsprechen nicht der allgemeinen wissenschaftlichen Meinung, doch es ist durchaus möglich, dass wir uns in einem Bereich jenseits der bekannten wissenschaftlichen Welt bewegen.«

»*Weit* jenseits, wenn Sie meine Meinung hören wollen, Doc. Was haben Sie denn herausgefunden?«

»Ich erinnerte mich, dass ich mit einem Kollegen zusammen eine Fallstudie über ein Skelett betrieben habe, das in den 1930er-Jahren in den Bergen Südchinas entdeckt wurde.«

»Ein menschliches Skelett?«

»Möglicherweise. Vielleicht aber auch nicht. Wir wissen es nicht, Will. Die Knochenstruktur war mit nichts vergleichbar, das jemals ausgegraben wurde. Die Gestalt war humanoid, doch der Schädel war größer, mit stark ausgeprägtem Kiefer und großen Raubtierzähnen. Die Arme waren viel länger als alles, was typischerweise aus dieser Zeit gefunden wird. Und das Merkwürdigste von allem – es besaß einziehbare Klauen. Wie bei einer riesigen Katze. Vollkommen unbekannt bei sämtlichen humanoiden Skelettfunden.«

»Was war es?«

»Das ist immer noch ein großes Geheimnis. Akademiker debattieren gern, und dieser Fund rief damals einen gewaltigen Wirbel in der wissenschaftlichen Welt hervor. Man gelangte zu der Meinung, dass es sich bei diesem menschenartigen Skelett um ein Raubtier gehandelt haben müsse. Einen Killer. Und das ging gegen die Meinungen jener Zeit, dass der evolutionäre Erfolg des Menschen auf seinen geistigen und nicht seinen körperlichen Fähigkeiten basierte.

Das alles geschah, bevor Johanson in Afrika das Skelett Lucys entdeckte. Doch auch ohne diesen Fund besaß man eine ziemlich anschauliche Vorstellung vom Aussehen der primitiven Frühmenschenformen. Dieses Skelett jedoch unterschied sich dramatisch von allem, was in der Vergangenheit gefunden worden war – und bis in die heutige Zeit gefunden wurde. Dieses Skelett gehört allem Anschein nach einem ultra-angepassten Raubtier, das offensichtlich aus dem Nichts aufgetreten ist.«

»Also wurde der Fund beiseite gelegt und nicht länger berücksichtigt?«, mutmaßte Jefferson.

»Nein. Mit dem Fortschreiten der Technologie wurden neue Untersuchungen an dem Skelett vorgenommen, um die Echtheit zu überprüfen. Zunächst fand man heraus, dass es bereits sehr, sehr lange Zeit in der Höhle gelegen hatte. Doch das Bemerkenswerteste war, was man in den Fragmenten der DNS entdeckte.

Die DNS war praktisch nicht existent. Ein unbeschriebenes Blatt, gewissermaßen. Als wäre diese Kreatur niemals geboren worden. Damit begannen erneut Spekulationen, dass der Fund unecht sei. Dass es sich um einen Scherz handelte. Dass das Skelett in Wirklichkeit von Menschen gefälscht worden sei, wie es in der Forschung bereits geschehen ist.«

»Und war es auch hier so?«

»Ich weiß es nicht. Das Eigenartige ist, dass man bis heute nicht weiß, welche Materialien benutzt wurden, falls das Skelett tatsächlich künstlichen Ursprungs ist. Es war mit nichts zu vergleichen, das uns bekannt ist. Und die Knochen waren von einer unglaublichen Festigkeit.

Als schließlich offensichtlich wurde, dass dieses Skelett … nun ja, wissenschaftlich eigentlich unmöglich war, suchte man nach jemandem, dem man die Schuld geben konnte. Eine Menge Finger zeigten auf alles und jeden, der ein Interesse haben könnte, die akademische Welt zu blamieren. Niemand hat je gestanden, dahinter zu stecken.

Viele Wissenschaftler hatten die Meinung vertreten, dass es ein echtes Skelett sei. Die Reputation hoch angesehener Wissenschaftler stand auf dem Spiel. Also ließ die akademische Gemeinschaft die Geschichte still und leise im Sand versickern.«

»Was geschah mit dem Skelett?«

Wu zuckte die Schultern. »Es endete in einem Museum in St. Petersburg. Eher als Kuriosität denn als Gegenstand von wissenschaftlichem Interesse.«

»Und wie soll uns das weiterhelfen?«

»Das war alles«, sagte Wu. »Jedenfalls bis zu dem Zeitpunkt, an dem Sie mir diese Bruchstücke gebracht haben. Sie besitzen das gleiche Muster von VNTRs wie der Skelettfund von damals. Das gleiche Material. Also ist entweder der Fälscher wieder zurück, was ich für unwahrscheinlich halte, weil der ursprüngliche Fund bereits mehr als siebzig Jahre zurückliegt, oder ...«

»Oder was?«

Wu seufzte und blickte Jefferson an. »Oder es handelt sich um eine bisher unbekannte Spezies, die bereits seit Jahrtausenden unbemerkt neben der Menschheit existiert und über die niemand etwas weiß.«

Die Akkus in Jeffersons Handy waren inzwischen leer, daher benutzte er das Telefon in Wus Küche, um Brogan im Massachusetts General anzurufen.

Diesmal wurde er durchgestellt. »Rate mal, wo ich bin.«

»Wo?«

»Im Haus von Dr. Wu. Unser Mann hat ihm einen Besuch abgestattet.«

»Verdammt!«, entfuhr es Brogan. »Bist du verletzt?«

»Nein, alles ist in Ordnung. Es ist keinem was passiert.«

Jefferson hörte im Hintergrund einen Fernseher laufen. Er

blickte aus dem großen Fenster und bemerkte zwei Officer in Uniform, die hinter dem gelben Pumpenhaus des Pools mit einer langen Kescherstange in den Sträuchern stocherten.

»Ich schätze, ich werde einen Ausflug unternehmen«, sagte Jefferson und wandte sich vom Fenster ab.

»Und wohin?«

»St. Petersburg.«

»St. Petersburg in Florida?«

»Nein«, erwiderte Jefferson. »St. Petersburg in Russland.«

»Russland?«, fragte Brogan überrascht. »Was gibt's denn da?«

»Wu meint, in einem Museum dort gäbe es noch eins von diesen Dingern. Ein Skelett, dessen DNS zu den Proben passt, die wir vom Lyerman Building haben.«

»Hm. Fliegst du allein?«

»Wieso, kommst du nicht mit?«

»Ich kann nicht«, sagte Brogan. »Ich muss bei dem Baby bleiben, ganz zu schweigen davon, dass ich Richard Lees Mörder finden und in Sachen Gefängnisdirektor etwas unternehmen muss. Warum fragst du nicht McKenna?«

Jefferson lachte. »Ja, sicher.«

»Ich meine es ernst. Sie ist die beste Technikerin, die wir haben. Eine sehr kluge Frau, die weiß, was gespielt wird. Außerdem würdet ihr beide euch drüben in Russland gut machen. Ihr könntet euch im russischen Winter aneinander kuscheln und so weiter.«

»Glaubst du, McKenna würde Ja sagen?«

»Vielleicht«, entgegnete Brogan. »Warte mal, ja?«

Durch den Hörer vernahm Jefferson das Geräusch einer sich öffnenden Tür und eine weibliche Stimme, die in schnellen Worten zu Brogan sprach.

»Das ist meine Schwester. Ich muss Schluss machen«, sagte Brogan, nachdem er den Hörer wieder aufgenommen hatte. »Aber du gehst kein unnötiges Risiko ein in Russland, versprochen? Und halte mich auf dem Laufenden. Wann bist du wieder zurück?«

»In zwei, spätestens drei Tagen.«

»In Ordnung. Viel Erfolg. Ach, noch was ...«

»Ja?«

»Frag sie, ob sie mitkommt.«

Dreißig Stunden später saß Jefferson in einem der unbequemen Plastiksitze einer B 747 der British Airways. Stewardessen in hellbraunen Kostümen bewegten sich durch die Gänge und verteilten Getränke in kleinen Plastikbechern und Erdnüsse in noch kleineren Tütchen. Jeffersons Tisch war vorgeklappt, und ein Reiseführer über Petersburg lag aufgeschlagen vor ihm und zeigte Schwarzweißbilder des berühmten Mariinsky-Balletts. Er seufzte, schlug das Buch zu und streckte die Arme. Dann beugte er sich vor und blickte nach links am Leib des dicken Mannes vorbei, der neben ihm in den Sitz gequetscht saß, durch das ovale Fenster. Draußen herrschte kristallklare blaue Monotonie über der Schicht aus flachen, bewegungslosen weißen Wolken.

Er spürte, wie jemand seinen Arm drückte und wandte sich vom Fenster ab zum Sitz rechts von ihm. McKenna sah ihn an. Sie hatte ihre Haare nach hinten gekämmt und zu einem Pferdeschwanz gebunden. Er liebte den Blick in ihre Augen.

Sie lächelte. »Wie geht es dir?«

»Ich fühle mich ganz gut, danke«, antwortete Jefferson.

Sie sah ihm einen Moment tief in die Augen, bevor sie sich wieder dem Magazin auf ihrem Schoß zuwandte und die Seiten umblätterte.

Wie bin ich bloß hierher gekommen? Wie kommt es, dass sie neben mir sitzt?, fragte sich Jefferson. Er hatte es irgendwie noch immer nicht begriffen. Nach seinem Gespräch mit Brogan hatte er tatsächlich bei McKenna angerufen und sie gefragt, ob sie Lust hätte, mit ihm nach St. Petersburg zu fliegen. Aus irgendeinem unerfindlichen Grund hatte sie zugesagt. Und nun saß sie neben ihm. An Bord eines Flugzeugs, auf dem Weg nach Russland. Das Leben war manchmal eigenartig.

McKenna trug Jeans, Turnschuhe und ein Sweatshirt und sah trotzdem noch besser aus als die meisten Frauen in der Modezeitschrift auf ihrem Schoß.

Der Lautsprecher über dem Sitz knackte, und der Pilot meldete sich mit schwerem britischem Akzent. »Verehrte Fluggäste, wir haben den Landeanflug auf den Pulkova-Flughafen von St. Petersburg eingeleitet. Wir werden in ungefähr dreißig Minuten landen. Die Ortszeit ist zweiundzwanzig Uhr siebenunddreißig, der Himmel ist klar, die Außentemperatur beträgt zwei Grad Celsius. Im Namen der gesamten Besatzung hoffe ich, dass Sie einen angenehmen Flug mit British Airways genießen konnten. Wir wünschen Ihnen einen angenehmen Aufenthalt.«

Der Pulkova-Flughafen lag ein Stück außerhalb von St. Petersburg, und ein Bus fuhr in stündlichen Abständen zum Stadtzentrum. Nachdem sie ihre Taschen auf dem Gepäckband eingesammelt und die Passkontrolle und den Zoll passiert hatten, folgten sie den orangefarbenen Schildern, auf denen die Silhouette eines Doppeldeckerbusses zu sehen war.

Sie kamen nach draußen und stiegen in einen wartenden Bus. Kurze Zeit später begann die gemächliche Fahrt in die Stadt.

McKenna sah Jefferson an. »Wie hieß noch mal das Hotel, in dem wir absteigen?«

»Moskwa. Es war der am leichtesten zu lesende Name auf der Liste.«

McKenna nickte und sah wieder aus dem Fenster. Sie fuhren am breiten Obvodnovo-Kanal entlang, der in der berühmten weißen Sommernacht glänzte wie der silberne Bauch eines riesigen Fisches. Eine goldene Hängebrücke mit zwei großen Bronzeadlern auf beiden Seiten führte über den Kanal. Die Fabeltiere hatten die Flügel nach oben ausgestreckt; die Rümpfe darunter waren geduckt wie bei einer Katze.

Entlang dem Kanal standen Wohnblocks im Art-nouveau-Stil, stumpfe rote Ziegelbauten mit glänzenden Fenstern. Die oberen Stockwerke und die Fenster waren mit bunten Mosaiken gerahmt. Auf den Bürgersteigen waren nur wenige Menschen unterwegs.

In der Ferne, auf der anderen Seite des Kanals, erhob sich die blaue, weiße und goldene Sankt-Nikolaus-Kathedrale über den funktionalen Ostblock-Plattenbauten. Die vier vergoldeten Zwiebeldächer auf blauen Türmen überragten das grünliche Dach.

Sie bogen vom Kanal ab und fuhren einen Block weit an der breiten Newa entlang, bevor sie auf den Newsky-Prospekt kamen, die Hauptstraße von St. Petersburg. Die schmucklosen, fünfstöckigen Ziegelsteingebäude zu beiden Seiten der Straße schienen zu einer einzigen massiven Konstruktion zu verschmelzen, die weder in der Farbe noch in der Form variierte. Der Bus fuhr an kleinen Läden mit Schaufenstern, Bäckereien, Metzgereien und den verschiedensten Geschäften vorbei.

Alle paar Blocks steuerte der Bus eine Haltestelle an, und Fahrgäste schoben und drängten sich hinaus auf die übervölkerten Verkehrsinseln und die Straße, um anschließend rasch in den grauen Schatten zu verschwinden.

Jefferson erkundigte sich beim Busfahrer, wo sich das Hotel befand. Der Fahrer deutete auf eine Fähre am Ufer des Kanals. »Nehmen Fähre, andere Seite. Nächste Haltestelle.«

Jefferson bedankte sich, und beim nächsten Halt stiegen sie aus dem überfüllten Bus und genossen die frische Luft und das Gefühl von Weite. Dann überquerten sie einen Platz, gingen zum Kanal hinunter und stiegen an Bord der Fähre, die unter ihren Füßen schaukelte. Es war ein großes Boot, mit zwei Reihen Sitzbänken rechts und links. An Bord waren die verschiedensten Personen, hauptsächlich Russen; Jefferson erkannte einige von der Busfahrt wieder.

Sie setzten sich an ein Fenster. Durch die Plastikbank hindurch spürte Jefferson die Vibrationen des Motors.

»Ich liebe Bootsfahrten«, sagte McKenna. »Das Gefühl von Freiheit, wenn man sich vom Land entfernt.«

Jefferson nickte. »Ich hoffe nur«, sagte er, »Brogan kommt in Boston zurecht. Diese Sache hat ihm übel mitgespielt.«

»Seid ihr eng befreundet?«

»Ziemlich eng, ja.«

»Wie lange kennst du ihn schon?«

»Schon sehr lange. Wir waren zusammen in Bosnien, in Zvornik.«

»Zvornik?«

»Ja. Das ist eine kleine Stadt. Es muss dort sehr schön gewesen sein.«

»Wie meinst du das?«

»Es war Krieg. Im Krieg bemerkt man nicht viel von den Schönheiten einer Gegend.«

»Und du hast Brogan in Zvornik kennen gelernt?«

»Ja. Genau wie Vincent, der auch bei der Mordkommission ist. Er war als Erster am Sinatra-Tatort. Nachdem wir aus der Army entlassen worden waren, trafen wir uns in Boston wieder und gingen zur Polizei. Dann hat Vincent geheiratet. Kurze Zeit später auch Brogan.«

»Du nicht?«

Jefferson schüttelte den Kopf. »Nein … In Zvornik sind Dinge passiert, mit denen ich erst zurechtkommen musste.«

Er wandte den Blick von McKenna, blickte hinaus aufs Wasser und beobachtete die kleinen Wellen auf dem Kanal. Als er sie wieder ansah, wurde ihm bewusst, dass sie ihn die ganze Zeit beobachtet hatte.

»Was ist damals passiert?«, fragte sie.

Er sah sie an. In ihren Augen funkelten winzige Spiegelbilder des Kanals.

»Frag nicht«, sagte er, ohne den Blick von ihren Augen zu nehmen.

Das Fährschiff legte ab und fuhr hinaus auf den Kanal. Männer warfen Taue ans Ufer, und der Bug zeigte aufs Wasser, bevor die Fähre ablegte und einen Keil von Wellen hinter sich herzog. Überall am Kanal brannten Lichter in den Häusern; ihre Reflexionen im Wasser zitterten und schwankten, wenn die Wellen sie durchschnitten. Gaslaternen säumten die Pfade entlang dem Kanal, und gelegentlich gingen Passanten darunter her und wurden für einen Augenblick in Helligkeit getaucht, bevor sie wieder im Dunkel verschwanden.

Jefferson spürte die Wärme McKennas. Plötzlich beugte sie sich zu ihm herüber und brachte ihren Mund ganz nah an sein Ohr.

»Ich bin froh, dass ich mit dir hier bin«, flüsterte sie, und er spürte das Beben ihrer Lippen auf der Haut.

Sie lehnte sich zurück, schob ihre Hand unter Jeffersons Arm und tastete nach seiner Hand, fand seine Finger und umschloss sie fest, während die Fähre langsam über den Kanal glitt.

Die Fähre legte auf der anderen Seite des Wasserlaufs an. Sie stiegen aus und gingen einen gepflasterten Weg zur Straße hinauf und zu ihrem Hotel. Ein roter Teppich auf dem Bürgersteig führte hinauf zur breiten gläsernen Eingangstür. Jefferson stieß die Tür auf, und sie betraten das warme Foyer. Ein Portier hinter einem hohen Schalter aus Walnussholz winkte ihnen, dann sprach er sie auf Russisch an.

»Wir sprechen kein Russisch«, sagte Jefferson. »Sprechen Sie Englisch?«

»Gewiss«, antwortete der Portier und zog ein dickes schwarzes Gästebuch hervor. Er schlug es auf, legte es auf den Schalter und reichte Jefferson einen Stift. »Wenn Sie sich bitte eintragen würden. Ich nehme Ihre Pässe an mich, bis Sie auschecken.«

Jefferson trug seinen Namen ein, und der Portier beugte sich nach hinten, um einen Schlüssel mit einem großen schwarzen Anhänger von einem Schlüsselbrett an der Wand zu nehmen. Er reichte Jefferson den Schlüssel und nickte in Richtung der breiten Treppe am Ende des Foyers. »Dritter Stock, Zimmer dreihundertzwo.«

»Die Treppe hinauf?«, fragte Jefferson mit einem Blick auf ihr Gepäck.

»Ja«, erwiderte der Portier und fügte hinzu: »Der Aufzug ist leider defekt ...« Er zuckte die Schultern.

Das Treppenhaus war sauber. Ein schmiedeeisernes Geländer säumte die Treppe. Es zeigte Pferdegespanne. Die Pferde bäumten sich mit zurückgeworfenen Köpfen auf, und ihre Mähnen flatterten im Wind.

Als sie endlich im dritten Stock waren, brannten Jeffersons Finger und Arme vom Tragen der Koffer.

Sie traten in den Korridor und gingen an geschlossenen Türen vorbei, bis sie vor Nummer 302 standen.

McKenna öffnete die Tür, und sie betraten ein ziemlich geräumiges Zimmer mit großem Erkerfenster, das zur Straße lag. Glatte, cremefarbene Tapeten bedeckten die Wände vom Boden bis zur Decke. Jefferson ging ins Bad und schaltete das Licht ein.

»Ich bin froh, dass du mich gefragt hast, ob ich mitkomme«, sagte McKenna.

»Was?«, fragte Jefferson und kam mit der Zahnbürste im Mund aus dem Badezimmer.

»Ich sagte, ich bin froh, dass du mich gefragt hast, ob ich mitkomme«, wiederholte McKenna.

Jefferson nickte, kehrte ins Badezimmer zurück und spülte

sich den Mund aus. »Und ich bin froh, dass du mitgekommen *bist.*« Er griff nach einem weißen Handtuch an einem der vergoldeten Haken und trocknete sich Gesicht und Hände ab, bevor er es zusammenfaltete und auf den Waschbeckenrand legte.

»Will«, sagte McKenna. »Komm, das musst du dir ansehen.«

Er wandte sich vom Waschbecken ab und kehrte ins Schlafzimmer zurück. McKenna hatte die beiden großen Fensterflügel geöffnet und lehnte auf dem Sims. Sie sah nach draußen.

Jefferson trat neben sie und blickte hinaus auf St. Petersburg.

»Die Aussicht ist wundervoll«, flüsterte McKenna mit verträumter Stimme.

Das blasse Licht war der kurzen Nacht gewichen, und die Stadt lag unter einem dunklen Mantel. Die Fenster in den Gebäuden ringsumher leuchteten hell und warm. In der Ferne wand sich ein Pfad an der Newa entlang, und im schwarzen Wasser des Flusses spiegelte sich das sanfte Licht der Gaslaternen. Eine Brücke auf gemauerten Pfeilern überspannte den Fluss. Der Mond stand am schwarzen, sternenübersäten Nachthimmel.

McKenna lehnte sich gegen Jefferson, legte den Kopf sanft an seine Schulter und streichelte ihm mit der Hand über den Rücken. Er schloss sekundenlang die Augen und spürte die Berührung ihrer Haare auf der empfindlichen Haut seines Halses. Für einen Augenblick vergaß er beinahe, warum sie hier waren. McKennas Präsenz hüllte ihn ein wie dichter Nebel.

»Was ist das?«, fragte sie, streichelte über Jeffersons Kehle und zog eine goldene Halskette unter seinem Hemd hervor, die in einem keltischen Radkreuz mit einer Inschrift endete.

»Es stammt von meiner Familie«, sagte Jefferson zögernd mit einem Blick auf das Kreuz. »Mein Vater hat es mir gegeben.«

»Wo lebt er jetzt?«

Jefferson schüttelte den Kopf. »Das weiß ich nicht. Er ist fortgegangen, als ich acht Jahre alt war, und ich habe ihn nie wiedergesehen. Er ist einfach aus meinem Leben verschwunden.«

»Oh«, sagte McKenna leise. »Das tut mir Leid. Ich hätte nicht danach fragen sollen.«

»Schon gut«, erwiderte Jefferson. »Das ist alles ziemlich lange her.«

»Vermisst du ihn?«

»Nein«, sagte Jefferson. »Ich vermisse ihn nicht.«

Er spürte, wie McKenna sich gegen ihn drückte, hob den Arm, legte ihn um sie und zog sie noch fester an sich.

Auf der anderen Seite des breiten Flusses flammten Straßenlaternen auf. Jefferson wandte sich vom Fenster ab, hob die Hand und streichelte ihr durch das Haar. Sie senkte den Kopf, bis ihre Wange in seiner Hand ruhte, schloss die Augen und seufzte. Dann schlug sie die Augen langsam wieder auf und biss sich ganz leicht auf die Unterlippe. Sie nickte beinahe unmerklich, und Jefferson beugte sich vor. Er küsste sie, zuerst ganz sanft, dann leidenschaftlicher. Er spürte ihren Leib an seinem, ihre Hände, die ihn umschlangen, ihre Brüste und die Hitze, die von ihrem Körper ausging.

Kalte Luft wehte durchs offene Fenster ins Zimmer. McKenna zerrte an seinem Hemd, ohne den Kuss zu unterbrechen, und steuerte ihn aufs Bett zu. Die Nachttischlampe brannte; es war das einzige Licht im Zimmer – eine schwache Glühlampe unter einem pfirsichfarbenen Wachsschirm, die das Zimmer in warmes Licht tauchte. McKenna zog ihn auf sich herab und lehnte sich weit zurück auf dem weichen Bett. Ihre Haare umrahmten ihren Kopf auf den Kissen.

Sie küsste ihn am Hals, und ihre Zunge huschte über seine Haut; zärtlich knabberte sie an seinem Ohrläppchen. Er hörte, wie ihr Atem schneller ging, spürte ihn über sein Ohr hinwegstreichen, spürte die flinke Wärme ihrer Zunge.

Sie zögerte und blickte ihn fragend an.

»Woher hast du die hier?«, fragte sie und deutete auf zwei kleine kreisrunde Narben auf Jeffersons Brust und Unterleib.

»Ich weiß es nicht«, sagte er. »Ich hatte sie schon immer. Solange ich zurückdenken kann.«

»Sie sehen aus wie von Schusswunden«, sagte sie und strich mit den Fingern darüber. Dann hob sie den Kopf und küsste sie. »Jefferson, der Desperado.«

Sie strich ihm mit den Fingern durch die Haare, glättete sie, fuhr mit der Fingerspitze über seine Augenbrauen. Sie beugte sich vor und küsste ihn wieder auf die Lippen. Er drehte sie herum, rollte sich erneut auf sie und spürte, wie sich ihre Fingernägel in seinen Rücken gruben.

Sie lagen im Bett im dunklen Zimmer und betrachteten die Muster, die das Mondlicht an die Decke zeichnete. McKenna schmiegte sich an ihn, den Kopf auf seiner Brust, seufzte leise und kuschelte sich noch enger an ihn.

»Als ich in Bosnien war«, sagte er langsam. »habe ich gespürt, wie ich mich immer mehr zum Schlechteren verändert habe. Ich war auf dem Weg, ein Mensch zu werden, der ich auf keinen Fall werden wollte. Mit dir ist es umgekehrt. Mit jedem Augenblick, den ich mit dir verbringe, fühle ich mich besser, stärker als vorher. Diese Geschichte damals in Zvornik ... ich bin auf dem Weg, sie abzustreifen. Wegen dir. Du befreist mich davon.«

McKenna sagte nichts. Sie lauschte seinen Worten und hörte ihm zu, während sie ihn sanft streichelte.

Jefferson spürte, wie sich in seiner Brust etwas löste. »Möchtest du wissen, was dort draußen in Zvornik passiert ist?«

»Ich möchte fühlen, was du fühlst«, antwortete sie. »Ich

möchte wissen, was du weißt. Ich möchte an dem Leben teilhaben, das du geführt hast, bevor wir uns begegnet sind.«

»Wenn du es erst weißt, gibt es kein Zurück. Man kann Dinge nicht vergessen.«

»Ich will nicht vergessen«, sagte McKenna. »Ich will es niemals vergessen.«

20. Juli 1996

Brogan und ich waren zusammen im Seventh Armored Cavalry Regiment, in Camp Washington, sechs Kilometer südlich von Zvornik. Wir waren seit einem Monat in Bosnien und hatten die meiste Zeit im Lager verbracht, hatten uns Filme angesehen und Fitnesstraining gemacht. Vincent war ebenfalls bei uns; wir haben ihn in Bosnien kennen gelernt. Er war damals ein junger, ziemlich unbeherrschter Bursche. Das Militär hatte genügend Ausrüstung herangeschafft, um ein gutes Fitnesscenter auszustatten, und Brogan, Vincent, ich und ein Bursche namens J. C. aus Spring Hill, Texas, trainierten gerade gemeinsam, als irgendjemand – ich habe seinen Namen längst vergessen – den Vorschlag machte, an dem Abend in die Stadt zu gehen.

Während unserer Zeit in Bosnien herrschte meistens Ausgangssperre für das Militär; wir mussten in den Lagern bleiben und durften höchstens die Patrouillenroute ablaufen, die unmittelbar vor der Stadt endete. Nachts hörten wir die Musik, die aus der Stadt herüberwehte, und manchmal sahen wir das weiße Licht von Scheinwerfern, die über den Nachthimmel strichen. J. C., ein junger Kerl, der gerade aus der Grundausbildung gekommen war, langweilte sich zu Tode, und wir alle hatten seit unserem Aufbruch aus den US-Kasernen in Deutschland keine Frau mehr gesehen. Was uns im Lager hielt, mehr noch als die Befehle unseres kommandierenden Offiziers, war der Gedanke, dass die Straße in die Stadt von serbischen Truppen vermint war. Doch es gab noch andere, größere Gefahren.

Zwei Wochen zuvor war Michael Wise aus Ohio auf eine Landmine getreten, die ihm beide Beine abgerissen hatte. Jedenfalls lautete so die offizielle Version. Inoffiziell wussten die meisten von uns, was wirklich passiert war. Wise war zusammen mit zwei anderen aus unserer Einheit in Zvornik gewesen und hatte sich von den Jungs getrennt. Ein paar Stunden später fanden sie ihn in einer Seitengasse, mit drei Kugeln in der Brust, tot. Bevor er gestorben war, hatte jemand sich die Zeit genommen, ihm die Haut von den Beinen abzuziehen und ihm ein paar Finger abzuschneiden.

Das hatte uns in den vorangegangenen beiden Wochen daran gehindert, nach Zvornik zu gehen, trotz J. C.s ununterbrochenem Gerede. Doch der Gedanke an eine Frau kann eine machtvolle Droge sein, und wir alle litten unter ihren Auswirkungen. Wochen zuvor, während unserer dritten Nacht in Bosnien, hatten Brogan und ich an dem Wall aus Sandsäcken gestanden, der unser Lager umgab, hatten Zigaretten geraucht und geschmuggeltes Jelen Pivo getrunken, ein bosnisches Bier. Es war eine warme Nacht gewesen, und die Klappen unserer tarngrünen Zelte flatterten in der sommerlichen Brise. In der Ferne sahen wir die Lichter von Zvornik. Damals wurde in der Stadt noch gekämpft. Weiße Mörserblitze erhellten die Betonsilhouetten, und Explosionen rollten durchs Tal wie Donnergrollen. Wir tranken Bier und beobachteten die grüne Leuchtspurmunition, die durch den Nachthimmel jagte.

Seit jener Nacht hatte es in der Stadt keine Zwischenfälle mehr gegeben, also nahmen wir an, dass die Serben weitergezogen waren. Zumindest vermutete J. C. es jedes Mal, wenn wir im Fitnesszelt Gewichte stemmten.

»O ja«, sagte er. »Sie sind weitergezogen, ganz sicher. Ich hab's von einem Typen oben in Tuzla gehört.«

Tuzla war die Stadt, wo der Großteil der amerikanischen Streitkräfte stationiert war.

»Könnte schon sein«, meinte Brogan. »Es war ziemlich ruhig in letzter Zeit.«

»Bis auf die Musik«, erwiderte J. C. »Und wo es Musik gibt, wird getanzt. Und wo getanzt wird, gibt es Mädchen. Hübsche Mädchen.«

Wir alle waren ausgehungert nach Sex, also beschlossen wir, in jener Nacht heimlich das Lager zu verlassen, gegen zehn, wenn wir ohnehin Freizeit hatten. Die meisten Nächte verbrachten wir mit Gameboyspielen und dem verrauschten amerikanischen Radio, das von Tuzla aus über Langwelle ausgestrahlt wurde. Ich selbst hatte auch die Nase voll und war reif für ein wenig Abwechslung.

In jener Nacht also trafen wir uns dreißig Meter hinter dem langen Lagerzelt, in dem wir mit hundertfünfzig Mann auf harten grünen Pritschen hausten. J. C. hatte tatsächlich einen gepanzerten Humvee organisiert. Er lehnte an der Fahrertür und lauschte dem leisen Grollen des Motors unter der Haube. Vincent war ebenfalls erschienen und rauchte eine Zigarette, während er auf uns wartete. Beide Männer trugen volle Kampfmontur, einschließlich Westen und Helme aus Kevlar, und jeder hatte ein M-16 und die obligatorischen zweihundertzehn Schuss Munition bei sich.

Sie grinsten uns an, als Brogan und ich kamen, und Vincent schnippte seine Zigarette weg.

»Ich hab von den bosnischen Mädchen geträumt, Mann«, sagte J. C. grinsend. »Weich und warm, und sie riechen nach Frau.«

Brogan blickte nervös in alle Richtungen.

»Seid nicht so laut«, sagte er. »Wenn der Kommandeur was rausfindet, sind wir am Arsch.«

J. C. nickte und kletterte hinters Lenkrad des Humvee. Vincent sprang auf den Beifahrersitz, und Brogan und ich stiegen hinten ein. Der Humvee war offen, und die Luft tat gut, als wir endlich losfuhren. Wir rollten aus dem Lager und auf die Hauptstraße, die in die Stadt führte. J. C. beschleunigte, und der Nachtwind strich über mein Gesicht. Ich schloss die Augen. Endlich ein wenig Abwechslung vom Einerlei im Camp.

J. C. beugte sich vor und schaltete des Radio ein. Ein amerikanischer Hip Hop Song plärrte aus den Lautsprechern.

»Ja!«, rief J. C. und nickte im Rhythmus. »Das ist geil!«

Er trat das Gaspedal durch, und der Humvee jagte über die Piste. Ich fühlte mich gut – Musik in den Ohren, kühlen Wind im Gesicht, und über uns die Sterne.

»Meint ihr, wir kommen heute Abend gratis zum Schuss?« J. C. drehte sich zu uns um und rief gegen den Fahrtwind an.

»So 'n hässlicher Vogel wie du bestimmt nicht«, sagte Vincent, und wir alle lachten.

Entlang der Straße erstreckten sich Wälder und Felder. Gelegentlich war eine Hausruine zu sehen, ohne Dach und mit eingestürzten Wänden und Mörserlöchern in den Mauern. Vereinzelt liefen Hühner umher, die noch immer in zerstörten Ställen hausten, und Kühe muhten schmerzerfüllt, während sie darauf warteten, dass ihre übervollen Euter gemolken wurden. Ich war nervös wegen möglicher Landminen, doch im Licht des Humvee war die Straße vor uns voll frischer Reifenspuren, was bedeutete, dass andere Fahrzeuge hier entlanggekommen waren und aller Wahrscheinlichkeit nach keine Minen die Straße blockierten.

Vincent stellte sich auf den Sitz und lehnte sich gegen die Überrollbügel des Humvee. Er zielte spielerisch auf die zerstörten Gehöfte, die wir passierten, in dem Versuch, das verbliebene Glas in den größtenteils leeren Fenstern zu zerschießen. Das M-16 bäumte sich bei jedem Schuss auf, und Vincent stieß einen Jubelruf aus, wenn das Klirren von Glas ertönte.

»Verdammt«, sagte er nach ein paar Schüssen und senkte sein M-16. »Ich hatte eigentlich gehofft, dass ich von diesem Einsatz mit einem Orden zurückkehre.«

»Ja«, sagte J. C. »Ich auch.«

»Was soll ich den Leuten zu Hause bloß erzählen?«

Vincent hob das Gewehr und feuerte frustriert noch ein paar Schüsse ab.

»He«, sagte Brogan. »Hör mal für einen Augenblick auf damit, ja?«

Er deutete nach vorn. Vincent drehte sich um und sah, dass ihnen ein Scheinwerferpaar entgegenkam. Er glitt zurück in seinen Sitz und setzte sich den Kevlar-Helm wieder auf, ohne das M-16 loszulassen.

»Was glaubst du, wer das ist?«, fragte J. C. leise, als wir uns dem entgegenkommenden Fahrzeug näherten.

»Keine Ahnung«, sagte Brogan. »Könnten Serben sein, aber auch Moslems.«

Das unbekannte Fahrzeug war inzwischen weit genug heran, dass wir den Motor hören konnten. J. C. verlangsamte die Fahrt und lenkte den Humvee ein wenig nach rechts.

»Vorsicht«, sagte Brogan. »Bleib in der Straßenmitte. Am Rand könnten Minen liegen.«

J. C. nickte und lenkte zur Straßenmitte zurück.

Ich konnte sehen, dass es ein Transporter war. Die Ladefläche war offen, die Plane um das Gerüst fehlte. Zwei Reihen von Männern saßen schwankend auf den Bänken und wurden auf der unebenen Fahrbahn durchgerüttelt. Trotz der Dunkelheit sah ich, dass alle mit Gewehren bewaffnet waren.

»Scheiße«, fluchte J. C. »Soldaten!«

Er lehnte sich zurück und nahm den Blick von der Straße. »Los, gebt mir mein Gewehr. Es liegt irgendwo hinten.«

Brogan reichte die Waffe nach vorn und legte sie zwischen die Sitze, wo J. C. sie sofort greifen konnte. »Ganz ruhig, Bruder«, sagte er leise. »Jeder hier weiß, dass wir Amerikaner sind. Keiner ist so dumm, sich mit uns anzulegen.«

»Sag das mal Wise«, erinnerte ich an den ermordeten amerikanischen GI.

Der Armeetransporter kam immer näher, und in meinem Magen breitete sich nervöses Unbehagen aus. Meine Handflächen wurden feucht, und ich rieb sie an den Hosenbeinen ab und zog die Kevlar-Weste fester um den Leib.

Dann war der Truck heran, und wir drehten uns um und starrten auf die vorbeifahrenden Männer. Sie trugen Kampfmonturen, rote Baretts und schwarze Stiefel. Sie begegneten unseren Blicken gleichmütig, ohne die Waffen zu heben. Ich sah in ihre Gesichter: Sie waren hager und stoppelbärtig.

Mein Herzschlag stockte für einen Moment, als mein Blick dem eines Soldaten begegnete. Er starrte mich an, und während ich hinsah, verzog er das Gesicht zu einem hässlichen, hochmütigen Grinsen. Der Bursche lachte mich aus. Dann war der Armeetransporter an uns vorbei und setzte seinen Weg die Straße hinunter fort. Doch der Bursche starrte mir noch immer in die Augen. Als der Truck bereits ein Stück entfernt war, stand der seltsame Kerl von seinem Sitz auf, griff sich an den Hals und hielt etwas hoch. Mit der anderen Hand knipste er eine Taschenlampe an, damit ich sehen konnte, was es war.

Zwei amerikanische Erkennungsmarken.

In diesem Augenblick wusste ich, dass die Männer auf dem Lastwagen diejenigen waren, die unseren Kameraden Wise ermordet hatten. Vincent wusste es ebenfalls, denn er stand auf und starrte dem Laster hinterher, der sich immer weiter entfernte. Ich sah, wie seine Knöchel weiß wurden, so fest umklammerte er sein M-16. Brogan bemerkte es ebenfalls und schüttelte den Kopf.

»Keiner von uns will heute Nacht sterben. Ich weiß, was du am liebsten tun würdest, Vincent, aber denk gar nicht erst daran.«

Der Mann auf dem Laster grinste immer noch höhnisch,

dann schlug er einem seiner Kameraden auf die Schulter. Er wandte sich wieder zu uns, zuckte die Schultern und ließ die beiden Erkennungsmarken zwischen den Fingern baumeln. Dann erlosch die Taschenlampe, und alles verschwand in Dunkelheit. Wir entfernten uns immer weiter von dem Laster, bis auch die Rückleuchten nicht mehr zu sehen waren.

Vincent setzte sich wieder. Wütend schlug er mit der flachen Hand von außen gegen die Tür des Humvee. Wir näherten uns dem Stadtrand, doch unsere Stimmung war dahin, und wir waren nicht mehr scharf auf Frauen und Sex, Tanzen und Trinken. Ich hatte das Gefühl, als wären wir soeben von einer Beerdigung gekommen. J. C. hatte das Radio ausgeschaltet, als der Laster uns entgegengekommen war, und nun fuhren wir schweigend weiter.

Zvornik bestand aus einer Ansammlung trister Mietskasernen. Die Straße war übersät mit ausgebrannten Autowracks ohne Scheiben und Sitze. Eines der Häuser war von einer Mörsergranate getroffen worden. Ein riesiges Loch klaffte in der Außenwand, und Betonbrocken und Trümmer lagen über die Straße verstreut. Ich starrte durch das Loch und sah die Reste eines Wohnzimmers, einen zerfetzten Fernseher, der auf dem Kopf auf dem Fußboden lag, ein gerahmtes Familienporträt mit zersplittertem Glas und ein Paar Schuhe. Die Straße lag still und verlassen, und in der Ferne erklang das Stakkato von Maschinengewehrfeuer. Abfall wirbelte um uns herum auf, leere Plastiktüten segelten durch die Luft wie kleine weiße Luftballons.

Vincent hatte erneut das Gewehr gehoben und feuerte auf die vorüberfliegenden Tüten. Wenn er traf, zerriss es sie in Stücke.

»Mann, Vincent!«, rief Brogan. »Wir sind mitten in einer Stadt! Du knallst noch jemanden ab, wenn du nicht aufhörst.«

J. C. wich einem zerschmetterten Porzellan-WC aus, das mitten auf der Straße lag.

»Ist doch niemand unterwegs!«, entgegnete Vincent. »Der ganze Stadtteil ist zerstört, und die Bewohner sind geflüchtet.«

»Ja, sieht ziemlich verlassen aus«, gab ich ihm Recht. Mein Helm wurde mir allmählich schwer, und ich schwitzte darunter.

»Vielleicht haben wir die Party ja versäumt«, meinte J. C.

Ich war fast bereit, den Abend zu beenden und in die Sicherheit des Camps zurückzufahren. Irgendetwas an dieser Geisterstadt machte mich nervös. Die leeren, glaslosen Fenster, das verlassene Gemeindehaus, die Parks ... alles war völlig verlassen.

Aus einem der Fenster zuckte irgendetwas Weißes, wahrscheinlich eine Plastiktüte, die vom Wind durch die Straßen geweht worden war. Vincent hob sein M-16 und feuerte.

Volltreffer.

Ein plötzlicher Schrei fuhr uns allen durch die Glieder. Es war ein kurzer, abgehackter Schmerzensschrei, eine helle Stimme, die Stimme eines kleinen Mädchens.

»Mein Gott, Vincent!«, entfuhr es Brogan. »Ich glaube, du hast jemand getroffen!«

Vincent erblasste und schüttelte den Kopf. »Ganz bestimmt nicht, Mann! Das war nur ein Stück Abfall. Das war ganz bestimmt kein Mensch!«

»Und was war das für ein Schrei?«

»Keine Ahnung! Woher soll ich das wissen?« Vincent schüttelte heftig den Kopf und kaute auf der Unterlippe.

J. C. hatte den Schrei ebenfalls gehört und angehalten. Wir saßen im Wagen und starrten in die Richtung, aus der der Schrei gekommen war.

»Fahren wir zurück und sehen nach?«, fragte J. C.

»Das müssen wir«, sagte Brogan.

»Nein, lasst uns weiterfahren«, drängte Vincent. »Lasst uns umkehren und ins Camp zurück. Ich hab keine Lust mehr auf einen Ausflug in die Stadt.«

Brogan starrte ihn an. »Wir müssen aber hin und nachsehen. Wir können nicht einfach weiterfahren.«

J. C. war offensichtlich der gleichen Meinung wie Brogan,

denn er wendete den Humvee. Die Vorderräder holperten auf den Bordstein, und unter uns ertönte das Geräusch von zersplitterndem Glas.

Ich drehte mich um und starrte in die Seitenstraße, aus der der Schrei gekommen war, doch wir waren zu weit entfernt. Ich konnte nichts sehen. In der Zwischenzeit hatte J. C. den Humvee ganz gewendet, und wir fuhren langsam zurück. Vincent saß zusammengesunken im Beifahrersitz und starrte auf seine Stiefel. Erwartungsvoll blickte er auf, als wir von der Hauptstraße in die schmale Seitengasse einbogen. J. C. fuhr im Schritttempo weiter, und die Scheinwerfer des Humvee erhellten das gesprungene Pflaster.

»O Gott!«, flüsterte J. C. fast unhörbar.

Eine winzige Gestalt lag auf der Straße. Ein kleines Mädchen, vielleicht acht Jahre alt, in einem verwaschenen Kleid und kleinen schwarzen Lederschuhen. Brogan war bereits aufgesprungen und aus dem Humvee gestiegen. Er rannte nach vorn, ließ sein Gewehr neben dem Mädchen fallen und kniete neben ihm nieder. Ich folgte ihm. Der Helm rutschte mir über die Augen, als ich aus dem Wagen kletterte.

Das Mädchen lebte noch. Es hatte die Augen weit aufgerissen, starrte Brogan an, hatte den kleinen Mund geschürzt und rang verzweifelt nach Luft. Das Geschoss aus Vincents M-16 hatte sie im Bauch getroffen und ein ausgefranstes, blutiges Loch in ihr Kleidchen gerissen. Ihre Haare wurden von einem gelben Band zusammengehalten, fleckig vom Dreck der Gasse, und kleine Glasscherben klebten in ihrem Haar.

»O nein«, sagte Brogan leise. »O nein …«

Er kniete vor dem Mädchen, streckte die Hand aus, strich ihr das Haar aus der Stirn und pflückte die Glasscherben heraus.

»Was ist?«, rief Vincent vom Wagen.

»Es ist ein Mädchen!«, antwortete J. C. direkt hinter mir. Er stand da, ohne Helm, und starrte auf das verwundete Kind.

»Ist sie tot?«, rief Vincent. Er saß noch immer im Humvee.

J. C. schüttelte den Kopf. »Sie lebt noch.«

Ich kniete vor ihr nieder und tastete an ihrem Hals nach dem Puls. Er ging unregelmäßig und schwach.

»Gütiger Gott!«, sagte J. C. »Was tun wir jetzt?«

»Wir schaffen sie in den Wagen«, sagte Brogan.

»He, warte mal!«, sagte Vincent. »Bist du sicher?«

»Was?«

»Überleg doch mal. Wir sind nicht im Camp. Wir haben gegen Befehle verstoßen. Sie werden uns am Arsch kriegen! Und dann haben wir noch ein Kind erschossen, verdammt!«

»Ja«, sagte Brogan. »Wir haben ein Mädchen angeschossen, und jetzt ist es unsere Pflicht, dafür zu sorgen, dass sie wieder gesund wird.«

»Scheiße, das weiß ich selbst! Ich wollte auch nicht sagen, dass wir sie liegen lassen. Wir bringen sie in ein Krankenhaus oder zu 'nem Arzt. Aber wollt ihr wirklich mit ihr zurück ins Lager? Das bedeutet Knast für uns alle.«

Brogan öffnete den Mund zu einer Erwiderung, als über uns plötzlich ein Schrei ertönte. Wir sahen nach oben und entdeckten einen Kopf in einem der glaslosen Fenster. Eine Frau schrie und schlug die Hand vor den Mund, während sie voller Schmerz auf das verwundete Kind in der Gasse starrte. Sie stieß einen Wortschwall in bosnischer Sprache aus.

»Was sagt sie?«, fragte J. C. und starrte erst Brogan, dann mich an.

»Kannst du dir das nicht denken?«, entgegnete ich.

Über die Stimme der Frau hörte ich das Geräusch eines sich nähernden Fahrzeugs. Brogan hörte es ebenfalls. »Da kommt jemand«, sagte er. »Sieh nach.«

Langsam ging ich um den Humvee herum zum Anfang der Gasse zurück, wo wir von der Hauptstraße abgebogen waren. Die Straße lag noch im Dunkeln, und das Licht von den Scheinwerfern des Humvee blieb hinter mir zurück. In einiger Entfernung näherten sich Scheinwerfer vom Stadtrand her. Ich hörte ein Kratzen, wie von einem Laster, bei dem der Fahrer die Gänge wechselte.

»Da kommt ein Wagen«, sagte ich. »Von Norden, vom Stadtrand.«

Brogan kniete noch immer neben dem Mädchen und presste die Hand auf die Wunde in ihrem Leib. Ich konnte sehen, wie das Blut in einem endlosen Strom zwischen seinen Fingern hindurchquoll. Vincent stand auf und starrte auf das Kind, während J. C. seinen Helm vom Kopf genommen hatte und mit leerem Blick im Kreis stapfte. Ich drehte mich um und richtete meine Aufmerksamkeit erneut auf das sich nähernde Fahrzeug. Es passierte eine Brücke, und in diesem Augenblick brach der Mond hinter den Wolken hervor.

Zum ersten Mal konnte ich erkennen, dass es ein Laster war. Ich spürte, wie sich Angst in meinem Magen ausbreitete. Panische Angst.

»Scheiße, wir stecken in Schwierigkeiten!«, rief ich nach hinten und rannte in die Gasse zurück.

»Was ist?«, fragte J. C. und blieb stehen.

»Es ist der Truck mit den Soldaten«, sagte ich. »Der Armeetransporter, der uns vorhin entgegengekommen ist.«

»Was?«

»Er kommt zurück.«

Brogan blickte von dem Mädchen auf. »Im Ernst?«

Er nickte J. C. zu. »Sieh nach.«

J. C. rannte die Gasse entlang zur Hauptstraße. Über uns hatte die Frau zu weinen aufgehört und rief etwas auf Bosnisch, das ich als »Hilfe!« verstand. Ich blickte mich in der verlassenen Gasse um. Es war keine Bewegung zu sehen, und nur das Rascheln in einem Abfallhaufen an einer Hausmauer war zu vernehmen.

Das Mädchen stöhnte nun leise, und ein dünner Blutfilm glänzte auf ihren Lippen. Brogan drückte weiter die Hand auf die Wunde und sprach leise in ihr Ohr. Seine andere Hand lag auf ihrer Stirn.

Vincent starrte die Wand an, die Hände auf die Ohren gepresst, und nickte unablässig mit dem Kopf.

J. C. stand an der Ecke zur Hauptstraße und blickte nach draußen; dann wandte er sich um und kam zu uns gelaufen.

»Jefferson hat Recht. Es ist der gleiche Truck. Sie kommen zurück.«

Weitere Schreie von oben.

»Halt die Schnauze, Miststück!«, brüllte Vincent zur Frau im Fenster hinauf. Die Wut in seiner Stimme erschreckte mich.

Die Frau zeigte mit dem Finger auf ihn und schrie weitere Worte auf Bosnisch.

Vincent hob sein M-16 und richtete es auf das Fenster.

»Vincent, nein!«, brüllte J. C. und griff nach dem Gewehr.

In diesem Augenblick geschah es.

Vincents M-16 bockte viermal, und ich sah, wie die Frau von Kugeln getroffen heftig zusammenzuckte. Ihr Kopf schien zu zerspringen, und sie brach auf dem Fenstersims zusammen und hing halb aus dem Fenster.

»Was hast du getan?«, brüllte J. C. »Was ist los mit dir?«

Weitere Köpfe tauchten in den Fenstern über uns auf, einem Plattenbau aus Beton und Stahl. Viele warfen nur einen flüchtigen Blick nach draußen und zuckten hastig wieder zurück. Vincent hielt sich erneut die Ohren zu, das Gewehr am Boden. Er schüttelte immer wieder den Kopf, die Schultern nach vorn gezogen. Seine Lippen bebten. »Nein … bitte, o Gott, nein, sei still. Bitte!«

Ich dachte im ersten Augenblick, er meinte das Mädchen. Sie stöhnte leise in einem Delirium aus Schmerz, doch Vincent schien sie überhaupt nicht wahrzunehmen. Stattdessen wandte er sich von ihr ab, die Hände immer noch über den Ohren, und lehnte sich an die Mauer des Wohnhauses, die übersät war mit Graffiti, bosnische Worte in weißer Schrift, die sich über die gesamte Länge hinzogen.

In der Ferne hörte ich den Militärtransporter näher kommen. J. C. leckte sich nervös die Lippen, blickte auf sein Gewehr und überprüfte das Magazin.

»Wir müssen von hier verschwinden!«, sagte er zu Brogan.

»Das Mädchen stirbt, J. C.«

»Ich weiß. Es tut mir Leid. Aber die Soldaten haben es auf unsere Hintern abgesehen. Sie sind hinter uns her.« J. C. drehte sich um und deutete zum Ende der Gasse. »Sie wollen unser Blut. Deshalb sind sie zurückgekommen.«

Ich bemerkte eine plötzliche Bewegung über uns, und irgendetwas segelte aus einem der Fenster. Es kam aus dem zweiten Stock, und ich erkannte, dass es eine Glasflasche war – eine Weinflasche – mit einem Lappen im Hals. Sekundenbruchteile vor dem Aufprall schoss eine Warnung durch meinen Kopf, dann zerplatzte die Flasche kaum einen Meter von J. C. entfernt auf dem Pflaster. Das Geräusch von splitterndem Glas und von heranströmender Luft begleitete die Explosion der benzingefüllten Flasche, und Flammen spritzten in alle Richtungen.

J. C. sprang zurück, und Brogan beugte sich schützend über das Mädchen, um sie vor den Flammen zu schützen. Ich drehte mich zu Vincent um, doch er schien nichts von alledem zu bemerken. Er lehnte noch immer an der Wand. Der Wind blies in seine Richtung – ich sah, wie er an seiner Montur zerrte –, und Vincent schien zu erschauern. Er wandte die Schultern ab, als wäre die Luft eisig kalt. Aber die Nacht war warm und ruhig, und ich spürte nicht den leisesten Lufthauch.

Als ich mich Vincent näherte, spürte ich ebenfalls einen Lufthauch, eine kalte Brise, die an meiner Montur zerrte. Ich schlug den Kragen gegen die Kälte hoch, als ich ein leises Flüstern hörte, das der Wind heranzutragen schien.

Ich neigte den Kopf, lauschte. Die Luft wehte eisig gegen mein Gesicht. Ich hörte ein Geräusch, ein lang gezogenes Flüstern.

»Töte … töte … töte …«

Ich drehte mich zu Brogan um, der noch immer über das Mädchen gebeugt kniete, doch er schien nichts von alledem mitzubekommen. J. C. entfernte sich rasch vom Feuer in der Gasse, während er sich abklopfte, um mögliche Flammen zu ersticken. Nur Vincent und ich schienen das Flüstern zu hören.

»Kommt, wir müssen verschwinden!« J. C. zerrte an Brogans Arm und versuchte ihn zu bewegen, mit ihm zum Humvee zurückzukehren. Die Scheinwerfer des herannahenden Trucks hatten den Humvee bereits erfasst. Ich hörte, wie Männer auf Bosnisch riefen. Dann versperrte der Laster die Ausfahrt aus der Gasse, und wir saßen fest.

Brogan erhob sich endlich. Von seinen Händen tropfte Blut. Seine Uniform war ebenfalls voller Blutflecken. Die Scheinwerfer des Trucks strichen über uns hinweg, als er in die Gasse einbog. Wir standen da, starrten auf den Laster und blinzelten gegen die Helligkeit der Lichter. Ich war geblendet und konnte kaum etwas erkennen, nur die schemenhaften Umrisse des Lastwagens und flüchtige Bewegungen, als würden die Soldaten von der Pritsche springen. Ich hörte, wie eine Stimme uns auf Bosnisch anrief; dann wurde eine Wagentür zugeschlagen.

Brogan trat langsam von dem Mädchen zurück und bewegte sich zu der Stelle, wo sein M-16 am Boden lag. J. C. atmete schwer. Im Scheinwerferlicht sah ich Schweiß auf seiner Stirn glänzen. Dann fiel ein Schuss, und J. C. taumelte zurück, von einer Kugel in die Brust getroffen. Er brach zusammen, stöhnte, rollte auf die Seite. Ich hob mein Gewehr und erwiderte blind das Feuer, wobei ich auf die Scheinwerfer und die huschenden Gestalten hielt. Funken stoben auf, als eine meiner Kugeln den rechten Scheinwerfer traf. Eine Sekunde später hatte ich auch den linken erwischt, und um uns herum herrschte wieder Dunkelheit. Nur die Tarnscheinwerfer des Humvee brannten noch.

Brogan packte J. C. an seiner Kevlar-Weste und zerrte ihn über den Boden zum Wagen. J. C. stieß hervor: »Ich kann nicht atmen …«

»Was machen wir?«, fragte ich.

»Wir lassen das Mädchen liegen«, rief Brogan. »Wir ziehen uns in die Stadt zurück. Dort schütteln wir sie ab.«

Vincent war aus seinem eigenartigen Koma erwacht und kam zu uns, während er auf die dunklen Gestalten feuerte. Einer der Angreifer wurde um seine eigene Achse gerissen und ging zu Boden. J. C. mühte sich unsicher auf die Beine. Er hatte immer noch Schwierigkeiten zu atmen, und seine Halsschlagadern traten vor Anstrengung hervor. Gemeinsam zogen wir uns weiter in die Gasse zurück. Ein Gewehrschuss peitschte dicht an meinem Kopf vorbei, und wir duckten uns in einen Eingang. Mit dem Gewehrkolben schlug Brogan eine Scheibe neben der Tür ein, griff durch die Öffnung und entriegelte die Tür. Wir betraten das Gebäude und rannten die Treppe vor uns hinauf.

Wir bewegten uns durch einen Korridor, an einem Schaukasten vorbei, in dem irgendwelche Sportpokale standen, und rannten in den hinteren Teil des Hauses. Ich hörte keine Verfolger auf der Treppe und verspürte Erleichterung – kein Schlagen von Türen, kein Poltern von Stiefeln auf den Stufen, keine zornigen Männerstimmen.

Als wir das Ende des Gangs erreichten, erklangen Schüsse unten in der Gasse. Die Soldaten schienen das verletzte Mädchen gefunden zu haben und schossen nun in die Luft – eine Warnung an uns, dass sie kamen.

Ich spürte einen Hauch im Gesicht, nicht den eisigen Wind aus der Gasse unten, sondern eine warme Brise, und rümpfte die Nase, als ich den Gestank bemerkte. Die Luft war erfüllt vom

Geruch nach Tod und Verwesung, vom Geruch sich zersetzender Leichen.

»Was stinkt hier so?«, fragte J. C. und hielt sich den Arm vor die Nase.

Wir bogen um eine Ecke im Korridor und waren plötzlich im Freien. Die Seite des Hauses war von Mörserfeuer getroffen worden. Ich sah umgestürzte Tische und zerfetzte Stühle, und in einer Ecke des Raums stand ein Hamsterkäfig. Das vergessene Tier lag mumifiziert in seinen Zeitungsschnipseln.

»Güter Himmel!«, sagte J. C. und wich plötzlich aus dem Raum zurück.

Auf Brogans Gesicht erschien ein Ausdruck des Ekels. »Mein Gott!«, stieß er leise hervor.

Die Wand des Raums fehlte, und wir konnten hinaus auf den Dorfplatz sehen. Direkt vor der fehlenden Wand baumelten drei menschliche Gestalten von der Decke, die den Blick auf den Platz teilweise verdeckten. Ich trat näher heran und bemerkte, dass es drei Männer waren, jeder in die Schläfe geschossen und aufgehängt. Sie verströmten den Gestank, den wir von draußen gerochen hatten. Sie hatten Schilder um die Hälse, doch mit serbokroatischer Aufschrift, sodass ich nicht lesen konnte, was darauf stand.

Der Wind wehte weiter von draußen herein, und die drei Männer baumelten langsam an den Seilen hin und her, die leise knarrten.

Auf der anderen Seite des Lochs war ein weiteres Wohnhaus, Balkone voller billig aussehender Möbel und Kübelpflanzen und intakte Glastüren. Auf einem der Balkone flammte Licht auf, und irgendetwas klatschte hinter mir an die Wand. Ich wurde von abplatzenden scharfen Betonsplittern getroffen, als die Kugel einschlug.

»Ein Heckenschütze!«, brüllte Brogan. »Runter! In Deckung!«

Im hinteren Teil des Raumes stand ein Tisch. Ich kroch dorthin, kippte den Tisch auf die Seite und ging dahinter in Deckung. Brogan und J. C. drückten sich an die Wand hinter dem toten Hamster, und Vincent duckte sich auf der anderen Seite hinter eine Spüle und etwas, das wie ein Chemiebaukasten aussah. Wir hielten unsere Positionen und rührten uns nicht. Ich atmete schwer und lehnte den Kopf gegen die Unterseite des Tisches.

Draußen im Flur erklangen schwere Schritte. Jemand näherte sich. Ich wechselte einen Blick mit Brogan, hob die Hand und deutete mit zwei Fingern nach draußen in den Korridor. Brogan nickte in Richtung des Balkons, wo sich der Heckenschütze versteckte.

Ich hob langsam den Kopf über die Tischplatte, konnte aber nichts als dunklen Schatten erkennen.

Ich hielt den Unbekannten nicht für einen richtigen Heckenschützen – richtige Heckenschützen schossen auf fünfzig Meter nicht vorbei. Ich glaubte, dass es eher ein einzelner Soldat war, vielleicht sogar ein Zivilist mit einer automatischen Waffe, wahrscheinlich einem AK-47.

Ich fragte mich bereits, wieso er nicht sein gesamtes Magazin auf uns verfeuerte, als der Raum plötzlich in einem Kugelhagel regelrecht zerfetzt wurde. Ich duckte mich tief hinter den Tisch und lauschte dem Lärm und Chaos ringsum. Die Tischplatte bestand aus massivem Holz, doch ein AK-47 ging hindurch wie Papier. Wenigstens war ich nicht zu sehen. Falls ich getroffen wurde, war es Zufall.

Einen Augenblick später wurde die Tischplatte neben mir von drei Geschossen durchbohrt, die hinter mir im Betonboden stecken blieben. Ich zog die Knie an die Brust und machte mich ganz klein, während ich mein Gesicht mit den Armen schützte. Rings um mich her hörte ich das Splittern von Glas, das berstende Geräusch von zerfetztem Holz und das Abplatzen kleiner Betonbrocken. Es war so laut, als würde jemand Steine in einen mit Glas und Porzellan gefüllten Raum werfen.

Ich hörte, wie J. C. einen Schrei ausstieß. »Himmel …!« Ich sah zu ihm hinüber. Er hielt die Arme über den Kopf, während Splitter und Glas auf ihn herabregneten. Dann, so urplötzlich, wie es angefangen hatte, hörte das Trommelfeuer wieder auf, und der Raum wurde in merkwürdige Stille gehüllt. Draußen auf dem Gang quietschten Stiefel auf dem Betonboden, als die gegnerischen Soldaten zu uns vorrückten.

Vincent hatte sich wieder hingehockt und feuerte eine Salve durch die offene Wand hinaus auf den dunklen Balkon. Ich sah, wie das Geländer zerplatzte und Keramiktöpfe und Pflanzen herunterfielen. Plötzlich kehrte die eisige Brise in den Raum zurück, und ich hörte das gleiche Flüstern, das ich auch schon unten auf der Straße gehört hatte.

»Töte …«

Ich schüttelte den Kopf und spähte über die Tischkante hinweg. Das Zimmer war zerstört; die Wände von Einschusslöchern übersät. Der Tisch, hinter dem ich in Deckung lag, war dreimal getroffen worden, und die Löcher bildeten eine Diagonale vom unteren Rand zur Oberkante.

Einer der drei Toten an der Decke war heruntergefallen. Er lag mit dem Gesicht nach unten im Dreck, die gefesselten Arme an den Körper gepresst, die Beine ausgestreckt. Ein zweiter Mann baumelte an seinem Seil hin und her und drehte sich dabei; ich konnte abwechselnd seinen Hinterkopf und sein Gesicht sehen.

Während ich in grauenerfüllter Faszination hinsah, öffnete der Mann plötzlich die Augen. Ich zuckte voller Entsetzen zurück. Der Mann schien noch am Leben zu sein. Sie hatten ihn lebendig aufgehängt, damit er dort baumelnd starb …

Er starrte mich für einen Augenblick an, dann hob er den Arm und zeigte mit einem Finger auf mich. Sein Gesicht war geschwollen, die Lippen blutig und geplatzt, die Haare schmutzig, und das Seil schnitt tief in die Haut an seinem Hals.

Jetzt bewegte der Mann die Lippen; es sah aus, als versuche er zu sprechen. Er zeigte weiter auf mich, und ich konnte ihn flüstern hören. Doch das Geräusch kam nicht von seinen Lippen, sondern irgendwie aus allen Richtungen rings um mich herum.

»Ich sehe dich …«

Dann fiel sein Arm herab, und er schloss die Augen wieder. Draußen im Korridor hörte ich ein Quietschen, und als ich mich hastig umwandte, sah ich drei Soldaten, die den Raum betraten. Ich hob mein Gewehr und feuerte. Die Männer wichen in den Gang zurück. Einer drehte sich in meine Richtung, und eine Kugel traf ihn im Hals. Er brach zusammen.

Draußen auf dem Korridor redeten hastige Stimmen, und ich hörte, wie die Männer sich weiter zurückzogen.

Mit einer raschen Bewegung des Handgelenks verständigte ich Brogan.

Er nickte, zog J. C. zu sich und kroch zum Eingang. Vincent hatte sich ebenfalls erhoben und schlich die Wand entlang nach hinten. Einer der gegnerischen Soldaten lag am Boden. Seine Arme und Beine zuckten. Ich drehte mich zu dem Gehenkten um, der mich angesehen und auf mich gezeigt hatte. Seine Augen waren geschlossen, und er hing schlaff am Seil.

Vorsichtig kehrten wir in den Korridor zurück und bogen um eine Ecke. Vor uns lag eine riesige Sporthalle. An den Wänden hingen rote Banner mit Inschriften sowie das Bild eines Adlers mit gespreizten Klauen, der einen Basketball hielt. Der Anblick war irgendwie vertraut; es sah aus wie eine Sporthalle an einer amerikanischen Highschool.

»Okay, wir stellen hier eine Falle«, sagte Brogan und blickte sich um. »Ja, das ist perfekt.«

Er deutete auf eine Schwingtür am anderen Ende der Halle und sah mich an.

»Du sicherst diese Tür. Keiner darf raus oder rein.«

Ich nickte, und er drehte sich zu den beiden anderen Männern um.

»J. C., du hast doch Granaten dabei?«

J. C. nickte.

»Okay, wir bringen sie an der Wand dort neben dem ersten Eingang an. Ich möchte eine Killzone von vierzehn, fünfzehn Metern Durchmesser. Du und Vincent macht sie fertig.«

Die beiden Männer nickten und kehrten zu der Tür zurück, durch die wir gekommen waren. Ich rannte zur anderen Tür, um sie zu sichern, wie Brogan es verlangt hatte. Die Tür besaß einen Riegel. Ich schob ihn vor, dann warf ich mich prüfend dagegen. Die Tür gab keinen Zentimeter nach. Ich hämmerte mit dem Gewehrkolben gegen den Riegel, bis das Metall sich so weit verbogen hatte, dass der Riegel sich nicht mehr bewegen ließ. Die Tür war nun auf Dauer versperrt. Stolz auf meine schnelle, gründliche Arbeit kehrte ich zu den anderen zurück.

Brogan stand oben auf der Tribüne, hielt sein M-16 im Anschlag und sicherte das Spielfeld. Hinter der Tribüne zog sich eine anderthalb Meter hohe Betonbrüstung entlang, mit einem Weg dahinter, von dem aus Treppen hinunter auf die Tribünenplätze führten. Brogan stieg hinauf, legte die Waffe auf die Brüstung und maß ein Dutzend Schritte ab. Dann nahm er eine einzelne Patrone aus der Tasche und stellte sie auf die Mauer.

J. C. und Vincent platzierten Granaten um die Eingangstür herum, versteckt hinter den roten Bannern. Ich drehte mich zu meiner Tür um, und Brogan beendete das Setzen von Markierungen entlang der Brüstung. Er rannte die Treppe hinunter und aufs Spielfeld.

Dann rief er uns drei zu sich. »Das ist ein guter Hinterhalt«, sagte er. »Wir kriegen sie hier drin am Arsch. Wir wiegen sie in dem Glauben, wir wären schwach, und dann pusten wir sie ins Jenseits. Wie viele Männer können wir mit den Granaten erledigen, J. C.?«

J. C. zuckte die Schultern und drehte sich zum verminten Eingang um. »Acht Mann vielleicht. Die Mauer ist dünn und aus Beton. Sie verwandelt sich bei der Explosion in Schrapnell. Damit erwischen wir noch ein paar mehr oder machen sie zumindest kampfunfähig.«

»Also zehn oder zwölf Mann?«

»Wenigstens.«

Brogan nickte und deutete auf die Betonbrüstung. »Von da oben haben wir ein ausgezeichnetes Schussfeld und eine gute Deckung. Wer nicht bei der Explosion erledigt wird, schalten wir von hier oben aus.«

Wir alle nickten nervös.

»Wir brauchen jemand, der schnell auf den Beinen ist«, sagte Brogan. »Jemand, der die Typen dazu bringt, hier reinzukommen. Wer meldet sich freiwillig?«

Wir blickten einander schweigend an.

»Na los, Leute! J. C., bist du schnell?«

J. C. grinste. »Verdammt schnell. Schneller jedenfalls als alle Bosnier.« J. C. grinste und blickte sich um. »Hier gibt's nichts, das mit uns mithalten könnte.«

Brogan nickte und grinste ebenfalls. »In Ordnung, der Job gehört dir. Jefferson, du gehst mit ihm und gibst ihm Deckung. Vincent und ich bereiten den Hinterhalt da oben vor.«

Er deutete auf die Tribünenreihen. »Ihr beide lockt sie her. Bringt sie dazu, euch zu folgen. Vincent und ich bereiten eure Stellungen vor.« Er wandte sich an J. C. »Du willst einen Orden, richtig?«

»Ja!«

»Dann los, fangen wir an.«

J. C. und ich standen in der dunklen Halle vor dem Eingang zum Korridor. Ich ging voran, als J. C. plötzlich stehen blieb und sich bückte, um seine Stiefel auszuziehen.

»Was tust du da?«

»Ich ziehe mir die Stiefel aus, damit ich schneller laufen kann.«

Er zog Stiefel und Strümpfe aus, stopfte die Socken in die Stiefel und stellte sie neben den Rahmen unmittelbar hinter dem Eingang zur Halle. Dann wippte er kurz auf Zehen und Fersen und krempelte sich die Hosensäume hoch. Schließlich schüttelte er seine Beine aus.

»Bist du endlich fertig, Carl Lewis?«, fragte ich.

»Ja, startklar.«

Wir gingen nebeneinander durch den langen Korridor, von dem rechts und links mehrere Gänge abzweigten.

»Glaubst du, es funktioniert?«, fragte ich.

»Ich hoffe doch.«

»Und wenn sie dich erwischen?«

»Nie im Leben! Hast du je einen von uns rennen sehen? Wir sind schnell wie der Blitz. Glaubst du etwa, die Typen hier könnten einen Nigger in vollem Lauf fangen?«

»Nein«, sagte ich grinsend und blieb im Korridor stehen. »Ich warte beim Eingang zur Halle und geb dir Deckung.«

J. C. nickte und rollte den Kopf auf den Schultern, um seine Halsmuskulatur zu lockern. Dann atmete er tief aus.

»Nervös?«

»Wie vor einem Zweihundertmeterlauf.«

Er streckte mir die geballte rechte Faust hin, und ich schlug mit meiner dagegen. Dann nahm er meine Hand in die seine.

»Lauf nicht weg.«

Ich nickte und beobachtete ihn, wie er durch den Flur joggte. Der Hauptkorridor der Schule war vielleicht hundert Meter lang. Als er das Ende erreicht hatte, wandte er sich nach rechts und verschwand außer Sicht. Ich stand alleine in dem stillen Gang, lauschte meinem Atem und betrachtete eine Weltkarte, die vor mir an der Wand hing. Meine Blicke blieben auf den Vereinigten Staaten haften; ich dachte an zu Hause und ging im Geiste die Ereignisse durch, die mich hierher geführt hatten.

Irgendwo weiter vorn im Gang hörte ich unvermittelt Stimmengeflüster, doch es war so undeutlich, dass ich keine einzelnen Worte verstehen konnte. Eine Tür wurde krachend ins Schloss geworfen. Das Flüstern endete. Nervös schlich ich ein Stück weiter nach vorn. Zu meiner Rechten befand sich eine offene Tür mit einem Klassenzimmer dahinter. Das Geräusch war offensichtlich aus dieser Tür gekommen, also packte ich mein M-16 fester und schlich hinein. Im Zimmer standen lauter kleine Schulbänke, alle dick mit Bleistift und Tinte beschmiert, was mich an meine eigene Schulzeit erinnerte. An der gegenüberliegenden Wand stand ein Schrank mit einem Waschtisch, doch außer einer verdorrten Pflanze auf dem Fenstersims war das Zimmer größtenteils leer. Ich senkte die Waffe wieder. Eine Wand war mit rostfarbenen Flecken übersät, als hätte jemand mit Farbe gefüllte Ballons dagegen geworfen – doch ich wusste, dass es Blutflecken waren. Hier waren Menschen an die Wand gestellt und exekutiert worden. Auf einer Tafel an der Stirnseite stand etwas mit Kreide geschrieben. Verwundert stellte ich fest, dass die Worte in Englisch waren.

Neugierig las ich die einzelne Zeile, die dort stand.

Du bist auserwählt.

Plötzlich erfasste mich Nervosität. Ich hob die Waffe und drehte mich einmal um die eigene Achse. Dann spähte ich unter Sitzbänke und Tische und öffnete die Schränke, bis ich mich davon überzeugt hatte, dass ich allein war. Plötzlich ertönte hinter mir lautes Klappern, und ich wirbelte herum und hätte fast den Abzug des M-16 durchgezogen.

Vor mir war nichts außer einer nackten Betonwand.

Am Boden vor der Wand lag etwas. Ich ging durch den Raum und stellte überrascht fest, dass es ein billiges vergoldetes Kruzifix war. Anscheinend war es von einem Nagel in der Wand gefallen; nun lag es mit dem Gesicht nach unten. Ich hob es vorsichtig auf und hängte es an den Nagel zurück. Dann drehte ich mich wieder zur Tafel um. Während ich nicht hingesehen hatte, war etwas mit der Schrift geschehen. Jetzt stand dort nur:

Töte.

Wieder ließ ich gehetzt den Blick in die Runde schweifen, doch der Raum war und blieb leer. Ich packte das Gewehr so fest, dass meine Knöchel weiß wurden, drehte mich langsam um und wich aus dem Raum zurück. Als ich den Eingang erreichte, hörte ich hinter mir ein weiteres Klappern. Ich wusste, dass es das Kruzifix war, das erneut heruntergefallen sein musste. Ich zwang mich, nicht nach hinten zu sehen, weil ich Angst hatte, dass etwas hinter mir stehen könnte, etwas, das Kreuze von der Wand stieß und seltsame Dinge auf Tafeln schrieb.

Als ich wieder im Korridor war, streckte ich ohne hinzusehen die Hand nach dem Türgriff aus und spürte eisige Luft an meinen Fingern. Ich schauderte und zog die Tür hastig ins Schloss. Ein eisiger Wind zerrte an meiner Montur.

Draußen im Korridor sah ich auf die Weltkarte an der Wand. Ich konzentrierte mich auf Massachusetts, während ich versuchte, mich zu beruhigen. Ich lehnte mit dem Kopf an der Wand hinter mir und schluckte. Ich schloss die Augen. Durch die verschlossene Tür des Klassenzimmers drang ein Geräusch wie von Fingernägeln, die am Holz der Tür kratzten. Ich ignorierte es, starrte unverwandt auf die Weltkarte. Die Fingernägel kratzten erneut, und ich drehte mich zur Tür um. Ein kleines Fenster war in das Holz eingelassen. Und ein Augenpaar starrte mich durch dieses Fenster hindurch an.

Ein Gesicht war gegen das Glas gedrückt. Während ich es anstarrte, legte sich ein Grinsen darauf, und sein Atem ließ die Scheibe von innen beschlagen. Ich hob mein M-16, doch in diesem Augenblick ertönten von irgendwo weiter vorn schnelle Feuerstöße aus einer Maschinenpistole. Ich riss den Kopf herum und blickte zum Ende des Gangs. Als ich wieder zum Fenster sah, war das Gesicht verschwunden.

Erneut fielen Schüsse und hallten durch den leeren, langen Gang. Die gegnerischen Soldaten schienen J. C. entdeckt zu haben. Ich hoffte, dass er ihnen entwischt war und so schnell rannte, wie er konnte. Ich verdrängte den Gedanken an das Gesicht im Fenster, hob meine Waffe und wich langsam zu der Tür zurück, die in die Turnhalle führte. Ich legte das Gewehr an und blickte durchs Zielfernrohr. Am Ende des Gangs, hundertdreißig Meter vor mir, sah ich eine kleine rote Metallbox an der Wand, die wahrscheinlich früher einen Feuerlöscher beherbergt hatte. Ich zielte mit dem Gewehr darauf und hielt die Waffe im Anschlag. Dann wartete ich auf dem dunklen Gang, während ich meinen Atem so stark verlangsamte, wie ich nur konnte.

Komm schon, J. C., komm schon …, sagte ich immer wieder leise zu mir selbst.

Ich hörte einen weiteren Schuss, und dann kam J. C. plötzlich um die Ecke gestürmt, in vollem Lauf. Beinahe wäre er gegen die Wand geprallt. Wieder dröhnte ein Schuss, und J. C. zog den Kopf ein. Ich hörte bosnische Stimmen rufen. J. C. war auf dem letzten geraden Stück und rannte nun die hundertdreißig Meter in vollem Lauf. Seine Beine schienen den Boden kaum zu berühren, so schnell rannte er, und ich konnte sehen, warum er sich als Sprinter einen Namen gemacht hatte – es war beinahe olympisches Kaliber. In mir stieg Bedauern auf, dass ein solches Talent verschwendet wurde, dass J. C. nicht Leichtathletikprofi geworden war und sich stattdessen auf den Schlachtfeldern Bosniens herumgeschlagen hatte.

Hinter ihm tauchte ein bosnischer Soldat in der Biegung auf. Er blieb stehen und legte sein Gewehr auf J. C. an. Ich bewegte das Fadenkreuz des Zielfernrohrs von dem roten Kasten ein paar Zentimeter nach rechts, wo es über dem Gürtel des Mannes zur Ruhe kam, und zog den Abzug zweimal durch. Durch das Zielfernrohr sah ich, wie es den gegnerischen Soldaten von den Beinen riss. J. C. rannte weiter, und ein zweiter Soldat tauchte hinter der Ecke auf. Ich sah eine goldene Kette an seinem Hals und Brusthaare, bevor ich auch ihn mit zwei Schüssen von den Beinen holte. Dann leerte ich das restliche Magazin in die Wand um die rote Box herum, um den restlichen Soldaten den Schneid abzukaufen.

J. C. war inzwischen heran. Er wurde langsamer, und sein Atem ging schwer und stoßweise. Er beugte sich vornüber, und Schweiß strömte ihm über den Hals.

»Komm schon!«, sagte ich und packte ihn unter dem Arm, zerrte ihn mit mir durch die Doppeltür in die Sporthalle. »Wir müssen weg von hier!«

Ich winkte zur Tribüne hinauf, als wir das Spielfeld betraten. Brogan erhob sich und winkte uns, zu ihm nach oben zu kommen. Ich packte J. C.s Stiefel und sein Gewehr, und zusammen rannten wir über das Spielfeld und die Treppe zur Tribüne hinauf. Brogan kauerte ganz oben hinter der niedrigen Betonwand und deutete den Gang entlang zur anderen Seite der Halle. J. C. und ich gingen auf Höhe der Mittellinie des Spielfelds hinter der Betonwand in Deckung, zehn Meter voneinander entfernt. Ich hob den Kopf und blickte nach unten. Ich hatte einen perfekten Blick über die gesamte Halle.

Geduckt kam Brogan zu mir hinter die Wand.

»Haben sie den Köder geschluckt?«

»Ich bin nicht sicher«, sagte J. C. keuchend und zwischen mühsamen Atemzügen. »Ich bin in eine ganze Horde von den Schweinebacken geraten. Zwanzig, fünfundzwanzig Mann. Sie kamen mir hinterher, haben gebrüllt und geschossen, aber ich hab ihnen gezeigt, was wir bei uns zu Hause einen Sprint nennen. Ich glaube, Jefferson hat ein paar von denen das Licht ausgeblasen.«

Ich nickte.

»Gut«, sagte Brogan. »Sie kommen wahrscheinlich bald durch die Türen. Macht euch bereit und haltet die Köpfe unten, bis ich das Kommando gebe. Vincent ist oben in der Sprecherkabine. Sobald wir sie unter Feuer genommen haben, wird er versuchen, sie zur Aufgabe zu bewegen. Falls sie kapitulieren, stellt ihr sofort das Feuer ein.«

»Vincent spricht Serbokroatisch?«

»Er hat ComCards bei sich.«

ComCards waren kleine, zweiseitig bedruckte, laminierte Kartons, auf denen die Aussprache wichtiger Begriffe und Wendungen festgehalten war, von »Waffe fallen lassen!« und »Gesicht auf den Boden!« bis hin zu »Wo ist das nächste Restaurant?« und »Kann man das Wasser hier trinken?«

Brogan drückte mir den Fernzünder für die Sprenggranaten in die Hand.

»Pass auf dich auf, Bruder«, sagte er.

Er huschte an der Mauer entlang zu seiner Stellung zurück, zwanzig Meter weiter in Richtung Eingang, oben hinter der Tribünenbrüstung. J. C. atmete noch immer schwer und war damit beschäftigt, seine Stiefel zu schnüren.

»Müde?«

»Außer Atem.«

»Du bist nicht mehr in Form«, frotzelte ich.

»Auf der Highschool habe ich ohne Probleme zehn von diesen Sprints hintereinander geschafft. Ich war so schnell wie Carl Lewis.«

Dann war er endlich fertig mit den Stiefeln, nahm sein Gewehr, steckte den Kopf über die Brüstung und blickte hinunter aufs Spielfeld. Er legte sein M-16 auf die Brüstung, nahm den Fernzünder von mir entgegen und platzierte ihn vor sich auf dem Boden. Ich hatte meine Reservemagazine hervorgeholt und vor mir an der Wand verteilt; J. C. machte nun das Gleiche mit seinen. Dann nahm er einen Kaugummistreifen aus der Tasche, wickelte ihn aus und schob ihn sich in den Mund.

Das Spielfeld unten lag still, die Sitzreihen waren leer und verlassen. Während ich wartete, zählte ich die Bänke. Hoch und runter und wieder hoch. Dann stellte ich mir vor, wie ich von verschiedenen Stellen aus Würfe auf die Körbe machte, wie der Ball von der Freiwurflinie ins Netz ging, von der Drei-Punkte-Linie, von der Mittellinie. Die Minuten vergingen, und meine Blase begann zu drücken. Ich zwängte die Beine zusammen.

Neben mir hatte J. C. seinen Kaugummi ausgespuckt und einen Riegel Snickers hervorgezogen. Er bemerkte, dass ich auf den Riegel starrte, brach ein Stück ab und reichte es mir. Ich nickte dankend und kaute langsam darauf.

Unter uns bewegte sich plötzlich die Tür. Fast hätte ich mich vor Überraschung verschluckt. Ich kniff die Augen zu schmalen Schlitzen und konzentrierte mich darauf, nicht zu husten. Vorsichtig schluckte ich den Rest des Riegels herunter, packte mein Gewehr und spähte über die Brüstung nach unten. Ganz langsam wurde die Tür zur Halle von außen geöffnet. J. C. kauerte neben mir und spähte ebenfalls über die niedrige Brüstung in die Tiefe. In der Hand hielt er den Funkfernzünder.

Die Tür wurde weiter aufgeschoben, und dann sah ich einen Stiefel auftauchen, dann einen Gewehrlauf und schließlich ein Gesicht. Vorsichtig schob sich ein serbischer Soldat in die Halle, suchte erst das Spielfeld ab und dann die Tribünen. Er flüsterte etwas zu einem noch unsichtbaren Mann hinter ihm, der eine Sekunde später auftauchte. Dann erschien ein dritter Mann, ein vierter … Wir beobachteten, wie sie einer nach dem anderen durch die Tür kamen und sich leise an der Wand entlangbewegten. Ich zählte mit. Es waren vierundzwanzig. Offensichtlich die gesamte Mannschaft, die auf dem Truppentransporter gesessen hatte. Der erste Mann hatte die Killzone bereits passiert, und ich sah fragend zu Brogan. Er schüttelte den Kopf und hielt fünf Finger hoch.

Die Soldaten bewegten sich mit erhobenen Waffen weiter in die Halle hinein, und ich hörte, wie sie leise miteinander redeten. Einer nach dem anderen verließ die Killzone, die Reihe von Sprenggranaten hinter den roten Bannern, doch Brogan schüttelte immer noch den Kopf. Dann hob er erneut die Hand und bog einen Finger nach dem anderen ab. Fünf … vier … drei … zwei … eins … Brogan nickte.

J. C. drückte auf den Knopf des Auslösers. Es gab eine gewaltige Detonation, und der gesamte Wandteil flog in einer grellen Stichflamme auseinander. Einige Soldaten versuchten zurückzuspringen, doch sie hatten keine Chance. Granat- und Betonsplitter zerfetzten sie. Ich sah elf Männer im Zentrum der Killzone fallen. Weitere lagen am Boden und wälzten sich im Todeskampf. Brogan hob den Kopf und eröffnete das Feuer auf die Überlebenden. Ich hob selbst das Gewehr, als der Summer der Lautsprecheranlage ertönte, ein ohrenbetäubendes Geräusch, und Vincents Stimme peitschte durch die Halle.

»Kapitulation! Kapitulation!« *Gebt auf.*

Seine Stimme hallte nach, als ich ein paar rasche Schüsse abgab. Einige der gegnerischen Soldaten begannen sich neu zu formieren. Sie hoben ihre Waffen und erwiderten das Feuer. Wir waren im Vorteil und schossen einen nach dem anderen nieder. Bald war der Hallenboden nass von Blut.

Mein Blick wurde unscharf. Wie durch eine Wolke hindurch sah ich, wie gegnerische Soldaten ihre Waffen wegwarfen und die Hände hoben. Doch das Gemetzel ging weiter. Brogan erhob sich hinter seiner Deckung und eilte die lange Reihe von Tribünenbänken hinunter. Ich bemerkte es aus den Augenwinkeln und rannte hinterher. J. C. folgte mir dichtauf. Ich überholte Brogan und rannte auf den ersten der Soldaten zu, die sich ergeben hatten. Er stand da, die Arme hoch über den Kopf erhoben, mit angstvoll geweiteten Augen. Er hatte ein hageres, bleiches Gesicht mit dem dünnen Bartwuchs eines sechzehn oder siebzehn Jahre alten Jungen.

Ich hob mein Gewehr und rammte ihm den Kolben ins Gesicht. Ich spürte, wie seine Zähne aufeinander schlugen und hörte das Geräusch des brechenden Kiefers. Er stand einen Augenblick wie betäubt da, ich schwang das Gewehr und traf ihn mit dem Kolben seitlich am Kopf. Der Mann drehte sich einmal um die eigene Achse, bevor er zusammenbrach und mit zerschmettertem Schädel liegen blieb.

Ein weiterer Soldat kam verwirrt auf mich zu. Ich zog mein Messer aus der Stiefelscheide und stieß es ihm in die Kehle, dass er zusammenbrach.

Brogan, J. C. und Vincent schlugen und traten ebenfalls auf die Soldaten ein, bis sie sich nicht mehr rührten. Brogan hatte seine Pistole gezogen, ging durch die Reihen und erschoss die am Boden liegenden Soldaten. Seine Augen glühten vor Erregung. Wir alle waren gefangen in einer Woge der Gewalt. Ich spürte einen Hass in mir brennen, der wie eine Droge auf mich wirkte, und mit jedem Schlag, jedem Stoß war es, als würde diese teuflische Droge noch stärker.

Brogan schien es am Schlimmsten erwischt zu haben. Er prügelte auf einen gefallenen Soldaten ein, wirbelte mit der Waffe herum und erwischte J. C. voll unterhalb des Brustkorbs. J. C. stieß einen schrillen Schrei aus. Alle Farbe schwand aus seinem Gesicht, und er brach zusammen. Ich dachte, Brogan würde nun endlich aufhören, doch er stürzte sich mit gezücktem Messer auf J. C.

Ich schüttelte den Kopf und packte Brogan am Arm, doch er stieß mit dem Messer nach mir, erwischte mich am rechten Oberarm und verpasste mir einen Schnitt über den Bizeps. Ich wich zurück und fiel über die Leiche eines Soldaten. Sofort sprang Brogan mich an. Dann erstarrte er mitten in der Luft.

Ich sah, dass Vincent ihn an der Kehle gepackt hatte und ihn würgte.

»Brogan, beruhig dich!«, sagte Vincent und drückte noch fester zu. »Es ist vorbei!«

Brogan rang keuchend nach Luft, und ich sah, wie der unbändige Hass aus seinen Augen verschwand. Sein Körper wurde schlaff, und langsam ließ Vincent ihn los.

Ich drückte die Hand auf meine Wunde, um den Blutfluss zu verlangsamen. Der Schnitt war zum Glück nicht sehr tief, doch die Wunde brannte höllisch, und mir war schwindlig.

Die Sporthalle hatte sich in ein Schlachtfeld verwandelt. Ich zählte vierundzwanzig Tote. Jeder, der die Halle betreten hatte. Sie lagen in den verschiedensten Stellungen am Boden. Mir wurde übel bei dem Anblick, und es wurde noch schlimmer, als mir der Geruch von Blut in die Nase stieg. Ich schüttelte den Kopf und wich zurück auf der Suche nach einer Stelle, an der ich mich übergeben konnte.

Nach der Explosion war der Boden übersät mit Betonsplittern. Ich trat sie aus dem Weg, als ich zur Tribüne rannte; dann packte ich das Geländer, beugte mich darüber und übergab mich. Nach einer Weile verging die Übelkeit, ich richtete mich auf und wischte mir über die Lippen.

Ich fühlte mich, als würde mein Körper gegen ein Gift ankämpfen. Brogan saß am Boden, beide Arme um den Leib geschlungen, das Gesicht kreidebleich, und wiegte sich hin und her.

»In Ordnung, hauen wir ab«, sagte ich leise. »Lasst uns von hier verschwinden.«

Wir verließen die Sporthalle, verschlossen sie hinter uns und machten das Schloss unbrauchbar. Völlig erschöpft gingen wir schweigend durch den langen Gang und das Schulgebäude zu unserem Humvee zurück.

Lange Zeit lag McKenna schweigend da und streichelte Jefferson übers Haar. Schließlich sagte sie: »Ich weiß nicht, was ich sagen soll. Menschen tun sich manchmal grausame Dinge an, und niemand weiß warum.«

»Wünschst du dir, ich hätte es dir nicht erzählt?«

Sie schüttelte den Kopf. »Nein. Ich bin froh, dass du endlich mit jemandem darüber sprechen konntest. Die Bürde ist zu groß, um sie alleine zu tragen.«

»Ich versuche, nicht daran zu denken«, erwiderte Jefferson und spürte, wie Tränen in ihm aufwallten. »Ich will so weit weg davon sein wie nur möglich. Weg von all den Toten …«

McKenna wiegte ihn in den Armen und zog sein Gesicht zu sich heran, bis er ihren warmen Atem spüren konnte.

»Ich weiß«, sagte sie. »Ich weiß.«

Sie hielt ihn, bis er eingeschlafen war.

Am nächsten Nachmittag, nach einem Mittagessen, bestehend aus russischen Pfannkuchen, stiegen McKenna und Jefferson in ein Taxi zum Kryokow-Museum. St. Petersburg war eine Stadt, die am Wasser gebaut war und sich über zweiundvierzig Inseln erstreckte. Flüsse und Kanäle durchzogen das gesamte Stadtgebiet, ein Netz von Wasserwegen zwischen Gebäuden und Gärten im »Venedig des Ostens«. Das Museum bildete da keine Ausnahme. Das massive Steingebäude stand direkt am Karpovky-Kanal und beherrschte das Straßenbild.

Es war fünf Stockwerke hoch und überragte die umgebenden Dächer. Eine gewaltige Steintreppe führte zu einer Säulenkolonnade hinauf, unter der sich der Eingang befand. Jefferson bezahlte den Fahrer und stieg aus dem Taxi. McKenna folgte ihm. Sie blieb für einen Augenblick stehen und schirmte die Augen gegen die Sonne ab, während sie das Museumsgebäude betrachtete.

»Und wie gehen wir jetzt vor?«, fragte sie. »Marschieren wir einfach rein und fragen, ob wir ihre Skelettsammlung sehen dürfen?«

»Guter Vorschlag.« Jefferson grinste. »Das wäre nicht schlecht. Hi, wir kommen aus Boston und würden gern ein paar Skelette sehen, falls Sie welche haben.«

»Es ist ein riesiges Museum. Wo willst du anfangen?«

»Dr. Wu hat mir erzählt, dass der Kurator des Museums ein Schulkamerad vom ihm gewesen ist«, berichtete Jefferson. »Er wollte anrufen und ihm die Situation erklären. Warten wir's ab.«

Gemeinsam stiegen sie die breite Steintreppe hinauf. Zwei große Banner hingen rechts und links herab und verkündeten eine neue Ausstellung. Jefferson konnte die russischen Schriftzeichen nicht entziffern, doch er verstand das Datum. Die Banner flatterten im Wind und gaben schnappende Geräusche von sich.

Im Innern des Gebäudes waren sie augenblicklich von feierlicher Stille umgeben. Vor ihnen erstreckte sich ein langer Gang, daneben führte eine runde Treppe hinauf in den ersten Stock. Die Wände bestanden aus weißem Stein und verliehen dem Museum ein Gefühl von Leichtigkeit und Eleganz. Ein Wachmann in brauner Uniform saß hinter einem halbrunden Empfangsschalter im Foyer.

»Sdrastwuitje«, sagte er, als Jefferson und McKenna sich näherten.

»Sdrastwuitje«, antwortete Jefferson. *»Pamaguitje pasaluschta?«*

»Schto?«

»Ich möchte zu Nikolai Ugriumov«, sagte Jefferson langsam und betonte jede Silbe des Namens. »Ugriumov ist der Kurator des Museums.«

Der Wachmann nickte und griff nach dem Telefonhörer.

McKenna hob die Augenbrauen und sah Jefferson fragend an. »Seit wann kannst du Russisch?«

»Es stand im Reiseführer«, antwortete Jefferson. »Du kannst es selbst nachlesen.«

»Vielleicht tue ich das«, sagte sie. »Ich bin beeindruckt.«

»Nicht nötig. Ich kann nur einen weiteren Satz: ›Wo ist die Toilette?‹« Jefferson trommelte auf den Schalter und blickte sich im Foyer des Museums um. »Scheint so, als würde er kommen.«

Jeffersons Blicke hafteten auf einem kleinen, hageren Mann in einem braunen Anzug, der ihnen zielstrebig durch den langen Korridor entgegenkam. Das Gesicht des Mannes war schmal, ein dünner Bart bedeckte seine Oberlippe und sein Kinn, und die Haare waren kurz geschnitten. Eine Brille mit dünnem Drahtgestell saß auf seiner Nase und verlieh ihm eine gewisse Ähnlichkeit mit Lenin. Er schob die Brille zurecht, während er näher kam.

»Guten Tag.« Sein Englisch war von einem starken russischen Akzent gefärbt. »Dr. Wu hat mich über Ihren Besuch informiert. Sie müssen die beiden Detectives aus den Vereinigten Staaten sein.«

»So ist es.« Jefferson reichte dem Mann die Hand und stellte sich und McKenna vor.

Der Russe erwiderte mit einem festen Händedruck, bevor er sich McKenna zuwandte, vorsichtig ihre Hand nahm und einen leichten Kuss auf den Rücken hauchte.

»Ich wusste gar nicht, dass die Polizei in Ihrem Land so schön sein kann«, sagte er und schaute auf McKenna.

McKenna lächelte und blickte ausweichend zur Seite. *Bleib ganz ruhig, großer Junge.*

»Ich bin Nikolai Ugriumov.« Der Russe zuckte die Schultern. »Sie können Nick zu mir sagen. So hat man mich in den Staaten gerufen.«

Ugriumov lächelte, hob die Hände und winkte einladend. »Kommen Sie, gehen wir in mein Büro, dort können wir uns in Ruhe darüber unterhalten, was Sie nach St. Petersburg geführt hat.«

Sie gingen über den langen Korridor. Ihre Schritte hallten auf dem gefliesten Boden.

»Ich glaube, er mag dich«, flüsterte Jefferson, während er neben McKenna herging.

»Er scheint zu den Männern zu gehören, die alle Frauen mögen.«

Sie passierten eine Gruppe deutscher Touristen mit vor der Brust baumelnden Kameras. Ein Reiseführer zeigte auf eine Reihe von Pastellen von Degas und hielt in flüssiger deutscher Sprache einen Vortrag.

»Wenn ich recht informiert wurde, sind Sie im Rahmen einer Mordermittlung hier?«

»Das ist richtig«, antwortete Jefferson.

»Ah, Amerika. Es ist immer noch so gewalttätig wie früher. Aber das macht es auch so interessant, vermute ich.«

»Wir danken Ihnen, dass Sie sich Zeit für uns genommen haben«, antwortete Jefferson, und sein Blick schweifte zu den Deutschen. »Wir wissen es zu schätzen.«

»Nun«, erwiderte Ugriumov, »Zeit haben wir Russen dieser Tage eine Menge.«

Er zögerte einen Augenblick, dann öffnete er die Tür zu seinem Büro und winkte ihnen, einzutreten.

Ugriumovs Büro war klein und mit den verschiedensten Gegenständen voll gestellt. Ein ausgestopfter Falke mit ausgebreiteten Flügeln und offenem Schnabel stand unsicher auf seinem Holzsockel oben auf einem hohen Bücherregal, das mit zerbrechlich aussehenden Bänden bestückt war. Der Schreibtisch an der Wand war übersät mit Papieren und Ordnern und ließ kaum genügend Platz, sich daran vorbeizuquetschen. Auf einem weiteren Tisch in einer Ecke stand ein alter Macintosh-Computer und summte leise vor sich hin, während fliegende Toaster über den Bildschirm ruckelten.

Das einzige Fenster des Raumes war teilweise von dichten Vorhängen verhangen, und das Sonnenlicht, das durchs Glas fiel, erhellte die Staubpartikel, die sie bei ihrem Eintreten aufgewirbelt hatten. Ugriumov nahm in dem Ledersessel hinter seinem Schreibtisch Platz und deutete mit ausgestrecktem Arm auf zwei weitere gepolsterte Sessel. Jefferson und McKenna nahmen in den weichen Polstern Platz.

»Ein hübsches Museum«, sagte Jefferson.

»Danke«, antwortete Ugriumov. »Ich bin sehr fürsorglich, was das Museum angeht. Ich fühle mich für alles hier drin persönlich verantwortlich. Möchten Sie einen Kaffee?«

»Ich dachte, hier bei Ihnen gäbe es nur Tee?«, fragte Jefferson.

»Die Zeiten ändern sich. Heutzutage trinken wir hauptsächlich Coca Cola.« Ugriumov zuckte die Schultern. »Na ja, ist nicht weiter schlimm. Tee bekommt man heute nur noch selten. Jedenfalls ...«

Er verstummte und blickte Jefferson und McKenna fragend an. »Sie sind nicht wegen Tee oder Cola aus Amerika hergekommen. Bitte entschuldigen Sie, ich verschwende Ihre Zeit. Wie kann ich Ihnen behilflich sein?«

»Aber nein, Sie verschwenden unsere Zeit nicht im Geringsten.« Jefferson beugte sich im Sessel vor. »Was wissen Sie über das Skelett von Qinghai?«

Ugriumov lächelte schweigend und trommelte mit den Fingern auf seiner Brust.

Er blickte Jefferson lange an, bevor er antwortete. »Gefunden 1932 von einer kleinen Gruppe chinesischer Bergarbeiter und Sherpas im südlichen China. Sie waren während eines Schneesturms in einer Höhle untergeschlüpft und entdeckten ein vollständig erhaltenes menschenähnliches Skelett. Das Skelett von Qinghai.«

»Das ist alles?«, fragte Jefferson. »Mehr gibt es nicht?«

»Das ist eine gute Frage«, antwortete Ugriumov und schaukelte im Sitz hin und her. »Niemand wusste, was dieses Skelett war, und so ist es bis zum heutigen Tag im Wesentlichen geblieben. Es war höchst eigenartig. So deformiert, dass viele Leute glaubten, es könne sich um einen Streich handeln.«

»Einen Streich?«, fragte McKenna.

Ugriumov zögerte und blickte durchs Fenster nach draußen auf den bevölkerten Platz vor dem Museum. »Nun, oberflächlich betrachtet war es ein menschliches Skelett. Doch selbst eine flüchtige Untersuchung zeigte eine Reihe von Unstimmigkeiten. Es war menschlich und zugleich wiederum nicht.«

»Ich schätze, dass diese Beschreibung auf halb Boston passt«, sagte Jefferson. »Wir haben Gefängnisse, da sind ganze Flügel voll von solchen Typen.«

»Ich glaube nicht, dass einer dieser ›Typen‹ dem entspricht, was ich meine«, entgegnete Ugriumov.

»Was stimmt denn nicht mit diesem Skelett?«, fragte McKenna.

»Nun, beispielsweise die Raubtierzähne. Sie waren scharf und spitz, wie von einem Tiger oder einer anderen großen Katze. Und die Arme waren merkwürdig proportioniert, ungewöhnlich lang und offensichtlich mit Andeutungen rudimentärer Klauen. Die Morphologie der Beine ergab ebenfalls eine Reihe ungewöhnlicher Eigenschaften.«

»Zum Beispiel?«, fragte McKenna.

»Dieses Wesen besaß eine Skelettstruktur ähnlich modernen Spezies wie Pferden oder Straußen, exzellenten Läufern also. Lange Beine, Zehengänger, und nach den Muskelansätzen waren Wissenschaftler im Stande, die Muskulatur zu rekonstruieren und über die Fähigkeiten dieses Wesens zu spekulieren.«

Während Ugriumov sprach, erhob er sich von seinem Schreibtisch und stellte einen kleinen Wasserkessel auf eine Kochplatte neben dem alten Macintosh.

»Und sie stellten fest, dass diese Kreatur schnell war?«

»Das ist nicht das richtige Wort«, sagte Ugriumov, während er einen Teebeutel aus einer Pappschachtel nahm. »Das Ding war *rasend* schnell. Wie ein Blitz. Es war stark und flink, doch die Knochen waren nicht im Mindesten abgenutzt. Als wäre es überhaupt nicht gealtert. Und das war noch nicht das Eigenartigste«, fuhr Ugriumov gleichmütig fort. Er zögerte kurz, eine Tasse mitsamt Untertasse in den Händen. »Was eine menschliche Herkunft noch unwahrscheinlicher machte, waren die verkümmerten vierten und fünften Glieder an den Füßen.«

»Verzeihen Sie, was genau bedeutet das?«, fragte Jefferson.

»Es bedeutet«, antwortete Ugriumov und blickte von der Tasse auf, »dass dieses Wesen nur drei Zehen an jedem Fuß besaß. Zehen mit Klauen.«

»Mein Gott«, flüsterte Jefferson leise vor sich hin, als ihm die Fußspuren auf dem Friedhof in den Sinn kamen. Dem Friedhof mit dem Mausoleum, in dem sie Reggie gefunden hatten, ausgeweidet wie ein Stück Vieh und an der Decke aufgehängt. McKenna beugte sich in ihrem Sessel vor und blickte den Russen gespannt an.

Ugriumov bemerkte die Anspannung der beiden Detectives. »Offenbar habe ich Ihre Aufmerksamkeit geweckt. Lassen Sie mich raten – Sie haben einen Fußabdruck bei einem Tatort gefunden. Einen Fußabdruck mit drei Zehen?«

Längere Zeit schwiegen alle drei. *Wenn du wüsstest! Mord ist eine Untertreibung. Wir haben kein Wort für diese Barbarei, für das, was in diesem Mausoleum geschehen ist. Abgeschlachtet kommt dem noch am nächsten. Ein Schlachter, der einen Fußabdruck im Schlamm hinterlassen hat, mit drei Zehen.*

»Woher wissen Sie das?«, fragte McKenna schließlich.

Ugriumov lächelte, lehnte sich tief in seinen Sessel und verschränkte erneut die Hände vor der Brust. »Vielleicht habe ich nur gut geraten?«

»Sie sollten sich an einem Fernsehquiz beteiligen«, sagte Jefferson. »Niemand kann so gut raten.«

»Nun, sagen wir, es war eine fundierte Vermutung anhand bekannter Fakten.«

»Wenn es hier bei Ihnen in St. Petersburg ähnliche Verbrechen gibt«, begann Jefferson, »sollten wir vielleicht unsere Kräfte bündeln. Eine internationale Zusammenarbeit könnte für beide Seiten …«

Ugriumov unterbrach ihn mit einer Handbewegung. »Nein, Detective Jefferson. Ich muss Sie leider enttäuschen. In den letzten zweitausend Jahren hat sich kein derartiges Verbrechen bei uns ereignet.«

Das Kryokow-Museum erinnerte Jefferson ein wenig an das Haus seiner Großeltern, voll gestopft mit Hunderten und Aberhunderten kleiner Dinge und Antiquitäten, die aussahen, als wären sie seit mindestens dreißig Jahren nicht mehr angerührt worden. Jefferson konnte sich nicht vorstellen, wie sich in diesem Museum noch irgendjemand zurechtfinden sollte. Vitrinen waren angefüllt mit den verschiedensten Dingen, einige mit kleinen Zetteln beschriftet, andere ohne jeden Hinweis, um was es sich handelte. Vitrine an Vitrine, an jeder Wand, in jedem Raum, bis das gesamte Museum zu einer Sammlung von Vitrinen und Schaukästen zu verschwimmen schien, willkürlich zusammengewürfelten Stücken aus Kunst und Geschichte und Staub.

Ugriumov führte sie gemächlich durchs Museum. Die deutschen Touristen waren weiter unten im Gang verschwunden und einer Schar russischer Schulkinder gewichen, die eng zusammengedrängt in braunen Mänteln und Hosen durch die Gänge wanderten. Die einzigen Farbflecken waren die glänzenden Schulranzen aus Plastik, mit amerikanischen Schriftzügen und Comiczeichnungen verziert.

»Ah, der Kapitalismus.« Ugriumov lächelte und nickte in Richtung eines Schulranzens mit einem Batman-Symbol darauf. »Er ist jetzt überall, wissen Sie? Der Firlefanz einer neuen Ära. Fastfood in Schachteln, Plastikplanschbecken, Barbecues und was weiß ich noch alles. Vor zwanzig Jahren gab es nichts von alledem. Heute ist es überall.«

»Amerika ist nun mal geschäftstüchtig.«

»Wissen Sie, ich habe hier in Russland schon DVDs gesehen,

noch bevor die Filme in Ihrem Land im Kino liefen. Der russische Schwarzmarkt.« Ugriumov ging langsam den breiten Gang hinunter, eine Hand hinter dem Rücken. »Wissen Sie, was für Russen wirkliche Unterhaltung ist?«, fragte er.

»Was denn?«, fragte Jefferson höflich.

»Baustellen. Neue Bauwerke. Die Menschen beobachten die Errichtung von Brücken, Tunnels und Gebäuden und denken: ›Vielleicht bedeutet es, dass wir endlich etwas erreichen.‹« Ugriumov winkte ab. »In Wirklichkeit erreichen wir natürlich nichts. Unsere Armut ist verschwunden, doch das Land ist immer noch wie ein verwundeter Bär. Unsere neunzig atomgetriebenen U-Boote sind Zeitlupen-Tschernobyls. Unser Marineinspektor sagt es uns – und was tun wir? Wir sperren ihn ein. Aber wir haben ja unsere Bluejeans und unsere Plastikpools.« Ugriumov zuckte die Schultern, dann fügte er leise hinzu: *»Pir po wremja tschumi.«*

»Was bedeutet das?«, fragte McKenna.

»Ein Festmahl in Zeiten der Pest.«

Sie waren vom Hauptgang abgebogen und gingen nun durch einen Raum, der den Arbeiten von Carl Fabergé gewidmet war. Eine große Vitrine gefüllt mit vielfarbigen Eiern hing an der Wand. Eine zweite, mit Samt ausgeschlagene Vitrine stand mitten ihm Raum, gefüllt mit emaillierten Tellern und Schnupftabaksdosen, die mit Jaspis und hellgrünem Nephrit verziert waren. Die Gruppe verließ den Fabergé-Raum und kam in einen Saal voller Porzellan. Leuchtend bunt gestaltete Figuren und wunderschön dekorierte Teller füllten die Vitrinen. Das Alter der Stücke spannte sich vom achtzehnten bis ins zwanzigste Jahrhundert. Danach schritten sie durch die offene Tür in einen dritten Ausstellungsraum, diesmal bis unter die Decke angefüllt mit religiösen Bildmotiven. Die italienischen Meister mit Bildern von Christus unter der Dornenkrone, die Arme hinter dem Rücken gebunden, flämische Gemälde von der Jungfrau Maria. Holländische Meisterwerke von Engeln und Jüngern.

Ugriumov stellte sich in die Mitte des Raums und drehte sich einmal um die eigene Achse, während er mit den Händen auf die Bilder an den Wänden deutete. »Sind Sie religiös, Detective Jefferson?«

Jefferson zuckte die Schultern. »Heute nicht mehr so sehr wie früher. Ich gehe nur hin und wieder in die Kirche.«

In Wahrheit konnte Jefferson sich nicht erinnern, irgendwann im Verlauf der letzten zehn Jahre einmal in der Kirche gewesen zu sein.

»Und Sie, Miss Watson?«

McKenna lächelte. »Wenn ich die Zeit finde.«

Ugriumov nickte und trat näher zu ihr. »Wissen Sie, was eine Ikone ist? Haben Sie dieses Wort schon mal gehört?«

»Allerdings. Es ist ein Bild oder ein Gegenstand, der eine göttliche Offenbarung zeigt.«

»Sehr gut«, lobte Ugriumov. »Die Ikone ist ein Zeugnis jener göttlichen Offenbarung ... und eine Reliquie? Wissen Sie, was eine Reliquie ist?«

»Ein Stück von einem Heiligen«, antwortete McKenna. »Beispielsweise ein Stückchen Knochen oder eine Haarlocke.«

Ugriumov nickte erneut, und diesmal lächelte er sogar. Dann ging er zu einer der Wände und blieb vor einem Bild stehen, welches das Letzte Abendmahl zeigte. Jesus saß in der Mitte der langen Tafel und blickte ungewöhnlich traurig drein. *Welch ein unwillkommener Gedanke,* dachte Jefferson, *wenn man den Zeitpunkt des eigenen Todes weiß. Hatte Reggie Tate gewusst, dass seine Zeit gekommen war? Oder irgendeines der anderen Opfer? Wenn sie es gewusst hätten – hätten sie sich anders verhalten? Ihren letzten Tag mehr genossen? Oder hätte das Wissen um ihren bevorstehenden Tod sie so überwältigt, dass sie nichts anderes getan hätten als dazusitzen und zu warten, außer Stande, ihre letzte Mahlzeit zu genießen?*

Für einen Augenblick sah Ugriumov vom Bild auf. »Nach dem Volksglauben gab es einen heiligen Mann, dessen Körper nach dem Tod nicht verweste. Wenn der Leichnam eines Heiligen zu verwesen begann, glaubten die Leute, dass der oder die Betreffende vielleicht doch nicht so heilig gewesen war.

Jedenfalls waren die Körperteile sehr begehrt und wurden in Kirchen weggeschlossen, um Pilger anzulocken. Der Oberschenkelknochen vom heiligen Johannes, der Backenzahn vom heiligen Thomas – die Liste ist endlos. Ihre Leichen wurden aufgeteilt wie Schokoriegel, und jeder bediente sich nach Lust und Laune. Sehr barbarisch. Kein großer Anreiz, ein Heiliger zu werden, meinen Sie nicht?«

»Nein, wirklich nicht.« Jefferson nickte zustimmend. »Aber was hat das alles mit dem Skelett zu tun?«

»Ah, das Skelett«, erwiderte Ugriumov. »Nun, manche gelangten zu der Überzeugung, dass es sich bei dem Skelett um eine Reliquie handelt.«

»Eine Reliquie?«, fragte McKenna sichtlich verwirrt. »Von wem?«

Ugriumov wandte sich zu ihr. »Nicht von *wem,* sondern von *was.*«

Jefferson schüttelte den Kopf. »Ich kann Ihnen nicht ganz folgen.«

»Nun, wenn man streng an die Bibel glaubt, muss man auch glauben, dass es mehr als nur Gott und Jesus und die Propheten gibt. Man glaubt auch an die Existenz des Bösen. An Dämonen, gefallene Engel, Wesen, die Schmerz und Leid über die Menschen bringen.

Man muss nicht einmal in der Bibel nachlesen, um das Böse zu finden. Jede Religion hat ihre bösen Geister. Die Sumerer hatten die Maskim, sieben Dämonen, die in den Eingeweiden der Erde lebten und von dort heraufstiegen, um die Menschen und ihre Kinder anzugreifen. Die Araber hatten ihre Dschinn. Die dunklen oder verborgenen Geister der Wüste. In ihren Adern kreiste Feuer statt Blut. Es waren die Bösen, die eine Revolte der Engel gegen Allah anzettelten und dafür auf die Erde verbannt wurden.

Die Christenheit hat ihre eigenen Dämonen. Beelzebub, Satan … Gestalten, die sich von Gott abgewandt haben und danach trachten, Schmerz und Leid über die Menschen zu bringen. Die Einzelheiten mögen in den Religionen unterschiedlich sein, doch der grundsätzliche Charakter der Dämonen bleibt über all die Jahrhunderte stets der gleiche. Und viele dieser Kreaturen sind keine echten Geister.«

»Was wollen Sie damit sagen?«, fragte McKenna.

»Was ich damit sagen will? Wenn ein Dämon getötet wird, bleibt ein wirklicher Leichnam zurück.«

»Und wie würde dieser Leichnam aussehen?«, fragte Jefferson.

»Wie der Leichnam eines Menschen«, erwiderte Ugriumov. »Aber es wäre ein Leichnam, der vom Bösen gezeichnet ist.«

Ein menschlicher Leichnam, der Klauen hatte statt normaler Füße. Ugriumov trat an die Wand, und sein Blick glitt über ein vergoldetes Kreuz mit dem geschundenen Leichnam Jesu Christi darauf.

»Man gelangte zu dem Glauben, dass das Skelett eine Reliquie ist. Eine höchst unheilige Reliquie. Eine Reliquie des Bösen. So, wie einem Stück eines Heiligen die Mächte des Guten innewohnen, so besitzt die Reliquie eines Bösen die Mächte des Dunklen.«

Jefferson hob die Augenbrauen. »Wollen Sie damit andeuten, dass das Skelett, das Sie hier im Museum aufbewahren, von einem Dämon stammt?«

»Ja«, sagte Ugriumov. »Ja, das glaube ich.«

Jefferson starrte den kleinen Mann an. Er wusste im ersten Augenblick nicht, wie er darauf reagieren sollte. Er musterte Ugriumovs Gesicht, suchte nach einem verräterischen Lächeln, einem Funkeln in den Augen, irgendeinem Hinweis, dass der

Mann sich über ihn lustig machte, dass er ihm einen Streich spielte und die ganze Geschichte ein schlechter Scherz war. Ugriumov erwiderte Jeffersons Blick kühl; er hielt sich so still wie eine Eidechse in der Sonne.

»Jetzt kommen Sie aber«, sagte Jefferson und brach das Schweigen. »Das ist nicht Ihr Ernst. Ein Dämon? Sie glauben tatsächlich, es ist das Skelett eines Dämons?«

»Ich bin nicht so überheblich, nur zu glauben, was ich mit den eigenen Augen sehen kann«, antwortete Ugriumov. »Doch Sie sind Detective. Ihr Verstand muss analytisch vorgehen, nicht wahr? Sie müssen sich von Beweisen leiten lassen.«

»Größtenteils«, räumte Jefferson ein.

»Ich werde Ihnen die Beweise liefern«, sagte Ugriumov. »Die Beweise, die Sie suchen.«

Ugriumov wandte sich von ihnen ab, straffte seine Anzugmanschetten und verließ den Raum durch eine kleine Tür auf der Rückseite. Jefferson musterte ihn von hinten, während er und McKenna ihm folgten. Ugriumov war ein kleiner Mann, beinahe weibisch mit seiner engen Taille und den schmalen Schultern. Er sah aus wie der Typ Mann, der als Kind im Sport eine Niete war, sich nach innen gewandt und den Verstand geschult hatte, statt den Leib zu ertüchtigen. Während Kinder in seinem Alter Fußball gespielt oder gerungen hatten, hatte Ugriumov wahrscheinlich im Haus gesessen und gelesen oder Piano spielen gelernt und darüber nachgedacht, wie er amerikanische Detectives an der Nase herumführen konnte, wenn er erwachsen war.

Jefferson und McKenna folgten ihm, als er sie nun durch einen langen Gang führte, der zu beiden Seiten von hohen, offenen Fenstern gesäumt wurde. Hinter den Fenstern lagen Gärten, und hinter den Gärten erhoben sich hohe Bäume.

»Gehen wir für einen Augenblick nach draußen«, sagte Ugriumov, indem er sich zu Jefferson und McKenna umdrehte. »Das

Museum hat manchmal Ohren, und einiges von dem, was ich Ihnen sagen möchte, sollte möglichst unter uns bleiben.«

Ugriumov lehnte an einer Glastür zwischen den Fenstern und drückte sie auf. Warme Luft strömte ihnen entgegen, und es roch nach Jasmin.

»In dieser Zeit finanzieller Engpässe kann man nie vorsichtig genug sein«, sagte Ugriumov, als McKenna und Jefferson sich an ihm vorbei nach draußen schoben.

Sie betraten einen gepflasterten Weg, der sich durch den Garten wand. Die Anlage erinnerte Jefferson entfernt an den Dachgarten auf dem Lyerman Building mit seinem Whirlpool und den beiden verstümmelten Leichen. In jener Nacht hatte es geregnet, und es war kühl gewesen. Das Blut war in verdünnten Bächen aus dem toten Fleisch von Kenneth Lyerman geflossen. Doch hier in St. Petersburg war der Himmel klar und blau, und kleine Schäfchenwolken schwebten über sie hinweg.

Sie spazierten gemächlich über den Weg; duftende Kräuter streiften ihre Beine, und der Wind rauschte in den Blättern über ihren Köpfen. Sie waren weit weg von der Langeweile und Farblosigkeit St. Petersburgs und noch weiter von der Gewalttätigkeit Bostons. Ugriumovs Haut schimmerte in der Sonne so hell, als wäre er noch nie im Freien gewesen.

»Wie ich schon sagte«, begann er nach ein paar Schritten, »in der Nähe dieses Skeletts, in der gleichen Höhle, fanden wir eine Reihe von Amphoren, wie sie allein in Jericho und der Gegend um das Tote Meer vorkamen, Tausende von Kilometern entfernt von dieser Höhle in China. Als die Amphoren geöffnet wurden, fand man darin drei antike Schriftrollen, eingewickelt in Tuch und Leder. Die Schriftrollen enthielten Fragmente des Alten Testaments und anderer Bücher, von verschiedenen Schreibern verfasst. Die Schriften waren von unterschiedlicher Qualität und schienen über einen längeren Zeitraum niedergeschrieben worden zu sein.

Am Interessantesten war eine kurze erzählende Passage am Ende der dritten Rolle. Dieser Abschnitt berichtete von einer großen Schlacht zwischen einer eingedrungenen Macht aus dem Norden, welche die Stadt Qumran in der Nähe des Toten Meeres belagerte.«

Jefferson genoss die warme saubere Luft hier draußen. Sie roch gut und erinnerte ihn an die öffentlichen Parks in seiner Heimat, der Gegend, wo er aufgewachsen war. Auf dem Weg vom Basketballtraining nach Hause war er stets durch die Gärten gelaufen, hatte die Düfte in sich aufgenommen und seine Lunge von der verpesteten Luft befreit, die Kinder während eines Tages in einer Großstadt einatmen.

Ugriumov erzählte weiter. Er berichtete über die Stadt Qumran. Vier Wesen waren in der Nacht in die ummauerte Stadt eingedrungen und hatten jeden ermordet, der allein auf den Straßen unterwegs war. Der Terror währte zwei Jahre, bevor die Bevölkerung sich zusammentat, Jagd auf das Böse machte und seine Spuren durch die sandige Ebene rings um die Stadt verfolgte.

»Verstehen Sie«, erklärte Ugriumov, als sie unter den Zweigen einer Weide hindurchgingen, »trotz ihrer bösen Kräfte waren diese Wesen leicht zu verfolgen. Sie hinterließen Fußspuren. Tiefe Abdrücke von dreizehigen Klauen.«

Jefferson riss den Kopf herum. Plötzlich war er hellwach, verschlang jedes Wort des kleinen Mannes.

»Ah, ich sehe, jetzt habe ich Ihre Aufmerksamkeit«, sagte Ugriumov ein wenig spöttisch.

»Erzählen Sie weiter«, forderte McKenna ihn auf und schirmte ihre Augen mit der Hand gegen die Sonne ab.

»Zahlreiche zeitgenössische Gelehrte interpretieren diese Passage in den Schriftrollen als eine metaphorische Beschreibung der römischen Invasion Qumrans während der Eroberungszüge der Legionen durch das nördliche und östliche Judäa.«

»Aber Sie sind anderer Meinung?«

Ugriumov zuckte die Schultern, eine knappe Bewegung, die unter dem Stoff seines Anzugs kaum zu erkennen war. »Das Datum stimmt nicht. Die römische Invasion Judäas fand im Jahre 67 statt, und dabei wurde Qumran völlig zerstört. Die Karbondatierung der Schriftrollen jedoch hat ergeben, dass sie mindestens fünfzig Jahre älter sind, also aus der Zeit um das Jahr 17 stammen. Ich glaube, die Römer waren die zweiten Invasoren – die ersten waren jene Schreckenswesen, die in den Schriftrollen beschrieben sind.«

»Also ist die Geschichte, wie sie in dem Abschnitt geschildert wird, keineswegs metaphorisch zu verstehen?«, fragte McKenna.

Ugriumov sah die beiden amerikanischen Detectives für einen Augenblick an. Eine Brise zerzauste ihm von hinten die Haare. »Nein ... nein«, sagte er nach kurzem Zögern. »Ich glaube nicht, dass die Geschichte als metaphorisch zu verstehen ist, ganz im Gegenteil. Ich glaube, sie beschreibt ein tatsächliches historisches Ereignis. So wie eine ganze Reihe meiner Kollegen bin ich der Überzeugung, dass diese Schriftrollen die Rückkehr von vier gefallenen Engeln beschreiben. Die Rückkehr von vier Dämonen zur Erde.«

Sie spazierten weiter durch die Museumsgärten, und die untergehende Sonne tauchte die Spitzen der Kräuter und Blumen in goldenes Licht. Doch der Anblick wirkte irgendwie anders als zuvor, weniger still, friedlich und einladend. Die Luft war kühler, die Blumen wirkten abweisend. Jefferson fühlte sich längst nicht mehr an die Parks seiner Kindheit erinnert; stattdessen plagten ihn Visionen von Dämonen, dreizehigen Klauenfüßen und ausgeweideten Leichen.

»Wissen Sie, was das Turiner Grabtuch ist?«, fragte Ugriumov.

»Ja, sicher«, antwortete Jefferson.

»Ist es nicht angeblich das Tuch, in das der Leichnam Jesu nach seiner Kreuzigung eingeschlagen wurde?«, fragte McKenna.

Ugriumov nickte. Er hatte eine Hand tief in der Hosentasche, während er weiterredete und mit der anderen Hand lebhaft gestikulierte. »Das Turiner Grabtuch ist nach dem Glauben einiger Gelehrter eine der Stoffrollen, die von Joseph gekauft wurde, um den verstorbenen Leib Christi darin einzuwickeln.«

»Sie sagen ›eine der Stoffrollen‹«, warf McKenna ein. »Demnach hat es mehr als eine davon gegeben?«

»Stimmt das?«, fragte Jefferson.

»Die zweifelnde Stimme des Ungläubigen.« Ugriumov lächelte. »Ja, es gab zwei Rollen. Zwei verschiedene Rollen Stoff von vergleichbarer Breite und Länge.«

»Woher wollen Sie das wissen?«, fragte Jefferson.

»Sie möchten einen Beweis?«

»Zumindest ein Indiz.«

»Jedenfalls ein wenig mehr als das bloße Wort eines verkalkten alten Museumskurators. Ich verstehe schon.«

»Das habe ich nicht gesagt«, erwiderte Jefferson. »Sie sind ein äußerst intelligenter Mann, Nick. Ich möchte einfach nur ein paar …«

»Bestätigungen?«, sagte Ugriumov.

»Nachweise, ja.«

Ugriumov blieb mitten auf dem Weg stehen, so unvermittelt, dass Jefferson ihn fast von hinten umgerannt hätte. Ugriumov drehte sich auf dem Absatz um und wandte sich wieder zum Museum.

»Am besten, ich zeige es Ihnen.«

»Und was?«

»Kommen Sie mit.« Ugriumov ging an Jefferson und McKenna vorbei zum Museum zurück. Trotz seiner Kleinheit bewegte sich der alte Mann mit erstaunlicher Schnelligkeit. Erneut sprach er über die Schulter zu ihnen, was Jefferson an einen seiner Mathematiklehrer erinnerte, der stets mit dem Rücken zur Klasse geredet und dabei Gleichungen an die Tafel geschrieben hatte.

»Ursprünglich wurde angenommen, dass es tatsächlich nur ein Leichentuch für Jesus gab«, erzählte Ugriumov. »Dass Joseph nur ein einziges Leichentuch gekauft hatte. Doch Kreuzigungen in jener Zeit waren eine sehr blutige Angelegenheit. Es war auf jeden Fall mehr als ein Tuch erforderlich, um einen Gekreuzigten einzuwickeln. Joseph und Nikodemus mussten den Leichnam einwickeln, wenn sie ihn in die Höhle bringen wollten. Und noch mehr umwickeln, nachdem sie dort eingetroffen waren.

Bestattungen aus jener Zeit wurden in der Regel mit vier bis fünf Stoffballen durchgeführt. Warum hätte Jesus nur in einen einzigen eingewickelt sein sollen? Das Turiner Grabtuch ist das Einzige, das wir kennen, doch es *muss* andere gegeben haben.«

Sie hatten die Trauerweide einmal mehr hinter sich gelassen und strebten nun auf den langen Gang mit den Fenstern zu, der die beiden Flügel des Museums miteinander verband. Ugriumov öffnete die Tür, und sie kehrten in den Gang zurück. Ugriumov übernahm erneut die Führung, und Jefferson und McKenna folgten ihm durch die Gänge und Räume.

Der Museumsdirektor wandte sich zu ihnen um. »Bitte fassen Sie von nun an nichts mehr an.«

Dann machte er einen raschen Schritt in einen Alkoven, in dem ein großer, ausgestopfter Affe stand, und verschwand außer Sicht. Jefferson und McKenna folgten ihm und fanden sich in einem schmalen Wartungsschacht wieder, dessen Eingang sich hinter dem Affen befand und getarnt war. Ugriumov hatte bereits ein paar Schritte Vorsprung. Er marschierte durch den Gang voraus. Die Wände lagen so dicht beieinander, dass seine Schultern fast daran entlangstreiften. Der Boden war übersät mit Möbelschonern und Eimern voll Gips. Zwei mit Farbe verschmierte Leitern lagen entlang der Wand. Die Farbe war längst eingetrocknet und verkrustet. Vor einer Metalltür blieb Ugriumov stehen.

»Von hier aus geht es in den Keller hinunter«, sagte er. »Bitte rühren Sie nichts an. Dort unten lagern zahlreiche gefährliche Gegenstände. Oh, und es gibt Fledermäuse.«

»Fledermäuse?«, fragte Jefferson überrascht.

»Sie haben irgendwie einen Zugang von außen gefunden, und jetzt schlafen sie tagsüber dort unten. Wir suchen noch nach dem Zugang.«

Ugriumov öffnete die Tür, und vor ihnen klaffte ein dunkles Treppenhaus. Jefferson spähte aus zusammengekniffenen Augen nach unten, doch es war, als blicke er in ein tiefes Gewässer. Die Treppen verschwanden in der Finsternis vor ihnen. Ugriumov tastete an der Wand nach dem Lichtschalter, und über der Treppe flammte eine Reihe nackter Glühbirnen auf.

»Wir kommen nur selten hier herunter«, sagte Ugriumov und stieg langsam die Treppe hinab. »Vielleicht alle zwei Monate. Zum Beispiel, wenn wir Gegenstände auslagern müssen, weil wir eine Sammlung von einem anderen Museum geliehen bekommen und Platz dafür schaffen müssen.«

Das Treppenhaus roch nach feuchten Lappen und nassem Mauerwerk. In den Mauern waren Risse, und die Stufen knarrten laut. Über ihren Köpfen schwangen glitzernde Spinnweben in der Luft, die durch ihre Bewegung aufgewirbelt wurden. Die Treppe endete in einem schmalen Korridor aus Beton.

»An der Stelle, wo heute das Museum steht, war früher eine Kirche«, erklärte Ugriumov. »Wie bei den meisten europäischen Kirchen gab es eine ausgedehnte Krypta unter dem Bauwerk. Die Kirche ist gegen Ende des neunzehnten Jahrhunderts niedergebrannt. Bei der Errichtung des Museums wurden die Katakomben beibehalten.«

»Was machen Sie mit den Katakomben?«, fragte McKenna, die Hand vor der Stirn, um niedrig hängende Spinnweben abzuwehren.

»Es ist geplant, sie irgendwann zu restaurieren und der Öffentlichkeit zugänglich zu machen. Derzeit benutzen wir sie hauptsächlich als Lagerraum.«

Der schmale betonierte Korridor endete unvermittelt vor einem System unterirdischer Kavernen. Sie waren in der Krypta angelangt. Hohe gemauerte Wände erstreckten sich zu beiden Seiten; tiefe Alkoven befanden sich darin, in denen früher Sarkophage gestanden hatten. Es gab Hunderte davon. Die Wände waren mit Löchern übersät und sahen wie Waben in einem gigantischen Bienenstock aus. Die Luft war trocken und roch nach Staub. Jefferson spürte ein ständiges Kitzeln in der Nase und kämpfte gegen den Niesreiz an.

In den Alkoven lagerten überzählige Stücke aus dem Museum. Gemälde, sorgfältig verpackt in braunem Wachspapier. Alte Münzsammlungen. Kleine Kelche und dekorative Schachteln. Lebensgroße Skulpturen, umhüllt von Luftpolsterfolie und Packpapier. Ein Alkoven war voller ausgestopfter Köpfe afrikanischer Wildtiere.

Während sie durch die Katakomben gingen, blickten Jefferson und McKenna sich immer wieder staunend um, während Ugriumov scheinbar ungerührt seinem Ziel entgegenmarschierte.

Wieder blieb er unvermittelt stehen, drehte sich zackig wie ein Soldat auf den Hacken zu ihnen um und richtete den Blick auf die voll gestopften Alkoven der Krypta.

»Es ist wirklich eine Schande«, sagte er. »Das alles hier verfällt allmählich. Wir müssten dringend ein Belüftungssystem installieren, um die Luftfeuchtigkeit zu verringern, damit die Gemälde und alles andere nicht weiter verrotten.«

»Wie finden Sie hier eigentlich jemals etwas wieder?«, fragte McKenna, während sie eine Rüstung betrachtete, die auf einem Gestell ruhte.

»Theoretisch ist alles in einem riesigen Katalogsystem aufgelistet, wie in einer Bibliothek. Wenn es hier unten ein französisches Tee-Set aus dem achtzehnten Jahrhundert gibt, sollte es oben gelistet sein. Doch es ist ein wenig ausgeklügeltes System. Viele Dinge gehen verloren.«

»Sie sollten einen Teil der Kleidung hier unten als Kostüme vermieten«, schlug Jefferson vor und lachte leise.

Ugriumov lächelte ebenfalls. »Wir haben ein Kostüm von Königin Elizabeth hier unten. Das Gewebe wurde von Attentätern mit Gift präpariert. Ich schätze, es wäre eine hässliche Überraschung auf einem Kostümball.«

Jefferson kicherte. »Das würde die Stimmung auf der Party wohl ziemlich trüben.«

Der Gang endete vor einer Mauer. Ugriumov bog in einen weiteren Korridor ab, der noch tiefer unter die Erde führte. Kleine Räume zweigten rechts und links ab. Jefferson sah Metallregale, die voll gestopft waren mit weiteren musealen Gegenständen. Sie kamen an ungezählten dieser kleinen Räume vorbei, und allmählich verlor Jefferson die Orientierung. Hier unten konnte man sich monatelang verstecken, ohne gefunden zu werden. Irgendetwas Kleines, Schwarzes flatterte über ihre Köpfe hinweg und versetzte die Luft in heftige Bewegung. Das winzige Wesen flatterte durch den Gang und verschwand hinter einer Reihe von Regalen, wobei es ununterbrochen leise helle Schreie ausstieß. Jefferson schlug den Kragen hoch und zog den Mantel enger um den Körper, als ihm einfiel, dass Ugriumov Fledermäuse erwähnt hatte.

»Sie wissen, wohin wir gehen, nicht wahr?«, fragte er den kleinen Mann.

»Selbstverständlich.«

In Jefferson wuchsen bereits Zweifel, als Ugriumov wieder unvermittelt stehen blieb. »So. Wir sind da.«

Sie standen vor einem größeren Raum, der wie alle vorhergehenden mit Metallregalen voll gestellt war. Ugriumov ging an den Regalen entlang. Der Raum erinnerte Jefferson entfernt an die Asservatenkammer im Police Department von Boston. Er blickte sich um in der Erwartung, Mordwaffen in Plastiktüten zu sehen, Rauschgiftspritzen und ein wildes Sammelsurium konfiszierter Feuerwaffen. Stattdessen ruhten lediglich Gipsköpfe in den Regalen und starrten Jefferson mit leeren Augen an.

»Das, weswegen Sie hergekommen sind, ist weiter hinten«, erklärte Ugriumov und nickte in Richtung der Rückwand.

Jeffersons Fuß streifte etwas Winziges, das am Boden lag. Es schlitterte davon und prallte gegen eines der Metallregale. Eine tote Maus. Überrascht sah er nach unten und wäre dabei fast auf eine zweite tote Maus getreten. Hastig suchte er den Boden ab und entdeckte vier oder fünf der kleinen Nager, die alle auf dem Rücken lagen, die winzigen Beine in die Luft gestreckt. McKenna bemerkte sie ebenfalls. Sie zupfte Jefferson am Ärmel und nickte in Richtung eines der kleinen mumifizierten Kadaver.

»Vielleicht haben die Fledermäuse sie getötet«, vermutete Jefferson leise.

»Fledermäuse fressen Insekten, keine Mäuse.«

An der Rückwand des Raumes, direkt auf dem Fußboden, stand eine große Holzkiste, fast zweieinhalb Meter lang. Die Kiste bestand aus zwölf Zentimeter breiten Latten, zusammengenagelt und mit russischen Schriftzeichen versehen.

»Das ist es?«, fragte Jefferson.

»Ja«, antwortete Ugriumov. »Die Kiste lagert seit bestimmt zwanzig Jahren hier unten.«

Die Kiste war vernagelt, die Bretter ohne jeden Ritz oder Spalt.

»Eines von diesen … Wesen, die Qumran angegriffen haben … Es liegt dort in dieser Kiste?«, fragte McKenna leise.

»Ja. Das Skelett befindet sich in dieser Kiste.«

»Können wir es sehen?«

Ugriumov überlegte einen Augenblick, dann zuckte er die Schultern. »Ich wüsste nicht, was dagegen spräche. Wir müssen die Kiste anschließend nur wieder sorgfältig verschließen.«

Er drehte sich um und suchte den Raum ab. »Irgendwo hier müsste eine Brechstange stehen. Ah, da ist sie ja.«

Er deutete auf eine dünne Metallstange, die an der gemauerten Wand lehnte. »Wenigstens das haben sie richtig gemacht. In jedem Raum soll nämlich eine Brechstange bereitstehen, um die Kisten jederzeit inspizieren zu können. Aber meist verschwinden die Dinger einfach.«

Ugriumov holte die Stange und schob das abgeflachte, v-förmige Ende zwischen den Deckel und den Rand der Kiste. Dann drückte er das andere Ende herab, und langsam, mit protestierendem Quietschen und Knarren, hob sich der Deckel. Splitter flogen davon, und das knarzende Geräusch der langen Nägel, die aus dem Holz gezogen wurden, erfüllte den Raum. Ugriumov murmelte etwas auf Russisch vor sich hin und drückte fester auf das Ende der Stange. Das Holz knarrte und kreischte so laut wie eine kämpfende Katze.

Nach und nach hob sich der Deckel vom Rand, bis der Spalt breit genug war, um eine Hand dazwischen zu schieben und ihn weiter aufzuziehen. Ugriumov ließ die Brechstange achtlos zu Boden fallen, wo sie laut scheppernd landete. Vorsichtig, um seinen Anzug nicht schmutzig zu machen, drückte er den Deckel mit den Innenflächen der Hände ganz nach oben. Eine Staubspur blieb auf seinen Händen zurück.

Das Innere der Kiste war mit zusammengeknüllten Zeitungen aufgefüllt, die eine provisorische Polsterung bildeten. Jefferson bückte sich, nahm die Zeitungen heraus und warf sie neben sich zu Boden. Trotz seiner Zweifel bewegte er sich rasch und zielstrebig, angetrieben von einer unbeschreiblichen Erregung.

Wenige Augenblicke später waren die Zeitungen entfernt. Jefferson trat zurück und stellte sich neben Ugriumov und McKenna, die schweigend auf den Inhalt der Kiste blickten.

Die Knochen schienen irgendwie noch miteinander verbunden zu sein. Das Skelett war über zwei Meter groß. Es lag auf der Seite. Die Beine waren an den Knien gebogen, die Arme über der Brust verschränkt. Die Kreatur sah aus, als würde sie schlafen. Jeffersons Blick haftete an den dreizehigen Klauenfüßen, bevor er nach oben glitt. Er betrachtete die dicken Rippenknochen, die Klauen an den Fingern und das leicht gekrümmte Rückgrat. Der Nacken war nach hinten gebogen, die Wirbel gebrochen; auf dem Nacken ruhte der Schädel.

Irgendetwas rührte sich in Jefferson, als er das Skelett betrachtete. Ein kalter Finger schien sich in ihn zu bohren, ihn aufzuwühlen, und jagte Schauer über seinen Leib. Panik? Wut? Angst? Der Finger rührte weiter, und in Jefferson regte sich Übelkeit. Ein brennendes Gefühl im Hals, der widerlich süße Geschmack von Erbrochenem, das aus dem Magen durch die Speiseröhre nach oben stieg. Dieses Wesen war wirklich, und es war lebendig. Jefferson konnte es spüren. Und es war böse. Das Wesen in der Kiste war *unendlich* böse.

Plötzlich umfing ihn der Geruch nach verrottender Vegetation, als kaue er auf toten Blättern und Moos, das ihm jemand in den Rachen stopfte, bis er würgen musste.

»Alles in Ordnung?«, fragte McKenna, und ihre Stimme klang merkwürdig fern.

Jefferson drehte sich zu ihr um, fast besinnungslos vor Wut. Er ballte die Fäuste, wollte sie schlagen, wollte das Gefühl seiner Knöchel in ihrem Gesicht spüren, um sich als Nächstes gegen Ugriumov zu wenden, ihm die Nase zu brechen, den Unterkiefer zu zerschmettern und auf ihn einzuprügeln, bis sein Blut über den Boden spritzte.

Irgendetwas berührte ihn am Arm, etwas Warmes, und er blickte überrascht nach unten. Es war McKenna. Ihre Finger streichelten über seinen Unterarm, tasteten nach seiner Hand, umschlossen sie. Ihre Haut fühlte sich kühl und belebend an. Jefferson spürte, wie die unerklärliche Erregung allmählich verebbte. Der Geschmack in seinem Mund kondensierte in einem Speicheltropfen. Er drehte den Kopf zur Seite, spie aus, und die Empfindung von Fäulnis und Übelkeit verließ seinen Körper.

»Geht es dir nicht gut?«, fragte McKenna besorgt.

Jefferson schüttelte den Kopf. Er wollte ihr nicht sagen, was genau er eben gefühlt hatte. »Ich weiß nicht. Es war so eigenartig eben … für einen Augenblick.«

»Und jetzt ist es wieder besser?«

Jefferson nickte. Er war wieder in Ordnung, auch wenn ein leichtes Pochen hinter seinen Schläfen geblieben war, ein langsames Pochen, im Takt mit seinem Puls, als hätte man ihm ein Gift injiziert, das mit jedem Herzschlag durch seinen Körper gepumpt wurde. Ugriumov beobachtete ihn aufmerksam. Er hatte die Brechstange erhoben und hielt sie fest gepackt. Jefferson war nicht sicher, ob zur Verteidigung oder zum Angriff.

»Sehen Sie mich an«, befahl Ugriumov mit fester Stimme.

»Was?«

»Ich sagte, Sie sollen mich ansehen!«

Jefferson wandte sich um und blickte Ugriumov in die Augen. Der kleine Mann schaute ihn einen Moment lang prüfend an. Dann lockerte er scheinbar erleichtert seinen Griff um die Brechstange.

»Sie sehen aus, als wollten Sie damit jemanden umhauen«, stellte Jefferson fest.

Ugriumov zuckte die Schultern. »Man kann nie wissen. Manchmal sind die Menschen nicht Herr über sich selbst.«

Das ist wahr. Jefferson hatte keine Ahnung, was diese merkwürdige Aufwallung von Hass zu bedeuten hatte. Doch die Gefühle verebbten immer mehr, wie die letzten Überreste eines Traums nach dem Aufwachen. Jefferson drehte sich nach dem Skelett um, und alle drei starrten in die Kiste.

»Und das ist es?«, fragte McKenna.

»Ja. Das Skelett von Qinghai.«

McKenna trat ans Ende der Kiste, ging in die Hocke und betrachtete die bleichen Knochen der Füße. »Die Zehen stimmen von der Größe her mit den Abdrücken überein, die wir auf dem Friedhof gefunden haben«, sagte sie zu Jefferson. »Definitiv die gleiche Form.«

»Es kann nicht allzu viele dreizehige Monster von dieser Sorte geben«, sagte Jefferson.

»Die Menschen von Qumran besaßen nicht die Mittel, diese Dämonen zu erschlagen«, sagte Ugriumov. »Es gelang ihnen nur, sie aus ihrer Stadt zu vertreiben. Nach ihrem Angriff auf Qumran wurden die vier Dämonen im Verlauf der nächsten sechshundert Jahre noch in verschiedenen Texten erwähnt, in Gegenden, die heute Israel, Ägypten, Jordanien, Syrien und den Libanon umfassen. Jedes Mal waren es vier Kreaturen, halb Geist, halb lebendes Wesen.«

»Was meinen Sie mit ›halb Geist‹?«, fragte McKenna.

»Nun, diese Dämonen besaßen nur beschränkte Macht. Sie konnten nicht jede beliebige Gestalt annehmen. Nur dann, wenn sie vier willige Behältnisse fanden, vier Menschen, die sich von ihnen in Besitz nehmen ließen, konnten sie sich frei über die Erde bewegen.«

»Und?«, fragte McKenna. »Haben sie jemals vier Menschen gefunden?«

»Einige glauben, dass sie Erfolg hatten. Im Jahre 632 kam es zur großen islamischen Spaltung. Aus dieser Spaltung gingen vier menschliche Krieger hervor. Perfekte Krieger. Man glaubt, dass sie die physischen Behältnisse der gefallenen Engel waren – der vier Dämonen. Die vier Dämonen ergriffen Besitz von den Körpern eines großen Kriegers namens Sidina und seiner drei nächsten Begleiter und gelangten dadurch zu neuer Macht.

Sidina herrschte für sechshundert Jahre, bevor die Niederschriften seine endgültige Niederlage und die seiner dunklen Kameraden beschreiben. Sie wurden von einer Legion von Männern gestellt, und zwar im Jahre 1232 nach Christus. Danach heißt es, dass der Leichnam Sidinas von Nicht-Hebräern, von Christen aus dem Kreuzfahrerheer, aus der Stadt nach Norden verschleppt wurde, durch die Wüste und in die Berge eines unbekannten Landes. Ihre Reise dauerte vierhundertvierzig Tage. Sie schleppten den Leichnam mit sich, bis sie glaubten, weit genug von jeder bekannten Zivilisation entfernt zu sein, und dass dieser Dämon niemals den Weg zurück nach Qumran finden konnte.«

Jefferson starrte auf das bleiche, staubige Skelett in der Kiste und stellte sich vor, wie grauenvoll es als lebendige Kreatur gewesen sein musste. Dann stellte er sich die Kreuzfahrer vor, die mit den Überresten der Kreatur bis nach China gereist waren, über ein Jahr, bis sie die Höhle gefunden hatten. Was konnte so mächtig und so böse sein, dass seine Überreste in einen unbekannten Teil der Welt verschleppt wurden? Einen Teil der Welt, der so abgelegen war, dass die Kreuzfahrer kaum Aussicht hatten, jemals selbst zurückzukehren?

»Man fand eine Höhle in den Bergen, und die Ritter trugen den Leichnam des Bösen tief hinein«, berichtete Ugriumov weiter, während er die Kiste langsam umrundete, ohne den Blick von dem Skelett zu nehmen. »Sie brachten ein Tuch vom Leichnam Jesu mit, getränkt mit seinem heiligen Blut. Ein Leichentuch von Christi Kreuzigung, und in dieses Tuch schlugen sie den Dämon ein.«

»Also gab es weitere Leichentücher«, sagte McKenna, die immer noch am Ende der Kiste hockte.

Ugriumov nickte. »Ja. Und je eines davon wurde für jeden der vier Dämonen benutzt.«

»Weshalb?«, fragte Jefferson.

»Vergessen Sie nicht, diese Männer waren hingebungsvolle

christliche Krieger, unterwegs mit den Leichen von Dämonen. Dämonen, die Generationen heimgesucht hatten und die nur mit viel Glück überwunden worden waren. Diese Wesen waren auf einem Weg zur Erde gekommen, den auch Jesus genommen hatte. Und sie konnten, genau wie Jesus, von den Toten auferstehen. Die Dämonen hatten die Körper von Menschen in Besitz genommen und diese Körper so verändert, dass sie ihren eigenen Zwecken dienlich waren. Sie wurden zu den Formen des Bösen, die Sie hier vor sich liegen sehen.«

»Aber diese Kreatur war bereits tot?«, fragte McKenna.

»Ja und nein. Sie hatten die Körper von Sidina und seinen Gefährten getötet, doch sie glaubten, die Dämonen könnten zurückkehren. Könnten wiedererweckt werden. Die Wiederauferstehung Jesu Christi bedeutete die Himmelfahrt. Doch die Wiederauferstehung der Dämonen würde zu einer unaufhaltsamen bösen Macht auf Erden führen. Zum Schutz davor wurden die Leichentücher benutzt, als unüberwindliches Siegel, wie Ketten, die niemals brechen, um zu verhindern, dass sie jemals wiederauferstehen konnten.« Ugriumov verstummte, lächelte und zeigte seine ungewöhnlich weißen Zähne. »Jedenfalls steht es so in den Schriftrollen.«

Der kleine Mann sah die beiden Detectives an, und sein Grinsen wurde breiter. Eine zweite Fledermaus huschte über die Decke auf der Suche nach Insekten unter den Hunderttausenden verwitternder Reliquien und anderer Dinge in den Katakomben. Ugriumov wandte sich von Jefferson und McKenna ab, klopfte sich mit der Brechstange auf die Handfläche und blickte hinunter auf den Inhalt der Kiste.

»Vom Standpunkt eines Sammlers ist dieses Skelett ein sehr interessantes Stück«, sagte er.

»Warum sollte ein Sammler so etwas haben wollen?«, fragte McKenna.

»Es ist selten, eine Kostbarkeit, nur für Superreiche zu bezahlen, Miss Watson«, erwiderte Ugriumov. »Sie sammeln interessante Stücke.«

»Haben Sie jemals ein Angebot für dieses Skelett erhalten?«

Ugriumov nickte. »Sogar noch in jüngster Zeit. Allerdings ist es nicht unsere Politik, unsere Sammlung Stück für Stück zu verkaufen. Obwohl es Russland schlecht geht, haben wir kein Interesse, uns zu prostituieren.«

»Wissen Sie zufällig den Namen dieses Sammlers?«, fragte McKenna.

»Einer von Ihren reichen amerikanischen Geschäftsleuten«, antwortete Ugriumov. »Ein gewisser Joseph Lyerman.«

Wenn Lyerman versucht hatte, dieses Skelett zu kaufen, musste er gewusst haben, dass der Inhalt dieser Kiste von Bedeutung war. Jefferson war nun sicher, dass die Kreatur von der gleichen Art war wie die, welche in Boston ihr Unwesen trieb – die Bestie, die auf dem Friedhof und in Sinatras Haus die Morde begangen hatte. Er war außerdem sicher, dass Lyerman dies ebenfalls wusste. Und was immer auf Blade Island gewesen war, es kam vom gleichen Ort wie das Skelett in der Kiste.

Jefferson starrte die Knochen an, die klaffende tödliche Wunde am Hinterkopf unmittelbar über der Stelle, wo die Halswirbel anfingen. Die fehlenden Knochensplitter lagen nicht in der Kiste. Der nach hinten gebogene Kopf und das Loch darin ließen den Schädel noch hässlicher und bösartiger aussehen. Jefferson konnte sich beinahe vorstellen, welch unaussprechliche Wut dieses Ding verspürt haben musste, als irgendein gewaltiger Krieger ihm den Schädel zertrümmert hatte. Der Rachen war aufgerissen, und die scharfen Raubtierzähne, die Ugriumov erwähnt hatte, waren deutlich zu sehen. Sie zeigten schräg nach vorn wie bei einem Wolf. Das Skelett hätte beinahe menschlich sein können, jedoch nicht diese Zähne.

»Sieht wie ein ganz gemeiner Bastard aus«, sagte Jefferson leise. »Was es auch gewesen sein mag.«

McKenna beugte sich vor, betrachtete den Schädel und streckte vorsichtig eine Hand aus. »Darf ich es berühren?«, fragte sie Ugriumov.

Der kleine Mann nickte. »Wenn Sie mögen.«

McKenna streckte die Hand in die Kiste und betastete mit den Fingern die glatte Oberfläche des Schädels. »Es ist warm!«, sagte sie staunend, als sie die Nackenwirbel berührte.

Ugriumov lachte. »Knochen nehmen sehr schnell die Temperatur der Umgebung an.«

»Aber es ist nicht warm *hier drin*«, sagte McKenna.

Jefferson beugte sich vor und berührte die Rippen mit den Fingerspitzen. McKenna hatte Recht, die Knochen fühlten sich tatsächlich warm an. Wärmer als die umgebende Luft, so viel stand fest.

»Autsch!«, rief McKenna plötzlich und riss ihre Hand zurück. Auf der Spitze ihres Zeigefingers wurde ein Blutstropfen sichtbar.

»Was ist passiert?«, fragte Jefferson.

Sie schüttelte abwechselnd die Hand und rieb sich die Fingerspitze. »Ich hab mich gestochen.«

Jefferson blickte in die Kiste. Einer der Raubtierzähne war blutig. McKenna hatte sich an einem der verdammten Reißzähne der Kreatur gestochen. Vorsichtig betastete Jefferson den Zahn; er war scharf wie ein Rasiermesser.

Er zeigte auf den roten Blutfleck. »Ich kann nicht glauben, dass die Zähne nach so vielen Jahren immer noch so scharf sind.«

»Ich auch nicht«, flüsterte Ugriumov und beugte sich vor, um den Zahn genauer zu inspizieren. Er hielt noch immer die Brechstange, und Jefferson sah, dass die Handknöchel weiß hervortraten, so fest packte er das Metall. Das Grinsen war aus seinem Gesicht verschwunden, als er sich über den Schädel beugte.

»Was macht der Finger?«, fragte Jefferson an McKenna gewandt.

»Ich werd's überleben.« Sie lächelte tapfer und ließ ihre Hand in der seinen.

Ugriumov betrachtete immer noch den Schädel. Plötzlich richtete er sich erschrocken auf.

»Sehen Sie sich das an!«, rief er und deutete mit dem Finger auf den Zahn.

Der Blutfleck schien sich nach und nach ausgebreitet zu haben und lief nun in Richtung des Kiefers. Während sie alle drei hinsahen, verschwand er gänzlich, als wäre er vom Knochen aufgesaugt worden wie Wasser von einem Schwamm.

»Himmel!«, stieß Jefferson hervor und wich einen Schritt von der Kiste zurück. »Was war das?«

»Ich bin mir nicht sicher ...« Ugriumov betrachtete den Zahn aus der Nähe und schob seine dünne Drahtbrille zurecht. Vorsichtig ruckelte er an dem Zahn, bis er ihn aus seiner Kieferhöhle befreit hatte, und hielt ihn ins Licht einer von der Decke baumelnden nackten Glühbirne.

»Erstaunlich«, sagte er leise.

»Was denn?«, fragte McKenna und vergaß ihren Finger für einen Augenblick.

»Dieser Zahn verfügt noch immer über Blutgefäße«, erklärte Ugriumov und zeigte ihnen, was er meinte. Unter dem weißen Zahnschmelz schienen feine Adern zu verlaufen. »Als wären in seinem Innern lebende Zellen!«

»Sie meinen, dieses Ding ist noch *lebendig*?«

»Nein.« Ugriumov schüttelte den Kopf. »Es besitzt jedoch Blutgefäße, die imstande wären, lebende Zellen zu versorgen. Als würde dieses Skelett nach und nach zum Leben erwachen ...«

»Was könnte so etwas verursachen?«

Ugriumov zuckte die Schultern und überlegte. »Ich bin nicht

sicher«, sagte er schließlich. »Es ist, als hätte jemand diesem Zahn Blut injiziert.«

»Was?«, entfuhr es Jefferson. »Ich dachte, dieses Ding hätte in den vergangenen zwanzig Jahren unberührt in der Kiste gelegen? Wie kann jemand hier heruntergekommen sein und Blut in den Zahn injiziert haben? Ich meine, wir haben die Kiste doch selbst gesehen! Sie war praktisch luftdicht versiegelt!«

»Ich weiß, ich weiß.« Ugriumov schüttelte den Kopf. »Es sei denn, natürlich, das Blut ist von Miss Watson. Irgendwie ist es in den Zahn gelangt ...«

McKenna starrte auf ihren Finger und dann auf den kleinen Mann. »Sie meinen, mein Blut ist in diesem Ding?«, fragte sie nervös.

Jefferson gefiel diese Vorstellung ebenfalls nicht. Sie war unheimlich, grässlich, erschreckend ...

»Ich weiß es nicht.« Ugriumov zuckte die Schultern. »Ich habe so etwas noch nie gesehen. Knochen werden mit zunehmendem Alter weniger porös. Die Wahrscheinlichkeit, dass Knochen irgendetwas aufsaugen könnten, ist sehr gering. Ich nehme an, es ist nicht völlig unmöglich. Aber merkwürdig ist es trotzdem.«

Er setzte den Zahn zurück in die Kieferhöhle. »Ich hoffe sehr, dass sich niemand an diesem Skelett zu schaffen gemacht hat. Ich werde mich so bald wie möglich mit dem Personal unterhalten.«

Jefferson wechselte einen raschen Blick mit McKenna. Sie hatte die Augenbrauen hochgezogen und die Stirn in Falten gelegt. Als sie Jeffersons Blick bemerkte, hob sie die Hände nach außen und schüttelte verwirrt den Kopf. Jefferson gefiel der Gedanke ganz und gar nicht, dass dieses Ding in der Kiste noch irgendetwas Lebendiges in sich haben könnte. Das Skelett war Furcht einflößend und unnatürlich; selbst die Knochen schienen eine böse Ausstrahlung zu besitzen.

Jefferson hatte in seinem Leben viele schlimme Dinge gesehen. Verbrecherische, verkommene Menschen, die Kinder vergewaltigt und ermordet hatten. Männer, die andere gefoltert und sich daran ergötzt hatten, sich am Schmerz und Leid Dritter gelabt hatten. Er hatte Serienmörder verhört, Sadisten, Serienvergewaltiger. Sämtliche Verbrecher, Irre und Perverse, die die menschliche Gesellschaft hervorzubringen imstande war. Jefferson war ihnen allen während seiner Jahre bei der Polizei von Boston begegnet.

Doch das, was dort vor ihm in der Kiste lag, machte ihm mehr Angst als alles, was er auf den Straßen Bostons oder in den Verhörzimmern je gesehen hatte. Es machte ihm mehr Angst als alles, was Menschen einander je angetan hatten.

»Was ist mit den anderen Dingen, die man in der Höhle gefunden hat?«, fragte McKenna. »Den Schriftrollen und dem Leichentuch?«

Ugriumov wandte sich um und blickte suchend auf die Metallregale neben der Kiste. »Sie müssten irgendwo hier liegen.«

Er kramte einige Sekunden herum, dann zog er eine Stoffrolle hervor, legte sie auf den Tisch und rollte sie dort langsam auseinander, sodass Jefferson und McKenna das Abbild auf dem Stoffgewebe sehen konnten. Das Gewebe war von verblichener gelblicher Farbe, als wäre es mit Kaffee überschüttet worden, und lag vor ihnen wie eine riesige Tierhaut. Die Enden waren nach oben gewellt wie türkische Schnabelschuhe. Jefferson hielt den Atem an, als er auf das Tuch sah und die getrockneten Blutflecken erkannte, die eine Gestalt umrissen.

»Wurden die Blutflecken jemals analysiert?«, fragte Jefferson. »Handelt es sich tatsächlich um Blut?«

Ugriumov schüttelte den Kopf. »Ich fürchte nein. Dieses Tuch wurde gewissermaßen … nun, totgeschwiegen. Niemand wollte seinen Ruf aufs Spiel setzen, indem er seine Echtheit unterstützte. Deswegen ist es schließlich hier unten gelandet und im Lauf der vielen Jahre praktisch in Vergessenheit geraten.«

Jefferson nickte und betrachtete die Flecken. Sie schienen im Licht zu glänzen, als wären sie mit Zuckerguss glasiert. Es war ein merkwürdiger Effekt, hypnotisierend, als würde man auf eine große, ruhige Wasserfläche blicken, während auf der anderen Seite die Sonne hinter dem Horizont versinkt.

Er streckte die Hand aus, um einen der Flecken zu berühren.

Als er die Hand zurückzog, waren seine Fingerspitzen nass und rot.

Er sog überrascht die Luft ein. »Was, zur Hölle …?«

Er sah erneut auf das Tuch. Es blutete. Das Gewebe war nass von Blut, das zweitausend Jahre zuvor vergossen worden war. Fassungslos blickte Jefferson auf. In seinem Gesicht spiegelte sich Verständnislosigkeit. McKenna stand vom Tuch abgewandt neben ihm und suchte mit Blicken die breiten Metallregale ab. Ugriumov starrte auf ein Blatt Papier, das er aus der Tasche gezogen hatte, und war für den Moment abgelenkt.

Keiner von beiden hatte gesehen, wie Jefferson das Tuch berührt hatte. Er sah erneut nach unten. Die glasige Nässe der Blutflecken war verschwunden. Sie wirkten wieder trocken, eingezogen in das Gewebe des Leichentuchs, kaum mehr als Stockflecken oder Schmutz nach all der Zeit.

Jefferson berührte das Tuch.

Es war trocken.

»Oh, bitte, fassen Sie es nicht an, Detective Jefferson«, tadelte Ugriumov ihn freundlich. »Die Fette in Ihrer Haut könnten das Gewebe zerstören.«

Jefferson murmelte eine Entschuldigung, während er auf seine Fingerspitzen starrte. Die Haut war noch immer rot vom Blut. Es konnte nur von einer Stelle kommen – vom Gewebe des Leichentuchs. Er wischte seine Hand an der Seite der Kiste ab und schmierte das Blut auf die Holzlatten.

»Stimmt was nicht?«, fragte McKenna.

»Wie?«

»Deine Hand. Ist irgendwas damit?«

»Nein, nein«, antwortete Jefferson. »Bloß eine Spinnwebe.«

McKenna schüttelte den Kopf und blickte sich unbehaglich um. »Dieser Raum sieht aus, als wäre er voll davon.«

»Ja«, antwortete Jefferson verlegen.

McKenna wandte sich an Ugriumov. »Was ist mit den restlichen Schriftrollen? Können wir einen Blick darauf werfen?«

»Warum nicht?« Ugriumov seufzte. »Wir haben bereits tausend Jahre Geschichte auseinander gerissen.«

Er legte die Schriftrollen auf den Deckel einer großen Metallkiste und rollte sie langsam auseinander. Die Handschrift war wunderschön, doch fremdartig, und die Buchstaben waren in vollendeter Kalligrafie geschrieben. Das Pergament der Rollen war blassgelb und fühlte sich trocken an, fast wie Eidechsenhaut.

»Was steht dort?«, fragte McKenna bewundernd, ohne den Blick von der Schrift zu nehmen.

»Es sind Abschriften aus dem Alten Testament. Teile aus dem Buch Hesekiel«, antwortete Ugriumov, wobei er den Text überflog. »Das ist nicht, was wir suchen.«

Er rollte den alten Text wieder zusammen und steckte ihn in die Amphore zurück. Dann nahm er die zweite Schriftrolle hervor, öffnete die Lederschlaufe und breitete sie auf dem Metalldeckel aus.

»Hmmm«, machte er, während er den Text las.

»Was steht da?«

»Diese Rolle enthält Beschreibungen der Siedlungen, der landwirtschaftlichen Güter und der Flusstäler in der Gegend zwischen Jerusalem und dem Toten Meer.«

»Hilft es uns weiter?«, fragte McKenna.

»Eigentlich nicht, nein«, antwortete Ugriumov und rollte die Schriftrolle wieder zusammen. »Es sei denn, Sie sind auf der Suche nach Schätzen.«

»Schätzen?«

»Nun ja …« Ugriumov zuckte die Schultern. »Dieser Satz Schriftrollen sowie ein anderer Satz, die so genannten Kupfer-Schriftrollen, die man in der Nähe der Ruinen von Qumran entdeckt hat, spielen auf einen verborgenen Schatz irgendwo in der Wildnis um Jericho an.«

Ugriumov sah Jefferson an und zwinkerte. »Reine Fantasie, ohne Zweifel.« Er zog die dritte Rolle aus der Amphore und breitete sich vorsichtig aus. »Ah. Da ist sie ja …«

»Das ist die Richtige?«

»Ja. Diese Schriftrolle beschreibt die Schlacht zwischen den Kriegern von Qumran und dem Bösen aus dem Norden, bei dem es sich möglicherweise um unseren Freund hier in der Kiste handelt, möglicherweise aber auch nicht.«

»Fand denn die Schlacht tatsächlich statt?«

»O ja«, antwortete Ugriumov rasch. »Die Schlacht ist historisch gut belegt.«

»Wie das?«

»Man fand Gräber, Massengräber, vor den Grenzen der Stadt Qumran. Sie waren hastig ausgehoben worden, weil die Toten vom Schlachtfeld in der heißen Sonne des Nahen Ostens rasch verwesten. Man grub Tunnels in einen Berg und markierte die Zugänge mit einem Schädel.«

»Einem Schädel?«

»Grabstätten galten als unreine, Unheil bringende Orte. Der Schädel warnte die Menschen, sich nicht unnötig zu nähern.«

»Und was befand sich in diesen Massengräbern?«

»Skelette. Hunderte von Skeletten in voller Kampfmontur. Das Merkwürdige daran war, dass viele verbrannt worden waren, ein Ritual, um den Toten zu reinigen. Außerdem besaßen sämtliche Skelette, die man fand, die gleichen Verletzungen.«

Ugriumov hob die Hand und krümmte die ersten drei Finger zu einer Kralle. »Sie alle hatten parallele Schnittwunden … drei

Schnitte. Dieses Muster fand sich auf den zerfetzten Lederrüstungen genauso wie auf den Schilden. Irgendetwas ging durch ihre Panzer hindurch wie ein heißes Messer durch Butter.«

Jefferson nickte und rief sich die parallelen Wunden ins Gedächtnis, die sie bei all den Toten in Boston vorgefunden hatten. Die tiefen Risse. Das Fragment, das im Brustbein von Kenneth Lyerman stecken geblieben war, jenes Fragment, das Dr. Wu analysiert und mit dem Skelett in dieser Kiste in Verbindung gebracht hatte. Es war beinahe, als würde dort draußen irgendetwas sein Unwesen treiben und in die Fußstapfen dieser Kreatur hier treten, die vor undenklichen Zeiten gestorben war. Und erneut schien eine Schlacht bevorzustehen wie jene in der Wüste vor Jerusalem, erneut schienen die Mächte des Bösen über die Menschen zu kommen, und aus irgendeinem Grund hatten sie sich diesmal Boston ausgesucht.

Ohne ein weiteres Wort packte Ugriumov die Rolle und wickelte sie wieder ein. Seine Bewegungen wirkten mit einem Mal nervös und fahrig, als wüsste er, was Jefferson dachte. Er fuhr sich mit der Hand über den Nacken und fasste dann in einer nachdenklichen Pose seine Nasenwurzel zwischen Daumen und Zeigefinger.

»Ich denke, für heute sind wir fertig. Genug gegraben, nicht war?«, sagte er knapp, band die Rolle zusammen und steckte sie in die Amphore zurück.

»Warten Sie«, sagte McKenna. »Was hat das auf einmal zu bedeuten?«

»Ich bin nicht sicher«, antwortete Ugriumov, »aber es geht mich auch nichts an.«

»Was meinen Sie damit, ›es geht mich nichts an‹?«, fragte Jefferson und packte Ugriumov am Arm.

Der kleine Mann riss sich los, zog die Amphore an seine Brust und wich vor McKenna und Jefferson zurück. Seine Miene drückte Verärgerung und Unsicherheit aus.

»Ich kann Ihnen nicht helfen«, flüsterte der Russe.

»Warum nicht?«, fragte Jefferson.

Ugriumov sah ihn an. »Diese Amphoren waren versiegelt. Sie sind zwanzig Jahre lang versiegelt gewesen. In der ganzen Zeit hat niemand sie angesehen, bis wir heute hierher kamen, und die Tinte ist immer noch feucht. Erscheint Ihnen das nicht merkwürdig?«

»Allerdings.« Jefferson zuckte die Schultern. »Ich bin nicht sicher, aber vielleicht gibt es ja eine Erklärung, und ...«

»Nein, die gibt es nicht!«, unterbrach Ugriumov ihn. »Weil es keine Logik mehr gibt! Wir sind auf etwas gestoßen, das sich meiner Logik und meinem Verstand entzieht, und das macht mir Angst!«

»Mir auch. Trotzdem sind Sie der Einzige, der eine Ahnung zu haben scheint, was diese Dinge bedeuten«, sagte Jefferson. »Ich werde Sie nicht einfach so davongehen lassen. Es sind bereits zu viele Menschen gestorben.«

Jefferson schlug mit der flachen Hand auf den Tisch, dass es krachte. Dann wandte er sich brüsk ab und ging zu den Metallregalen. An der Decke flatterte ein schwarzes Ding und stürzte sich auf eine Motte, die um die nackte Glühbirne kreiste; dann schoss die Fledermaus wieder durch den Gang davon. Ugriumov starrte Jefferson einen Augenblick an und fuhr sich mit der trockenen Zunge über die noch trockeneren Lippen.

»Ich habe Ihnen bisher noch nicht erzählt, was mit den Männern, den Kreuzrittern passiert ist, die dieses Skelett damals nach China gebracht haben«, sagte Ugriumov schließlich.

Jefferson drehte sich langsam zu ihm um, sagte jedoch kein Wort.

»Wie es scheint, machten sich die Kreuzritter auf den Weg zurück in die Heimat, als irgendetwas mit ihnen geschah.«

»Und was?«

»Sie wurden wahnsinnig. Sie gingen mit den Schwertern aufeinander los und brachten sich gegenseitig um. Sie hackten sich in Stücke und fraßen ihre Toten. Nur ein einziger Mann überlebte den Wahnsinn, um die Geschichte zu überliefern, als er aus der Wildnis zurückkehrte.«

»Mein Gott!«, flüsterte McKenna. »Warum?«

Ugriumov zuckte die Schultern. »Das wissen wir nicht mit Bestimmtheit. Doch man glaubt, dass sie während der Reise zu der Höhle zu lange unter dem Einfluss der dämonischen Reliquie gestanden haben. Sie waren nicht mehr die gleichen Männer, die von Qumran aufgebrochen waren. Sie waren selbst zu Mördern und Meuchlern geworden, angetrieben von der Lust am Töten und so besessen, dass sie sich in Raserei gegeneinander wandten und sich gegenseitig erschlugen.«

Ugriumov sah Jefferson bedeutungsvoll an. »Das geschah mit jenen, die diese Macht des Bösen gesucht haben. Sind Sie ganz sicher, dass Sie weitersuchen möchten?«

»Ich habe keine andere Wahl.«

Ugriumov blickte ihm lange in die Augen, und unvermittelt schien der kleine Mann das größte Wesen im gesamten Raum zu sein. Die Glühlampen an der Decke knackten und knisterten in statischer Elektrizität.

»Nun, mein fahrender Ritter …« Ugriumov grinste schwach. »Dann ist es an der Zeit, dass ich Ihnen das Manuskript zeige, das ich vorhin erwähnt habe. Außerdem habe ich noch etwas für Sie.«

Sie folgten Ugriumov tiefer in die Katakomben, an weiteren dunklen Gängen vorbei, in denen sich noch dunklere Alkoven befanden. Die gemauerten Wände wichen nacktem, nassem Fels, der im Lichtschein der Glühlampen feucht schimmerte. Hier gab es keine willkürlich verteilten Ausstellungsstücke mehr, und die Alkoven in den Wänden waren leer mit Ausnahme gelegentlicher Sarkophage oder Knochen in verwitternden

Hüllen aus Stoff, die Jefferson in der Dunkelheit erspähte. Sie bogen vom Hauptgang ab und begaben sich tiefer in das Labyrinth aus unterirdischen Grabkammern. Nach Jeffersons Empfinden hatten sie längst das Gebiet des Museums verlassen und wanderten vielleicht fünfzig Meter tief unter den Straßen von St. Petersburg dahin.

»Das hier ist der älteste Teil der Katakomben«, erklärte Ugriumov. »Er stammt aus dem zwölften Jahrhundert. Die Zeit wird hier in Jahrhunderten gemessen, nicht in Jahren.«

Er führte sie immer tiefer ins Labyrinth hinein. Vor ihnen erstreckte sich ein dunkler Gang, der Jefferson auf seltsame Weise an das Massaker im Loch des Blade-Gefängnisses erinnerte.

Weiter und weiter gingen sie, und ihre Taschenlampen warfen kleine runde Lichtkegel auf die Wände und den Boden vor ihnen. Der Untergrund bestand aus glattem Stein, die Wände waren rau und unbehauen; offensichtlich hatten die Erbauer Probleme mit der Bearbeitung des nackten Felsens gehabt.

Das dumpfe Pochen in Jeffersons Kopf hatte sich verlangsamt. Er versuchte zu verdrängen, was er beim ersten Anblick des Skeletts empfunden hatte.

Plötzlich blieb Ugriumov vor ihm stehen und leuchtete mit der Taschenlampe nach unten.

Er stand vor einem großen Sarkophag, der mitten auf dem Boden ruhte.

»Was ist das?«, fragte Jefferson.

»Das ist der Sarg von Sir Gerard de Ridefort. Ein Kreuzritter.«

Der Deckel war ein wenig zur Seite geschoben und mit einem in den Stein gemeißelten Kreuz verziert. Alles war von einer dünnen Staubschicht und Spinnweben bedeckt. Jefferson hielt den Atem an, während er auf eine Reaktion ähnlich der beim dämonischen Skelett wartete, doch diesmal blieb sein Geist klar. Er spürte nichts in Gegenwart dieses Sarkophags, keinen Geschmack von Verwesung und Tod, wie er vorhin seinen Mund gefüllt hatte. Selbst das dumpfe Pochen in seinem Kopf war völlig verebbt.

»›Gütiger Gott, unser Krieg ist vorüber. Wir sind alle tot – und das Königreich ist am Ende‹«, zitierte Ugriumov leise die Inschrift unter dem Schwert. »Die Worte des Grafen von Tripolis nach der Schlacht von Hattin im Jahre 1187.«

»Wer war dieser Mann?«, fragte McKenna und nickte in Richtung des Sarkophags.

»Er war ein Templer, ein Kriegermönch, der einzige Überlebende der Schlacht von Hattin.«

Der Sarkophag lag vor ihnen. Der Deckel war ein wenig zur Seite verrutscht, und ein kleiner Spalt befand sich zwischen Deckel und Seite. McKenna ging in die Hocke, nachdem sie ihre Jeans ein Stück hochgezogen hatte. Sie untersuchte den Deckel und senkte den Kopf, um den Staub zu betrachten.

»Jemand ist vor kurzem hier gewesen«, sagte sie. »In den letzten Tagen, würde ich sagen. Die Staubschicht an den Ecken ist weniger dick als auf dem restlichen Deckel.«

Jefferson blickte zu Ugriumov, der einen Augenblick zögerte, bevor er antwortete. »Nachdem Dr. Wu mich angerufen und mir Einzelheiten über Ihre Ermittlungen mitgeteilt hatte, kam ich hierher, um mich zu überzeugen, ob es noch da war.«

»Ob was noch da war? Wer war dieser Mann?«

Ugriumov sah Jefferson in die Augen. Der Schein der Taschenlampen erzeugte tiefe Schatten auf seinem Gesicht, die sich bewegten wie schwarze Blutegel.

»Sir Gerard und seine Kameraden durchquerten im Jahre 1187 den See Genezareth. Sie trugen eine Reliquie des Wahren Kreuzes mit sich, an das Jesus Christus geschlagen worden war. Während ihrer Reise wurden die Kreuzritter von den Muslimen unter Salah as-Din Yussuf ibn Ayub, dem Befehlshaber der syrischen Truppen, angegriffen und geschlagen«, sagte Ugriumov. »Die Schlacht tobte drei Tage lang in der Wüste, und in jeder

Nacht kam etwas aus dem Sand nach oben und stahl die Toten des Tages.«

»Was war dieses Etwas?«, fragte McKenna leise.

»Die Leichen wurden von der Bestie verstümmelt. Drei parallele Schnitte über der Brust. Sir Gerard hat die Geschichte niedergeschrieben und mit sich geführt. Er war damals zwanzig Jahre alt. Und er war es auch, der erkannte, dass das wahre Böse nicht die Truppen Saladins waren, sondern die dunkle Macht, die des Nachts aus dem Boden kam und die Toten stahl. Sir Gerard erblickte das Gesicht dieses Bösen und gelangte zu der Ansicht, dass es der Krieger Sidina war, der Mann, dessen Ruf weit über dieses umkämpfte Land hinauseilte.

Sidina gehörte zu den Assassinen, einem Geheimbund, den die Muslime in Persien gegründet hatten und der von Shaykh-al-Jabal angeführt wurde. Gegen Ende des elften Jahrhunderts hatten die Assassinen eine Reihe von Stützpunkten im Nordwesten von Syrien errichtet, von wo sie die Kreuzritter über viele Jahre hinweg terrorisierten. Shaykh-al-Jabal hieß bei den Kreuzrittern ›der Alte Mann von den Bergen‹, und Sidina Ali war der ›Vollkommene Krieger‹. Selbst als junger Ritter muss Sir Gerard die Legende von Sidina gekannt haben und die Geschichten von den zahlreichen großen Rittern, die von Sidinas Hand oder der seiner drei Gefährten gefallen waren. Nach der Schlacht von Hattin widmete Sir Gerard sein Leben der Suche nach Sidina und seinen drei Gefährten, um ihn zu stellen und zu erschlagen.

Fünfundvierzig Jahre später kehrte Sir Gerard in das Land der Kreuzzüge zurück, von wo aus er Sidina durch die syrische Wüste bis nach Persien verfolgte. Zu diesem Zeitpunkt waren die Herrscher Persiens der Wildheit und Skrupellosigkeit Sidinas überdrüssig geworden, und weil sie fürchteten, dass Sidina sich gegen sie erheben könnte, verrieten sie ihren mächtigsten Krieger an Sir Gerard und seine Tempelritter.

Im Jahre 1232 griff Sir Gerard den Palast und die Gärten Sidinas an, und es gelang ihm im Alter von fünfundsechzig Jahren, Sidina zu schlagen. Er tötete ihn und seine drei Gefährten. Wie ich bereits erwähnte, glaubte Gerard, dass Sidina die Verkörperung des Bösen sei. Ein Dämon auf Erden. Also wählte er seine tapfersten Männer aus, um die Überreste Sidinas und der drei gefallenen Assassinen in vier verschiedene Winkel der Welt zu bringen. Sir Gerard selbst reiste mit fünf anderen Rittern und den sterblichen Überresten Sidinas, doch als er acht Jahre später nach Hause kam, im Alter von dreiundsiebzig Jahren, war er der Einzige, der die Reise überlebt hatte.«

Ugriumov bückte sich und schob den schweren Steindeckel zur Seite, der den Sarkophag verschloss. Es gab ein lautes schabendes Geräusch, als Stein auf Stein mahlte. Im Sarkophag lag das Skelett eines Mannes, vertrocknet und staubig, unter einem aus Eisen geschmiedeten Brustpanzer mit dem Roten Kreuz der Kreuzfahrer. Über dem Brustpanzer lag ein Helm mit einem massiven Nasenschutz und gerundeter Haube, der einen Totenschädel mit leeren Augenhöhlen umschloss.

»Was Sie eben in der Kiste gesehen haben«, fuhr Ugriumov fort, »ist das einzige Skelett, dessen Bergung bekannt geworden ist. Falls die Geschichte der Wahrheit entspricht, gibt es noch drei weitere, jedes in einem anderen, abgelegenen Winkel der Erde. Als das Skelett von Qinghai in den dreißiger Jahren in China gefunden wurde, lebte das Interesse an der Dämonologie wieder auf. Eine spezielle Studienrichtung entwickelte sich mit dem Ziel, die verbliebenen drei Skelette aufzuspüren und zu bergen.

Die Stelle, von der angenommen wird, dass Sir Gerard dort Sidina und seine drei Gefährten angegriffen und besiegt hat, liegt ein kleines Stück westlich vom heutigen Isfahan, der alten Hauptstadt Persiens. Mit dieser Information als Ausgangsbasis verfolgten Gelehrte die Bewegungen der Kreuzritter zurück.

Eine Gruppe war nach Westen gegangen, bis in den Süden Asiens. Die zweite Gruppe war nordwestlich gereist und bis in den adriatischen Raum gekommen – den Balkan, genauer gesagt –, während die dritte Gruppe mit dem Schiff nach Westen fuhr, und man nimmt an, dass sie die amerikanische Küste erreichte.«

»Die amerikanische Küste?«, fragte Jefferson ungläubig. »Wäre das nicht viel zu weit für die damalige Zeit gewesen? Sie besaßen nicht die Mittel, den Atlantik zu überqueren.«

»Vielleicht. Doch als Sir Gerard allein von seiner Reise zurückkam, halb wahnsinnig vor Durst und Hunger, brachte er unter anderem einen Reisekorb mit. Er war mit roten und grünen Symbolen verziert, die Herzen, Reben und Gesichter darstellten – exakt den gleichen Symbolen, die spätere europäische Entdecker bei den Indianerstämmen von Neuengland fanden. Sir Gerard redete nie über seine Reise, obwohl es in seinen Manuskripten vage Andeutungen gibt. Vielleicht bedeutet der Korb ja, dass Sir Gerards Reise erfolgreich verlief und dass er die Neue Welt Jahrhunderte vor allen anderen Europäern erreichte«, sagte Ugriumov und blickte auf den Sarkophag hinunter. »Und dort liegt Sir Gerard nun.«

Jefferson betrachtete die Überreste des Ritters erneut. An der Seite, neben dem Brustpanzer, ruhte ein großer, ledergebundener Foliant. Ugriumov streckte die Hand danach aus, zog das Buch aus dem Sarkophag und klopfte vorsichtig mit der flachen Hand den Staub vom Deckel.

»Dies ist eine Sammlung seiner Schriften. Das ist es, was ich meinte, als ich vorhin andeutete, dass ich Ihnen etwas zeigen möchte«, sagte Ugriumov. »Hier hat er seine Begegnungen mit den Dämonen festgehalten. Die Manuskripte wurden im Jahre 1910 von einem Geschichtsprofessor aus Oxford übersetzt und anschließend wieder hierher zurückgebracht. Falls Sie es tatsächlich mit einem Dämon zu tun haben, werden Sie die Anweisungen benötigen, die in diesem Buch geschrieben stehen.

Und falls es von Interesse für Sie ist – in einigen der späteren Schriften gibt es Hinweise darauf, dass möglicherweise an der Stelle, wo er den Leichnam des Dämons vergraben hat, eine Kopie des Manuskripts versteckt liegt. Damit die Menschen erfahren, womit sie es zu tun haben, sollte der Dämon je wieder zum Leben erweckt werden.«

Ugriumov hielt Jefferson das Manuskript entgegen. Jefferson streckte die Hand danach aus, doch Ugriumov zog es zurück und packte stattdessen die Hand des Detectives. Er hatte sich unglaublich schnell bewegt; Jefferson hatte nicht einmal ansatzweise reagieren können. Und der alte Mann hielt Jeffersons Hand mit einer Kraft gepackt, wie Jefferson es niemals für möglich gehalten hätte.

»Erinnern Sie sich, wie ich Sie anfangs gefragt habe, ob Sie ein religiöser Mensch sind?«, fragte Ugriumov.

»Ja …«, antwortete Jefferson verdutzt. Der Russe hielt ihn immer noch mit eisernem Griff.

»Und, Detective Jefferson? Glauben Sie an Gott?«

Jefferson blinzelte überrascht. »Ob ich an Gott glaube? Nun, ich habe noch nie einen Fall allein durch Glauben gelöst.«

»Ohne Glauben werden Sie scheitern.«

Ugriumov ließ Jeffersons Hand los und streckte ihm das Buch hin. Jefferson starrte auf den ledergebundenen Folianten. Dann nahm er die Manuskripte langsam aus Ugriumovs Hand entgegen.

Jefferson und McKenna verließen das Museum und kamen an einer Gruppe von Frauen vorbei, die aus einer orthodoxen Kirche an der Straßenecke strömte. Jefferson erinnerte sich an Kirchen, Predigten, alte Frauen, die stark nach Parfüm und Puder rochen und sich während heißer Sommernachmittage endlos Luft zufächelten, doch er erinnerte sich nicht, jemals ein gläubiger Mensch gewesen zu sein. Sein Job ließ ihm keinen Raum für

Glauben. Er durfte den Menschen auf der Straße nicht vertrauen. Die Arbeit als Polizist hatte ihn zynisch werden lassen, und sein Zynismus hatte jeden Rest von Glauben, der ihm vielleicht aus Kindertagen geblieben war, aus seinem Geist gebrannt.

Jefferson wusste nicht, ob er die Kraft besaß, zum Glauben zurückzufinden.

McKenna ging schweigend neben ihm her. Ihre Haare wogten in der sanften Brise, die vom Platz herüberwehte und das Wasser im Kanal kräuselte. Sie bogen von der Hauptstraße ab und betraten einen breiten gepflasterten Weg, der parallel zum Kanal verlief. Die Straßenlaternen wurden bereits eingeschaltet, und allmählich senkte sich die Dunkelheit herab. Die rechte Seite des Weges war von Bäumen gesäumt, die den Fußweg von der Straße trennten, auf der mehr Radfahrer als Autos unterwegs waren.

Paare spazierten Arm in Arm am Kanal entlang, lachten und unterhielten sich leise, gefangen in ihrer eigenen Welt – einer Welt, die sich sehr von der Jeffersons und McKennas unterschied, von ausgeweideten Mordopfern und Dämonen.

Sie bogen vom Pfad ab und gingen über eine Brücke, die unmittelbar über der Wasserfläche zu verlaufen schien. Die Brücke war aus Steinen gemauert, mit kunstvoll verzierten Geländern aus Schmiedeeisen. Wellen plätscherten leise gegen die Pfeiler. Paare standen am Geländer und blickten hinaus auf das Wasser und die untergehende Sonne.

»Es ist wundervoll hier«, sagte McKenna. »Man möchte Boston glatt vergessen.«

»Manche Dinge kann man nicht vergessen.«

»Ich weiß. Und meist sind es die schlimmen Dinge.«

Jefferson legte sich die Hand auf die Brust, an die Stelle, wo sich die kleinen Narben befanden.

»Nicht immer«, sagte McKenna. »Aber manchmal schon. Man nimmt das Übel für das Gute in Kauf.«

»Dämonen und Engel.«

»Ja«, sagte McKenna und schwieg für einen Augenblick, während sie nachdachte. »Ich glaube, dass es Dämonen gibt, genau wie ich an die Existenz von Engeln glaube. Es gibt zu viele Geschichten, zu viele Ähnlichkeiten über alle Kulturen der Welt hinweg, als dass sie bloße Erfindung sein könnten.«

»Jede Kultur hat ihre Dämonen.«

»Ja. Ihre Geschichten unterscheiden sich bisweilen zwar beträchtlich, doch das Wesen bleibt im Grunde gleich. Das kann einfach kein Zufall sein. Es muss mehr dahinter stecken …«

Am nächsten Tag flogen sie nach Boston zurück. Es waren zwei Sechs-Stunden-Flüge, einer von St. Petersburg nach London, der zweite von London nach Boston. Jefferson verbrachte den Nachmittag damit, Brogan darüber zu informieren, was sie in Russland herausgefunden hatten. Anschließend ging er schlafen, um seine innere Uhr wieder auf Bostoner Zeit umzustellen.

Am nächsten Morgen fuhr er zusammen mit Brogan zu McKennas Wohnung. Während Brogan den Häuserblock auf der Suche nach einem Parkplatz umfuhr, stieg Jefferson die Stufen zu McKennas Wohnung hinauf.

»Hi«, begrüßte sie ihn und öffnete einladend die Tür. »Lange her, Fremder.«

»Hast du mich vermisst?«

»Ich hatte schon Entzugserscheinungen.«

»Es ist ein ganzer Tag vergangen, seit wir uns das letzte Mal gesehen haben. Von daher sind deine Entzugserscheinungen verständlich.«

»Bilde dir bloß nichts ein.« McKenna grinste. »Möchtest du reinkommen?«

Jefferson nickte und schob sich an ihr vorbei. Ihr Parfüm stieg ihm in die Nase, ein angenehmer, vertrauter Duft. Ihre Wohnung war gemütlich und warm. Sie hatte die Beleuchtung bis auf eine Lampe auf einem kleinen Tisch in einer Ecke ausgeschaltet. Die Lampe verbreitete ein angenehm warmes Licht. Auf einem Wohnzimmertisch aus Sandelholz stand ein Kerzenleuchter aus schwarzem Metall mit drei brennenden Kerzen darauf. Hinter dem Wohnzimmertisch, unter zwei großen Fenstern, stand ein Sofa.

An den Wänden hingen Kunstdrucke. Ein Gemälde von einem Park im Dämmerlicht und ein dunkelblauer Ozean. Am Boden schlief ein großer weißer Hund auf einem Orientteppich. Als Jefferson den Raum betrat, musterte das Tier den fremden Besucher, ohne sich zu regen.

Hinter Jefferson wurde die Tür geschlossen, und McKenna kam zu ihm.

»Möchtest du was zu trinken?«, fragte sie. »Tee?«

»Ja, danke.«

»Setz dich aufs Sofa.« Sie machte eine einladende Handbewegung ins Wohnzimmer, dann zeigte sie auf den Hund. »Keine Angst, er ist ein freundlicher Bursche. Und viel zu alt, um gemein zu sein.«

Jefferson ließ sich aufs Sofa sinken und streckte die Beine aus. McKenna verschwand in einem anderen Zimmer. Er sah, wie ein Licht eingeschaltet wurde und der Schein von der Decke zurückfiel; dann hörte er das Geräusch von Geschirr und einer Schranktür, die geöffnet und geschlossen wurde.

»Wie geht es Brogan?«, fragte McKenna aus der Küche.

»Er kommt gleich her. Er sucht nur einen Parkplatz.«

Augenblicke später klopfte es an der Wohnungstür, und Brogan betrat leise das Apartment.

»Hallo, Brogan!«, rief McKenna aus der Küche. »Kommen Sie rein. Ich mache uns gerade Tee. Möchten Sie auch einen?«

»Gern.« Brogan blickte sich suchend in McKennas Wohnzimmer um, betrachtete das kleine Ledersofa, die beiden Korbstühle. »Ich nehme an, du möchtest neben McKenna sitzen?«, sagte er zu Jefferson.

»So ist es.«

Brogan seufzte und quetschte sich in einen der Korbsessel. Das Möbel ächzte unter seinem Gewicht.

»Dräng dich nie zwischen einen Partner und seine Freundin«, sagte Brogan.

McKenna kam mit einem Tablett mit drei Bechern aus der Küche, gab den Männern den Tee und setzte sich neben Jefferson aufs Sofa. Die heiße Flüssigkeit dampfte, und Jefferson spürte die Wärme durch das Porzellan des Bechers. In der schummrigen Beleuchtung sah der Tee fast schwarz aus. Er nahm einen kleinen Schluck und genoss das Aroma.

»Ich bin die Handschriften von Sir Gerard durchgegangen«, sagte McKenna, holte den ledergebundenen Folianten, den sie von Ugriumov in den Katakomben erhalten hatten, und legte ihn sich in den Schoß. Langsam blätterte sie die Seiten um. Die Handschrift war wundervoll gleichmäßig, und jede Seite war mit Illustrationen versehen. Lose Blätter klemmten zwischen den Seiten – die englische Übersetzung des Textes. »Ich beschäftige mich damit, seit wir zurück sind.«

»Und was haben Sie herausgefunden?«, fragte Brogan.

»Genug, um schlaflose Nächte zu bekommen«, antwortete McKenna und blickte auf die handgeschriebenen Seiten, die wächsern aussahen und im Licht der Zimmerbeleuchtung glänzten. »Wie Ugriumov bereits erwähnte«, fuhr McKenna fort, »war Sir Gerard ein Templer, der Angehörige eines Ritterordens, der gegen Ende des Ersten Kreuzzugs gegründet wurde. Im Verlauf späterer Kreuzzüge gelangten sie bis nach Syrien und Ägypten, wo sie an der Seite von Richard Löwenherz kämpften.

Im Jahre 1187 durchquerte die Armee der Templer die Wüste um den See Genezareth und wurden vom Heer Saladins belagert. Sie saßen in der Falle, eingeschlossen in der Wüste, ohne Wasser. Sir Gerard schildert in seinen Aufzeichnungen, wie die Kräfte der Templer nach und nach schwanden. In der zweiten Nacht der

Belagerung tauchten vier dunkle Gestalten auf und griffen die Templer an. Es waren Sidina und seine drei Gefährten. In jener Nacht töteten sie Dutzende von Rittern, bevor sie in der Dunkelheit verschwanden. In der nächsten Nacht griffen sie erneut an. Geschwächt von den Scharmützeln mit den Truppen Saladins brachten die Ritter kaum die Kraft auf, sich zu verteidigen, und als der Tag anbrach, erkannten sie das Ausmaß des Massakers. Sir Gerard schreibt, die Toten seien so schrecklich zugerichtet gewesen, dass es unmöglich ein Mensch getan haben konnte.«

Sie fuhr mit dem Finger über das Blatt und las die Übersetzung vor: »›Als es Tag wurde, fanden wir dreißig tote Ritter in einem Einschnitt. Ihre Leichen waren gehäutet und so schlimm zugerichtet, dass der Mut selbst unserer Tapfersten ins Schwanken geriet. Auf den Rücken der Toten war das Zeichen des Dämons, drei tiefe Schnitte, die der Teufel ihnen persönlich beigebracht hatte, der in diesem Teil des Landes herrschte.‹«

»Also war Sir Gerard überzeugt, dass er es mit Dämonen zu tun hatte?«, fragte Jefferson.

»Er glaubte, dass Sidina von einem Dämon besessen war, und er gab diesem Dämon auch einen Namen.«

»Welchen Namen?«

»Dschinn.«

»Warum glaubte er, dass es ein Dschinn war?«

»Nun, Sir Gerard kannte Sidina und die Legende von seinem Dämon aus den Geschichten, die man sich unter den Templern erzählte. Sidina hatte die Templer schon viele Jahre immer wieder angegriffen, bei jedem Kreuzzug ins Heilige Land, und sein Name war unter den Kriegermönchen berüchtigt und gefürchtet. Die Angriffe hatten im Jahre 1096 begonnen, während des Ersten Kreuzzugs, doch Sir Gerard schwört, dass es genau dieser Sidina war, der bei der Schlacht von Hattin im Jahre 1187 erneut erschienen war, mehr als neunzig Jahre später. Entweder hat Gerard sich gründlich geirrt – was aber unwahrscheinlich ist angesichts der Tatsache, dass er Sidina und seine Männer so genau gekannt hat –, oder Sidina verfügte über übermenschliche Kräfte, zumal sein Name nicht nur bis zum Ersten Kreuzzug zurückreicht, sondern viel weiter. Zum ersten Mal taucht er während der großen islamischen Spaltung im Jahre 632 auf, fast fünfhundert Jahre vor dem Ersten Kreuzzug. Die Spaltung erfolgte auf den unerwarteten Tod des Propheten Mohammed, der einen heftigen Streit um die Führerschaft zur Folge hatte. Zwei gegnerische Gruppen, die Schiiten und die Sunniten, beanspruchten für sich, die Zukunft des Islam zu bestimmen.

Zu jener Zeit war Sidina General in der Armee des Kalifen. Im Verlauf der folgenden Jahre und der Kämpfe wechselte Sidina unzählige Male die Seiten zwischen Schiiten und Sunniten und nutzte offensichtlich die Tatsache aus, dass er in den Wirren des Krieges straflos nach Lust und Laune töten konnte. Sidina war so gewalttätig, dass er bald als der ›Vollkommene Krieger‹ bekannt wurde, der sich nicht selten gegen seine eigenen Armeen wandte und seine eigenen Männer abschlachtete, bevor seine Raserei endete.«

»Bis er viele Jahre später von Sir Gerard besiegt wurde?«, fragte Brogan.

»Ja. Nachdem Sidina und seine Gefährten erschlagen worden waren, erwiesen ihre Leichen sich nicht als die gewöhnlicher Männer, sondern als ›vom Bösen entstellt‹, schreibt Sir Gerard. Die Haut löste sich auf und gab den Blick auf ein Inneres frei, das so deformiert war, als stamme es nicht von Menschen. Überdies waren die Kreaturen viel größer als der größte Krieger der Templer, mit Klauen an den Füßen und Zähnen wie ein Löwe. Es waren diese verunstalteten Wesen, die Sir Gerard und seine Männer in alle vier Winkel der Erde trugen.«

»Warum waren die Leichen deformiert?«, fragte Jefferson und rief sich das Aussehen des Skeletts im Museum von St. Petersburg ins Gedächtnis.

»Sir Gerard glaubte, dass sich die wahre Gestalt der Dschinns zeigte, von denen Sidina und seine Gefährten so lange Zeit besessen waren. Unter ihrer menschlichen Hülle verbargen sich diese grauenhaften Kreaturen der Hölle, die den Menschen unendliches Leid und Schmerz bereitet hatten. Die Dämonen konnten auf drei verschiedene Weisen menschliche Gestalt annehmen. Einmal durch permanente Inbesitznahme, wie bei Sidina und seinen drei Gefährten. Sie konnten jedoch auch Besitz ergreifen von jemandem, dessen Geist schwach oder unbeständig war, allerdings nur vorübergehend.«

»Was bedeutet ›dessen Geist schwach oder unbeständig war‹?«

»Nun, jemand, der mental nicht im Gleichgewicht war, der die Realität nicht bewältigen konnte.«

»Und die dritte Methode?«

»Sir Gerard glaubt, dass jeder Dschinn durch bloßen körperlichen Kontakt mit einem Menschen für kurze Zeit dessen Aussehen annehmen kann.«

Jefferson dachte darüber nach. Plötzlich schnippte er mit den Fingern. »Verdammt!«

»Was ist?«, fragte Brogan.

»Der Obdachlose! Die Leiche, die wir in der Nähe des Friedhofs fanden, wo Reggie Tate ermordet wurde! Brogan, erinnerst du dich, was du mir über den Toten erzählt hast? Dass er ständig in Anstalten gewesen ist?«

»Ja. Er war irre.«

»Das ist genau die Person, die ein Dschinn vorübergehend in Besitz nehmen kann! Jemanden mit schwachem Geist. Der Bursche war verrückt und deshalb eine leichte Beute.«

»Du glaubst, der Dschinn hat ihn vorübergehend in Besitz genommen und Reggie gejagt?«

»Ergibt doch Sinn, nicht wahr? Ich glaube nicht an Zufälle. Was macht der Tote gerade mal einen Block von dem Mausoleum entfernt, in dem Reggie Tate sich selbst getötet hat, um irgendetwas zu entkommen?«

»Ich weiß überhaupt nicht mehr, was noch irgendeinen Sinn ergibt! Hättest du mich vor einem Monat gefragt, ob eine vorübergehende Inbesitznahme durch einen Dämon möglich sei, hätte ich gesagt, du bist reif für die Klapsmühle.«

»Und Dr. Wu … als er diesen Burschen untersucht hat, von dem er meinte, er wäre tot, packt der ihn am Handgelenk.«

»Ja«, sagte McKenna. »Das habe ich auch gesehen.«

»Das würde erklären, wie es dem Dschinn gelungen ist, die Gestalt von Dr. Wu anzunehmen. Wus Haushälterin schwört, dass sie jemanden im Haus gesehen hat, der genauso aussah wie Dr. Wu, und als ich anrief, antwortete Wus Stimme, der gleiche Tonfall. Der physische Kontakt ist die Ursache. Wenn der Dschinn diesen obdachlosen Toten besessen hat, dann hatte er physischen Kontakt mit Dr. Wu, als er ihn am Handgelenk packte. Genau, wie Wu es damals vom toten Kenneth Lyerman sagte – er hat die genetischen Informationen in dem Fragment gefunden, das wir aus Lyermans Brustbein gezogen haben«, sagte Jefferson.

»Wenn das wahr ist, müssen wir unbedingt herausfinden, mit wem der Dämon sonst noch Kontakt hatte. Er könnte in jeder Gestalt erscheinen, oder?«

»Und nicht nur er, auch die drei anderen«, erinnerte McKenna. »Es gibt eine alte Parabel von einem Kaufmann namens Heiblus, dessen Frau von einem Irren ermordet wurde, der von einem Dschinn besessen war. Dem Kaufmann bricht es das Herz, als er seine Frau begräbt, doch eines Nachts erscheint sie ihm. Er glaubt, dass sie wieder zum Leben erwacht ist und folgt ihr tagelang tiefer und tiefer in die Wüste, bis er vor Hunger und Durst völlig entkräftet ist und keinen Schritt mehr weiterkann. Als er die Hand nach ihr ausstreckt, verändert sich ihr Erscheinungsbild, und sie verwandelt sich in einen zweiten Dschinn, noch grauenhafter als der erste. Und dieser zweite Dschinn foltert den Kaufmann als Strafe für seine Dummheit grausam zu Tode.«

»Diese Parabel kannte ich noch gar nicht«, sagte Jefferson.

»Die Dschinn sind eigentlich bekannt aus den Geschichten aus Tausendundeiner Nacht und dem Knaben Aladin.«

Brogan nickte. »Eine Geschichte, die fast jeder kennt. Der Junge, der in einer Höhle eine Lampe findet und sie mit einem Lappen poliert, bis der Dschinn herauskommt.«

»Genau. Doch die ursprüngliche Geschichte basiert auf mündlichen arabischen Überlieferungen und dem Glauben, dass Dschinn tatsächlich existiert haben. In der Geschichte verspricht der Dschinn aus der Lampe dem Knaben die Erfüllung von Wünschen, die zu Aladins Vermögen und Ruhm und der Heirat mit der schönen Prinzessin führen. Die traditionellere arabische Variante jedoch spricht von einem hohen Preis, den man dafür zahlen muss, dass Dschinn Wünsche erfüllen.

Dschinn haben die Menschen seit Jahrtausenden in Versuchung geführt. Sie existieren in sämtlichen Religionen und erscheinen in den verschiedensten Verkleidungen. In Indien werden sie in der *Dhammapada* erwähnt. Dort steht, dass die Folgen der Versuchungen durch einen Dschinn nicht gleich offensichtlich werden, genauso, wie Milch nicht schlagartig gerinnt. Sie bleiben im Geist der Versuchten haften und verfolgen sie von diesem Leben ins nächste, um sie langsam zu verbrennen – wie das Feuer, das heimlich unter der Asche glimmt.«

»Also ist es wie in dem alten Sprichwort?«, fragte Jefferson. »Die Seele dem Teufel verkaufen … Der Dschinn führt den Menschen in Versuchung, indem er ihm verspricht, seine Wünsche zu erfüllen, doch am Ende ist man ihm ausgeliefert. Man zieht auf jeden Fall den Kürzeren bei diesem Handel.«

»Genau«, sagte McKenna. »Sir Gerard glaubte, dass Sidina und seine drei Gefährten von Dschinn besessen waren. Als Sidina und die drei anderen Assassinen getötet wurden, kehrten die

Dschinn in ihre ursprüngliche Form als Geister zurück. Das Band der Besessenheit führt in beide Richtungen – daher waren die Dschinn gezwungen, nahe bei den sterblichen Überresten Sidinas und der anderen zu bleiben, auch dann noch, als sie in entlegene Winkel der Erde verschleppt wurden. Sie konnten sich nur dann entfernen, wenn sie die Erlaubnis erhielten, einen reinkarnierten Körper zu besitzen.«

»Das heißt also, diese Dschinn mussten Sir Gerard und den anderen Templern folgen, ganz gleich, wohin sie die Toten brachten?«, fragte Jefferson.

»Das ist richtig.«

»Und was in Qumran geschehen ist«, sagte Jefferson und schnippte mit den Fingern, »muss das Gleiche sein, was in den 1690er-Jahren draußen auf Blade Island geschehen ist!«

»Was meinst du damit?«

»Nun, Older zufolge wurden die ersten Kolonisten in der Gegend von nächtlichen Angriffen heimgesucht. Older schreibt, dass viele Kolonisten in den Nächten ermordet und verstümmelt wurden. Offensichtlich haben sie unbeabsichtigt in einer Gegend gesiedelt, wo Sir Gerard und seine Ritter die Überreste Sidinas oder eines seiner Gefährten beigesetzt haben. Wenn es tatsächlich stimmt, dass der Geist eines Dschinn gezwungen ist, dem Leichnam des Verstorbenen zu folgen, hatten die Kolonisten in einer Gegend gesiedelt, in der dieser Geist gegenwärtig war. Wenn die Geister stark genug waren, die Stadt Qumran anzugreifen, war einer von ihnen wohl auch stark genug, um die kleine Siedlung der ersten Kolonisten zu überfallen. Older schreibt, dass die Angriffe irgendwann endeten. Vielleicht, weil die Siedler die Überreste Sidinas fanden und tief genug vergruben, dass sein Geist unter der Erde gefangen blieb.«

»Das wäre eine Erklärung«, pflichtete McKenna ihm bei. »Und in dieser Geistergestalt ist ein Dschinn viel schwächer. Doch Sir Gerard glaubte, dass Sidina und seine drei Gefährten irgendwann wiedergeboren wurden, wieder und immer wieder. Falls der Dschinn der entsprechenden Reinkarnation begegnete, würde er versuchen, wieder in den Besitz dieses Körpers zu gelangen. Und falls das geschieht, können alle vier Dschinn wiederkehren und erneut Tod und Schrecken verbreiten. Deshalb warten die Dschinn geduldig, bis der Zufall oder das Schicksal einen der Reinkarnierten zu seinem entsprechenden Dschinn führt. Sobald das geschieht, versucht der Dschinn, wieder in ihn zu fahren und auf die Erde zurückzukehren.«

»Wie können sie denn in einen Reinkarnierten fahren?«

»Dazu benötigen sie sein Einverständnis. Sein Einverständnis, der Welt der Lebenden zu entsagen und dafür dem Dschinn zu Willen zu sein. Ein Dschinn erfüllt jeden Wunsch, den die entsprechende Person hegt, im Gegenzug dafür, dass sie dem Dschinn gestattet, ihren Körper zu besitzen. Ein Dschinn alleine kann allerdings nicht zurückkehren. Er muss nicht nur seinen eigenen Körper finden und wieder in Besitz nehmen, sondern auch die reinkarnierten Körper seiner drei Gefährten. Sir Gerard schreibt, dass Sidina und seine Gefährten in jeder folgenden Generation aufs Neue erscheinen werden. Sie haben keine Erinnerung an das, was sie in ihrem früheren Leben waren. Sie erinnern sich nur an die Dinge aus ihrem gegenwärtigen Leben. Sollte ein Dschinn einen dieser ehemaligen Krieger finden und Besitz von ihm ergreifen, muss er auch die drei anderen finden und ihre Erlaubnis erwirken, sich besitzen zu lassen. Offensichtlich gibt es ein paar sehr komplizierte Möglichkeiten, wie das erreicht werden kann, doch Sir Gerard hat sich nicht weiter darüber geäußert. Vermutlich kannte nicht einmal er sämtliche ›Regeln‹ und ›Voraussetzungen‹.«

»Und diese vier Leichname wurden von Sir Gerard in sämtliche vier Winkel der Welt verschleppt«, stellte Jefferson fest.

»Diese Ritter glaubten fest daran, dass die Überreste Sidinas und seiner Gefährten so sehr vom Bösen durchdrungen waren, dass sie weit von jeglicher Zivilisation entfernt beigesetzt werden mussten. Wir haben eines der Skelette gesehen. Es war grauenhaft«, sagte McKenna. »Selbst im Tod fürchteten die Ritter Sidina noch so sehr, dass sie hundert Männer abstellten, sein Grab zu bewachen.«

»Damit ich das richtig verstehe«, sagte Jefferson. »Wir haben eines dieser Skelette, die deformierten Überreste von einem von Sidinas Männern, in Russland gesehen.«

»Richtig.«

»Und ein weiteres wurde mit hoher Wahrscheinlichkeit auf Blade Island begraben.«

»Stimmt«, sagte McKenna.

»Und dann haben wir ein drittes, wahrscheinlich Sidina selbst, das auf Bougainville begraben wurde?«

McKenna nickte. »Ich habe diesen Abschnitt in den Handschriften mehrmals gelesen. Wenn man die Lage der Begräbnisstätten anhand der Reisedauer abschätzt, kommt man ziemlich genau nach Bougainville.« Sie hielt kurz inne; dann fügte sie bedeutungsschwer hinzu: »Und das vierte liegt in Zvornik.«

Stille breitete sich aus. Das Wort »Zvornik« lastete schwer über ihnen.

Schließlich sagte Brogan: »Aber wenn Sidina und die anderen alle tot sind, was steckt dann hinter all den verdammten Morden? Die körperlosen Geister der Dämonen?«

»Möglicherweise«, räumte McKenna ein.

Die Welt, wie Jefferson sie gekannt hatte, schien aus den Fugen zu geraten. Dämonen, die über die Erde wanderten … Brogan, der von »körperlosen Geistern der Dämonen« sprach … vor einer Woche noch hätte Jefferson so etwas für völlig unmöglich gehalten.

»Dieser Geist oder was immer es ist«, sagte er, »war auf Bougainville gefangen?«

»Das würde Sinn ergeben«, sagte McKenna. »Solange niemand ihn von dort wegbringt, könnte er die Insel nicht verlassen. Diese Dämonen unterliegen den gleichen physischen Schranken wie Menschen.«

»Was bedeutet das?«, fragte Brogan.

»Dass sie einen Raum nicht betreten können, ohne die Tür zu öffnen. Diese Wesen können nicht durch Wände oder Schlüssellöcher. Sie sind nicht wie Geister aus den Märchen. Und sie müssen sich in der Nähe der Leichen jener aufhalten, die sie im Leben besessen haben. Das ist ihr Gefängnis. So ähnlich, als wären sie in der Lampe von Aladin. Nur wenn es einem von ihnen gelingt, Besitz von einem Reinkarnierten zu ergreifen, sind die anderen frei und können umherwandern, um ihre eigenen Reinkarnierten zu finden.«

»Also, ich brauche jetzt ein Bier«, sagte Brogan. »Haben Sie eins?«

»Im Kühlschrank«, sagte McKenna.

Brogan stemmte sich aus dem Korbstuhl und streckte sich, und seine Halswirbel knackten vernehmlich in dem stillen Zimmer. Er wandte sich langsam um. Die Schnittwunden in seiner Brust behinderten ihn sichtlich. Er ging in die Küche, und Jefferson hörte, wie er den Kühlschrank öffnete.

McKenna lehnte sich zu Jefferson herüber und strich sich eine Strähne aus der Stirn.

»Ich glaube, das Manuskript ist unvollständig«, sagte sie.

»Was meinst du damit?«

»Dass Seiten fehlen. Es müsste mehr Einzelheiten geben.«

»Zum Beispiel?«

»Einige frühe Teile des Manuskripts deuten eine Möglichkeit an, die Dämonen zu töten, doch dann endet das Kapitel plötzlich. Zu plötzlich«, sagte McKenna.

»Willst du damit sagen, dass die Übersetzung nicht beendet wurde oder dass jemand den Rest des Manuskripts gestohlen hat?«

»Ich weiß es nicht. Aber es gibt noch mehr, das mich nachdenklich macht. Warum glaubst du, geht der Dämon von der *Galla* in Boston um und tötet scheinbar wahllos Menschen? Ich glaube, dass er nach der Reinkarnation Sidinas sucht, damit er einen menschlichen Körper auf Dauer in Besitz nehmen kann.«

»Den reinkarnierten Körper von Sidina?«

McKenna zuckte die Schultern. »Ich denke schon. Der letzte Teil des Manuskripts fehlt, deswegen kann ich es nicht mit Sicherheit sagen. Doch nach dem, was ich zu erkennen glaube, sucht der Dämon nach einer ganz speziellen Person. Diese Bestie läuft nicht einfach wahllos umher und mordet.«

»Und was tut sie deiner Meinung nach?«

»Sie jagt.«

Und Boston war ihr Jagdrevier. Falls das zutraf, gab es in der Gegend von Boston irgendetwas, das der Dämon suchte. Etwas, das er bisher noch nicht gefunden hatte. Wenn es ihnen gelang, das Gesuchte eher zu finden als der Kreatur, konnten sie den Dämon erwarten und hatten damit einen immensen Vorteil …

»Was habe ich verpasst?«, fragte Brogan. Er stand in der Tür zur Küche, eine Flasche Rolling Rock in der Hand.

»Komm, fahren wir«, sagte Jefferson. »Das Verbrechen wartet.«

Brogan seufzte. »Also schön, Partner, ich gehe den Wagen holen. Wir treffen uns vor dem Haus.« Er wandte sich mit der Bierflasche in der Hand um. Jefferson hörte, wie die Wohnungstür geöffnet und geschlossen wurde, und die Schritte des schweren Mannes entfernten sich langsam.

»Sei vorsichtig«, sagte McKenna.

»Bin ich doch immer.«

»Ich meine es ernst. Sei bitte vorsichtig. Ohne das letzte Kapitel des Manuskripts wissen wir nicht, wie wir den Dämon besiegen können. Und wir wissen auch nicht, wonach er sucht. Wir wissen bisher nur, wozu er imstande ist, und das sind üble Dinge …«

»Ich weiß. Ich habe es selbst gesehen.«

»Ich habe Angst.«

Ich auch, dachte Jefferson, doch er schwieg.

»Ich möchte, dass du die Beine in die Hand nimmst und rennst, falls du diesem Ding begegnest«, sagte McKenna. »So lange, bis wir wissen, wie wir es aufhalten können. Lass dich auf nichts ein, ja? Das ist keine Kneipenschlägerei.«

»Ich war nie ein Freund von Kneipenschlägereien.«

McKenna streckte die Hand nach ihm aus und streichelte seine Wange. »Ich habe dich sehr gern. Ich möchte nicht sehen, wie du verletzt wirst oder …« Sie verstummte.

Der Satz hing unvollendet in der Luft. Beide wussten, was sie hatte sagen wollen.

»Versprich mir, dass du vorsichtig bist.«

»Ich verspreche es«, sagte Jefferson, nahm sie in die Arme und küsste sie. Ihr Mund war warm und schmeckte nach Orangenaroma.

Draußen auf der Straße ertönte eine Hupe, laut und beharrlich.

Brogan, der Romantiker.

»Ich muss los«, sagte Jefferson.

»Ich weiß.« Sie hielt kurz inne. »Wenn du es siehst, lauf weg. Denk nicht nach, lauf einfach weg.«

Weglaufen …

Wenn dieses Ding das Aussehen fast jedes Menschen annehmen konnte, bestand das Problem nicht im Weglaufen selbst, sondern darin, zu erkennen, *vor wem* man weglaufen musste.

Brogan saß mit laufendem Motor in dem großen braunen Crown Vic an der Straßenecke und wartete. Aus dem Radio erklang Steve Miller. Der Crown Vic war der Panzer der automobilen Welt, und Brogan hielt seinen Wagen makellos in Schuss. Boden und Rücksitze waren perfekt gestaubsaugt, und auf den Polstern waren die Spuren des Dampfreinigers zu sehen wie

Pflugspuren in frischer Erde. Brogan wickelte ein Stück Kaugummi aus, steckte es sich langsam in den Mund und ließ das zerknitterte Silberpapier in eine kleine Plastiktüte fallen, die er für Abfälle unter dem Vordersitz aufbewahrte.

»Tritt deine Schuhe ab«, sagte Brogan, als Jefferson die Beifahrertür öffnete.

»Was?«

»Du kennst die Regeln.«

Für Brogans Wagen galten mehr Regeln als für die meisten Gentlemen's Clubs. Rauchen und Essen verboten. Keine Mäntel, Hemden oder Hosen mit scharfkantigen Schnallen oder Nieten, die den Stoff beschädigen konnten, und stets die Schuhe abklopfen, bevor man einstieg. Nur für sich selbst machte er Ausnahmen von diesen Regeln, beispielsweise beim Trinken aus einer wiederverschließbaren Flasche, wie er es jetzt tat.

Sein Wagen war in der ganzen Gegend bekannt und stand Nacht für Nacht unter seiner grauen Plastikhaube. Doch niemand wagte es, ihn anzurühren.

»Wohin?«, fragte Brogan.

»Wir fahren noch einmal zum Haus von Sinatra. Was hat Vincent herausgefunden, wie der Mann seine Zeit verbracht hat?«

»Außer mit dem Verteidigen von Psychopathen und Vergewaltigern?«

»Ja«, sagte Jefferson.

»Er soll alte Kunst gesammelt haben. Antiquitäten ... ich weiß es nicht mehr genau. Warum?«

»Angenommen, McKenna hat Recht, und dieser Dämon tötet nicht ohne Grund.«

»Ja?«

»Welchen Grund mag er gehabt haben, Sinatra zu erledigen?«

»Weil Saint und die Typen, die ins Haus eingebrochen sind, im Blade gesessen haben? Genau wie der Bursche auf dem Friedhof, den es erwischt hat?«

»Der Typ auf dem Friedhof hat im Blade gesessen, ja. Er war sogar unten im Loch. Doch außer Saint war niemand von den anderen im Loch.«

»Und?«

»Es gab keinen Grund, die gesamte Truppe von Saint zu töten – und obendrein Sinatras Familie«, erwiderte Jefferson. »Außerdem war dieses Ding Saints Worten zufolge bereits im Haus, als sie dort ankamen. Falls Saint das Ziel war, woher sollte der Dämon vorher wissen, dass Saint einen Einbruch in Sinatras Haus plante, sodass er vorher dort sein und ihm auflauern konnte?«

Brogan dachte kurz nach. »Zugegeben. Wenn ich Saint und seine ganze verdammte Truppe ausknipsen wollte, müsste ich dafür nicht ins Haus eines Anwalts einbrechen. Ich könnte Saint und die anderen jederzeit erledigen, wann und wo sich die Gelegenheit bietet. McKenna hat mit keinem Wort erwähnt, dass dieses *Ding* schon vorher weiß, was seine Opfer um welche Zeit tun werden.«

Sie fuhren durch die Newbury Street und über die Massachusetts Avenue. Rechts und links waren teure Geschäfte, und Glas und Marmor glänzten in der Sonne. Gut gekleidete Frauen führten kleine Hunde an der Leine und spazierten den breiten Bürgersteig hinunter. Brogans Crown Vic ragte aus der Menge der BMW, Mercedes und Lexus.

»Wir haben nie überlegt, dass der Dämon vielleicht nur deshalb in Sinatras Haus eingedrungen ist, um den Anwalt zu töten«, sagte Jefferson.

»Es erschien uns nicht als mögliche Erklärung. Sinatra war Anwalt, sicher, und das ist für manche Leute Grund genug, dass sie ihn am liebsten umbringen würden, aber er hatte mit den restlichen Morden nichts zu tun.«

»Und wenn es kein Zufall war?«, fragte Jefferson. »Wenn der Dämon in Sinatras Haus war, weil er etwas gesucht hat?«

»Zum Beispiel?«

»Irgendetwas, das von Interesse für ihn ist. Was er haben wollte … oder brauchte.«

»Etwas aus der Zeit, bevor er auf der Insel festsaß?«

»Ja. Sinatra hat Antiquitäten gesammelt.«

Brogan schnippte mit dem Finger. »Genau! Der Dämon könnte etwas gewollt haben, das sich in Sinatras Sammlung befand. Zum Beispiel eine alte Münze oder ein altes Buch …«

»Oder eine alte Handschrift.«

Brogan nickte. »Wie die, die McKenna in ihrer Wohnung hat.«

»Nur dass die Handschrift bei Sinatra möglicherweise vollständig war.«

Jefferson beobachtete die schnittigen Segelboote, die sich durch die trägen Wasser des Charles bewegten. Brogan hatte den Crown Vic am Straßenrand neben einem der Spazierwege geparkt, die am Charles entlangführten. Beide Fenster waren unten, und eine milde Brise wehte durch den Wagen. Es roch nach Gras und Wasser.

»Ist das alles?« Brogan sprach in sein Mobiltelefon. »Mehr hast du nicht? Ganz sicher?«

Brogan nickte und lauschte, während der Sprecher ihm irgendetwas erwiderte.

»Also gut, wir sehen uns dann.«

Brogan klappte das Handy zusammen und lehnte sich im Fahrersitz zurück. »Vincent sagt, dass die Spurensicherung kein altes Manuskript oder Ähnliches in Sinatras Haus gefunden hat. Aber Sinatra hat offensichtlich ein solches Manuskript besessen. Ein Dokument aus dem dreizehnten Jahrhundert, das in einem seiner persönlichen Inventarverzeichnisse aufgelistet ist, im Haus aber nicht gefunden wurde. Nach dem Inventarverzeichnis hatte er das Dokument erst vor kurzer Zeit erworben. Ich glaube, dass Older, der Exgefängniswärter aus dem Blade, sich ein Hobby daraus gemacht hat, die Geschichte des Gefängnisses zu erforschen. Er entdeckt den unterirdischen Friedhof, den wir im Loch fanden, und stößt dort auf das Manuskript. Er bietet es Sinatra an, der Antiquitäten sammelt, und verkauft es ihm. Dann werden beide getötet – wegen dieses Manuskripts. Die Frage lautet nun«, endete Brogan, »wo ist es jetzt? Glaubst du, dieser Dschinn hat es?«

»Falls ja«, erwiderte Jefferson nachdenklich, »warum sucht er dann weiter nach Saint?«

»Wie meinst du das?«

»Du erinnerst dich, als wir mit ihm gesprochen haben? Er sagte, diese Sache mit dem Affen und dem Blut wäre zu seinem Schutz. Vielleicht dachte er, das Ding würde weiter nach ihm suchen? Ihn verfolgen und aufspüren?«

»Und?«

»Das muss der Dschinn gewesen sein. Alles andere würde keinen Sinn ergeben«, sagte Jefferson. »Wenn wir davon ausgehen, dass der Dschinn nur wegen dieser alten Schrift in Sinatras Haus war, würde er Saint nicht weiter verfolgen – es sei denn, er will etwas von ihm.«

»Oder Saint hat sein Gesicht gesehen«, entgegnete Brogan. »Deshalb hatte diese Kreatur die Jungs im Blade-Gefängnis getötet.«

Jefferson dachte nach. »Könnte auch sein«, räumte er ein.

»Lass dich nicht entmutigen, Columbo«, sagte Brogan. »Wir werden Saint einen Besuch abstatten.«

Nach seiner Festnahme und Befragung hatte man Saint zunächst wieder freigelassen, und er war vermutlich nach Hause zurückgekehrt. Das war vor weniger als einer Woche gewesen. Jefferson hoffte, dass Saint nicht den Wohnsitz gewechselt hatte. Sie hatten sich mit seiner Bewährungshelferin in Verbindung gesetzt, einer gewissen Maria Ortiz, die ihnen erklärt hatte, dass Saint noch immer in den Walnut Park Projects wohnte.

Sie fuhren dorthin. Die Straße war von monotonen zweistöckigen Holzhäusern mit eingezäunten Vorgärten und gepflegten Rasenflächen gesäumt. Alte Männer und Frauen saßen in T-Shirts und Sommerkleidern auf den Terrassen, rauchten Zigaretten und lasen Zeitungen. Es war eine verschlafene Gegend, und Jefferson hatte das Gefühl, dass die Tage hier in betäubender Eintönigkeit vergingen; die einzige Abwechslung waren das Wetter und die Beilage der Sonntagszeitung.

Die Walnut Park Projects strahlten fast die gleiche trübselige Eintönigkeit aus wie die zweistöckigen Holzhäuser. Der Komplex bestand aus zwanzig einzelnen Gebäuden mit jeweils drei Etagen, die in Form eines riesigen Hufeisens angeordnet waren. Im Zentrum des Hufeisens breitete sich eine ungepflegte Rasenfläche aus, die von betonierten Zugangswegen diagonal durchschnitten wurde.

Brogan parkte seinen Crown Vic auf einem kleinen Parkplatz am Rand der Anlage. Auf der anderen Straßenseite befand sich eine Grundschule. Kinder tollten auf dem Schulhof umher.

Jefferson und Brogan gingen über einen schmutzigen, betonierten Weg zum ersten Gebäude in der Hufeisenformation. Die Nacht, in der sie Saint hochgenommen hatten, war nach Jeffersons persönlichem Empfinden rasend schnell vergangen. Er erinnerte sich kaum an die Einzelheiten des Wohnkomplexes. Heute, am hellen Tag, ohne die sperrige Kevlar-Weste und das Gefühl bevorstehender Gewalt, nahm Jefferson die umgebenden Gebäude und Freiflächen ein wenig genauer in Augenschein.

Die Häuser waren alle aus dem gleichen verblassten roten Ziegelstein errichtet, der aussah, als wäre er zu lange gebacken worden. Bleiche Braun- und Rottöne herrschten vor, wohin man auch sah. Wie die letzten Blätter an den Bäumen, bevor es endgültig Winter wurde. Die einzigen Farbtupfer waren hellblaue oder leuchtend gelbe Plastikspielzeuge, die vor einigen

Häusern lagen, doch die Wirkung war eher so, als hätte jemand Farbspritzer auf eine schmutzige Leinwand aufgebracht.

Die Fenster waren klein und größtenteils geöffnet wegen des heißen Nachmittags, und in den Zimmern summten vereinzelt Ventilatoren. Die Leute hatten sich draußen vor den Häusern versammelt wie Eidechsen, die sich in der Sonne wärmten, und nun wandten sie ihre Gesichter Jefferson und Brogan zu und musterten die beiden Detectives neugierig. Manche saßen am Bordstein und tranken aus großen Plastikflaschen Limonade, während andere einem Radio lauschten, die Ellbogen nach hinten aufgestützt und die Beine ausgestreckt.

Zwei Jugendliche von vielleicht achtzehn oder zwanzig Jahren standen auf dem Parkplatz vor einem braunen 1980er Buick mit offener Motorhaube. Ein dritter Jugendlicher saß auf dem Fahrersitz und ließ den schweren Motor aufheulen, während die beiden anderen das Spiel der Keilriemen beobachteten. Sie hoben die Köpfe und starrten Jefferson und Brogan mit stumpfen Blicken an, bevor sie sich wieder den Wagen zuwandten. Aus der Stereoanlage des Buick drangen die hämmernden Klänge von Rap-Musik.

Das Haus, in dem Saint wohnte, befand sich im hinteren Bereich des Hufeisens. Auf der Rasenfläche vor dem Wohnblock befand sich eine beeindruckende Sammlung von Hanteln, Gewichten und Trainingsgeräten, die in der Nachmittagssonne glänzten. In der Mitte stand eine große Nautilus-Maschine aus weiß lackiertem Metall mit schwarzen Polstern und schwarzen Gewichten an Kettenzügen, die mit Metallstiften gehalten wurden. Auf der Beinpresse stand ein Ghettoblaster; das Anschlusskabel führte durch die offene Tür in Saints Wohnung. Aus den Lautsprechern klang ein Song von Aaron Neville und Linda Ronstadt: *I don't know much.*

Eine Hantelbank stand neben der Nautilus-Maschine. Kein altes, klappriges Ding, wie es zehn Jahre lang in Jeffersons Keller vergammelt war, sondern neu und schwer und von der professionellen Machart, die man üblicherweise nur in Fitnessstudios findet. Saint lag auf dem Rücken auf der Hantelbank und drückte ächzend die schwere Hantel auf seiner Brust nach oben. Auf jeder Seite hingen drei dicke Metallscheiben. Saint streckte die Arme ganz aus, dann ließ er die Hantel langsam wieder auf die Brust herab, um sie erneut nach oben zu stemmen, so gleichmäßig wie das Pendel einer Uhr. Ein anderer Mann stand hinter ihm und assistierte beim Heben. Er war noch kräftiger gebaut als Saint, mit langen, muskelbepackten Armen und einem Nacken, dick wie eine Wassermelone. Sein Gesicht kam Jefferson irgendwie vertraut vor.

Saint beendete die Übung und ließ die Stange krachend auf das Gestell fallen. Der zweite Mann nickte ihm zu; dann blickte er Jefferson und Brogan an. Saint setzte sich auf, stemmte die Ellbogen auf die Knie und betrachtete die beiden Detectives neugierig.

»Wie viel war das?«, fragte Brogan.

»Hundertvierzig Kilo, zehn Mal, ganz easy«, antwortete Saint.

»Nicht übel.«

»Verdanke ich dem Blade. Gibt nicht viel zu tun für unsereins auf der Insel, außer Gewichte stemmen. Wenn man für zwei, drei Jahre ins Blade geschickt wird und wieder rauskommt, ohne hundertdreißig Kilo drücken zu können, hat man seine Zeit verschwendet.«

»Wie viel schaffen Sie?«

»Hundertneunzig.« Saint deutete mit dem Daumen auf den massigen Burschen hinter ihm. »Venice schafft zweihundertfünf. Hab ihn bis jetzt noch nicht schlagen können.«

Venice stand gelassen, die Hände vor dem Leib verschränkt, hinter der Hantelbank und betrachtete die beiden Detectives. Seine gewaltigen Oberarmmuskeln waren beeindruckend.

»Venice …?«, sagte Brogan. »Doch nicht Troy Venice, oder?«

»Doch.« Der Mann nickte.

»*Der* Troy Venice?«

Venice nickte erneut.

»O Mann«, sagte Brogan zu Jefferson. »Weißt du, wer das ist?«

Der Name kam Jefferson bekannt vor, doch er wusste ihn nicht einzuordnen.

»Halbstürmer bei den Patriots. Spieler des Jahres im letzten Jahr, stimmt's?«

»Und im Jahr davor.«

»Und im Jahr davor auch«, fügte Saint hinzu.

Endlich kam Jefferson die Erinnerung; nun wusste er, warum ihm das Gesicht des Mannes bekannt vorgekommen war.

»Was machen Sie hier? Haben die Patriots keine eigene Sportanlage?«

»Ich brauch den modernen Scheiß nicht, den sie drüben haben. Außerdem ist Saint mein bester Kumpel, und ich bin hier in der Straße aufgewachsen. Das hier ist meine Gegend, Mann. Ich fahr nur zum Training und zu den Spielen, sonst wohne ich hier.«

Brogan blickte sich um. »Sie lassen diesen ganzen Kram nachts draußen stehen?«

Saint lachte auf. »Glauben Sie, jemand wäre dumm genug, die Sachen zu klauen? Jeder weiß, wem sie gehören.«

Jefferson bezweifelte es keinen Augenblick. Saint schien ein ganz anderer Mensch geworden zu sein als der, den sie beim letzten Mal angetroffen hatten. Jefferson verglich den selbstbewussten Burschen, den er vor sich hatte, mit dem weinenden, vor Angst zitternden Häufchen Elend, das im Verhörzimmer gekauert hatte. Irgendetwas musste seither geschehen sein. Saint wusste, was in Sinatras Haus gewesen war – er wusste, dass es etwas Böses war. Ein Dämon. Doch hier saß er nun, draußen im Freien, und schien kein bisschen Angst zu haben. Er wirkte voller Selbstvertrauen. Zu viel Selbstvertrauen.

Eine hübsche junge Frau erschien in der offenen Tür von Saints Apartment. Sie trug eine abgeschnittene Jeans, die eine Nummer zu groß für sie war, und ein Patriots-Sweatshirt mit der Nummer 61, Troy Venices Nummer. Saint bemerkte Jeffersons Blick und nickte in Richtung der jungen Frau.

»Das ist meine Schwester«, sagte Saint. »Komm her, Süße, sei nicht so schüchtern.«

Die junge Frau trat in die Sonne auf der nicht überdachten Vorderterrasse und hob eine Hand, um ihre Augen abzuschirmen.

»Sharin, das sind die Detectives Brogan und Jefferson.«

Die beiden nickten, und die junge Frau lächelte. »Hallo.«

Jefferson dachte an die Antibabypillen in Saints Badezimmer. Die Pillen, die Sharin gehörten.

»Arbeiten Sie noch?«, fragte er.

»Verdammt, nein!« Saint schüttelte den Kopf. »Sie ist da raus. Direkt nachdem ich mit Ihnen geredet habe. Ich hab ihr geholfen, da rauszukommen.«

»Manchmal ist es ganz schön schwierig, so einen Job aufzugeben«, sagte Jefferson. Er hatte viele Frauen gesehen, die versucht hatten, von der Straße wegzukommen in dem Glauben, in einem normalen Job besser dran zu sein. Er hatte viele von ihnen mit gebrochenen Nasen, ausgerenkten Kiefern, angeknacksten Rippen und blauen Augen gesehen, die sie einem Zuhälter zu verdanken hatten, der anderer Meinung gewesen war.

»So schwierig, wie Sie glauben, war es auch wieder nicht. Kommt immer darauf an, wer die Verhandlungen führt.« Saint rieb sich die Hand, während er sprach. Jeffersons Blick fiel auf die Knöchel des Mannes. Sie waren geschwollen, die Haut aufgeplatzt, als hätte er mit solcher Kraft auf etwas eingeschlagen – etwa auf den Zuhälter seiner Schwester –, dass er sich die Hand verletzt hatte. Jeffersons Blick wanderte weiter zu den Händen Venices, und er bemerkte die gleichen Spuren an den Knöcheln des Football-Stars. Beinahe hatte er Mitleid mit dem Zuhälter von Saints Schwester – und jedem anderen Mann, der je versuchte, Hand an Sharin zu legen.

Als Jefferson schließlich aufsah, bemerkte er, dass Saint ihn mit ausdruckslosem Blick musterte.

»Ich hab gehört, was drüben im Blade passiert ist«, sagte Saint. »War überall in den Nachrichten. Ein ganzes SWAT-Team war im Loch und ist diesem Ding in die Fänge gelaufen, stimmt's?«

»Ja. Es hat vielen von unseren Jungs das Leben gekostet«, sagte Brogan.

»Vielleicht hat die Sache trotzdem ein Gutes.«

»Wie meinen Sie das?«

»Der Tag der Abrechnung kommt. Endlich muss dieser Arsch von Direktor sich verantworten für die Schweinereien, die er jeden Tag im Blade begangen hat. In dem Laden wird endlich mal aufgeräumt. Zum Henker, ja, vielleicht hat die Sache wirklich ein Gutes.«

»Vielleicht.«

»Tja, nun … weshalb sind Sie gekommen, Detective?«, fragte Saint unvermittelt. »Kann ich was für Sie tun?«

»Können wir allein reden?«

»Egal was Sie mir zu sagen haben, ich hab vor Sharin und Venice nichts zu verbergen.«

Brogan zuckte die Schultern. »Wie Sie meinen.«

Saint saß noch immer auf der Hantelbank. Brogan lehnte sich gegen eines der Regale mit Gewichten und schob die Hände in die Taschen, während Jefferson sich auf die Beinpresse setzte.

»Wir wollten uns noch mal über die Nacht damals unterhalten«, sagte er. »Wir müssen Ihnen ein paar Fragen stellen … über das, was Sie im Haus des Anwalts gesehen haben.«

Saints Augenlider flatterten nervös. Selbst Venice schien sich unbehaglich zu fühlen, als hätte er inzwischen erfahren, was sich zugetragen hatte.

»Klar«, sagte Saint. »Fragen Sie.«

»Was haben Sie damals in dem Haus gesehen, Saint?«

»Ich hab 'ne Menge Sachen gesehen.«

»Beispielsweise ein Manuskript?«, fragte Jefferson.

»Ein was?«

»Eine Handschrift. Ein großes dickes Buch voller handbeschriebener Seiten, mit einem Einband aus Leder, vielleicht fünfzig Zentimeter hoch.«

Saint zögerte kurz, und Jefferson meinte, ihn schauern zu sehen. Er machte den Eindruck, als hätte jemand ihm Eis in den Kragen geschüttet, obwohl der Tag warm und sonnig war.

»Warum gehen Sie und Ihr Kumpel nicht einfach nach Hause und lassen die Sache auf sich beruhen? Glauben Sie mir, diese Untersuchung ist nichts für einen normalen Mann«, sagte Saint schließlich.

»Wir haben keine andere Wahl. Kommen wir zurück zum Manuskript – haben Sie solche Dinge in Sinatras Haus gesehen?«

»Nein, Mann. Ich hab überhaupt nichts in der Art gesehen«, antwortete Saint.

Brogan richtete sich aus seiner lehnenden Haltung auf. Venice hob langsam den Blick und sah ihn an. Seine Hände lagen auf der Hantelstange vor ihm, die Arme angespannt, als wäre er bereit, sich blitzschnell abzudrücken.

»He, Jefferson«, sagte Brogan und sah Saint in die Augen.

»Ja?«

»Was hat die Spurensicherung bei der Leiche dieses Drogendealers festgestellt, die wir hinter Saints Apartment entdeckt haben?«

Jefferson nickte und nahm den Ball auf. »Sie haben festgestellt, dass er mit 'ner 22er erschossen wurde.«

»Und was wurde in Saints Wohnung gefunden?«

»Eine Pistole, was einen Verstoß gegen seine Bewährungsauflagen darstellt.«

»Und welches Kaliber hatte die Handfeuerwaffe?«

»Es war eine 22er.«

Brogan sah Saint unverwandt an. »Was glauben Sie, Saint, was wir feststellen werden, wenn wir die Kugel aus dem toten Dealer mit einer vergleichen, die aus Ihrer Pistole abgefeuert wurde?«

Jefferson wusste, dass Brogan nur bluffte. Sie hatten beide den Bericht der Spurensicherung gelesen. Das Projektil war gegen das Rückgrat des Junkies geprallt und dabei völlig deformiert worden. Ein Vergleich der Geschosse war somit unmöglich. Aber das konnte Saint nicht wissen. Ansonsten gab es zwar nichts, das Saint mit dem Mord an dem Dealer in Verbindung brachte, doch selbst wenn es den Detectives nicht gelang, Saint mit der 22er festzunageln, konnten sie ihn jederzeit wieder ins Blade schicken, weil er gegen die Bewährungsauflagen verstoßen hatte – einmal durch den Einbruch in Sinatras Haus, zweitens wegen unerlaubten Waffenbesitzes. Und der Bewährungsausschuss sah es gar nicht gern, wenn Exsträflinge bei Raubüberfällen und Einbrüchen mitmachten und sich heimlich Waffen zulegten.

Saint schwieg einen Augenblick betreten; dann lächelte er und sah erst Brogan, dann Jefferson an. »Okay, Sie wollen diesen Fall unbedingt aufklären. Sie wollen den Teufel in seinem eigenen Stall jagen. Meinetwegen. Ich werde Sie nicht daran hindern.«

»Das Manuskript?«, hakte Brogan nach. »Wo ist es?«

Saint stieß einen Seufzer aus. »Nachdem wir in Sinatras Haus waren, gingen Five und Q nach oben. Ich bin unten geblieben, bei der Tür, und hab die Fenster im Auge behalten. Das hab ich Ihnen ja alles schon gesagt.«

»Ja. Weiter.«

»Tja, und da hab ich dieses alte Buch liegen sehen. Niemand war in der Nähe, also hab ich's genommen. Als dann all die anderen Sachen passierten, bin ich aus dem Haus gerannt und nach Hause, und da hab ich dann gemerkt, dass ich es noch dabeihatte.«

»Warum haben Sie uns das nicht gleich auf dem Revier gesagt?«

»Ich hatte Angst, Mann, 'ne Scheißangst. Ich wollte nicht mehr erzählen, als ich unbedingt musste.«

»Was haben Sie mit dem Manuskript gemacht?«, fragte Brogan.

»Ich hab's meiner Mom gegeben. Sie hatte es auch, als Sie meine Wohnung durchsuchten. Five sollte das Scheißding abliefern, aber er war ja tot. Ich hab's mir später zurückgeholt.«

»Haben Sie es weggeworfen?«, fragte Jefferson.

»Nee, Mann.«

Jefferson fiel ein Stein vom Herzen. »Und wo ist es jetzt?«

»Ich hab's nicht mehr.«

»Reden Sie keinen Mist.«

»Im Ernst, Mann«, sagte Saint. »Ich erzähl Ihnen keinen Scheiß. Glauben Sie, ich will zurück ins Blade? Wegen irgendeinem Junkie, den ich gekillt haben soll?«

»Wo ist dann das Manuskript?«, fragte Brogan.

»Ich sagte doch, ich hab's nicht mehr.«

Brogan schüttelte den Kopf. »Das führt uns nicht weiter.«

»Ich hab's verkauft«, sagte Saint unvermittelt.

»Sie haben *was*?«, entfuhr es Jefferson. Er konnte es nicht glauben. Wer sollte von einem Mann wie Saint eine alte Handschrift kaufen?

»Es waren bloß ein paar alte Blätter, aber ich konnte irgendwie spüren, dass irgendwas damit nicht in Ordnung war. Wie manchmal bei anderen Typen ... der Bursche sieht ganz in Ordnung aus, aber man weiß irgendwie, dass er link ist. Genauso ist es mir mit diesem alten Plunder ergangen. Als würden *Les Invisibles* drin stecken, die Geister der Toten.«

Jefferson erinnerte sich, dass Saint bei seiner Vernehmung *Les Invisibles* erwähnt hatte. Damals hatte er ihm nicht geglaubt. Doch die Zeiten ändern sich, und die Unterhaltung im Verhörzimmer der Station kam ihm nun vor, als hätte sie in einem anderen Leben stattgefunden. Jetzt und hier, in dem hufeisenförmigen Garten der Wohnanlage, war Jefferson fast alles zu glauben bereit, was Saint ihm erzählte.

»Diese Geister«, sagte Brogan. »Hatten Sie das Gefühl, von denen verfolgt zu werden?«

Saint starrte Brogan einen Augenblick an; offensichtlich versuchte er, Sarkasmus in der Stimme des großen hässlichen Burschen zu entdecken. Doch Brogan schien ebenfalls bereit, Saints Worten zu glauben – das spürte Jefferson deutlich. Saint kam offenbar zu dem gleichen Schluss, denn schließlich sagte er: »Sie haben mich gefunden. Hier im Haus. Sie waren vor meiner Tür, aber ich hab sie nicht reingelassen.«

»Haben Sie die Geister gesehen?«

»Es war nur einer. Er sah wie 'n Mensch aus.«

»Was für ein Mensch?«

»Ich hab ihn nie gesehen. Aber seine Augen waren gelb. Wie bei 'nem Hund.«

»Und Sie glauben, der Mann war wegen der alten Papiere da, die sie aus Sinatras Haus mitgenommen hatten?«

»Irgendwas in der Art, ja. Es war kein gewöhnlicher Mann, wissen Sie. Ich konnte nicht darauf vertrauen, dass er weggegangen wäre, wenn ich ihm diese Papiere gegeben hätte. Mit Geistern kann man nicht spielen. Man braucht einen Vermittler, um zu verhandeln. Jemand, der mit der wirklichen Welt und der Welt der Geister kommunizieren kann. Meine Mutter ist so jemand.«

»Also haben Sie das Manuskript nicht mehr«, stellte Jefferson fest.

Saint schüttelte den Kopf.

Dann sind wir wieder da, wo wir angefangen haben, dachte Jefferson bedrückt. *Ohne jede Möglichkeit, dieses Ding zu bekämpfen.*

»Aber wenn Sie nur wissen wollen, was in dem Schrieb gestanden hat«, sagte Saint langsam, »ich hab alles kopiert. Für mich selbst.«

Jefferson und Brogan starrten Saint fassungslos an.

»*Was* haben Sie?«

»Ich hab alles abgeschrieben, was in dem alten Schinken stand.«

Jefferson spürte, wie sein Herz sich vor Aufregung fast überschlug. Falls das stimmte, wusste Saint alles, was in dem Manuskript gestanden hatte. Dann wusste er alles über den Dschinn.

»Warum haben Sie es abgeschrieben?«, fragte Brogan, auf dessen Gesicht Unglaube stand.

»Weil ich weiß, dass dieses … Ding im Haus vom Anwalt ein Dämon war oder so was. Als ich das Manuskript von meiner Mutter zurückbekam, hab ich drin gelesen. Es stand alles über diese Kreatur drin. Und wie man sie erledigen kann. Ich schätze, jeder, der es mit dem Ding aufnehmen will, sollte wissen, was er zu tun hat, oder nicht?«

Jefferson hatte das Bedürfnis, Saint zu umarmen. Selbst Brogan lächelte anerkennend. Saint bemerkte die Gesichter der Detectives und lächelte ebenfalls. Vielleicht über die Ironie, dass er ausgerechnet zwei Cops half.

»Sie wollen wissen, was drin stand? Ich sag Ihnen eins, wenn auch nur die Hälfte von diesem Scheiß wahr ist, warten echte Probleme auf Sie.«

Sie saßen auf Plastikstühlen, die Saint aus der Wohnung nach draußen auf den Rasen gebracht hatte. Die Stühle waren weiß mit grünen Streifen und von der Sorte, die Jeffersons Mutter früher im Sommer für Strand- und Grillpartys benutzt hatte. Jefferson und Brogan saßen Saint gegenüber, der wieder auf dem Ende seiner Hantelbank Platz genommen hatte, nach vorn gebeugt, die Ellbogen auf den Knien, die Füße flach auf dem Boden.

Venice war nach vorn gegangen, zum Eingang des hufeisenförmigen Gartens, und lehnte an einer Hauswand, während er die Bürgersteige im Auge behielt. Jefferson wurde zum ersten Mal bewusst, wie kraftvoll Venice tatsächlich war, als er hinter der Hantelbank hervorkam. Er trug eine kurze Sporthose und ein ärmelloses Basketball-T-Shirt von den Florida States, das auf der Rückseite über der Sporthose ausgewölbt war, zweifellos von der Pistole, die er dort versteckt trug.

Sharin war in die Wohnung zurückgekehrt. Jefferson sah hin und wieder flüchtige Schatten im offenen Wohnungseingang, wenn sie durch den Flur von einem Zimmer in ein anderes wechselte und die weißen Zahlen auf ihrem Sweatshirt im Sonnenlicht leuchteten.

»Wenn ich Ihnen alles sage, was Sie erfahren wollen«, begann Saint schließlich, »muss ich wissen, dass dieses kleine Problem, das Sie vorhin erwähnt haben …«

»Sie meinen den Dealer, den Sie erschossen haben«, sagte Brogan.

Saint verzog das Gesicht. »Sie müssen mir versprechen, dass Sie die Sache auf sich beruhen lassen. Verstehen Sie? Ich will nicht zurück in den Knast. Nie wieder.«

Jefferson nickte. »Einverstanden«, sagte er, ohne zu erwähnen, dass es ihm ohnehin egal war.

Saint sah ihn prüfend an, dann lächelte er erleichtert. »Cool.« Er beugte sich weiter vor, reckte den Kopf und sah in alle Richtungen, wie um sich zu überzeugen, dass keine unerwünschten Ohren mithörten. Venice hatte den Ghettoblaster heruntergedreht, bevor er nach vorn gegangen war, doch Jefferson hörte die Musik immer noch leise spielen.

»Das meiste in diesem … diesem Manuskript handelt von einem Typ namens Sidina«, begann Saint.

Jefferson spürte Erregung in sich aufsteigen. Saint hatte das Manuskript tatsächlich gelesen, und es war genau das, wonach sie gesucht hatten.

»Was gab es über ihn zu lesen?«

»Man nannte ihn den ›Vollkommenen Krieger‹. Dabei war er der schlimmste Killer, den die Welt je gesehen hat ... so brutal und grausam, dass die Menschen seiner Zeit überzeugt waren, er wär von 'nem Dämon besessen.«

Saint bückte sich und zog eine Wasserflasche unter der Bank hervor, schraubte langsam den Deckel ab und führte die Flasche an die Lippen.

»Irgendwann ist es gelungen, Sidina und seine drei Kumpels zu erledigen, aber die Leute brauchten die besten Soldaten, die sie damals hatten. Doch als die vier tot und begraben waren, hatten die Leute immer noch Angst und glaubten, die Dämonen würden weiterleben. Dass sie nahe bei den Körpern der Toten bleiben müssten, die sie in Besitz gehabt hatten, während sie unablässig nach ihren Reinkarnationen Ausschau hielten.«

»Nach was?«

»Nach den Reinkarnationen der Seelen von Sidina und den drei anderen.«

»Das steht in diesem Manuskript?«, fragte Brogan und hob die Augenbrauen.

»Ja«, sagte Saint und trank einen Schluck Wasser. »Mit anderen Worten, als Sidina starb, wurde seine Seele irgendwo wiedergeboren, in einem neuen Menschen. Genauso wie die anderen. Und wenn diese Leute sterben, werden die gleichen Seelen erneut wiedergeboren, wieder und immer wieder.«

Jefferson nickte. Er erinnerte sich, dass McKenna etwas Ähnliches gesagt hatte.

Saint deutete mit der Wasserflasche in der Hand auf Venice. »Mein Kumpel glaubt, dass er 'ne Reinkarnation von Blackbeard ist.«

»Von wem?«

»Blackbeard. Dem Piraten. Deswegen benimmt er sich so verrückt. Weil er glaubt, dass er in 'nem früheren Leben ein Pirat war.«

»Was ist mit Ihnen? Haben Sie auch frühere Leben?«

Saint grinste und zeigte seine scharfen weißen Zähne. »Ich war Anführer vom Sklavenaufstand in Haiti. Ich hab einen ganzen Schwung weißer Landbesitzer abgeschlachtet.«

Er trank einen weiteren Schluck Wasser und musterte Brogan und Jefferson mit amüsiertem Lächeln.

»Was ich sagen will … genauso, wie Venice glaubt, dass er in 'nem früheren Leben Blackbeard gewesen ist«, fuhr er fort, »genauso gibt's dort draußen jemand, der früher Sidina war. Vielleicht weiß die entsprechende Person nicht mal was davon. Es könnte ein Mann sein oder auch eine Frau. Die meisten Menschen wissen nichts über ihre früheren Leben. Sie kommen niemals damit in Berührung. Wer immer Sidina heute ist, wahrscheinlich weiß er nichts von seiner Vergangenheit.«

»Sie sagten, es könnte ein Mann oder eine Frau sein?«, fragte Brogan.

»Ja. Sidinas Seele ist von Generation zu Generation weitergewandert und kann ohne weiteres in 'ner Frau gelandet sein. Egal wer sie heute ist – sie war mal Sidina.« Er blickte die beiden Detectives an. »Ziemlich verwirrend, was?«

Jefferson fühlte sich seltsam losgelöst von seinem Körper. Es war das gleiche Gefühl wie nach dem Aufwachen aus einem Traum. Wenn man in der Dunkelheit lag, unsicher, wo die Grenze zwischen Traumwelt und Wirklichkeit war, und sich einen Augenblick so fühlte, als hätte man sie noch nicht überschritten. Als wäre man in einem eigenartigen Zwischenreich zwischen beiden, oder wie ein Wasserkäfer, der zwischen den Reflexionen der Wirklichkeit unter sich und der Realität über sich übers Wasser lief.

Läuft ein Wasserkäfer in der Traumwelt reflektierter Bilder oder in der wirklichen Welt aus Zeit und Raum? Oder besetzt er zur gleichen Zeit beide Räume, wo die schwankenden Erfahrungen der Träume in Wirklichkeit Erinnerungen an vergangene Realitäten sind? Jefferson fühlte sich wie ein Wasserkäfer, unsicher, was die Realität und was bloß ein flüchtiges Bild war, das sich bei der kleinsten Störung auflöste.

»Also lebt Sidina heute unter uns, möglicherweise im Körper vom jemandem, der es gar nicht weiß«, sagte Brogan. »Und dieser Dämon, dieser Geist, sucht nach der entsprechenden Person?«

»Sidina ist am Leben«, sagte Saint. »Seine Seele lebt in jemandem. Und der Dämon sucht nach genau dieser Person. Er sucht seit Hunderten von Jahren nach ihr, seit Generationen. Er und seine drei Gefährten. Sie suchen Sidina und die drei anderen Krieger. Und vielleicht haben sie gefunden, was sie suchen. Hier in Boston.«

Saints Worte ließen Jefferson schaudern. Die Vorstellung, dass dieser Dämon tatsächlich sein Unwesen in der Stadt trieb, dass er sich irgendwo dort draußen verbarg, in den Schatten versteckt, dass er beobachtete und wartete, wie er seit Jahrhunderten gewartet hatte – diese Vorstellung war geradezu aberwitzig.

»Der Dämon und Sidina sind durch ein Band miteinander verknüpft, das nicht zerreißen kann. Der erste Schritt für den Dämon auf seinem Weg zurück in die physische Welt, in unsere Welt – und zwar für immer – besteht darin, Besitz zu ergreifen von dem Körper, in dem Sidinas Seele heute lebt. Dieses Manuskript wurde als Mahnung geschrieben. Als Warnung, dass der Dämon bis ans Ende der Zeit nach seinem reinkarnierten Körper sucht. Ganz gleich, wie lange es dauert, der Dämon wird suchen und suchen, bis er wieder Gestalt annehmen kann. Aber es ist ein wenig wie bei den drei Musketieren, wissen Sie? Einer für alle, alle für einen und so weiter. Alles oder nichts. Es reicht nicht, wenn nur der Dschinn, der Sidinas Körper besessen hat, Besitz von Sidinas Reinkarnation ergreift. Die anderen müssen ebenfalls ihre Reinkarnationen finden und Besitz von ihnen ergreifen.«

Auf der anderen Straßenseite, auf dem Schulhof, hatten vier Kinder ein Basketballspiel angefangen, zwei gegen zwei, und das Geräusch des Gummiballs auf dem Betonboden drang herüber. Venice hatte den Kopf gedreht und sah den Kindern beim Spielen zu. Er hatte die Arme noch immer vor der Brust verschränkt.

»Stand in dem Manuskript irgendwas darüber, wie wir diesen Dämon besiegen können?«, fragte Brogan.

»Ja. Man kann ihn töten«, antwortete Saint gedehnt und beschirmte die Augen mit der Hand gegen die Sonne. »Aber nach dem, was ich gelesen habe, gibt es nur eine Möglichkeit, ihn zu besiegen.«

»Und die wäre?«

»Als Sidina besiegt wurde, legte man eine Tür aus Metall auf seinen Leichnam. Sein Blut war so sehr durchsetzt vom Bösen, dass es das Metall zum Schmelzen brachte, wo es die Tür berührte. Dieses Metall, das nun vom Bösen verseucht ist, wurde geschmolzen, und sechs Pfeilspitzen sowie ein Dolch wurden daraus geschmiedet. Nur diese Waffen, die mit Hilfe von Sidinas eigenem Blut erschaffen wurden, können die Dämonen töten, diese Dschinn, sollten sie jemals zurückkehren. Und wenn man einen von ihnen tötet, tötet man alle.«

Am Ende des Hufeisens tanzte Venices Kopf auf und ab, und seine Lippen bewegten sich, als würde er vor sich hin singen. Jefferson fragte sich, ob er Bescheid wusste über das, was Saint erzählte.

Die Luft roch nach gegrilltem Hähnchen – ein süßlicher, würziger Duft, der durch das Hufeisen zog. Die Nacht versprach warm und angenehm zu werden, ideal für ein Barbecue im Freien.

»Wo sind diese Waffen?«, fragte Brogan. »Was wissen Sie darüber?«

Saint schüttelte den Kopf. »Nichts. Ich hab nichts darüber gefunden. In dem Manuskript steht nur, was nötig ist, um diese Dämonen zu erledigen. Und man muss sie schnell töten, bevor sie wiederauferstehen.«

Jefferson fragte sich, ob diese Wiederauferstehung vielleicht schon angefangen hatte. St. Petersburg, das blutende Leichentuch, die nasse Tinte auf dem Pergament. Die ersten Veränderungen wurden erkennbar. Jahrhunderte lang nichts, und nun …? Jefferson schauerte, als er daran dachte, wie McKenna sich den Finger an dem scharfen Zahn der Kreatur geschnitten hatte. Wie ihr Blut von diesem Ding aufgesaugt worden war und nun durch seine Blutgefäße zirkulierte …

Saint sprach erneut, doch Jefferson hörte gar nicht zu. Plötzlich aber riss ihn ein einzelnes Wort Saints in die Gegenwart zurück.

»Lyerman.«

»Was?«

»Ich sagte, der Name von dem Typ, dem ich das Manuskript verkauft hab, war Lyerman«, wiederholte Saint. »Joseph Lyerman.«

»*Der* Joseph Lyerman?«

»Der reiche Typ, dem die ganzen Fernsehsender gehören, ja. Genau der.«

»Er war hier?«, fragte Jefferson und versuchte sich vorzustellen, wie Lyermans elektrischer Rollstuhl über den betonierten Weg in das Hufeisen bis vor Saints Wohnung rollte. Wie leere Blicke den merkwürdigen kleinen Mann in seinem Rollstuhl verfolgten.

»Nein. Er hat mich angerufen und gesagt, dass ich in sein Gebäude kommen soll.«

»Und Sie waren dort?«

»Klar. Und er sagte mir, er wisse, dass ich das Manuskript habe. Dass ich es aus Sinatras Haus gestohlen hätte und dass es gefährlich für mich wäre, wenn ich's behalte. Weil gefährliche Mächte auf der Suche danach wären oder so was in der Art«, sagte Saint. »Und er sprach von Geld.«

»Geld?«

»Ja.«

»Wie viel?«

»Genug, um mich für meine Mühe zu entlohnen.«

»Also haben Sie ihm das Manuskript gebracht?«

»Ich weiß, dass *Les Invisibles* vor meiner Wohnung gestanden haben. Ich weiß, dass sie nach etwas gesucht haben und konnte mir denken, dass es das Manuskript war. Ich wollte das verdammte Ding loswerden, so schnell wie möglich. Sollte Lyerman es doch nehmen, wenn er so scharf drauf ist. Er schien genau zu wissen, was es damit auf sich hat.«

»Lyerman ist einer der reichsten Männer des Landes«, sagte Brogan. »Sie wollen mir tatsächlich erzählen, dass er wusste, was es mit dem Manuskript auf sich hat? Dass er wusste, was vorgeht?«

»Und ob! Older hat das Manuskript auf Blade Island gefunden. Und noch etwas anderes … eine Schachtel mit irgendwas darin.«

»Was war darin?«

»Keine Ahnung. Older hat Q erzählt, dass er die Schachtel an Lyerman verkauft hat. Er wollte das Buch ebenfalls an Lyerman verscherbeln, aber dann wurde er gierig. Er glaubte, einen besseren Schnitt zu machen, wenn er das Buch zuerst an Sinatra verkauft und dann Five, Q und mich anheuert, es zu stehlen. Wir sollten fünfzehn Riesen von Older kriegen, und der würde das Manuskript anschließend an Lyerman weiterverkaufen. Jeder hätte seinen Schnitt gemacht, außer Sinatra. Aber dann ging die ganze Sache in die Hose.

Lyerman muss alles über Olders Deal gewusst haben, weil er sich mit mir in Verbindung gesetzt hat. Er wusste alles über diesen Dämon und darüber, was sich im Haus des Anwalts abgespielt hatte. Wenn überhaupt, scheint er derjenige zu sein, der die Fäden zieht und hinter alledem steckt. Scheiße, dieser Mistkerl hat Sie beide von Anfang an an der Nase herumgeführt …«

»Ich habe vorhin unseren Freund Lyerman durchleuchten lassen«, sagte Brogan und klappte sein Handy zu. Sie saßen in Brogans Wagen und fuhren die Massachusetts Avenue hinunter zu Jeffersons Haus. Nachdem sie von Saint aufgebrochen waren, hatte Brogan einen Kontaktmann namens Albert Manuel angerufen, der beim *Boston Globe* arbeitete, und ihn gebeten, einige Nachforschungen über Joseph Lyerman anzustellen.

»Und?«, fragte Jefferson. »Was hast du rausgefunden?«

»Manuel sucht noch. Er ruft mich in fünf Minuten zurück.«

Lyerman hatte nicht nur von der Existenz des Manuskripts gewusst, sondern auch, in wessen Besitz es war. Er hatte Saint wenige Tage nach den Morden in Sinatras Haus angerufen. Hatte Lyerman die ganze Zeit von dem Dämon gewusst, oder war er erst vor kurzer Zeit ins Spiel gekommen?

»Falls Lyerman etwas mit der Sache zu tun hat, dann schwöre ich, dass ich ihn mitsamt seinem Rollstuhl von einer Klippe stoße!«, stieß Jefferson hervor.

»Wir wissen bis jetzt nicht mal, ob Saint die Wahrheit gesagt hat.«

»Was willst du damit sagen?«

»Woher wissen wir, dass *Saint* nicht der Kerl ist, diese Reinkarnation von Sidina? Er könnte von Anfang an in der Sache dringesteckt haben.«

Jefferson dachte darüber nach. »Nein. Das ergäbe keinen Sinn. Falls Saint Sidina ist und der Dämon bereits vor seiner Haustür gestanden hat, warum sollte er dann weitersuchen?«

Brogan schüttelte den Kopf. »Du hast gesagt, es wären insgesamt vier Skelette.«

»Ja. Sidina und seine drei Gefährten.«

»Wenn Sidina reinkarniert wurde, ist demnach zu vermuten, dass seine Gefährten ebenfalls wieder unter den Lebenden weilen.«

»Ja …«

»Das bedeutet, dass der Dämon nicht nur nach seiner Reinkarnation des Sidina sucht, sondern auch nach seinen drei Gefährten. Er sucht vier Menschen. Vier Menschen hier in Boston.«

Jefferson stockte und strich sich mit der Hand über die Stirn. *Mein Gott, das stimmt wahrscheinlich. Wieso ist mir der Gedanke nie gekommen?* Seit sie von Saint aufgebrochen waren, hatte er die ganze Zeit geglaubt, dass der Dämon allein nach Sidina suchte, doch Brogan hatte Recht. Es war durchaus möglich, dass er bereits gefunden hatte, wonach er suchte. Falls Saint sie geleimt hatte, war er ein besserer Schauspieler als Robert DeNiro und Marlon Brando zusammen.

Jefferson kannte eine Menge Exsträflinge, die einen erfundenen Lebenslauf vollkommen glaubhaft spielen konnten, die vor dem Bewährungsausschuss logen, dass sich die Balken bogen, die ihre Bewährungshelfer betrogen – jeden, den sie belügen mussten.

Er kannte einen Exsträfling, der seinem Bewährungshelfer acht Monate lang vorgegaukelt hatte, er sei ordinierter Geistlicher einer einheimischen Gemeinde geworden. Der Bursche war in geistlicher Kleidung zu den Terminen beim Bewährungshelfer aufgekreuzt und hatte sich sogar einverstanden erklärt, das Baby des Bewährungshelfers zu taufen. Und die ganze Zeit war er als Drogenkurier von Boston nach Nashua unterwegs gewesen. Das Innere einer Kirche hatte der Bursche seit elf Jahren nicht gesehen.

Sträflinge konnten sehr gut lügen. Trotzdem – wenn Saint ihnen eine Lügengeschichte erzählt hatte, war es ihm außergewöhnlich gut gelungen.

»Hast du mal darüber nachgedacht?«, fragte Brogan.

»Nein.«

»Es würde erklären, wieso Saint aus Sinatras Haus entkommen konnte. Denk mal darüber nach. Er behauptet, dass er der Einzige war, der es geschafft hat. Was, wenn er lügt? Wenn er in Wirklichkeit Sidina ist, und wenn dieser Dämon ihn in jener Nacht in Sinatras Haus gefunden hat? Was, wenn Saint in Wirklichkeit gar nicht aus Sinatras Haus entkommen konnte?«

»Wenn das stimmt«, flüsterte Jefferson, »haben wir eben nicht mit Saint geredet, sondern mit dem Dämon ...«

Brogan nickte. Der Gedanke lastete schwer auf ihnen. Jefferson schauderte. Es war ein Gefühl, wie man es in den Augenblicken nach einem schweren Autounfall hat, in der Stille, wenn einem klar wird, dass man mit dem Leben davongekommen ist.

Brogans Mobiltelefon läutete. Es war Manuel vom *Boston Globe*. Brogan stellte ihn auf die Lautsprecheranlage des Crown Vic.

Manuel war im Alter von acht Jahren zusammen mit seiner Familie aus Panama in die Vereinigten Staaten gekommen. Sein Englisch war nahezu perfekt; nur der Hauch eines spanischen Akzents war zu hören.

»Hola, amigo«, sagte Brogan. »Was hast du herausgefunden?«

»Sag mir eins, mein Freund«, antwortete Manuel. Seine Stimme klang seltsam fern in dem kleinen Lautsprecher des Wagens. »Ich komme hierher in diese Stadt, nach Boston, und friere mir in den verdammten Wintern den Arsch ab, während es in Panama City fünfundzwanzig Grad sind. Kannst du mir sagen, warum ich eigentlich hergekommen bin? Etwas, das die Mühe lohnt?«

»Was würdest du sagen, wenn du die Exklusivrechte an dem Fall bekommst, den wir im Augenblick bearbeiten?«, erwiderte

Brogan. »Und das ist keine Nullachtfünfzehn-Geschichte, sondern eine Story für die Titelseiten von Küste zu Küste. Auch CNN wird scharf darauf sein. Du wolltest doch immer schon den Pulitzerpreis.«

Manuel schwieg einen Augenblick. »Also schön, einverstanden. Ich helfe dir, aber du versprichst mir, mich auf dem Laufenden zu halten, in Ordnung?«

»*Sí, sí.* Geht klar. Und jetzt erzähl mal, was du über Lyerman herausgefunden hast.«

»Okay ...«, sagte Manuel, und Jefferson hörte, wie er Seiten umblätterte. »Joseph Lyerman, Jahrgang 1923, geboren in Charlestown. Seine Eltern waren irische Einwanderer. Sein Vater war Dockarbeiter und wurde während eines Gewerkschaftsstreiks im Jahre 1927 getötet. Seine Mutter war Näherin.

Nach dem Tod des Vaters musste die Mutter Joseph und seine fünf Geschwister durchbringen. Sie zog mit ihren Kindern von Charlestown nach South Boston. Lyermans ältester Bruder Henry zog dann in den dreißigern im Rahmen von Roosevelts New-Deal-Programm nach Montana. In den nächsten beiden Jahren unterstützte er die Familie mit einem Teil seines Lohnes, bis das Geld 1935 plötzlich ausblieb. Henry wurde nie wieder gesehen.

Mit dreizehn Jahren nahm Lyerman beim *Globe* eine Stelle als Zeitungsjunge an. Er arbeitete drei Jahre in diesem Job, bis er sechzehn war, dann wurde er Fließbandarbeiter bei FreshCan Tuna, einer Fischfabrik, die in den Fünfzigerjahren abgebrannt ist. Drei Jahre später, mit neunzehn, trat er der Handelsmarine bei und diente im Südpazifik auf der USS *Galla.*«

Manuel berichtete weiter, doch Jefferson hörte nicht mehr zu. Die *Galla* ... Lyerman hatte auf einem Schiff gedient, das im letzten Jahr geborgen und im Januar nach Boston geschleppt worden war. Irgendetwas war an Bord dieses Schiffes gewesen, da war Jefferson absolut sicher. Irgendetwas, das nun frei war.

Wenn Lyerman vor vierundsechzig Jahren zur Besatzung gehört hatte, musste er gewusst haben, *was* damals an Bord gewesen war.

Lyerman hatte die Expedition finanziert, in deren Verlauf das Wrack der *Galla* vom Meeresboden gehoben worden war – weil er gewusst hatte, was in einer der Kabinen lauerte …

Er wusste es, weil er es selbst gesehen hatte.

»Warte mal einen Augenblick, Manuel«, sagte Brogan.

»Klar.«

Brogan drückte die Stummtaste des Telefons und wandte sich Jefferson zu. »Hast du das mit der *Galla* gehört?«

»Sicher. Ich kann es kaum glauben. Lyerman hat auf diesem Schiff gedient. Er muss gewusst haben, was an Bord war!«

Brogan nickte. Sein Blick wirkte abwesend, und er schien hinter den Horizont zu starren. »Ich bringe diesen Drecksack um, ich schwöre es bei Gott!«

Er sah Jefferson erneut an. Seine Augen waren glasig wie die eines Betrunkenen. Selbst Jefferson, der Brogan besser kannte als jeder andere, spürte jedes Mal nervöse Furcht in der Magengrube, wenn er Brogan in diesem Zustand sah. Der unberechenbare Zorn dieses Mannes konnte sich gegen alles und jeden richten.

Brogan drückte erneut die Stummtaste.

»Manuel?«

»Ja.«

»Was hast du sonst noch?«

»Nun, Lyermans Dienstzeit bei der Navy endete, als die *Galla* bei einem japanischen Luftangriff versenkt wurde. Lyerman gehörte zu einer Hand voll Überlebender, war fortan aber gelähmt. Er kehrte in die Vereinigten Staaten zurück und wurde Geschäftsmann – ein skrupelloser Bursche. Er begann im Erdölgeschäft. Heute hat er die Finger überall drin. In Panama, meinem Heimatland, besitzt er riesigen Grundbesitz und baut Tabak an. Obwohl es in Panama viele Arbeitslose gibt, weigern sich die meisten meiner Landsleute, für ihn zu arbeiten. Sie nennen ihn *Tiburón,* den Hai.«

»Warum?«

»Weil er Menschen bei lebendigem Leib frisst, sozusagen. Wie ein Hai. Ohne jedes Gefühl. Einer meiner Landsleute hat einmal versucht, die Arbeiter auf zwei von Lyermans Tabakplantagen zu einem Streik zu bewegen. Der Mann hatte Familie, drei kleine Mädchen und eine Frau. Er kam von der Arbeit auf den Feldern nach Hause, und seine Familie war verschwunden.

Der Mann und die Dorfbewohner suchten die gesamte Gegend ab, bis in die Berge hinein. Drei Tage vergingen. Am Abend des vierten Tages entdeckte der Mann eine Notiz an seiner Haustür, in der eine Adresse in der Nachbarschaft genannt wurde. Außerdem war ein Polaroidfoto dabei, das die Frau und die drei kleinen Mädchen zeigte. Sie saßen um einen Tisch herum, vor sich Teller mit Essen.

Der Mann und acht seiner Freunde gingen zu der genannten Adresse. Es war eine kleine Hütte am Rand der Tabakfelder, errichtet aus Sandelholz und Bananenblättern. Die Tür war baufällig und nicht versperrt. Der Mann geriet in Panik, weil es in der Hütte so still war, und trat die Tür ein. Im Innern fand er seine Familie, die Frau und die Kinder, unter einer nackten Glühbirne an einem Tisch. Vor ihnen standen Teller mit Essen, genau wie es auf dem Foto zu sehen war.«

»Waren sie tot?«

»Nein, sie lebten, und sie schienen unverletzt zu sein. Sie folgten dem Mann mit Blicken, ohne die Köpfe zu bewegen. Sie waren nicht gefesselt; deshalb konnte der Mann nicht begreifen, warum sie nicht geflüchtet waren und um Hilfe gerufen hatten. ›Maria, was ist?‹, fragte er seine Frau. ›Ich habe euch gesucht! Warum sagt ihr nichts?‹

Seine Frau starrte ihn nur schweigend aus großen braunen

Augen an, und der Mann sah, dass eine Träne über ihre Wange lief. Er war völlig verwirrt.

›Was ist los?‹, fragte er. ›Warum weinst du? Du bist in Sicherheit!‹

Dann bemerkte er eine kleine Fruchtfliege, die um den Mund und die Nase seiner jüngsten Tochter schwirrte, doch das Mädchen machte nicht die geringste Bewegung, das lästige Insekt zu verscheuchen.« Manuel stockte kurz; dann fuhr er fort: »Die Frau und die Kinder waren unter Drogen gesetzt worden. Dann hatte jemand, vielleicht ein Chirurg, bei jedem winzige Einschnitte in die Wirbelsäule vorgenommen und die Nerven durchtrennt, die für die Bewegungsabläufe verantwortlich sind. Die Frau und die kleinen Mädchen waren paralysiert und dann wie Puppen rings um den Tisch gesetzt worden.«

»Mein Gott …«, flüsterte Brogan, und seine Knöchel am Lenkrad wurden weiß.

»Es gab keine Notiz, doch in ihren Schößen lagen Bündel von Tabakblättern. Tabakblätter! Wer anders konnte für dieses Verbrechen verantwortlich gewesen sein als Lyerman? Es war eine Warnung an seine Arbeiter, nicht zu streiken.«

Jefferson spürte, wie Kälte in seinen Körper kroch. Eine Kälte, wie er sie nie zuvor verspürt hatte. Es war, als hätte jemand ihn mit Eis bedeckt, seine Hände, seine Arme, als wäre sein gesamter Körper von gefrorenem Wasser umschlossen und als würde dieses Wasser ihn von sämtlichen Gefühlen dieser Welt abschneiden. Mit leiser, abwesender Stimme bedankte Brogan sich bei Manuel und beendete das Gespräch. Er sah Jefferson nicht an.

Jefferson dachte an den Mann und seine Familie in Panama, an die Kinder. Dann dachte er an Lyerman – und das Eis schmolz im Feuer der Wut, die in ihm aufloderte. Eine wilde, alles verzehrende Wut auf den Mann, der zu solch abscheulichen Verbrechen imstande war, der solche Dinge befehlen konnte. Ein Mann wie Lyerman würde auch einen Dämon willkommen heißen …

Draußen wurde es allmählich dunkel. Die Sonne sandte ihre letzten roten Strahlen über den Himmel und versank hinter der Stadt aus Beton und Stahl und dem breiten Charles River, der sich träge und schmutzig dahinwälzte, dunkel wie im tiefsten Dschungel.

Vor Jeffersons Wagen lenkte Brogan den Crown Vic an den Straßenrand. Jefferson stieg aus, warf die Beifahrertür ins Schloss und beugte sich durchs Fenster.

»Ich fahre zum Lyerman Building«, sagte Brogan, »und werde mir einen Termin bei dem Mistkerl geben lassen.«

»Mach keine Dummheiten. Lyerman ist ein verdammter Psycho. *Er* hat diesen Dämon angeschleppt. Aber er stinkt vor Geld und hat einflussreiche Freunde. Du willst wegen diesem Hundesohn doch nicht im Knast landen, oder? Außerdem hilft es uns bei der Suche nach dem Dämon keinen Schritt weiter, wenn wir Lyerman jetzt schon ausschalten.«

»Keine Bange. Er wird uns alles erzählen, was wir wissen müssen, um mit diesem Dschinn fertig zu werden.«

»Brogan, tu es nicht. Wenn der Drecksack tot ist, wird es eine Untersuchung geben, wie du sie noch nie erlebt hast.«

Brogan sah Jefferson an. »Versprich mir etwas.«

»Und was?«

»Wenn mir heute Nacht etwas zustößt …«

»Komm schon, Mann!« Jefferson lächelte nervös. »Ich …«

»Halt die Klappe und hör zu«, unterbrach ihn Brogan. »Wenn mir heute Nacht etwas zustößt, möchte ich, dass du dich um meine Töchter kümmerst. Bring sie in Sicherheit, und dann erledige *du* diesen Bastard. Du wirst ihn für mich töten …«

Jefferson schüttelte den Kopf. »Brogan, du weißt, das kann ich nicht.«

Brogan sah ihn an, dann drehte er den Kopf wieder nach vorn. Der Motor des Crown Vic heulte auf, und das schwere Fahrzeug raste mit durchdrehenden Reifen vom Straßenrand los. Jefferson brachte sich mit einem Sprung in Sicherheit. Brogan lenkte den Wagen rücksichtslos in den fließenden Verkehr. Jefferson sah seinem Partner hinterher. Nach und nach verklang das Gehupe wütender Autofahrer.

Jefferson holte McKenna ab. Dann fuhr er mit ihr zusammen in die Stadt zurück und zum Lyerman Building. Während Jefferson fuhr, rief McKenna die Nummer an, die Lyerman ihnen gegeben hatte, und bekam seine Sekretärin an den Apparat. Die Frau sagte, Lyerman sei auf einer Party.

»Party?«, fragte McKenna.

»Eine Wohltätigkeitsveranstaltung«, antwortete die Sekretärin. »Es sind mehr als zweihundert Gäste da.«

McKenna stellte noch eine Reihe weiterer Fragen, bedankte sich, beendete das Gespräch und teilte Jefferson mit, was sie erfahren hatte.

»Was ist das für eine Wohltätigkeitsparty?«, fragte Jefferson.

»Es geht um Hilfe für bedürftige Familien in Panama«, antwortete McKenna gleichmütig, ohne die Ironie hinter ihren Worten zu begreifen.

Jefferson wurde beinahe übel, als er an die Frau und die kleinen Mädchen dachte, die auf Lyermans Befehl zu Krüppeln gemacht worden waren …

Am Lyerman Building fuhren Nobelkarossen vor, die von livrierten Fahrern für den Abend in die Tiefgarage gebracht wurden. Jefferson und McKenna parkten auf der gegenüberliegenden Straßenseite und beobachteten teuer gekleidete, schöne Menschen, die ihre Schlüssel den wartenden Uniformierten überreichten und anschließend das Gebäude betraten.

Brogans Crown Vic stand halb auf dem Bordstein. Unter dem Scheibenwischer haftete bereits ein Strafzettel und flatterte im abendlichen Wind.

»Was willst du jetzt unternehmen?«, fragte McKenna.

»Wir sehen uns diese Party an.«

»Wir haben keine richterliche Verfügung. Man wird uns nicht mal in die Nähe lassen.«

»Dann sagen wir keinem, dass wir von der Polizei sind.«

McKennas Blicke glitten über Jeffersons Garderobe; dann strich sie ihr Kostüm glatt. »In diesem Fall aber brauchen wir andere Klamotten.« Sie sah auf die Uhr. »Ich weiß, es klingt verrückt, aber es würde nicht länger als zwanzig Minuten dauern, im Prudential Center etwas Passendes zu kaufen und hierher zurückzukehren.«

Die Verkäuferinnen blickten verwundert, als Jefferson und McKenna ihnen eröffneten, dass sie die neu erstandene Abendgarderobe gleich von der Stange weg tragen wollten, doch eine halbe Stunde später gingen beide über den roten Teppich ins Lyerman Building. Zwei Männer sprangen von einer Chaiselongue auf, als das Paar sich näherte. Die Männer hatten große schwarze Rucksäcke über den Schultern und hoben Kameras an die Augen.

»Fotografen«, murmelte McKenna zu Jefferson. »Diese Wohltätigkeitsparty scheint eine große Sache zu sein.«

Die beiden Fotografen musterten Jefferson und McKenna für einen Augenblick, bevor sie ihre Kameras enttäuscht senkten und ihre Nachtwache auf der Chaiselongue wieder aufnahmen.

»Schätze, wir sind nicht berühmt genug, um es in die Klatschspalten zu schaffen«, sagte Jefferson grinsend.

Das Foyer war mit pfirsichfarbenem Marmor ausgekleidet, der von dicken schwarzen Adern durchzogen war. Durch die großen rückwärtigen Fenster konnte Jefferson über die Straße hinweg das Boston Common sehen. Kübelpflanzen in den Ecken des Foyers wiegten sich leicht im Luftzug aus der Klimaanlage.

McKenna und Jefferson gelangten vor einen breiten marmornen Empfangsschalter, hinter dem ein Mann um die sechzig residierte. Er trug einen Smoking ähnlich dem, den Jefferson kurze Zeit zuvor so eilig gekauft hatte. Als das Paar näher trat, nickte der Concierge höflich und blickte von einem Blatt Papier auf.

»Kann ich Ihnen helfen?«

»Mr Lyermans Wohltätigkeitsparty findet im dreißigsten Stock statt, nicht wahr?«

»Ja.«

»Sehr gut. Wir sind ein wenig spät, wissen Sie. Wir kommen eben aus dem Theater. Wir wollten nur kurz nach oben, um ein paar Gäste zu begrüßen.«

»Selbstverständlich.« Der Gentleman im Smoking deutete in Richtung der Aufzüge.

Jefferson dachte bei sich, dass die Sicherheitsvorkehrungen bei einem Ereignis wie diesem viel strenger sein müssten. Der Mann hatte sich nicht einmal die Mühe gemacht, sich nach ihren Namen zu erkundigen; stattdessen hatte er bewundernd McKenna gemustert, die in ihrem tief ausgeschnittenen, eng sitzenden Kleid und den hochhackigen Schuhen umwerfend aussah.

Arm in Arm gingen sie zum nächsten Aufzug. Jefferson drückte den Knopf. Ein *Ping!* ertönte, und die breiten Aufzugstüren glitten zur Seite. Sie traten ein. Die Wände waren aus Glas; die Kabine hing außen am Gebäude und gewährte einen Blick auf die Straße.

»Welche Etage bitte?«, erkundigte sich eine automatische Stimme.

Jefferson blickte sich um und suchte nach dem vertrauten Paneel mit den Knöpfen und den Etagennummern. Es gab keins.

Der Aufzug wurde offensichtlich von einem Stimmcomputer gesteuert.

»Dreißigster Stock.«

»Einen Augenblick bitte.«

Es gab einen kleinen Ruck, und der Aufzug setzte sich in Bewegung. Kurze Zeit später blickten sie aus beeindruckender Höhe auf Autodächer und Fahrer herab, die gelegentlich zu dem nach oben gleitenden Aufzug hinaufsahen.

»Und wie sieht der Plan aus, wenn wir angekommen sind?«, fragte McKenna.

Jefferson zuckte die Schultern. »Wir tun so, als gehörten wir zu den Gästen, und versuchen Lyerman zu finden.«

Als die Ziffer über der Tür sich der Dreißig näherte, verlangsamte der Lift seine Fahrt. Jefferson hörte Musik und Stimmen, noch bevor die Türen sich öffneten. Als sie zur Seite glitten, fanden McKenna und Jefferson sich vor dem breiten Rücken eines großen Mannes wieder. Der Hüne wandte sich beim Geräusch der sich öffnenden Tür zu ihnen um. Als die Neuankömmlinge aussteigen wollten, streckte er abwehrend die Hand aus. Hinter dem Riesen, auf der anderen Seite des Saals, beendete eine Band soeben ein Stück. Die Musiker trugen graue, glänzende Anzüge in der Art, wie Gangster sie in den Zwanzigerjahren getragen hatten. Sie saßen hinter großen Notenständern auf einer Bühne, die eigens für sie errichtet worden war. Die Gästeschar bestand aus Männern in Smokings und Frauen in Abendkleidern. Die Tische waren um eine freie, zum Tanzen reservierte Fläche herum platziert. Leute standen in kleinen Gruppen beieinander, hielten Cocktails in den Händen und plauderten angeregt.

»Einen Augenblick, Sir«, sagte der Riese, dessen gewaltiger Körper McKenna und Jefferson daran hinderte, den Lift zu verlassen.

Der Riese trug einen maßgeschneiderten Smoking und sah wie ein Samoaner aus. Er hatte kurzes Haar und einen dicken, muskulösen Hals. Trotz seines riesigen Körpers passte der Anzug perfekt. Der Mann musterte die Neuankömmlinge mit einem Blick von oben bis unten.

»Dürfte ich Ihre Einladung sehen?«

Jefferson tat, als suche er in seinen Taschen. »Tut mir Leid, ich habe sie nicht bei mir.«

Der Samoaner schüttelte den Kopf. »Dann tut es mir ebenfalls Leid. Dies ist eine private Wohltätigkeitsveranstaltung. Nur geladene Gäste haben Zutritt.«

»Aber man hat uns unten eingelassen.«

»Stehen Sie auf der Liste?«, fragte der Samoaner und blickte auf ein Klemmbrett in der anderen Hand.

Die Aufzugstüren schlossen sich. Jefferson streckte die Hand hindurch, und sie glitten augenblicklich wieder auf.

»Nein, ich glaube nicht.«

»Dann darf ich Sie nicht einlassen.«

»Wir müssen mit Mr Lyerman sprechen.«

»Tut mir Leid, ich darf Sie nicht einlassen. Vielleicht, wenn Sie unten im Foyer warten. Ich werde Sie bei Mr Lyerman anmelden. Doch ohne schriftliche Einladung kommen Sie hier nicht rein.«

»Ich muss ihn unbedingt sprechen, heute Abend noch«, beharrte Jefferson. »Es ist wichtig.«

»Ich kann verstehen, dass Sie von der Dringlichkeit Ihres Anliegens überzeugt sind«, sagte der Samoaner. »Aber möglicherweise möchte Mr Lyerman Sie heute Abend nicht sprechen.«

Die Aufzugstüren glitten erneut aufeinander zu, und wieder streckte Jefferson die Hand dazwischen, während er fieberhaft überlegte, was er unternehmen konnte.

»Ist das alles?«, fragte der Samoaner, scheinbar ohne den Tumult der Party in seinem Rücken zu bemerken. »Wenn ja, muss ich Sie jetzt bitten, wieder nach unten zu fahren. Jetzt sofort.«

Jefferson nickte nur.

Er warf einen letzten Blick auf die Party und die angeregt

plaudernden Gäste, von denen keiner den Vorfall bemerkt zu haben schien. Die Zeitschaltung der Aufzugstür aktivierte den Schließmechanismus ein drittes Mal, und diesmal ließ Jefferson es geschehen.

»Ist ja toll gelaufen, du Schlaumeier«, sagte McKenna. »Genialer Plan.«

»Welche Etage?«, fragte die elektronische Stimme.

Jefferson blickte düster. »Neunundzwanzig«, sagte er.

Der Aufzug setzte sich nach unten in Bewegung und verzögerte sogleich wieder. Die Türen glitten auf. Neunundzwanzigste Etage.

»Was nun?«, fragte McKenna.

»Gute Frage«, entgegnete Jefferson und trat vorsichtig aus dem Lift, denn er rechnete mit einem weiteren Wachposten, der sich ihm in den Weg stellte. Doch es war niemand da.

Die neunundzwanzigste Etage beherbergte Büros eines der vielen Unternehmen Lyermans. Ein leerer Empfangsschalter stand unbesetzt im Foyer. Auf dem dicken Teppich erhob sich eine Säule mit einem Aquarium, in dem drei Kaiserfische durchs Wasser schwebten. Die Etage war dunkel bis auf den grünlichen Schimmer der Aquarienbeleuchtung und das schwache gelbe Licht der Stadt, das von draußen durch die Fenster fiel.

Hinter dem Empfangsschalter befand sich ein großer Raum, der durch niedrige Wände in kleine Abteile unterteilt war. In jedem dieser Abteile – es mussten Dutzende sein – standen ein Computer auf einem Schreibtisch sowie ein gepolsterter Bürosessel. Die Mitarbeiter der Reinigungsfirma hatten ihren Job bereits erledigt; die Mülleimer und Papierkörbe waren geleert. Die meisten Schreibtische waren aufgeräumt mit Ausnahme eines gelegentlichen *Wall Street Journal* oder eines Familienfotos.

Jefferson und McKenna bewegten sich leise durch die Dunkelheit zum Ende des Saales, wo sich ein rot beleuchtetes Schild mit der Aufschrift EXIT befand. Über sich hörte Jefferson gedämpft die Geräusche der Party. Die Band hatte wieder zu spielen angefangen.

Jefferson wollte die gesamte Etage durchqueren und auf der Rückseite über die Treppe hinauf in den dreißigsten Stock steigen. Es war unwahrscheinlich, dass jemand am Eingang zum Treppenhaus postiert war; vielleicht gelang es ihnen, sich unbemerkt unter die Partygäste zu mischen und bis zu Lyerman vorzudringen.

Sie gingen an den Reihen kleiner Abteile vorbei, als auf der anderen Seite des Raums ein Licht aufflackerte.

Einer der Computer hatte sich wie von Geisterhand eingeschaltet.

Langsam bückte sich McKenna und zog ihre 22er, die sie am rechten Oberschenkel in einem Halfter trug. Sie hielt die Waffe nach unten und legte den Sicherungshebel um, während Jefferson seine Beretta aus dem Schulterhalfter zog und entsicherte. Stumm deutete er auf den Computer und dann auf McKenna, bevor er eine kreisende Bewegung durch den Saal machte. McKenna nickte – sie hatte verstanden.

Jefferson zeigte ihr den erhobenen Daumen; dann duckte er sich, bis er mit dem Kopf unterhalb der Trennwände war. Die kleinen Abteile waren rechteckig und reihten sich wie Bienenwaben aneinander. In jedem konnte sich jemand verstecken; falls dem so war, würde er es erst bemerken, wenn er direkt davor stand. Er drehte sich nach McKenna um und wollte sie warnen, doch sie war bereits verschwunden, untergetaucht in einem Labyrinth aus grauen Wänden.

Langsam setzte Jefferson sich ebenfalls in Bewegung, ging tief geduckt, bedächtig und vorsichtig. Schließlich bog er rechts ab und bewegte sich langsam durch den langen Mittelgang voran. In der umliegenden Stille hörte er die Arbeitsgeräusche des einzelnen Computers: Das Surren der Festplatte, das leise statische

Rauschen des Monitors, dessen Licht blau und weiß von der Decke reflektierte. Langsam hob Jefferson den Kopf über die Trennwand.

Nichts rührte sich.

Vier Abteile vor ihm fuhr der Computer weiter von alleine hoch, unbeaufsichtigt von Menschenhand.

Vergiss nicht, der Dämon kann menschliche Gestalt annehmen. Er könnte als jedermann auftauchen.

Jefferson lauschte noch einen Augenblick, hörte aber nicht das geringste Geräusch. Leise flüsterte er McKennas Namen.

Er vernahm ein Scharren, und mehrere Abteile weiter tauchte McKennas Kopf hinter einer Trennwand auf. Er deutete auf den Computer, dann auf den Rest des Saals, dann auf seine Uhr. Er zuckte die Schultern. Vielleicht wurde der Computer von einer Zeitschaltuhr gesteuert?

McKenna richtete sich zu ihrer vollen Größe auf. Sie hielt noch immer die Waffe in beiden Händen, mit dem Lauf nach unten, während sie durch das Gewirr von Gängen zu Jefferson kam.

»Nichts?«, fragte sie.

»Nichts.«

Der Computer hatte den Bootvorgang abgeschlossen; nun blinkte ein einsamer Cursor auf dem Bildschirm. In der Etage über ihnen spielte die Band noch immer schwungvolle Tanzmusik; dort oben waren Licht, Lachen und Leben. Ein Stockwerk tiefer hingegen herrschte unheimliche Dunkelheit in einem Saal voller Computer.

McKenna und Jefferson starrten auf den Bildschirm, der bis auf den blinkenden Cursor immer noch leer war.

McKenna stieß langsam den Atem aus, entspannte sich, sicherte ihre 22er und schob die Waffe ins Oberschenkelhalfter zurück. »Sieht so aus, als wäre ich für nichts und wieder nichts in meinem neuen Abendkleid durch den Saal geschlichen.«

»Nein, warte«, sagte Jefferson und packte sie am Ellbogen.

Der Cursor auf dem Bildschirm hatte sich in Bewegung gesetzt und hinterließ eine Spur aus Buchstaben, als würde jemand auf der Tastatur schreiben.

»Mein Gott«, flüsterte McKenna. Ihre Hand fuhr unbewusst wieder zum Halfter, als sie beobachtete, wie der Cursor sich über den Bildschirm bewegte. Jefferson wandte sich ab und behielt den Rest des Saals misstrauisch im Auge. Sie waren allein. Es sei denn, irgendetwas hielt sich hinter den Trennwänden verborgen. Irgendetwas, das auf sie wartete.

Noch immer die Waffe in den Händen, drehte Jefferson sich wieder zum Bildschirm um. Der Cursor war mit seiner Reise über die schwarze Mattscheibe fertig. Eine einzelne Zeile war auf dem Schirm zu lesen.

Ihr solltet nicht hier sein.

Jefferson spürte ein eisiges Frösteln, das sich vom Rücken über seinen gesamten Körper bis hin zu den Fingerspitzen ausbreitete. McKenna stieß den Atem aus und flüsterte etwas, das Jefferson nicht verstand. Auch sie spürte die unheimliche Kälte.

Die Zeile verschwand, und eine Serie von Bildern huschte über den Schirm. Sie blieben jeweils nur für einen Sekundenbruchteil stehen, dann folgte bereits das nächste Bild, wie Millionen Schnappschüsse eines blinzelnden Auges.

Jefferson sah religiöse Bilder. Buddha, Christus und Mohammed. Bilder von der Klagemauer, von chinesischen Tempeln, Kirchen mit Zwiebeltürmen, französischen Kathedralen. Gemälde von der Mutter Gottes, von Christus am Kreuz, Textzeilen auf Arabisch und Hebräisch. Männer auf den Knien, die Köpfe am Boden, im Gebet versunken, schluchzende Frauen mit zum Himmel erhobenen Armen. Weiter und weiter und weiter. Die Bilderflut war überwältigend.

Auch McKenna starrte wie hypnotisiert auf den Bildschirm.

Die Bilder formten ein Mosaik auf der glasigen Feuchte ihrer Augäpfel. Dann war es vorbei, so plötzlich, wie es angefangen hatte. Der Bildschirm war wieder leer und schwarz.

Jefferson atmete tief durch. Er fühlte sich erschöpft.

»Was war das?«, murmelte McKenna.

Über ihnen spielte noch immer die Band.

Dann wurde der Bildschirm erneut hell. Diesmal unterschieden sich die Bilder beträchtlich von den ersten. Jefferson sah Männer in Schützengräben, ein verhungerndes Kind, bedeckt mit Fliegen, den aufgeblähten Leib eines toten Pferdes, ein Holzhaus in lodernden Flammen, eine ausgemergelte, sterbende Frau auf einem Krankenhausbett, ein Mann mit einer Pistole, die er sich an die Schläfe hielt. Hunderte von Bildern, die ausnahmslos den Krieg und den Tod zum Inhalt hatten. Dann, plötzlich, stoppte die rasende Bilderfolge, und ein einzelnes Bild blieb auf dem Schirm, lange genug, dass Jefferson es genau betrachten konnte. Eine Frau saß in einem Stuhl, die Arme und Beine gegen das Holz gepresst, die Haut gerötet und geschwollen von den Fesseln, die in ihr Fleisch schnitten. Auf den Schultern der Frau saß ein Tierkopf.

Es war die Leiche von Sinatras Frau, die sie verstümmelt im Haus des Anwalts gefunden hatten.

Der Schirm wurde dunkel, und eine einfache Textzeile erschien.

Es ist zu spät. Es ist angekommen.

Sie standen nebeneinander in der Dunkelheit des Bürokomplexes. Jefferson spürte, wie er seine Waffe umklammerte, als wolle er den Griff zerquetschen. Das Metall verlieh ihm Sicherheit. Sein Verstand war bereits mehrere Schritte weiter und beschäftigte sich mit der Bedeutung der Bilderflut, die er soeben beobachtet hatte. Irgendjemand in diesem Gebäude besaß die Fähigkeit, diesen Computer aus der Ferne einzuschalten, exakt zur richtigen Zeit. Das bedeutete, dass dieser Jemand ganz genau wusste, wo sich Jefferson und McKenna befanden.

Erneut suchte Jefferson den Saal ab, ließ den Blick über die Abteile mit ihren Schreibtischen, Schreibunterlagen und gerahmten Familienbildern huschen. Dann entdeckte er es. Ein winziger roter Lichtpunkt hoch oben an der Wand. Eine einzelne Überwachungskamera, die genau auf ihn und McKenna zeigte.

Jefferson nahm McKenna am Arm. Ihre Haut fühlte sich trocken und kalt an. Er führte sie zu der Tür mit dem Schild EXIT darüber, hinter der sich das Treppenhaus befand. Im Treppenhaus war die Notbeleuchtung an. Es war hier bedeutend heller als im Bürokomplex; auf jedem Treppenabsatz brannte fluoreszierendes Licht. Die Wände waren aus Beton, aus einem Stück gegossen und himmelblau bemalt, und ein Stahlgeländer zog sich von Absatz zu Absatz.

Sie hielten einen Augenblick im leeren Treppenhaus inne, und Jefferson nahm McKennas Gesicht in beide Hände, während er ihr in die Augen sah.

»Alles in Ordnung mit dir?«

Sie nickte schwach und strich sich eine Locke aus der Stirn. Menschen reagieren auf verschiedene Weise, wenn sie Angst haben. McKennas Reaktion war Wut. Stille Wut. Viele Menschen aus Jeffersons Bekanntenkreis reagierten ähnlich. Man darf die Furcht nicht in sich hineinlassen – wenn sie erst in einem ist, frisst sie einen auf wie Säure, verbrennt einen von innen heraus.

»Mir geht's so weit gut, keine Sorge«, antwortete sie.

»Bist du sicher? Du musst nicht mit mir hier sein, weißt du?«

»Doch, doch. Kein Problem. Ich bin nicht den ganzen Weg mitgekommen, um dich jetzt allein zu lassen.«

Jefferson lächelte und gab ihr einen raschen Kuss; dann drehte er sich zur Treppe um und blickte nach oben, wo gedämpft der Lärm der Party zu vernehmen war.

»Komm, versuchen wir, die Party ein wenig zu stören, okay?«, sagte McKenna und zwang sich zu einem Lächeln.

Sie stiegen die Treppe hinauf.

Auf dem Absatz des dreißigsten Stocks hielten sie inne. Die Musik war wesentlich lauter geworden; einzig eine dünne Metalltür schirmte das Treppenhaus vom Saal ab. Die Band spielte einen Song von Louis Armstrong.

Vorsichtig öffnete Jefferson die Tür einen Spalt weit und drückte das Gesicht an die Öffnung. Sie befanden sich links von der Bühne; Jefferson sah die Beine der Musiker auf dem Podium von hinten. Vor dem Podium bewegten sich Paare im Takt zur Musik über die große Tanzfläche.

»Fertig?«, fragte Jefferson und spürte einen bestätigenden Händedruck am Arm.

Langsam schob er die Tür weiter auf, und sie schlüpften hindurch und hinter die Bühne. Hand in Hand bewegten sie sich weiter, der Tanzfläche entgegen. Jefferson zog seine Manschetten zurecht. Sie waren ein Paar, das sich für ein paar ungestörte Augenblicke zurückgezogen hatte.

Ringsum war die Party in vollem Gange. Niemand schien Notiz von ihnen zu nehmen. Der große Samoaner stand noch immer am anderen Ende des Saals vor dem Aufzug, ein Klemmbrett in der Hand. Sie würden ihn im Auge behalten müssen.

McKenna und Jefferson standen inmitten einer großen Menge. An der Decke hingen breite Bahnen aus Seidenstoff, die von oben beleuchtet wurden und den Saal in ein weiches Licht tauchten. Irgendwo lief eine Seifenblasenmaschine; Jefferson sah Seifenblasen über die Tanzfläche schweben, bevor sie platzten und von einem Augenblick zum anderen verschwunden waren.

Entlang einer Wand des Saals war ein Büfett aufgebaut. Drei Männer in weißen Smokings standen hinter den Tischen und servierten das Essen. Erdbeeren im Schokoladenmantel und andere Appetithappen. Der Trompetenspieler beendete sein Solo, ließ sich auf seinen Stuhl fallen und massierte sich die Lippen.

Jefferson und McKenna bewegten sich Händchen haltend zwischen den Tanzenden hindurch.

»Siehst du jemanden, den wir kennen?«, fragte McKenna.

Jefferson hielt nach Brogan und Lyerman Ausschau, bisher jedoch vergeblich.

»Nein, ich sehe kein bekanntes Gesicht.«

McKenna und Jefferson gingen zu einer der Säulen, die in regelmäßigen Abständen die Tanzfläche umstanden, lehnten sich mit dem Rücken dagegen und beobachteten die Menge. Die Musik wurde langsamer und ging in einen Jazzrhythmus über. Eine Tafel über der Band verkündete deren Namen: Baker Sax-O-Tet.

»Ganz schön luxuriös das alles«, sagte McKenna.

Der Saal war in der Tat sehr elegant und stilvoll. Die Wände waren mit purpurnem Samt bespannt, Kristalllüster hingen von der Decke, und in den Ecken standen große grüne Farne in irdenen Kübeln. Frauen mit Glockenhüten und in seidenen Faltenröcken standen an der Tanzfläche, eine Hand auf der vorgestreckten Hüfte, in der anderen eine Zigarette an einer langen Spitze.

Die Männer trugen ausnahmslos Smokings. Eine hübsche junge Frau mit einem altmodischen Bauchladen ging durch die Menge und verkaufte Zigaretten. Sie schob sich an Jefferson vorbei und lächelte ihm flüchtig zu, bevor sie nach weiteren potenziellen Kunden Ausschau hielt.

»Ich hole mir etwas zu trinken«, sagte McKenna. »Möchtest du auch was?«

Jefferson nickte, und McKenna ging zur Bar. Er sah ihr hinterher, wie sie sich durch die Menge bewegte. Er beobachtete den Schwung ihrer Hüften unter dem schwarzen Stoff des Abendkleids, ihre schlanke Taille und ihr im Licht schimmerndes Haar.

Auf der Bühne gab es plötzlich Gedränge. Eine attraktive Frau mit langen blonden Haaren und einem glitzernden blauen

Kleid stieg unsicher die Stufen zur Band hinauf. Sie war offensichtlich betrunken und schwankte bedrohlich. In einer Hand hielt sie ein Martiniglas. Die Flüssigkeit schwappte unablässig über den Rand, während sie vorantaumelte. Sie winkte der Band mit einer weit ausholenden Geste der freien Hand, worauf die Musiker zu spielen aufhörten. Dann trat sie mitten auf die Bühne und ergriff das Mikrofon. Sie lächelte die Menschenmenge trunken an und hob ihr Martiniglas.

»So endet die Welt«, sagte sie und hielt sich am Mikrofon fest. »Nicht mit einem Knall, sondern sang- und klanglos.«

Ihr Kopf sank für eine Sekunde schlaff auf die Brust, und Jefferson meinte schon, sie würde ohnmächtig. Dann blickte sie plötzlich wieder auf und starrte unsicher auf die Menge hinunter, bis sich wieder ein Lächeln auf ihr Gesicht legte. Erneut hob sie ihr Glas und verschüttete noch mehr von dessen Inhalt.

»Gib mir einen Whiskey … und stell dich verdammt noch mal nicht so zimperlich an, Baby …«, intonierte sie mit erhobenem Glas. Mit diesen Worten räumte sie die Bühne, und die Band hinter ihr spielte weiter.

Die Leute wandten sich ab und nahmen ihre unterbrochenen Unterhaltungen wieder auf; das allgemeine Gemurmel kehrte zurück. Jefferson beobachtete die betrunkene Frau weiterhin, die eine Hand an den Kopf gedrückt hielt, als müsse sie verhindern, dass er ihr von den Schultern fiel. Irgendetwas an der Frau kam Jefferson bekannt vor.

Er betrachtete ihr Gesicht genauer. Sie hatte fast den Rand der Bühne erreicht, als ihm plötzlich dämmerte, wer sie war. Veronica. Die Hostess aus Richard Lees Teestube. Die Frau, die Jefferson und Brogan nach hinten zu Richard Lee geführt hatte.

Was tat sie hier?

Jefferson bahnte sich einen Weg durch den Saal und folgte ihr.

»Veronica!«, rief er.

Beim Klang ihres Namens drehte sie sich um und blickte Jefferson begriffsstutzig an. Nach und nach wurde ihr Blick klarer; dann lächelte sie ein trunkenes Lächeln, hob die Hand und winkte ihm zu.

»Detective Jefferson«, sagte sie mit schwerer Zunge. Als er näher kam, beugte sie sich vor, drückte die Hand gegen seine Brust und sah zu ihm auf. Sie war nah genug, dass er ihr Parfüm und ihre Alkoholfahne riechen konnte.

Sie blieb ganz nahe bei ihm stehen und drängte sich gegen ihn. Langsam strich sie mit der Hand über seine Brust und seine Wange und lächelte erneut, wobei sie die übertriebene Gestik der Betrunkenen zeigte. Als sie sich von Jefferson löste, verlagerte sie ihr Körpergewicht und drückte provozierend eine Hüfte nach vorn.

»Und was machen Sie hier?«, fragte sie, indem sie mit dem Finger auf die Brust tippte und langsam nach unten strich.

»Das könnte ich Sie auch fragen.«

Sie zuckte die Schultern. »Ich bin auf allen diesen Partys dabei. Wussten Sie das nicht? Ich bin ein echtes Partygirl.«

»Sind Sie mit einem der Gäste hier?«

Sie lächelte. »Technisch gesehen nein. Er ist irgendwo unterwegs. Ein Geschäftsmann. Ich hab ihn den ganzen Abend noch nicht gesehen.« Sie zuckte die Schultern. »Was soll's.«

Jefferson lächelte ihr zu und wollte sich bereits abwenden, als die Frau plötzlich sagte:

»Es ist wirklich schade. Ihm gehört das alles hier nämlich.«

Jefferson stockte der Atem.

»Wie bitte?«

»Ich sagte, ihm gehört das alles hier. Er ist der Gastgeber dieser Veranstaltung.«

»Wie heißt er?«

»Keine Ahnung, hab's vergessen. Ich soll mich einfach nur mit ihm zeigen … neben ihm über den Teppich gehen. Beziehungsweise, an seiner Seite bleiben, weil er nicht mehr gehen kann. Er sitzt im Rollstuhl.«

Jefferson hörte ihr nicht länger zu. Veronica war mit Lyerman da! Jemand hatte sie beauftragt, um ihn an diesem Abend zu begleiten – was bedeutete, dass Lyerman sie aus irgendeinem unerfindlichen Grund auf seiner Party dabeihaben wollte. Warum? Gab es eine Verbindung zu Richard Lee? Doch auch das ergab keinen Sinn. Jefferson war sicher, dass Lees Tod ein ganz normaler Mord war, ohne verborgene Bedeutungen. Er war eine Botschaft an Brogan und Jefferson und bedeutete nicht, dass der Dschinn irgendetwas von Lee gewollt hatte.

Bei dem Gedanken an den jungen chinesischen Gangster murmelte Jefferson: »Tut mir Leid, was ich über Richard gehört habe.«

Veronica nickte und wirkte für einen Moment nüchtern. »Mir auch. Er war ganz in Ordnung. Besser als die meisten Kerle. Er hat sich wenigstens hochgearbeitet ... war genau die richtige Sorte Mann für ein Partygirl wie mich.«

»Ja.«

»Es tut gut, hin und wieder mal einen wie ihn zu haben, der nicht vergessen hat, woher er kommt. Einen Kerl, der sich daran erinnert, wie man heißt. Der nicht einfach nur ›Schätzchen‹ ruft, wenn er was von dir will.«

Veronica nahm einen Schluck von ihrem Drink.

»Ich muss mich ein wenig frisch machen«, sagte sie unvermittelt.

Jefferson nickte und beobachtete Veronica, als sie mit schwingenden Hüften davonging. Auf der Tanzfläche drehte sie sich ein letztes Mal um und lächelte Jefferson zu.

Jefferson blieb am Rand der Tanzfläche stehen, als ihm jemand von hinten auf die Schulter tippte.

»Dürfte ich um diesen Tanz bitten?«, fragte McKenna.

»Selbstverständlich.«

Er führte sie auf die Tanzfläche hinaus, und sie nahm seine

Hand und legte die andere auf seine Schulter. Die Band spielte einen langsamen Walzer, und sie bewegten sich zwischen anderen Tanzenden, verloren sich zwischen den rauschenden Kleidern und den schwungvoll kreisenden Gestalten. McKenna legte den Kopf an Jeffersons Schulter und brachte ihre Lippen nah an sein Ohr.

»Detective Vincent ist hier«, flüsterte sie.

»Was? Woher weißt du das?«

»Ich habe ihn an der Bar gesehen.«

»Hast du mit ihm geredet?«

»Ja. Er sagt, er gehöre zu den zusätzlichen Sicherheitskräften, die Lyerman für seine Party von der Boston Police bekommen hätte.«

Jefferson nickte, doch irgendetwas störte ihn. Veronica war auf dieser Party und Vincent ebenfalls. Und beide arbeiteten für Lyerman.

»Hat Lyerman Vincent ausdrücklich angefordert?«, fragte Jefferson.

»Ich weiß es nicht. Warum? Glaubst du, das hat was zu bedeuten?«

»Ich weiß es nicht. Vielleicht.«

Jeffersons Blicke schweiften über McKennas Schulter hinweg durch den Saal. Er entdeckte Vincent an einem Tisch, wo er mit einem weißhaarigen Mann sprach, der unsicher auf den Beinen stand und sich am Tischtuch festhielt. Vincent beugte sich vor und flüsterte dem Mann etwas ins Ohr. Was immer es war, es schien den Mann nicht gerade zu erfreuen, denn er verzog das Gesicht und entfernte sich schwankend von Vincent.

»Ich sehe Vincent«, flüsterte Jefferson.

»Was tut er?«

»Er hat mit irgendeinem Gast geredet«, antwortete Jefferson. »Eins von Richard Lees Mädchen ist ebenfalls hier. Eine gewisse Veronica.«

»Was macht sie hier?«

»Sie sagt, sie wäre heute Abend mit dem Mann hier, der die Party gibt. Einem Gentleman im Rollstuhl …«

Jefferson spürte, wie McKenna sich in seinen Armen versteifte. »Lyerman?«

»Hört sich jedenfalls so an.«

»Aber warum?«

»Keine Ahnung. Lyerman scheint sie sozusagen gebucht zu haben. Es sei denn, es hat sich zufällig ergeben. Woran ich nicht so recht glauben möchte.«

»Du meinst, Lyerman wollte sie bei sich haben? Warum?«

»Ich bin nicht sicher. Vielleicht ist sie …« Er hielt inne.

»Was?«

»Wir haben nie die Möglichkeit in Betracht gezogen, dass Sidina die Gestalt einer Frau angenommen hat. Vielleicht glaubt Lyerman, sie ist er …«

McKenna beugte sich ganz nah zu Jefferson. »Vincent und Veronica, Brogan und wir beide. Wir alle sind hier, Jefferson. Was, wenn Lyerman sich nicht für die anderen interessiert, sondern für einen von uns?«

»Einen von uns?«

»Für dich oder für mich. Vielleicht bist du die Reinkarnation Sidinas, ohne es zu wissen. Du könntest dein Leben führen, ohne die leiseste Ahnung zu haben, was du einmal warst.«

»Nein. Ich spüre, dass ich es wissen würde. Und ich weiß nichts. Ich fühle nichts. Es *kann nicht* sein.«

»Kommt dir manchmal nicht alles merkwürdig vertraut vor, und du hast keine Ahnung, woher dieses Gefühl kommt?«, fragte McKenna. »Hast du nicht hin und wieder den Eindruck, ein Leben zu leben, das schon mal gelebt wurde? Ich für meinen Teil habe dieses Gefühl, und ich glaube, so geht es den meisten Menschen, auf die eine oder andere Weise. Man betritt ein Zimmer und trifft jemanden zum ersten Mal, und doch erscheint er einem seltsam vertraut. Als würde man ihn schon seit Jahren kennen. Oder aus einem anderen Leben.«

Die Glocke schlug Mitternacht, und Jubel ging durch die Menge. Ein Band wurde durchtrennt, und aus einem Netz an der Decke schwebten Hunderte von Luftballons.

»Ich muss dir etwas sagen, Will.«

Sie sah ihm in die Augen, und Jefferson wurde von einer Woge der Leidenschaft überschwemmt. Er wünschte sich, weit weg von dieser Party zu sein, von den tanzenden Luftballons und den johlenden Gästen, weg von diesem Dschinn und den vielen Toten. Er wollte ihren Körper spüren wie in St. Petersburg, während das Mondlicht durchs Fenster schimmerte.

Weitere Luftballons sanken herab, rote und orangene diesmal, und breiteten sich aus wie Flammen, wie ein Feuer, das sich gleich einer Flüssigkeit bewegte, über den Boden tanzte, die Wände hinaufleckte. Ringsum Feuer. Geräusche in der Ferne. Schüsse. Schreie.

Mit einem Mal schien Jefferson eine intensive Hitze zu umhüllen ... Hitze in einem kleinen unterirdischen Raum ... Ein Leichnam an der Wand, aufgehängt wie in dem Mausoleum auf dem Friedhof, doch es war ein anderer Leichnam. In zerfetzter Kleidung, mit nackten Füßen. Weiteres Gewehrfeuer. Jemand wurde getroffen. Blutspritzer überall.

Jefferson wurde schwindlig. Der Saal drehte sich um ihn, alles verschwamm zu einer einzigen undeutlichen Sinneswahrnehmung. Das Lachen, die Musik. Er hörte McKenna wie aus der Ferne nach ihm rufen, während die roten Ballons aus Feuer über den Boden glitten. Jefferson wandte sich ab, wollte sich umdrehen, stieß gegen den Tresen. Die Leute zogen sich mit nervösen Blicken von ihm zurück. Er hielt sich am polierten Holz des Tresens fest. In seinen Ohren rauschte es.

»Alles in Ordnung, keine Bange«, hörte er McKenna zu besorgten Menschen sagen. »Er war krank, er muss sich nur ein wenig setzen.«

Jefferson spürte, wie McKenna ihn zu einem Hocker führte, und er setzte sich darauf. Die roten Luftballons hatten sich über den gesamten Saal verteilt. McKenna musterte Jefferson und legte ihm eine kühlende Hand auf die Stirn.

»Was … was ist passiert?«, fragte er.

Er saß auf einem Stuhl an einem der runden weißen Tische.

»Du hast ausgesehen, als würdest du jeden Augenblick ohnmächtig werden. Alles wieder in Ordnung mit dir?«

»Ja … ja. Ich fühle mich, als hätte ich einen riesigen Kater, aber sonst ist … alles in Ordnung …«

»Ich hole dir etwas zu trinken.«

McKenna ging zur Bar und kam mit einem Glas Eiswasser zurück. Jefferson nahm das Glas und trank es in großen Zügen leer. Die kühle Flüssigkeit rann ihm wohltuend die Kehle hinunter. Er spürte sie bis in den Magen.

Allmählich fühlte er sich besser.

Ein paar Stockwerke höher kauerte Brogan in der Dunkelheit und wartete. Am Ende des Gangs hörte er das Summen eines elektrischen Motors. Der batteriebetriebene Rollstuhl Lyermans war leise wie ferngesteuertes Kinderspielzeug. Brogan machte einen Schritt nach vorn; die dicken Teppiche verschluckten das Geräusch. Das elektrische Summen wurde lauter. Es kam aus einem Raum am Ende des Gangs. Ein Licht brannte in dem Raum, erhellte ein kleines Stück des dunklen Flurs vor dem Eingang und warf einen rechteckigen hellen Fleck auf die Tür an der gegenüberliegenden Wand.

Brogan wusste noch nicht, was er tun würde, wenn er Lyerman erst gefunden hatte. Der Krüppel war hilflos, gefangen in seinem elektrischen Rollstuhl und nicht fähig, sich zu bewegen. Wenn Brogan die Batterie abklemmte, war Lyerman vollkommen bewegungslos und konnte nur den Kopf drehen, während er Brogan im Zimmer beobachtete. Dieser Gedanke spornte Brogan an, und die alten Gefühle kehrten zurück: Hass und unkontrollierte Wut, die ihn dazu brachten, wieder und wieder zuzuschlagen, bis die Fingerknochen schmerzten und die Haut an den Händen nass war von Blut und Schnodder.

Seine Frau hatte ihm geholfen, diese Gefühle zu unterdrücken. Ein erwachsener Mann sollte sich nicht so verhalten. Ein erwachsener, gebildeter Mann sollte sich nicht benehmen wie ein wildes, ungezähmtes Tier. Doch Brogan hatte insgeheim immer gewusst, dass er genau das war – ein Tier. Und nun, da seine Frau tot war, kehrten die alten Gefühle zurück. Dumpfe Emotionen drängten an die Oberfläche. Tiere kannten weder Schuld noch Mitleid. Tiere wurden nicht schwach, wenn der Zeitpunkt zum Angriff kam – und genauso wenig würde Brogan schwach werden.

Er befingerte seinen dicken Ledergürtel und überlegte, ob er ihn um die Faust wickeln sollte, damit er sich nicht die Knochen brach. Dann entschied er sich dagegen.

Der Kerl ist ein Krüppel und kann sich nicht wehren. Ich breche mir nichts, egal, wie fest ich zuschlage.

Das elektrische Summen hatte aufgehört. Vielleicht war der alte Kerl eingeschlafen. Besser konnte es gar nicht laufen. Brogan würde sich anschleichen, während Lyerman schlief, und die Gelegenheit nutzen, ihn aus dem Schlaf zu reißen. Der Kerl würde glauben, noch zu träumen – bis der erste Schlag kam, ihm die Nase brach und ihm das Wasser in die Augen trieb. Brogan grinste in sich hinein, als er über den dicken Teppich schlich, auf das erhellte Rechteck zu.

Er gelangte zur offenen Tür und spähte vorsichtig ins dahinter liegende Zimmer. Es war ein Schlafzimmer. Brogan sah Kommoden, Stehlampen und einen offenen Schrank mit Regalen voller Kleidung. In der Mitte des Zimmers befand sich ein Bett.

Gegenüber der Tür, vor den deckenhohen Fenstern, stand

Lyermans Rollstuhl neben einem kleinen Tisch, den Fenstern zugewandt. Brogan sah den Kopf Lyermans über der Rückenlehne. Lyerman schien irgendetwas zu beobachten.

Brogan schob sich ins Zimmer. Er fühlte sich sicher, weil Lyerman ihm den Rücken zugewandt hatte. Er starrte auf irgendetwas auf dem Tisch. Brogan erhaschte einen kurzen Blick auf etwas Rotes, als er sich Lyerman weiter näherte. Auf dem Tisch lag eine kurze rote Baumwollhose, eine Schuluniform für einen Knaben von vielleicht acht Jahren. Die Hose lag mit der Vorderseite nach unten, die Beine gespreizt. Der Stoff war sauber bis auf ein paar Grasflecken im Bereich des Gesäßes.

Lyerman war offenbar erregt. Brogan hörte ihn schwer atmen. Sein Kopf begann rhythmisch zu schaukeln, vor und zurück, vor und zurück. *Was macht er da?* Was der Kerl auch tat – es stachelte Brogans Wut und seinen Hass noch weiter an, bis zur Raserei. Was immer Lyerman dort tat, es war pervers, widerlich, abscheulich.

Er würde diesem Dreckskerl einen Denkzettel verpassen!

Hinter sich hörte Brogan unvermittelt Schritte im Gang, die schnell näher kamen. Er wollte sich umdrehen, als er plötzlich einen Stich im Nacken verspürte. Eine Nadelspitze bohrte sich tief in seine Haut und die darunter liegenden Muskeln. Sie verbog sich, während Brogan herumwirbelte und in greller Wut die Faust hochriss. Doch sein blinder Schlag ging ins Leere. Die Bewegung fühlte sich schwer und träge an, und Brogan verlor das Gleichgewicht. Er krachte gegen den Türrahmen und spürte einen weiteren Nadelstich im Arm, wie eine Wespe, die unter dem Hemd festsaß und voller Panik wieder und wieder zustach.

Brogan wollte aufstehen, doch es fiel ihm unendlich schwer. Tausend Gummibänder schienen ihn am Boden festzuhalten. Er hörte das elektrische Surren des Rollstuhls, als Lyerman sich zu ihm umdrehte. Der Stuhl setzte sich in dem Moment in Bewegung, als Brogan mit dem Gesicht nach vorn kippte. Er rollte zur Seite und blieb liegen.

Lyerman blickte mit gerötetem Gesicht auf ihn herab. »Detective, Sie stören.«

Brogan wollte den Arm heben, schaffte es aber nicht. Ein stechender Schmerz durchzuckte ihn, als Lyermans Rollstuhl über seine Finger fuhr. Es gab ein hörbares Knacken, als Brogans Knochen unter dem Gewicht des Stuhls brachen. Der Schmerz war eigenartig dumpf.

Aus dem Korridor kam Lyermans panamaischer Krankenpfleger ins Zimmer. Er hielt noch immer die Injektionsspritze. Ein kleiner Tropfen einer klaren Flüssigkeit haftete an der Nadelspitze. Der Panamaer sagte etwas zu Lyerman und nickte in Brogans Richtung, doch seine Stimme war leise und so fern, dass Brogan kein Wort verstand. Die unsichtbaren Gummibänder um seinen Körper strafften sich mehr und mehr und zogen ihn hinunter auf den dicken Teppich.

Lyerman antwortete seinem Pfleger. Brogan wusste, dass er zuhören musste, dass es um ihn ging, dass es etwas sehr Wichtiges war, über das die beiden Männer sprachen. Doch er fühlte sich müde, so unendlich müde. Er wollte nur noch schlafen.

Jefferson saß noch immer am Tisch, trank Eiswasser und beobachtete die Tanzenden, die sich übers Parkett bewegten. Das Schwindelgefühl verging nach und nach. Die roten Luftballons waren von der Tanzfläche verschwunden und lagen vergessen in kleinen Trauben entlang den Wänden. Verschwunden war auch die merkwürdige, lang vergessene Erinnerung, die sie in Jefferson hatten aufsteigen lassen.

McKennas Hand streichelte über seinen Oberschenkel. Sie lächelte ihn an. »Wie geht es dir?«

»Ich hab mich schon besser gefühlt, aber es geht«, antwortete Jefferson.

Er fühlte sich tatsächlich besser, doch er machte sich allmählich Sorgen wegen Brogan. Sie hatten ihn seit ihrem Eintreffen noch nicht gesehen. Jefferson zog sein Handy aus der Tasche, klappte es auf und wählte Brogans Nummer. Er hielt das Handy ans Ohr und wartete. Es läutete vier Mal, dann aktivierte sich die Mailbox. Jefferson klappte das kleine Gerät wieder zu und legte es auf den Tisch. Wo immer Brogan steckte, er wollte im Augenblick nicht antworten.

McKennas Hand kam auf Jeffersons Knie zur Ruhe, und sie beobachtete mit einem Lächeln die Tanzenden. Sie sah wunderschön aus.

»Sieh uns an«, sagte Jefferson. »Im Augenblick sehen wir wie zwei ganz gewöhnliche Leute aus.«

»Stimmt.«

»Wir könnten zwei ganz normale Leute *sein,* die sich auf einer Party amüsieren. Die mit den Kindern zum Fußballtraining fahren, die einen Minivan in der Garage stehen haben …«

»Ja? Möchtest du?«

Jefferson zuckte die Schultern. »Keine Ahnung. Das alles hatte ich nie. Und du? Was für ein Leben wünschst du dir?«

»Ich bin bei dir«, antwortete sie und nahm seine Hand. »Ich bin dort, wo ich sein möchte. Das weiß ich ganz sicher.«

Jefferson sah sie an. Schatten tanzten über ihre Haut. Er beugte sich vor und küsste sie auf die Stirn, hielt seine Lippen dort und roch den Duft ihrer Haare.

Dann lehnte er sich zurück und griff nach dem Handy, um Brogan erneut anzurufen.

Langsam kam Brogan zu sich. Etwas Nasses, Kaltes lag auf seinem Gesicht und hinderte ihn daran, in das friedvolle Nichts des Schlafs zurückzukehren. Er schüttelte den Kopf, doch das Gefühl blieb. Langsam öffnete er die Augen. Kleine Wassertropfen hafteten auf seinen Wimpern. Er wollte den Arm heben, um sie mit dem Handrücken abzuwischen, doch sein Arm reagierte nicht. Ein dumpfer Druck um das Handgelenk hielt ihn an Ort und Stelle fest.

Er saß auf einem Stuhl und war mit den Händen und Füßen am Gestell festgebunden. Sein Jackett war verschwunden. Er riss sich zusammen und öffnete die Augen ganz.

Er befand sich auf dem Dach des Lyerman Building, am Rand des Weges, zehn Meter von der Stelle entfernt, wo die Leichen von Jill Euan und Kenneth Lyerman gefunden worden waren. Kühler Nieselregen fiel. Sein Haar war durchnässt und klebte an seinem Kopf. Einmal mehr versuchte er sich zu bewegen, doch die Fesseln hielten.

Hinter ihm ertönte ein Geräusch – das vertraute Surren des elektrischen Rollstuhls. Brogan hörte das Knirschen von Holzspänen unter den Gummirädern. Er wollte den Kopf in die Richtung drehen, aus der das Geräusch kam, doch seine Bewegungsfreiheit war zu sehr eingeschränkt. Aus den Augenwinkeln sah er, wie Lyerman sich näherte. Der kleine Panamaer ging neben ihm her.

»Guten Abend, Detective«, begrüßte Lyerman ihn, als der Rollstuhl schließlich vor Brogan stehen blieb. »Oder sollte ich lieber ›Guten Morgen‹ sagen, denn Mitternacht ist ja vorbei? Nun, ich denke, es spielt keine Rolle.«

»Ich weiß alles über Sie«, sagte Brogan, und seine Zunge und die Lippen gehorchten ihm nur träge, als hätte man ihm Novocain injiziert. »Ich weiß, was Sie getan haben.«

»Nun, dann haben Sie sich Ihre Pension wahrhaftig verdient, Detective. Beantworten Sie mir eine Frage – war es mein Sohn? Hat der Tod meines Sohnes Sie so lange abgelenkt?«

»Es war Ihr eigenes Fleisch und Blut, das diese Kreatur hier oben auf dem Dach ermordet hat. Wie konnten Sie zulassen, dass so etwas geschieht?«

Lyerman seufzte. »Er war mein eigener Sohn, zugegeben.

Aber seien wir mal ehrlich – er war nicht besonders gut geraten. Kennen Sie die biblische Geschichte von Abraham, der von Gott gebeten wird, seinen Erstgeborenen als Beweis seines Glaubens zu opfern?«

Brogan nickte, und weitere Tropfen rannen ihm von der Stirn in die Augen. Langsam bewegte er eine Hand hin und her, um die Festigkeit seiner Fesseln zu prüfen. Der kleine Panamaer starrte ihn unverwandt an, ließ sich jedoch nicht anmerken, ob er etwas von Brogans Bemühungen bemerkte oder nicht.

»Dieser Dämon hat einen ähnlichen Beweis meiner Ergebenheit verlangt«, sagte Lyerman. »Nur dass der Dschinn im Unterschied zu Gott erwartet hat, dass die Tat auch *vollbracht* wird.«

»Warum haben Sie ihm geholfen?«

»Wenn Sie meinen Lebenslauf verfolgt haben, wissen Sie, dass ich im Zweiten Weltkrieg an Bord der USS *Galla* gedient habe. Und dass wir in einer Nacht im November von japanischen Flugzeugen angegriffen wurden. Es ist grauenhaft, im Bauch eines Schiffes festzustecken, wenn es getroffen wird. Die Gewalt ist … unvorstellbar. Die Wucht der Schallwellen allein reicht aus, um einem Mann das Bewusstsein zu rauben. Ich befand mich in der Messe, zusammen mit zwölf anderen Männern, als die Explosion durchs Schiff ging. Sie riss den Rumpf auf wie eine Blechdose, und die *Galla* lief binnen kürzester Zeit voll Wasser. Wir konnten nicht mehr atmen, waren eingesperrt in der Dunkelheit des sinkenden Schiffes. Ich bin voller Panik durch die Messe geschwommen und habe versucht, irgendwie nach draußen zu gelangen, doch das hereinströmende Wasser hat mich daran gehindert. Es war das letzte Mal, dass ich mich ohne diesen Rollstuhl bewegt habe …

Eine zweite Explosion im Maschinenraum ließ das sinkende Schiff noch einmal erbeben. Ich wurde aufs Deck geschleudert und brach mir das Rückgrat. Dann zog jemand mich in ein Rettungsboot, und ich erwachte erst zwei Wochen später.« Lyerman starrte über das Dach auf die nächtliche Silhouette Bostons. Regen nieselte auf ihn herab, als er in seinem Rollstuhl saß, wie Brogan unfähig, sich zu bewegen. »Zum ersten Mal habe ich zu Gott gebetet. Ich betete, dass ich irgendwann wieder laufen könne, eine Treppe hinaufsteigen könne … Ein ganzes Jahr lang betete ich, die ganze Zeit, die ich im Krankenhaus lag. Doch ich erhielt keine Antwort.

Ich wusste, was auf diesem Schiff war. Ich wusste, was wir an Bord hatten, dass es ein Dämon war. Ein Dämon, der die Gestalt eines Menschen angenommen hatte, um von der Insel zu fliehen. Und als ich das Warten auf eine Antwort Gottes aufgab, richtete ich meine Gebete an diese Kreatur. Ich versprach, alles in meiner Macht zu tun, diesem Dämon zu helfen, wenn er mir dafür meine Beine wiedergab …«

»Aber Sie sitzen immer noch im Rollstuhl«, stellte Brogan fest.

»Für den Augenblick.« Lyerman zuckte die Schultern. »Kennen Sie die Legende von Sidina?«

Brogan nickte. »Ich habe davon gehört.«

»Sidina ist hier. Er ist ganz nah. Der Dämon wird zu ihm kommen, wer immer Sidina ist. Und sobald der Dschinn wieder zum Leben erwacht ist, wird er mir die Kraft geben, mich endlich aus dem Rollstuhl zu erheben.«

»Sie verkaufen Ihre Seele dafür?«

»Ihr Gott hat mich verlassen. Wenn meine Seele eine Schöpfung Gottes ist, habe ich nur wenig zu verkaufen, nicht wahr? Gott hat mir nichts angeboten für meine Seele, also musste ich mich von ihm wenden.« Lyerman hob den Kopf und sah hinauf in den Regen. »Der Dschinn ist hier, heute Nacht. Ich kann ihn spüren …« Für einen Augenblick schloss er die Augen, genoss das kühle Wasser. Dann senkte er den Kopf und blickte Brogan wieder an.

»Wissen Sie, ich verfolge Ihre Karriere nun schon seit geraumer Zeit, Detective. Ich habe Ihr Bild im *Globe* gesehen. Sie waren der leitende Ermittler bei einem Fall vor ein paar Jahren. Man hat Ihr Foto veröffentlicht – eigentlich keine große Sache. Ich hätte es übersehen, wäre in dem Artikel nicht erwähnt worden, dass das Opfer beide Beine gebrochen hatte. Und dann sah ich Ihr Gesicht, Detective, und erkannte es wieder. Von da an wusste ich, wer Sie sind. Für mich ist es wie eine Ironie, dass wir an dieser Stelle angelangt sind. Ich möchte Ihnen danken, dass Sie mir mit Ihren Ermittlungen geholfen haben.«

»Und ich dachte, Sie wären ein trauernder Vater, Sie Mistkerl. Ich dachte, Sie wollten nur deswegen auf dem Laufenden gehalten werden, weil Sie wissen wollten, was mit Ihrem Sohn geschehen war. Ich hatte ja keine Ahnung, wer Sie wirklich sind … Wozu Sie imstande sind. Hätte ich das gewusst, hätten Sie von mir kein Wort erfahren. Sie hätten sich ganz hinten in der Schlange anstellen müssen.«

»Wir alle sind zu grauenhaften Dingen im Stande, Detective Brogan. Wahrhaft grauenvollen Dingen. Zeigen Sie nicht mit dem Finger auf mich wegen etwas, das *jeder* von uns genauso hätte tun können.«

Der kleine Panamaer beugte sich zu Lyerman hinunter und flüsterte ihm etwas ins Ohr. Lyerman nickte; dann schaute er Brogan an. Brogan hatte inzwischen festgestellt, dass er nicht imstande war, die Fesseln abzustreifen. Stattdessen konzentrierte er sich auf den Stuhl selbst. Wenn er sich ein wenig nach vorn beugte, gelang es ihm vielleicht, die Holzbeine zu zerbrechen, indem er sich fest genug nach hinten warf, und so seine Knöchel zu befreien.

Der Panamaer zuckte die Schultern, verstummte, richtete sich auf und sah ebenfalls Brogan an. Dann ging er auf Zehenspitzen an dem gefesselten Detective vorbei nach hinten. Brogan hörte die Holzschnipsel unter den Schuhen des Mannes knirschen.

»Sie haben Freunde hier«, sagte Lyerman langsam. »McKenna und Jefferson. Sind die beiden mit Ihnen gekommen, oder handeln sie auf eigene Faust?«

Brogan schüttelte den Kopf. »Ich weiß es nicht. Ich bin allein gekommen.«

»Und Ihre Freunde … was wissen sie über mich?«

Brogan schwieg und starrte in den Regen. Hinter sich hörte er den Panamaer hantieren. Er vernahm ein leises metallisches Klirren, das ihn an das Geräusch von Skalpellen in einer Metallschale erinnerte, bevor der Arzt sie zur Autopsie herausnahm.

Lyerman sah Brogan in die Augen. »Ich verstehe, dass Sie Ihren Freunden helfen möchten. Aber Sie helfen ihnen am Besten, indem Sie mir sagen, wo ich sie finden kann.«

Brogan schwieg immer noch. Er schloss die Augen, und sein Verstand kehrte in die Dunkelheit seines eigenen Hauses zurück, zu der warmen Haut seiner Frau, zu dem Anblick ihres Körpers im Mondlicht …

»Sie können es nicht sehen, Detective, doch Cesar steht hinter Ihnen. Er hat einen kleinen Wagen neben sich. Auf diesem Wägelchen liegen verschiedene Instrumente. Scharfe Klingen und Sägen, mit denen man einen Menschen in Stücke schneiden kann.«

Undeutlich drang das helle Surren eines Geräts an Brogans Ohr, das sich anhörte wie der Bohrer eines Zahnarztes. Oder eine kleine elektrische Säge. Brogan schloss erneut die Augen, suchte in den Nischen seiner Erinnerung verzweifelt nach seiner Frau und fand sie wartend auf der Hollywoodschaukel der hinteren Veranda. Der Garten leuchtete in den Farben des Herbstes. Sie winkte ihm, näher zu kommen, und zeigte auf den freien Platz neben sich.

»Ich habe nicht den Wunsch, Sie zu foltern, Detective«, sagte Lyerman. »Aber geben Sie sich keinen Illusionen hin. Ich werde tun, was nötig ist.«

Tief in seiner Erinnerung trat Brogan zu seiner Frau und setzte sich neben sie auf die Schaukel. Er ergriff ihre Hand und wappnete sich. Ganz fern, wie von jenseits der Felder, die an sein Haus grenzten, hörte er das hohe Summen der Knochensäge. Seine Frau beugte sich vor, um ihn zu küssen. Dann ertönte ein anderes Geräusch. Ein Läuten. Das Surren der Knochensäge verstummte. Das Läuten hielt an.

Lyerman sagte etwas in scharfem Tonfall zu dem Panamaer. Brogan verließ seine Frau auf der Schaukel für ein paar Augenblicke und kehrte auf das verregnete Dach des Lyerman Building zurück. Das Läuten hielt an; es schien irgendwo aus seinem Innern zu kommen. Er drehte den Kopf und beugte sich zur Seite, sodass er über die Schulter blicken konnte. Es war sein Mobiltelefon. Es lag auf seiner Jacke. Jemand versuchte ihn anzurufen.

Lyerman lächelte und starrte auf das Handy. Der Panamaer hob es auf und nahm das Gespräch entgegen. Lyerman sagte etwas auf Spanisch zu ihm, und der Panamaer trat an Brogan vorbei zu Lyerman und hielt ihm das Gerät ans Ohr. Lyerman lauschte für einen Moment; dann legte sich ein breites Grinsen auf seine Lippen.

»Detective Jefferson?«, sagte er. »Wie schön, Ihre Stimme zu hören! Ich wusste gleich, dass es eine gute Idee war, Lieutenant Brogans Handy einzuschalten.«

»Wer spricht da?«, fauchte Jefferson ins Handy. Er saß noch immer an dem weißen Tisch neben der Tanzfläche. McKenna bedachte ihn mit einem fragenden Blick, als sie den scharfen Klang seiner Stimme bemerkte.

»Sie wissen sehr genau, wer ich bin ...«, kam die Antwort durch den kleinen Lautsprecher. Sie klang fröhlich, beinahe spöttisch.

»Lyerman?«

»Nun, ich bin jedenfalls nicht Ihr Freund Brogan«, antwortete die Stimme. »Der sich, wie ich hinzufügen möchte, in meiner Gesellschaft befindet, wenngleich er derzeit ein wenig indisponiert ist.«

Mein Gott, das ist Lyerman, der sich über Brogans Handy meldet! Irgendwie ist Brogan ihm in die Finger gefallen. Er wollte zu Lyerman und hat es auch geschafft, aber jetzt steckt er offenbar in höllischen Schwierigkeiten. Er muss irgendwo hier im Gebäude sein …

Aber wo? Das Lyerman Building war riesig.

McKenna beugte sich vor, um das Gespräch mitzuhören.

»Brogan ist bei Ihnen?«, fragte Jefferson.

»Ja. Allerdings kann er sich gegenwärtig nicht bewegen. Die Fesseln hindern ihn daran.«

»Ich glaube, wir haben neue Hinweise, was den Tod Ihres Sohnes angeht. Am besten, ich komme nach oben und spreche von Angesicht zu Angesicht mit Ihnen beiden …«

Lyerman kicherte erneut. Im Hintergrund vernahm Jefferson ein leises Summen. »Das würden Sie sehr gern tun, Detective, davon bin ich überzeugt, aber ich fürchte, wir müssen ein persönliches Treffen noch für ein Weilchen verschieben.«

Jefferson hörte, wie das Summen im Hintergrund langsam erstarb.

»Aber wir *werden* uns treffen«, fuhr Lyerman fort. »Glauben Sie mir, Detective, wir werden uns sehen. Viel früher, als Sie denken.«

Brogan beobachtete, wie Lyermans Grinsen immer breiter wurde, während er den Worten seines Gesprächspartners lauschte. Der Panamaer hielt das Handy seinem Boss ans Ohr, während er den Kopf abgewandt hatte und die nächtliche Silhouette Bostons betrachtete.

»Ich glaube nicht, dass diese Ausdrucksweise erforderlich ist«, sagte Lyerman in beinahe väterlichem Tonfall.

Pause.

»Ich verstehe Ihre Situation.«

Pause.

»Okay.«

Pause.

Lyerman seufzte erneut, als wäre ein aufsässiges Kind am anderen Ende der Leitung. Schließlich sagte er: »Also schön, ich werde mit ihm sprechen und ihn fragen, ob er Zeit hat.«

Der Panamaer nahm das Handy von Lyermans Ohr. Der alte Mann sah Brogan in die Augen. »Ihr Partner ist in der Leitung. Möchten Sie mit ihm reden?«

»Halten Sie ihn aus der Sache raus!«, entgegnete Brogan scharf.

»Sie verzichten auf ein Gespräch? Wie Sie wünschen«, erwiderte Lyerman hörbar verärgert. »Bring es wieder her.« Er nickte dem Panamaer zu. Erneut wurde ihm das Handy ans Ohr gehalten.

»Er möchte nicht mit Ihnen reden, Detective Jefferson«, sagte Lyerman. »Ich würde mich gern noch eine Weile mit Ihnen unterhalten, doch wir müssen nun Schluss machen, so Leid es mir tut. Ich bin sehr beschäftigt heute Nacht. Vielleicht könnten wir später ein Treffen arrangieren? Nein? Nun, wie Sie meinen. Machen Sie es gut, Detective. Ach ja, noch etwas. Sagen Sie Ihrer Begleitung, dass ihr das Kleid ausgezeichnet steht.«

Lyerman nickte, und der Panamaer nahm das Handy und klappte es zusammen. Er schob es in die Jackentasche und kehrte an seinen Platz hinter Brogan und zu seinen Werkzeugen zurück. Lyerman betrachtete Brogan fragend, dann nickte er dem Panamaer zu.

Brogan hörte, wie die Knochensäge eingeschaltet wurde.

Jefferson klappte das Handy zu und biss die Zähne zusammen. Lyerman steckte irgendwo in diesem Gebäude und hatte Brogan in seiner Gewalt. Das Geräusch, das er während des Gesprächs im Hintergrund gehört hatte, dieses entfernte Dröhnen … nun wurde ihm bewusst, dass es die Turbinen eines über das Gebäude hinwegfliegenden Passagierflugzeugs gewesen waren.

Was bedeutete, dass Lyerman und Brogan auf dem Dach sein mussten.

»Was ist los?«, fragte McKenna, als Jefferson sie anblickte.

»Das Dach. Komm, schnell. Gehen wir.«

Sie durchquerten den Saal und gingen zu den gläsernen Aufzügen. Der riesige Samoaner musterte sie von oben bis unten, als sie an ihm vorbeikamen, doch der Hüne sagte nichts. Seine Aufmerksamkeit war auf die Gäste gerichtet, die zur Party kamen, nicht auf die Leute, die gingen.

Jefferson und McKenna betraten den Aufzug. Jefferson blickte durch die Glaswände hinaus auf die Stadt, während der Lift nach oben glitt.

»Du glaubst, da oben ist jemand?«

Jefferson nickte. »Lyerman.«

Der Aufzug fuhr höher und höher.

»Ist Brogan bei ihm?«

»Ich bin mir ziemlich sicher.«

Das Dach des Aufzugs bestand ebenfalls aus Glas, und durch die Scheibe hindurch erhaschte Jefferson eine plötzliche Bewegung hoch über ihnen. Ein großes Objekt fiel ihnen entgegen, als wäre etwas übers Geländer vom Dach geworfen worden. McKenna hatte es nicht bemerkt. Sie öffnete den Mund, um etwas zu sagen, doch einen Sekundenbruchteil später krachte das Objekt auf das Glas des Aufzugsdachs. Splitter regneten auf McKenna und Jefferson herab. Die Wucht des Aufpralls war gewaltig, und der Lift schwankte beängstigend. McKenna und Jefferson verloren den Halt und klammerten sich am Geländer fest, während die Stadt unter ihnen hin und her tanzte.

Als die Kabine sich wieder beruhigt hatte, stieß McKenna einen lauten Fluch aus und rappelte sich auf.

»Verdammt, was war das?«, sagte Jefferson und hielt sich die Seite seines Kopfes. Schmerz durchzuckte ihn, und als er die Hand wegnahm, waren seine Finger blutig.

Windböen fegten durch das zerfetzte Dach, wehten kalten Nieselregen herein und sorgten dafür, dass der Fahrstuhl noch immer unsicher schwankte. Oben auf dem Gerüst des zersplitterten Dachs sah Jefferson etwas Großes, Schwarzes liegen.

»Alles in Ordnung?«, fragte er McKenna.

McKenna nickte. In ihren Haaren glitzerten winzige Glassplitter.

»Mach die Augen zu«, forderte Jefferson sie auf, und mit dem Ärmel seines Smokings wischte er vorsichtig die Scherben aus ihrem Gesicht und ihrem Haar.

»Was war das?«

Jefferson blickte erneut nach oben. »Ich weiß es nicht, ich kann von hier aus nichts erkennen. Aber was immer es ist – es ist vom Dach gefallen.«

»Oder wurde geworfen.«

Der Aufzug setzte seine Fahrt fort. Als er in die oberste Etage gelangte, ertönte ein Klingeln, und die Türen glitten auf. Vor ihnen lag das Dach des Lyerman Building.

»Gleich werden wir wissen, was es war«, sagte Jefferson und stieg aus.

Es war noch kühler hier draußen als vor einer Woche. Der Dachgarten lag still und verlassen, und nur die leisen Geräusche von Insekten waren zu vernehmen. Ein leichter Wind bewegte die Pflanzen in sanften Wellen. Der Weg führte vom Aufzug weg, ein schmaler, mit Holzschnipseln gedeckter Pfad, von schwachen Glühlampen erhellt, die sich kaum dreißig Zentimeter über den Boden erhoben. Der Wintergarten weiter vorn lag ebenfalls still und dunkel bis auf eine einzige Lampe, die im Innern brannte. Neben dem Wintergarten befand sich der Whirlpool, umgeben von den Rosenholzbänken. Alles lag still da. Das Dach schien vollkommen verlassen.

Jefferson drehte sich um und blickte hinauf zum Dach des Aufzugs. Der große dunkle Gegenstand klemmte zwischen den verbogenen Streben des Dachs. Jefferson zog eine Bank heran, stieg hinauf und packte das Ding, um es vom Dach zu zerren. Es war sehr schwer, doch schließlich gelang es ihm. Es krachte scheppernd vor ihm zu Boden und verfehlte die Bank nur um Haaresbreite. Jefferson sah, dass es der elektrische Rollstuhl Lyermans war.

»Mein Gott …«, flüsterte er, sprang von der Bank und bückte sich zu dem Rollstuhl herab. »Der Rollstuhl von Lyerman.«

Der Stuhl lag auf dem Kopf, und es saß jemand darin. Ein Rad drehte sich langsam; das andere war verbogen, die Speichen gebrochen.

»Wer ist es?«, fragte McKenna und deutete auf die Gestalt. Das Gesicht war nicht zu erkennen.

Die Gestalt war mit Seilen an den Stuhl gefesselt. Jefferson drehte den Rollstuhl um, und der Kopf des Mannes fiel schlaff nach hinten. Die Augen traten blutunterlaufen hervor und blickten leblos, der Mund stand offen, und die Zunge hing schlaff heraus. Trotzdem erkannte Jefferson ihn augenblicklich.

Lyerman.

Mein Gott, was bedeutet das? Was ist mit Brogan?, schoss es Jefferson durch den Kopf.

Er tastete nach der Halsschlagader des Mannes, doch noch bevor er sie berührte, wusste er, dass Lyerman tot war. Er griff nach seiner Pistole und zog sie aus dem Halfter unter der Smokingjacke.

»Ich habe gerade erst mit ihm telefoniert«, sagte Jefferson, als er mit gezogener Waffe über den Weg lief und das Dach sicherte. »Es ist keine vier Minuten her. Wer immer Lyerman vom Dach geworfen hat, ist möglicherweise noch hier oben …«

»Ich sehe am Dachrand nach«, sagte McKenna, bog vom Weg ab und lief zu den Bäumen, die entlang der Brüstung standen.

Jefferson huschte zum Whirlpool. Er war leer und lag dunkel vor ihm. Die Sprudellöcher waren klaffende runde Öffnungen in den Seiten der großen Wanne. Jefferson rannte weiter zum Wintergarten, warf einen Blick ins Innere auf den Schreibtisch und den einen Sessel. Die Deckenbeleuchtung brannte schwach. Weiße Motten flatterten von außen gegen die Scheibe.

Vier Minuten zuvor hatte Lyerman noch gelebt. In der kurzen Zeit, die sie benötigt hatten, um aufs Dach zu fahren, hatte jemand Lyerman ermordet, hatte ihn an seinen Rollstuhl gefesselt über die Brüstung geworfen.

Und wer immer es getan hatte, war verschwunden.

Jefferson suchte das Dach ab. Sein Blick blieb auf dem Eingang zum Treppenhaus auf der anderen Seite hängen. Die Tür stand einen Spalt offen, und durch den Spalt fiel helles Licht nach draußen. Jefferson rannte zwischen den Büschen hindurch und über dunkles Gras zum Treppenhaus, stieß die Tür auf und starrte durch den Schacht zwischen den Treppen nach unten. Nichts.

Hinter sich, irgendwo an der Seite des Gebäudes, hörte er das Geräusch von berstendem Glas.

»Jefferson!«, rief McKenna. »Hierher!«

Jefferson wandte sich vom leeren Treppenhaus ab und blickte über den Rasen zu ihr. McKenna stand über die Brüstung gebeugt und starrte auf irgendetwas weiter unten. Jefferson lief zu ihr.

»Was ist?«

»Sieh nur«, sagte sie und deutete nach unten, an der Fassade des Gebäudes entlang.

Die Fassade des Lyerman Building war glatt und schwarz. Tief unten jedoch wurde die glatte Fläche von einem zersplitterten Fenster durchbrochen. Es sah aus, als blähten sich Vorhänge im Wind.

»Was wetten wir, dass es Lyermans Privaträume sind?«, sagte Jefferson.

McKenna zog sich von der Brüstung zurück und starrte ihn an. Der Wind wehte ihr die Haare ins Gesicht; es sah aus, als stünde sie an der Reling eines Schiffes, das durch die schwarze Nacht fuhr. Jefferson blickte nach draußen, über die Silhouette der Stadt hinweg. »Irgendetwas ist da unten passiert«, sagte er düster. »Und ganz bestimmt nichts Gutes.«

»Wir gehen runter und sehen nach«, schlug McKenna vor. »Aber müsste nicht die Alarmanlage losgegangen sein?«

»Ja, stimmt«, sagte Jefferson nachdenklich. Unvermittelt wandte er sich ab und rannte übers Dach zurück zum Aufzug, wo der zerstörte Rollstuhl lag. Jefferson suchte ihn ab. Lyerman musste irgendwo einen elektronischen Schlüssel haben, der ihm Zugang zu seinen Privaträumen ermöglichte. Nach kurzer Suche fand er ihn. Ein kleiner, batteriebetriebener Laser-Signalgeber von der Größe einer Kreditkarte mit der Aufschrift GENERALSCHLÜSSEL, der am Steuerpaneel an der Seite des Rollstuhls befestigt war. Vorsichtig entfernte Jefferson den Schlüssel vom Paneel und steckte ihn in die Tasche. Jetzt hatten sie Zutritt zu jedem Raum im Lyerman Building.

Sie nahmen den zerstörten Aufzug hinunter zum einundvierzigsten Stock, in dem Lyermans Wohnräume lagen. Der Wind rauschte durch das zerstörte Dach. Als der Lift zum Stehen kam, blinkte eine rote Warnleuchte. Jefferson richtete den Schlüssel auf eine Photodiode in der Wand und drückte den kleinen grünen Knopf in der Mitte. Das blinkende Warnlicht wich einem beständigen grünen Leuchten, und die Türen glitten mit dem vertrauten lauten Klingelton zur Seite und gaben den Zutritt frei. Jefferson und McKenna stiegen aus dem Aufzug.

Lyermans Apartment war groß und luxuriös. Staunend standen sie in einem weiten, mit Marmor ausgekleideten Foyer mit dreieinhalb Meter hoher Decke. Die Wände der großen Halle waren in blassem Gelb gehalten. An der Seite stand ein Podium aus Birke mit einer dreißig Zentimeter großen, birnenförmigen Skulptur darauf. Über der Skulptur hing ein Aktgemälde. Feigenblätter bedeckten die Blößen.

Die Beleuchtung war ausgeschaltet, das Mobiliar nur als dunkle Schatten zu sehen. Durch die Glasfenster fielen die Lichter des nächtlichen Boston. Eine Scheibe war geborsten. Die Vorhänge flatterten im Wind wie Wäsche auf einer Leine. McKenna trat schweigend zu der Scheibe und bückte sich.

»Eigenartig. Die Scherben liegen innen. Als wäre etwas von draußen eingedrungen.«

»Wie kann das sein? Wir sind im einundvierzigsten Stock.«

»Keine Ahnung«, erwiderte McKenna. »Aber für mich sieht es so aus, als wäre hier etwas durchs Fenster hereingekommen.«

Sie richtete sich wieder auf und blickte hinunter zum Ende des Foyers. Zur Rechten lag ein Zimmer; die Tür stand offen. Sie ging hinein, gefolgt von Jefferson. An der gegenüberliegenden Wand hingen zwei Kerzenleuchter. In jedem brannten zwei Kerzen. Die Flammen brannten ruhig, ohne zu flackern. Die Wände bestanden aus Sandstein und waren mit Kunstwerken und antiken Gegenständen dekoriert. Neben den Kerzenleuchtern stand ein mannshoher präkolumbianischer Grabstein. Er stellte einen stilisierten Mann dar, die Hände vor der Brust verschränkt, Augen und Mund geschlossen.

Außerdem befand sich ein Jadetisch im Zimmer, auf dem eine Schale voller Glasfrüchte stand. Hinter dem Tisch stand ein teures Ledersofa. Jefferson lauschte, doch das Apartment lag still. Im Licht der Kerzen entdeckte er einen weiteren Durchgang zu einem zweiten Zimmer in der anderen Ecke des Raumes. Er ging zur Tür, gefolgt von McKenna. Ihre Füße versanken im dicken Perserteppich.

Das Zimmer hinter der Tür war dunkel. Jefferson blieb stehen und wartete, bis seine Augen sich angepasst hatten. Er sah weitere Fenster mit Ausblick auf die Stadt, doch das Licht drang nur schwach ins Innere des Zimmers.

»Hübsche Einrichtung«, sagte McKenna.

»Ja.«

Sie rümpfte die Nase. »Aber es stinkt hier drin ... ziemlich übel sogar.«

Jefferson nickte. »Allerdings.«

Die Luft war stickig, der Gestank penetrant und widerlich. Jefferson kannte ihn. Es war der Gestank des Todes. Er zögerte unsicher; dann tastete er mit der Hand über die Wand neben der Tür, bis er den Lichtschalter gefunden hatte. Die Beleuchtung flammte auf.

Sie befanden sich in einem Schlafzimmer. Zwei Stehlampen brannten rechts und links von einem Bett. Die Laken waren voller Blut, und die dunkelblau gestrichenen Wände waren übersät mit Blutspritzern.

»Sieht so aus, als fehlt hier irgendwas«, stellte McKenna fest.

»Zum Beispiel eine Leiche«, pflichtete Jefferson ihr bei.

Neben dem Bett stand ein großer Kleiderschrank. Die Tür stand weit offen. Ein großer Spiegel auf der Innenseite war gesprungen, und Risse zogen sich wie ein Spinnennetz durchs Glas. Auf der rechten Seite war ein Gemälde, das einen maskierten Mann auf einem Pferd zeigte. Unter dem Gemälde stand ein Tisch mit einer kleinen Zigarrenkiste darauf. Jefferson trat zu dem Tisch, öffnete die Kiste. Im Innern lag ein Bündel Fotografien. Er nahm es hervor und blätterte die Bilder durch. Es waren Schwarzweißaufnahmen von Männern in Militäruniformen sowie die Luftaufnahme von einer Insel. Weißer Sandstrand umgab dichten Dschungel. Jefferson drehte das Bild um. *Bougainville, nördliche Salomonen, 11. November 1943* stand dort.

Als Nächstes kam ein Bild, das offensichtlich an Bord eines

Landefahrzeugs aufgenommen worden war, vom Heck aus mit Blick zum Bug. Ein Meer von Helmen, davor die Landeklappe, die gerade nach unten fiel, sodass die Ketten verschwommen waren von der schnellen Bewegung.

Das nächste Foto zeigte einen brennenden Bunker. Zwei Marines standen davor und starrten auf ein Loch in der Erde. Jefferson blätterte weiter. Als Nächstes kam ein Bild von einem abgestürzten japanischen Kampfflugzeug irgendwo im Dschungel, vor dem ein kleiner Trupp Soldaten stand, die meisten mit Helmen auf dem Kopf. Alle trugen ihre Gewehre; einige Männer waren mit nacktem Oberkörper abgelichtet. Sie wirkten ausgezehrt. Jefferson betrachtete ihre Gesichter.

»Schau dir den Burschen hier an«, sagte er und zeigte McKenna das Foto. »Er sieht aus wie Brogan, findest du nicht?«

McKenna nickte schweigend und starrte auf das Foto. Jefferson drehte es um und las die Namen, die in schwarzer Handschrift auf der Rückseite standen. Keaveney lautete der Name des Burschen, der Brogan so ähnlich sah. Außerdem gab es einen Davis. Einen Mulry. Einen Walker und einen Seals. Alles längst vergessene Namen.

McKenna blickte Jefferson über die Schulter. Er spürte ihre Nähe und fühlte, wie sie sich beim Anblick des Fotos versteifte.

Was sah sie?

Jefferson betrachtete die Gesichter genauer. Hielt bei jedem kurz inne. Und dann sah er es ebenfalls, eingefangen in einer fünfundsechzig Jahre alten Fotografie.

Der Marine mit dem Namen Davis. Jefferson betrachtete sein Gesicht; dann hob er den Blick und sah in den geborstenen Spiegel von Lyermans Schlafzimmerschrank, sah in sein eigenes Gesicht, leicht verzerrt von den gezackten Rissen, die sich durchs Glas zogen. Er berührte seine Wangen, fuhr mit dem Finger die Konturen der Lippen nach.

Das Gesicht im Spiegel war das gleiche Gesicht wie auf dem

Bild. Jefferson hätte ein eineiiger Zwilling von Eric Davis sein können.

»Eure Gesichter …«, sagte McKenna leise. »Deines und das Gesicht dieses Mannes auf dem Foto … Es sind die gleichen.«

»Ja«, sagte Jefferson fassungslos. »Wir sehen uns zum Verwechseln ähnlich.«

»Nicht ähnlich. Ihr habt genau die gleichen Gesichter.«

»Aber das kann nicht sein. Ich habe keine Verwandten, die im Zweiten Weltkrieg gewesen sind. Ich weiß nicht einmal, wer dieser Bursche ist.«

»Und dieser Mann, von dem du sagst, er sehe aus wie Brogan … bei dem ist es genauso. Du und Brogan, ihr habt Zwillinge auf diesem Bild. Und der da ist Vincent …« McKenna deutete auf einen dritten Mann. Jefferson betrachtete das Foto angestrengt. Die Haut war straffer, die Gestalt magerer; trotzdem war der Mann Steven Vincent wie aus dem Gesicht geschnitten.

»Siehst du denn nicht, was das bedeutet?«, fragte McKenna.

»Ich habe keine Ahnung.«

»Die alte Handschrift … Alles, was Sir Gerard niedergeschrieben hat, geht in Erfüllung. Im Manuskript ist von Reinkarnation die Rede, und das hier ist es, vor unseren Augen. Du, Brogan und Vincent, ihr seht den drei Soldaten auf dem Foto nicht nur zum Verwechseln ähnlich, ihr seid die *gleichen Männer* wie auf diesem Bild, ihr habt das Leben dieser Männer gelebt …«

»Willst du damit andeuten, der Mann auf dem Foto sei ich?«

»Ja. Du, Brogan und Vincent. Ihr drei wart auf dieser Insel. Vielleicht erinnert ihr euch nicht daran, aber so muss es gewesen sein. Das Foto ist der Beweis«, sagte McKenna atemlos. »Der Dschinn war auf dieser Insel im Pazifik, und jetzt ist er hier in Boston. Der Dämon ist gekommen, um nach einem von euch zu suchen.«

»Du glaubst also, dass einer von uns …«

»… Sidina ist, ja«, beendete McKenna den Satz.

»Sidina«, wiederholte Jefferson.

»Der Dämon ist nicht zufällig hier in Boston. Er sucht nicht nach irgendjemandem. Er sucht nach einem von euch dreien.«

»Aber wer von uns ist Sidina?«

McKenna blickte ihn an und zuckte die Schultern. »Ich weiß nur, dass ihr alle drei in Gefahr seid.«

Jefferson drehte das Foto um und las erneut die Namen auf der Rückseite. »J. J. ›Alabama‹ Mulry« stand dort für Steven Vincent in dicker schwarzer Schrift. Zwei Namen weiter stand »Eric Davis« für Will Jeffersons Doppelgänger. Und »Keaveney« war der Marine mit Brogans Gesicht.

Jefferson, Brogan und Vincent. Alle drei waren auf dem Bild. Nur hießen sie dort Davis, Keaveney und Alabama. Sie waren alle drei auf dieser Insel gewesen. Sie waren Kameraden gewesen und hatten in einem Zelt geschlafen. Hatten gemeinsam gekämpft ... und dann war irgendetwas mit ihnen geschehen. Irgendetwas Grauenvolles war auf jener Insel passiert, und jeder von ihnen wusste, was es war.

In Jeffersons Gedanken nahm eine ferne Erinnerung Gestalt an, konturlos zunächst, doch mit jeder Sekunde deutlicher, bis sie sich zu einem erkennbaren Bild geformt hatte. Jefferson starrte auf die Zigarrenschachtel vor sich auf dem Tisch.

Er streckte die Hand aus und öffnete das kleine schwarze Säckchen, das neben den Bildern in der Schachtel gelegen hatte. In dem Säckchen lag eine geteilte Metallplakette an einer langen Halskette. Er zog sie hervor und drehte sie so, dass er die Inschrift lesen konnte.

ERIC DAVIS
U.S. MARINE CORPS

Es war eine Erkennungsmarke der Streitkräfte. Plötzlich stach ihm der Geruch nach Dschungel in die Nase, der Gestank nach Feuchtigkeit, verrottender Vegetation und Erde, und Jefferson musste würgen. Er beugte sich vor, schnappte keuchend nach Luft und spürte einen stechenden Schmerz an den Stellen, wo die beiden kleinen runden Narben auf seiner Brust waren. Schusswunden. Er kniff die Augen zusammen, als ihn die Erinnerung traf, eine flüchtige Erinnerung an einen weißen Strand, an Gewehrfeuer ringsum, an den Geruch von Blut und Salzwasser.

»Alles in Ordnung mit dir?« McKennas Stimme kam von weit her.

Jefferson hob die Hand.

»Ja«, sagte er leise. »Alles in Ordnung.«

McKenna sah sich im Schlafzimmer um. In einer Ecke hinter dem Gemälde des maskierten Reiters auf dem Pferd stand eine große Kiste auf einem niedrigen Tisch. Die Kiste war mit einem roten Laken zugedeckt. McKenna ergriff einen Zipfel des Lakens und zog es herunter. Der Stoff glitt ohne Widerstand über den gläsernen Deckel der Kiste.

»Sieh dir das an!«, rief McKenna aus.

Jefferson ging zu ihr, blickte auf die Kiste hinunter und zuckte heftig zusammen. Unter dem Glas lag ein Leichnam. Der Tote war mumifiziert und die Haut vertrocknet, doch Jefferson erkannte ihn trotzdem.

»Eric Davis«, murmelte er. Die Hundemarke lag schwer in seiner Hand.

McKenna drückte auf einen Knopf an der Seite des Behälters. Es gab ein leises Zischen, und der Glasdeckel glitt nach oben. Ein muffiger, abgestandener Geruch stieg aus der Kiste empor. Der ledrige Leichnam trug noch immer einen olivgrünen Tarnanzug, und neben seinem Kopf lag ein alter Stahlhelm. Seine Haut war spröde und durchsetzt mit Rissen, und seine vertrockneten Hände in den Ärmeln der Jacke erinnerten an Affenpfoten.

»Woher kommt er?«, fragte McKenna.

Jefferson starrte auf den Leichnam, und weitere Erinnerungen stiegen in ihm auf, bis er sich in vergessenen Sinneseindrücken verlor.

»Von der *Galla*«, antwortete er leise. »Lyerman hat ihn an Bord der *Galla* gefunden. Er hat irgendetwas an Bord des Wracks entdeckt. Irgendetwas war in diesem Schiff. Die *Galla* war auf dem Rückweg von Bougainville. Sie hatte Verwundete an Bord genommen. Davis muss einer von ihnen gewesen sein.«

»Was war sonst noch auf dem Schiff?«

»Der Dämon.«

Jefferson starrte unverwandt auf den toten Soldaten. Den Toten mit seinem, Jeffersons Gesicht. Es war, als würde er einen verschollenen Zwillingsbruder betrachten, jemanden, den er von ganz früher kannte. Die ledrigen Hände lagen an den Seiten, die Handrücken nach unten, die Finger waren nach innen gekrümmt. Jefferson sah getrocknete Blutflecken auf der Jacke, die wie Rost aussahen, und er musste an die Phantomschmerzen in der Brust denken, die ihn nachts aus dem Schlaf schrecken ließen.

Er streckte die Finger nach der vertrockneten Hand aus.

»Was tust du da?«, hörte er McKenna fragen.

Jefferson schüttelte den Kopf und berührte die Hand des toten Soldaten. Die trockene Haut fühlte sich wie Baumrinde an. Er schauderte, als ein Strom durch seinen Körper ging und ihn eine Welle von Energie traf.

Jefferson schloss die Augen, und Erinnerungen überschwemmten ihn, als hätte er in einem Winkel seines Gedächtnisses einen Damm geöffnet. Plötzlich erinnerte er sich, wie er und seine Kameraden in breit gefächerter Schützenlinie über ein grasbewachsenes Feld vorrückten, und er hörte das Krachen von Gewehrschüssen und die Explosionen von Mörsergranaten in der Ferne. Er hatte auf diesem Feld gekämpft. Dann waren sie in den Dschungel zurückgekehrt. Hatten das Flugzeug gefunden. Ein japanisches Kampfflugzeug, das zwischen die Bäume gestürzt war und dort wie ein vergessenes Kinderspielzeug lag. Die Leiche des Piloten hing hoch oben in den Ästen, wo der Fallschirm sich verfangen hatte.

»Ich sehe Dinge …«, flüsterte Jefferson.

»Was für Dinge?«

»Verwirrende Dinge. Ich bin in einem Dschungel.«

»Das ist die Vergangenheit. Deine Zeit auf der Insel im Pazifik. Deine Erinnerung kehrt zurück.«

»Ich erinnere mich an einen Namen«, sagte Jefferson. »Den Namen eines Mannes.«

»Wie heißt er?«

»Seals.«

Seals befahl ihnen, sich vor dem Flugzeug aufzustellen. Er wollte ein Foto schießen. Jefferson wusste es plötzlich wieder. Er erinnerte sich an alles.

Der tote Pilot baumelte an den Fallschirmseilen wie ein riesiges Pendel, und ich packte mit der Hand ein Bein des Toten, um den Körper zum Stillstand zu bringen. Vincent war da, und Brogan ebenfalls. Sie beobachteten, wie ich zusammen mit einem weiteren Mann, ich glaube, es war Jersey, die Taschen des Piloten durchwühlte. Wir fischten seine Brieftasche, ein paar lose Blätter und drei leere Patronenhülsen hervor. Durch den dünnen Stoff der Taschen fühlte ich das kalte Fleisch des Toten. Es war weich und nachgiebig. Der Pilot hatte nichts Interessantes bei sich.

»Wer bist du?«, fragte McKennas Stimme.

»Ich bin Davis«, antwortete Jefferson. »Eric Davis.«

»Alles auf die Beine!«, rief Seals. »Stellt euch vor die Maschine. Wir müssen ein paar Fotos für *Life* schießen.«

Ich erinnere mich, dass ich ihn angestarrt habe. Er hatte sich früher schon merkwürdig verhalten, doch ich kann mich nicht erinnern, was mich gestört hat. Jetzt benahm er sich fast wieder normal. Ich glaube, er hat einen unserer Kameraden getötet. Einen Soldaten namens Reder. Ich erinnere mich, dass ich nicht sicher war. Ich versuchte es zu verdrängen.

»Meinen Sie das im Ernst?«, fragte ich. »Wir kommen ins *Life Magazine*?«

»Der General sagt, wir müssten zu Hause ein wenig die Werbetrommel für den Krieg rühren. Also …« Seals hatte eine große Kamera, die er nun auf einer Wurzel platzierte, die Linse in Richtung des Flugzeugwracks. »Also machen wir ein paar Fotos für *Life*.«

Wir versammelten uns vor dem Wrack. Jersey und ich ließen den Piloten hängen, wo er war, und gingen zum Rest der Gruppe. Das Heck der japanischen Maschine ragte in die Luft, während sich die Nase tief in den Boden gebohrt hatte. Drei Papageien saßen auf der Glaskanzel und putzten sich mit ihren großen orangefarbenen Schnäbeln gegenseitig das Gefieder.

Wir drängten uns unter dem Flugzeugwrack; jeder wollte in die beste Position. Die meisten hatten ihre Hemden ausgezogen und um den Kopf geschlungen wie grüne Turbane. Ich stand am Rand, zwischen Vincent und Jersey, das Gewehr auf der Schulter. Ich erinnere mich, dass Brogan ebenfalls dort stand und wegen irgendetwas grinste. Seals beugte sich über die Kamera und betätigte den Selbstauslöser. Er sah ein letztes Mal durch den Sucher, stellte die Kamera ein und rannte dann zu der Gruppe von Männern, um sich auf der anderen Seite aufzustellen, bei der zerquetschten Nase des Flugzeugs.

Es gab ein leises Surren, der Auslöser klickte und fing den Augenblick ein.

Wir entspannten uns, während Seals ging, um die Kamera zu holen. Vincent seufzte, sah mich an und sagte etwas Seltsames.

»Irgendetwas stimmt nicht mit dieser verfluchten Insel«, sagte er. »Ich kann es spüren.«

Er schlang sich das Gewehr über die Schulter und wandte sich zu den Bäumen um. »Irgendetwas stimmt hier ganz und gar nicht.«

Nachdem das Foto geschossen war, wickelte Seals die Kamera sorgfältig in ein Stück Stoff und gab sie mir zum Tragen. Alle zogen ihre Rucksäcke wieder an und warfen sich die Gewehre über. Vincent war ein Stück weiter nach vorn gegangen und befand sich nun unter dem aufragenden Heck der Maschine. Er schob die Ranken beiseite, die vom Metall herabhingen, machte ein paar Schritte und blieb dann wie angewurzelt stehen. Das Gewehr fiel ihm aus den schlaff gewordenen Händen.

»Heiliger Strohsack!«, sagte er langsam.

»Was ist?«, fragte Brogan und ging zu ihm. Auch er erstarrte, dann verdrehte er die Augen nach oben. »O Mann, das müsst ihr euch ansehen, Leute!«

Wir alle gingen zu der Stelle unter dem Heck des japanischen Fliegers, obwohl ich mit den Gedanken woanders war. Außerdem hatte mich der Gedanke an das *Life Magazine* depressiv gemacht, und ich war im Geiste zu Hause. Wo waren wir hier überhaupt gelandet? In irgendeiner Hölle aus tausend grünen Farbtönen. Ich gesellte mich zu Vincent und Brogan und blickte auf das, was dort vor uns war.

Zwei massive Steinsäulen, beide überwuchert von Reben, die ihre Wurzeln in die Spalten und Risse gequetscht hatten. Die Säulen säumten einen Durchgang in einer baufällig aussehenden Mauer von fast sechs Metern Höhe, die sich zu beiden Seiten durch den Dschungel zog und zum größten Teil unter üppiger Vegetation verborgen war. Der Durchgang war einst von einem Holztor versperrt gewesen, dessen Überreste auf dem Boden lagen und vermoderten.

Wir alle standen da und starrten voller Staunen auf unsere Entdeckung. Es war – abgesehen von den japanischen Bunkern – die erste von Menschen errichtete Konstruktion, die wir auf der Insel zu Gesicht bekamen.

»Was hat das zu bedeuten?«, fragte Vincent.

»Keine Ahnung«, antwortete Seals.

»Glauben Sie, dass es von den Japsen ist?«

»Dazu ist es zu alt.«

»Vielleicht haben sie die Schlingpflanzen über die Mauer gehängt, damit sie alt aussieht. Als Tarnung, um uns zum Narren zu halten.«

»Sie wollen mir erzählen, dass die Japse eine sechs Meter hohe und Gott weiß wie lange Mauer durch den Dschungel bauen und anschließend die Tür offen lassen, damit wir ohne Mühe reinkönnen?«

»Ich weiß nicht. Ja. Vielleicht. Die Japse sind verschlagene kleine Bastarde.«

»Vincent«, sagte Seals. »Sagen Sie nichts mehr. Halten Sie die Klappe, ja?«

Wir anderen standen nur da und starrten die Mauer staunend an. Winzige Insekten summten um mich herum, und ich war bereit, entweder durch das Tor zu gehen oder von hier zu verschwinden – alles, nur nicht herumstehen in dieser verdammten feuchten Hitze. *Entscheide dich endlich!*

»Was glauben Sie, was das ist?«, fragte Brogan.

»Keine Ahnung«, antwortete Seals. »Sieht alt aus. Steht schon eine ganze Weile hier, so viel ist offensichtlich. Vielleicht haben auf der Insel früher Menschen gelebt.«

»Wie kann jemand auf einem solchen Scheißhaufen leben?«, fragte Vincent.

»Was habe ich vorhin gesagt, Private? Sie sollen die Klappe halten!«

»Verzeihung, Sir. Aber … verdammt, ich meine es ernst, Sir.

Und wenn hier Menschen gewohnt haben, wohin sind sie dann verschwunden? Sind sie vielleicht weggeschwommen oder was? Wir sind tausend Kilometer von jeglicher Zivilisation entfernt.«

Seals starrte Vincent nieder; dann wandte er sich schulterzuckend ab und nahm sein Gewehr. »Keine Ahnung«, sagte er. »Warum gehen wir nicht rein und sehen nach? Danke, Vincent, dass Sie sich freiwillig gemeldet haben, die Spitze zu übernehmen.«

»Ich hab mich doch gar nicht ...«, wollte Vincent protestieren. Dann bemerkte er Seals' Blick und nickte. »Sicher, Sir. Ich übernehme die Vorhut.«

Wir verteilten uns, und Vincent ging nach vorn. Seals suchte den Boden ab. Außer unseren eigenen gab es keine Spuren von Menschen, doch er entdeckte andere Abdrücke, die aussahen wie von dreizehigen Klauen. Wahrscheinlich irgendein wildes Tier aus dem Dschungel. Die Abdrücke waren überall, vor und hinter dem Durchgang. Sie waren alle von der gleichen Größe und Gestalt. Offensichtlich handelte es sich um ein einzelnes Tier, das hier ein- und ausgegangen war, und nicht um ein Rudel oder eine Gruppe. Aber was für ein seltsames Biest mochte das sein?

Wir passierten den Durchgang zwischen den Säulen und bezogen hinter der Mauer Stellung. Plötzlich kam ein eisiger Wind aus dem Nichts, und der Schweiß auf unserer Haut wurde kalt. Vincent und einige andere zogen ihre Turbane von den Köpfen und schlüpften in die Hemden.

Hinter der Mauer fanden wir Gebäude, alte Bauwerke aus bröckelndem Sandstein. Es war eindeutig Sandstein, und das kam mir eigenartig vor, weil ich bisher auf der Insel keinen gesehen hatte. Doch ich war schließlich kein Geologe.

Jedes Gebäude war anders, und es gab Hunderte davon. Irgendwann vor langer Zeit schien dies hier eine richtig große Stadt gewesen zu sein, doch nun lag sie verlassen vor uns.

Jedes Gebäude besaß eine Steintreppe, die zu einem dunklen,

rechteckigen Eingang führte. Zu beiden Seiten des Eingangs waren Bilder von Menschen oder Tieren in den Stein gehauen, und einige Wände waren mit riesigen Reliefs verziert, auf denen Krieger mit langen, geschwungenen Schwertern zu sehen waren. Im Innern der Mauern fanden wir weitere Spuren des geheimnisvollen dreizehigen Tieres. Was immer die Spuren hinterlassen hatte, schien in einem der Gebäude vor uns zu leben.

Die Wege und Straßen, die es zweifellos irgendwann einmal zwischen den Gebäuden gegeben hatte, waren längst unter der wuchernden Vegetation des Dschungels begraben. Riesige Pflanzen überragten die Gebäude, und ihre Schatten tauchten den Untergrund in ein ständiges Halbdunkel. Flechten wucherten auf den Steinen. Alles lag still. Der Dschungel konnte manchmal laut sein wie ein Busbahnhof. Papageien kreischten, Affen schrien. Doch innerhalb der Mauern herrschte völlige Stille; es gab keinerlei Geräusch. Seit wir auf der Insel gelandet waren, herrschte zum ersten Mal eine so tiefe Stille. Sie war zum Greifen – und bedrohlich.

Der kalte Wind hatte sich gelegt, und die schwüle Hitze des Dschungels war zurückgekehrt. Ich wischte mir mit dem Hemd übers Gesicht und lupfte kurz meinen Helm, um die Feuchtigkeit entweichen zu lassen. Plötzlich hörte ich ein Summen, wie von Elektrizität. Es wurde lauter, je weiter wir gingen, und bald merkte ich, dass es aus einem steinernen Gebäude zu unserer Rechten drang. Das Gebäude besaß ein Giebeldach und sah aus wie ein uralter Tempel. Wie der Parthenon. Neugierig löste ich mich aus der Formation, näherte mich dem Gebäude und stieg die Steintreppe hinauf.

Im Innern lag irgendetwas Totes.

Ich bemerkte es am Geruch. Man muss es nicht erst sehen, um zu wissen, dass man in der Nähe eines Kadavers ist. Man kann es riechen. Tote Menschen haben ihren eigenen, charakteristischen Geruch. Den schlimmsten Gestank, den ich in meinem ganzen Leben gerochen habe. Der Gestank eines verwesenden Leichnams ist widerlich. Man möchte sich an Ort und Stelle übergeben. Diesen Geruch hat man noch Stunden später in der Nase. Als Junge habe ich mal einen Toten an der alten Route 53 gefunden. Der Mann war überfahren worden, wahrscheinlich von einem Truck, und lag im Graben; deshalb hatte ihn keiner gefunden. Er musste fast eine Woche dort gelegen haben, bevor ich vorbeikam und die Leiche fand. Ich erinnere mich nicht mehr, wie er ausgesehen hat, doch den Gestank werde ich mein Lebtag nicht vergessen, so viel ist sicher. Und hier im Dschungel, auf der Treppe vor dem Gebäude, stieg mir genau der gleiche Gestank erneut in die Nase.

Das Summen wurde immer lauter, je näher ich dem offenen Eingang kam. Es waren fünf oder sechs Stufen, die nach oben zu der Öffnung führten, und mit jeder Stufe wurde das Summen lauter und der Gestank intensiver. Ich erreichte die oberste Stufe und betrat den Raum hinter der Öffnung. Das Innere war heiß und stickig. Meine Augen benötigten ein paar Sekunden, um sich an das Dunkel zu gewöhnen, und als es so weit war und ich mich umsah, zögerte ich ein paar Sekunden, um sicherzugehen, dass ich tatsächlich sah, was ich sah.

Ich stand in einem Raum voller Leichen. Sie waren überall. Leichen, die buchstäblich auf dem Boden aufgestapelt lagen, bis in die Ecken hinein. Leichen baumelten an dicken Seilen von der Decke, schaukelten im schwachen Luftzug und starrten mich aus toten Augen an.

Scharen von Fliegen schwirrten über die Toten wie eine schwarze, wogende Wolke, und erfüllten den Raum mit ihrem Summen.

Hastig wandte ich mich ab und schlug mir die Hand vors Gesicht. Mit der freien Hand winkte ich meine Kameraden herbei. Seals war als Erster oben bei mir, sah durch die Öffnung ins Innere und stieß einen leisen Pfiff aus.

»Gütiger Himmel!«

Seals, der Leuteschinder, der eiskalte Killer, war schockiert bis ins Mark.

Vincent kam als Nächster. Eine Sekunde später war er wieder draußen im Freien und übergab sich ins Gras.

»Was ist hier passiert, um Himmels willen?«, stieß Seals hervor.

Ich schüttelte den Kopf, ohne die Hand vom Gesicht zu nehmen, und warf einen weiteren Blick auf die Berge von Leichen. Sie sahen japanisch aus. Mein Magen spielte verrückt, und es kostete mich schier übermenschliche Anstrengung, mich nicht zu übergeben. Ich schloss die Augen. Ich spürte, wie meine Kameraden einer nach dem anderen nach oben kamen und in den Raum sahen. Keiner sagte ein Wort. Es herrschte absolute Stille, bis auf das Summen der Fliegen und das Würgen meiner Kameraden.

»Seht euch das an!«, sagte Brogan, als auch er endlich oben stand. »Diese Fliegen … sie rühren die Leichen nicht an! Keine einzige Fliege lässt sich auf einem der Toten nieder …«

Ich schlug die Augen auf und sah genauer hin. Brogan hatte Recht. Die Luft war voller summender Fliegen, doch keine einzige kroch über einen der Toten.

»Was glauben Sie, wer dahinter steckt, Sir?«, fragte Brogan, an Seals gewandt.

»Keine Ahnung.«

»Unsere Jungs? Die verschwundene Kompanie?«

»Nein … das war etwas anderes. Kein Mensch wäre zu so was fähig«, sagte Seals und drehte sich zu uns anderen um. »Ich will, dass jeder einzelne Tote durchsucht wird! Versichert euch, dass keiner von denen zu unserer Seite gehört. Zieht sie nach draußen, und macht schnell. Wir wollen nicht länger in diesem Loch bleiben, als unbedingt nötig.«

Wir machten uns an die Arbeit und trugen die Toten aus dem

Tempel hinaus aufs Gras. Wir kauten Pfefferminzkaugummis und hatten uns Tücher vor die Nase und den Mund gebunden. Brogan hatte ein wenig Eau de Cologne, und wir rieben uns das Zeug auf die Oberlippe. Es reichte nicht annähernd, um den Gestank fern zu halten.

Ich trug einen Toten nach dem anderen nach draußen, und mir war schwindlig vom durchdringenden Geruch nach Verwesung und Parfüm. Schließlich hatten wir alle Toten draußen, in einer langen Reihe im Gras.

»Ich sag es nicht gern«, flüsterte Vincent mir während der Arbeit zu, »aber ich hoffe, die Männer unserer vermissten Einheit sind unter den Toten. Hauptsache, wir kommen schnell weg von hier.«

Seals ging die Reihe entlang und betrachtete jeden einzelnen Leichnam. Keiner von ihnen war Amerikaner. Keiner stammte aus der vermissten Einheit. Seals befahl auch nicht, die Toten zu durchsuchen, um an Informationen zu gelangen, und keiner von uns meldete sich freiwillig für diesen Job. Wir zählten die Leichen. Es waren insgesamt siebenundvierzig.

Ich wandte mich ab und ging zu einer freien Fläche zwischen den Gebäuden, wo die Luft etwas besser war. Der Himmel über uns war grau; es sah aus, als würde ein schwerer Sturm aufziehen.

Wir ließen die Toten im Gras zurück. Seals war vorn, Brogan ging neben mir, und alle sicherten unablässig die Umgebung. Im hohen Gras zirpten Grillen, und wir sahen kleine schwarze Käfer, die von Stängel zu Stängel hüpften. Wenigstens gab es ein bisschen Leben zwischen den Gebäuden. Vincent war zu meiner Rechten, eine erloschene Zigarette zwischen den Lippen. Die Riemen seines Helms hingen rechts und links lose herab. Er sah bleich aus, wahrscheinlich vom vielen Erbrechen.

Wir kamen unter einem Baum mit tief hängenden Zweigen hindurch. Er trug große Früchte, die an Orangen erinnerten. Ich griff nach oben, pflückte eine und rieb sie an meinem Hemd, bis sie glänzte. Dann wollte ich sie schälen und ritzte die Schale mit dem Daumen. Ein Schwall Blut schoss aus dem Ritz, wo mein Daumennagel die Haut durchbohrt hatte. Ich ließ die Frucht erschrocken fallen, und sie rollte durchs Gras. Das Blut sickerte ins Erdreich. In welcher Hölle waren wir hier gelandet?

Ich packte meine Waffe fester und wischte mir mit dem Handrücken den Schweiß aus den Augen. Dann trat ich mit dem Stiefel gegen die seltsame Frucht. Genau in diesem Moment fiel ein Schuss. Ich hörte ein Grunzen und drehte mich um. Hinter mir sank Jersey auf die Knie. Er hatte einen Bauchschuss.

»In Deckung!«, brüllte Seals. »Alles in Deckung!« Er warf sich zu Boden und brachte sein Gewehr in Anschlag.

Jersey war zehn Meter hinter mir. Er wälzte sich im Gras und stöhnte. Seine Augen waren fest zusammengekniffen.

Seals feuerte auf irgendetwas vor uns. Brogan warf sich neben ihn und eröffnete ebenfalls das Feuer. Sie schossen auf ein Gebäude, dessen Eingang mit zwei steinernen Stieren verziert war. Ich blieb in Deckung, den Kopf zwischen den Grashalmen, die mich am Hals und im Gesicht kitzelten. Diese Feuergefechte waren gar nicht so schlimm, solange man den Kopf unten behalten und außer Sicht bleiben konnte. Nur wer versuchte, das Feuer zu erwidern, den erwischte es. Das Dumme war, niemand wollte, dass andere einen sahen, wie man den Kopf ins Gras drückte. Niemand wollte als Feigling gelten. Als Feigling nach Hause zurückkehren.

Vincent rannte geduckt zu Jersey und warf sich neben ihm zu Boden wie ein Baseballspieler. Brogan feuerte erneut. Er schlängelte sich durchs Gras und ging hinter einer breiten Steintreppe in Stellung. Ich behielt den Kopf noch ein paar Augenblicke unten und beobachtete eine Grille, die vor mir an einem Grasstängel nach oben kletterte. Als ich meinte, mich nicht länger verstecken zu dürfen, hob ich den Kopf wie ein Schwimmer, der aus dem Wasser auftaucht, legte das Gewehr an und spähte über den Lauf nach vorn. Ich konnte nichts sehen außer wuchernder Vegetation und ein paar Steinhäusern, aber ich feuerte trotzdem mehrere Schüsse ab, um bei meinen Kameraden Eindruck zu schinden. Ich war ein Kämpfer. Dann senkte ich den Kopf wieder ins Gras und kroch auf dem Bauch zu Vincent und Jersey.

Vincent hatte Jerseys Hemd aufgeknöpft und starrte auf die Schusswunde. Es war ein dollargroßes Loch direkt über dem Bauchnabel. Jerseys Bauch hob und senkte sich zitternd, während Blut im Rhythmus seines Herzschlags aus der Wunde sprudelte. Eine Kugel zischte über mich hinweg, und ich drückte mich dicht an den Boden. Man kann eine Kugel nicht wirklich hören, sie verursacht kein Geräusch im eigentlichen Sinn. Aber man kann sie spüren, wie eine winzige Stoßwelle in der Luft. Und die Luft rings um mich herum war voller kleiner Stoßwellen.

Jemand hatte uns unter schweren Beschuss genommen.

Als ich den Kopf vorsichtig wieder hob, sah ich drei Japaner, die mit nacktem Oberkörper hinter den Trümmern einer umgestürzten Säule im Gras kauerten. Sie hatten ein schweres Maschinengewehr zwischen sich und feuerten damit auf uns.

Ich zielte und gab zwei Schüsse ab. Einer der Japaner fiel. Ich weiß noch, dass ich eine rote Fontäne sah, die aus einer Wunde am Hals des Getroffenen spritzte.

Gemeinsam packten Vincent und ich den verwundeten, stöhnenden Jersey und zerrten ihn durchs hohe Gras zu der Stelle, wo Brogan hinter der Treppe kauerte. Unmittelbar hinter dem Gebäude, zu dem wir Jersey ziehen wollten, schlug eine Mörsergranate ein. Die Explosion ließ die ganze Ruine erzittern. Die Japaner hatten Granatwerfer und deckten uns gründlich ein. Überall spritzten Dreck und Vegetation durch die Luft. Brogan verließ die Deckung hinter der Treppe und kam geduckt herbeigerannt, um uns zu helfen. Zu dritt zogen wir Jersey hinter die Treppe, wo er sich windend liegen blieb, während wir das japanische Feuer erwiderten.

Eine weitere Mörsergranate ließ den Boden beben – gefolgt von einer Salve aus einem schweren MG. Kugeln prasselten in den Sandstein des Gebäudes, und wir drückten uns ganz flach in den Schmutz und wären am liebsten darin versunken.

»Verdammt!«, fluchte Brogan und verzog das Gesicht, als Steinsplitter auf uns herabregneten.

Ein großer Brocken traf mich im Gesicht und riss mir die Wange auf. Ich hob den Kopf über den Rand der Treppe und sah zwei Japaner über dem Rohr eines Granatwerfers, keine fünfzig Meter von unserer Stellung entfernt. Sie feuerten eine Granate ab. Ich beobachtete, wie sie in den Himmel emporjagte und an der höchsten Stelle für einen Augenblick still zu stehen schien, bevor sie in unsere Richtung fiel.

»Achtung, Granate!«, rief ich.

»Wir müssen weg!«, brüllte Brogan.

»Was ist mit Jersey?«, rief Vincent zurück.

Wir alle wussten die Antwort. Uns blieb keine andere Wahl.

»Lass ihn liegen«, sagte Brogan und setzte sich in Bewegung. »Er stirbt sowieso.«

Vincent nickte und packte Jerseys Hand. »Tut mir Leid, Bruder.«

Jersey erwiderte den Händedruck und sah uns hinterher, als wir geduckt davoneilten. Einen Augenblick später schlug die Granate auf der Treppe ein. Steinsplitter sirrten durch die Gegend wie Schrapnell und zerfetzten Jerseys Körper.

Vincent warf einen kurzen Blick über die Schulter und zuckte zusammen. »Gott sei uns gnädig«, murmelte er.

Seals bewegte sich parallel zu uns und deutete mit ausgestreckter Hand auf die Öffnung in der Mauer.

»Wir verschwinden von hier!«, rief er ohne anzuhalten.

Wir folgten ihm geduckt zu der Öffnung in der Mauer und kamen unbehelligt hindurch. Die Hitze des Dschungels schlug über uns zusammen, als wir uns hinter der Mauer in Deckung warfen und schwer atmend liegen blieben. Nie hätte ich geglaubt, dass ich einmal so froh sein würde, wieder den Dschungel zu riechen. Trotz aller Fäule riecht er immer noch besser als Dutzende Tote.

»Der Widerstand ist zu stark da drin«, sagte Seals ächzend und hielt sich die Seite.

Er nahm die Hand weg, und seine Finger glänzten rot.

Vincent, Brogan und ich bemerkten es.

»Haben Sie was abbekommen, Sir?«, fragte Vincent.

»Nein, alles in Ordnung. Was ist mit Jersey?«

Vincent schüttelte den Kopf.

Seals stieß einen Seufzer aus. »Mist.«

Wir setzten uns in Bewegung und folgten dem Lauf der Mauer durch den Dschungel, immer tiefer ins dichte Unterholz hinein.

Wir bewegten uns an der Mauer entlang, über kleine Hügel hinweg und durch Einschnitte, und passierten einen Bambushain, als es geschah.

Wir fanden die verschwundenen Marines.

Es waren sieben Mann. Sie saßen auf einer kleinen freien Fläche, umgeben von riesigen Gummibäumen, rauchten Zigaretten und unterhielten sich über ihre Essnäpfe hinweg. Als wir auf die Lichtung traten, blickten sie zu uns auf, und ihre Gespräche erstarben. Wir starrten uns schweigend an. Hinter uns ertönte ein Rascheln, und ich wandte mich hastig um. Vier Japaner kamen aus dem Dschungel.

Sie waren gut getarnt mit Grasbüscheln und Blättern in den Helmnetzen und dreckverschmierten Gesichtern. Einer von ihnen, ein kahlköpfiger Bursche, kam auf uns zu. Er grinste und hielt uns eine Glasflasche mit gezuckerter Sojamilch hin.

»Verdammt, ein Hinterhalt!«, stieß Vincent hervor, schlug die Flasche zur Seite und wollte seine Waffe heben.

Dann überschlugen sich die Ereignisse. Seals riss seine M-1 hoch und richtete sie auf die vier Japaner. Sie reagierten, indem sie ebenfalls nach den Waffen griffen, die sie achtlos über die Schultern geschlungen hatten. Auch ich riss mein Gewehr hoch, und der Helm rutschte mir über die Augen und verdeckte mir die Sicht. So ist es immer. Im einen Augenblick ist alles in bester Ordnung, und im nächsten tritt jemand auf eine Landmine oder wird erschossen oder vier Japaner kommen aus dem Nichts und nehmen einen ins Kreuzfeuer. Es geht immer verdammt schnell.

Und inmitten des sich entwickelnden Chaos ertönte eine klare, laute Stimme. »Nein! Nicht schießen!«

Aus irgendeinem Grund gehorchten wir alle. Sogar Seals senkte seine M-1 und wandte sich zu der Person um, die gesprochen hatte. Die japanischen Soldaten starrten uns an; dann senkten sie ihre Waffen und stapften an uns vorbei auf die Lichtung zu den Amerikanern. Sie setzten sich zwischen ihnen mit untergeschlagenen Beinen auf den Boden, nahmen Essnäpfe entgegen und begannen zu essen, ohne uns noch weiter zu beachten. Wir starrten fassungslos auf die Szenerie und trauten unseren Augen nicht.

»Was geht hier vor?«, flüsterte ich Vincent zu.

»Keine Ahnung.«

Wir standen da wie erstarrt. Keiner wusste, was das alles zu bedeuten hatte.

Seals trat vor. »Seid ihr die Dreiundfünfzigste?«

Einer der Männer nickte. »Ja.«

»'ne Menge Leute suchen nach euch«, sagte Seals und nickte in Richtung der Japaner. »Kriegsgefangene?«

Der Mann schien die Bemerkung lustig zu finden, denn er grinste amüsiert. »Nein. Sie sind keine Gefangenen. Sie kämpfen an unserer Seite.«

Vincent lachte auf. »Wovon reden Sie, Mann? Diese Bastarde haben uns erst vor einer Stunde höllisch unter Feuer genommen.«

»Hinter dem Tor?«, fragte ein Amerikaner, der direkt neben dem kleinen Lagerfeuer saß.

»Was?«

»Das Tor. War das auf der anderen Seite der Mauer, hinter dem Tor?«

»Ja, warum?«

»Weil da noch der Krieg tobt. Aber hier kämpfen wir gegen etwas viel Schlimmeres.«

Eine rasche Unterhaltung zwischen den Amerikanern und den Japsen schloss sich an, die auf Japanisch geführt wurde. Vincent drehte sich zu mir und flüsterte: »Die Kerle haben den Verstand verloren. Oder sie sind zur anderen Seite übergelaufen.«

Der Amerikaner, der zuletzt gesprochen hatte, ergriff wieder das Wort. »Hier im Dschungel gibt es etwas, das Jagd auf uns macht.«

»Wovon reden Sie, Mann?«, fragte Brogan. »Hier draußen gibt es nichts außer Japsen. Man kann die ganze Nacht durch den Dschungel rennen und findet bloß Japaner.«

»Versuchen Sie das mal«, entgegnete der Mann gelassen. »Sie werden den nächsten Morgen nicht erleben.«

Zum ersten Mal bemerkte ich eine merkwürdige Konstruktion aus Baumstämmen auf der kleinen Lichtung hinter den Männern. Sie sah wie ein Bunker aus, und sie war sechseckig mit Fensterscharten in sämtlichen Richtungen. Es war die ungewöhnliche Form, die meine Neugier weckte. Die meisten Bunker besaßen eine Vorder- und Rückseite und waren so konstruiert, dass sie einen Angriff aus einer Richtung abwehren konnten.

Dieser Bunker hier besaß Öffnungen zu allen Seiten, als erwarteten die Männer Angriffe aus jeder Richtung.

Vincent trat einen unauffälligen Schritt zurück und beugte sich zu Seals herüber. »Die Jungs haben den Verstand verloren«, sagte er leise.

Seals nickte; dann blickte er auf.

»Man hat uns losgeschickt, um Sie zu suchen«, sagte er. »Draußen im Dschungel. Ich weiß nicht genau, was hier vorgeht. Ich dachte, Sie hätten sich verirrt oder wären verwundet, aber weder das eine noch das andere scheint der Fall zu sein. Habe ich Recht, Private?«

Der Mann auf dem Baumstamm lächelte, stellte den Essnapf ab und griff hinter sich. Er zog einen Helm hervor und wischte die Vorderseite sauber. Zwei glänzende Captainsstreifen kamen zum Vorschein.

Er legte sich den Helm in den Schoß. »Wenn Sie jetzt gehen, überleben Sie keine sechs Stunden. Verstehen Sie, Sergeant?«

Militärische Dienstgrade sind ein machtvolles Ding. Seals nickte und trat zurück. »Tut mir Leid, Sir.«

Der Captain winkte einladend in Richtung der umherliegenden Baumstämme. Wir schulterten unsere Waffen und hockten uns hin. Es tat gut zu sitzen – meine Füße schmerzten vom vielen Laufen.

»Möchten Sie was essen?«, fragte der Captain. »Oder trinken?«

Wir lehnten dankend ab, obwohl ich nichts dagegen gehabt hätte, etwas zu mir zu nehmen. Doch erst wollte ich wissen, was hier los war.

»Ich bin Captain Mark Chambers«, sagte der Amerikaner; dann deutete er der Reihe nach auf die übrigen Soldaten und nannte ihre Namen. Als Letztes nickte er in Richtung der Japaner, die am Boden saßen und immer noch aßen. »Das dort sind unsere Freunde. Mr Moto, Mr Matsumuru, Mr Kenjii und Mr Taki.«

Die Japaner blickten auf, als sie ihre Namen hörten, und nickten uns zu.

»Das ist die verdammt merkwürdigste Geschichte, die ich je gehört habe«, brummte Vincent.

»Ich weiß, was Sie denken«, sagte der Captain. »Es ist noch keine zwei Wochen her, dass ich genauso gedacht hätte. Doch heute sieht es anders aus. Wir kämpfen nicht mehr gegen die Japaner, sondern gegen irgendeinen unsichtbaren Gegner im Dschungel.«

»Wo?«, fragte ich.

»Er ist da draußen.« Der Captain deutete auf die undurchdringlich dichte Vegetation. »Irgendwo draußen im Dschungel.«

»Was ist das für ein Gegner?«

»Das wissen wir bisher nicht so genau«, sagte einer der anderen Männer. Er war groß und schlank, und die Haut spannte über seinen Knochen. »Er kommt nachts aus dem Dschungel.«

Der Captain nickte. »Vor etwas mehr als zwei Wochen wurden wir auf Patrouille ins Hinterland geschickt. Anschließend sollten wir mit den Luftlandetruppen Verbindung aufnehmen. Die Japaner hatten uns am nördlichen Strand einen üblen Empfang bereitet. Wir stellten eine Truppe aus den Resten zusammen – ein paar Rangers, ein paar Marines, jeder, der noch laufen konnte – und setzten uns in Bewegung. In der ersten Nacht kam irgendetwas in unser Lager und tötete zwei Mann auf Wache. Wir fanden sie mit aufgeschlitzten Kehlen. Zuerst glaubten wir, es wären die Japaner gewesen, doch in der nächsten Nacht kam es wieder und tötete vier von unseren Jungs. Es kroch in ihr Zelt. Wir wachten am nächsten Morgen auf und stellten fest, dass die Leichen verschwunden waren. Überall im Zelt war Blut. Nach diesem Vorfall brachten wir während des Tages ein gutes Stück Weg hinter uns. Trotzdem kam in der Nacht darauf wieder etwas in unser Lager. Wir versuchten, in die Bäume zu klettern, doch dieses Etwas jagte uns weiter. Wir schliefen kaum noch und blieben stets dicht beim Feuer. Wir marschierten tagsüber und setzten uns nachts im Kreis zusammen.«

Der Captain stockte kurz und warf einen nachdenklichen Blick auf seinen Essnapf.

»Am fünften Tag erreichten wir das Tor.« Der Captain nickte in Richtung der steinernen Mauer in der Ferne. »Wir verbrachten die Nacht im Innern der Mauern. Dort wurden wir von einer japanischen Einheit angegriffen. Wir kämpften die ganze Nacht hindurch und schlugen die Japaner durchs Tor nach draußen zurück. Doch als wir den Kampf gewonnen hatten, wandten unsere Männer sich gegeneinander … töteten sich gegenseitig. Als könnten sie einfach nicht genug Blut bekommen. Es war verrückt … Raserei, Wahnsinn.

In den nächsten Tagen kamen immer wieder neue Japaner, Welle auf Welle. Hinter diesem Tor kämpfen Amerikaner gegen Japaner um der Lust am Töten willen. Sie bringen sich gegenseitig um. Aber nicht, weil wir Krieg haben, sondern weil es ihnen so gefällt.

Ich zog mich mit den sieben Männern zurück, die Sie hier sehen. Der Rest unserer Einheit drang weiter in das Gebiet hinter den Mauern vor. Dann stießen wir auf unsere Freunde hier.« Er nickte in Richtung der japanischen Soldaten. »Sie erzählten uns, dass in ihrer Einheit genau das Gleiche geschehen sei. Die Männer hätten sich gegeneinander gewandt und sich gegenseitig umgebracht.«

»Eine Revolte?«, fragte Seals.

»Nein.« Der Captain schüttelte den Kopf. »Innerhalb dieser Mauern lauert irgendetwas Böses. Etwas, das den Männern den Verstand raubt, bis sie nur noch eins wollen: töten. Dieses … Ding erfüllt sie mit Mord und Blutlust. Jenseits dieser Tore tobt ein Krieg, wie er schlimmer nicht sein könnte. Viel blutiger als der Krieg mit den Japanern hier draußen. Ich habe es mit eigenen Augen gesehen. Die Männer haben sich buchstäblich gegenseitig zerrissen. Wie wilde Tiere.«

»Und was ist hier draußen vor den Toren?«

»Hier draußen im Dschungel lauert etwas«, sagte der Captain. »Eine Kreuzung aus Mensch und Tier. Bestien. Jede Nacht greifen sie uns an. Wir haben dieses Lager vor den Mauern errichtet, um uns zu verteidigen. Wir haben uns mit den Japanern im Kampf gegen diese Bestien verbündet.«

»Was für Bestien?«

»Ich habe einen Mann gesehen. Er führt sie an. Einen Mann mit Stierkopf.«

Ich blickte an dem amerikanischen Captain vorbei zu dem sechseckigen Bunker. Zum ersten Mal bemerkte ich die tiefen Schrammen im Holz. Stets waren es drei parallele Schrammen, tiefe, ausgefranste Risse.

»Captain, Sir«, sagte Seals. »Bei allem Respekt, Sir, Sie sind Offizier der Armee der Vereinigten Staaten, und Sie verlangen, dass ich Ihnen diesen Kram glaube?«

»Erscheint Ihnen die Geschichte nicht längst vertraut?«, entgegnete der Captain. »Sie sind doch auch durch den Dschungel marschiert. Sie müssen doch wissen, wovon ich rede.«

Vincent nickte. Einer der japanischen Soldaten schien unserer Unterhaltung zu folgen. Er kratzte den letzten Rest Essen aus seinem Napf und schulterte sein Gewehr. Dann stand er auf, klopfte seine Sachen ab und sagte etwas auf Japanisch.

»Was hat er gesagt?«, fragte Vincent.

»Der Kuro ist ein böser Wind aus der japanischen Legende«, antwortete der Captain. »Er sagt, diese Bestien seien Dämonen, die vom Kuro auf diese Insel verschlagen worden sind. Sie sind die Geister toter Krieger, angezogen vom Geruch des Krieges.«

Der Captain blickte hinauf zum Blätterdach des Dschungels. Er nahm seinen Becher, schwenkte den Rest Kaffee darin und goss ihn dann mit Schwung ins Feuer. Es zischte, und eine Dampfwolke stieg auf. Der Captain erhob sich.

»Es wird dunkel«, sagte er. »Sie werden bald kommen. Wir müssen uns bereitmachen.«

Wir nahmen unsere Helme und stapften los, um Wasser aus dem breiten Flusslauf zu holen, der quer über die Insel verlief, und das Kokosholz des Bunkers damit zu tränken. Seals kniete neben Brogan, Vincent und mir am Ufer.

»Was meinen Sie dazu, Sir?«, fragte Vincent mit gedämpfter Stimme, ohne den Blick von der Lichtung mit den Japanern und den Soldaten der vermissten Einheit zu nehmen.

»Ich weiß es nicht, Vincent«, antwortete Seals. »Was glauben Sie?«

»Sir?«

»Ich frage Sie nach Ihrer Meinung, Vincent. Ergreifen Sie die Gelegenheit, solange ich sie Ihnen biete.«

»Nun ja, Sir …«, sagte Vincent, »einesteils glaube ich, dass jeder hier den Verstand verloren hat. Dass wir geradewegs in einem Irrenhaus gelandet sind. Vielleicht war die verdammte Anspannung für die Männer zu groß, das ständige Kämpfen im Dschungel. Es ist wie bei einem Damm. Er kann nur eine bestimmte Menge Wasser halten, bevor er bricht.«

»Stimmt.«

»Aber ein anderer Teil von mir«, fuhr Vincent fort, »ein anderer Teil sagt mir, dass diese Männer die Wahrheit sagen. Wir haben selbst eine Reihe sehr merkwürdiger Erlebnisse auf dem Weg hierher gehabt, Sir.«

»Amen«, sagte Brogan.

»Ein paar wirklich unheimliche Sachen sind passiert«, fuhr Vincent fort. »Und ein Teil von mir sagt, dass diese Irren hier die Einzigen sind, die wissen, was in dem verfluchten Dschungel vor sich geht.«

»Und Sie?«, fragte Seals und blickte mich an.

»Ich stimme Vincent zu«, antwortete ich. »Ob wir es uns nun eingestehen oder nicht – irgendetwas geht in diesem Dschungel vor, das nichts mit dem Krieg zu tun hat. Offen gestanden, Sir, ich glaube, wir sind sicherer, wenn wir den Rat annehmen, als wenn wir kehrtmachen und versuchen, uns allein durch den Dschungel zu schlagen.«

»Verdammt richtig«, brummte Brogan.

Seals' Finger spielten im Wasser, während er überlegte.

»Also gut«, sagte er schließlich. »Wir bleiben die Nacht über hier. Vielleicht ändern die Dinge sich bis morgen Früh.«

Wir füllten unsere Helme mit Flusswasser und kehrten auf die Lichtung zurück, wo wir die Stämme des Bunkers mit dem Wasser begossen. Genau wie der amerikanische Captain es uns gesagt hatte.

»Seit kurzem setzen sie Feuer gegen uns ein«, erklärte der Captain. Er hatte drei volle Feldflaschen im Arm und deutete mit der freien Hand auf schwarze Brandstellen im Dach des Bunkers. »Sie versuchen uns auszuräuchern. Zum Glück hat es gestern Nacht geregnet, sonst hätten wir das Dach verloren. Ich glaube nicht, dass wir heute Nacht wieder so viel Glück haben.«

Nachdem wir das Dach gründlich nass gemacht hatten, benutzten Vincent, Brogan und ich unsere Messer, um zwei Meter lange Bambusstäbe anzuspitzen. Zwei der japanischen Soldaten gruben sie mit den Spitzen schräg nach außen in einem Kreis um den Bunker herum ein. Vincent beobachtete die Japaner misstrauisch, während er mit dem Messer schnitzte. Ich konnte sehen, was er dachte. Es fiel ihm schwer, sich an die neue Situation zu gewöhnen. Im einen Augenblick noch hatten wir uns die größte Mühe gegeben, alles umzubringen, was Schlitzaugen besaß, und im nächsten Moment waren wir mit ihnen verbündet.

Seals hatte sich den Flammenwerfer von Martinez umgeschnallt und steckte das Unterholz am Rand der Lichtung in

Brand, um die freie Fläche zu erweitern. Wer immer sich dem Bunker näherte, hatte inzwischen mehr als dreißig Meter ungedecktes Gelände zu überwinden.

»Ich hätte nie geglaubt, dass ich mal Seite an Seite mit einem Japs kämpfe«, brummte Brogan.

»Ja, ich weiß, was du meinst«, erwiderte ich. »Und? Glaubst du den ganzen Scheiß?«

»Verdammt, ich weiß es nicht«, sagte Brogan langsam. »Irgendwas Seltsames geht hier auf der Insel vor, so viel ist sicher. Ihr habt ja gesehen, dass die Fliegen die Leichen in dem Steinhaus nicht angerührt haben. Und dass es keine Tiere gegeben hat hinter der Mauer. Und dieses Gefühl, als wir durch das Tor gegangen sind. Als hätten wir einen Ort des Grauens betreten.«

»Aber unsere eigenen Männer sollen aufeinander losgegangen sein? Böse Winde sollen die Geister von toten Kriegern herbeigeweht haben?«

»Ich weiß, ich weiß.«

»Das ist Schwachsinn. Ich hab so was noch nie gehört.«

»Mein Vater war im Ersten Weltkrieg. Er erzählte, dass er damals einen Schatten übers Schlachtfeld kriechen sah, den Schatten des Todes, der gekommen war, um seine Beute einzusammeln. Ich glaube, böse Dinge sind mit bösem Tun verknüpft – mit Kriegen beispielsweise. Sie ernähren sich vom Hass und von den Toten.«

Ich nahm einen der Bambusstäbe vom Boden und begann geistesabwesend, die Spitze zu schärfen.

»Ich weiß nicht, was schlimmer ist«, sagte ich leise. »Gegen die Japse zu kämpfen oder gegen diese … was immer sie sind.«

Ich hörte ein Geräusch und verstummte, um zu lauschen.

»Was ist?«, fragte Vincent.

»Habt ihr das gehört?«

Vincent lauschte angestrengt. Der Himmel über uns wurde jetzt schnell dunkel. Die Wolken leuchteten rot von der untergehenden Sonne. Zwischen den Baumwipfeln schossen die ersten Fledermäuse durch die Luft. Irgendwo in der Ferne, aus der Richtung des Gebirgszuges, ertönte ein lang gezogener, dröhnender Laut.

»Was ist das?«, fragte Vincent.

Der Ton hielt noch einen Augenblick an, dann stieg er in der Höhe, als würde jemand in eine große Muschel blasen. Ich lauschte dem Echo und spürte, wie sich meine Nackenhaare aufrichteten. Angst überfiel mich. Der Captain kam vom Flussufer herbeigerannt, dicht gefolgt von dreien seiner Männer. Am Rand der Lichtung blieb er stehen und blickte zwischen den Bäumen hindurch über das Tal.

»Sie kommen«, sagte er leise. »Los, alle in den Bunker!«

»Der Kuro«, murmelte einer der japanischen Soldaten. »Der Kuro weht zu uns.«

Ich sprang vom Baumstamm auf, packte den angespitzten Bambusstab und rammte ihn vor dem Eingang des Bunkers in die Erde. Vincent war hinter mir und starrte nervös in die Richtung, aus der das anschwellende Geräusch kam. Es verstummte kurz, dann erklang es von neuem, zuerst dunkel und dröhnend, dann immer heller. In der Ferne flatterten Vogelschwärme aus den Baumwipfeln auf und ergriffen die Flucht. Wieder spürte ich Angst in mir aufsteigen, die mich in den Bunker drängte. Seals stapfte am Rand der Lichtung entlang und zündete Fackeln an – dicke, mit Moos umwickelte Äste. Die Fackeln standen in Abständen von zehn Metern und bildeten einen Ring um den Bunker. Seals ging von Fackel zu Fackel, bis alle brannten.

Ich drehte mich um und lief zum Eingang des Bunkers. Die Tür bestand aus dicken Kokosstämmen mit angespitzten Bambusstäben, die im rechten Winkel nach außen ragten. Das Innere des Bunkers war geräumig, fast zwanzig Meter im Durchmesser, mit einer hohen, gewölbten Decke. In den Spalten zwischen den Stämmen steckten weitere Fackeln, und die Männer beeilten sich nun, sie anzuzünden. Funken stoben und fielen in brennenden Kaskaden auf den Boden darunter.

Durch die Scharten in den Wänden sah ich, wie Seals die letzte Fackel ansteckte und sich dann langsam in Richtung Bunkereingang zurückzog. Die vier Japse (oder vielleicht sollte ich nun lieber Japaner sagen, nachdem wir uns mit ihnen verbündet hatten) knieten draußen vor dem Eingang und hatten die Köpfe zum Gebet gesenkt. Einer von ihnen richtete den Oberkörper auf und band sich ein weißes Tuch mit japanischen Schriftzeichen um die Stirn.

Die Tür knarrte, und Seals kam herein, gefolgt von den Japanern. Sie drehten sich um und keilten einen massiven Stamm vors Holz. Der Eingang war verschlossen. Die Fackeln an den Wänden brannten, und der Rauch zog durch ein kleines Loch in der Decke ab.

»Jeder an eine Scharte«, befahl der Captain. »Durchladen und Augen aufhalten.«

Ich stellte mich hinter eine der Schießscharten. Vincent bezog neben mir Stellung, und Brogan postierte sich auf der anderen Seite. Beide spähten nach draußen. Ich lud meinen Karabiner durch, lehnte ihn neben mir an die Wand und blickte hinaus auf die Lichtung. Die Vegetation war bis auf eine Reihe schwarzer Baumstümpfe weggebrannt und weggeschnitten worden. Die freie Fläche erstreckte sich nun mehr als dreißig Meter rings um den Bunker, bevor der dichte Dschungel begann. Am Rand der freien Fläche brannten knisternd die Fackeln und sandten gelegentliche Funkenschauer zum Himmel. Hunderte von Insekten umschwärmten ihr Licht.

Seals stand neben Vincent und beobachtete seinen Abschnitt. Ich drückte die Wange an den Rand der Scharte, als ich plötzlich einen eiskalten Hauch im Gesicht spürte. Die Kälte wehte vom Dschungel herein, und sie brachte den Gestank von Tod und Verwesung mit sich.

»Der Kuro«, sagte einer der Japaner auf Englisch. »Er weht kräftig heute Nacht.«

Das Horn – oder was es auch war – blies erneut, und das Geräusch dröhnte durch den Bunker. Vincent schluckte; ich sah, wie sein Adamsapfel tanzte. Draußen im Dschungel erschien ein Licht. Eine einzelne Flamme. Ich hob die Schulter und wischte mir damit den Schweiß von der Wange. Die Luft im Bunker war heiß und feucht; nach der eisigen Brise spürte ich, wie mir der Schweiß noch stärker ausbrach.

Ein zweites Licht erschien. Es bewegte sich in einem weiten Kreis um den Bunker herum. Dann flammte ein drittes Licht auf, dann ein viertes.

»Was bedeutet das?«, fragte Vincent, an Seals gewandt.

»Keine Ahnung.« Seals hob sein Gewehr und schob es durch die Schießscharte. »Sieht aus, als wäre da draußen jemand.«

Weitere Lichter flammten auf, bis der Dschungel erfüllt war von kleinen Feuern. Dann trat jemand aus dem Unterholz auf die freie Fläche. Zuerst konnte ich nur die Silhouette erkennen; dann aber kam die Gestalt in den Schein einer der Fackeln.

Es war ein Mann. Er ging gebeugt vom Gewicht eines Holzkreuzes auf seinem Rücken. Es war ein großes Kreuz, und er musste sich vornüberneigen, damit das Ende nicht hinter ihm über den Boden schleifte. Seine Arme waren ausgebreitet, und über die Lichtung hinweg konnte ich die Nägel sehen, die durch seine Hände in den Querbalken des Holzkreuzes getrieben worden waren.

»Gütiger Himmel …«, flüsterte einer der Männer. »Was ist das?«

Brogan atmete scharf ein und bekreuzigte sich. Dann griff er nach dem Gewehr, das neben ihm an der Wand lehnte.

Die Gestalt kam immer näher. Sie stolperte unter dem schweren Gewicht auf dem Rücken. Der Oberkörper war nackt und verschmiert mit Blut und Dreck. Als die Gestalt näher kam, hob sie plötzlich den Kopf und blickte zu uns.

Wir alle erkannten sie.

Es war Hartmere. Einer der Männer auf Wache, die in der ersten Nacht verschwunden waren.

Er war auf seinen Posten gegangen und am nächsten Morgen nicht mehr da gewesen.

»Das … das ist Hartmere …«, keuchte Vincent.

»Aber Hartmere ist tot!«, entgegnete ich. »Wir haben seinen Leichnam begraben!«

Der gekreuzigte Marine hatte bereits die halbe Strecke zwischen dem Rand der Lichtung und unserem Bunker überwunden, als er in die Knie brach und das Kreuz hinter ihm auf den Boden schlug. Wir beobachteten das Geschehen schreckensstarr, mit einer Mischung aus Faszination und Entsetzen.

»Ich gehe ihn holen.« Vincent trat vom Fenster zurück.

»Sie bleiben hier!«, befahl der Captain. »Niemand verlässt den Bunker.«

»Nein, Sir!«, widersprach Vincent und setzte sich in Bewegung. »Ich hole ihn!«

»Sie werden es nicht bis zu uns zurück schaffen.«

Der Captain wollte ihn festhalten, doch Vincent schüttelte ihn ab, hob den Stamm zur Seite, der die Tür sicherte, und zog sie auf, um nach draußen zu schlüpfen. Der Captain folgte ihm nicht. Vincent zögerte kurz vor dem Eingang und blickte sich auf der Lichtung um. Die freie Fläche vor dem Bunker schimmerte rötlich im flackernden Licht der Fackeln. Wer immer sonst noch draußen im Dschungel war, er hatte sich bisher nicht gezeigt.

Hartmere hielt sich noch auf den Knien. Sein Kopf war nach vorn auf die Brust gesunken. Vincent näherte sich vorsichtig und mit erhobener Waffe.

Er umrundete einen der angespitzten Bambusstäbe, trat vor

den knienden Marine und ging in die Hocke. »He, Kumpel?«, sagte Vincent und schulterte sein Gewehr, um dem Marine beim Aufstehen zu helfen. »Komm, ich helfe dir.«

Hartmeres Schultern bewegten sich zuckend. Ein leises Geräusch drang über seine Lippen, und er atmete laut. Ich dachte, er hätte zu weinen angefangen. Vincent schien der gleichen Meinung zu sein, denn als Nächstes legte er dem Mann beruhigend die Hand auf den Kopf und streichelte ihn, während er zugleich den Rand des Dschungels im Auge behielt. Die Lichter brannten noch immer zwischen den Bäumen, doch nun bewegten sie sich nicht mehr.

Plötzlich ging ein Ruck durch Hartmere. Sein Rumpf schüttelte sich wild. Vincent sah zu ihm herab und bemerkte kleine Fältchen um die Augen herum. Das hechelnde Atmen veränderte sich, wurde lauter und klangvoller, bis wir alle schlagartig erkannten, dass Hartmere nicht weinte. Er lachte.

Erschrocken zog Vincent seine Hand zurück und trat einen Schritt von dem gestürzten Marine weg. Langsam hob Hartmere den Kopf, bis er Vincent direkt ansah. Das Gesicht des Mannes hatte sich verändert. Seine Lippen waren zurückgezogen, und er bleckte Zähne, die im Dämmerlicht scharf und spitz aussahen. Die Augen waren nicht mehr braun, sondern gelb, und leuchteten. Er kniete auf dem Boden vor Vincent, die Arme ans Kreuz genagelt, und lachte aus vollem Hals.

»Hartmere?«, fragte Vincent bestürzt und beugte sich vor.

Hartmere sprang auf und riss eine Hand vom Kreuz. Er hielt etwas Spitzes gepackt und stieß es vor, zielte auf Vincents Leib. Vincent stieß einen unterdrückten Fluch aus und wich zur Seite. Der heimtückische Stoß ging fehl. Hartmere setzte laut lachend nach. Vincent wich weiter zurück. Er war völlig verwirrt. Die Lichter im Dschungel wurden heller. Vincent wandte sich um und rannte zurück zum Bunker.

Hartmere erhob sich nun vollends und riss auch die andere

Hand frei. Dann sprang er Vincent hinterher. Beide näherten sich der offenen Bunkertür.

»Die Tür!«, rief ich. »Jemand soll die Tür zumachen!«

»Beeilung! Los, beeil dich!«, rief Seals dem näher kommenden Vincent zu. Hartmere war ihm dicht auf den Fersen.

Vincent warf sich mit einem Hechtsprung durch den Eingang, und einer der japanischen Soldaten stemmte die Tür zu, während ein zweiter mit dem Baumstamm bereitstand und die Tür sofort sicherte. Hartmere prallte mit einem lauten Krachen von außen dagegen, und die japanischen Soldaten wurden beinahe zurückgeschleudert. Seals und der Captain halfen ihnen, indem sie sich mit dem ganzen Gewicht gegen die Tür stemmten, um Hartmere zurückzuhalten ... oder was aus Hartmere geworden war.

»O Scheiße!«, ächzte Vincent. »Das war kein Mensch! Was war das, um Himmels willen?«

Von draußen erscholl erneut das dumpfe Trompeten.

»Sie kommen!«, rief der Captain. »Zurück an die Scharten. Männer!«

Der kalte Wind, der Kuro, wehte nun heftig, füllte den Bunker mit eisiger Luft und drohte die Fackeln auszublasen. Mit pochendem Herzen rannte ich an meinen Platz zurück und schob den Lauf des Gewehrs durch die Schießscharte. Die Lichter draußen bewegten sich, näherten sich unserem Bunker. Im Dschungel ertönte ein lang gezogener Schrei. Ein weiterer folgte, dann ein dritter, und noch einer, bis es sich anhörte, als würden hundert Männer rufen. Das Trompeten hielt an und peitschte sie vorwärts. Ich hörte ein stampfendes, hämmerndes Geräusch, und aus der Dunkelheit des Dschungels brachen Gestalten auf die Lichtung. Sie blieben am Rand des Unterholzes stehen, während sie uns unverständliche Dinge zuriefen, die sich wie Hohn und Spott anhörten.

Sie trugen Rüstungen – Ritterrüstungen, wie ich sie auf Gemälden von den Kreuzzügen gesehen hatte. Sie hielten Fahnen in verschiedenen Farben, die in der steifen Brise des Kuro flatterten. Auf einigen waren goldene Adler oder Löwen zu sehen. Die Ritter hatten ihre Visiere heruntergeklappt. Ich konnte zwar keine Gesichter erkennen, doch hinter den Sehschlitzen leuchteten gelbe Augen. Als würden sie von innen heraus brennen.

Sie stellten sich in einer breiten Linie auf, reckten die Schwerter in die Luft und brüllten. Ich versuchte, sie zu zählen. Es waren Hunderte, und sie hatten unseren Bunker regelrecht eingeschlossen. Hörner wurden geblasen. Eine Gestalt auf einem Pferd bahnte sich einen Weg durch die Reihen. Es war ein riesiges schwarzes Tier, und aus seinen Nüstern stieg Rauch, als es sich auf die Hinterhand erhob. Seine Brust wurde von einer breiten Eisenplatte geschützt, und eine zweite Platte bedeckte das lange Gesicht.

Der Reiter trieb das Tier bis vor seine Armee und schwang einen gewaltigen Streitkolben. Er trug eine Rüstung, die seine Arme und Beine schützte, und auf seinem Brustpanzer war ein roter Löwe aufgemalt.

Er hatte tatsächlich den Kopf eines Stiers.

Seine Augen leuchteten rot wie Feuer, und aus seinen Nüstern stieg Rauch. Er bellte einmal und deutete dann mit dem Streitkolben in unsere Richtung.

»Sie kommen!«, hörte ich jemanden neben mir rufen. Dann krachten Schüsse.

Die Ritter stürmten auf unseren Bunker zu. Ihre Füße ließen den weichen Dschungelboden erzittern. Der erste erreichte die angespitzten Bambusstangen und riss eine aus dem Boden. In einer Hand hielt er eine brennende, Funken sprühende Fackel. Ich zielte kurz und drückte ab.

Er wurde herumgewirbelt und stürzte.

Einen Augenblick rührte er sich nicht, dann stand er wieder

auf, rannte weiter auf uns zu und schleuderte die Fackel auf das Bunkerdach, wo das schwere Stück Holz mit dumpfem Schlag landete. Weitere Schläge folgten, als weitere Fackeln aufs Dach prallten. Sie zischten und spuckten auf dem nassen Holz.

»Wasser! Wasser!«

Einer der Japaner stand in der Mitte des Bunkers und schrie voller Panik. Sein linker Arm stand in Flammen. Vincent riss sich das Hemd vom Leib und wickelte den Arm des Mannes darin ein. Dann warf er sich mit ihm zu Boden und rollte ihn hin und her, bis die Flammen erstickt waren.

Ich hatte mich von der Schießscharte abgewandt, um Vincent zu beobachten, als ich plötzlich einen brennenden Schmerz an der Wange spürte. Ich wirbelte herum und sah einen Arm, der durch die Scharte gestreckt wurde und einen Dolch hielt. Der Arm schwang wild hin und her. Als ich mein Gesicht betastete, waren meine Fingerspitzen rot von Blut.

Ich schoss auf den Arm, und er wurde hastig zurückgezogen und verschwand. Das Innere des Bunkers wurde heiß. Es roch verbrannt. Ich blickte nach oben und sah, dass einer der Baumstämme, aus denen die Decke bestand, auf der ganzen Länge in Flammen stand. Der Bunker fing an zu brennen. Rauch füllte den Raum unter der Decke, und die Männer rissen sich Stoffstreifen aus den Monturen und hielten sie vor ihre Nasen und Münder.

Durch die Schießscharte sah ich weitere Gestalten über die Lichtung rennen. Seals warf sich die Kanister des Flammenwerfers auf den Rücken, trat an die Scharte und schob die Mündung des Werfers hindurch. Drei Gestalten in Rüstungen kamen ihm entgegen. Seals drückte ab.

Ein Feuerstrahl schoss nach draußen und hüllte die drei Ritter ein. Sie gingen in Flammen auf, bewegten sich jedoch weiter vorwärts, als spürten sie nichts, obwohl ihre Leiber eine einzige brennende Masse waren. Die Trompete dröhnte erneut – ein tiefer, lang gezogener Klang –, und die Kreaturen zogen sich in Richtung Dschungel zurück.

Ich blutete heftig aus dem Schnitt auf der Wange und drückte einen schmutzigen Lappen auf die Wunde, um die Blutung zu stoppen.

»War das alles?«, fragte Seals schwer atmend. Er hatte einen Schnitt quer über die Brust. Der Stoff seines Hemds war in parallele Streifen zerrissen.

»Nein«, sagte der Captain und schüttelte den Kopf. »Sie kommen wieder.«

»Was sind das für Kreaturen?«, kreischte Vincent. »Ich habe drei von ihnen erschossen, Volltreffer. Sie können unmöglich überlebt haben! Trotzdem sind sie aufgestanden und haben weiter angegriffen!«

»Ich hab ebenfalls zwei erschossen«, sagte ein anderer Soldat. »Aber das sind keine Menschen. Ich weiß nicht, was diese Kreaturen sind, aber es sind keine Menschen!«

»Jeder von uns hat auf mehrere geschossen«, sagte Seals. »Aber diese Wesen können nicht getötet werden.«

Das Horn im Dschungel erklang erneut, und wir hörten, wie sich am Rand der Lichtung wieder die Angreifer zusammenrotteten.

»Es geht wieder los«, sagte ich.

Über uns ertönte ein lautes Knacken, als einer der brennenden Baumstämme in der Decke brach und krachend herabstürzte. Männer sprangen zur Seite, und Funken stoben durch den Raum. Die Hitze war unerträglich, und wer dem Stamm zu nahe kam, erlitt Brandblasen. Der Bunker verwandelte sich in einen Ofen.

»Wir können nicht hier bleiben«, sagte der Captain. »Der Bunker brennt aus.«

Seals ging zum Eingang, schob den Stamm zur Seite und öffnete die Tür.

Ich gehörte zu den Ersten, die sich nach draußen drängten. Ich würgte und hustete wegen des dichten Rauchs und warf mich nach vorn, um die klare Nachtluft in tiefen Zügen zu atmen. Wieder erklang das Trompeten im Dschungel, und ich hörte ein lautes Stampfen, das Geräusch zahlloser Füße. Der nächste Angriff stand bevor.

»Seitengewehre aufpflanzen!«, befahl der Captain.

Ich steckte das Bajonett auf den Lauf meines Karabiners und ließ den Verschluss einrasten. Ich war nervös, und das Bajonett rutschte zweimal ab, bevor es richtig saß.

Dunkle Schatten rannten durch den Dschungel auf uns zu; das Stampfen ihrer Schritte wurde lauter und lauter und klang bald wie tausend galoppierende Pferde. Wir bildeten eine Schützenkette vor dem Bunker. Neben mir kniete Brogan schwer atmend und hielt sein Gewehr im Anschlag. Auch er hatte das Bajonett aufgepflanzt.

»Sie kommen!«, rief jemand, als die Schatten auf die Lichtung brachen. Neben uns stieß ein japanischer Soldat einen Kampfschrei aus und rannte den Kreaturen mit vorgestrecktem Bajonett entgegen. Die anderen folgten ihm und stürmten über die breite Schneise, um den Schattengestalten frontal zu begegnen.

Wir prallten auf halber Strecke zusammen. Augenblicklich wurden Männer zu Boden gerissen und schrien vor Schmerz. Brogan stürzte, eine abgebrochene Speerspitze in der Seite. Auch ich wurde von irgendetwas getroffen und spürte einen scharfen Schmerz im Bein.

Ich stieß einer Gestalt mein Bajonett in den Unterleib und drehte das Gewehr herum, als die Spitze das Metall der Rüstung durchbohrte. Die Gestalt schrie auf und fiel rückwärts zu Boden. Ich sah, wie Seals einem anderen Angreifer ein Messer in die Kehle stieß und dann zurücktaumelte. Er wandte sich zu mir um, und ich sah den tiefen Schnitt über seinem Leib.

Hinter uns fiel der Bunker krachend in sich zusammen, und

ein Funkenregen stieg zum Himmel hinauf. Eine der vermummten Gestalten wurde von einem herabstürzenden Balken erwischt und nach vorn in die Flammen gedrückt. Eine Sekunde später kam sie lichterloh brennend wieder zum Vorschein und rannte den Japanern entgegen, wo sie von Bajonetten durchbohrt wurde. Doch sie blieb auf den Beinen und schlug nach einem Japaner, traf ihn voll im Gesicht und schmetterte ihn zu Boden.

Ich spürte, wie jemand mich an der Schulter packte, und drehte mich um.

Seals starrte mich an, das Gesicht schwarz vor Asche. Ich sah nur das Weiße seiner Augen. »Verschwinden wir von hier! Wir müssen weg!«

Ich nickte. Gemeinsam mit Vincent und Brogan, der sich mit Mühe aufgerichtet hatte, wandten wir uns zur Flucht. Wir rannten an der Mauer entlang, ließen den brennenden Bunker hinter uns. Wir erreichten das Tor, betraten das Gelände dahinter und waren augenblicklich von eisiger Luft umgeben. Ein Stück hinter uns sahen wir den Himmel in einem flammenden Rot leuchten, wo das Feuer unseren Bunker fraß. Wir entfernten uns vom Tor und hielten Ausschau nach der japanischen Stellung. Die Japaner draußen beim Bunker waren unsere Verbündeten gewesen; für die Japse hier drin galt das allerdings nicht.

Wir sahen und hörten nichts Verdächtiges; nur das Rauschen des Windes im dichten Gras war zu vernehmen. Palmen erhoben sich vor dem nächtlichen Himmel über die Mauerkrone und schwankten leicht in der frischen Brise. Vor uns lag ein Steingebäude mit geschwungenem Holzdach. Über den Eingang war ein großes Auge gemalt, und die Seiten waren von zwei in den Stein gehauenen Löwen flankiert. Eine breite Treppe führte zum Eingang hinauf.

»Wir versuchen uns da drin zu verschanzen«, entschied Seals und nickte in Richtung des Gebäudes, das von einem verwilderten Garten umgeben war, dem man noch immer seine einstige Schönheit ansehen konnte. Ranken und Palmen überwucherten alles, einschließlich eines längst ausgetrockneten Brunnens mitten im Garten.

Wir stiegen die Treppe hinauf und betraten das Innere. Es war stockdunkel. Undeutlich erkannte ich ein dickes Seil, das von der Decke hing, unmittelbar rechts vom Eingang. Ich packte das Seil und zog daran. Irgendwo über mir war das mahlende Geräusch von Stein auf Stein zu hören. Ein Ausschnitt im Dach öffnete sich, und der Innenraum war plötzlich mit bleichem Mondlicht erfüllt, das von Spiegeln an der Wand nach unten geleitet wurde und ausreichend Licht bot.

Wir standen am Anfang eines schmalen, langen Raumes. An den Seiten standen gut zweieinhalb Meter hohe Statuen mit verschiedenen Tierköpfen, die allesamt starr geradeaus blickten. Am Ende des Raumes bemerkte ich eine weitere Statue, viel größer als die anderen. Ein Mensch mit Stierkopf.

Vor der Statue befand sich ein Altar, leer bis auf eine einzelne Holzschachtel.

Ich trat näher, öffnete die Schachtel und sah hinein. Im Innern lagen in zwei ordentlichen Reihen zu jeweils drei Stück sechs Pfeilspitzen mit gezackten Schneiden aus einem schweren, dunklen Metall.

»Was ist das?«, fragte Vincent, der neben mir stand und in die Schachtel starrte.

»Keine Ahnung.«

Ich schloss den Deckel und steckte die Schachtel in meine Hosentasche. Kaum hatte ich die Schachtel hochgehoben, ertönte ein rumpelndes, scharrendes Geräusch von Stein auf Stein, und der Altar setzte sich langsam in Bewegung. Er glitt von uns weg nach hinten und gab den Blick auf ein großes Loch im Boden frei. Eine Treppe führte in die Tiefe, und während wir dort standen, wehte uns kalter Wind entgegen. Eine Reihe Fackeln entlang der Wand flackerte wie von Geisterhand auf und erhellte den Weg nach unten.

Und dann hörten wir etwas sehr Merkwürdiges.

Aus der Tiefe erklang Musik. Stimmen. Lachen. Die hellen Stimmen von Frauen. Wir starrten uns an.

»Hört sich so an, als würde da unten eine Party gefeiert«, sagte Vincent.

»Wer mag das sein?«, fragte ich.

»Jedenfalls klingt es, als wäre es dort angenehmer als hier oben«, sagte Brogan.

Von draußen hörten wir Maschinengewehrfeuer und eine dumpfe Explosion. Wir rannten zum Eingang und starrten über den verwilderten Garten hinaus auf das Gebiet dahinter. Ein Trupp Japse marschierte durchs hohe Gras. Zwei der Soldaten trugen einen langen Pfahl auf den Schultern. Ein Mensch war mit Armen und Beinen daran festgebunden wie ein Tier.

Einer der Japse bemerkte uns und rief aufgeregt seinen Kameraden zu, wobei er sein Gewehr von der Schulter riss und auf uns feuerte. Die Kugeln schlugen neben uns in die Wand. Vincent erwiderte das Feuer und traf zwei feindliche Soldaten. Es kam zu einem heftigen Schusswechsel, und Kugeln prasselten rings um uns in die Steine.

Die Japse teilten sich auf und drohten uns in die Enge zu treiben. Noch ein paar Augenblicke, und sie würden uns von zwei Seiten unter Feuer nehmen. Ich drehte mich zu Seals um, doch er stand nicht mehr hinter mir.

»Wo steckt Seals?«, rief ich über das Knallen von Vincents Karabiner hinweg. Vincent stellte das Feuer ein und nahm das leer geschossene Magazin aus der Waffe. Es fiel klappernd zu Boden, während er nach einem neuen kramte. Er drehte sich um und blickte nach hinten, wo der Altar stand.

»Seals? Keine Ahnung. Er muss die Treppe runtergestiegen sein«, sagte er.

Die Japaner kamen immer näher. Sie huschten von Stein zu Stein und boten kein Ziel. Es hatte wieder zu regnen angefangen, und ich wischte mir die Nässe aus den Augen, während ich die Gegner zählte. Es waren wenigstens acht Mann. Acht gegen drei.

»Ich würde sagen, wir gehen ebenfalls runter«, schlug ich vor. »Wir versuchen unten unser Glück. Wenn wir hier bleiben, haben wir keine Chance.«

Vincent und Brogan nickten. Wir zogen uns zurück. In diesem Augenblick gab es einen Schlag, und Brogan fiel wie vom Blitz getroffen zu Boden. Sein rechtes Bein war augenblicklich voller Blut. Die Kugel hatte ihn am Oberschenkel über dem Knie erwischt und ein großes Loch gerissen. Er rollte auf die Seite und schrie vor Schmerz, während er sich das Bein hielt.

Vincent packte ihn unter den Achselhöhlen und zerrte ihn rückwärts über den Steinboden tiefer ins Gebäude hinein. Durch die Öffnung hindurch sah ich, wie sich die Japaner schneller bewegten. Sie hatten bemerkt, dass wir uns zurückziehen wollten. Ich gab ein paar Schüsse ab und traf einen Gegner. Er wirbelte um die eigene Achse und verschwand im hohen Gras.

Vincent hatte den schreienden Brogan zum Rand der Treppe gezogen. Ich eilte zu ihm, fasste Brogan an den Füßen, und zusammen trugen wir unseren verwundeten Kameraden die Treppe hinunter. Die Stufen bestanden aus sandfarbenem Stein, und Fackeln erhellten die nackten Wände. Erneut hörte ich Frauen lachen. Wir folgten dem Geräusch.

Die Treppe endete in einem großen dunklen Raum, der von Säulen getragen wurde. Der Boden bestand aus glattem Stein und war von einer hohen Staubschicht bedeckt. Wir legten Brogan hin, und ich riss mir einen Streifen aus dem Hemd, um seine Wunde zu verbinden. Brogan fluchte und stöhnte zwischen zusammengebissenen Zähnen und hatte die Hände zu Fäusten geballt. Oben hörten wir das Trampeln von Stiefeln auf hartem Stein, als die japanischen Soldaten das Gebäude betraten. Es konnte nicht lange dauern, bis sie uns die Treppe hinunter folgten.

Als Vincent den Stoff um Brogans Bein wickelte, schrie Brogan laut auf, und ich musste ihm die Hand auf den Mund pressen. Nach einem Augenblick nickte er, und ich nahm zögernd die Hand weg.

»Kannst du laufen?«, flüsterte ich.

»Ich glaub schon.«

Wir halfen ihm auf die Beine, und Brogan humpelte ein paar Schritte vorwärts, indem er den Kolben seines Karabiners als Krücke benutzte. Wir standen am Rand eines weiten dunklen Bereichs. Säulen erstreckten sich in jede Richtung, so weit der schwache Lichtschein von der Treppe reichte.

Der Blick zwischen den Säulen hindurch war atemberaubend. Juwelen glitzerten in der Decke – ein Spiegelbild der nächtlichen Sternbilder. In der Mitte des Raums war die Insel, aus Stein gehauen und umgeben von Spiegeln, in denen die Sterne reflektierten wie in einem Ozean, als würden wir nachts aus einem Flugzeug auf die Insel hinunterschauen.

Entlang der Wände und an jeder Säule standen lebensgroße Krieger aus Stein. Sie waren bewaffnet mit langen, gekrümmten Schwertern und Schilden und trugen Kettenpanzer. Wir bewegten uns tiefer in den Raum, der still und dunkel vor uns lag. Das einzige Licht kam von den funkelnden Juwelen an der Decke. Aus dem Augenwinkel bemerkte ich eine plötzliche Bewegung. Irgendetwas war von einer Säule zur anderen gehuscht. Ich drehte den Kopf, sah aber nichts außer stummen Statuen.

»Sergeant?«, flüsterte ich in die Dunkelheit.

Seals antwortete nicht. Nur ein kalter Wind, der sich scheinbar aus dem Nichts erhob, streifte über uns und ließ mich ein wenig erschauern. Am Ende des Raumes schloss sich ein langer

Gang an, erhellt von weiteren Fackeln. Der Boden war mit glänzendem Marmor ausgekleidet, in dem sich das flackernde Licht spiegelte. Am Ende des Gangs stand eine riesige Statue, fast sechs Meter hoch. Sie zeigte einen Menschen mit Stierkopf. Die Hörner waren geschwungen und spitz, die Augen in einem Ausdruck des Zorns zu schmalen Schlitzen verengt; die muskulösen Arme waren in die Seiten gestemmt.

Auf der Treppe hinter uns ertönte ein Scharren. Die Japse hatten den Weg nach unten entdeckt und folgten uns nun.

»Bleiben wir in Bewegung«, sagte Vincent leise.

Ich lauschte einen Augenblick. Weiteres Schlurfen von schweren Stiefeln auf Stein. Dann ein neuerlicher leichter Luftzug und Atemgeräusche. Wir waren nicht allein.

Hastig bewegten wir uns zum Ende des Raums. Brogan humpelte mühsam. Sein Bein war nass vor Blut. Ich hörte eine Stimme, die irgendetwas auf Japanisch sagte. Dann ein lauter Knall, und neben uns platzten Splitter aus dem Stein. Sie schossen wieder auf uns. Wir gingen hinter den Säulen in Deckung, während weitere Schüsse fielen.

»Sie haben uns in die Zange genommen«, flüsterte Vincent. »Überall kriechen Japse herum.«

Ich nickte, streckte den Kopf hinter der Deckung hervor und sah zwei japanische Soldaten, die am anderen Ende des Raumes von einer Säule zur nächsten huschten. Ich hob meinen Karabiner und gab zwei Schüsse ab. Beide verfehlten ihr Ziel. Von irgendwo kam die Antwort: Vier Mündungsblitze zuckten in der Dunkelheit auf, gefolgt vom Einschlag von Kugeln, die als jaulende Querschläger durch die Dunkelheit surrten.

Ich zog mich hastig in die Deckung der Säule zurück. Zwanzig Meter weiter sah ich die rechteckigen Umrisse eines dritten Durchgangs; dahinter war eine weitere Treppe, die tiefer nach unten führte. Ich deutete zum Durchgang. Wir mussten uns weiter zurückziehen.

»Versuchen wir, da runterzukommen.«

Wir zogen die Köpfe ein und huschten zur nächsten Säule, ohne dass Schüsse uns folgten. Nach einer Sekunde schlichen wir weiter. Vor uns lag etwas am Boden. Ein japanischer Soldat.

Er lag in einer großen Blutlache, und über seine Brust lief ein tiefer Schnitt. Direkt über ihm stand eine der Kriegerstatuen, reglos und erstarrt, doch das erhobene Schwert war nass.

Nass von frischem Blut …

Wir schlichen weiter, am toten Japaner vorbei und zum Durchgang, der nach unten führte.

Hinter uns ertönte der laute Schrei eines Japaners. Ich hörte ein Zischen wie von einer Klinge, die durch hohes Gras fährt. Dann gellte erneut der Schrei.

Irgendetwas schüttelte mich.

»Jefferson!«, sagte eine Stimme. »Wach auf!«

Erneut das Schütteln, von irgendwo in der Dunkelheit, die mich umgab. Der Tempel war verschwunden, und ich saß zitternd in der Dunkelheit. »Wach auf!«, sagte eine drängende weibliche Stimme.

Irgendetwas wurde mir über den Kopf gezogen. Ich hatte das Gefühl, mir würde eine kalte metallene Kette abgenommen.

Jefferson spürte einen eiskalten Lufthauch, als er von einer Sekunde zur anderen das Bewusstsein wiedererlangte. Der Geruch des Dschungels strömte aus seiner Nase wie heiße Luft aus einem Ballon. Er riss die Augen auf und atmete keuchend und erschrocken ein.

McKenna hielt ihn an beiden Schultern gepackt und schüttelte ihn.

Jefferson blinzelte benommen, als er versuchte, einen klaren Kopf zu bekommen. »Was ist?«

McKenna blickte aus geweiteten Augen auf ihn herab und hielt ihm die Hand auf den Mund.

»Jemand kommt hierher …«

Jefferson schüttelte den Kopf in dem Bemühen, Klarheit zu erlangen. Seine Ohren knackten und rauschten wie bei einem Taucher, der aus der Tiefe nach oben steigt. McKenna hielt die Erkennungsmarke in der Hand. Die Kette baumelte zwischen ihren Fingern. Jefferson saß aufrecht auf dem Fußboden vor dem Gestell, in dem der vertrocknete Leichnam von Eric Davis ruhte. McKenna sah über seine Schulter hinweg zu den beiden geschlossenen Türen des Schlafzimmers.

»Draußen im Gang«, raunte sie. »Schritte.«

Jefferson neigte den Kopf zur Seite und versuchte, sich zu konzentrieren. Das Klingeln in den Ohren ließ nach. Er hörte ruckartige Schritte vor der Tür. Sie verstummten für einen Augenblick; dann setzten sie wieder ein. Jemand … etwas kam durch den Gang in Richtung Schlafzimmer. Was immer es war, es versuchte, leise zu sein.

Jefferson mühte sich auf die Beine, musste sich jedoch am Gestell festhalten und schwankte unsicher. Er nahm die Fotos vom Tisch und die Erkennungsmarke aus McKennas Hand und steckte sich beides in die Hosentasche.

McKenna ging leise zur Tür, stellte sich hinter eine große Kommode direkt neben dem Eingang, stemmte sich mit dem Gewicht dagegen und schob das schwere Möbelstück vor die Doppeltür, bis sie von innen verbarrikadiert war.

Jefferson wollte ihr helfen, doch seine Beine waren zu kraftlos.

McKenna kam zu ihm zurück und stützte ihn. »Kannst du gehen?«

Jefferson nickte. »Ja. Langsam.«

An der Tür war ein Klicken zu hören, und beide drehten den Kopf. Die vergoldeten Türgriffe besaßen die Form zweier liegender S. Einer der Griffe drehte sich. Jefferson hörte eine Stimme draußen auf dem Gang, ein leises, dumpfes Flüstern, gefolgt von einem Kichern, dann wieder ein Flüstern. Der Griff drehte sich erneut.

»Allmächtiger«, sagte Jefferson. »Es ist vor der Tür.«

»Setz dich«, sagte McKenna. »Ruhe dich aus.«

Sie half Jefferson, sich gegen das Tischbein zu lehnen, wo er sitzen blieb und sich zu sammeln versuchte, während McKenna auf der Suche nach einem Ausgang das Zimmer durchstreifte. In der gegenüberliegenden Ecke befand sich eine weitere Tür. McKenna öffnete sie und entdeckte einen Flur, der in eine Küche führte.

Ein Klopfen ertönte, dann wurde der Griff erneut gedreht, diesmal mit mehr Entschiedenheit. Was immer draußen auf dem Gang war, verlor anscheinend die Geduld. Einen Augenblick herrschte Stille; dann erfolgte ein dumpfer Schlag. Ein schweres Gewicht rammte gegen die Tür.

Jefferson blickte verschreckt auf, erhob sich langsam und schlang den Arm um McKennas Schulter. Er fühlte sich benommen, und seine Beine gaben immer wieder unter ihm nach. Er stützte sich schwer auf McKenna, und schließlich gelang es ihm, einen Fuß vor den anderen zu setzen. Langsam näherten sie sich dem Ausgang.

»Wir gehen bis zum Ende des Flurs«, sagte McKenna und führte ihn.

Hinter ihnen krachte irgendetwas machtvoll gegen die verbarrikadierte Tür. Die Wände erzitterten, und die Kommode wurde einen, zwei Zentimeter nach vorn geschoben.

»Beeil dich«, drängte sie. »Uns bleibt nicht mehr viel Zeit.«

Sie zogen sich durch den Korridor zurück. Die Küche war klein und besaß einen weiß gefliesten Boden und marmorne Arbeitsflächen. Auf einer zentralen Insel stand eine Vase mit Blumen. Die schweren Doppeltüren waren aus massiver Eiche.

Hinter ihnen gab die Schlafzimmertür nach, und über das Krachen und Scheppern der umgekippten Kommode hinweg hörten sie Schritte, die das Schlafzimmer durchquerten und sich dem Eingang zum Korridor näherten.

McKenna setzte Jefferson in einen Küchenstuhl, schlug die Doppeltür zu und schob die schweren Riegel vor. Sie wandte sich um, packte den Küchentisch und schob das massive Möbel über den Fliesenboden gegen die Tür. Draußen auf dem Flur machte sich bereits jemand an den Türgriffen zu schaffen. Jefferson sah, wie die Messingklinke heruntergedrückt wurde.

Dann ein Dröhnen, als draußen etwas gegen die Tür krachte. Das Türblatt vibrierte im Rahmen, und der Tisch schlitterte ein Stück weit zurück.

»Mein Gott«, stieß McKenna hervor und starrte ängstlich auf die Tür.

Jefferson mühte sich auf die Beine und ging unsicher durchs Zimmer. Beim Kühlschrank blieb er stehen, stützte sich auf und blickte sich um. Es gab keinen weiteren Ausgang mehr. Keine Fluchtmöglichkeit. Nur die Fenster über der Spüle.

Wieder ein Krachen. Die massive Doppeltür erzitterte im Rahmen. Die Riegel hielten, doch Jefferson sah, dass sich das Metall bereits verbog. Ein lautes Splittern. Holzspäne lösten sich aus dem Rahmen. Draußen gellte ein wütender Schrei, gefolgt von einem weiteren wuchtigen Anprall an die Tür.

»Es gibt keinen Ausweg«, sagte Jefferson.

»Überprüf die Fenster! Vielleicht können wir sie öffnen.«

»Und dann? Rausklettern? Wir sind einundvierzig Stockwerke über dem Boden.«

»Ich weiß es nicht. Ich springe vielleicht lieber aus dem Fenster, als auf das zu warten, was da draußen auf uns lauert.«

Ein Türflügel löste sich nach und nach unter dem unablässigen, wuchtigen Ansturm. Ein Riss bildete sich im Holz, der vom oberen Rand bis zur halben Höhe reichte. McKenna sah sich hektisch in der Küche um, riss Schränke und Schubladen auf und schleuderte den Inhalt achtlos auf den Boden. Töpfe und Pfannen klapperten über die weißen Fliesen und bildeten ein wildes Durcheinander aus glänzendem Metall. Jefferson fühlte sich besser. Der Schwächeanfall verebbte allmählich, und seine Benommenheit schwand. Zumindest konnte er wieder gehen und sich halbwegs zur Wehr setzen, sobald der Dschinn die Tür durchbrochen hatte. Die ganze Zeit war er hinter ihm her gewesen, ohne ihn bisher ein einziges Mal richtig zu Gesicht zu bekommen.

McKenna stand bei den Schubladen mit dem Silberbesteck und warf Messer und Gabeln achtlos zu Boden. Jefferson ging zu ihr und half ihr bei der Suche nach etwas Nützlichem. Unmittelbar links neben dem Spülbecken war eine kleine Schranktür. Jefferson öffnete sie und starrte in einen leeren kleinen Speiseaufzug.

»McKenna, sieh mal!«

»Was ist denn?«

»Der Speiseaufzug«, sagte Jefferson. »Wir können ihn benutzen.«

McKenna nickte. »Kein Widerspruch von meiner Seite.«

Sie kletterte auf die Arbeitsplatte und schob sich in den kleinen Lift, indem sie die Knie bis ans Kinn zog. Das schwarze Abendkleid rutschte ihr bis zu den Oberschenkeln. Jefferson kletterte hinter ihr her und schob sich neben sie in die winzige Kabine. Sie saßen dicht an dicht, mit den Knien am Leib, doch sie passten hinein. Draußen vor der Tür befanden sich zwei große Knöpfe an der Wand, die den Speiseaufzug steuerten. Jefferson drückte auf den oberen der beiden Knöpfe.

Im gleichen Augenblick ging ein Ruck durch die Kabine, und der Aufzug setzte sich in Bewegung. Jefferson spürte, dass er am ganzen Leib zitterte. Er warf einen letzten Blick in die Küche, bevor sie unter ihnen verschwand. Die dicken Holzpaneele der

Tür splitterten immer mehr, und das Hämmern und Krachen draußen auf dem Gang hörte sich an wie die schweren Äxte von Feuerwehrleuten.

Dann saßen sie im Dunkeln.

Jefferson hörte den Motor des kleinen Aufzugs unter ihrem Gewicht ächzen. Er fragte sich, wie alt der Mechanismus war und stellte sich vor, wie das Seil riss und sie vierzig Stockwerke in die Tiefe stürzten. Neben sich spürte er McKenna in der Dunkelheit zittern.

»Was glaubst du, wo wir rauskommen?«, fragte sie.

»Keine Ahnung. Wenigstens sind wir aus der Küche entkommen.«

Er kramte in der Tasche und zog ein Zippo-Feuerzeug hervor. Er schlug die Flamme an, und flackernde Helligkeit erfüllte die winzige Kammer. Auf der offenen Seite glitt die nackte Wand vorüber. Auf jeder Etage erschien eine Öffnung in der Wand, metergroße Ventilationsschächte, die sich durch das gesamte Gebäude zogen.

Die Flamme flackerte heftig in Jeffersons Hand und warf unregelmäßige Schatten auf die Wände. Es war wie in einem Backofen. Unter ihnen war alles still. Jefferson war nicht sicher, ob der Dämon bereits in die Küche vorgedrungen war oder ob er aufgegeben und sich ins Apartment zurückgezogen hatte. Doch wo er auch war, sie mussten an ihm vorüber, wollten sie das Lyerman Building verlassen.

Brogan war auf dem Dach, genau wie Lyerman – und wenn Lyerman dort oben war, gilt das wahrscheinlich auch für seinen panamaischen Pfleger. Irgendetwas hat Lyerman umgebracht und im Rollstuhl über den Dachrand geworfen. Purer Zufall, dass er auf dem Aufzug gelandet ist. Aber was hat der Dämon anschließend getan? Ist er an der Seite des Gebäudes nach unten geklettert und von außen in Lyermans Wohnung eingedrungen? Und was ist aus Brogan geworden?

Jefferson klappte das Zippo zu, um Benzin zu sparen, und sie saßen erneut in der Dunkelheit. Er lehnte sich an die Wand und kauerte sich hin, während er der elektrischen Winde und dem Geräusch von McKennas Atmen lauschte.

»Was ist passiert, als du Davis berührt hast, den toten Soldaten? Weißt du das noch?«, fragte McKenna.

»Ja«, antwortete Jefferson. »Ich habe mich an Dinge erinnert, die damals auf der Insel im Pazifik geschehen sind.«

»Hast du Sidina gesehen? Weißt du noch, wie er aussah?«

»Nein. Brogan, Vincent und ich waren zwar dort, aber ich habe keine Ahnung, wer von uns wer war.«

Jefferson spürte McKennas Hand auf seinem Arm. »Keine Angst …«

Dann ächzte die Winde über ihnen, und der kleine Speiseaufzug kam ruckend zum Stehen. McKennas Hände schossen zu den Seiten, um sich an den Metallwänden der Kabine abzustützen, während das winzige Gefährt in seinen Führungen schwankte und schaukelte.

»Was war das?«, fragte sie.

»Wir haben gehalten.« Jefferson hielt das Zippo noch in der Hand. Nun drückte er die Wange an die Seitenwand und versuchte, einen Blick auf den Mechanismus über der Kabine zu werfen. Vielleicht war der Motor durchgebrannt, weil das Gewicht von zwei Erwachsenen zu groß gewesen war.

Das Licht des Benzinfeuerzeugs reichte kaum einen Meter in die Höhe, und die Führungsschienen verschwanden über der Kabine in der Dunkelheit.

»Kannst du was erkennen?«, fragte McKenna.

»Nein, es ist stockdunkel da oben.«

»Glaubst du, der Motor ist defekt?«

»Keine Ahnung, ich …«, setzte Jefferson zu einer Antwort an, als der Aufzug sich ruckartig wieder in Bewegung setzte und das Geräusch der Winde durch den Schacht schallte.

Jefferson lehnte sich vorsichtig zurück und beobachtete die

vorbeigleitende Wand auf der offenen Seite der Kabine. Sie bewegte sich nach oben – und das bedeutete, dass sie nach unten fuhren, hinunter in die Küche, aus der sie gekommen waren.

»O Gott!«, rief McKenna im gleichen Augenblick. »Wir fahren zurück!«

Die Winde klang nun anders als zuvor; sie ließ Seil nach, statt es aufzuspulen, und sank viel schneller durch den Schacht nach unten, als sie hinaufgestiegen waren. Die Öffnungen der Ventilationsschächte huschten in rascher Folge an ihnen vorbei.

»Die Knöpfe in der Küche ... hast du sie nicht unbrauchbar gemacht?«, fragte McKenna.

Jefferson fluchte. Er hatte die Kontrollen nicht außer Kraft gesetzt. Er hätte sie zerschmettern sollen. Irgendwie hatte der Dschinn herausgefunden, wohin sie verschwunden waren, und nun hatte er den Aufzug wieder nach unten in die Küche gerufen.

Irgendwo tief unter sich hörten sie ein Kreischen wie von einem großen Tier, das durch den Schacht kletterte. Jefferson spürte, wie McKenna sich in der Dunkelheit verängstigt an ihn drängte. Was immer den Schrei ausgestoßen hatte, es wartete auf sie. *Falls wir noch in diesem Aufzug stecken, wenn er in der Küche ankommt* ... Mit aller Macht vertrieb Jefferson diesen Gedanken.

»Was können wir tun?«, fragte McKenna mit zitternder Stimme. »Können wir ein Loch ins Dach schneiden?«

»Keine Ahnung«, erwiderte Jefferson. »Mach die Augen zu, und halt dir die Hände auf die Ohren.«

Er zog seine Beretta aus dem Schulterhalfter, drückte die Mündung ans Dach des Aufzugs und betätigte den Abzug. Der Knall dröhnte ohrenbetäubend laut in der winzigen Kabine. Jefferson feuerte einen weiteren Schuss ab, dann noch einen und noch einen, bis die Kabine mit beißendem Rauch erfüllt war und in der Decke mehrere Löcher klafften. Jefferson drückte von unten gegen das perforierte Metall. Es gab ein wenig nach und bog sich nach außen, jedoch nicht weit genug, als dass sie sich hindurchzwängen konnten. Sie saßen in der Falle.

Jefferson wandte den Blick vom Dach zur Seitenwand und beobachtete, wie einer der offenen Ventilationsschächte vorüberglitt.

»Wir könnten versuchen, durch einen der Schächte nach draußen zu kommen«, sagte er und deutete auf den nächsten vorbeigleitenden Schacht. Die Öffnung war klein, nicht größer als einen Meter mal einen Meter.

»Bist du verrückt?«, rief McKenna. »Wir passen unmöglich beide zur gleichen Zeit da durch.«

»Willst du lieber sitzen bleiben und herausfinden, was uns in der Küche erwartet? Wenn wir schnell genug sind, können wir es beide schaffen.«

McKenna starrte ängstlich auf die vorbeiziehenden Ventilationsschächte.

»Entweder wir versuchen es, oder es ist in dem Augenblick vorbei, wenn wir die Küche erreichen. Deine Entscheidung.«

»Da gibt es nicht viel zu entscheiden, oder?«

»Stimmt.«

Jefferson beobachtete die vorübergleitenden Schächte und versuchte abzuschätzen, wie groß die Abstände waren. Sie passierten einen Schacht, und er zählte langsam die Sekunden. Er war bei neun, bevor der nächste Schacht erschien. Jefferson schätzte, dass sie gut zwei Sekunden hatten, um aus dem Speiseaufzug zu entkommen. Sie mussten verdammt schnell sein.

»Okay, wenn es so weit ist, nicht mehr nachdenken. Du zuerst. Ich bin direkt hinter dir. Wirf dich nach vorn und kriech so schnell weiter, wie du kannst. Wenn ich es nicht schaffe, versuche ich, den nächsten Schacht zu erreichen. Du kriechst dann weiter, und wir treffen uns im Treppenhaus.«

»In Ordnung«, sagte McKenna.

»Bist du so weit?«

»Ja.«

Sie passierten einen weiteren Schacht, und Jefferson begann zu zählen. Eins … zwei …

»Mach dich fertig. Schieb dich nach draußen, sobald es geht, und kriech weiter. Ich bin direkt hinter dir.«

Fünf … sechs …

Sie drückten sich beide mit den Füßen an die Rückwand der winzigen Kabine wie Sprinter, die in den Startblöcken auf den Startschuss warteten. Dann erreichte die Kabine den nächsten Schacht, und McKenna sprang vor. Sie drückte sich an der Rückwand ab und glitt in den Schacht hinein. Jefferson folgte ihr einen Sekundenbruchteil später und schob sich auf dem Bauch voran, so schnell er konnte.

Ein scharfer Schmerz durchzuckte ihn, als er mit der Schulter gegen das Metall prallte. Er spürte, wie der Aufzug hinter ihm weiter nach unten glitt. Wenn er nicht rechtzeitig nach draußen kam, würde die Kante ihm das Rückgrat brechen … Mit einer letzten verzweifelten Anstrengung zwängte er sich in den Ventilationsschacht und zog die Füße an den Leib.

Er hatte es geschafft. Schwer atmend lag er auf dem schmutzigen Boden des Schachts und hielt sich die schmerzende Schulter. Er hob den Kopf und sah McKenna vor sich liegen.

»Alles in Ordnung?«

»Ja. Glaub schon.«

Jefferson musterte ihre beengte Umgebung. Vor ihnen erstreckte sich der leere Lüftungsschacht, der sich hinter der Öffnung weiter verengte. Jefferson musste sich flach auf den Bauch legen, um kriechen zu können. Er kam nur mühsam voran und konnte nicht sehen, was hinter ihm war. Erinnerungen an die Insel im Südpazifik kehrten zurück, an die engen Erdstollen, aus denen sie die Japaner geholt hatten.

Vor ihm arbeitete McKenna sich durch den Schacht. Ihre

Schuhe quietschten leise auf dem Metall, wenn sie sich mit den Zehenspitzen abdrückte. Sie trug noch immer ihre hochhackigen Stilettos von der Party. Mit einer raschen Bewegung trat sie die Schuhe von den Fersen und ließ sie hinter sich liegen. Jefferson nahm die Schuhe an sich, um keine Spur zu hinterlassen. Er legte keinen Wert darauf, von diesem Ding durch die Lüftungsschächte gehetzt zu werden. Er war kaum im Stande, die Arme zu heben, geschweige denn, sich gegen einen Angriff von hinten zu wehren.

»Als würden wir durch einen Müllcontainer kriechen«, sagte McKenna und wand sich voran.

Der Speiseaufzug musste bald in der Küche ankommen – und dann würde der Dschinn feststellen, dass die Kabine leer war. Bevor dies geschah, mussten sie so weit wie möglich in den Schacht klettern.

»Ich spüre einen Luftzug«, sagte Jefferson. »Kannst du etwas sehen?«

»Nein, es ist zu dunkel. Aber ich hab das Gefühl, dass sich vor uns irgendwas bewegt. Vielleicht ein Ventilator.«

»Könnte sein. Das würde bedeuten, dass es einen weiteren Schacht gibt, der in die Etage unter uns führt.«

Hinter ihnen verstummte der Motor der Aufzugswinde. Einen Augenblick war Stille, dann hörten sie einen lang gezogenen, zornigen Aufschrei, gefolgt von wütendem Brüllen. Der Dämon hatte die leere Aufzugskabine entdeckt.

Jefferson drängte McKenna, sich zu beeilen.

»Siehst du den Ventilator?«

»Kann ich nicht sagen.«

Hinter sich hörte Jefferson das mechanische Surren der Aufzugswinde. Der kleine Speiseaufzug kam wieder nach oben, und der Motor summte gequält. Jefferson wusste, was das bedeutete: Der Dämon war in der Kabine. Er kam ihnen hinterher.

»Wir müssen uns beeilen!«, drängte er McKenna.

Sie krochen schneller. Der Schacht verzweigte sich; weitere Gänge führten in verschiedene Bereiche der Etage. Es war ein Labyrinth, ein Albtraum aus glänzendem Metall. McKenna bog nach rechts, kroch ein paar Meter geradeaus, dann bog sie nach links ab. Jefferson folgte ihr.

Plötzlich hörte er ein Geräusch ganz in der Nähe. Ein Quietschen wie von einer Gummisohle auf Metall. Er packte McKenna am Fußgelenk, und sie verharrte und sah zu ihm zurück. Jefferson ließ kurz sein Feuerzeug aufflammen und legte den Zeigefinger auf die Lippen.

Das Quietschen kam von weiter vorn. Graues Licht drang durch Lüftungsgitter aus den Büros unter dem Schacht und ermöglichte es ihnen, ein Stück weit nach vorn zu sehen.

»Was ist?«, flüsterte McKenna.

»Ein Geräusch«, sagte Jefferson. »Weiter vorn.«

Sie starrten durch den Schacht zur nächsten Verzweigung, ungefähr dreißig Meter voraus. Jefferson hielt den Atem an und legte das Ohr aufs Metall. Da war das Geräusch erneut. Irgendetwas bewegte sich parallel zu ihnen.

Plötzlich erstarrte McKenna. Jefferson blickte auf.

Vor ihnen war der schwarze Umriss des Dämons.

Er bewegte sich senkrecht zu ihnen durch den Querschacht. Jefferson stellte erleichtert fest, dass er sie noch nicht entdeckt hatte.

Der Dschinn verharrte für einen Augenblick im Schacht, ohne zu bemerken, dass sie ihn beobachteten. Doch er musste nur den Kopf drehen, und er würde sie sehen …

McKenna und Jefferson beobachteten atemlos, bis die Kreatur sich wieder in Bewegung setzte. Dann war sie außer Sicht.

Jefferson atmete erleichtert auf und zeigte in einen Schacht, der sich zur Rechten erstreckte, in die entgegengesetzte Richtung, die der Dämon eingeschlagen hatte. McKenna nickte und schob sich so leise voran, wie sie konnte. Ein Stück voraus bemerkte Jefferson eine Reihe von Gittern im Boden. Licht schimmerte hindurch. Die Gitter waren zu klein, um sich hindurchzuzwängen, doch als sie darüber hinwegkrochen, sah Jefferson einen großen Konferenztisch mit Stühlen unter sich.

Er verharrte für einen Moment, spähte durch das Gitter und nahm den Raum in Augenschein, so gut es ging. Er war leer und verlassen.

»Nichts.«

McKenna setzte sich wieder in Bewegung. In unregelmäßigen Abständen hielten sie an, und Jefferson drückte ein Ohr an den Boden und lauschte, jedes Mal ohne Ergebnis. Der Schacht beschrieb eine Biegung um neunzig Grad, und sie mussten sich um die Ecke winden. Dann teilte der Gang sich abrupt: Ein Abzweig führte nach rechts, der andere nach links. McKenna zögerte; dann entschied sie sich für den rechten Abzweig.

In Jefferson stieg der beängstigende Verdacht auf, dass sie sich im Kreis bewegten. Sein Nacken schmerzte von der Anstrengung. Wieder hielt er inne, um zu lauschen. Als sein Ohr diesmal das Metall berührte, hörte er ein hohes Kreischen, das vibrierend durch das Aluminium des Schachts lief. Es klang, als würden Messer über das Metall schaben.

Jefferson zischte, um McKennas Aufmerksamkeit zu wecken. Sie verharrte und sah zu ihm zurück, während er wieder das Ohr aufs Metall presste und mit angehaltenem Atem lauschte. Da war das Geräusch erneut – ein Klicken, gefolgt vom Schaben eisenharter Nägel auf dem Aluminium des Schachtbodens. Es war der Dämon, der sich auf seinen messerscharfen Klauen vorwärts bewegte. Er gab nicht auf.

Jefferson sah ängstlich nach hinten, aber da war nur ein langes Stück Lüftungsschacht.

Wie lange würde es noch dauern, bis die Kreatur sie aufgespürt hatte?

»Los, weiter«, sagte Jefferson. »Es *muss* einen Weg nach draußen geben, verdammt!«

McKenna nickte. Sie krochen weitere fünfzig Meter durch Schächte, bevor Jefferson spürte, dass der Lufthauch stärker wurde. McKenna hatte es ebenfalls bemerkt. Sie kroch schneller durch den Schacht, der Quelle des Luftzugs entgegen. Dort musste eine Öffnung sein. Der Luftzug wurde immer stärker, je weiter sie kamen.

Doch Jefferson bemerkte noch etwas: Das kratzende Geräusch scharfer Klauen auf Metall wurde rasch lauter. Inzwischen war es zu hören, ohne dass er das Ohr auf den Boden presste.

Er drehte den Kopf nach hinten und sah den Schacht entlang.

Der Dschinn war hinter ihnen.

Die Kreatur war grau und besaß einen Stierkopf, der nach hinten merkwürdig verlängert war. Im Maul saßen spitze Raubtierzähne, und die Augen leuchteten rot. Das Wesen stieß ein Zischen aus wie eine riesige Schlange. Es war noch vierzig Meter hinter ihnen und zog sich behände durch den Schacht.

»Vor uns ist irgendwas«, sagte McKenna plötzlich. »Der Schacht ist zu Ende.«

Jefferson drehte den Kopf nach vorn und sah, dass der Schacht an einer glatten Metallwand endete. Doch woher kam der Luftzug? Gehetzt und verzweifelt blickte Jefferson sich um.

Unmittelbar vor der Wand war ein Ventilator im Boden. Es war eine Öffnung von vielleicht sechzig Zentimetern im Durchmesser.

Die Rotorblätter drehten sich langsam und wehten frische Luft in die Büroräume. Der Motor des Ventilators befand sich in einem Metallgehäuse auf der Rückseite. Ein schwarzes Elektrokabel führte vom Gehäuse durch den Schacht in die Tiefe. Unter den rotierenden Flügeln sah Jefferson eine Toilette. Doch die

Flügel drehten sich zu schnell, um hindurchzukommen, solange der Ventilator lief.

»Wir müssen das Ding abschalten«, sagte Jefferson und starrte auf den Motor.

In diesem Augenblick stieß McKenna einen schrillen Schrei des Entsetzens aus, der durch den Schacht gellte. Sie starrte an Jefferson vorbei auf die Kreatur. Jefferson sah, dass das Scheusal beängstigend schnell näher kam; es bewegte sich mit roboterhafter Gleichförmigkeit voran. Als das Wesen McKennas Schrei hörte, riss es das Maul auf und stieß ein triumphierendes Bellen aus.

Jefferson starrte hinunter auf den Ventilator und riss das Stromkabel aus dem Gehäuse. Das Summen des Motors erstarb, doch der Rotor drehte sich weiter, angetrieben von der eigenen Masse. Sie konnten immer noch nicht hindurch; die Rotorblätter würden sie in Stücke reißen.

Jefferson zog seine Beretta und hielt den Kolben der Waffe nach unten. Funken sprühten, als Metall auf Metall rieb. Die Vibration ging durch die Waffe hindurch in Jeffersons Arm, doch nach und nach wurde der Rotor langsamer.

Schließlich blieb er stehen.

»Schnell«, drängte Jefferson. »Runter mit dir!«

McKenna zog die Beine an, schob sich mit den Füßen voran in die Lücke zwischen zwei Rotorblättern, ließ sich ganz hinunter und baumelte ein, zwei Sekunden einen halben Meter über dem gefliesten Boden der Toilette, bevor sie losließ.

Sie sah zu Jefferson hoch und hob die Hände. »Mach schnell!«

Jefferson sah nach hinten. Die Kreatur war fast heran; er spürte, wie die Schachtwände unter ihren kraftvollen Bewegungen zitterten. Er ließ sich durch die Öffnung nach unten rutschen. In dem Moment, als der Dämon sich auf ihn werfen wollte, sprang Jefferson.

Er landete schmerzhaft auf dem harten Boden und prallte mit

der Schulter gegen ein Waschbecken. Über ihnen ertönte ein wütender Aufschrei. Der Ventilationsschacht, durch den sie gekommen waren, zog sich unter der Decke des Toilettenraums entlang. Der Dämon bellte zornig auf und schlug gegen das Metall, dass es dröhnte; die Kreatur war zu groß, um sich zwischen den Ventilatorblättern hindurchzuzwängen.

Plötzlich gab es einen Schlag, und drei spitze Klauen rissen das Aluminium des Schachts auf. Die Kreatur brach sich mit Gewalt einen Weg durch das dünne Material.

»Verschwinden wir!«

McKenna nickte, und sie rannten aus der Toilette, stießen die Tür auf und fanden sich auf einem langen, dunklen Korridor wieder. Hinter ihnen ertönten weitere dumpfe Schläge.

Jefferson wusste nicht, auf welcher Etage sie gelandet waren. Er rannte in Richtung des leuchtenden EXIT-Schildes am Ende des Gangs. McKenna folgte ihm. Sie gelangten in ein Treppenhaus.

»Rauf oder runter?«, fragte McKenna keuchend.

»Ich weiß es nicht.«

»Such dir was aus.«

»Runter«, sagte Jefferson und setzte sich in Bewegung. Sie rannten zwei Etagen hinunter, bevor sie die Tür zum neunundvierzigsten Stock aufstießen. Auf dem Gang dahinter verharrten sie ein paar Sekunden, bis ihre Augen sich an die Dunkelheit gewöhnt hatten. Im gesamten Gebäude war die Beleuchtung abgeschaltet; die Großraumbüros waren Säle voller dunkler Nischen und Schatten.

Der Gang öffnete sich zu einem großen Foyer mit einer Sitzgruppe und einem niedrigen Tisch davor. An der Wand befand sich ein offener Kamin unter einem großen Spiegel mit vergoldetem Rahmen. Der Kronleuchter in der Mitte des Raumes hing so tief, dass Jefferson ihn mit ausgestrecktem Arm hätte berühren können. Hinter dem Foyer kam ein weiterer Gang, von dem Türen zu mehreren Büroräumen abzweigten. McKenna und Jefferson gingen bis zur letzten Tür, betraten den Raum dahinter und gelangten in ein riesiges Eckbüro. Deckenhohe Fenster reihten sich an zwei Seiten. Das Licht umliegender Gebäude fiel ins Innere. An den beiden anderen Wänden hingen Aquarelle von Segelbooten. In der Ecke stand ein großer dunkler Schreibtisch mit einem Computer und einer grünen Schreibauflage.

Jefferson blickte sich um und entdeckte eine gläserne Schiebetür, die zu einer kleinen Veranda mit Kübelpflanzen und Metallsesseln vor einem Glastisch führte. Er öffnete die Schiebetür und trat hinaus auf die Veranda. McKenna folgte ihm. Die Luft draußen war kühl und erfrischend.

»Die Bestie ist noch im Gebäude«, sagte McKenna, lehnte sich ans Geländer und blickte hinauf zum Dach weit über ihnen. »Und sie jagt uns. Wir können sie nicht allein bekämpfen. Vielleicht ist es an der Zeit, Verstärkung zu rufen.«

»Nein.« Jefferson schüttelte den Kopf. »Ich habe gesehen, was sie mit dem SWAT-Team angestellt hat. Ich glaube nicht, dass Verstärkung etwas nutzt. Außerdem wissen wir, wie wir die Kreatur erledigen können. Wir müssen die Pfeilspitzen finden, die in der alten Handschrift erwähnt sind.«

»Jefferson, das ist Jahrhunderte her! Woher willst du wissen, dass sie überhaupt noch existieren oder wo sie sind?«

»Ich weiß, wo ich sie finden kann.«

»Und wo?«

»Als ich mit dem ehemaligen Bodyguard von Kenneth Lyerman gesprochen habe, diesem Harold Thompson, sprach er von etwas Kostbarem, das Lyerman auf dem Dach aufbewahrte. Thompson meinte, das wäre der Grund für die strengen Sicherheitsvorkehrungen.«

McKenna schüttelte den Kopf. »Selbst wenn die Pfeilspitzen

dort oben sind – die ganze Geschichte ist kaum mehr als eine Legende. Woher willst du wissen, dass sie den Dämon töten?«

Jefferson zuckte die Achseln. »Uns bleiben nicht mehr viele Möglichkeiten.«

Er trat an die Brüstung der Veranda und sah nach unten. Neunundvierzig Stockwerke tiefer lagen eine Allee und ein Parkplatz. Er sah Müllcontainer und im Licht der Straßenlaternen ölig glänzende Pfützen. Dampf stieg aus den Kanalabdeckungen, und am Rand des Parkplatzes leuchtete ein grüner Neondrache über dem Eingang zu einem Chinarestaurant. Die Zunge des Drachen flackerte in Rot- und Orangetönen, die sich in den Pfützen spiegelten.

»Warum bist du eigentlich immer noch bei mir?«, fragte Jefferson.

»Wie meinst du das?«

»Du weißt, dass ich auf dieser Insel war. Brogan und Vincent waren ebenfalls dort. Einer von uns dreien muss demnach Sidina sein«, sagte er. »Was, wenn ich es bin?«

»Du bist es nicht.«

»Woher willst du das wissen, McKenna? Ich könnte die Reinkarnation Sidinas sein. Du selbst hast gesagt, dass ich es vielleicht gar nicht weiß.«

»Du bist es nicht, Will. Ich würde es spüren.« McKenna trat zu ihm, umarmte ihn und legte den Kopf an seine Brust.

»Ich kann dein Herz schlagen hören«, sagte sie. »Und es ist ein Klang, der mir sehr vertraut ist.« Sie blickte zu ihm hoch. »Ich habe dich von Anfang an geliebt, Will. Wenn du Sidina wärst, dann wäre alles falsch, was ich aus tiefstem Herzen weiß. Der Regen … die Atome, die sich im Regen vereinen … die Geschichte, die ich mir selbst immer wieder erzählt habe, als ich ein kleines Mädchen war. In jener Nacht, als du bei mir auf der Veranda warst und wir aufs Meer geblickt haben, da wusste ich, dass du der eine bist.«

»Aber ich weiß nicht, was auf der Insel geschah«, sagte Jefferson. »Einer von uns *war* Sidina, und es ist möglich, dass ich es gewesen bin.«

»Niemals.«

Jefferson seufzte und beobachtete die flackernde Drachenzunge tief unten.

»Ich werde aufs Dach gehen und nach den Pfeilspitzen suchen«, sagte er schließlich. »Und ich hoffe, dass Brogan noch irgendwo da oben ist.«

»Ich komme mit dir.«

»Nein, du solltest hier bleiben. Wenn mir etwas zustößt, weißt wenigstens du, was vor sich geht.«

»Will …«

»Bleib hier. Ich bin in zehn Minuten wieder bei dir, okay?«

Zögernd willigte sie ein. »Ich warte hier auf dich.«

Sie kehrten ins Büro zurück und schlossen die Glastür. McKenna setzte sich hinter dem großen Schreibtisch auf den Boden, wo man sie nicht sehen konnte, wenn man das Zimmer betrat.

Jefferson hoffte, dass sie zumindest vorübergehend in Sicherheit war.

Er hatte nicht den Wunsch, wieder mit dem Aufzug zu fahren, also nahm er die Treppe. Oben angekommen, verharrte er vor dem Ausgang und atmete tief die klare Nachtluft, während er dem Zirpen der Grillen lauschte. Irgendwie war es den Insekten gelungen, einen Weg aufs Dach zu finden. Alles lag still da, genau so, wie er und McKenna es Minuten zuvor verlassen hatten. Die Bäume raschelten in der nächtlichen Brise, und in einem der Äste hatte sich gelb-schwarzes Absperrband verfangen. Der Nieselregen hatte aufgehört, doch alles glänzte nass.

Das Licht im Wintergarten brannte immer noch. Während Jefferson hinsah, bewegte sich hinter dem Fenster eine einzelne

Gestalt. Langsam zog Jefferson seine Beretta aus dem Schulterhalfter und schlich näher heran. Die Silhouette bewegte sich erneut durchs Licht. Wer immer es war, ging leicht vorgebeugt und war nicht besonders groß. Es war eindeutig weder Brogan noch Vincent, sondern jemand anderes. Die Tür stand halb offen. Jefferson stieß sie mit den Fingerspitzen weiter auf, bevor er in den kleinen Raum schlüpfte und verharrte.

Von dort, wo er stand, konnte er den Schreibtisch und einige der großen Palmen in ihren Kübeln sehen. Der Wintergarten erinnerte irgendwie an ein Trophäenzimmer. Jagdfotos in Schwarzweiß hingen an den Wänden. In Schränken reihten sich Gewehre, und auf Regalen standen Hemingway-Romane. Links bewegte sich jemand leise im Schatten der Tür. Jefferson schob sich ein Stück weiter ins Zimmer und erkannte den Panamaer, Lyermans Pfleger. Er kniete über einem kleinen Loch im Boden. Ein Teil des Holzparketts lag daneben auf dem Teppich. Der Panamaer hob irgendetwas aus dem Loch, das aussah wie eine Zigarrenschachtel, und legte es vorsichtig neben sich auf den Rand des großen Schreibtisches.

Jefferson schlich sich von hinten mit gezückter Waffe heran und hüstelte.

Der Panamaer wirbelte herum und sprang auf. Er starrte Jefferson an; dann wanderte sein Blick hinunter auf die Pistole.

»Hallo«, sagte Jefferson. »Wie geht's denn so?«

Der Panamaer nickte stumm. Es war eine beinahe unmerkliche Kopfbewegung.

»Muss eine anstrengende Nacht für Sie sein«, sagte Jefferson. »Nachdem Sie erst vor einer halben Stunde arbeitslos geworden sind. Tut mir Leid, die Sache mit Ihrem Boss.«

»Legen Sie die Waffe weg«, sagte der Panamaer.

»Ich denke nicht daran. Aber ich möchte Sie bitten, ein paar Schritte vom Schreibtisch zurückzutreten … und dem, was Sie drauf gelegt haben.«

Der Panamaer sah auf die Schachtel, dann wieder zu Jefferson. Er schüttelte den Kopf.

»Offensichtlich sehen Sie nicht den Unterschied zwischen Ihnen und mir. Ich halte eine Waffe in der Hand, Sie nicht. Das bedeutet, dass Sie tun werden, was ich Ihnen sage. Und jetzt treten Sie vom Tisch zurück.«

Ohne den Blick von Jefferson zu nehmen, rückte der Panamaer zwei, drei Meter seitwärts vom Tisch weg wie eine Krabbe. Der Bursche hatte die Augen eines Killers; sie erinnerten Jefferson an die starre, leere Linse einer Kamera. Diese Augen machten ihn nervös.

Er ging zum Schreibtisch und klappte den Deckel der Schachtel auf. Darin lagen sorgfältig aufgereiht sechs Pfeilspitzen aus schwerem, dunklem Metall mit gezackten Schneiden, die in einer Spitze zusammenliefen. Am Ende befanden sich runde Aufnahmen für Schäfte.

Es waren die Waffen aus der alten Handschrift, daran bestand kein Zweifel.

Hinter Jefferson, auf dem Dach, ertönte plötzlich das helle Klingeln des Aufzugs. Jefferson war für einen Augenblick abgelenkt und drehte den Kopf in Richtung des Geräusches. Licht flutete aus dem Aufzug auf das im Dunkeln liegende Dach. Jemand war nach oben gekommen.

Ein leises Rascheln im Wintergarten veranlasste Jefferson, den Kopf zu wenden. Der Panamaer hatte die Ablenkung genutzt, um durch die Hintertür zu flüchten.

»Verdammt!«, fluchte Jefferson und starrte ihm einen Augenblick lang hinterher. Dann wandte er sich wieder dem Aufzug zu. Hastig streckte er die Hand nach der Schreibtischlampe aus und löschte das Licht. Der Wintergarten versank im Dunkeln. Dann nahm er die Schachtel mit den Pfeilspitzen und ging hinter dem Schreibtisch in Deckung, von wo er die Dachfläche im Auge behalten konnte, ohne selbst gesehen zu werden.

Zwei Gestalten waren aus dem Lift getreten. Für eine Sekunde waren sie im Licht der Innenbeleuchtung zu sehen, und ihre Schatten fielen hinaus auf den dunklen Pfad. Sie bewegten die Arme, während sie sich angeregt unterhielten. Dann kamen sie unter den Bäumen hervor und traten ins Mondlicht. Zum ersten Mal sah Jefferson ihre Gesichter.

Brogan und Vincent.

Was tun die zwei hier oben? Jefferson wollte sich schon aufrichten und sich zu erkennen geben, verharrte dann aber. Sowohl Vincent als auch Brogan waren auf der Insel gewesen. Einer von beiden musste Sidina sein; es gab keine andere Möglichkeit …

Langsam duckte Jefferson sich wieder hinter den Schreibtisch in der Hoffnung, dass er unbemerkt geblieben war, und behielt die beiden Männer im Auge.

Vincent trug einen dunklen Anzug, während Brogan lediglich eine helle Khakihose, ein weißes Hemd und eine Krawatte anhatte. Vincent schwitzte und wischte sich wiederholt mit der Hand übers Gesicht, als wolle er ein lästiges Insekt vertreiben. Brogan hatte die Hände in den Hosentaschen, und die Krawatte war lässig gelockert.

Die beiden Männer sprachen miteinander und sahen gelegentlich hinunter auf die Lichter der Stadt. Jefferson lauschte angestrengt, doch er verstand kein Wort. Die Unterhaltung war zu leise, als dass er ihr hätte folgen können. Vincent sagte etwas, und Brogan schüttelte den Kopf, zog eine Hand aus der Tasche und stieß Vincent den Zeigefinger gegen die Brust. Die beiden schienen wegen irgendetwas zu streiten. Ging es um die Vergangenheit? Um die Insel im Pazifik?

Brogan und Vincent waren beide auf dieser Insel gewesen. Was war dort draußen im Südpazifik geschehen? McKenna hatte ihn, Jefferson, aus der Trance gerissen, bevor er sich hatte erinnern können. Das Geheimnis lag immer noch irgendwo dort draußen, vergessen auf jener Insel seit vierundsechzig Jahren.

Jefferson musste dorthin zurück, um herauszufinden, was es war.

Er schob die Hand in die Tasche, tastete nach dem kühlen Metall der Hundemarke. Sie war seine Verbindung in die Vergangenheit. Die Erkennungsmarke, die Eric Davis getragen hatte, in einem früheren Leben. Jefferson musste auf die Insel zurück, um das Ende der Geschichte zu erfahren. Das Geheimnis, der Schlüssel zu den Antworten auf alle Fragen, war mit den Männern auf der Insel gestorben. Wenn er die Wahrheit erfahren wollte, musste er ein letztes Mal dorthin.

Jefferson hielt die Hundemarke einen Moment in der Hand, dann zog er die Kette über den Kopf.

In der gleichen Sekunde begann sich der Raum um ihn zu drehen. Es wurde dunkler und dunkler, dann gab es einen Lichtblitz. Er hörte Stimmen, weit entfernte Stimmen von Menschen, die er früher einmal gekannt hatte, ohne sich an ihre Namen zu erinnern. Er vernahm ein Geräusch wie von Wasser, das durch einen Ausguss fließt; dann sah er einen Steinboden vor sich, der näher und näher kam. Er hörte Gewehrfeuer. Jemand schrie auf. Heißer Schmerz durchzuckte Jeffersons Unterleib ... und dann war er am Ziel. Er war ins Jahr 1943 und auf die Insel im Pazifik zurückgekehrt. Er war Eric Davis. Brogan war Keaveney, und Vincent war Alabama.

Ich gehe durch einen Korridor. Was für einen Korridor? Einen Gang? Nein, er ist aus Stein gemauert. Ich muss mich noch im Tempel befinden, unter der Erde. Aber wo? Brogan ist neben mir, hat das Gewehr über die Schulter geschlungen. Vincent geht neben ihm. Ich weiß, dass einer von uns auf die Seite des Bösen gewechselt ist. Aber wer?

Die Wände ringsum sind mit Bildern bemalt. Bildern von längst vergangenen Kriegen. Männer auf Streitwagen reiten unter Wolken herabregnender Pfeile über Schlachtfelder. Kämpfe mit Schwert, Lanze und Speeren. Blut und Tränen und Schmerz. Die Bilder zeigen jedes grausame Detail. Und über dem Schlachtfeld schwebt ein gigantisches Auge und beobachtet das Sterben.

Wir waren in einer Art Gruft gelandet, unter der Halle mit den Steinsäulen. Es war wie in einer ägyptischen Pyramide. Ringsum massive Wände aus Stein, kilometerlang. Der Boden war staubig, und wir wirbelten beim Gehen kleine Wolken auf, die uns bis zu den Knien reichten.

An den Wänden hingen in regelmäßigen Abständen Fackeln und warfen ihr flackerndes Licht auf die sandsteinfarbenen Mauern. Jeder von uns nahm eine Fackel aus ihrer Halterung.

Brogan hinterließ eine Blutspur beim Gehen. Sein Bein glänzte nass und rot im Licht der Fackeln. Seine Augen quollen aus den Höhlen, und er sah fiebrig aus. Ich schnappte einen Blick von Vincent auf. Er schüttelte unmerklich den Kopf. Brogan würde verbluten. Er war tödlich getroffen.

Wir gingen weiter. Keiner von uns warf einen Blick zurück, als hinter uns ein weiterer Schrei ertönte. Irgendetwas war dort hinten, irgendetwas lebte in diesen unterirdischen Gängen und Hallen. Und bald würde es auch zu uns kommen. Die Fackel in Vincents Hand begann heftig zu flackern. Erneut wehte uns der kalte Wind ins Gesicht. Die Luft ringsum wurde eisig, und der Schweiß auf meiner Haut fühlte sich kalt und klebrig an.

»Der Kuro«, sagte ich. »So hat der japanische Soldat ihn genannt.«

Vincent stockte. »Wir sollten nicht mehr weitergehen.«

»Doch«, widersprach Brogan. »Wir gehen weiter. Das ist die einzige Möglichkeit.«

Vor uns tauchte eine Tür in der Wand auf.

Sie bestand aus einem glanzlosen schwarzen Metall mit einem schwarzen Griff. Ich legte eine Hand darauf. Der Griff war eisig kalt. Ich zuckte erschrocken und angeekelt zurück, denn meine Hand fühlte sich an, als hätte ich sie in einen Eimer voller Maden gesteckt.

»Was ist los?«, fragte Vincent.

»Keine Ahnung. Hat sich eigenartig angefühlt. Unheimlich. Wie Insekten, die einem über die Hand krabbeln.«

Brogan streckte die Hand nach dem Griff aus. Er schien die eisige Kälte nicht zu spüren. Er betätigte den Griff, öffnete die Tür. Ein Schwall eisiger Luft strömte uns entgegen. Sie roch sauer, nach verwesendem Fleisch, und ich wandte mich instinktiv ab. Ich sah, dass auch Vincent sich abwandte. Brogan jedoch schien nichts von dem Gestank zu bemerken. Er betrat den Raum. Ich hielt den Atem an und folgte ihm. Vincent bildete den Schluss.

Wir gelangten in eine Kapelle. Vor uns standen Kirchenbänke, davor ein Altar. Alles war schwarz – die Wände, die Bänke, der Altar, selbst die Steinsäulen. An den Wänden waren Fenster mit Bleiverglasungen; auch sie waren in verschiedenen Schwarztönen bemalt, sodass ich kaum die Szenen erkennen konnte, die dargestellt wurden.

Auf einer der Bänke saß ein Mann.

Er wandte uns den Rücken zu, sodass ich sein Gesicht nicht sehen konnte. Er saß reglos da, und ich war nicht sicher, ob er unser Eintreten bemerkt hatte. Ich starrte auf seinen Hinterkopf und fragte mich, ob ich diesen Fremden überhaupt kennen lernen wollte … jemanden, der hier unten lebte, in dieser schwarzen Kirche.

Brogan ging den Mittelgang hinunter zum Altar. Ich folgte ihm, während ich mich weiterhin misstrauisch umsah. Die Glasfenster zeigten Motive aus Schlachten zwischen Engeln und Dämonen.

»Was ist das für ein Ort?«, flüsterte Vincent mir zu. »Es ist, als wäre hier etwas Schreckliches zu Hause, etwas Böses. Es ist überall. Man kann es deutlich spüren, kann es beinahe schmecken.«

Ich nickte stumm.

»Glaubst du, dass so etwas möglich ist? Kann ein Ort so vom Bösen durchsetzt sein, dass man es schmecken kann?«, fragte Vincent.

Ich schüttelte den Kopf. »Ich weiß es nicht.«

Wir näherten uns dem Mann, der auf der Bank saß. Brogan ging an ihm vorbei, ohne ihn eines Blickes zu würdigen. Er starrte unverwandt auf den schwarzen Altar. Ich war ganz dicht hinter dem seltsamen Mann, starrte auf dessen Hinterkopf und sah alles in unglaublicher Deutlichkeit – die Haare, die Poren seiner Haut, ja, die Struktur der Haut selbst. Ich griff nach seiner Schulter.

»Sei vorsichtig«, warnte Vincent hinter mir.

Ich berührte den Fremden trotzdem. Er reagierte nicht. Langsam drehte ich ihn zu mir herum, sodass ich sein Gesicht sehen konnte. Es war das Gesicht eines Schweins, eines Tieres, irgendetwas Widernatürliches. Ich zuckte entsetzt zurück und bemerkte, dass der Mann eine Kampfmontur trug. Auf dem Namensschild über seiner Brusttasche stand SEALS.

»Mein Gott!«, stieß Vincent entsetzt hervor. »Was ist mit ihm passiert?«

»Ich weiß es nicht«, flüsterte ich.

»Und als Jesus einen Mann fand, der besessen war von Dämonen, vertrieb er die Dämonen, auf dass sie in eine Herde von Schweinen fuhren. Und so wurden die Schweine von Dämonen besessen, die einst die Seele eines Menschen beherrscht hatten«, rief Brogan vorn am Altar mit lauter Stimme. Er drehte sich nicht zu uns um, als er diese Worte rief und vor dem Altar niederkniete, doch die Worte waren an uns gerichtet.

Ich eilte zu ihm. »Lass uns von hier verschwinden, schnell!«

Ich packte Brogan bei der Schulter, doch er schüttelte mich ab, und ich stolperte rückwärts und prallte gegen Vincent. Brogan erhob sich, und ich sah zum ersten Mal, dass der Altar gar nicht leer war. In der Mitte der Fläche standen ein schwarzer Kelch und eine schwarze Metallschale mit schwarzen Oblaten darin.

Brogan nahm den Kelch, setzte ihn an die Lippen und trank. Er schluckte hastig, und die schwarze Flüssigkeit lief ihm aus den Mundwinkeln und tropfte auf sein Hemd. Als er den Kelch geleert hatte, setzte er ihn auf dem Altar vor sich ab.

Dann griff er nach der Schale mit den schwarzen Oblaten, nahm eine davon und legte sie sich auf die Zunge. Während er darauf kaute, drehte er sich um und starrte mich einen Moment an. Seine Blicke schienen mich zu durchbohren.

»Vor mir liegen dunkle Wasser«, sagte er. »Ich kann sie sehen. Es ist, als wäre ich an Bord eines Schiffes, vor dem sich ein Sturm zusammenbraut. Ich steuere mitten ins Herz der Dunkelheit.«

Ich stand vor ihm und wusste nicht, was ich sagen sollte.

»Mein Gott, Brogan!«, hörte ich Vincent hinter mir. Vorsichtig streckte er die Hand nach Brogan aus. »Ist alles in Ordnung mit dir?«

»Ob alles in Ordnung ist?«, fragte Brogan und drehte sich zu ihm.

»Ja. Du benimmst dich so … eigenartig.«

»Eigenartig? Es geht mir gut, sehr gut.«

Ich bemerkte, wie sich die Bleiglasfenster rings um uns allmählich veränderten. Das schwarze Glas verschwamm. Die Fackeln entlang der Wände flackerten; ein kalter Wind hatte sich in der Kapelle erhoben und strich über die Kirchenbänke hinweg. Brogan stand erhobenen Hauptes vor dem Altar und sah sich mit funkelnden Augen um.

Schließlich blieb sein Blick auf Vincent und mir haften. »Ich weiß jetzt, wer ich bin«, sagte er. »Ich weiß, wer ich immer war …«

»Wovon redest du?«

»Einst gab es einen großen Krieger, einen ›Vollkommenen Krieger‹, der ohne Erbarmen und Mitleid tötete, ohne jedes Schuldgefühl, so wild und brutal, dass man ihn für besessen hielt … von einem Dämon besessen.«

»Was bedeutet das?«, flüsterte Vincent.

»Der Name dieses Kriegers war Sidina«, fuhr Brogan fort und senkte die Stimme. Die Worte kamen aus seinem Mund, ohne dass er die Lippen bewegte. »Mein Name ist Sidina.«

Vincent packte meinen Arm. »Komm, lass uns verschwinden! Irgendwas stimmt hier nicht.«

Ich nickte, und langsam wichen wir durch den Mittelgang vor Brogan zurück.

»Ihr werdet euch mir anschließen«, sagte Brogan langsam. »Ihr beide seid auserwählt.«

»Auserwählt?«, fragte ich. Eisige Furcht, gepaart mit Faszination, stieg in mir auf.

»Auserwählt … schließt euch mir an«, fuhr Brogan fort. Er starrte uns an, und sein Gesicht veränderte sich. Es wurde kantiger, und die Haut spannte über den Knochen. »Schließt euch mir an, und ihr werdet ewig leben, so wie ich. Und wenn wir den Vierten im Bunde finden, werden wir wieder zusammen sein, so wie wir schon sechshundert Jahre lang zusammen waren.« Er setzte sich langsam in Bewegung, kam in unsere Richtung und wurde immer schneller.

»Lass uns verschwinden!«, schrie Vincent auf. »Das geht nicht mit rechten Dingen zu!«

Ich nickte, und wir wichen zur Eisentür zurück und rannten durch den Steinkorridor davon. Die Fackeln an den Wänden brannten immer noch hell und beleuchteten die Darstellungen von Schlachten entlang der Mauern. Hinter uns hörten wir Brogan aufbrüllen.

»Was ist das, um Himmels willen?«, rief Vincent, während wir durch den Gang rannten. »Er ist völlig wirr im Kopf! Wir müssen von hier verschwinden, müssen uns in Sicherheit bringen …!«

Vor uns lag die Treppe, die nach oben in den unterirdischen Tempel führte. Wir waren fast da, als ich hinter uns einen Schuss hörte. Ich drehte mich um und sah, wie Vincent herumgerissen wurde und auf die Knie sank. Auf seinem Gesicht spiegelten sich Schmerz und Fassungslosigkeit. Er verharrte kniend am Boden; dann peitschte ein weiterer Schuss. Die zweite Kugel zerriss Vincent die Brust. Ich starrte voller Entsetzen zu ihm hinunter. Er hatte den Mund geöffnet und umklammerte seine Brust, während die Luft pfeifend durch das Loch in der zerfetzten Lunge entwich.

Ein dritter Knall ertönte, und diesmal traf die Kugel Vincent in der Schulter. Blut spritzte gegen die Wand.

Ich blickte zu Brogan und erkannte, dass er nun auf mich zielte. Ich sah den Mündungsblitz und warf mich gleichzeitig mit dem Knall zur Seite. Etwas zischte heiß über meinen Arm dicht unterhalb des Ellbogens. Ich wirbelte herum und stürmte die Treppe hinauf.

Hinter mir war jetzt tiefe Stille. Der Tempel lag verlassen. Die Leichen der getöteten japanischen Soldaten waren verschwunden, und nur die schwarzen Blutflecken auf dem Boden verrieten, wo sie gelegen hatten. Mein Arm brannte wie Feuer und hing kraftlos an der Seite herab. Das Gewehr rutschte mir von der Schulter und fiel klappernd zu Boden. Ich starrte auf die Wunde, dann hörte ich Füßetrappeln von unten. Brogan folgte mir die Treppe hinauf.

Ich eilte an der Säulenreihe entlang und unter der schwarzen Decke mit den funkelnden Juwelen hinweg. Mir war schwindlig, und ich fühlte mich schwach vom Blutverlust. Schließlich duckte ich mich hinter eine Säule und rutschte daran zu Boden, mit dem Rücken am glatten Stein, und versuchte, zu Atem zu kommen.

Mein Arm war unterhalb des Ellbogens zerfetzt. Der Bereich um die Wunde herum war vom Stoff verdeckt, doch ich sah, dass ein großes Stück Fleisch herausgerissen war. Ich benutzte die Zähne, um einen Stoffstreifen aus dem Unterhemd zu reißen; dann wickelte ich den Streifen fest um die Wunde. Ich hatte noch immer meine Armeepistole im Halfter am Gürtel. Nun zog ich die Waffe mit der gesunden Hand und wartete, während ich tief durchatmete und meinen Puls zu beruhigen versuchte.

Irgendetwas war mit Brogan geschehen, war mit uns allen geschehen, und nun war ich allein.

Ich hörte das Scharren eines Stiefels auf dem Steinboden und erstarrte.

»Komm raus. Komm raus, kleines Schweinchen«, vernahm ich Brogans leise Stimme ein Stück entfernt.

Ich überprüfte meine Waffe und legte den Sicherungshebel um.

»Ich will dir nicht wehtun«, sagte Brogan. »Komm und schließ dich mir an. Wir können gemeinsam den Dritten suchen. Dann bleiben uns zwei Menschenalter, um die nächste Reinkarnation von Vincent zu finden.« Die scharrenden Stiefelschritte bewegten sich nach rechts. Falls Brogan den Raum vollständig umrundete, musste er zwangsläufig an der Stelle vorbei, an der ich mich versteckt hatte.

Ich musste ihn ausschalten.

Ich drückte mich mit dem Rücken fest gegen die Säule, hielt den Atem an und lauschte, konnte aber nichts mehr hören. Ich wusste nicht, wo Brogan sich im Augenblick befand. Langsam schob ich mich mit dem Rücken an der Säule hinauf, bis ich stand. Dann blickte ich um die Ecke, um mir einen Überblick zu verschaffen. Ich sah die Säulenreihe der gegenüberliegenden Mauer, die sich bis zum Ende des Raums erstreckte. Brogan konnte hinter jeder dieser Säulen stecken. Ich würde ihn erst sehen, wenn er sich bewegte.

Ich trat einen Schritt vor.

»Ich kann dich hören«, kam Brogans Stimme von irgendwo her. Ich war mir nicht sicher, aus welcher Richtung, doch die Stimme schien von rechts zu kommen – und seltsamerweise von der Decke. Ich ließ den Blick darüber schweifen und entdeckte einen merkwürdigen Umriss hoch oben zwischen zwei Säulen. Er schien an der Decke zu kleben. Ich brauchte eine Weile, um zu begreifen, dass es Brogan war.

Er hing dort oben wie ein Gecko und drehte den Kopf von einer Seite zur anderen. Mit einer Mischung aus Abscheu und Faszination beobachtete ich ihn, während ich zu begreifen versuchte, was er dort tat. Dann dämmerte es mir: Er lauschte.

Lauschte auf ein Geräusch von mir.

Ich trat einen Schritt vor, dann einen zweiten, einen dritten. Meine Stiefelsohlen knirschten auf kleinen Steinchen, die am Boden verstreut lagen. Brogan drehte den Kopf einmal ganz herum, bis er mich ansah. Er lächelte diabolisch – und eine Sekunde später klettert er mit verblüffender Geschwindigkeit auf Händen und Füßen an der Wand entlang hinter mir her …

Ich hob die Pistole und drückte zweimal ab. Beide Kugeln trafen ihn im Rücken, doch es schien ihm nicht das Geringste auszumachen. Er ließ sich fallen, landete geschmeidig auf dem Boden.

Ich wandte mich ab und floh. Hinter mir ertönte ein Knall, und einen Augenblick später wurde mir bewusst, dass ich erneut von einer Kugel getroffen worden war.

Ich erreichte den Fuß der Treppe und zwang mich, nach oben zu steigen. Über mir sah ich ein helles Rechteck, der Weg nach draußen, doch es wurde kleiner und kleiner. Der riesige Altar schob sich wieder vor die Öffnung und drohte mich in dem unterirdischen Tempel einzuschließen. Ich beeilte mich, so sehr ich konnte, doch der Schmerz in meinem Unterleib wurde beinahe unerträglich. Fast hätte ich das Bewusstsein verloren. Ich schaffte es gerade noch, mich durch den Spalt zu zwängen, bevor der Altar den Durchgang gänzlich versperrte.

Dann ließ ich mich zu Boden fallen. Erst jetzt spürte ich den Druck am Bein – die Holzschachtel mit den Pfeilspitzen in meiner Hosentasche. Ich lag einen Augenblick still, dann zog ich sie hervor. Sie war unbeschädigt. Ich schob sie in die Tasche zurück und stemmte mich vom Boden hoch. Unsicher ging ich zum Ausgang und wollte die breite Treppe hinunter in den verwilderten Garten steigen, doch als ich den Durchgang erreichte, blieb ich staunend stehen.

Der eben noch verwilderte Garten stand in voller Blüte.

Riesige Blüten von der Größe einer Männerfaust prangten an Ranken, die sich über die Säulen wanden. Aus den Statuen plätscherte Wasser in steinerne Schalen, in denen Goldfische schwammen. Drei Frauen schlenderten über einen Pfad. Als sie mich erblickten, kicherten sie ausgelassen, obwohl sie mir doch ansehen mussten, dass ich verwundet war. Mein Hemd war blutdurchtränkt. Eine der Frauen winkte mir lockend zu und lächelte.

Ich fühlte mich so schwach, dass ich mich am liebsten hingelegt und aufgegeben hätte. Stattdessen ging ich schwankend voran, durch das Tor in der Mauer und hinein in den schwülheißen Dschungel, und ließ Brogan und den Garten zurück. Ich machte ein paar weitere Schritte, bevor ich stürzte und der Länge nach im Dreck landete. Einige Sekunden schwebte ich am Rande der Bewusstlosigkeit, bevor eine Woge der Übelkeit mich erfasste. Ich erbrach mich heftig, bevor mich eine gnädige Ohnmacht umfing.

Jefferson riss die Augen auf, schnappte nach Luft und hielt sich den Hals. Seine Brust brannte wie Feuer. Er lag auf dem Boden, die Schachtel mit den Pfeilspitzen offen neben sich. Blut sickerte durch den Stoff seines Hemdes. Die alten Wunden hatten sich geöffnet. Er fühlte sich schwindlig und benommen vom Ansturm der Erinnerungen. Noch immer roch er den fauligen Gestank des Dschungels, hörte das Knallen der Schüsse, spürte den Regen auf der Haut.

Brogan …

Brogan also war derjenige auf der Insel gewesen, der von dem Dämon besessen war. Brogan war die Reinkarnation Sidinas. Brogan war – als Keaveney – auf die Insel gekommen, wo der Dschinn gefangen gewesen war, der nach Sidina gesucht hatte. Davis hatte es schließlich geschafft, von der Insel zu entkommen, doch er war an Bord der *Galla* gestorben. Genau wie Brogan. Und der Dämon, der in ihm gewesen war, hatte auf dem Grund des Ozeans in der Falle gesessen.

Irgendwie hatte Lyerman von der Geschichte erfahren, und irgendjemand hatte ihn auf dem Laufenden gehalten, was das Wrack anging. Lyerman hatte Brogan angefordert, um den Mord an seinem Sohn aufzuklären.

Vielleicht, weil er gewusst hat, wer Brogan ist? Hat er gewusst, dass Brogan Sidina ist? Oder dass Brogan die Reinkarnation des Marines ist, in dessen Körper der Dschinn von der Insel zu fliehen versucht hat?

Jefferson war übel, und er fühlte sich schwach. Er rollte sich auf die Seite und zog sich langsam hoch. Er war nicht sicher, wie viel Zeit vergangen war, doch nach einem Blick auf die Uhr schätzte er, dass es nicht mehr als zehn Minuten gewesen sein konnten. Die Wunden in der Brust hatten zu bluten aufgehört, doch sein Hemd war nass und klebte an seiner Haut.

Nach und nach fand er genug Kraft, sich zum Fenster zu schleppen. Er stützte sich auf das Sims und blickte hinaus aufs

Dach in der Erwartung, Brogan und Vincent noch immer streiten zu sehen. Doch er sah nur Vincent.

Vincent lag mit durchschnittener Kehle im Gras.

Und Brogan war verschwunden.

Jefferson zuckte zusammen, als er draußen auf dem Pfad das Knirschen von Schritten vernahm. Jemand kam zum Wintergarten! Jefferson geriet in Panik und versuchte, sich hochzustemmen, stürzte jedoch zu Boden und stöhnte vom Schmerz des Aufpralls. Er lag neben dem Fenster, das nach draußen auf den Whirlpool zeigte. Hinter ihm stand der große Schreibtisch. Er schleppte sich über den Boden und erreichte den Fuß des schweren Möbels. Als er nach oben blickte, sah er, dass die Tür zum Wintergarten noch offen stand.

Die Schritte waren unterdessen auf dem Marmor des Patios zu hören. Stöhnend vor Schmerz, schleppte Jefferson sich über den roten Orientteppich zur offenen Tür. Er hörte, wie die Schritte draußen vor dem Whirlpool verharrten. Brogan schien dort stehen geblieben zu sein und sich umzusehen. Wenn er zum Wintergarten blickte, würde er die offene Tür bemerken.

Jefferson hatte das Zimmer zur Hälfte durchquert, als die Schritte wieder erklangen. Er verdoppelte seine Anstrengungen und erreichte schließlich die Tür.

Das Geräusch von Brogans Schritten veränderte sich erneut; diesmal hörte es sich an, als würde er über den Rasen gehen. Jefferson fühlte sich unendlich schwach. Wenn Brogan ihn jetzt fand, in diesem Zustand, hatte er keine Chance.

Jefferson verdrängte den Gedanken und konzentrierte sich auf seine Bewegungen. Endlich konnte er die Tür mit den Fingerspitzen berühren und schob sie langsam zu. Als sie nur noch einen Spalt offen stand, hielt er inne – das klickende Geräusch des Schlosses wäre zu laut gewesen. Jefferson beließ es bei dem schmalen Spalt und hoffte, Brogan würde vorbeigehen, ohne etwas zu bemerken.

Er schleppte sich wieder in den hinteren Teil des Raumes, und allmählich kehrten seine Kräfte zurück. Er hörte, wie Brogan draußen den Weg erreichte, der direkt zum Wintergarten führte. Wahrscheinlich wollte er im Zimmer nachsehen. Jefferson kroch schneller und hielt erst inne, als er die Holzschachtel erreicht hatte. Er schob sie in seine Hosentasche, als Brogan draußen langsam an der Tür vorbeiging. Jefferson atmete erleichtert durch. Er lehnte sich gegen den Schreibtisch, schloss die Augen und konzentrierte sich darauf, seine Kräfte zu sammeln, während er dem beruhigenden Geräusch der sich entfernenden Schritte Brogans lauschte.

Plötzlich riss er die Augen auf.

Irgendetwas stimmte nicht.

Brogans Schritte waren abrupt verstummt. Zu abrupt. Jeffersons Blick fiel auf die spaltweit geöffnete Tür. Er bemerkte, dass sie leicht in den Angeln schwang, bewegt vom Luftzug, der durch ein offenes Fenster kam. Draußen war kein Laut zu hören. Jefferson hielt den Atem an, und schließlich hörte er, wie Brogan sich wieder entfernte. Er entspannte sich, und sein Arm fiel schlaff herab. Die Armbanduhr prallte mit einem lauten Klicken auf den Boden.

Jefferson erstarrte. Draußen waren die Schritte erneut verstummt. Dann hörte er plötzlich, wie Brogan über den Weg zum Wintergarten gerannt kam.

Jefferson sah sich gehetzt um. Sein Blick fiel auf eine große, mit Schnitzereien verzierte Holztruhe an der Wand unmittelbar neben dem Fenster. Er kroch dorthin und zog sich an der Truhe hoch, klappte den Deckel auf und stellte erleichtert fest, dass im Innern ausreichend Platz war, um sich darin zu verstecken. Bis auf ein Fell war die Truhe leer. Er zog sich über den Rand und ließ sich in die Truhe gleiten. Er schaffte es gerade noch, den Deckel zu schließen, als die Tür zum Wintergarten aufgestoßen wurde und Brogan hereinkam.

Im Innern der Truhe war es stickig und heiß, und es stank durchdringend nach altem Holz. Jefferson hatte die Knie bis zur Brust angezogen, die Füße an die Seitenwand gestemmt und die Arme um die Knie geschlungen. Der Deckel der Truhe schloss bis auf einen kleinen Spalt, der um drei Seiten lief, sauber mit dem Rand ab. Jefferson hob den Kopf und spähte durch den Spalt nach draußen.

Brogan stand regungslos im Zimmer und blickte von einer Seite zur anderen, in der Hand ein langes, geschwungenes Messer, das rot war von Vincents Blut.

»Komm raus, kleines Schweinchen«, sagte er langsam und betont. »Komm raus, wo immer du dich versteckst.«

Jefferson wagte nicht zu atmen. Er beobachtete Brogan, der die Bilder und die Tierköpfe an den Wänden betrachtete, bevor er sich abrupt umwandte und den Wintergarten verließ. Die Schritte auf dem Pfad verklangen, und schließlich hörte Jefferson die Aufzugstüren. Brogan war ins Gebäude zurückgekehrt.

Jefferson wartete einen Augenblick, bevor er langsam den Deckel der Truhe nach oben drückte. Er stieg aus seinem Versteck, machte ein paar unsichere Schritte zur Tür, öffnete sie und blickte hinaus aufs Dach, wobei er tief durchatmete. Die frische Nachtluft wirkte belebend. Dann kehrte er in den Wintergarten zurück und sah sich um. An der gegenüberliegenden Wand stand eine große Vitrine mit einem Gestell voller Gewehre und einem Bogen. Neben dem Bogen lag ein Köcher mit Pfeilen.

Jefferson durchquerte den Raum, öffnete die Vitrine und nahm den Bogen und die Pfeile heraus. Der Bogen war schwer und solide, die Sehne straff gespannt. Er nahm die Pfeile aus dem Köcher und legte sie vor sich auf den Schreibtisch. Dann öffnete er die Holzschachtel, die er in einem früheren Leben von der Pazifikinsel mitgenommen hatte, und machte sich daran, die Metallspitzen an den Pfeilen zu befestigen. Nach wenigen Minuten war die Arbeit beendet. Er schulterte den Köcher und ging hinaus aufs Dach.

Jefferson schätzte, dass genügend Zeit vergangen war und Brogan inzwischen irgendwo anders im Gebäude nach ihm suchte, daher wagte er es, den Aufzug zu benutzen. Er war auf dem Weg nach unten, als sein Handy in der Tasche vibrierte. Jefferson sah auf dem Display, dass Brogan am anderen Ende war.

Er nahm den Anruf entgegen.

»Wo steckst du, Jefferson? Warum zeigst du dich nicht?«

Es war Brogans Stimme, doch sie klang anders, schrill und durchdringend.

»Ich kann nicht glauben, dass du es bist«, erwiderte Jefferson.

»Tut mir Leid, wenn ich dich enttäusche.«

Wieder die schrille Stimmlage. Es klang fast, als würde jemand Brogan imitieren.

»Du bist nicht Brogan, stimmt's?«

Ein Kichern. »Ich bin ein Teil von ihm. Er wusste, dass er der eine war. Du erinnerst dich an Bosnien? An seine Raserei, als er sich gegen euch gewendet hat?«

»Das ist Jahre her.«

»Und doch zeigt es seinen Charakter. Außerdem kann der Dschinn dir wundervolle Dinge geben.«

»Was hast du Brogan versprochen?«

»Seine Frau. Seine tote Frau. Ich habe ihm gesagt, ich könnte sie ihm zurückbringen, wenn er bereit ist, mir zu dienen. Aber ich glaube, dass er es ohnehin längst wusste.«

»Was wusste er?«

»Wer er war. Er wusste von seiner Vergangenheit und dass ich irgendwann kommen würde, um ihn zu rufen«, sagte die schrille Stimme. »In den vergangen achthundert Jahren ist es das erste Mal, dass es einem von uns gelungen ist, euch alle auf einem Fleck zu finden.«

Der Aufzug näherte sich rasch seinem Ziel. Jefferson fiel das Überwachungssystem des Lyerman Building ein. Kameras auf jedem Stockwerk. Wenn er ins Untergeschoss fuhr, konnte er die Monitore im Sicherheitsraum benutzen, um Brogan aufzuspüren.

»Ist es nicht schön?«, erklang wieder Brogans Stimme, diesmal ruhig, beinahe freundlich. »Ganz wie in den alten Zeiten. Wie damals auf der Insel. Aber du hörst dich enttäuscht an. Vergiss nicht – ich habe versucht, dich auf Blade Island zu retten. Ich war dein Partner.«

»Das war Brogan, nicht du. Brogan war mein Partner. Dir schulde ich gar nichts.«

Der Aufzug öffnete sich zum Foyer hin, und Jefferson ging eilig zu der Treppe, die in den Keller führte. Er bemühte sich, seinen Atem unter Kontrolle zu halten und seine Bewegungen nicht zu verraten.

»Vor sehr langer Zeit, als ich Sidina war, herrschte ich über die halbe bekannte Welt«, fuhr Brogan fort, der nichts bemerkt zu haben schien. »Dann wurde Sidina getötet und von Kreuzrittern auf die Insel gebracht. Ich habe meine Tage als körperloses Wesen auf Bougainville verbracht und war nur von Zeit zu Zeit im Stande, die Insel zu verlassen, wenn einer meiner Kameraden seine Reinkarnation fand. Doch es war immer nur einer von uns, und so mussten wir jedes Mal ins Nichts zurück und auf die nächste Generation warten. Dann, eines Tages, sah ich einen Mann, einen Soldaten. Sidina. Dieser Mann, den du heute als Brogan kennst, war der, nach dem ich suchte, nach dem ich all die Jahrhunderte gesucht habe …«

»Ich weiß alles darüber, wie du die Reinkarnation Sidinas auf Bougainville gefunden hast«, entgegnete Jefferson.

»Ja. Aber dann versank ich mit der *Galla* auf den Grund des Meeres und war dort vierundsechzig Jahre lang gefangen. Mehr als ein halbes Jahrhundert in einem winzigen Käfig …«

»Hat Lyerman dich befreit?«

Brogan kicherte. »Bevor die *Galla* sank, trafen Lyerman und ich eine kleine Vereinbarung. Er würde mir helfen, so weit es in seiner Macht stünde, und ich würde ihm dafür jeden Wunsch erfüllen. Was ich tatsächlich kann, nebenbei bemerkt.«

»Aber du hast Lyerman getötet.«

»Er war im Begriff, meinen Wirt zu verletzen. Diesen wunderbaren Körper, in dem ich mich nun befinde und den ich brauche, um nicht wieder ins Nichts zurückzumüssen.«

»Weshalb hast du Lyermans Sohn getötet?«

»Ich musste wissen, ob Lyerman loyal ist.«

Jefferson hörte ein gleitendes Geräusch wie von Schranktüren, die geöffnet wurden. Dann sagte Brogans Stimme: »Für einen Krüppel hat der gute Lyerman eine schicke Garderobe.«

Er scheint wieder in Lyermans Schlafzimmer zu sein, dachte Jefferson, der nun das Untergeschoss erreicht hatte und durch den Korridor ging, der zum Sicherheitsraum führte.

»Aber wir wollen nicht die ganze Nacht vertändeln«, fuhr Brogan fort. »Du weißt, warum ich hier bin. Sidina hatte drei Kameraden, Krieger wie er, die größten Kämpfer ihrer Zeit. Gemeinsam haben wir die Welt beherrscht. Du warst einer von ihnen, und du wirst wieder einer von ihnen sein. Es ist an der Zeit, dass du dein Geburtsrecht ergreifst. Dein Recht zur Größe.«

»Du möchtest, dass ich mich dir anschließe?«

»Ja. Triff die richtige Wahl. Die falsche ist immer sehr blutig für alle Beteiligten.«

»Und Vincent?«

»Vincent hat sich falsch entschieden«, antwortete Brogan. »Aber wenn du und der vierte Reinkarnierte die richtige Wahl treffen, haben wir zwei Menschenalter, um die nächste Reinkarnation Vincents zu finden und zu überzeugen, auf unsere Seite zu wechseln.«

»Was muss ich dafür tun?«

»Als Erstes musst du mir die Schachtel geben, von der ich weiß, dass du sie inzwischen besitzt.«

Jefferson ging durch den langen Korridor und stieß die Tür zum Sicherheitsraum auf. Er war leer. Die Wachleute schienen irgendwo im Gebäude zu sein. Die einzige Beleuchtung kam von den Schwarzweißmonitoren an der Wand. Sie übertrugen Bilder von den Überwachungskameras, die überall im Gebäude installiert waren. Eine der Kameras befand sich in Lyermans Schlafzimmer. Jefferson hatte richtig vermutet: Brogan hielt sich in dem Zimmer auf. Er hatte das Handy am Ohr, stand am Fenster und blickte hinaus.

»Tut mir Leid«, sagte Jefferson. »Du bekommst die Schachtel nicht.«

Brogan setzte zu einer Antwort an, doch Jefferson klappte sein Handy zu.

Er schloss die Tür des Sicherheitsraumes und wandte sich der Wand aus Monitoren zu. In der oberen linken Ecke sah er Brogan im Schlafzimmer Lyermans stehen und auf sein Handy starren. Jefferson spürte, wie etwas in ihm zerbrach, als er die vertraute Gestalt seines einstigen Partners betrachtete, seines Freundes, der nun zu einer Grauen erregenden Kreatur geworden war. Jefferson wandte sich den anderen Schirmen zu.

Sie zeigten Szenen aus dem gesamten Gebäude. Lyerman hatte sehr viele Kameras installieren lassen. Jefferson blickte von Schirm zu Schirm, sah Rasenanlagen vor dem Gebäude, lange Gänge und Flure mit Gemälden an den Wänden, Zimmer, Büros …

Plötzlich erweckte etwas seine Aufmerksamkeit. Auf dem Schirm oben rechts waren vier Männer zu sehen. Sie standen in einem Schlafzimmer, wahrscheinlich in Kenneth Lyermans Schlafraum. Zwei von ihnen zogen Schubladen auf und leerten deren Inhalt aufs Bett, während die beiden anderen sich mit

Messern über das Mobiliar hermachten, indem sie alles aufschlitzten und durchsuchten. Jefferson erkannte in einem von ihnen den großen Samoaner. Er beobachtete, wie einer der Männer Schuhe aus einem Schuhschrank in einen großen Seesack packte, den er sich anschließend über die Schulter warf.

Die Mistkerle plündern das Gebäude. Sie wissen offensichtlich, dass Lyerman tot ist. Sie haben seine Leiche gefunden.

Wenn diese Kerle sich die Zeit nahmen, im Gebäude herumzuschnüffeln, zu stehlen und zu plündern, mussten sie sich in Sicherheit wägen – und das bedeutete, dass niemand die Polizei angerufen hatte, dass kein Alarm ausgelöst worden waren und dass die Kavallerie in Blau nicht auftauchen würde. Jefferson war es nur recht. Er brauchte keine dreißig oder vierzig Polizisten im Gebäude, die ihn daran gehindert hätten, diese Sache zu beenden.

Jefferson wandte seine Aufmerksamkeit von den vier plündernden Wachleuten ab und konzentrierte sich auf den nächsten Monitor. Er zeigte ein Badezimmer. Es war mit den massiven Einbauten ausgestattet, die Reiche zu lieben schienen. Eine Toilette, die aussah, als wöge sie drei Tonnen, eine Badewanne von der Größe eines Volkswagens, eine Reihe Waschbecken, die an Viehtränken erinnerten. Jeffersons Blick verharrte auf der Wanne, die mitten im Zimmer stand, eine altmodische Wanne mit vergoldeten Klauenfüßen.

In der Wanne bewegte sich etwas. Es war dunkel und körnig und kaum zu erkennen. Es schien sich hin und her zu bewegen – und plötzlich sah es in seine Richtung. Ein weißes Gesicht. Jefferson sog scharf die Luft ein.

Es war McKenna.

Sie war an Händen und Füßen gefesselt, und auf ihrem Mund klebte ein silberner Streifen Gewebeband. Der Dämon hatte McKenna in seiner Gewalt.

In Jefferson loderte heißer Zorn auf. Er richtete seinen Blick wieder auf den Schirm, der das Schlafzimmer zeigte, in dem Brogan sich vorhin noch aufgehalten hatte.

Das Schlafzimmer war leer. Brogan war verschwunden.

Jefferson sah wieder zu McKenna, die sich in der Badewanne wand und gegen ihre Fesseln kämpfte. Er suchte das Zimmer nach einem Hinweis ab, auf welcher Etage das Bad sein könnte, doch er fand nichts. Das Lyerman Building besaß siebzig Stockwerke und tausend Zimmer. Das Bad konnte überall sein. Es konnte Tage dauern, bis er McKenna gefunden hatte.

Jefferson wandte den Blick von den Bildschirmen ab und konzentrierte sich auf den Computer, der die Kameras steuerte. Der Monitor zeigte eine Reihe unterschiedlich beschrifteter Icons. Jefferson klickte auf das Symbol ÜBERWACHUNGSKAMERAS. Ein Fenster öffnete sich und zeigte eine sinnbildliche Darstellung der Wand mit Überwachungsbildschirmen. Unter jedem Schirm war der Standort verzeichnet, wo sich die jeweilige Kamera befand: GÄSTESCHLAFZIMMER OSTFLÜGEL, FOYER, WINTERGARTEN, ARBEITSZIMMER, KONFERENZRAUM, BADEZIMMER WESTFLÜGEL, BADEZIMMER OSTFLÜGEL. Die Liste darunter enthielt Hunderte von Namen. Jefferson klickte einen der Namen an und schob ihn auf ein Bildschirmsymbol. Die Unterschrift änderte sich, und der Überwachungsmonitor an der Wand über ihm zeigte ein neues Bild.

Jefferson wählte die Lobby an und schob sie auf ein weiteres Bildschirmsymbol. Ohne Verzögerung zeigte der Monitor die Lobby des Lyerman Building. Sie war leer und dunkel. Jeffersons Blick huschte über die restlichen Überwachungsmonitore an der Wand, als er eine flüchtige Bewegung bemerkte. Und dann sah er Brogan, der irgendwo im Gebäude mit dem Rücken zur Kamera einen langen Flur hinunterging.

Am Ende des Ganges bog er nach rechts ab und verschwand außer Sicht. Jefferson versuchte, die Kameras umzuschalten und Brogan erneut ins Bild zu holen, doch sein ehemaliger Partner war wie vom Erdboden verschluckt. Jefferson starrte auf die Bildschirme – sie waren leer.

Zornig wandte er sich wieder dem Steuerungscomputer zu. Auf dem Desktop entdeckte er ein weiteres Icon, das ein Fernglas darstellte. Jefferson klickte mit der Maus darauf, und ein neues Fenster öffnete sich. Es schien eine Suchfunktion zu steuern. Indem Jefferson Schlüsselworte eintippte, konnte er Zimmer für Zimmer durchgehen, geordnet nach der Art des Raumes oder nach der Größe.

Ganz unten am Rand des Fensters bemerkte er eine Zeile: NACH BEWEGUNGEN SUCHEN?

Jefferson klickte die Zeile an, und ein winziges Fernglas erschien auf dem Schirm und wanderte über die Positionen der Überwachungskameras. Es blieb über einem hell aufblinkenden Listenpunkt stehen: HAUPTKORRIDOR ERSTER STOCK.

Ein Bild erschien.

Jefferson sah Brogan durch einen weiteren Korridor laufen. Diesmal folgte die Kamera seiner Bewegung. Jefferson sah genauer hin und erkannte, dass das äußere Erscheinungsbild Brogans unverändert war. Er sah völlig normal aus, doch irgendetwas an seinen Bewegungen war anders. Feindselig, bedrohlich …

Der Dämon hielt Brogan also für die Reinkarnation eines Kriegers, der vor fast achthundert Jahren getötet worden war. Er hatte Brogan auf der Insel gefunden und war an Bord der *Galla* gefangen gewesen, als Brogan mit dem Schiff untergegangen war. Vierundsechzig Jahre später hatte der Dämon ihn in Boston erneut gefunden. Doch sie waren einem seiner Kameraden begegnet, damals in Bosnien, in jener Nacht, als sie das kleine Mädchen ermordet und die Soldaten getötet hatten. Das war die hasserfüllte Präsenz gewesen, die sie alle gespürt hatten.

Jefferson sah hinauf auf den Bildschirm. Brogan war vor einer

Tür stehen geblieben. Er griff nach der Klinke und öffnete die Tür.

»O nein …«, flüsterte Jefferson.

Die Kamera schaltete um. In der nächsten Einstellung sah Jefferson das Badezimmer mit der gefesselten McKenna in der Wanne. Die Tür öffnete sich, und Brogan erschien im Eingang.

Jefferson starrte wie gebannt auf den Schwarzweißmonitor. McKenna lag reglos in der Wanne und sah Brogan an. Brogan hatte den Raum betreten und stand am Rand der Wanne. Er blickte auf McKenna hinunter. In der rechten Hand hielt er eine lange Klinge, die wie ein riesiges Küchenmesser aussah.

Jefferson beobachtete hilflos das Geschehen. Er wusste, dass er niemals rechtzeitig eingreifen konnte, um McKenna zu helfen. Brogan starrte sie so kalt und gefühllos an wie ein grausames Kind einen verletzten Vogel.

Jefferson griff nach seinem Handy und tippte Brogans Nummer ein.

»Mach schon!«, rief er, als könne er Brogan auf diese Weise dazu bewegen, den Anruf entgegenzunehmen.

Es schien eine Ewigkeit zu dauern. Jefferson starrte auf den Schwarzweißmonitor und beobachtete Brogans Reaktion. Der schien gar nicht zu bemerken, dass er angerufen wurde. In Jefferson stieg Verzweiflung auf. Der Gedanke an das, was als Nächstes kommen würde, war ihm unerträglich. Dann aber trat Brogan von der Wanne zurück und griff in die Jackentasche.

»Ich nehme an, dass du es bist, Jefferson. Ich kann mir nicht vorstellen, wer sonst um diese Zeit anrufen sollte«, sagte Brogan, ohne eine Antwort abzuwarten. »Ich hatte schon befürchtet, dich aufgeben zu müssen.«

»Ich bin immer noch hier«, entgegnete Jefferson. »Und ich warte auf dich.«

»Wo genau bist du?«, fragte Brogan.

»Auf dem Dach«, antwortete Jefferson. »Komm und hol mich.«

Jefferson unterbrach die Verbindung und schaltete den Vibrationsalarm ein, damit das Gerät nicht in einem unpassenden Augenblick piepste. Er konnte Brogan auf dem Monitor beobachten. Brogan würde aufs Dach fahren, um ihn zu stellen. Jefferson würde seinen Bewegungen folgen und darauf achten, welche Etagennummer am Aufzug stand. Und während Brogan auf dem Dach nach ihm suchte, würde Jefferson einen anderen Aufzug nehmen und McKenna befreien.

Auf dem Monitor war zu sehen, wie Brogan nachdenklich auf sein Handy starrte; dann wandte er sich wieder McKenna zu. Jefferson sah, wie seine Lippen sich bewegten, als er zu McKenna sprach. Dann lachte er, wandte sich ab und verließ das Badezimmer.

Kameras folgten ihm auf dem Weg durch den Gang. Jefferson ließ den Monitor nicht aus den Augen, während er den Bogen aufnahm, den er vom Dach mitgebracht hatte, und einen Pfeil aus dem Köcher zog. Er legte den Pfeil ein, zog die Sehne zurück und schwang den Bogen hoch, um probehalber zu zielen.

Auf dem Bildschirm hatte Brogan einen Aufzug im Gebäudeinnern erreicht. Neben der Tür stand eine große silberne 41. Auf dieser Etage also hielt Brogan McKenna gefangen.

Jefferson schlang den Bogen über die Schulter und verließ den Sicherheitsraum. Er stieg die Treppe zum Erdgeschoss hinauf. Die Pfeile im Köcher klapperten beim Gehen. Seine Beretta steckte im Halfter am Gürtel.

Halb verborgen hinter einem riesigen Gummibaum, mündete die Treppe in den hinteren Teil des Foyers. Die Lichter waren gedämpft, kleine gelbe Inseln über dem Empfangsschalter, an dem Jefferson und McKenna sich nach der Etage erkundigt hatten, in der die Wohltätigkeitsparty stattfand. Der Schalter war verlassen, doch Jefferson hatte die Wachmänner nicht vergessen, die im Gebäude patrouillierten. Bewaffnete Wachleute. Er fragte sich, wo sie steckten. Er wartete hinter dem Gummibaum und drückte sich in den Schatten, während er das stille Foyer absuchte. Als er sicher war, dass niemand da war, trat er aus seiner Deckung.

Zu seiner Rechten hämmerte jemand laut gegen die gläserne Außentür.

Ein Mann stand dort neben dem Parkservice, die hohlen Hände ans Glas gelegt, und spähte ins Innere des Foyers, bevor er erneut mit der Faust gegen die Scheibe hämmerte, um Jeffersons Aufmerksamkeit auf sich zu lenken. Es war Saint.

Jefferson durchquerte eilig das Foyer und öffnete.

»Was machen Sie denn hier, Mann?«

»Ich dachte, Sie könnten vielleicht ein wenig Hilfe gebrauchen«, antwortete Saint und trat an Jefferson vorbei in die Lobby. »Also bin ich mit ein paar Freunden hergekommen.«

Saint trug eine schwarze Jogginghose und ein schwarzes Sweatshirt mit hochgezogener Kapuze. Er hielt eine große Stofftasche in die Höhe und stellte sie anschließend auf dem Marmorboden ab. Es klapperte laut und metallisch.

Jefferson starrte Saint an. Der zuckte die Schultern. »Dieses Biest hat zwei meiner Freunde umgebracht und mich übel zugerichtet. Ich bin hier, um es ihm heimzuzahlen. Für meine Freunde und meine Brüder auf Blade Island.«

»Sind Sie sicher? Es könnte Sie das Leben kosten.«

»Das kann einem heutzutage überall passieren. Dann kann ich mir wenigstens aussuchen, wo es geschieht. Hart im Leben, aufrecht in den Tod.«

Saint bückte sich und öffnete den Reißverschluss. Die Tasche war mit Waffen gefüllt. Jefferson sah sieben oder acht Handfeuerwaffen, drei machetengroße Messer, den dicken Lauf einer Mossberg und ein AK-47. Man taucht nicht ungebeten auf einer Party auf, ohne für jeden etwas mitzubringen, und

Saint hatte seinen eigenen Proviant dabei. Er wusste so gut wie Jefferson, was es mit dem Dämon auf sich hatte, und wenn er gegen ihn kämpfen wollte, würde Jefferson ihn nicht daran hindern.

»Sie haben also früher einmal Sklavenrevolten auf Haiti angeführt«, sagte Jefferson. »Wahrscheinlich haben Sie eine Menge Weißer umgebracht?«

Saint grinste. »Eine ganze Menge, Bruder. Reiche weiße Teufel. Von der gleichen Sorte wie Sie.«

Jefferson beugte sich vor, blickte in die Tasche und betastete die Mossberg. »Darf ich?«

»Nur zu.«

Jefferson nahm die Mossberg aus der Tasche und pumpte eine Patrone in die Kammer. Dann nahm er zwei Schachteln Schrotpatronen, stopfte sie sich in die Taschen und nickte Saint zu. »Sie wollen kämpfen? Meinetwegen. Sie sind dabei.«

Saint hielt Jefferson die Hand hin. »Heute Nacht werden wir *Diabb-la* töten. Die Schlange der Dunkelheit.«

»Sie helfen einem weißen Mann, einen Teufel zu erledigen.« Jefferson grinste. »Wenn Ihre Ahnen Sie jetzt sehen könnten ...«

Jefferson und Saint nahmen einen der unbeschädigten Aufzüge in den einundvierzigsten Stock, wo McKenna gefangen gehalten wurde. Während der Aufzug nach oben fuhr, schlug Saint seine Kapuze nach hinten. Sein Kopf war noch immer kahl rasiert und glänzte im Licht. Er zog sein Sweatshirt aus, öffnete die Tasche und legte es hinein. Unter dem Sweatshirt trug er ein ärmelloses schwarzes Trikot. Unter jeder Achsel hing ein leeres Schulterhalfter. Seine Arme waren dick und muskulös. Erneut griff er in die Tasche und zog Waffen über Waffen hervor. Er erinnerte Jefferson an einen Magier, der Dutzende von Kaninchen aus einem kleinen Zylinder zauberte.

Zwei silberne Glock 19 wanderten in die beiden Schulterhalfter. Eine 38er Special kam in den Gürtel hinter dem Rücken, eine 22er in ein Halfter an der Wade, eine schwere 44er Magnum in ein weiteres Halfter an der Hüfte.

Als Letztes zog Saint das AK-47 aus der Tasche, ein Sturmgewehr mit enormer Durchschlagskraft und großer Reichweite. Wer immer Saint in die Quere kam, würde einer Menge Blei ausweichen müssen.

»Ein AK-47?«, fragte Jefferson neugierig. »Wo haben Sie das her?«

»Gab's im Schlussverkauf.«

»Schon verstanden. Keine Fragen, keine Antworten.«

»Genau, Bruder.«

Jefferson hielt die Mossberg in der Hand und hatte den Bogen und den Köcher über die Schulter geschlungen. Falls sie der Kreatur unvermutet über den Weg liefen, würde eine volle Ladung Schrot das Biest hoffentlich lange genug aufhalten, dass Jefferson den Bogen herunternehmen, einen Pfeil auflegen und einen sauberen Schuss anbringen konnte. Außerdem trieben sich der kleine Panamaer und die Wachleute, die sich aufs Plündern verlegt hatten, im Gebäude herum. Alles in allem stand ein heißer Tanz bevor.

»Jemand kommt«, sagte Saint.

Jefferson folgte seinem Blick nach draußen. Durch die Glasscheiben war eine nach unten gleitende Aufzugskabine zu sehen. Keine Innenbeleuchtung. Saint hob das AK-47 und wartete.

»Ganz ruhig«, mahnte Jefferson. »Solange wir nicht wissen, wer es ist …«

Saint nickte und legte den Sicherungshebel um. Das Klicken hallte laut durch die Stille.

Sie passierten die Kabine, und Jefferson sah ihr hinterher, als sie an ihnen vorbei nach unten sauste. Im Innern stand eine einzelne Gestalt, eine dunkle Silhouette vor den Lichtern der Stadt hinter dem Glas der Kabine. Wer immer es war – er hob den Kopf und sah die beiden Männer an.

Saint zielte mit dem AK-47 auf den Lift, bis er ein Stück weiter unten hielt und jemand ausstieg. Wer es auch war – er hatte offensichtlich nicht die Absicht, das Gebäude zu verlassen.

Sekunden später hielt auch ihr eigener Lift, und die Türen glitten zur Seite. Der kleine Empfangsbereich lag dunkel und verlassen vor ihnen. Dahinter befanden sich Großraumbüros, ebenfalls leer und dunkel. Saint trat aus dem Aufzug und schwenkte den Lauf des AK-47 sichernd nach rechts und links. Jefferson folgte ihm mit erhobener Schrotflinte. Die Waffe lag schwer in seiner Hand, ein so beruhigendes Gefühl wie ein Baseballknüppel bei einer Schlägerei. Ganz gleich, mit wem sie es zu tun bekamen – sie würden nicht ins Hintertreffen geraten, dafür sorgten Saint und seine Tasche.

Jefferson deutete auf den Gang, der sich rechts an den Empfangsraum anschloss. Wenn er sich nicht gewaltig irrte, war McKenna hinter der vierten Tür auf der linken Seite. Er blickte auf die Uhr. Zehn Minuten, seit Brogan den Raum verlassen hatte, um hinauf zum Dach zu fahren. Er konnte inzwischen überall im Gebäude sein.

Jefferson hoffte, dass die Wachleute weiter oben zu sehr damit beschäftigt waren, Lyermans Habe zu plündern, um ihnen Scherereien zu machen.

Er nickte Saint zu, der das AK-47 im Hüftanschlag hielt, und nickte erneut in Richtung der Tür, hinter der er McKenna vermutete.

Dann geschah es.

Eine Tür am anderen Ende des Korridors flog krachend auf. Jefferson bemerkte die Bewegung und wollte sich hinter eines der cremefarbenen Sofas des Empfangszimmers ducken. Ein Mann kam aus der Tür, einer der Wachleute. Er sah Jefferson sofort, aus einer Entfernung von vierzig Metern. Sein Blick zuckte von Jefferson zu Saint und von Jeffersons Mossberg zu Saints AK-47. Er hatte die Arme zu den Seiten ausgestreckt; über jedem hing ein halbes Dutzend Herrenanzüge. Der Mann blickte nach rechts und links auf die Anzüge, dann wieder auf Jeffersons Mossberg. Jefferson sah, wie er zögerte.

In diesem kurzen Moment fand Jefferson die Zeit, warnend den Kopf zu schütteln. *Sei nicht dumm.* Der Mann schien zu begreifen. Seine Arme sanken herab, die Anzüge fielen zu Boden. Dann aber griff er nach seiner Waffe im Schulterhalfter unter der linken Achsel. Saint hob das AK-47 und gab vier Schüsse ab, die durch den Gang krachten wie Donnerschläge. Vierzig Meter entfernt zuckte der Wachmann bei jedem Knall, als würde er von einer unsichtbaren Faust geschlagen. Blut spritzte aus seinem Rücken. Er ging zu Boden und rührte sich nicht mehr.

Das AK-47 war eine verdammt laute Waffe. Eine Salve von vier Schüssen war vermutlich im halben Gebäude zu hören. Jeder, der sich in der Nähe aufhielt, wusste nun, dass es irgendwo Probleme gab. Es würde nicht lange dauern, bis die anderen Wachleute auftauchten.

Jefferson und Saint standen immer noch vor den Aufzügen. Saint schob eines der cremefarbenen Sofas in die Aufzugstür, damit der Lift nicht wegfahren konnte. Saint ging zum Empfangsschalter und schob das Chaos aus Stiften, Unterlagen, Schüsseln mit Süßigkeiten und Familienbildern zur Seite. Der Schreibtisch war aus massivem Holz und dick genug, um einem Schuss aus einer 22er, vielleicht sogar aus einer 38er problemlos standzuhalten. Alle größeren Kaliber jedoch würden das Holz durchschlagen.

Jefferson legte den Lauf der Mossberg auf und zielte auf die Tür. Zehn Meter entfernt kauerte Saint in der Aufzugskabine und hielt das AK-47 zwischen den halb geschlossenen Türen im Anschlag.

Sie mussten nicht lange warten.

Von der anderen Seite des Gangs, aus dem Treppenhaus, ertönten Stimmen. Zwei oder drei Mann, die lautstark diskutierten. Jefferson fragte sich, ob der riesige Samoaner einer von ihnen war. Eine Sekunde später streckte jemand die Hand durch die Tür. Kein Kopf, kein Gesicht, nur eine Hand mit einer TEC-9 darin, die von Gangs im Osten seit Jahren bevorzugte Waffe. Keine schlechte Pistole, doch mit einem kleinen Kaliber; ein Geschoss aus dieser Waffe konnte das Holz des Empfangsschalters nicht durchschlagen.

Jefferson zog den Kopf ein, als die TEC-9 zu bellen anfing. Er wartete das Ende des Kugelhagels ab, der den Raum verwüstete – die Bilder an den Wänden, die Schalen mit Süßigkeiten, alles, was den Geschossen in den Weg kam.

Die TEC-9 besaß ein Magazin mit zwanzig Schuss. Eine modifizierte, vollautomatische TEC-9 brauchte keine drei Sekunden, um das Magazin zu leeren, wenn jemand den Abzug gedrückt hielt. Doch wer auch immer hinter der Tür steckte, er schoss Einzelfeuer. Zwanzig Mal betätigte er den Abzug und ließ sich Zeit damit. Jefferson zählte die Schüsse, die blind in ihre Richtung gefeuert wurden, und sah zu Saint hinüber, der gelangweilt auf seine Uhr blickte, als wartete er auf eine verspätete U-Bahn.

Nach vierzehn Schüssen zog Jefferson langsam seine Beretta. Es war eine Präzisionswaffe, die auch auf größere Entfernungen genau schoss. Als er zwanzig Schüsse gezählt hatte, atmete er aus und hob den Kopf über den Schreibtisch. Die hellen Punkte von Kimme und Korn bildeten einen deutlichen Kontrast über dem schwarzen Waffenstahl. Vierzig Meter weiter ragte die Hand mit der TEC-9 noch immer hinter der Tür hervor, und der Finger betätigte wiederholt den Abzug, doch es gab nur ein Klicken. Jefferson hielt den Atem an, zielte und schoss.

Die Hand wurde zur Seite geschleudert, und auf der Wand dahinter glänzten Blutspritzer. Ein unterdrückter Schrei folgte, dann ein erregter Wortwechsel. Jefferson dachte an McKenna, die noch immer gefesselt in der Badewanne lag. Die vierte Tür im Gang lag zwanzig Meter vor ihm, zu weit weg für einen Sprint, solange noch Gegner im Treppenhaus lauerten, die jederzeit das Feuer eröffnen konnten. Jefferson fragte sich, ob Brogan die Schüsse ebenfalls gehört hatte.

Eine weitere Hand tauchte hinter der Tür auf. Jefferson duckte sich hinter den Schreibtisch. Eine zweite TEC-9, diesmal eine modifizierte Vollautomatik, spuckte Feuer und Kugeln. Unter das Stakkato der Schüsse mischte sich das dumpfe Dröhnen einer 44er Magnum. Das Geräusch war unverwechselbar.

Die Lage wurde immer bedrohlicher. Ein Computermonitor auf dem Schreibtisch explodierte, und Jefferson wurde von Glasscherben und Plastiksplittern überschüttet. Er nahm eine der größeren Scherben und hielt sie über die Schreibtischkante, bis der Gang sich darin spiegelte. Zwei Männer drangen durch die Tür zum Treppenhaus vor und huschten in das Gewirr des Großraumbüros, während die beiden anderen ihnen Deckung gaben. Eine Sekunde später klickte es, und die TEC-9 war leer geschossen. Dann verstummte auch die Magnum. Der dritte und vierte Mann huschten ebenfalls ins Großraumbüro. Alle verschwanden hinter Trennwänden.

Für Jefferson und Saint verschlechterte sich die Lage zusehends. Jefferson warf einen Blick zu dem riesigen Schwarzen, hielt vier Finger hoch und deutete auf den Bürosaal. Saint nickte, hob das AK-47 und schob den Kopf aus der Liftkabine, um einen raschen Blick in die Runde zu werfen. Jefferson erhob sich hinter dem Schreibtisch, den Finger am Abzug der Mossberg.

Eine Sekunde später tauchte ein einzelner Kopf hinter einer der Trennwände auf und verschwand sogleich wieder. Dann, zehn Meter vom ersten entfernt, erschien ein zweiter Kopf. Auch er duckte sich sofort wieder. Jefferson fühlte sich an die Pappfiguren auf einer Schießbahn erinnert. Als der dritte Kopf auftauchte, drückte er den Abzug der Mossberg durch. Die schwere Schrotflinte besaß einen gewaltigen Rückstoß, doch die obere Hälfte der Trennwand löste sich in einer Wolke aus Schaumstoff und splitterndem Metall auf. Ein Schrei ertönte, und Jefferson wusste, dass zumindest ein Teil der Schrotladung ihr Ziel gefunden hatte. Der Schrei hielt eine Weile an, bevor er sich in ein dumpfes Stöhnen verwandelte.

»He!«, rief Jefferson über den Schreibtisch hinweg. »Nehmt was ihr wollt. Es ist uns egal. Deswegen sind wir nicht hier.«

Eine Antwort blieb aus. Der Verwundete stöhnte immer noch irgendwo am Boden. Saint schüttelte den Kopf: *Sie werden nicht darauf eingehen. Wir müssen es mit ihnen austragen.* Jefferson deutete auf sich, dann den Gang hinunter, dann auf Saints AK-47 und den Saal. *Gib mir Deckung, während ich McKenna hole.*

Saint schien zu begreifen. Er hob die Waffe. Jefferson hörte es klicken, als er den Sicherungshebel auf Dauerfeuer schob. Einen Augenblick später ratterte die Waffe los. Die Geschosse rissen Schaumstoffbrocken aus den Wänden, Gips aus der Decke und Teppich aus dem Boden und sorgte dafür, dass die vier Wachleute die Köpfe tief unten hielten – jedenfalls lange genug für Jefferson, um in den Gang und zur vierten Tür zu sprinten.

Er stieß die Tür in einer einzigen, fließenden Bewegung auf und schlüpfte ins Zimmer. Der Raum sah genau so aus, wie er es von den Bildern des Überwachungsmonitors in Erinnerung hatte. Die gleichen massiven Porzellanbecken, die gleiche schwere Toilette. Der gleiche große Spiegel, die gleiche riesige Badewanne in der Mitte des Zimmers auf ihren vier vergoldeten Klauenfüßen.

Jefferson trat zur Wanne, sah hinein und stieß einen erleichterten Seufzer aus.

McKenna lag am Boden der Wanne und blickte aus geweiteten, verängstigten Augen zu ihm auf. Jefferson legte die Mossberg zur Seite und beugte sich über McKenna. Vorsichtig zog er ihr das Klebeband vom Mund.

»Gott sei Dank!«, stieß sie keuchend hervor. »Es ist Brogan! Ich habe ihn gesehen. Brogan ist der Dämon!«

Jefferson nickte und schnitt mit einem Messer aus Saints Tasche die Knoten von McKennas Fesseln durch. »Ich weiß. Er treibt sich irgendwo in der Nähe herum.«

Draußen auf dem Gang dröhnte das AK-47. McKenna hörte es ebenfalls.

»Was ist das?«

»Wir haben ein paar Probleme mit Wachleuten von Lyerman. Sie plündern das Gebäude, und wir sind ihnen in die Quere gekommen. Saint hält sie unter Kontrolle.«

»Saint ist hier?«

»Ist einfach vor der Tür aufgetaucht und hat mich nach Arbeit gefragt.«

»Mein Gott, Will!«, sagte McKenna. »Es ist Saint!«

»Was ist Saint?«

»Einer von Sidinas Kriegern. Saint ist der vierte Krieger!«

Jefferson erstarrte, das Messer in der Hand.

Saint ... der vierte Krieger. Es passte perfekt. Warum sonst hätte Saint im Gebäude sein sollen? Wie anders hätte er aus Sinatras Haus entkommen können? Der Dschinn hatte ihn verschont, weil er der vierte Krieger war ... Saint, der vierte Mensch, den die Dämonen für ihre endgültige Rückkehr brauchten.

Jefferson griff nach der Mossberg und drehte sich zur offenen Tür des Badezimmers um. Draußen auf dem Gang war alles still; das AK-47 hatte schon länger nicht mehr geschossen. *Ein schlechtes Zeichen.* Jefferson hörte einen Knall, als einer der Wachleute mit einer Pistole das Feuer erwiderte. Noch immer keine Antwort vom AK-47. *Ein verdammt schlechtes Zeichen.*

»Gib mir das Messer, Jefferson«, sagte McKenna mit einem

Blick auf die Klinge, die Jefferson noch immer in der Hand hielt. »Ich schneide meine Fesseln selbst durch.«

Er reichte ihr das Messer, und sie durchschnitt die Schnüre um ihre Füße. Die Mossberg im Anschlag, ging Jefferson zur Badezimmertür, atmete tief durch und streckte den Kopf nach draußen. Der Gang mit den Büros war leer. Jefferson sah zur anderen Seite. Das Sofa stand noch immer halb in den Aufzug gerammt, doch die Liftkabine war leer. Saint war verschwunden.

Jefferson sah am Aufzug vorbei zu dem Großraumbüro hinter dem Empfangsbereich. Einer der Wachleute stand aufrecht zwischen den Schaumstoffwänden der Abteile. Es war der Mann, dem Jefferson mit der Beretta fast die Hand abgeschossen hatte. Er drückte sich die blutige Hand gegen den Leib. Sie war mit einem Stück Stoff verbunden, das wie ein T-Shirt aussah. Der Bursche sah stinksauer aus. In der unverletzten linken Hand hielt er immer noch die TEC-9.

Jefferson hob die Mossberg und feuerte einen Schuss auf den Wachmann ab. Er war zu weit entfernt für einen Wirkungstreffer mit der Schrotflinte, doch der Krach erschreckte den Mann, und er warf sich hinter den Schaumstoffwänden in Deckung. Sollten die Kerle ruhig wissen, dass noch jemand am Leben war und gegen sie antrat. Allerdings befand sich Jefferson an einer ungünstigen Stelle. Wie Butch Cassidy und Sundance Kid musste er aus allen Rohren feuernd aus der Deckung stürmen, wenn er zurück zum Aufzug wollte. Außerdem hatte er nun McKenna bei sich und musste auf sie aufpassen. Und er wusste nicht, wohin Saint verschwunden war.

Er hörte ein Geräusch hinter sich und wandte sich um. McKenna stieg aus der Wanne. Sie hielt immer noch das Messer in der Hand. Sie sah erschöpft aus. Jefferson zog seine Beretta und reichte ihr die Waffe.

»Geladen und schussbereit.«

Sie nickte und nahm die Waffe entgegen.

Langsam schob Jefferson sich aus dem Bad und nach draußen in den dunklen Gang. Er pumpte eine weitere Patrone in die Kammer der Mossberg, laut genug, dass jeder das Geräusch hören konnte. McKenna folgte ihm. Sie schlichen durch den Gang und hielten sich dicht an der Wand mit den drei geschlossenen Türen, die in gleichmäßigen Abständen in die Mauer eingelassen waren. Draußen im Bürokomplex entdeckte Jefferson einen der Wachleute. Er kam tief geduckt hinter einem der Schreibtische hervor. Jefferson hob die Mossberg und feuerte. Die Schrotladung riss ein Stück aus dem Schreibtisch und wirbelte den Mann herum.

Dann geschah es.

Die letzte Tür im Gang vor ihnen öffnete sich. Saint kam aus dem Büro dahinter. Er sah Jefferson an, dann blickte er an Jefferson vorbei auf McKenna. Seine Miene änderte sich schlagartig. Seine Augen wurden starr und eisig – die Augen eines Killers. Langsam hob Saint das AK-47 an die Schulter. Jefferson starrte auf seine Mossberg; er hatte noch keine neue Patrone in die Kammer geladen. Saint war klar im Vorteil, hatte das AK-47 inzwischen in Anschlag gebracht und zielte über den Lauf hinweg. Jefferson spürte Bitterkeit und Enttäuschung – der Moment seines Todes stand unmittelbar bevor.

Die Mündung des AK-47 blitzte – einmal, zweimal, dreimal. Fasziniert beobachtete Jefferson, wie das russische Sturmgewehr bei jedem Schuss an Saints Schulter bockte und die glänzenden Messinghülsen durch den Auswurf flogen wie neue Münzen. Rauch stieg aus dem Lauf, doch die Kugeln zischten an Jefferson vorbei, über seine rechte Schulter hinweg, und trafen etwas hinter ihm.

Ein überraschter Aufschrei, dann war der Bann gebrochen. Jefferson riss die Mossberg hoch, pumpte eine Patrone in die Kammer und zielte auf Saint.

»Warten Sie.« Saint hob die Hand und ließ das AK-47 sinken. Er deutete mit einem Nicken hinter Jefferson. »Sehen Sie«, sagte er.

Jefferson drehte sich um – und stieß einen entsetzten Schrei aus. McKenna lag in einer Blutlache am Boden. Das AK-47 hatte ihr die Brust zerfetzt. Nun lag sie am Boden, die sterbende Hülle eines Menschen, den Jefferson geliebt hatte.

Er starrte auf sie hinunter und packte die Mossberg so fest, dass seine Knöchel weiß hervortraten. Er drehte sich zu Saint um. Der war einen Schritt vorgetreten und packte nun den Lauf der Mossberg, um ihn nach unten zu biegen. Jefferson kämpfte dagegen und versuchte, die Mündung der Waffe auf Saints Brust zu richten. In Jeffersons Innerem wüteten Zorn, Schmerz und Trauer, und das verlieh ihm zusätzliche Kräfte.

Saint starrte an Jefferson vorbei – und plötzlich stand Erstaunen in seinem Gesicht. Jefferson spürte, wie sein Gegner für einen Augenblick schwächer wurde. Er riss den Lauf der Mossberg ein kleines Stück höher und legte den Finger um den Abzug, als Saint an der Mossberg zerrte und Jefferson zu sich riss, weg von McKenna.

Sekundenbruchteile später strich etwas Scharfes, Metallisches heiß über Jeffersons Hals hinweg. Saint zog ihn noch näher an sich. Jefferson verlor das Gleichgewicht und wäre gestürzt, hätte Saint mit seinen Bärenkräften nicht den Lauf der Mossberg hochgerissen und Jeffersons Sturz verhindert.

»Sie ist es, Mann! Sehen Sie doch hin!«, sagte Saint.

Benommen drehte Jefferson sich zu McKenna um.

Sie saß aufrecht da. Drei AK-47-Geschosse mitten in die Brust, und sie saß aufrecht! Jefferson wollte zu ihr, doch Saint packte ihn am Oberarm und hielt ihn fest. McKennas Oberkörper war blutüberströmt, doch sie hielt immer noch das Messer in der Hand.

»Mein Gott, was hat das zu bedeuten?«, stieß Jefferson entsetzt hervor.

»Das da ist nicht, was Sie denken. Sie ist ein Geist aus dem Reich der Toten.«

McKenna riss den Kopf hoch und starrte Jefferson an. Sie lächelte und strich mit der Hand über ihre blutige Brust. Die Fingerspitzen glänzten nass und rot.

»Was hast du mir angetan?«, fragte sie. »Ich habe dich geliebt, und du hast mich betrogen.«

Sie lächelte erneut und schob das Messer hinter den Rücken, während sie die andere Hand Jefferson entgegenstreckte. Sie saß noch immer am Boden und winkte mit den Fingern. *Komm näher.* Obwohl er alles mit eigenen Augen sah, obwohl er dieses Ding vor sich sitzen sah, das unmöglich noch am Leben sein konnte, spürte Jefferson, wie er sich zu ihm hingezogen fühlte. McKennas andere Hand war hinter ihrem Rücken verborgen, und Jefferson wusste, dass sie dort das Messer hielt …

Als er einen Schritt nach vorn machte, sah er, wie sich ihre Muskeln spannten. Sie wollte nach ihm stechen, wollte ihm die Kehle durchschneiden. Jefferson zögerte, dann wich er zurück.

Er schüttelte den Kopf.

Und dann geschah es.

McKennas Gesicht zuckte, und Jefferson beobachtete, wie sie sich zu verändern begann. Die Nase wurde flacher, die Ohren größer, der Kopf länger. Langsam verschwand das Gesicht McKennas wie schmelzendes Wachs, und ein neues Gesicht kam darunter zum Vorschein. Brogans Gesicht.

Jefferson riss den Bogen von der Schulter.

Brogan erhob sich vom Boden. Blut tropfte aus den drei schweren Schusswunden in seiner Brust. Saint hatte das AK-47 gehoben und leerte den Rest des Magazins in Brogans Körper, der vom Aufprall der Geschosse hin und her gewirbelt und nach hinten geworfen wurde, doch er ging nicht zu Boden. Er richtete sich auf und kam erneut auf sie zu.

Jefferson hatte den Bogen vor der Brust und griff nach einem

Pfeil im Köcher. Brogan hatte das Messer erhoben und näherte sich Jefferson. Der legte den Pfeil ein und hob den Bogen, spannte die Sehne.

Der Schuss war übereilt, und der Pfeil schlug gegen die Seite des Bogens, als er aus Jeffersons Fingern surrte. Trotzdem traf er Brogan in der rechten Schulter und bohrte sich tief ins Fleisch.

Brogan schrie auf und ließ das Messer fallen. Taumelnd wich er einen Schritt zurück und starrte auf den Schaft, der unter seinem Schlüsselbein steckte.

»Schießen Sie noch mal!«, rief Saint. Jefferson griff hinter sich, um den nächsten Pfeil aus dem Köcher zu ziehen.

Brogan sprang ihn an, prallte schwer gegen Jefferson und riss ihn mit sich zu Boden. Verschwommen sah Jefferson, wie Saint mit dem Kolben des AK-47 ausholte, doch Brogan schlug fast beiläufig nach ihm und erwischte Saint am Brustkorb. Er wurde gegen die Wand geschleudert. Der Pfeilschaft vibrierte in Brogans Schulter, und er wandte sich von Jefferson ab und schrie erneut – ein Schrei, aus dem Schmerz und rasende Wut sprachen. Er sprang auf, stürmte durch den Gang und in den Empfangsbereich mit den cremefarbenen Sofas. Er durchquerte das Großraumbüro dahinter und rannte zum Treppenhaus.

Saint saß an der Wand und atmete mühsam. Der Schlag auf die Brust hatte ihm die Luft genommen.

»Alles in Ordnung?«, fragte Jefferson und kroch über den Boden zu ihm. Seine Schulter fühlte sich wie ausgekugelt an, und unter dem Hemd hatte er eine Beule von der Größe eines Tennisballs.

»Ja … bin gleich wieder fit«, ächzte Saint und zog das AK-47 zu sich heran. »Und Sie?«

Jefferson nickte und stand auf. Sein Arm hing schlaff herab. Weiter hinten peitschten Schüsse. Die Wachleute schienen sich auf ein Feuergefecht mit Brogan einzulassen. *Sie hätten verschwinden sollen, als sie noch Gelegenheit dazu hatten,* dachte Jefferson. Ein brechendes Geräusch ertönte, gefolgt von einem lang gezogenen Schrei. Jefferson starrte zum Büro hinüber und sah einen großen roten Fleck an der Decke, wie von einer geplatzten Weintraube. Brogan erledigte die Wachleute. Wie lange würde er brauchen?

Jefferson drehte sich zum Badezimmer um. McKenna war nicht in der Wanne gewesen. Brogan musste zurückgeschlichen sein und ihre Gestalt angenommen haben, um auf Jefferson zu warten. Was bedeutete, dass McKenna immer noch irgendwo steckte. Sie musste in der Nähe sein. Jefferson ging am Badezimmer vorbei, hob das Messer vom Boden auf und öffnete die Türen zu den restlichen Büros im langen Korridor.

Und fand McKenna.

Sie war an Händen und Füßen gefesselt und lag in Unterwäsche hinter einer Tür. Ihr Kopf war abgewandt, und Jefferson spürte, wie Panik in ihm aufstieg. Er bückte sich nach ihr und berührte sie am Arm, um sie zu sich herumzudrehen. Ihr Mund war mit Klebeband verschlossen, doch ihre Augen waren geöffnet. Ihr Pupillen flatterten, und sie sah ihn an. Erkennen dämmerte in ihren Augen.

Jefferson spürte, wie ihm vor Erleichterung die Beine nachgaben. Er sank neben McKenna auf die Knie, streckte die Hand nach dem Klebeband aus und zog es vorsichtig ab.

»Jefferson … hast du Brogan erwischt? Er hat ausgesehen wie ich! Du lieber Himmel, er …«

»Ich weiß, ich weiß«, beruhigte Jefferson sie. »Alles in Ordnung.«

»Jefferson, der Zahn!«

»Was?«

»Der Zahn! Als wir in dem Museum waren, in St. Petersburg! Ich hab mich an einem Zahn von dem Skelett geschnitten, erinnerst du dich? Das muss es gewesen sein, da hat ein Dschinn mich berührt. Wenn einer von ihnen einen Menschen berührt, kann jeder vorübergehend die Gestalt dieses Menschen annehmen.«

Jefferson durchschnitt die Fesseln an ihren Handgelenken, und Augenblicke später hatte sie die Arme um ihn geschlungen und drückte sich an ihn. Sie sah zu ihm hoch … und erstarrte, als sie irgendetwas hinter ihm erblickte.

Jefferson wirbelte herum und riss die Mossberg hoch. Saint stand im Eingang und sah auf die beiden herab.

Er hob die Hände. »Langsam. Ich bin's.«

Jefferson senkte die Schrotflinte. »Mann, Sie haben mich erschreckt!«

»Wir müssen weg hier. Schneiden Sie die Frau los, und dann verschwinden wir. Das Ding ist verwundet, aber noch längst nicht tot. Wir müssen die Sache beenden, so oder so.«

Jefferson schnitt die Fesseln von McKennas Knöcheln. Es waren die gleichen Schnüre, mit denen Brogan gefesselt in der Badewanne gelegen hatte, dickes, schwarzes, elastisches Band, und Jefferson musste mit dem Messer säbeln, um es zu durchtrennen.

»Was ist passiert?«, fragte McKenna.

»Wir haben ihn mit einem Pfeil in der Schulter erwischt. Er ist geflohen und versteckt sich wahrscheinlich irgendwo im Gebäude.«

»Es ist Brogan, nicht wahr?«

Jefferson nickte. »Ja.«

»Ich habe ihn gesehen, oben im Büro. Ich wusste es in dem Augenblick, als er sich auf mich warf. Ich konnte spüren, dass irgendwas mit ihm nicht stimmte.« Sie legte Jefferson die Hand auf die Schulter. »Tut mir Leid, dass es ausgerechnet dein Partner ist.«

»Wenigstens wissen wir es jetzt.«

Jefferson durchtrennte die letzte Fessel, und McKennas Beine waren frei. Sie war barfuß und erhob sich langsam.

»Er hat meine Sachen mitgenommen«, sagte sie.

Jefferson nickte. »Warte einen Augenblick.«

Er stand auf, trat nach draußen in den Korridor und rannte zurück zum Badezimmer. Neben der Wanne stand ein Schrank mit Handtüchern und Bademänteln an Haken. Er nahm einen davon und lief damit zu McKenna. Saint stand draußen vor der Tür Wache. Der Schusswechsel im Großraumbüro auf der anderen Seite des Gangs war vorüber, doch Jefferson hörte, wie irgendwo ein Verwundeter stöhnte. Saint deutete auf seine Armbanduhr, als Jefferson mit dem Bademantel auf dem Arm an ihm vorbeiwollte.

McKenna stand im Zimmer und massierte abwechselnd ihr rechtes und linkes Handgelenk. Jefferson gab ihr den Bademantel, und sie schlüpfte hinein und band ihn zu. Das lange Kleidungsstück reichte ihr bis zu den Füßen.

»Geben Sie mir die Tasche«, verlangte Jefferson.

Saint nickte, nahm die Tasche von der Schulter und schob sie Jefferson hin. Der öffnete sie, zog eine Beretta hervor und reichte sie McKenna.

Sie nahm die Waffe, zog den Schlitten zurück und ließ die erste Patrone in die Kammer gleiten.

»Nur damit du's weißt – Kugeln töten ihn nicht«, sagte Jefferson. »Sie können ihn nur eine Zeit lang aufhalten.«

McKenna nickte, und Jefferson schloss die Reisetasche wieder, um sie Saint zurückzugeben. Er warf sie sich über die Schulter, während Jefferson die Mossberg vom Boden aufnahm, Patronen aus der Tasche zog und sie ins Magazin des Schrotgewehrs steckte. Der Lauf der schweren Waffe war noch immer warm vom Schießen. Wenn er Brogan voll damit traf, konnte er den Dämon lange genug aufhalten, um einen weiteren Treffer mit dem Bogen zu landen. Hoffte er zumindest.

»Auf zur Jagd«, sagte Saint und wandte sich zum Gehen. McKenna und Jefferson folgten ihm durch den Korridor. Das

Stöhnen wurde lauter, als sie den Bereich des Großraumbüros mit seinen Abteilen durchquerten. Jemand lag dort schwer verwundet. Saint hatte sein AK-47 im Anschlag und schwenkte die Waffe hin und her. Jefferson ging mit der Mossberg hinter ihm. Die Trennwände der Abteile waren brusthoch, fast wie das Gras auf der pazifischen Insel in Jeffersons Erinnerung. Brogan konnte überall zwischen den Wänden auf sie lauern. Im Gang hatten sie bessere Chancen, denn sie würden Brogan dort kommen sehen. Im Labyrinth der Abteile war es gefährlicher.

Saint duckte sich und huschte in Richtung des stöhnenden Mannes davon. Jefferson und McKenna blieben dicht hinter ihm. Bald waren sie von Trennwänden umgeben. Plötzlich richtete Saint sich auf und starrte auf etwas rechts von ihm: An der Wand saß der riesige Samoaner, dem Jefferson bereits zweimal begegnet war. Seine Brust und sein Leib waren aufgeschlitzt: drei tiefe parallele Schnitte quer über die Vorderseite bis zum Unterleib. Er saß in einer Blutlache, die eine klebrige, dunkle Masse auf dem Teppich bildete, und starrte blicklos vor sich auf den Boden. In seiner kraftlosen rechten Hand hielt er eine leer geschossene TEC-9; ringsum waren Patronenhülsen verstreut. Er hatte ein ganzes Magazin in Brogans Körper gepumpt, bevor der ihn überwältigt hatte.

Saint wollte sich abwenden, doch der Samoaner rief ihn mit leiser Stimme und gab zum ersten Mal zu erkennen, dass er seine Umgebung doch noch registrierte. Er sprach mit Saint und flehte ihn an, ihn nicht so liegen zu lassen. Saint drehte sich zu dem Sterbenden um, nickte und hob das AK-47. Jefferson wandte sich ab, als Saint in schneller Folge zwei Schüsse abgab.

Er drehte sich zu Jefferson und McKenna um. »Er ist nicht mehr hier. Der große Mann hat gesagt, dass er durch die Tür ins Treppenhaus gerannt ist und dass auch noch drei oder vier Wachleute im Gebäude sind, aber er wusste nicht wo.«

Saint ging zum Treppenhaus. In der Tasche auf seiner Schulter klapperten Waffen. Das Treppenhaus war leer und verlassen. Die Notbeleuchtung brannte flackernd.

Plötzlich ertönten drei rasch aufeinander folgende Schüsse aus einer großkalibrigen Waffe, einer 45er vielleicht. Die Geräusche kamen aus einem der Stockwerke weiter unten. Saint rannte los, nahm immer zwei Stufen auf einmal und sprang das letzte Stück bis zum Absatz. Es schepperte laut in der Tasche. Jefferson und McKenna folgten ihm. Sie stiegen vier Etagen nach unten, bevor Saint innehielt.

Die Tür zum siebenunddreißigsten Stock stand offen.

Der Raum hinter dem Treppenhaus sah aus, als hätte eine Bombe eingeschlagen. Umgekippte Stühle, in Stücke geschlagenes Mobiliar, Kugellöcher in den Wänden. Die Szene erinnerte Jefferson an Bosnien.

In der Mitte des Zimmers standen zwei lange Tische mit Modellen von Gebäuden. Rechts davon befand sich ein kleiner Raum mit einem glänzend sauberen Konferenztisch und zwei Reihen gepolsterter Stühle rechts und links. Geradeaus war ein weiteres Büro durch eine Glaswand abgeteilt. Durch das Glas hindurch sah Jefferson Fotos des amerikanischen Südwestens an den Wänden. Der Rest der Etage schien verlassen – bis auf die Leiche.

Der Mann lag unter einem der Tische mit einem ausladenden Gebäudemodell darauf, offenbar ein Einkaufszentrum. Jefferson untersuchte den Toten nicht. Stattdessen konzentrierte er sich auf die Fußabdrücke, die von der Leiche wegführten – blutige Spuren, die erst nach zehn Metern verblassten.

»Sieht aus, als wären wir nicht allein«, flüsterte Saint.

Irgendwo weiter vorn hörten sie die streitenden Stimmen dreier Männer. Saint bewegte sich in Richtung des Geräusches. Als sie an den Modellen vorüberkamen, bemerkte Jefferson in den Augenwinkeln eine Bewegung. Ein vierter Mann sprang aus seinem Versteck hinter einem Schreibtisch auf und riss eine schwere Maschinenpistole an die Schulter.

»In Deckung!«, brüllte Jefferson und warf sich hinter den Tisch. Die Glaswände zerbarsten in tausend Splitter, als der Mann das Feuer eröffnete. Saint wurde in die Schulter getroffen und zu Boden gerissen. Jefferson streckte die Hand nach der Tasche aus und zog sie zu sich unter den Tisch. McKenna duckte sich im Treppenhaus mit dem Rücken an die Wand.

»Wo ist der Mistkerl hergekommen?«, zischte Saint zwischen zusammengepressten Zähnen hindurch.

»Keine Ahnung. Scheint hier auf der Lauer gelegen zu haben.«

Weitere Salven folgten, zerfetzten die Modelle auf den Tischen und rissen Löcher in die Wände. Wer immer auf sie schoss, nahm sich nicht die Zeit zum Zielen, sondern schob ein Magazin nach dem anderen in die Waffe und feuerte wild um sich.

»Das geht mir jetzt wirklich auf den Geist!«, stieß Saint hervor, der am Boden lag. Die Wunde am Oberarm blutete heftig. Er löste den Tragriemen der Tasche und benutzte ihn, um den Arm über der Wunde abzubinden. Jefferson wusste nicht genau, womit Saint getroffen worden war, doch die Wunde sah schlimm aus.

McKenna feuerte von der Tür aus ihrer Beretta in Richtung des Gegners. Verglichen mit dem Rattern der Maschinenpistole klangen die Schüsse aus der Beretta wie ein Stepptanz.

Am Ende des Ganges tauchte unvermittelt ein zweiter Mann auf und zielte mit einem Revolver in jeder Hand aus der Hüfte auf sie. Jefferson sah, wie er die Hähne der beiden Revolver mit den Daumen spannte und die Trommeln sich unter der Bewegung drehten. Jefferson riss die Mossberg hoch. Der Schaft der Waffe rammte schmerzhaft in seinen Leib, als er abdrückte. Mit einer einzelnen Kugel hätte er den Kerl verfehlt, doch die Ladung der Mossberg streute wie ein Sieb. Sie erwischte den Burschen an der Schulter und riss ihn von den Beinen wie eine Pappfigur auf dem Jahrmarkt.

Ein dritter Mann rannte durch den Gang und nahm McKenna ins Visier. Bevor Jefferson Zeit hatte, die Mossberg durchzuladen, feuerte McKenna drei rasche Schüsse vom Eingang her. Der Bursche wurde von den Füßen gerissen und blieb regungslos liegen. Jefferson ignorierte ihn fürs Erste und konzentrierte sich stattdessen auf die beiden Männer, die noch übrig waren – den schießwütigen Irren in der Ecke hinter dem Schreibtisch und den letzten der drei Kerle, die das Ablenkungsmanöver gestartet hatten. Er hatte sich bisher nicht gezeigt.

Plötzlich jedoch rief der Schießwütige ihnen zu, dass er aufgeben und herauskommen wolle.

»Okay. Aber mach keine Mätzchen!«, rief Jefferson. »Flossen hoch!«

Eine Sekunde später erschienen zwei leere Hände über der Schreibtischplatte, dann folgten langsam Kopf und Rumpf. Der Bursche sah verängstigt aus, ein ziemlich junger Kerl, höchstens fünfundzwanzig. Er hatte Schnittwunden im Gesicht, wahrscheinlich vom umherfliegenden Putz und Holzsplittern.

»McKenna!«, rief Jefferson. »Übernimm du ihn. Es ist noch einer übrig, den Gang runter.«

Der Junge kam mit erhobenen Händen aus dem Abteil und stapfte mit knirschenden Schritten über die Splitter der ehemaligen Glaswand. McKenna rief ihm etwas zu, und der Junge legte sich gehorsam mit dem Gesicht nach unten auf den Boden. Er stellte endgültig keine Gefahr mehr dar.

Jefferson richtete seine Aufmerksamkeit auf den Gang, wo nun auch der letzte Mann des Quartetts die Aussichtslosigkeit der Situation erkannte und sich ergab. Langsam und mit erhobenen Händen trat er aus seiner Deckung auf den Korridor hinaus. Jefferson hielt ihn mit der Mossberg in Schach.

McKenna verließ das Treppenhaus. Sie trug noch immer den Bademantel und hatte die Beretta auf den Jungen am Boden gerichtet. Saint mühte sich auf die Beine; der Druckverband am Oberarm hatte die Blutung fast gestoppt. Sie mussten etwas mit den beiden überlebenden Wachleuten tun, bevor sie weiter nach Brogan suchen konnten. Vielleicht war es keine schlechte Idee, sie vorübergehend in eines der Büros zu sperren.

Der zweite Mann stand immer noch mit erhobenen Händen da. Er war ein dünner Bursche mit schmalem Gesicht, schmaler Nase und hohen Wangenknochen. Er trug die schwarze Uniform von Lyermans Wachleuten. Saint lehnte am Tisch, hielt sich nur mit Mühe auf den Beinen. Er musste unbedingt versorgt werden, vielleicht sogar ins Krankenhaus.

Jefferson trat zu dem Wachmann, der immer noch mit dem Gesicht nach unten am Boden lag.

»Steh auf!«, befahl er, und der Junge gehorchte, indem er sich auf die Knie erhob, ohne die Augen von der Mündung der Mossberg zu nehmen. »Warum seid ihr noch hier?«

Der Junge sah ihn verängstigt an und schüttelte schweigend den Kopf.

»Also schön. Wir werden euch beide für den Augenblick in einem der Büros einsperren«, sagte Jefferson.

»Uns beide?« Der Junge starrte Jefferson verwirrt an, wandte die Augen von der Mossberg ab und blickte zum ersten Mal zu seinem Kollegen hinüber, dem dünnen Wachmann. Plötzlich versteifte er sich und sprang auf.

»Bleib unten, verdammt!«, brüllte Jefferson und trat mit drohend erhobener Mossberg einen Schritt vor. Der Junge sah Jefferson nicht einmal an, sondern starrte wie gebannt auf den dünnen Mann hinter ihm.

Jefferson drehte sich um und sah entsetzt, wie das Gesicht des dünnen Mannes sich veränderte. Es wurde dicker, breiter. Der Junge wich verängstigt zurück. Aus seinem Mund kam ein leises

Wimmern. Saint lehnte nichts ahnend mit dem Rücken zu dem Mann an der Tischplatte, untersuchte seine Wunde und zog den Druckverband straffer.

»Saint, hinter dir!«, brüllte Jefferson und riss die Mossberg hoch. Doch der Dünne sprang zur Seite, bevor Jefferson zielen konnte. Die Ladung ging weit daneben und traf eine der Säulen. Jefferson hebelte eine weitere Patrone in die Kammer, während McKenna zwei Schuss aus der Beretta abfeuerte; dann war ihr Magazin leer. Saint hatte sich zu Boden fallen lassen und kroch auf allen vieren zu seinem AK-47.

Der dünne Mann verwandelte sich nun immer schneller in Brogan. In den Dämon.

Jefferson hatte den Bogen noch immer über der Schulter, griff nun danach und zog einen Pfeil aus dem Köcher. Brogan erstarrte, als er das Geräusch des Pfeils hörte, der aus dem Köcher glitt. Er stieß ein Zischen aus wie eine Schlange. Jefferson zielte und spannte den Bogen. Die Pfeilspitze aus dunklem Metall war auf Brogans Brust gerichtet.

In dem Moment, als Jefferson den Pfeil losließ, wurde er von etwas Schwerem getroffen, das sich von hinten auf ihn warf und seinen Arm zur Seite schlug. Der Pfeil ging zu weit nach rechts. Brogan duckte sich und wirbelte herum, als der Schaft an ihm vorbeisurrte. Die Spitze bohrte sich tief in die gegenüberliegende Wand.

Irgendetwas saß Jefferson im Nacken. Zähne gruben sich in seine Schulter, und Hände versuchten ihn zu würgen.

Aufrecht stehend warf Jefferson sich nach hinten gegen den Türrahmen. Ein überraschter Schmerzensschrei, und der Griff um Jeffersons Hals löste sich. Mit Wucht stieß er den Ellbogen nach hinten, traf Fleisch und Knochen. Ein weiterer Schrei gellte. Jefferson wirbelte herum, riss die Faust hoch und schlug mit voller Wucht zu.

Die Gestalt taumelte rückwärts. Es war der kleine Panamaer,

Lyermans Lakai und Pfleger. Der Mann jammerte und hielt sich die gebrochene Nase.

»Der Meister …«, stöhnte er in gebrochenem Englisch. »Er hat mir versprochen, wenn ich ihm helfe …« Er verstummte, taumelte und fiel zu Boden.

Jefferson drehte sich zu dem Meister um. Brogan starrte ihn aus gut zwanzig Schritt Entfernung an. Jefferson wusste, dass ihm nicht genug Zeit bleiben würde, einen weiteren Pfeil aufzulegen und abzuschießen. Brogan war sehr schnell; er würde die Distanz überwinden, bevor Jefferson den Pfeil auch nur aus dem Köcher hatte. Stattdessen konzentrierte Jefferson sich auf die Mossberg, die zu seinen Füßen lag.

Hinter Brogan lag Saint am Boden. Er schien das Bewusstsein verloren zu haben, denn er bewegte sich nicht mehr und hatte die Augen geschlossen.

Jeffersons Blick kehrte zu Brogan zurück, der regungslos dastand, mit leicht geneigtem Kopf. Aus den Augenwinkeln sah er McKenna, die sich ebenfalls nicht rührte. Sie hielt die leer geschossene Beretta noch in der Hand.

»McKenna«, sagte Jefferson langsam, ohne den Blick von Brogan zu nehmen. »Komm langsam hinter mich.«

McKenna bewegte sich seitwärts, ohne Brogan den Rücken zuzuwenden. Schließlich erreichte sie eine Stelle hinter Jefferson, zehn Meter rechts von ihm. Saint hatte sich immer noch nicht gerührt. Am Eingang zum Treppenhaus lag jammernd der kleine Panamaer. Blut strömte aus seiner gebrochenen Nase und tropfte auf sein Hemd. Der junge Wachmann hatte sich in einem der Büros verkrochen. Jefferson hoffte, dass er genügend Verstand besaß, sich aus allem herauszuhalten.

Brogan stieß ein dumpfes Grollen aus, ein leises, dunkles Geräusch wie ein leichter Trommelwirbel. Er sah aus, als würde er sich jeden Augenblick auf Jefferson stürzen.

Jefferson bewegte sich zuerst.

Er ließ sich auf ein Knie fallen und griff nach der Schrotflinte, während er McKenna zurief, in Deckung zu gehen. Brogan sprang einen Sekundenbruchteil später. Das dumpfe Grollen wurde zu einem lauten Wutschrei. Er überwand die zwanzig Meter mit drei, vier mächtigen Sätzen, während Jefferson die Schrotflinte hochriss und den Abzug betätigte.

Die Ladung erwischte Brogan mitten im Sprung voll in der Brust und stoppte ihn wie eine unsichtbare Wand. Er wurde herumgerissen und landete mit dem Gesicht nach unten auf dem Boden. Jefferson griff über die Schulter, um einen Pfeil aus dem Köcher zu ziehen, doch Brogan rappelte sich bereits wieder auf. Jefferson erkannte, dass ihm keine Zeit für einen sicheren Schuss blieb und dass Brogan heran wäre, falls er ihn verfehlte.

Eine Hand packte Jefferson an der Schulter, und er drehte sich um. McKenna zog ihn mit sich in den Gang.

»Lass uns verschwinden, schnell!«

Jefferson warf einen letzten Blick zu Brogan, der bereits auf den Knien war, bevor er sich abwandte und McKenna durch den Gang hinterherrannte. Sie liefen an den Aufzügen vorüber zu einer Kantine am anderen Ende des Gangs. Zwei Glastüren trennten die Kantine vom Gang. Jefferson hob die Mossberg noch im Laufen, pumpte eine Patrone in die Kammer, richtete die Waffe auf die Türen und feuerte. Das Glas zersprang in tausend Splitter. Zusammen mit McKenna stürmte er durch die leere Öffnung.

Die Kantine war weitläufig. Auf der linken Seite standen Tische, auf der rechten befand sich ein Lebensmittelmarkt, groß genug, sich darin zu verstecken. Alles lag ruhig und dunkel. Sie duckten sich hinter eine der Theken, von wo sie die zerschossenen Türen beobachten und sich weiter zurückziehen konnten, falls nötig.

Jefferson reichte McKenna die Mossberg. »Wenn ich mit dem

Bogen vorbeischieße, jagst du ihm eine Ladung Schrot in den Balg, okay?«

McKenna nickte und nahm die schwere Waffe. Jefferson legte einen Pfeil auf die Sehne und hielt ihn mit zwei Fingern. Dann warteten sie, lauschten in die Stille.

Bald darauf waren schwere, knirschende Schritte auf Glasscherben zu vernehmen.

McKenna richtete sich ein wenig auf und hob die Mossberg ein paar Zentimeter.

Dann trat Brogan durch die zerschossene Tür, zögerte einen Augenblick und drehte den Kopf suchend nach links und rechts.

Jefferson hob den Bogen, spannte die Sehne und schoss.

Der Pfeil surrte davon. Brogan drehte den Kopf blitzschnell in die Richtung, aus der das Geräusch kam, riss den Arm hoch, die Hand leicht geöffnet, und fing den Pfeil aus der Luft, zehn Zentimeter vor seiner Brust. Der Pfeil zerbrach in Brogans Hand. Er drehte sich in die Richtung, wo Jefferson und McKenna hinter dem Tresen in Deckung gegangen waren, setzte sich in Bewegung und kam direkt auf sie zu.

McKenna hob die Mossberg. Auf Brogans Gesicht stand ein Ausdruck der Überraschung, als er die schwere Waffe sah, doch in diesem Augenblick drückte McKenna bereits ab, pumpte die nächste Patrone in die Kammer und feuerte ein zweites Mal. Die erste Ladung traf Brogan voll in die Brust und schleuderte ihn zurück. Die zweite erwischte ihn an der Schulter und wirbelte ihn herum. Er wurde gegen die Esstische geschleudert und riss Geschirr und Besteck mit sich zu Boden.

McKenna und Jefferson rannten wieder los, zurück durch die zerstörte Glastür und durch den Gang zu den Aufzügen. McKenna drückte auf den Knopf, während Jefferson zu Saint rannte. Der Schwarze lebte noch, war aber bewusstlos. Auf seiner Stirn war eine große Platzwunde, und Blut lief ihm übers Gesicht. Jefferson zerrte ihn in eine dunkle Ecke, um ihn vor

Brogan in Sicherheit zu bringen, wobei Saint eine silberne Glock aus der Tasche rutschte. Hastig steckte Jefferson die Waffe ein.

Von den Aufzügen ertönte ein *Ping*, und eine Tür glitt auf. McKenna trat in die Kabine und winkte Jefferson, sich zu beeilen.

Jefferson erhob sich und eilte zum Lift. Im Laufen blickte er zur Kantine und sah, dass Brogan mit roboterhaften Schritten durch den Gang auf sie zukam. Jefferson erreichte den Lift und warf sich durch die Tür.

McKenna sah Brogan jetzt ebenfalls. Er wurde schneller und schneller. Hektisch drückte sie auf die Knöpfe des Lifts, während Jefferson die Glock abfeuerte und Brogan mehrere Male traf, ohne dass er langsamer wurde. Im Gegenteil: Er kam wie ein Puma durch den Gang auf sie zu.

Endlich reagierten die Türen und schlossen sich nervtötend langsam. Wieder ertönte ein elektronisches *Ping*. Der letzte Spalt schloss sich in dem Augenblick, als Brogan den Aufzug erreichte. Er krachte schwer von außen gegen die Tür. Beim Aufprall verbog sich das Metall nach innen, und die Aufzugskabine schwankte heftig in den Führungsschienen.

Jefferson wurde gegen die Wand geschleudert. Die Beleuchtung flackerte und erlosch für einen Augenblick, und eine Sekunde lang befürchtete Jefferson, sie würden feststecken. Dann aber glitt der Aufzug nach oben, weg von Brogan.

Jefferson erhob sich und rieb sich die linke Schulter. Erleichtert beobachtete er, wie die Zahl über den Lifttüren immer wieder umsprang, als der Aufzug an Höhe gewann.

In diesem Moment wurde die Kabine von unten getroffen.

Es war ein mächtiger Schlag, und die Kabine schaukelte wie eine Achterbahn. McKenna wurde gegen die Wand geschleudert und zog sich eine heftig blutende Platzwunde an der Stirn zu. Der Aufzug stoppte, und die Innenbeleuchtung flackerte erneut. Die digitale Anzeige blieb zwischen dem achtundfünfzigsten und neunundfünfzigsten Stock stehen; die Acht und die Neun wechselten so schnell in der Anzeige, dass einem vom bloßen Hinsehen schwindelig werden konnte.

Unter der Kabine ertönte das gequälte Kreischen von Metall, das gestaucht und verbogen wurde, gefolgt von einem kratzenden Geräusch. Irgendetwas war unter dem Lift, und Jefferson hatte eine ziemlich genaue Vorstellung von dem, was es war. Erneut kreischte und quietschte Metall; es klang fast wie ein Wagen in einer Schrottpresse – ein schrilles Geräusch, das so schnell wieder erstarb, wie es eingesetzt hatte. Brogan musste hinter ihnen in den Aufzugsschacht geklettert und ihnen gefolgt sein.

Was hat er vor? Will er durch den Boden in die Kabine kommen?

Jefferson lud eine Patrone in die Kammer der Mossberg, richtete die Mündung auf den metallenen Boden, wich bis zum Rand der Kabine zurück und zog McKenna mit sich.

»Halt dir die Ohren zu.«

McKenna gehorchte. Jefferson drückte ab. In der kleinen Kabine klang die Mossberg wie eine explodierende Granate. Die Schrotladung riss ein Loch von der Größe eines Basketballs in den Boden und gab den Blick frei auf den schwarzen Schacht unter ihnen und auf die Stützträger. Jefferson lud nach und feuerte erneut. Ein zweites basketballgroßes Loch erschien zwanzig Zentimeter weiter rechts. Diesmal folgte ein überraschter Aufschrei von unten. Jefferson bewegte den Lauf ein Stück weiter und feuerte ein drittes Mal. Ein weiterer Aufschrei.

Dann tauchte in einem der Löcher, die die Mossberg gerissen hatte, eine Hand auf. Jefferson feuerte ein viertes Mal. Die Hand verschwand. Trotzdem – sie mussten raus aus dem Aufzug. Die Luft war voller Kordit, Staub und Dreck vom zerschossenen Kabinenboden. Es setzte sich auf der Kleidung fest, biss in die Nase, machte das Atmen schwer. Sie mussten aus dem Lift und auf den Gang.

»Versuch, ob du die Tür aufkriegst!«, rief Jefferson.

McKenna trat an die Tür, schob die Fingerspitzen in den Spalt in der Mitte und zog. Die Türen ließen sich ein paar Zentimeter auseinander bewegen, weit genug, dass Jefferson den Lauf der Mossberg hindurchschieben konnte. Er hoffte, dass Brogan nicht ausgerechnet jetzt auftauchte, solange die Mossberg als Brecheisen zweckentfremdet wurde.

Jefferson stemmte sich gegen den Kolben der Waffe, und nach und nach glitt die Lifttür auf. Als der Spalt breit genug war, drückte er mit beiden Händen weiter, bis die Türen so weit auseinander standen, dass er und McKenna hindurchkonnten. Sie befanden sich auf halber Höhe zwischen zwei Etagen. Ein schmaler Spalt auf Kniehöhe führte hinunter in die Achtundfünfzigste; die Neunundfünfzigste begann auf Brusthöhe. Der untere Spalt war zu eng, um sich hindurchzuzwängen.

Unter sich hörten sie erneut das nervtötende Geräusch von Metall, das verbogen wurde. Brogan war noch immer unter ihnen im Schacht.

»Los, wir klettern da rauf«, sagte Jefferson. »Du zuerst. Ich bin direkt hinter dir.«

»Hoffentlich.«

Jefferson verschränkte die Hände vor der Brust zu einer Räuberleiter. McKenna stieg hinein und drückte sich nach oben zum Ausgang. Sie schob sich auf dem Bauch nach draußen, dann drehte sie sich um und streckte Jefferson den Arm entgegen.

»Komm!«

Jefferson nahm ihre Hand, doch in dem Moment, als ihre Finger sich berührten, machte die Liftkabine unvermittelt einen Satz. Jefferson verlor das Gleichgewicht und wurde auf die Knie geschleudert. McKenna musste die Hand blitzschnell zurückziehen, denn der Spalt zwischen dem Etagenboden und der Decke der Kabine wurde bedrohlich schmal. Brogan wütete unten im Schacht und riss den Boden der Kabine systematisch auseinander. Er versuchte, den Lift zum Absturz zu bringen.

Wieder streckte McKenna die Hand in die Kabine, doch erneut machte der Aufzug einen Satz, und diesmal sackte er dreißig Zentimeter ab und blieb so stehen. Die Lücke wurde zu klein, um nach draußen zu klettern.

»Ich passe nicht mehr durch«, rief Jefferson. »Bring dich in Sicherheit!«

»Nein! Ich lasse dich nicht im Stich!«

»Lauf!«, beharrte Jefferson. »Ich gehe durch den achtundfünfzigsten Stock. Wir treffen uns auf dem Dach.«

Die Lücke zum achtundfünfzigsten Stock war durch das Absacken der Kabine größer geworden, und Jefferson passte kriechend hindurch. Er drückte die Außentüren zum Stockwerk auseinander und sah unter sich braunen Teppichboden. Er nahm die Schrotflinte und die Tasche, warf einen letzten Blick hinauf zu McKenna und schob sich durch die Öffnung nach draußen.

Als er mit den Füßen aufkam, wirbelte er herum und sah zurück zu den offenen Türen des Aufzugs. Die obere Hälfte des Schachts wurde von der Liftkabine eingenommen, darunter befand sich der leere Schacht.

Leer bis auf Brogan, der unter der Kabine hing und Jefferson anstarrte.

Jefferson warf sich herum und rannte los, vorbei an einer Reihe Büros. Hinter ihm dröhnten zwei Schüsse. Jefferson spürte, dass er in der linken Schulter getroffen wurde. Brennender Schmerz durchfuhr seinen Arm. Doch Jefferson biss die Zähne zusammen und eilte weiter. Er drückte eine gläserne Doppeltür auf und rannte an weiteren Büros vorbei. Er hörte, wie Brogan ihm folgte, hörte das Stampfen der Füße und den hechelnden Atem. Jeffersons Wunde blutete stark. Er musste etwas unternehmen, um den Blutverlust in Grenzen zu halten, sonst hatte er keine Chance. Er musste sich irgendwo verstecken.

Ein Stück weiter vorn waren Toiletten.

Im Laufen öffnete er Saints Tasche und zog vier Blendgranaten hervor, die dreißig Sekunden Vorlauf hatten. Er nahm die erste, riss den Stift ab und warf sie durch eine offene Bürotür. Dann zählte er fünf Sekunden ab, bevor er die zweite Granate ins nächste Büro schleuderte, dann die dritte …

Jefferson zählte in Gedanken rückwärts, als er die Tür zu den Toiletten erreichte, hindurchschlüpfte und absperrte. Er durchquerte den Raum, vorbei an den WCs, und nahm die Mossberg hervor. Er konnte Brogan draußen auf dem Gang hören; er brüllte zornig und hämmerte gegen die abgesperrte Toilettentür. Jefferson ignorierte den Lärm und konzentrierte sich aufs Zählen. Fünf Sekunden. Der Toilettenraum war lang und schmal, mit Urinalen auf der einen und abgetrennten WCs auf der anderen Seite. Der Boden war mit billigem pfirsichfarbenem Linoleum ausgelegt, das sich in den Ecken wellte.

Noch drei Sekunden. Der Lärm wurde stärker. Kreischend trat Brogan gegen die Tür, warf sich mit seinem ganzen Gewicht dagegen.

Zwei Sekunden.

Jefferson stemmte die Beine in den Boden und richtete den Lauf der Mossberg nach unten. Die Mündung war zwanzig Zentimeter über dem Linoleumboden. Er hoffte, dass sein Trick ausreichte.

Eine Sekunde.

Jefferson feuerte, als die erste Granate draußen in den Büros hochging. Der Boden explodierte in Plastikfragmente, die umherspritzten. Jefferson zählte weiter. Bei Null feuerte er erneut, fast gleichzeitig mit dem Knall der zweiten Blendgranate draußen auf dem Gang. Die Ladung grub sich in den Boden und legte elektrische Kabel und weißes Plastik frei. Noch einmal lud Jefferson die Mossberg durch. Als die dritte Granate hochging, drückte er wieder ab.

Nichts geschah.

Die Mossberg war leer geschossen.

Im Boden war ein Loch von der Größe eines Medizinballes, doch es ging nicht ganz durch die Decke hindurch.

Draußen warf Brogan sich erneut gegen die Tür.

Jefferson ließ sich vor dem Loch auf die Knie nieder und rammte den Kolben der Schrotflinte auf die Gipskartondecke im Loch. Es dauerte nicht lange, bis er durch war.

Jetzt konnte er durch das Loch in den Raum darunter sehen. Genau unter ihm stand ein Schreibtisch. Gips und Putz waren auf den Computerbildschirm und die Tastatur geregnet. Jefferson bearbeitete das Loch, bis es weit genug war; dann schob er die Tasche hindurch. Sie landete auf dem Schreibtisch und rutschte von dort zu Boden.

Jefferson sprang auf und ging zum Waschbecken. Ihm blieb nicht viel Zeit. Das Schloss in der Tür zur Toilette klapperte bereits und drohte nachzugeben. Über dem Waschbecken befand sich ein Lüftungsgitter. Jefferson schlug es mit dem Kolben der Mossberg aus der Halterung. Es landete scheppernd auf dem Becken. Mit ein wenig Glück würde Brogan annehmen, dass Jefferson nach oben geflüchtet war und nicht nach unten, und dass er wieder durch die Lüftungsschächte kroch.

Jefferson rannte zurück und stellte den großen runden Eimer für benutzte Papierhandtücher neben das klaffende Loch im Boden. Dann legte er die Mossberg quer übers Loch und ließ sich daran nach unten.

Als er mit der unteren Körperhälfte von der Decke hing, balancierte er mit den Hüften sein Gewicht aus, zog die Schrotflinte durchs Loch und griff nach oben, um den Papierkorb zu sich heranzuziehen und das Loch zu tarnen. Dann erst ließ er sich fallen.

Der Sturz auf den Schreibtisch war nicht tief, doch Jefferson landete auf etwas Hartem und schrammte sich den Knöchel auf, als er abrutschte und auf den Boden fiel. Er richtete sich auf und inspizierte seinen Knöchel. Zum Glück war nichts verstaucht oder gebrochen. Jefferson packte die Tasche und humpelte nach draußen in Richtung Treppenhaus. Die Wunde an seinem Arm blutete noch immer stark. Er stieg die Treppe hinunter und betrat eine Etage tiefer eine Damentoilette.

Brogan hatte inzwischen wahrscheinlich die Tür aufgebrochen. Jefferson hoffte, dass er auf sein Täuschungsmanöver hereingefallen und in den Lüftungsschacht gekrochen war. Falls nicht, würde Brogan die Toilette absuchen, die Türen der Kabinen öffnen und vielleicht den Papierkorb zur Seite treten, den Jefferson über das Loch gestellt hatte.

Doch zuerst einmal musste Jefferson die Blutung stoppen; dann konnte er hinauf zum Dach und McKenna suchen.

An der Wand nahe der Tür zur Toilette hing ein silberner Verkaufsautomat für Hygieneartikel. Jefferson angelte Wechselgeld aus der Tasche und zog drei Binden; dann ging er zu einem Waschbecken und setzte sich beim Spiegel mit dem Rücken zur Wand. Vorsichtig zog er sein Hemd aus. Die untere Hälfte seines Arms war nass und rot, auch wenn die Wunde nicht mehr so stark blutete wie zu Anfang. Er riss die Verpackung einer Binde auf und legte sie vorsichtig auf die Wunde. Dann nahm er die beiden anderen und drückte sie auf die erste. Zum Schluss riss er einen Streifen aus seinem Unterhemd und wickelte ihn fest über die Binden, ein improvisierter Druckverband.

Als er fertig war, lehnte er sich an die Wand, griff in die Hosentasche und zog die Fotos hervor.

Alle Bilder zeigten das Gleiche. Dschungelszenen. Bulldozer, die Bäume umwalzten. Jemand mit einem Flammenwerfer vor einem japanischen Bunker. Männer in hüfttiefem Wasser, die durch einen Fluss wateten. Männer beim Kartenspiel. Es sah fast wie ein Pfadfinderlager aus. Dann zögerte Jefferson. Es gab noch mehr Bilder, doch sie schienen im Innern eines Schiffes aufgenommen zu sein. Er erkannte die Räumlichkeiten der USS *Galla,* jenes Schiffes, das vom Grund des Südpazifiks geborgen und den ganzen Weg nach Boston geschleppt worden war. Jefferson sah Lyerman als jungen, gesunden Mann, der auf eigenen Beinen stand und lächelte. Für einen Moment spürte Jefferson so etwas wie Mitleid mit Lyerman. Doch nur für einen kurzen Augenblick.

Er blätterte weiter. Noch mehr Bilder von der *Galla.* Eines davon zeigte ihn in Verbände gehüllt auf einer Pritsche in der Krankenstation. War er selbst dieser Mann? Oder Davis? Jefferson hatte sich immer noch nicht an den Gedanken von einem früheren Leben und Reinkarnationen gewöhnt. Doch das Gesicht war unverkennbar. Es war er, Jefferson, der dort auf der Pritsche saß. Er war auf der Insel verletzt worden. Angeschossen. Daran bestand kein Zweifel.

Sein Blick schweifte weiter über das Foto.

Eine Krankenschwester steht vor mir und greift nach meinem Verband. Eine sehr hübsche Krankenschwester – vielleicht ist das der Grund dafür, dass ich auf dem Foto so munter aussehe. Immer einen guten Eindruck machen bei den Damen. Selbst in einem vergangenen Leben.

Jefferson betrachtete das Gesicht der Schwester eingehender.

»O Gott …«

Jefferson starrte auf das Gesicht der Krankenschwester.

Das Gesicht von McKenna Watson.

Es gab keinen Zweifel. Die Krankenschwester an Bord der *Galla,* die den verwundeten Davis gepflegt hatte, war McKenna gewesen. Die Seelen Sidinas und seiner drei Gefährten würden in jedem Leben nahe beieinander bleiben. Brogan, Vincent und

Davis waren zusammen auf der Insel gewesen – und im nächsten Leben gemeinsam beim Boston Police Department. Sie waren durch ein unsichtbares Band miteinander verbunden, das gleiche Band, das sie mit McKenna teilten. McKenna war eine von ihnen.

Der vierte Krieger. Die vierte Person, die der Dschinn suchte. Der vierte und letzte Mensch, der auf die Seite des Bösen gezogen werden musste.

Brogan hatte dem Ruf nicht widerstanden.

Würde McKenna es schaffen?

»Nicht du«, flüsterte Jefferson in der leeren Damentoilette. »Nicht du …«

Jeffersons Arm hatte zu bluten aufgehört. Er stand auf und steckte die Fotos zurück in seine Tasche, nahm die Mossberg vom Waschbecken und ging zur Tür. Er öffnete sie einen Spalt weit und spähte hinaus. Alles lag still und dunkel. Brogan war vielleicht irgendwo oben, oder er hatte die Suche aufgegeben und sich in einen anderen Teil des Gebäudes zurückgezogen. Falls McKenna sich an den Plan gehalten hatte, war sie inzwischen auf dem Dach und wartete. Und zum Dach würde Jefferson als Nächstes gehen.

Allmählich ergaben die Dinge einen Sinn. Allmählich begriff er, warum McKenna nicht getötet worden war, als Brogan sie in ihrem Versteck im Eckbüro gefunden hatte. Brogan hatte gewusst, dass McKenna eine der vier Reinkarnationen war. Er hatte gewusst, was aus ihr werden konnte, wenn genügend Zeit war.

Jefferson stieg in einen der noch funktionierenden Aufzüge. Die Fahrt dauerte nicht lange. Bald ertönte ein leises *Ping,* die Türen glitten auf, und Jefferson trat hinaus aufs Dach des Lyerman Building. Es hatte wieder zu regnen angefangen – der gleiche kalte Nieselregen wie in der Nacht des Mordes an Kenneth

Lyerman. Jener Nacht, als Jefferson zum ersten Mal auf diesem Dach gewesen war. Wenigstens was das betraf, war er ganz sicher. Dinge, die in seinem eigenen, jetzigen Leben geschehen waren. Menschen, die er kannte. Orte, die er besucht hatte. Das war es, was wirklich zählte – was in diesem jetzigen Leben geschehen war und geschehen würde.

Eric Davis war an Bord der *Galla* gewesen, als das Schiff gesunken war. Was war mit McKenna Watson geschehen? War sie ebenfalls ertrunken? Wahrscheinlich. Bedeutete das zwangsläufig, dass sie alle das gleiche Schicksal wie vor vierundsechzig Jahren erwartete? Nein, das konnte nicht sein, das spürte Jefferson. Davis war auf der Insel angeschossen worden und mit der *Galla* untergegangen. Davis. Nicht Jefferson. Die Gegenwart zählte, nicht die Vergangenheit. Die Vergangenheit von jemand anderem. Und was immer dieser Krankenschwester zugestoßen war, sie war jemand anders gewesen als McKenna.

Diese Nacht zählte. *Heute Nacht.* Was hier auf dem Dach geschah, bestimmte den Rest ihres Lebens, nicht das Tun von Fremden vor vierundsechzig Jahren.

Jefferson trat hinaus aufs Dach und in den Regen. Die Umgebung war ihm bereits vertraut. Die gleichen Bäume, der gleiche Pfad aus Holzschnipseln, das gleiche hohe Gras, der Wintergarten am anderen Ende mit dem Whirlpool und dem kleinen Patio. Alles war leer und verlassen, doch McKenna konnte sich irgendwo hier oben versteckt halten. Unter den Bäumen, zum Beispiel.

Vorsichtig bewegte Jefferson sich übers Dach, wobei er die Mossberg unablässig schwenkte. Der Bogen hing über seiner Schulter, zusammen mit den Pfeilen im Köcher.

Egal was passiert, ich werde nicht mehr davonrennen. Falls Brogan sich zeigt, werde ich kämpfen. Es wird hier enden. Hier auf dem Dach.

Jefferson ging über den Pfad am Rand des Daches entlang.

Rings um ihn her leuchteten die Lichter der Stadt wie fluoreszierende Fische in der Tiefsee. Er näherte sich dem Wintergarten und kam an der Bank vorbei, auf der Kenneth Lyerman und seine Freundin gesessen hatten, als sie ermordet worden waren. Es schien dem Dschinn hier oben zu gefallen. Vielleicht war es der freie Platz. Vielleicht waren es der Garten und die Bäume, die ihn an die Insel erinnerten, auf der er Jahrhunderte verbracht hatte.

Jefferson war noch zwanzig Meter vom Wintergarten entfernt, als sich hinter der Konstruktion aus Glas und Holz etwas bewegte.

Dann trat Brogan aus den Schatten hinter dem Wintergarten. Er war nass vom Regen, seine Kleidung durchlöchert und zerfetzt an den Stellen, wo Jefferson und McKenna ihn mit der Mossberg getroffen hatten. Sein Haar hing wirr herab. Er starrte Jefferson an. Dann lächelte er.

»Hallo, Will.«

Jefferson sagte nichts. Er packte die Mossberg fester und spürte das Gewicht des Bogens über der Schulter.

Setze ihn mit einer Ladung Schrot außer Gefecht, und dann töte ihn mit dem Bogen. Kein Weglaufen mehr. Wohin auch? Du kannst ihm nicht einmal dann entkommen, wenn du stirbst.

»Du bist hergekommen, um mich zu töten, nicht wahr?«, sagte Brogan. »Ich weiß es. So, wie du es schon vor vierundsechzig Jahren wolltest. Du bist genauso bösartig wie ich. Das ist unsere Natur. So war es schon immer.«

»Erzähl das Reggie Tate oder Lyerman.«

»Lyerman«, sagte Brogan. »Er hat es nicht anders verdient. Er wollte mich betrügen.«

»Dich betrügen? Er hat dich vom Grund des Pazifiks befreit! Er war es, der dich gefunden hat.«

»Er hat mir nicht vertraut. Er hat mich hereingelegt. Er hatte die *Galla* gefunden, doch er wollte mich nicht freilassen. Stattdessen schleppte er mein Gefängnis, das abgebrochene Stück des Schiffsaufbaus, nach Blade Island und ließ mich dort zurück. Er ließ mich schmoren, bis er sich entschieden hatte, was zu tun war.«

»Aber du bist entkommen?«

»Ein Wachmann hat mir geholfen. Older. Er fand mich auf der Insel und befreite mich. Trotzdem kam ich immer noch nicht von Blade Island fort. Ich steckte fest und konnte nichts anderes tun, als in diesem Tunnel umherzustreifen. In diesem Loch.«

Die Gefangenen, dachte Jefferson. *Das war der Zeitpunkt, an dem sie Angst vor dem Loch bekamen – nachdem Older den Dämon befreit hatte. Und das ist auch die Erklärung, wo das Wrack der* Galla *einen ganzen Monat lang abgeblieben ist. Auf Blade Island. Lyerman hat den Schiffsaufbau mit der Krankenabteilung bis fast nach Boston geschleppt. Dann aber kamen ihm Bedenken, und er hat das Wrackteil irgendwo vor oder auf Blade Island versteckt. Und der Dämon war die ganze Zeit darin gefangen. Vielleicht hat Lyerman bereits von dem zweiten Dämon gewusst, den die Kreuzritter vor fast tausend Jahren irgendwo auf der Insel begraben haben. Vielleicht dachte Lyerman, wenn Blade Island einen Dämonen so lange festzuhalten vermochte, konnte es auch einen zweiten festhalten. Doch er hat sich geirrt.*

Older hatte den Schiffsaufbau der *Galla* während eines seiner Streifzüge über die Insel gefunden und den Dämon befreit, und es war ihm irgendwie gelungen, mit der Schachtel zu entkommen, die Davis bei sich gehabt hatte, der Schachtel mit den Pfeilspitzen. Als Lyerman später zur Insel zurückgekehrt war, um den Dämon abzuholen, fand er das Wrack leer vor – mit Ausnahme von Davis' Leichnam. Er erkannte, was geschehen sein musste, und ließ den Leichnam in sein Apartment bringen, bevor er das Wrack ins Schiffsmuseum schleppte.

Dann setzte Older sich mit Lyerman in Verbindung und berichtete ihm von der Handschrift, die er im Zuge seiner Nachforschungen auf der Insel gefunden hatte. Er verriet Lyerman außerdem, dass er im Besitz der Schachtel mit den Pfeilspitzen war. Obwohl Lyerman keine Ahnung von der Bedeutung der Spitzen hatte, dachte er sich, dass sie ihm vielleicht als Hebel gegen den Dämon dienen konnten. Older hingegen wollte mehr Kapital aus seinem Fund schlagen, indem er das Manuskript zunächst seinem Arbeitgeber Sinatra verkaufte und sich dann mit Saint, Five und Q in Verbindung setzte, die das Manuskript von Sinatra stehlen und es Older zurückbringen sollten, damit er es ein zweites Mal verkaufen konnte – diesmal an Lyerman.

Der Plan wäre aufgegangen, wäre der Dämon weiterhin auf der Insel gefangen gewesen.

»Wie bist du von Blade Island entkommen?«, fragte Jefferson.

»Die Insel ist durch einen Tunnel mit dem Festland verbunden. Der Tunnel, den du und das SWAT-Team gefunden habt. Er war monatelang versperrt, deshalb habe ich auf der Insel festgesessen und hatte nur die Gefangenen, um mir die Zeit zu vertreiben«, erklärte Brogan. »Aber nichts währt ewig.«

Jefferson erinnerte sich an die Verkehrsstaus, die er in der Nacht der Morde an Kenneth Lyerman und dessen Freundin auf dem Weg zum Lyerman Building umfahren hatte – Verkehrsstaus, verursacht durch Bauarbeiten. Offensichtlich war der Tunnel nach Blade Island geöffnet worden und hatte es dem Dämon ermöglicht, in die Stadt vorzudringen. Gleich in der ersten Nacht hatte er Lyerman aufgespürt und dessen Sohn ermordet.

»Die Baustelle«, sagte Jefferson. »Sie haben den Tunnel geöffnet.«

»Ja. Das hat mir die Freiheit verschafft. Zuerst habe ich Lyerman gesucht, dann Older.«

»Warum hast du Older erledigt?«

»Weil er im Besitz der Handschrift war. Er wusste um meine … Schwächen. Das konnte ich doch nicht dulden, nicht wahr? Wäre dein Freund Saint nicht gewesen, hätte ich die Dinge gleich an Ort und Stelle beenden können. Aber ich bekam es auch so von ihm zurück. Ich habe ein Treffen mit ihm arrangiert und Lyermans Gestalt und seinen Reserve-Rollstuhl benutzt, und ich habe ihm das Manuskript abgekauft.«

So also hatte es sich zugetragen. Saint hat sich mit dem Manuskript aus dem Haus gestohlen. Und er war in dem Glauben, es an Lyerman zu verkaufen. Doch in Wirklichkeit war es der Dschinn in Lyermans Gestalt, dem er das Manuskript übergab. Der echte Lyerman hat die Handschrift nie zu Gesicht bekommen. Er wusste nicht, was darin stand. Er wusste nicht, welche Bedeutung die Pfeilspitzen haben.

»Und Reggie Tate?«, fragte Jefferson. »Was hat der damit zu tun?«

»Reggie Tate … er hat mein Gesicht gesehen. In der ersten Nacht draußen auf Blade Island, als ich das Loch entdeckte, saß Reggie Tate dort unten. Er hat mein Gesicht gesehen. *Dieses* Gesicht. *Brogans* Gesicht. Und ich machte den Fehler, Reggie Tate nicht gleich zu erledigen. Ich war noch schwach; ich war gerade erst aus der Krankenstation der *Galla* entkommen. Und Reggie wurde aus dem Gefängnis entlassen, bevor ich eine zweite Chance bekam, ihn zu beseitigen.«

Brogan trat einen Schritt vor. Jefferson hob die Mossberg. Brogan blieb stehen.

»Du hast dich geirrt«, sagte Jefferson. »Ich bin nicht wie du.«

»Oh, wir sind nicht sehr verschieden. Wir sind uns schon früher begegnet, du und ich. So viele Male … viel öfter, als du wissen kannst. Wenn du heute Nacht hier oben stirbst, wirst du mich vergessen. Du wirst dich nicht mehr daran erinnern, was ich bin. Du wirst alles über dein jetziges Leben vergessen. Jeden, den du kennst, alles, was wichtig für dich ist. Du wirst irgendwo wiedergeboren und fängst ganz von vorn an. Möchtest du das?«

»Ich möchte frei sein von dir. Ich möchte, dass McKenna frei ist von dir.«

»Ah, Freiheit!«, sagte Brogan. »Du wirst niemals frei sein. Du hast nur zwei Möglichkeiten. Entweder schließt du dich mir an, oder du stirbst hier und jetzt und vergisst mich. Natürlich nur vorübergehend. Ich werde dich in deinem nächsten Leben wiederfinden. Du kannst dich nicht vor mir verstecken. Und vielleicht bist du verheiratet, wenn ich dich das nächste Mal finde. Hast Frau und Kinder. Eine Familie.« Brogan hob die Augenbrauen. »Menschen, die du liebst.«

»Du und ich, wir sind fertig miteinander. Ich werde diese Geschichte heute Nacht beenden. Sie dauert schon viel zu lange.«

»Du willst diese Geschichte beenden? Das geht nun seit mehr als achthundert Jahren, und du willst es heute beenden? Hast du eine Ahnung, wie viele Menschenalter das waren? Wie oft du oder einer der anderen schon in dem Glauben war, es beenden zu können? Und doch bin ich hier. Genau wie die anderen. Genau wie du. Wir alle sind noch da. Was glaubst du, was all die vorherigen Male geschehen ist?« Brogan machte einen weiteren Schritt auf Jefferson zu. »Du und die anderen *sterben,* Jefferson. Jedes Mal. Du weigerst dich, deinen Dämon aufzunehmen, und du stirbst. Genau wie auf Bougainville. Genau wie bei Vincent. Genau wie gleich bei dir. Dann beginnt alles wieder von vorn. Ich töte dich, und dann töte ich McKenna … es sei denn, ich kann sie überzeugen, sich von ihrem Dämon in Besitz nehmen zu lassen. Und schließlich muss ich mich wieder aus Brogan zurückziehen, allerdings nicht, ohne auch ihn vorher zu töten. Dann warten wir auf die nächste Runde. Hier und jetzt geht überhaupt nichts zu Ende. So wie heute geht es seit fast achthundert Jahren. Seit 1232. Was sollte heute Nacht anders sein?«

»Es wird anders sein.«

»Du siehst so ernst aus, dass ich dir fast glauben möchte.«

Brogan wich einen Schritt zurück und streckte die Hand aus, um irgendetwas hinter dem Wintergarten hervorzuziehen.

»Keine Bewegung!«, rief Jefferson.

Brogan grinste und zerrte McKenna aus dem Schatten. Ihr Mund war erneut mit Klebeband verschlossen, und sie starrte Jefferson durchdringend an. Jefferson spürte, wie ihm die Brust eng wurde. McKenna wollte sich von Brogan losreißen, doch er hielt sie mit eisernem Griff fest und zwang sie vor sich.

Solange McKenna in der Schusslinie ist, kann ich Brogan nicht erledigen.

»Das ändert die Dinge, nicht wahr?«, sagte Brogan kichernd.

»Fass sie nicht an!«

»Anfassen? Warum sollte ich ihr etwas tun?«, fragte Brogan. »Wir haben uns eben erst wieder miteinander bekannt gemacht. Wir haben uns über die gemeinsamen alten Zeiten unterhalten, damals auf der *Galla.*«

Jefferson hatte Mühe, seine Miene unter Kontrolle zu halten, doch er blinzelte unwillkürlich und sah McKenna an.

»Oh.« Brogan grinste. »Du hast nichts davon gewusst? Hat sie dir denn nicht erzählt, wer sie war? Es heißt doch immer, man könne denen vertrauen, die man liebt …«

»Ich weiß alles«, bluffte Jefferson. »Sie hat es mir erzählt.«

Brogan starrte ihn eine Sekunde an, dann schüttelte er den Kopf. »Nein. Nein, ich glaube nicht. Mag sein, dass du es herausgefunden hast, vor kurzer Zeit erst. Aber sie hat es dir bestimmt nicht erzählt. Die Bilder in Lyermans Schlafzimmer, nicht wahr? Du hast die Bilder in Lyermans Schlafzimmer gesehen?«

Jefferson schwieg. Was sollte er sagen? Brogan wusste ohnehin Bescheid.

Brogan grinste erneut. »Nun, wenn du dich schon nicht von alleine daran erinnern konntest, dass McKenna an Bord der *Galla* war, und wenn sie dir nichts darüber erzählt hat, dann erinnerst du dich sicher auch nicht daran, wie die Geschichte ausgegangen ist. Du hast keine Ahnung, was da draußen passiert ist, nicht wahr? Du weißt nicht, ob McKenna sich auf meine Seite geschlagen hat. Ob sie mir geholfen hat, oder ob sie dir gegenüber loyal geblieben ist. Du hast nicht die leiseste Ahnung, Jefferson, gib es zu. Du kannst dich an *gar nichts* erinnern.«

»Doch. Sie ist nicht auf deine Seite gewechselt.«

»Tatsächlich? Was macht dich so sicher?« Brogan grinste immer noch; dann beugte er sich hinunter, küsste McKenna auf die Wange, und seine Zunge fuhr über ihre Haut zu ihrem Ohr. »Was bringt dich auf den Gedanken, dass sie immer noch zu dir gehört?«

»Wenn sie nun zu dir gehört – was hindert mich daran, euch beide zu erledigen?«, entgegnete Jefferson. »Gleich hier und jetzt?«

Brogan starrte Jefferson überrascht an; dann schüttelte er den Kopf. »Nein ... Nein, das würdest du nicht tun. Du liebst sie. Du hast sie immer geliebt, von Anfang an. All die Jahrhunderte hindurch. Und du hast ihr in all der Zeit niemals wehgetan. Ganz gleich, wie oft sie dich betrügt, du lernst es einfach nicht.«

»Sie hat mich nie betrogen.«

»Bist du sicher? Komm auf meine Seite, und du kannst endlich mit ihr zusammen sein. Wir hätten zwei Menschenalter Zeit, die Reinkarnation von Vincent zu finden und zu überzeugen. Du könntest länger mit ihr zusammen sein als die flüchtigen Augenblicke, die wir in einem Menschenleben haben. Viel länger. Viel, viel länger als das bisschen Zeit, das Gott den Menschen gibt, bevor sie sterben. Das biete ich dir an, falls du auf meine Seite kommst.«

»Und was verlangst du als Gegenleistung?«

»Nur dass du meine Hand nimmst.«

»Deine Hand nehmen?«

»Ja.«

Brogan nickte, und indem er McKennas Handgelenk losließ, streckte er Jefferson die Hand entgegen. Jefferson trat einen Schritt vor und senkte die Mossberg ein wenig. Plötzlich bewegte sich McKenna. Mit der freien Hand riss sie sich den Klebestreifen ab, der ihren Mund verschloss, und schleuderte ihn zu Boden.

»Nein! Erschieß ihn! Schieß durch mich hindurch!«, rief sie. »Ich sterbe nicht hier. Ich bin an Bord der *Galla* nicht gestorben. Die Geschichte wiederholt sich – ich werde heute nicht sterben!«

Brogan verzog das Gesicht zu einer wütenden Grimasse und riss McKenna wieder an sich, um ihr die Hand auf den Mund zu drücken. Jefferson ließ die Mossberg fallen und riss den Bogen von der Schulter. Brogan starrte auf McKenna hinunter und schüttelte sie in rasender Wut. Erst als Jefferson einen Pfeil auflegte, den Bogen langsam spannte und zielte, blickte Brogan wieder auf.

»Jefferson«, sagte er. »Überleg dir genau, was du tust. Ich kann dir wenigstens zwei Menschenalter mit McKenna geben, wahrscheinlich noch viel mehr. Ewige Liebe. Schlag mein Angebot nicht aus. Ich kann dir deinen größten Wunsch erfüllen.«

Jefferson zögerte einen Moment; dann begegnete sein Blick dem McKennas. Ihren wunderschönen Augen. Sie weinte. Sie nickte ihm zu.

Und Jefferson ließ den Pfeil von der Sehne schnellen.

Er surrte durch den Regen, traf McKenna mitten im Leib, unmittelbar unter dem Brustkorb. Ihre Augen weiteten sich, dann wurden sie wieder schmal, ohne dass sie den Blick von Jefferson nahm. Langsam erschlaffte sie. Dann fiel sie auf den nassen Boden.

Mein Gott, was habe ich getan …?

Brogan ließ sie fallen. Voller Erstaunen blickte er zuerst auf McKenna und dann an sich selbst hinab. Er blutete heftig aus einer Bauchwunde. Er tastete nach dem Blut, berührte es zaudernd und starrte entsetzt auf seine roten Finger.

Jefferson legte einen weiteren Pfeil auf und spannte die Sehne bis zum Ohr. Zielte.

Brogan stieß ein Ächzen aus. Ein grauenvolles Geräusch voll Wut und Schmerz. Er hob die Arme und richtete sie auf Jefferson, die Handflächen nach außen gedreht. Er starrte Jefferson an. »Nein …«, sagte er. »Das ist nicht das Ende.«

»Doch«, sagte Jefferson. »Diesmal ist es das Ende.«

Jefferson ließ den Pfeil los. Er traf Brogan mitten in der Brust. Die Spitze drang tief ein, und Brogan stolperte rückwärts. Er verlor das Gleichgewicht und fiel flach auf den Rücken. Dann lag er im Dreck und im Gras, die Arme zu den Seiten ausgestreckt. Seine Beine zuckten. Der Schaft des Pfeils steckte tief in ihm.

Jefferson näherte sich langsam und blickte seinem ehemaligen Partner ins Gesicht. Regen sammelte sich in den Vertiefungen der Augen, den Linien auf den Wangen, der Grube des Kehlkopfs und durchnässte seine Haare. Brogan hatte die Augen immer noch offen. Er drehte den Kopf und sah Jefferson an.

Jefferson zog den letzten Pfeil aus dem Köcher, legte ihn auf den Bogen und spannte die Sehne. Er zielte mit der Spitze genau auf Brogans Herz … oder auf die Stelle, wo bei einem Menschen das Herz gesessen hätte. Die Pfeilspitze verharrte wenige Zentimeter über Brogans Brust.

»Diesmal endet es. Endgültig.«

Der letzte Pfeil durchbohrte Brogan und drang tief in die Erde unter ihm. Brogan rang ächzend nach Luft, und über ihnen zuckten Blitze über den Himmel. Dann verdrehte er die Augen nach hinten.

Tot. Endlich tot.

Hinter sich hörte Jefferson ein leises, schmerzerfülltes Stöhnen. McKenna lag auf der Seite. Die Pfeilspitze ragte aus ihrem Rücken. Jefferson rannte zu ihr, warf sich auf die Knie und hob sie in die Arme. Sie drehte den Kopf zu ihm und blickte ihn an. Auf ihren Lippen schimmerte Blut, und sie hustete vom Blut in der Lunge.

»Was habe ich getan?«, stieß Jefferson hervor. »Du hast gesagt, du würdest heute nicht sterben. Du hast gesagt, ich könne dich nicht töten … dass es nicht geschehen würde, nicht auf diese Weise …«

McKenna streckte die Hand nach Jeffersons Gesicht aus und strich ihm das nasse Haar aus der Stirn. Wie viele Male hatte sie das getan? Wie viele Male hatte sie so die Hand nach ihm ausgestreckt? Wie viele Male war sie vor ihm gestorben?

»So ein schöner Mann.« Sie lächelte. »Nein, du hast mich nicht getötet. Diesmal hast du mich befreit, nicht getötet.«

Der Regen sammelte sich auf ihrem Gesicht wie zuvor auf dem Brogans. Ihre Haare waren nass und glänzten. Ihre Kleidung war durchnässt. Sie sah so vertraut aus, so vertraut. Die *Galla*. Das Schiff sank. Angegriffen von japanischen Zero-Kampfflugzeugen. Es sank auf den Grund des Pazifiks. Davis war noch am Leben gewesen, gefangen in der Krankenabteilung des Schiffes.

Er war zum Bullauge in der Tür gegangen und hatte nach draußen geblickt. Der Korridor war bereits voll gelaufen. Überall trieben Tote. Jemand schwamm aus der Dunkelheit auf ihn zu.

Eine Frau.

McKenna.

Ihre weiße Schwesternuniform schwebte im Wasser wie Nebel um sie herum, und ihr Haar war aufgelöst. Sie starb dort im Wasser, im Korridor, kam aber trotzdem zu ihm ans Fenster. Davis beobachtete sie durch das dicke Glas hindurch. Ihre Blicke begegneten den seinen, und sie presste die Finger an das

Glas, die Spitzen ganz dunkel. Jefferson erinnerte sich nun. Und er küsste sie durch das Glas hindurch, das kalte dunkle Glas. Er küsste ihre Finger, bevor sie starb. Bevor sie ertrank, wie jeder andere an Bord.

McKenna lag in seinen Armen und sah in sein Gesicht. Sie wusste, dass er sich erinnerte. Sie sah in seinem Gesicht, dass er ihr Schicksal kannte. Was geschehen würde.

»Ich habe gelogen, um dich zu retten«, sagte sie leise. »Ich bin an Bord der *Galla* gestorben. Und ich sterbe jetzt. Es muss so sein. Ich liebe dich viel zu sehr, um nicht für dich zu sterben. Mein Leben für deins.«

»Nein, nein, nein! So ist es nicht! Wir haben gesiegt! Diesmal haben wir gesiegt! Der Dämon ist tot. Wir müssen die Vergangenheit nicht wiederholen. Du musst nicht mehr sterben!«

McKenna nickte. »Ich kann es spüren. Ich sterbe. Dieses Leben schwindet aus mir.«

»Stirb nicht …«

»Und ich bin glücklich, weil ich dich im nächsten Leben wiedersehen werde, Will. Weil wir uns wieder lieben und dann frei sein werden. Ich werde keine Angst mehr haben vor dem, was geschieht.«

McKennas Hand sank von Jeffersons Gesicht auf seine Schulter und bewegte sich über den Arm zu seiner Hand. Ihre Finger schlossen sich um die seinen. Ganz kurz sah sie hinauf in den Regen, dann richtete ihr Blick sich wieder auf ihn. »Ich werde darauf warten, dass du mich findest, irgendwann in einem anderen Leben, weit weg von hier«, sagte sie. »Ich werde nach dir suchen, in jedem vertrauten Gesicht.«

»Du wirst warten?«

»Ja«, sagte McKenna, und ihre Augenlider sanken langsam herab. »Ich habe dich immer geliebt«, murmelte sie leise. »Eine Ewigkeit lang.«

Wach. Irgendwo. Wo? Wann? Ob ich mich erinnere, was in meiner Vergangenheit war, fragen Sie? An all die Orte, an denen ich gewesen bin, und all die Leute, die ich gekannt habe? Vielleicht, ja. Wenn ich angestrengt nachdenke. Und jetzt? Wo bin ich jetzt? Ich bin nicht sicher. Ich nehme an, ich werde es herausfinden. Und sie? Wird sie auf mich warten, irgendwo in diesem Leben? Ich glaube ja. Ich glaube, sie alle werden warten. Brogan. Vincent. McKenna. Ob es ein Trost ist, fragen Sie? Ja, es ist ein Trost. Was mache ich jetzt? Warten. Das ist alles, was ich tun kann. Ich glaube, im Leben lernen wir niemals wirklich jemand Neuen kennen. Wir treffen uns nur zum ersten Mal wieder.

Und so warte ich.